Messages très secrets

Je serai là pour toi

Cet enfant à protéger

CAROL ERICSON

Messages très secrets

Traduction française de
CATHERINE VALLEROY

BLACK ROSE

HARLEQUIN

Collection : BLACK ROSE

Titre original :
DELTA FORCE DEFENDER

HARPERCOLLINS FRANCE
83-85, boulevard Vincent-Auriol, 75646 PARIS CEDEX 13
Service Lectrices — Tél. : 01 45 82 47 47

www.harlequin.fr

ISBN 978-2-2804-1512-5 — ISSN 1950-2753

Prologue

Le major Rex Denver laissa un insecte détaler sur son visage sans bouger un muscle. Au pied de la colline, dix mètres plus bas, une colonne d'Army Rangers piétinait les broussailles, parlant fort et rompant le silence de la nuit afghane.

Rex serra les dents comme ils auraient dû le faire. Ne comprenaient-ils pas que la zone fourmillait d'ennemis ?

Un tic lui tiraillа le coin de l'œil. Bien sûr, de leur point de vue, c'était lui l'ennemi.

Il ne leur reprochait pas de le traquer. À leur place, il aurait pourchassé le traître jusqu'à son dernier souffle.

Repositionnant sa carabine, il posa le doigt sur la détente. Il n'était pas question de tirer sur un soldat américain : si les Rangers le découvraient, il se rendrait pacifiquement. Mais ils n'y réussiraient pas.

Il avait commencé sa carrière comme eux dans les Rangers. Après vingt ans dans la Delta Force, à commander son propre bataillon, il maîtrisait à la perfection l'art de l'évasion et du subterfuge. Ils ne l'attraperaient pas, mais il mourrait plutôt que de laisser l'ennemi leur mettre la main dessus.

L'un des Rangers cria :

— Allez montrez-vous, quoi !

Rex leva les yeux au ciel. Si ce soldat avait fait partie de son équipe, il l'aurait vertement sermonné. Il se rappelait avoir tapé plusieurs fois sur les doigts de Cam Sutton pour sa témérité.

Dans l'obscurité, quelqu'un chuchota une réprimande.

— Je m'en fiche, monsieur, rétorqua le jeune soldat. Tout ça n'a aucun sens. Le major Denver n'est pas un traître.

Rex était persuadé que la plupart de ses soldats étaient de son côté, mais les charges contre lui étaient écrasantes. Pourquoi lui ? Il avait dû tomber sur quelque chose de grave pour qu'on prenne la peine de le piéger. Et il espérait disposer d'assez de temps pour en apporter la preuve.

Une brindille craqua sur sa droite et il scruta vivement l'obscurité. Quelque chose miroitait au milieu du feuillage. Il leva ses lunettes de vision nocturne et distingua un homme, accroupi dans l'ombre, occupé à observer les Rangers.

Son cœur se mit à battre la chamade. L'homme était-il seul ? Il survola la zone du regard, derrière l'intrus. S'il avait des comparses, les Rangers n'auraient pas le temps de riposter avant de se faire descendre.

D'un autre côté, s'il l'abattait, il ferait connaître sa position et les Rangers se lanceraient à l'assaut de la colline.

Il tourna lentement la tête, jaugeant l'inclinaison de la pente derrière lui. Il avait vu pire.

Sortant de sa cachette, il fit feu. Une seule détonation suffit : le combattant tomba en avant, lâchant un coup de feu vers le ciel.

Les Rangers s'éparpillèrent et commencèrent à gravir la colline au pas de charge.

Serrant son arme dans ses bras, Rex se laissa tomber du bord de la falaise dans l'obscurité.

1

La tête dans un étau, les doigts tremblants, Martha ouvrit sa boîte mail. Retenant son souffle, elle fit défiler les messages qui étaient arrivés pendant sa pause déjeuner.

Quand elle eut fini, elle laissa échapper un soupir de soulagement et se laissa aller dans son fauteuil.

Le message le plus important lui rappelait seulement de soumettre son décompte d'heures à la comptabilité. Elle prit son café et le reposa immédiatement, le liquide brûlant ayant coulé sur ses doigts.

— Coucou, Martha, tu as bien déjeuné ?

Martha se retourna et sourit à sa collègue Farah.

— J'ai fait des courses. Et toi ?

— Un déjeuner torride avec l'homme mystère.

— J'espère qu'il n'est pas marié comme le précédent.

— Le précédent est toujours dans les parages. Il faut ménager certaines options…

Farah lui fit un clin d'œil et faillit heurter Sebastian en ressortant du box.

Celui-ci leva la main en un salut maladroit.

— Tout va bien depuis que j'ai réinstallé l'ancienne version ?

— Oui, mon ordinateur a repris de la vitesse. Merci, Sebastian.

Martha se tourna à demi vers sa table, espérant qu'il saisirait le message. Sebastian et elle étaient sortis une ou deux fois ensemble, mais elle avait envie d'une relation un peu plus explosive.

Sebastian recula d'un pas et tambourina sur la paroi du box.

— Bon d'accord. N'hésite pas si tu as besoin d'autre chose. Oui, explosive.

Martha reprit sa place face à l'ordinateur et sursauta en constatant qu'un autre mail venait d'arriver. Retrouverait-elle un jour le calme ? Ces messages avaient commencé à se faufiler dans sa boîte quatre mois auparavant. Elle les avait signalés à sa hiérarchie et s'en était lavé les mains — ou avait essayé de le faire.

Elle se mordit la lèvre. En réalité, elle ne les avait pas oubliés. Comment l'aurait-elle pu, alors qu'ils avaient déclenché une enquête massive sur un commandant de la Delta Force — lequel avait ensuite déserté ? Et que depuis qu'elle les avait ouverts, on la suivait et on l'espionnait ?

Elle jeta un coup d'œil à ses collègues du service de traduction de la CIA. Entre tous, pourquoi l'avait-on choisie, elle, pour réceptionner ces mails accusant le major Rex Denver de trahison et de collusion avec l'ennemi ?

Que se serait-il passé si elle les avait supprimés et n'en avait parlé à âme qui vive ? Serait-elle à bout de nerfs comme aujourd'hui ?

De l'ongle, elle tapota son gobelet de café. Elle n'aurait pas pu les ignorer, pas plus qu'elle ne pouvait tout à coup sauter sur ses pieds et hurler qu'il y avait une bombe sous son bureau.

Si elle s'en était débarrassée comme elle était censée le faire, l'expéditeur l'aurait peut-être laissée tranquille. Mais qu'est-ce que cela aurait changé ? Il avait obtenu la réaction qu'il attendait. Elle avait signalé les messages et une enquête avait été déclenchée, qui avait mis au jour des activités louches. Denver s'était rebellé et avait déserté. Pouvait-on imaginer plus coupable ?

Une intuition avait cependant poussé Martha à garder les mails. Elle les avait copiés sur une clé USB — alors qu'elle n'était même pas censée en insérer une dans son ordinateur — et les avait emportés chez elle. Elle avait déclaré à tout le monde, y compris à l'obséquieux Gage, son chef, qu'elle les avait supprimés. Ensuite, le service informatique était passé pour effacer la moindre trace de leur passage.

Elle avait néanmoins son idée sur la manière dont ces messages étaient arrivés dans sa boîte mail. La méthode était signée Dreadworm, un groupe de hackers particulièrement actifs. Sauf qu'ils n'avaient pas revendiqué ces envois.

Martha avait étudié les mails de près, parce que leur syntaxe lui semblait étrange. Elle parlait plusieurs langues, et elle avait dit à Gage qu'ils n'avaient pas été écrits par un anglophone.

Il avait balayé son hypothèse d'un revers de main, comme il le faisait toujours. Mais elle s'était vengée en gardant les messages.

Et maintenant, on la harcelait.

En soupirant, elle se redressa sur son fauteuil et mit ses oreillettes. Elle cliqua sur le fichier entamé avant sa pause déjeuner et recommença à traduire en anglais l'une des émissions radio surveillées par la CIA. Après une heure de travail, elle arracha ses oreillettes et tendit les bras au-dessus de la tête pour s'étirer.

Elle fit tourner le café au fond de sa tasse en faisant la grimace. Puis elle ouvrit un tiroir et y prit sa brosse à dents et son dentifrice.

Quand elle revint à son bureau, dix minutes plus tard, une bouteille d'eau à la main et un goût de menthe dans la bouche, elle se laissa tomber sur son fauteuil et repoussa ses cheveux derrière ses oreilles, prête à s'attaquer au reste de son travail.

Du coin de l'œil, elle remarqua cependant une petite enveloppe jaune en bas de son écran, indiquant l'arrivée d'un mail. Elle cliqua dessus et se figea, le cœur battant. Une tête de mort la fixait en ricanant dans la petite fenêtre.

Se penchant en avant, elle l'élargit et passa en revue le message. Aucun texte pour accompagner l'image. Elle scruta l'adresse de l'expéditeur : inconnue.

Après avoir jeté un coup d'œil derrière elle, elle transféra le mail vers son adresse personnelle. Puis elle le supprima et vida la corbeille. Bien sûr, il resterait quelque part dans le cyberespace, mais personne ne pourrait le trouver à moins d'avoir eu vent de son existence. Et pourquoi voudrait-on vérifier ses mails ? Elle s'était toujours comportée en bon petit soldat. Ses supérieurs n'avaient aucune raison de la soupçonner et Gage s'imaginait certainement qu'elle était un robot dénué d'âme. Aucune raison de s'inquiéter de lui.

Pourtant, s'il lui demandait pourquoi elle n'en avait pas parlé, elle ne saurait pas quoi lui répondre. Parce qu'il l'avait congédiée avec mépris la première fois qu'elle les avait signalés ? Mais celui-ci n'avait rien à voir avec les précédents. À moins que…

Bien sûr que si. C'était la même personne qui lui adressait un avertissement, sauf qu'elle ne savait pas de quoi il s'agissait. Elle ignorait tout de ces messages et du sens qu'il fallait leur attribuer, mais elle était résolue à le découvrir.

Le reste de l'après-midi se passa dans une agitation fiévreuse. Ses tentatives pour poursuivre son travail souffraient de l'éparpillement de son attention.

Un quart d'heure avant l'heure de partir, Farah vint la voir dans son box, les yeux brillants d'excitation.

— Je vais boire un verre avec mon homme, ce soir. Tu veux venir avec nous ?

Martha croisa les bras.

— Et tenir la chandelle ? Non merci.

— Il aura peut-être un ami avec lui, dit Farah en appuyant sur *ami* pour accroître la tentation.

— C'est encore pire. Un rendez-vous à l'aveugle ? Berk.

— Seigneur, Martha ! Il faut t'y faire, c'est comme ça que ça marche aujourd'hui.

— Il me semble que toutes ces activités en ligne ne t'ont rapporté que de sournoises liaisons avec des hommes mariés.

Farah fit la moue.

— Mais c'est marrant. Toutes les rencontres n'ont pas besoin de déboucher sur un engagement à vie.

— Alors vas-y et amuse-toi bien, dit Martha en agitant la main.

Elle n'aurait accepté l'invitation de Farah sous aucun prétexte. Après une journée pareille, elle n'avait qu'une envie : rester chez elle avec un bon bouquin — et ces mails.

Elle ferma ses fichiers, éteignit son ordinateur, retira sa carte d'accès et la rangea dans son étui en plastique.

Une fois en bas, elle salua de la main l'agent posté à l'accueil, poussa la porte et serra son manteau sur elle. Dans le district de Columbia, l'hiver était parfois clément, mais ce mois de novembre s'annonçait glacial.

Elle monta à bord de la navette banalisée qui transportait les employés de Langley à Rosslyn. Quand le véhicule s'arrêta, elle fourra son livre dans son sac, se frotta les yeux et réajusta ses lunettes. Descendant du petit bus, elle avança dans la nuit froide jusqu'à la station de métro.

Dans les couloirs du métro, elle accueillit avec plaisir la chaleur que dégageait la foule des employés. Jouant des coudes, elle se positionna au bord du quai et serra les dents en entendant les grincements aigus de la rame qui ralentissait à l'approche de la station.

Mais au moment où les phares du métro émergeaient du tunnel, elle sentit que quelqu'un la poussait par-derrière. Elle tenta de reculer mais fut projetée en avant par un coup dans le dos.

Le crissement de la rame retentit, tandis que Martha titubait au bord du quai. Elle tendit les bras, sachant très bien que la seule chose qui stopperait sa chute serait ce train qui fonçait vers elle.

2

D'un geste vif, Cam passa un bras autour de la femme qui battait des bras au bord du quai et la serra contre lui. Dans le même temps, il tourna la tête pour repérer celui qui l'avait poussée, mais l'homme s'était déjà faufilé dans la foule et son bonnet noir se perdait dans l'océan des banlieusards.

Martha se raidit entre ses bras et il resserra son étreinte jusqu'à ce que la rame s'arrête.

Les portes s'ouvrirent. Cam poussa Martha devant lui, en lui murmurant à l'oreille :

— Allez-y.

Elle pénétra dans le wagon avec une foule d'autres gens, agrippa une barre verticale et se tourna vers lui, les sourcils froncés.

— Ôtez vos mains de moi.

Cam en resta bouche bée et une vague de chaleur lui monta au cou. Il venait de lui sauver la vie et c'était tout ce qu'elle trouvait à dire ?

Se tenant à la même barre qu'elle, il articula :

— Mais je vous en prie…

— Je… Je…

Elle chassa une mèche châtain de ses yeux et le dévisagea derrière ses lunettes.

— Oui, c'est vous qui m'avez retenue. Merci. Mais…

Levant les sourcils, il interrogea :

— Mais ?

— Comment puis-je savoir si ce n'est pas vous qui m'avez poussée ?

— Ce n'était pas moi. Il a filé.

Martha écarquilla les yeux, qui étaient d'un ton plus clair que ses cheveux, et Cam la vit déglutir.

Son affirmation l'avait effrayée mais pas surprise. Il pencha la tête pour observer l'effet de sa question suivante.

— Il y a une raison particulière pour qu'on vous pousse sous une rame de métro ?

— Non.

Elle pinça les lèvres.

— Il y avait trop de gens. On se bousculait. Je ne crois pas que c'était intentionnel.

— Il y a toujours du monde et c'est rare qu'on tombe sur la voie.

Elle se détourna. L'odeur de sueur d'un homme remplaça le parfum frais qui semblait émaner d'elle, la seule chose qui avait rendu cette étreinte agréable.

— Eh bien, merci, dit-elle en levant le menton d'un air hautain.

Apparemment, elle était douée pour congédier les importuns, mais Cam avait rendez-vous avec elle, même si elle ne le savait pas encore.

Il la laissa tranquille le reste du trajet. Pourtant il vit qu'elle lui jetait des regards en biais et serrait la barre si fort que les articulations de sa main étaient d'un blanc révélateur. Il avait semé une graine de doute sur un terrain fertile.

Quand le métro s'arrêta à sa station, Martha lâcha la barre, remonta son sac sur son épaule et sortit en hâte du wagon, esquissant un signe de tête en direction de Cam.

Il descendit également et la suivit dans les escaliers. Ils émergèrent tous deux dans un air nocturne glacial, à peine plus froid que l'humeur de cette charmante demoiselle.

Trois rues plus loin, elle s'arrêta devant un bar rempli de gens, serra son sac contre sa poitrine et se retourna pour l'affronter.

Il s'avança vers elle et s'appuya d'une épaule à la façade du bâtiment, les bras croisés.

— Pourquoi me suivez-vous ? Je vais appeler la police, lança-t-elle en agitant son portable.

— Je dois vous parler, mademoiselle Drake.

Elle s'étrangla et pressa le téléphone sur son cœur.

— Qui êtes-vous ? C'est vous qui m'avez envoyé la tête de mort ?

Une tête de mort ? C'était nouveau. Il rangea cette information dans sa mémoire et se redressa.

— Je suis le sergent Cam Sutton, de la Delta Force, et vous avez découvert des mails malveillants accusant mon commandant, le major Rex Denver.

Le visage de Martha afficha plusieurs émotions contradictoires, puis se stabilisa sur un air de soupçon, ce qui paraissait être son humeur préférée.

— Comment saurais-je si vous dites la vérité ?

Cam prit son portefeuille dans sa poche et en sortit sa carte d'identité militaire. Il la lui tendit entre deux doigts.

Sans perdre de temps, elle la saisit et, l'approchant de son visage, la scruta de près. Après l'avoir fixé au moins une minute, elle la lui rendit.

— Des mails malveillants ?

— Le major Denver n'a rien fait de tout ça, dit-il en lui agitant sa carte sous le nez, et si vous ne les aviez pas signalés à l'Agence, Denver n'aurait pas les ennuis qu'il a aujourd'hui.

— Si je n'avais…

Elle tapa le trottoir de son pied botté.

— Et qu'aurait-il fallu faire selon vous ?

— On ne peut pas parler de ça ici. Entrons, dit-il en désignant le bar du pouce.

Le regard de Martha s'égara derrière lui, sur la baie vitrée, puis revint à son visage. La foule devait la rassurer, car elle hocha la tête brièvement.

Cam la contourna et, ouvrant la porte, la lui tint. Comme elle franchissait le seuil, il saisit à son passage une autre bouffée de cette odeur fraîche qui semblait s'accrocher à elle.

Après une semaine de travail, la foule des employés se pressait autour du bar en forme de U. Ils semblaient plus intéressés par le match de foot qui passait sur les écrans géants que par de tranquilles conversations. Quelques tables étaient libres au fond de la pièce, près des toilettes.

Une main au creux des reins de Martha, Cam la guida

vers une des tables. Elle tressaillit quand il la toucha, mais ne s'écarta pas. Il préféra y voir un bon signe.

Quand il lui avança sa chaise, elle lui jeta un regard étonné et marmonna un « merci ».

Après avoir lui-même pris place, il croisa les bras et se pencha au-dessus de la table.

— Pourquoi n'étiez-vous pas étonnée qu'on vous pousse sur les rails ?

Les narines gonflées, elle fit la moue.

— Je vous l'ai dit. J'ai pensé que c'était un accident et je le pense toujours.

— Vraiment ?

Il tendit la main, si vite qu'elle n'eut pas le temps de reculer, et lissa du pouce une petite ride entre ses sourcils.

— Alors pourquoi êtes-vous plus nerveuse qu'un chat dans une pièce pleine de rocking-chairs ?

Martha ouvrit la bouche, sans qu'il sache si c'était parce qu'il avait osé toucher sa peau douce comme de la soie ou parce qu'il avait pris un fort accent du Sud. Une mâchoire pendante donnait l'air stupide à la plupart des gens, mais Martha n'aurait pas pu avoir l'air stupide même en faisant tous les efforts du monde. Cela la rendait… adorable.

— Un chat ? répéta-t-elle.

— Vous savez… Une longue queue, des rocking-chairs qui se balancent, vous voyez l'idée.

Il frappa la table du plat de la main et elle sursauta.

— Vous êtes nerveuse. Vous ne pouvez pas le nier.

Une serveuse s'arrêta à leur table et déposa des serviettes en papier devant eux.

— Que puis-je vous servir ?

Cam s'empara d'une carte plastifiée et tapota la photo d'une marque de bière.

— J'en prendrai une bouteille.

— Moi, je ne peux pas choisir sur photo.

Martha lui arracha la carte et, la retournant, l'étudia longuement avant de poser une dizaine de questions sur les vins. Reposant enfin la carte, elle annonça :

— Je prendrai un verre de chardonnay.

La serveuse replongea dans la foule et Cam tambourina des doigts sur la table. Il devait commencer par le début car, visiblement, Martha aimait faire les choses dans l'ordre.

Prenant une grande inspiration, il se lança.

— Que pouvez-vous me dire sur ces mails ? D'où venaient-ils ? Que disaient-ils exactement ?

— Je devrais vous dénoncer, dit-elle en pointant le doigt vers lui. Que faites-vous à Washington ? Pourquoi n'êtes-vous pas en service ?

Cam plissa les yeux. Elle n'avait pas l'intention de mettre sa menace à exécution, c'était évident. Sa voix avait faibli quand elle avait parlé de le dénoncer, et elle avait baissé les yeux. En principe rien ne l'empêchait de le signaler aux autorités, mais elle n'avait pas envie d'en arriver là.

— Je suis en congé. Je ne suis pas ici en mission officielle, seulement pour mon propre compte.

Il froissa la serviette en papier qu'il tenait dans sa main.

— Écoutez, je connais le major Rex Denver et je sais qu'il est innocent.

— Il a déserté, dit-elle en reniflant. La désertion est une preuve de culpabilité.

— Pas toujours.

Il défroissa la serviette et suivit un pli du bout du doigt.

— Pas quand vous soupçonnez qu'il y a une conspiration contre vous et qu'on veut vous faire porter le chapeau.

— Une conspiration ?

Ses yeux étincelèrent à la lueur de la bougie posée sur la table.

— Et voilà !

La serveuse déposa leurs boissons et repartit avant que Cam puisse lui dire d'apporter l'addition.

Il fixa Martha et prit sa bouteille de bière. La soirée serait peut-être plus longue que prévu, songea-t-il.

— Nous pensons que quelqu'un essaie de piéger Denver, et que cela a commencé par ces messages.

— « Nous » ?

— Le bataillon de la Delta Force que commandait le major Denver. Nous avons tous été…

Il reposa sa bouteille plus fort qu'il n'en avait l'intention.

— … interrogés. Vous imaginez ce que c'est ? Vous faites votre travail, vous vous comportez bien, et bam. On vous regarde comme si vous étiez de la vermine.

Martha hocha la tête et but une longue gorgée de son verre de vin.

— Je sais ce que c'est. J'ai signalé ces mails et, tout d'un coup, je me suis retrouvée suspecte. Ils ont vérifié mes communications, mes dossiers…

Le pouls de Cam se mit à battre plus vite. C'était pour ça qu'elle n'avait pas envie de le dénoncer. On l'avait mise sur le gril, elle aussi.

— Ils ont tout épluché…

Il fit tinter sa bouteille contre le verre de Martha, et le liquide pâle miroita, se reflétant dans les yeux de la jeune femme. Whisky, ses yeux étaient de la couleur du whisky. Et il avait l'impression d'être ivre quand il les regardait.

Il s'éclaircit la gorge et se gratta le menton.

— Je ne leur fais pas confiance, pas le moins du monde. Tout ce que je sais, c'est que Denver n'est pas coupable de ces crimes et que je vais le prouver.

Martha prit une autre gorgée, et deux taches roses apparurent sur ses joues de porcelaine.

— À votre place, je commencerais par les messages.

— La CIA a-t-elle découvert d'où ils venaient ?

Il se pencha en avant.

— Je n'ai pas eu connaissance des détails. On ne m'a pas tenue au courant. Après tout, je n'ai fait que les trouver dans ma boîte mail.

Elle prit son verre à deux mains et le fit rouler entre ses paumes.

— Mais ils s'intéressaient à Dreadworm, vous connaissez ce groupe de hackers ?

Il hocha la tête, ne voulant pas l'interrompre. Cette histoire la perturbait depuis quelque temps, et il n'en était que l'auditeur… Un auditeur tout ouïe.

— Mais j'ignore s'ils ont trouvé pourquoi c'était mon adresse qu'on avait ciblée. En tout cas, ils ne me l'ont pas dit. Dreadworm n'était que le messager, de toute façon. Le canal, si vous préférez. Et le message était que le major Rex Denver collaborait avec un groupe terroriste.

Cam sentit la moutarde lui monter au nez et abattit un poing sur la table.

Martha leva un doigt.

— Mais j'ai remarqué quelque chose de bizarre.

— Que c'était un tissu de mensonges ?

— Ça, je n'en sais rien. Mais on aurait dit que les mails n'avaient pas été écrits par un anglophone.

Cam cilla et but une gorgée de bière.

— Continuez.

— Si c'est une entité étrangère qui les a envoyés, pourquoi voudrait-on avertir le renseignement américain de la trahison d'un militaire ?

— Nos alliés pourraient s'en inquiéter.

— Mais nos alliés ne se serviraient-ils pas de canaux normaux pour communiquer avec l'armée ou même la CIA ? En revanche, une entité ennemie aurait toutes les raisons d'implanter de fausses rumeurs au sujet d'un haut gradé.

— Vous avez beaucoup réfléchi à cela, on dirait.

— Il n'y a pas que les mails…

Voyant passer la serveuse, Martha s'adressa à elle :

— La même chose, s'il vous plaît.

Cam pencha la tête et considéra le verre vide et les joues empourprées de Martha. Elle l'avait avalé étonnamment vite. Cependant, l'alcool semblait lui avoir délié la langue et avait assoupli son attitude. Il ne pouvait que s'en féliciter.

— Pas que les mails ? reprit-il en prenant sa bouteille à deux mains.

Elle regarda autour d'elle et se pencha en avant, le menton appuyé sur la main.

— Je suis suivie.

— Le type du métro…

— Je ne sais pas.

Elle recula, comme pour retirer ce qu'elle venait de dire, et coinça une mèche de cheveux soyeuse derrière son oreille.

— Personne n'était entré en contact avec moi avant. On aurait pu me tuer.

La peur qu'il vit dans ses yeux le figea sur place.

— C'était peut-être un avertissement. Ou seulement une coïncidence.

— Vous n'y croyez pas vous-même.

— Comment savez-vous qu'on vous suit ?

— Je le sens.

Il haussa les sourcils et remercia la serveuse qui leur apportait leurs nouvelles boissons. Martha était peut-être paranoïaque. Elle avait longuement cogité au sujet de ces mails et il ne pouvait le lui reprocher. Ils avaient déclenché un véritable tsunami.

— Et puis il y a la tête de mort.

Cam s'étouffa avec sa bière.

— Vous l'avez mentionné tout à l'heure. Quelqu'un a mis une tête de mort dans les messages ?

— Pas dans les premiers. On m'a envoyé ça cet après-midi, un de ces gif animés, qui cligne des yeux et claque des dents.

Elle avala une longue gorgée de son verre et Cam posa les doigts sur sa main, qui était gelée.

— Pourquoi vous enverrait-on des menaces ? Vous avez fait ce que vous deviez faire. Vous avez signalé les mails et mis Denver dans le pétrin. Pourquoi vous harcèlerait-on ?

— J'ai… ma petite idée là-dessus.

— Je vous écoute.

Il pressa sa main en guise d'encouragement. Pourquoi voulait-on menacer Martha Drake, cette traductrice on ne peut plus réglo, qui avait réagi exactement comme le voulait l'expéditeur des mails ?

— C'est peut-être parce que j'ai copié ces messages sur une clé USB et que je les ai emportés chez moi.

3

La main chaude de Cam Sutton enveloppa celle de Martha durant une seconde.

— Waouh ! Je parie que l'expéditeur ne s'attendait pas à cela. Pourquoi l'avez-vous fait ?

Comment pouvait-elle l'expliquer ? De toute sa vie, elle n'avait jamais rien fait qui soit contre la loi.

— Je ne sais pas bien. Il y avait quelque chose dans ces mails qui ne me plaisait pas.

— Vous disiez qu'ils avaient peut-être été écrits par un étranger.

Cam se tapota la tempe.

— Vous êtes une femme intelligente.

— Je pense que c'était la syntaxe et le vocabulaire. Trop formels ou… je ne sais pas.

Elle carra les épaules et retira sa main.

— En signalant les mails, j'ai tenté de parler de mes soupçons à mon superviseur, mais il ne m'a pas écoutée.

— J'imagine que personne à la CIA ne sait ce que vous avez fait.

— N… Non.

Elle se mordit la lèvre et suivit le contour de son verre du doigt. Farah ne comptait pas, n'est-ce pas ?

— Vous ne semblez pas en être sûre. Avez-vous dit à quelqu'un que vous aviez fait une copie des mails ?

— Je n'ai rien dit à personne.

— Si on vous suit et qu'on vous adresse des menaces, quelqu'un le sait forcément. Autrement, on vous aurait laissée tranquille après avoir vérifié que vous aviez bien remis les messages.

— Je ne vois pas comment on saurait que je les ai en ma possession.

Cam se pencha en avant, et Martha sentit son énergie se propager en elle et l'engloutir.

— Vous avez semblé hésiter. Vous croyez que votre superviseur pourrait vous soupçonner ?

Elle gloussa et but une gorgée.

— Impossible. Et si c'était le cas, il m'aurait signalée à la sécurité et m'aurait fait renvoyer… Ou pire. Il n'aurait pas engagé quelqu'un pour me pousser sous les roues du métro.

— C'est un fait.

Cam se frotta les mains.

— Il s'agit forcément des gens qui ont envoyé ces mails et qui cherchent à détruire Denver.

Le regard de Martha tomba sur ses doigts, qui tambourinaient sur la surface de la table.

— Vous êtes content qu'on me traque.

— Quoi ? Attendez…

Il plaqua une main sur son cœur.

— C'est idiot. Je ne veux pas que qui que ce soit souffre dans cette histoire.

— Non, mais vous m'avez retrouvée parce que c'était moi qui étais à l'origine de la chute du major Denver. Vous vous attendiez sans doute à une sorte de robot que vous pourriez brutaliser et cette histoire prend un tour auquel vous ne vous attendiez pas.

Cam pencha la tête et une boucle de cheveux tomba sur son front. Il la repoussa comme quelqu'un qui est accoutumé à une coupe militaire, et laissa échapper un sifflement.

— Vous êtes sûre que vous n'êtes pas analyste plutôt que simple traductrice ?

— Simple traductrice ? Je connais quatre langues en plus de l'anglais. Russe, allemand, français et espagnol, compta-t-elle sur ses doigts.

— D'accord, d'accord, concéda-t-il en levant les mains. Mais vous en voulez au monde entier.

— Non, pas du tout.

Elle croisa les bras et posa ses mains sur ses épaules.

— Je suis seulement lasse d'être sous-estimée.

— C'est manifeste, dit-il en pointant un doigt vers elle. Et c'est pour ça que vous avez volé les mails.

— Vous êtes sûr que vous n'êtes pas un espion plutôt qu'un simple soldat ? lança-t-elle en retenant son souffle.

Il ouvrit la bouche, la referma, puis tapa du poing sur la table. Pour finir, il éclata d'un rire énorme. Quelques têtes se tournèrent dans leur direction.

— Chut, dit-elle en lui donnant un coup de pied sous la table.

— Ces espions se sont trompés en pensant cibler un robot.

Il secoua la tête et demanda :

— Pourquoi pensez-vous qu'on vous a choisie ?

— Honnêtement ? Parce que j'ai la réputation de toujours suivre les règles. Tout le monde sait ça à mon travail.

— C'est un peu effrayant.

— Quoi ? De toujours suivre les règles ? Vous êtes dans l'armée. J'imagine que vous le faites aussi.

— Je ne parle pas de ça, je parle du fait que celui qui vous a envoyé les mails savait cela sur vous.

Il se frotta la mâchoire du poing, faisant crisser son duvet blond comme le sable.

— Ce serait un coup monté de l'intérieur ? demanda-t-elle d'un ton inquiet. Avec des micros ?

— Il y a quelques minutes, vous les avez traités d'espions. Vous pensez qu'il s'agit d'une entité étrangère ?

— Je ne sais pas.

Il tapota son verre de vin.

— Vous avez fini ? Je veux voir ces mails.

— Chez moi, vous voulez dire ?

Martha sentit son cœur palpiter. C'était une chose de parler en public avec un soldat très sexy, c'en était une autre de l'emmener chez elle.

— Vous ne me faites toujours pas confiance.

Il se cala au fond de son siège et finit sa bière.

— Que puis-je faire pour y remédier ?

— Ce n'est pas que je ne vous fasse pas confiance… Pas exactement. Je n'ai pas l'habitude de recevoir des inconnus chez moi, c'est tout.

Il lui récita son adresse et lui fit un clin d'œil.

— Je sais déjà où vous vivez, Martha.

— Vous me fichez la frousse. Depuis combien de temps me suivez-vous ? C'est peut-être vous qui m'avez donné le sentiment d'être surveillée.

— Je vous jure que je n'ai commencé à vous suivre qu'aujourd'hui, à l'arrêt du bus de Langley.

— Et comment connaissez-vous l'arrêt du bus de Langley ?

— J'ai des amis haut placés.

Martha leva les yeux au ciel.

— Ce n'est manifestement pas le cas, sinon vous ne fileriez pas une pauvre petite traductrice.

— Je suis sérieux, Martha.

Il lui prit les mains.

— Je veux voir ces mails. Je connais Denver. Je serai capable de voir s'ils sont faux. Je veux dire qu'ils le sont, bien sûr, mais que je pourrai peut-être y trouver un détail, un indice.

Une sorte de désespoir teintait sa voix et sa décontraction fit soudain place à une expression d'intense sérieux. Dans son regard sincère, Martha lut sa détermination à blanchir le nom de son commandant.

Malgré elle, elle ressentit un élan de sympathie et essaya de se blinder contre cette émotion. Son père employait le même ton quand il voulait l'amadouer et susciter sa compassion.

Elle cilla quand Cam se saisit d'une mèche de ses cheveux.

— Allez, Martha. Je vous ai sauvée d'une mort horrible aujourd'hui. Si vous ne voulez pas me faire entrer dans votre espace personnel, on peut se rencontrer dans un lieu neutre.

Martha inspira l'odeur fraîche qui émanait de lui et compta les taches de rousseur sur son nez. Cam était déjà entré dans son espace personnel, et cela ne lui déplaisait pas tant que ça.

— D'accord. Je vous emmène chez moi.

Cam fit signe à la serveuse de leur apporter l'addition et, dès qu'elle la sortit de son tablier, s'en empara.

— C'est pour moi.

Sans hésiter, Martha sortit un billet de cinq et un billet de dix dollars de son portefeuille et les plaqua sur la table.

— C'est trop cher payé pour ces quelques informations. Je paie mes propres consommations.

Du coin de l'œil, elle vit Cam hausser les sourcils, mais elle l'ignora et remit son portefeuille dans son sac à main.

— Ça suffit ?

— Oui, madame.

Il coinça ses billets et les siens sous la bougie.

— On peut y aller à pied ?

— Vous connaissez mon adresse.

Elle croisa les bras, regrettant déjà sa décision.

— Je connais votre adresse, mais pas le quartier. Mais j'imagine que ce n'est pas loin, si vous allez à pied jusqu'au métro.

Il repoussa sa chaise et s'effaça pour la laisser passer.

En le frôlant, elle remarqua à nouveau sa taille. Avec son mètre soixante-quinze, elle regardait la plupart des hommes dans les yeux, mais son nez était à la hauteur du menton de Cam.

Quand ils furent sur le trottoir, Cam releva son col de veste.

— Il ne va pas neiger, si ?

— J'espère bien que non.

Martha jeta un coup d'œil au ciel gris et enfila ses gants.

— Ce serait plutôt inhabituel, en novembre.

Ils s'éloignèrent en direction de chez elle, leurs épaules se heurtant à l'occasion, ce qui la rassurait bizarrement, même si elle ne comprenait pas pourquoi. Le corps de Cam respirait la force et la santé. Physiquement, il aurait pu avoir le dessus avec n'importe qui, même avec une grande femme comme elle.

Elle rentra les épaules et coinça une mèche folle sous son bonnet. *Tu rêves, Martha*. Cam était le genre d'homme à lui demander de faire ses devoirs. Comme à l'université. Elle savait ce qu'il recherchait — et ce n'était pas son corps.

Elle s'arrêta devant la porte de sa maison, qu'elle partageait avec Casey, sa locataire, et posa la main sur la rampe métallique du perron.

— J'habite ici.

— La porte donne sur la rue.

— Oui ? Et alors ?

Elle repêcha sa clé dans son sac et, pour la première fois depuis longtemps, espéra que Casey était là.

— Ce n'est pas très sûr.

— Je ne sais pas si vous l'avez remarqué, mais c'est un quartier tranquille.

Il inspecta la rue.

— Mais il y a pas mal de passage.

Elle le dévisagea en introduisant sa clé dans la serrure.

— Je suis quelqu'un de très prudent.

— Et pourtant, je suis là.

Ouvrant la porte, elle lui barra le passage.

— Vous êtes en train de me dire que je ne devrais pas vous faire confiance ? Je peux changer d'avis tout de suite, vous savez !

— Ferme la porte ! Tu chauffes la rue ! cria Casey de l'intérieur.

— Ma locataire. Elle me protège, dit Martha en désignant l'intérieur de la maison.

— Bien vu.

Cam frotta ses mains gantées.

— On peut entrer ? Parce qu'il fait vraiment froid.

Martha pénétra dans le hall d'entrée, Cam sur les talons.

— J'allais sortir…, commença Casey.

En pivotant sur elle-même, elle trébucha sur ses hauts talons et faillit entrer en collision avec Cam.

— Oh ! bonjour…

— Casey, Cam. Cam, voici Casey qui vit ici avec moi.

Casey tendit la main et agita les doigts comme pour jeter un sort, faisant miroiter ses ongles vernis.

— Ravie de vous rencontrer. Vous êtes le premier homme que Martha amène à la maison.

Martha se sentit rougir et serra les dents.

— Il ne s'agit pas de ça. Ce n'est pas un homme.

Casey battit des cils — des faux cils — en inspectant Cam des pieds à la tête.

— J'aurais pourtant cru que si.

— Je crois que ce que Martha veut dire, dit Cam en lui passant un bras autour du cou d'un air décontracté, c'est que nous sommes seulement amis.

— Naturellement.

Casey se tourna vers la cuisine, offrant à Cam le spectacle de son postérieur sanglé dans une robe moulante.

— Vous voulez une bière ?

— Je croyais que tu sortais ?

Repoussant le bras de Cam, Martha se débarrassa de son manteau.

— Je ne fais que me montrer hospitalière, répliqua Casey.

— Ne t'inquiète pas de ça. C'est mon invité. Je peux lui servir une bière s'il en a envie.

— Tout va bien.

Cam leva les mains comme s'il arbitrait un combat de boxe.

— Nous ne voulons pas vous retenir, Casey. Ravi de vous avoir rencontrée.

Le visage de la jeune femme s'allongea, et Martha ne put empêcher une petite étincelle de satisfaction de jaillir en elle.

— Amuse-toi bien, Casey.

— Ravie de vous avoir rencontré, Cam.

Elle s'empara de son manteau, posé sur le dossier d'une chaise.

— J'espère avoir le plaisir de vous revoir.

Elle claqua la porte derrière elle, laissant une traînée de parfum et d'odeur de laque dans son sillage.

Cam haussa un sourcil.

— Ce n'est pas une bonne amie, j'imagine ?

— Pas une amie du tout, et c'est une horrible locataire, désordonnée et bruyante, qui ramène tout le temps des hommes.

— Et cette fois, vous voulez bien dire « des hommes ».

— Oui. C'est une vraie plaie.

— Déménagez.

— La maison m'appartient.

Cam promena son regard autour de lui et poussa un petit sifflement à la vue des meubles onéreux acquis par la mère de Martha.

— Le gouvernement paye bien, on dirait.

— De toute façon, je suis coincée ici.

Elle n'avait aucune intention de discuter de ses finances — ou de sa célèbre filiation — avec Cam.

— Mettez votre locataire dehors.

— Elle a signé un bail.

— Qui va jusqu'à quand ?

— Encore quatre mois. Je pense qu'elle s'apprête à déménager de toute façon.

— Je suis sûr que vous comptez les jours.

Il tapa dans ses mains, ce qui la fit sursauter.

— Les mails !

— Vous voulez une bière ? Ou autre chose ?

— Juste de l'eau.

Cam désigna la porte d'un geste du menton.

— Elle ne sait rien de tout ça, n'est-ce pas ?

— Casey ?

Martha ricana.

— Non. Elle n'en aurait rien à faire, de toute façon. Elle est à Washington pour coucher à droite et à gauche et peut-être pour décrocher un contrat pour écrire un livre. Et elle est en bonne voie de faire les deux.

— Qui aurait cru que la capitale était un tel cloaque ?

— J'espère que vous plaisantez.

Elle alla dans la cuisine chercher un verre d'eau. Tandis qu'elle y mettait des glaçons, Cam la rejoignit. Elle eut tout de suite l'impression de manquer d'air.

— Je plaisante bien sûr, et je suis convaincu que quelqu'un dans ce cloaque en veut au major Denver.

Il lui prit le verre d'eau des mains, lui effleurant les doigts au passage, ce qui la fit frissonner.

Appuyant une hanche contre le comptoir, elle mit un bras derrière son dos.

— Pourquoi lui en veut-on ? Pourquoi lui faire porter le chapeau ? Apparemment, c'est un bon soldat.

— Le meilleur. C'est peut-être pour ça.

Cam engloutit son verre d'eau.

— Il est peut-être tombé sur quelque chose qu'il n'aurait pas dû voir.

— Eh bien, ça pourrait être cette entité étrangère dont nous parlions.

— Je suis d'accord, surtout après ce que vous m'avez dit sur les mails, qui sont…

— Dans mon ordinateur, dit-elle en passant à côté de lui. Dans ma chambre.

Le laissant dans la cuisine, elle gravit rapidement l'escalier et referma la porte de la chambre désordonnée de Casey. Puis elle entra dans sa propre chambre, prit son ordinateur et le fourra sous son bras. Quand elle redescendit, Cam s'était installé au salon, ses longues jambes étendues devant lui.

Elle s'assit près de lui et ouvrit sa machine.

— Je les ai mis dans un dossier sur mon disque dur.

— Où est la clé USB ? Vous les avez copiés sur une clé quand vous les avez volés, non ?

Elle tapa sur le clavier avec un peu plus d'énergie que nécessaire.

— Je ne les ai pas volés. Ils m'étaient adressés.

— Adressés à votre adresse à la CIA, mais je ne vous juge pas. En fait, je suis ravi que vous les ayez volés… copiés, je veux dire, mais où est la clé originale ?

— Elle est dans un coffre-fort, dans mon bureau.

Levant les yeux au plafond, Cam demanda :

— Vous avez aussi un bureau ici ?

— Oui.

Pinçant les lèvres, elle cliqua sur le dossier contenant les mails.

— C'est suffisant comme sécurité, pour vous ?

— Je ne sais pas si c'est une bonne idée de les garder en deux endroits. Vous multipliez les occasions de vous les faire voler.

— Pourquoi les voudrait-on, de toute façon ? La CIA les possède déjà.

Elle désigna l'écran.

— Celui-ci est le premier des trois que j'ai reçus.

Cam se rapprocha et elle sentit son haleine tiède effleurer sa joue, tandis qu'il lisait lentement le mail à haute voix.

Surveillez le major Rex Denver de la Delta Force, et tenez compte de ses actions et de ses communications. Vous comprendrez que son comportement relève de la trahison. Il a beaucoup de contacts dans la région.

— Ça manque de naturel, vous ne trouvez pas ?

— Waouh…

Cam se rejeta en arrière et posa un pied sur la table basse.

— C'est assez pour susciter des soupçons et déclencher une enquête ? Encore heureux que personne n'ait jamais envoyé d'informations à la CIA sur mes activités.

— Il y en a deux autres, avec davantage de détails.

Sur le point de taper de nouveau sur le clavier, Martha suspendit son geste.

— Vos activités ?

— Qui n'ont rien de déloyal. Je veux simplement dire que toutes sortes de choses se passent sur le terrain, et qu'il vaut mieux pour tout le monde que ça reste sur le terrain.

Soudain, il lui passa la main dans les cheveux et les ébouriffa un peu.

— Ne vous inquiétez pas. Je ne fais rien qui puisse compromettre la sécurité nationale — le major Denver non plus.

S'écartant avec un froncement de sourcils, Martha lissa ses cheveux.

— Vous permettez ?

— Désolé. J'ai une petite sœur et j'ai l'habitude de la taquiner.

Il tapota le clavier.

— Mail suivant.

Martha retint un soupir en ouvrant le second message. L'homme le plus sexy qu'elle ait rencontré depuis des mois la considérait comme sa petite sœur. Typique, songea-t-elle.

Tournant l'écran vers lui, elle recula et observa son profil tandis qu'il lisait le deuxième message, bougeant silencieusement les lèvres en suivant les mots du doigt. Il lui fallut un moment pour détacher les yeux de l'écran, et quand il le fit, ce fut avec les dents serrées et un tic des paupières.

Malgré ses manières décontractées et insouciantes, Cam se souciait vraiment de Denver, et Martha sentit monter en elle le désir intense de l'aider. Les accusations injustes l'indignaient, et depuis que ces mails avaient atterri dans sa boîte, elle avait le sentiment qu'ils ne reflétaient pas la vérité.

— Encore pire, non ?

Tendant la main, elle ouvrit le dernier des messages.

Cam prit aussi son temps pour lire celui-là, et quand il eut fini, il tapa du poing sur les coussins.

— Ce sont des aberrations. Il suffirait que la CIA interroge tous ceux qui ont servi sous les ordres de Denver. Aujourd'hui encore, personne ne croit qu'il conspire avec des terroristes.

— Alors pourquoi a-t-il déserté ? Pourquoi n'a-t-il pas fait front pour prouver son innocence ?

— Ça ne marche pas comme ça, vous le savez bien. En tant que suspect, vous n'avez rien à prouver. C'est au procureur de trouver la preuve de votre culpabilité. Je pense que Denver sait reconnaître un piège quand il en voit un et qu'il a compris que tout était truqué. On ne peut pas se défendre quand on est face à des preuves fabriquées.

— Il aurait dû faire confiance au système, dit-elle en relevant le menton.

— Vous croyez ?

Son genou vint heurter le sien.

— Comme vous l'avez fait ? Allons, même vous, vous savez qu'il y a des moments où le système tombe en panne et où il faut retrousser ses manches.

— Même moi…

Martha tambourina des doigts sur le bord du clavier.

Cam s'éclaircit la gorge.

— Vous savez bien, quelqu'un qui respecte les règles… Ce qui est une bonne chose, d'ordinaire. Je ne critique pas.

— Je ne me sens pas critiquée. J'ai mes raisons.

Elle déposa l'ordinateur sur la table basse.

— Je me demande juste pourquoi on m'a ciblée.

— La CIA a dû rechercher la source de ces mails. Laissez-moi deviner, c'était une fausse adresse IP ?

— Oui, ils pensent qu'elle vient de Dreadworm.

— Donc l'expéditeur s'est procuré un paquet d'adresses mail de la CIA auprès de Dreadworm, en a choisi une au hasard et a expédié ces mensonges sur Denver ? Je n'y crois pas une minute. Et vous ?

— Non, je pense que c'est moi qu'on visait, mais je ne sais pas pourquoi on me harcèle maintenant. J'ai fait ce qu'espérait l'expéditeur.

Elle repoussa son ordinateur de la pointe du pied.

— Parce que, d'une façon ou d'une autre, il sait que vous avez encore les mails et il n'aime pas ça.

Cam se redressa et attira l'ordinateur à lui.

— Vous n'êtes pas tout à fait le bon petit soldat auquel il s'attendait.

— Bien fait pour lui.

Martha prit le verre de Cam.

— Vous voulez encore de l'eau, ou autre chose ?

Cam leva un doigt.

— Cette petite diode clignote toujours comme ça ?

Martha considéra le point bleu qu'il désignait.

— Je ne sais pas. J'imagine. Ça ne veut pas dire que l'ordinateur est allumé ?

— Peut-être, mais peut-être pas.

Il prit l'ordinateur sur ses genoux et se mit à ouvrir des tas de fenêtres.

— Que faites-vous ? demanda Martha en serrant le verre entre ses mains. Vous êtes aussi un magicien de l'informatique ?

— Non, mais…

Cam sortit une icône d'un dossier système et se tourna vers elle, le visage tendu.

— C'est un Trojan. Quelqu'un vous surveille, en ce moment même, à travers la caméra de votre ordinateur.

4

Martha déglutit avec difficulté. Son regard sauta des yeux bleus de Cam à l'œil bleu de l'ordinateur et elle referma vivement le couvercle de la machine.

— Comment le savez-vous ?

— Refermer votre ordinateur ne résout le problème que temporairement. Il va falloir le faire nettoyer dès que possible. Il ne s'agit pas seulement d'enregistrer ce que vous faites. Le gars qui a fait ça peut vous voir aussi longtemps que votre ordinateur est ouvert et allumé.

— Oh mon Dieu, s'exclama Martha, une main sur la bouche. Depuis combien de temps est-ce qu'il fait ça ?

— Un technicien pourra sans doute vous le dire en examinant le programme.

— Mais comment l'avez-vous vu ? Comment saviez-vous où regarder ?

Les préjugés de Martha contre Cam Sutton venaient soudain de voler en éclats. Elle aimait de plus en plus ce qu'elle voyait. Des muscles et un cerveau.

— L'année dernière, ma sœur a été harcelée en ligne, expliqua-t-il, la mâchoire agitée d'un tic. Il s'est avéré que son harceleur l'observait chez elle. L'une de ses amies, un crack en informatique, est venue inspecter son ordinateur. En repérant la diode qui clignotait, elle a cherché un Trojan. C'est un fichier ordinaire, qui permet à une source extérieure de prendre le contrôle de la machine. J'ai suivi le même raisonnement qu'elle et j'ai trouvé la même chose.

L'esprit en bataille, Martha repensa aux moments où elle avait laissé son ordinateur allumé dans sa chambre, sans prendre la peine de l'éteindre. S'étreignant elle-même, elle enfonça ses doigts dans la chair de ses bras.

— Vous pouvez l'enlever ?

— Je peux le supprimer. Vous pourriez le faire vous-même, mais j'ignore si ça suffirait. Il vaut mieux que vous l'emmeniez chez un technicien ou que vous lui demandiez de venir.

Cam tapota son menton de l'index.

— Je me demande s'il pouvait aussi nous entendre ?

— Non, au moins ça nous a été épargné. Le micro ne marche pas. Le son ne peut ni entrer ni sortir.

— Un avantage imprévu.

Cam se pencha en avant, les coudes posés sur les genoux.

— Celui qui vous observait m'a vu, mais il ne peut pas savoir qui je suis, ni le lien que j'ai avec Denver.

Elle lui tendit le verre d'eau et lui toucha l'épaule.

— Resservez-vous ou déposez-le dans l'évier. Je vais ouvrir ce fichier et supprimer ce programme. Ensuite j'emmènerai mon ordinateur chez le technicien pour qu'il me débarrasse de ce virus une bonne fois pour toutes.

Verre en main, Cam se leva, tandis que Martha rouvrait son ordinateur, en prenant soin de garder son pouce sur l'œil de la caméra. Soudain elle poussa un cri en voyant toute une série de têtes de mort sur son écran. Les mots *pris en flag* flottaient entre leurs dents grimaçantes.

Cam fit tinter son verre sur le comptoir.

— Que se passe-t-il ?

— Venez voir. Il sait que je… que vous avez découvert le programme espion. Il avoue avoir été démasqué.

— Quel salopard !

Cam se pencha au-dessus de son épaule.

— Il a un fameux culot.

— J'aimerais bien communiquer avec lui et lui demander ce qu'il veut. Oh !

Martha posa les doigts sur sa bouche quand l'icône de sa boîte mail se mit à clignoter, indiquant l'arrivée d'un nouveau message.

— C'est peut-être lui…

— Si vous ouvrez ce mail, ne cliquer sur aucun lien. C'est comme ça qu'on contamine un ordinateur. Il essaie peut-être de télécharger quelque chose d'encore plus insidieux.

— De plus insidieux qu'un programme qui se sert de ma caméra pour m'espionner ? Difficile de faire pire.

— Attendez.

Cam retourna dans la cuisine.

— Vous avez du ruban adhésif ici ?

— Il y a des post-it dans le tiroir à droite du lave-vaisselle.

Il revint avec deux post-it roses collés au bout des doigts. Il appliqua l'un sur l'œil de la caméra et positionna l'autre sur le premier pour le tenir en place.

— Allez-y.

Martha ouvrit le mail, en humectant ses lèvres du bout de la langue.

Vous voulez… jouer ?

Cam avait lu le message à haute voix, ce qui l'avait rendu presque sexy.

Bien sûr, tout ce qu'il faisait avait l'air sexy, se dit Martha. Inspirant à fond, elle plaça ses doigts sur le clavier.

— Attendez, dit Cam en l'arrêtant d'un geste. Qu'allez-vous lui répondre ?

— Je vais dire « d'accord ». Qu'est-ce que vous en pensez ?

— Vous ne devriez pas plutôt lui demander ce qu'il veut ? C'est sans doute ce qu'il attend de votre part. Si vous acceptez trop vite, il va se demander s'il a choisi la bonne personne.

Il pressa ses doigts sur son poignet. Sentait-il son pouls palpiter d'excitation ? Elle n'aurait su dire si le frémissement qui la parcourait était dû au mail ou au contact de Cam. Était-ce important ? Tout se mélangeait dans son esprit.

Tournant le poignet pour se libérer, elle dit :

— Vous avez raison. Je vais y aller doucement.

Elle lut à haute voix tout en écrivant :

Jouer à quoi ? Que voulez-vous ? Qui êtes-vous ?

Elle cliqua sur « Envoyer » et retint son souffle.

La réponse, immédiate, fit battre son cœur. Elle la lut tout haut.

Je suis un patriote.

Cam se mit à ricaner. Elle poursuivit :

Je suis un patriote. C'est tout ce que vous avez besoin de savoir. Vous avez fait ce qu'il fallait. Maintenant, oubliez tout, ou le jeu cessera de vous plaire.

Elle tourna vivement la tête vers Cam.

— Il me menace !

Cette fois, elle posa des doigts tremblants sur le clavier. Cam l'arrêta en les entremêlant aux siens.

— Demandez-lui pourquoi il est si nerveux si les informations qu'il a données sur le major Denver sont vraies.

— Je ne lui demande pas ce que sont ses menaces ? Si c'est lui qui m'a poussée dans le métro ?

Elle dégagea ses doigts.

— Il ne vous répondra pas directement et n'avouera pas qu'il a essayé de vous tuer. Mais je suis curieux de savoir pourquoi il veut que vous arrêtiez de fouiller.

— Je n'ai même pas commencé à le faire.

D'un souffle, elle fit voler une mèche de cheveux qui flottait devant ses yeux. Cam la saisit et la lui passa derrière l'oreille.

— Il sait que vous avez sauvegardé les mails et que vous me les avez montrés.

Il posa le doigt sur les post-it.

— Et il sait que vous l'avez détecté.

— Si vous le dites.

Tant qu'il trouvait des prétextes pour la toucher, elle ferait tout ce qu'il voulait. Elle s'éclaircit la gorge et tapa la question de Cam.

Ils sursautèrent tous deux quand un message apparut dans sa boîte, mais c'était une publicité pour des cartouches d'encre.

— Allez, Patriote ! dit-elle en pliant les doigts au-dessus des touches. Je crois que nous l'avons effrayé.

— Ou il réfléchit à une histoire plausible.

Cam s'étira avant de se lever.

— Je vais chercher encore de l'eau. Vous voulez quelque chose ?

— Non merci. Je crois que nous l'avons perdu, dit-elle en coinçant la pointe de ses bottes contre la table basse. Vous pensez que ma question était trop directe ?

— Nous avons touché une corde sensible, cria-t-il pour se faire entendre par-dessus le bruit de l'eau. Il veut que vous arrêtiez pour ne pas découvrir la vérité, à savoir que ses allégations sont fausses.

En guise de réponse, une série de têtes de mort se mirent à danser sur l'écran, donnant la chair de poule à Martha.

— Berk ! En effet, il aime les petits jeux.

Cam revint dans le salon et se pencha par-dessus le sofa.

— Quel imbécile ! Il n'a aucune intention de vous dire quoi que ce soit. Ce qu'il veut, c'est que vous cessiez de mettre votre nez dans ses affaires. Il essaie de vous faire peur.

— Raison de plus pour continuer.

Elle fit rouler ses épaules pour détendre ses muscles crispés.

— Je devrais peut-être montrer tout ça à la CIA.

— Martha, vous avez commis un délit en faisant une copie des mails. Même si vous ne faites pas l'objet de poursuites, vous pourriez perdre votre travail.

Il referma l'ordinateur sur les têtes de mort.

— Le jeu n'en vaut pas la chandelle. Vous voulez vous retrouver dans une prison fédérale ?

— Non !

Elle laissa tomber l'ordinateur sur les coussins du canapé.

— Vous avez raison. Je ne dirai rien du tout.

Il avait reculé devant la violence de son exclamation, mais elle n'eut pas le temps de s'expliquer, car la clé tourna dans la serrure de la porte d'entrée.

— Casey revient bien tôt, s'exclama Martha.

Les yeux écarquillés, elle regarda la poignée tourner et poussa un soupir en voyant Casey se faufiler dans la pièce sur la pointe des pieds.

— Oh ! tu es encore debout… Et vous êtes toujours là !

Le motif de son embarras apparut à cet instant : vêtu d'un costume luxueux, l'homme leur adressa un sourire penaud.

— Désolé de vous déranger.

— Nous allions terminer, dit Cam.

— Prenez votre temps, dit Casey. Bob et moi allons monter. Bob, je te présente Martha, ma propriétaire, et son ami Cam.

Ils échangèrent des saluts guindés, puis Casey guida Bob dans l'escalier.

Quand elle entendit la porte de la chambre se refermer, Martha fit la grimace.

— En général, elle ne les ramène pas si tôt à la maison. Je n'ai pas à les croiser.

Cam émit un sifflement entendu.

— Je comprends pourquoi.

— Que voulez-vous dire ?

— Ce bon vieux Bob, là-haut, murmura Cam en désignant le plafond, est le député Robert Wentworth. Sa circonscription est quelque part en Floride.

— Quoi ? Vous êtes sérieux ? Comment le savez-vous ?

— Il appartient au National Intelligence Council et il est marié, si je me souviens bien.

— C'est encore pire de les savoir là-haut…

Martha rougit jusqu'à la racine des cheveux.

— Pourquoi certaines femmes fréquentent-elles des hommes mariés ?

En même temps, elle jeta un coup d'œil à l'annulaire de Cam et poussa un petit soupir en constatant qu'il était nu. Néanmoins beaucoup d'hommes mariés ne portaient pas d'alliance, se dit-elle.

— Disons que c'est imprudent de sa part.

Cam se pencha en avant et rouvrit l'ordinateur.

— Toujours aucun signe du Patriote. Je vais rentrer à mon hôtel. Est-ce que ça ira pour vous ?

— Tout ira bien dès que j'aurai éteint ce truc et que je l'aurai rangé dans le bureau.

— Combien de pièces avez-vous ici ?

— Trois chambres. Je pourrais louer encore une des

chambres, mais je crois qu'une locataire de plus me rendrait dingue.

Elle glissa le portable sous son bras.

— Dois-je vous appeler demain ?

— Je viendrai avec vous déposer votre ordinateur chez le technicien. Ça vous va ?

Oh oui.

— Bien sûr.

Cam passa dans la cuisine et y prit un post-it rose, sur lequel il nota quelque chose avant de le coller sur le plan de travail.

— Voici mon numéro. Appelez-moi quand vous serez prête à y aller.

Il prit sa veste sur la chaise et l'enfila d'un seul mouvement.

— Je n'ai pas besoin de vous dire de verrouiller la porte…

— Non, je ne risque pas d'oublier. En outre, il y a un député là-haut pour me protéger.

— Très bien.

Cam se dirigea vers la porte et lui tendit la main.

— Prenez soin de vous et merci de m'avoir fait confiance.

Martha coinça le portable sous son bras et lui donna une ferme poignée de main.

— Merci de m'avoir sauvée et d'avoir découvert qu'on m'espionnait.

Ils relâchèrent leurs mains en même temps et Cam lui fit un petit salut militaire.

— À plus tard, alors.

Martha referma la porte derrière lui et, s'adossant au panneau, serra l'ordinateur contre sa poitrine. Ne s'était-il pas montré un peu nerveux ? Peut-être avait-il cru qu'elle s'attendait à une étreinte ou à un baiser. Avait-elle l'air aussi avide d'affection ?

Pivotant sur elle-même, elle poussa le verrou avant de gravir l'escalier à son tour. Cam ne s'était sans doute pas posé autant de questions.

Elle dépassa sans bruit la porte de Casey, derrière laquelle murmuraient des voix, et pénétra dans sa chambre. Par chance, elle disposait d'une salle de bains à elle.

S'arrêtant soudain, elle contempla son ordinateur. Elle n'avait pas envie de repasser dans le couloir, si bien qu'elle le fourra dans son placard, sous des piles de vêtements.

Après s'être préparée pour la nuit, elle se glissa sous les couvertures, l'esprit toujours agité par les événements du jour.

Elle entendit Casey pousser un cri derrière le mur, et enfouit la tête sous les draps. Les ébats de sa locataire étaient toujours très bruyants.

En entendant le député pousser un grognement à son tour, elle chercha ses bouchons d'oreilles dans le tiroir de sa table de nuit.

Quel genre de bruit ferait Cam dans les affres de la passion ?

Casey émit un cri aigu. Martha fourra les bouchons dans ses oreilles et enfonça son visage dans l'oreiller. S'il y avait une chose dont elle était sûre, c'est qu'elle ne glapirait pas comme ça si elle avait sa chance avec Cam.

Et sur cette pensée délicieuse, elle ferma les yeux.

Quelques instants plus tard, un hurlement de Casey transperça ses bouchons. Martha grogna et roula sur le flanc. Cette femme n'avait donc ni décence ni maîtrise d'elle-même ?

Casey hurla à nouveau, et Martha tira l'oreiller sur sa tête en grinçant des dents.

— Martha ! Martha !

La porte de sa chambre s'ouvrit brusquement et elle se redressa, faisant tomber l'oreiller. Elle cligna des yeux en voyant Casey debout sur le seuil, une nuisette plaquée devant elle.

Rêvait-elle ?

— Réveille-toi. Il s'est passé un truc horrible ! s'écria sa locataire.

— Quoi ?

Elle alluma sa lampe de chevet, ce qui fit paraître le visage de Casey encore plus pâle.

— Qu'est-il arrivé ?

— Oh ! Martha…

Casey s'avança en chancelant et s'assit au pied de son lit.

— Bob… Le député Wentworth… Il est mort. Dans mon lit.

5

Pour la centième fois de la matinée, Cam jeta un coup d'œil à son téléphone. Martha avait peut-être décidé d'aller faire réparer son ordinateur toute seule. Elle n'avait pas vraiment besoin de lui pour ça. Il n'était pas très calé en informatique, elle l'avait sans doute compris en moins d'une minute. Et elle semblait très indépendante, de toute façon.

En fait, Martha Drake avait un petit côté rebelle assez surprenant. Il n'aurait jamais cru qu'une femme comme elle soit capable de subtiliser des mails. Elle s'était révoltée, et il était ravi qu'elle l'ait fait.

Peut-être faisait-elle encore preuve d'autonomie en voulant s'occuper seule du Patriote. Cam ne pouvait le lui reprocher, mais il trouvait cela imprudent. Et si elle était tombée sur la voie, la veille ? Elle avait besoin qu'on la protège, même si elle ne s'en rendait pas compte.

Il laissa tomber le téléphone sur les coussins et s'empara de la télécommande. Posant un pied nu sur la table basse, il alluma la télévision et s'arrêta sur une émission d'actualités.

Un reportage était en cours. Les sourcils légèrement froncés, il contempla le rassemblement de journalistes et de véhicules de chaînes télé. Quelqu'un était mort, et la rue avec ses maisons aux fenêtres cintrées et aux volets multicolores, lui sembla familière.

En voyant le bandeau défiler au bas de l'écran, il faillit s'étrangler. Son pied glissa de la table et il pressa la télécommande pour augmenter le son.

Une journaliste s'épanchait dans le micro d'une voix essoufflée.

« Tout ce que nous savons jusqu'ici, Carrie, c'est que le député Robert Wentworth, de la deuxième circonscription de Floride, est mort cette nuit ou ce matin dans cette maison. Un appel a été passé au 911, et la police métropolitaine de Washington est arrivée. Le corps n'a pas encore été enlevé. »

La dénommée Carrie prit un air navré, mais Cam saisit une lueur suspicieuse dans ses yeux.

« — La police a-t-elle dit s'il s'agissait d'un meurtre, Stacie ?

— Elle n'a fait aucune déclaration et ne s'est pas encore adressée à la presse. »

Cam serra la télécommande. La reporter n'avait pas parlé d'une autre victime ni d'une arrestation. Que diable s'était-il passé dans cette maison après son départ ?

Il coupa le son et chercha son téléphone. Maudite soit cette Casey qui avait mêlé Martha à ce drame. Il s'immobilisa soudain. À moins que ce ne soit le contraire ?

N'était-ce qu'une coïncidence, après ce que Martha avait vécu la veille ? Quel lien pouvait-il y avoir entre Wentworth et les mails ?

Il laissa retomber son appareil en réalisant qu'il n'avait pas le numéro de Martha. Il lui avait donné le sien, supposant qu'elle l'appellerait. Mais finalement, il ne savait rien d'elle.

Il se mit à faire les cent pas dans la pièce, en montant le son de temps en temps pour avoir les dernières infos. Il se détendit un peu en comprenant que personne n'était accusé de meurtre, même si Martha avait déjà été identifiée comme étant la propriétaire de la maison.

Son téléphone sonna enfin, après une longue heure d'attente angoissée. Il vit que c'était un numéro de Washington.

— Allô ?

— Cam, c'est Martha… Martha Drake.

— Oui, je sais. Vous êtes célèbre désormais ou, du moins, votre maison l'est. Que s'est-il passé ?

— On parle de moi, c'est ça ?

— Vous êtes inquiète pour votre travail ?

— Je suis inquiète pour beaucoup de choses.

Elle soupira.

— Apparemment, le député a eu une crise cardiaque.

— Une crise cardiaque ? Bien sûr, ils vont faire une autopsie pour déterminer la cause de la mort.

Il s'essuya la bouche du revers de la main.

— Vous tenez le coup ? Comment va Casey ?

— Elle est hystérique. Et moi, je suis… nerveuse.

— Pourquoi, Martha ?

— À votre avis ?

— Vous faites un lien entre cette mort et les mails ?

— Pas vous ?

Sa voix monta sur la dernière syllabe, et il eut l'impression qu'elle-même était au bord de la crise de nerfs.

— Ça m'a traversé l'esprit, mais j'ignore s'il y a une logique à tout cela.

Il s'appuya de l'épaule à la fenêtre et fixa une branche dénudée qui griffait le bord du balcon.

Martha s'éclaircit la gorge.

— Il faut que nous parlions.

— Et que nous fassions nettoyer votre ordinateur.

— Ne venez surtout pas ici. C'est la folie. Je vais sortir par-derrière et je viendrai à votre hôtel. La police est toujours en train d'interroger la pauvre Casey.

Il lui donna le nom et l'adresse de son hôtel avant de raccrocher et de monter à nouveau le son de la télé. Les journalistes étaient toujours postés devant la maison et les spéculations allaient bon train. Comme Martha était la propriétaire, son nom était sur toutes les lèvres.

Il ne leur faudrait pas longtemps pour découvrir que Martha travaillait pour la CIA, se dit-il. Il fallait espérer qu'ils découvrent tout aussi vite que ce n'était pas elle qui avait convié le député Wentworth à une partie de jambes en l'air.

Les sous-entendus des journalistes le hérissaient, mais il ne savait toujours pas s'il fallait voir dans cette mort une conséquence des menaces du Patriote.

Laissant la télévision bourdonner en arrière-plan, Cam rangea la chambre, fourra ses vêtements dans sa valise et remit ses affaires de toilette dans la trousse suspendue dans la salle de bains. Il n'avait pas eu besoin de voir la maison de Martha, la veille, pour comprendre qu'elle était très soigneuse. Pour une raison quelconque, il ne voulait pas lui donner l'impression que lui-même était sale et désordonné.

Pour bien faire, il alla chercher quelques canettes de soda au distributeur et les mit dans le mini-réfrigérateur de sa chambre. Martha avait dû avoir une rude matinée.

Quand elle frappa enfin à la porte, la chambre était un modèle d'ordre et de propreté.

Il lui ouvrit et la vit, sans même un bonjour, foncer vers la porte-fenêtre pour jeter un coup d'œil dans la rue.

Enfin, elle se tourna vers lui en se tordant les mains.

— Ça va mal…

— Racontez-moi ce qui s'est passé.

Il désigna le petit sofa, face à la télévision.

— Ils n'ont pas donné beaucoup de détails, sauf pour dire que la maison où Wentworth est mort vous appartenait.

Elle se percha au bord du canapé.

— Ils vont sûrement parler de Casey. La police est encore en train de l'interroger.

Il tira une chaise de sous le petit bureau et, l'enfourchant, posa les bras sur le dossier.

— Donnez-moi tous les détails.

— Après votre départ, je suis allée me coucher, et j'ai entendu ces deux-là… qui s'envoyaient en l'air.

Le rouge lui monta aux joues.

— J'ai des bouchons d'oreilles pour ce genre d'occasion, et je me suis endormie.

— Bon sang, vous aviez besoin de vous boucher les oreilles ?

Remarquant l'expression de Martha, il cessa de sourire.

— Continuez. Vous vous êtes endormie malgré leur raffut.

— Je…

Elle fit courir ses doigts dans ses cheveux en bataille et les repoussa en arrière.

— Oui, je me suis endormie, et avant que je comprenne

ce qui se passait, Casey était dans ma chambre, en pleurs, criant d'une voix hystérique que Bob était mort.

— Quelle heure était-il quand elle l'a découvert ?

— Environ 6 heures du matin. J'ai couru dans sa chambre et j'ai cherché le pouls de Bob. Il m'a semblé mort mais je n'ai aucune expérience médicale. J'ai appelé tout de suite le 911.

— Les journalistes ont parlé de crise cardiaque, alors je suppose qu'il n'y avait pas de sang ?

— Non.

Martha croisa les bras et se tint les coudes.

— Il était à demi sorti du lit, comme s'il avait essayé de se lever sans y parvenir.

— Casey avait-elle quelque chose à dire ?

— Pas grand-chose… Ils se sont retrouvés dans un bar tranquille pour boire un verre. Bob ne se sentait pas bien et ils ont décidé de rentrer à la maison.

— Vous ne l'aviez jamais rencontré ? Vous n'aviez pas l'air de le connaître hier soir.

— Non. Je ne dis pas qu'elle ne l'a jamais amené chez nous, mais, en général, je reste dans ma chambre quand elle revient en compagnie d'un homme, c'est pourquoi je ne l'avais jamais vu.

Cam tirailla le lobe de son oreille.

— Je ne comprends pas pourquoi vous pensez que sa mort est liée aux mails ?

— Qui dit qu'il est mort d'une crise cardiaque ?

Elle bondit sur ses pieds et alla repousser les rideaux pour jeter un coup d'œil au-dehors. Puis elle les referma.

— Ça pourrait être tout autre chose. Du poison, par exemple. Il ne se sentait pas bien. Tout le monde n'y voit que du feu et, paf…

Elle tenta de claquer des doigts et échoua misérablement.

— … vous êtes mort.

Cam réprima un sourire et fronça les sourcils pour paraître inquiet. Mais il ne pouvait s'en empêcher. Même en l'écoutant parler de meurtre, il la trouvait irrésistiblement mignonne.

— Attendez une minute.

Il leva les mains.

— En quoi est-ce que cela vous porte préjudice ? À moins que le Patriote ait prévu de vous faire porter le chapeau pour le prétendu meurtre de Wentworth… Mais ce serait vraiment tiré par les cheveux. Quelles conséquences peut bien avoir sur vous et votre enquête la liaison illégitime de Casey avec un politicien ?

— Ça me replonge dans le passé. Ça porte atteinte à mon image et donc à tout ce que je pourrais dire. C'est un avertissement — il peut m'atteindre s'il le veut.

Elle se mordit la lèvre inférieure.

— Bon d'accord, concéda Cam. Cela montre qu'il est puissant, mais c'est une manière plutôt risquée de le démontrer…

Il fronça soudain les sourcils.

— Que voulez-vous dire par « replonger dans le passé » ? Le passé récent ?

Le regard de Martha se posa sur la télévision qui était restée allumée et elle monta le son.

Entendant la reporter mentionner le nom de Martha, Cam tourna la tête vers l'écran. On y voyait une photo de la jeune Martha avec de grosses lunettes et un appareil dentaire, près d'un homme aux cheveux gris qui lui parut vaguement familier. Il écouta les paroles de la journaliste.

« Coïncidence étrange, la propriétaire de la maison où l'on a retrouvé M. Wentworth n'est autre que la fille du trader Steven “Skip” Brockridge, condamné à dix ans de prison pour avoir volé des millions de dollars à d'innocents investisseurs. »

Cam tourna la tête vers Martha qui écoutait, elle aussi, les bras croisés et les épaules basses. Elle leva la main.

— Martha Brockridge pour vous servir, fille d'un malfaiteur condamné à la prison.

Cam déglutit.

— C'est votre père, ce n'est pas vous. La CIA est certainement au courant, ce n'est pas un changement de nom qui a pu les tromper.

— Je n'ai jamais essayé de tromper qui que ce soit. J'ai été tout à fait franche au sujet de mon père. Je crois même qu'ils ont pensé que son parcours m'aiderait à rester dans le droit chemin. Et ils avaient raison… jusqu'à maintenant.

Sa voix se fêla sur les derniers mots et Cam bondit de sa chaise pour la prendre par les épaules. Elle était hypertendue, presque tétanisée.

— La situation est complètement différente, lui dit-il.

— Peut-être, mais comment me croirait-on désormais ? La fille d'un escroc ?

Elle secoua la tête.

— Je doute que le Patriote se soit donné tant de mal pour vous discréditer, dit Cam, et la CIA sait déjà la vérité sur votre père. Cela ne les a pas empêchés de vous croire quand vous avez signalé les mails.

— Je ne sais que penser. J'ai du mal à croire que mes échanges avec le Patriote et la mort du député Wentworth soient une simple coïncidence.

Cam poussa un soupir.

— Je n'y crois pas non plus. Mais je n'arrive pas à comprendre ses motivations.

— Vous pensez qu'il pourrait y avoir une autre raison ?

Cam lui frotta les bras, puis la relâcha et recula.

— Depuis combien de temps Casey vit-elle chez vous ?

Martha battit des paupières.

— Environ huit mois.

— Et vous avez reçu les mails il y a quatre mois, c'est ça ?

— Vous n'insinuez pas que Casey a quelque chose à voir avec ça ? Cette tête de linotte ?

— Elle aurait pu feindre d'être sotte depuis le début. L'expéditeur des mails avait besoin d'avoir accès à vous, et cela aurait été trop difficile d'amener l'un de vos collègues à coopérer. Comment ce virus s'est-il retrouvé sur votre ordinateur ? Je suis sûr que la CIA vous a enseigné les mesures de sécurité numérique et que vous n'avez jamais cliqué sur un lien au hasard. Qui fait ça de nos jours, de toute façon ?

Martha se mordilla le bout du pouce.

— J'ai cru qu'il était passé par Dreadworm pour m'atteindre.

— Comment avez-vous rencontré Casey ?

— Sur l'un de ces sites qui mettent les propriétaires et

les locataires en relation. Elle avait l'argent du loyer et elle a insisté pour payer une caution plus élevée que celle que j'avais fixée.

Elle se donna une claque sur le genou.

— J'aurais dû me fier à mon intuition. Elle m'a paru un peu trop avide.

— Une avidité qu'on retrouve dans le choix de ses amants.

Il enfourcha de nouveau la chaise, afin de s'éloigner de Martha. Cela lui paraissait manipulateur d'utiliser sa détresse pour se rapprocher d'elle. Elle avait déjà assez de problèmes comme ça, et lui aussi.

— Le député Wentworth ?

— Je vous ai dit qu'il appartenait au National Intelligence Council, vous vous souvenez ? Il doit disposer d'informations sur Denver.

Martha s'assit lentement sur le lit.

— Double avantage pour Casey. Elle emménage chez moi pour m'avoir à l'œil et couche avec Wentworth pour obtenir des informations sur le major.

— La logique voudrait que ces accusations viennent d'une source bien placée.

La colère de Cam à l'égard de l'injustice faite à son commandant lui brûlait les entrailles. Il s'accroupit pour sortir les sodas du réfrigérateur et en offrit un à Martha. Elle secoua la tête et, repliant une jambe sous elle, déclara :

— Ce ne sont que des suppositions. Comment pourrions-nous avoir la preuve de tout ça ?

— Commençons par Casey. Où était-elle quand vous l'avez quittée ?

— Elle était encore avec la police.

— Elle a avoué leur liaison ?

— Bien sûr, quelle autre explication aurait-elle pu donner ?

— C'est bizarre.

Cam caressa sa joue fraîchement rasée.

— Pourquoi prendre le risque de révéler cela ? Si Wentworth avait joué son rôle et qu'on voulait se débarrasser de lui en vous effrayant au passage, pourquoi le faire de manière aussi évidente ? On aurait pu le tuer sans impliquer Casey.

— C'est à moi que vous demandez ça ? lança Martha. Je ne sais toujours pas ce que me veut le Patriote. D'ailleurs, je déteste ce nom, étant donné qu'il n'a visiblement rien de patriote.

— Je pense qu'il veut que vous cessiez de penser à ces mails. Il veut que vous laissiez tomber votre enquête.

— J'aurais du mal à appeler cela une enquête, mais je refuse de laisser tomber. On ne peut pas le laisser s'en tirer comme ça.

Elle désigna la sacoche de son ordinateur, posée près de la porte.

— J'ai appelé un technicien et il m'a dit de l'apporter aujourd'hui.

— Vous le connaissez ?

Cam se leva et s'étira. L'étroitesse de la pièce lui pesait. Il était coutumier d'attirances immédiates avec les femmes et cela ne se terminait jamais bien, même si Martha n'était pas son type habituel. Peut-être avait-il mûri, après tout.

Le regard de Martha s'égara sur son corps, puis elle retira ses lunettes et les nettoya avec le coin du dessus-de-lit.

— Il s'est déjà occupé de mon ordinateur. Il fait du bon boulot.

En la voyant le regarder, il avait eu envie de faire saillir ses muscles, mais une femme comme Martha aurait sans doute éclaté de rire. À l'école, les bonnes élèves se moquaient toujours de lui en le traitant d'analphabète. Il s'était alors tourné vers les pom-pom girls qui se préoccupaient seulement de savoir s'il déchiffrait leurs signaux de séduction. Et il s'était révélé plutôt doué pour cela.

Il toussa et alla chercher l'ordinateur de Martha.

— Vous avez regardé vos messages ce matin ?

— C'est la première chose que j'ai faite après avoir vu Wentworth et appelé le 911. Mais il n'y avait rien.

— Je trouve cela difficile à croire, mais ce n'est peut-être qu'une coïncidence.

— Vous avez raison : c'est difficile à croire.

Martha se releva d'un bond.

— Ma voiture est au parking. Allons-y.

Martha conduisait sa voiture hybride comme tout ce qu'elle faisait — avec prudence et précision. Cam avait l'impression d'être devant une vidéo comme celles qu'utilisent les auto-écoles.

Elle se gara dans le parking du centre commercial en veillant soigneusement à ne pas dépasser les lignes blanches, coupa le contact et lui jeta un regard.

— Quoi ?

— Quoi, « quoi » ?

— Pourquoi souriez-vous comme ça ?

— Vous vous garez très bien.

Elle soupira et ouvrit sa portière.

Le technicien informatique ne battit pas un cil en voyant entrer Martha. Soit il n'avait pas regardé la télévision, soit il voulait rester poli.

Martha posa son ordinateur sur le comptoir et le tourna vers lui.

— Bonjour Marcel. J'ai été piratée, envahie, espionnée, appelez ça comme vous voudrez.

— Oh ! un Trojan ?

Marcel ouvrit l'ordinateur et écarquilla les yeux en voyant les post-it bloquant la caméra.

— Le mec a pris le contrôle de votre caméra ?

— Oui, il m'espionnait.

Martha plissa le nez.

— C'est répugnant.

— Et plutôt sophistiqué, question technique.

Marcel retira les post-it et colla un bout de ruban adhésif sur l'œil de la caméra.

— Vous savez qui c'est ?

— Non. Débarrassez-m'en, c'est tout. Vous pouvez le faire, n'est-ce pas ? ajouta-t-elle en agrippant le comptoir.

— Bien sûr.

Marcel désigna d'un geste un ordinateur qui ronronnait dans un coin.

— Je travaille sur celui-ci, mais je peux m'occuper du vôtre. Revenez dans deux heures. Il y a un bon restau thaï au coin de la rue.

— Bonne idée. Je suis affamée.

Le regard de Martha se posa sur Cam.

— Je veux dire, si ça vous dit de manger pendant que nous attendons.

— Absolument.

Cam regarda la rue à travers les stores.

— Il commence déjà à faire noir. J'ai pris le petit déjeuner à l'hôtel, mais j'ai sauté le déjeuner.

— Alors c'est d'accord.

Elle se tourna vers Marcel en agitant un bout de papier.

— Vous avez besoin de mon mot de passe ?

— Franchement, je peux m'en passer, mais je vais faire ça dans les règles.

Il lui prit le morceau de papier et emporta l'ordinateur dans l'arrière-boutique.

Cam ouvrit la porte pour Martha.

— Le restaurant est tout de suite à droite. Je l'ai remarqué en arrivant. J'avais déjà faim.

Fourrant les mains dans ses poches, Martha s'élança au milieu des rafales de vent.

— Ne vous envolez pas ! cria Cam en posant une main sur son bras.

— Pas de risque, dit Martha en considérant sa main d'un air étonné.

— Pendant une seconde, j'ai cru que vous alliez être renversée, dit Cam d'un ton d'excuse en la lâchant.

Ils entrèrent dans le restaurant presque vide et, sans lâcher son téléphone, la serveuse leur indiqua d'un geste qu'ils pouvaient prendre place où ils voulaient.

— J'imagine qu'il est trop tard pour déjeuner et trop tôt pour dîner, remarqua Cam.

Ils s'assirent à une table près de la vitrine. Martha ôta son manteau et le plia sur une chaise.

Dix minutes plus tard, ils attendaient leurs plats en sirotant elle un thé brûlant et lui une bière.

— Ça a dû être difficile pour vous quand votre père a été arrêté. Vous étiez adolescente ? demanda Cam.

— Oui. Ça n'aurait pas pu arriver à une pire époque.

— Je comprends ça. Devoir affronter la publicité à cet âge-là…

Martha lui jeta un bref coup d'œil avant de le détailler lentement du regard.

Il eut l'impression d'être caressé avec la légèreté d'une plume. Puis il la vit froncer les sourcils.

— Vous, vous avez eu une adolescence difficile ? Je n'y crois pas.

Cam sourit, malgré l'effort que cela lui demandait.

— Nous avons tous nos problèmes. Quel était le crime de votre père ? Fraude à la Sécurité sociale ?

— Quelque chose comme ça.

Elle agita la main.

— C'est déconcertant, mais ça se résumait à mentir et escroquer. Il a toujours été doué pour ça.

— À combien d'années a-t-il été condamné ?

— À dix ans, mais il sera libéré sur parole au bout de cinq ans s'il se conduit bien.

— Vous le voyez encore ?

— De temps en temps.

— Il a dû gagner beaucoup d'argent à une époque ? Je veux dire légalement.

— Il s'est bien débrouillé pendant quelques années. Je suis allée dans une école privée et quand j'ai commencé à montrer des aptitudes pour les langues, il m'a payé des cours privés.

— Il doit être fier de vous.

— Mais ce n'est pas réciproque.

Elle se frotta le nez du dos de la main.

— Et vous ? Où êtes-vous né ? Et depuis combien de temps êtes-vous dans l'armée ?

— Je me suis engagé à l'âge de dix-neuf ans, après une année universitaire passée à jouer au football.

Il tapota son verre et regarda les bulles monter jusqu'à l'épaisse couche de mousse.

Une année désastreuse, durant laquelle il n'avait pas réussi à suivre, quel que soit le nombre de cours de soutien que lui procuraient ses entraîneurs. Il avait été finalement recalé, perdant au passage sa bourse sportive.

— Oui, l'armée me convenait bien, et il n'a pas fallu longtemps avant que la Delta Force me repère.

— Vous deviez être doué, parce que c'est une unité d'élite.

— Je m'y sens bien.

La serveuse les interrompit pour déposer sur la table leurs plats fumants.

Martha ôta ses lunettes sous le regard étonné de Cam.

— La vapeur embue mes verres.

Elle était mignonne sans ses lunettes, mais il fut hypnotisé par ses yeux qui, dans la lumière tamisée, semblaient changer de couleur comme ceux d'un chat.

Voyant qu'elle rougissait, il se reprit. Il la fixait comme un idiot. Bien sûr, elle devait avoir l'habitude de sortir avec des hommes bourrés d'esprit et bardés de diplômes.

— Vous voulez du riz ? demanda-t-il en lui tendant le plat.

Là, tu as fait fort, Cam ! se dit-il.

Durant le reste du repas, ils dévoilèrent progressivement des pans de leur vie. À l'instar de Martha, Cam se contenta d'effleurer la surface des choses et la laissa remplir elle-même les blancs.

De son côté, il s'efforçait de mieux la comprendre, mais elle maîtrisait à la perfection l'art de l'esquive. Peut-être avait-elle hérité cela de son père, même si elle semblait rejeter tout ce qu'il représentait.

Le portable de Martha, posé à côté de son assiette, se mit à bourdonner. Elle ôta un grain de riz de l'écran avant de lire le texto.

— Vous n'allez pas le croire, dit-elle à Cam.

Il sentit son pouls s'accélérer.

— Quoi ? Ce n'est pas le Patriote, si ?

— Non, c'est Casey. Elle veut me voir. Elle a un fameux toupet.

— Vous n'irez pas toute seule, dit Cam en repoussant son assiette à moitié vide. Il est possible qu'elle soit impliquée dans la mort de Wentworth.

— Elle dit qu'elle veut s'excuser et discuter de son départ.

Elle ne veut pas retourner à la maison, maintenant qu'on connaît sa liaison avec Wentworth.

— Où est-elle ?

— Dans un hôtel, pas loin du vôtre.

Martha tapa sa réponse.

— Elle veut vous voir maintenant ?

— Dès que je le pourrai.

Cam vérifia l'heure sur son propre téléphone.

— Allons chercher votre ordinateur avant que le magasin ferme, et nous irons ensemble.

— Je lui ai dit de me laisser une heure.

Martha remit ses lunettes et lui jeta un regard à travers les verres.

— Vous êtes sérieux ? Vous venez avec moi ?

— Je vous l'ai dit, répondit Cam en cherchant son portefeuille, je ne me fie pas à cette femme. Ne lui dites pas que je viens. Je préfère lui faire la surprise.

— Je n'ai pas parlé de vous, mais je pense toujours que vous vous trompez. Casey est bien trop stupide pour faire une espionne d'envergure internationale.

Elle plongea la main dans son sac et en sortit son portefeuille.

Un peu crispé, Cam la regarda y prendre des billets. Jusque-là, aucune femme n'avait jamais payé son dîner avec lui. Mais ce n'était pas un rendez-vous amoureux, et Martha se vexerait peut-être s'il insistait pour régler la note.

Il agita l'addition.

— Euh, quinze dollars chacun, mais j'en mets vingt puisque j'ai bu une bière et que vous n'avez pris qu'un thé.

— Pas question.

Elle jeta un billet de dix et un billet de cinq sur la table.

— Je participe à votre bière en échange de votre protection contre Casey. Elle pourrait me donner un coup de talon aiguille ou m'asperger de laque à cheveux.

— Moquez-vous tant que vous voulez. Wentworth lui faisait confiance et regardez où il en est.

Au magasin informatique, ils reprirent possession de

l'ordinateur de Martha, désormais nettoyé. Elle vérifia rapidement ses mails avant de le ranger dans sa sacoche.

Tandis que Cam le mettait dans le coffre de la voiture, Martha lui lança :

— Maintenant, si le Patriote veut me contacter à propos de la mort de Wentworth, il faudra qu'il trouve un autre moyen.

— S'il veut vraiment vous contacter, il le fera. Il a déjà votre adresse mail. Il n'a pas besoin de vous surveiller.

Martha prit le volant pour les conduire à l'hôtel de Casey. Ils se garèrent dans le parking souterrain et prirent l'ascenseur jusqu'au cinquième étage.

Les portes s'ouvrirent et ils débouchèrent dans un couloir revêtu d'une épaisse moquette.

— Elle veut peut-être m'expliquer ce qui est arrivé à Wentworth, murmura Martha.

— Si elle ne vous l'a pas dit pendant que vous attendiez l'ambulance, pourquoi le ferait-elle maintenant ?

Martha haussa les épaules, et ils tournèrent l'angle du couloir. Cam marchait à quelques pas derrière elle, pour ne pas effrayer Casey si elle regardait par le judas.

Mais il était inutile de s'inquiéter. Casey avait entrouvert la porte de sa chambre et l'avait calée avec la chaîne de sécurité.

Haussant les sourcils, Martha frappa sur la porte et appela.

Aucune réponse.

— Elle est peut-être sortie en laissant ouvert pour moi.

Martha poussa la porte du plat de la main.

— Casey ? C'est Martha.

Cam sentit sa nuque le picoter, et il sortit son arme de sa poche.

Martha fit un bond en arrière en la voyant.

— Que faites-vous ? D'où sortez-vous ça ?

— De ma poche.

Il mit un doigt sur ses lèvres.

— Chut.

Martha franchit la porte, Cam sur les talons. Saisi d'un mauvais pressentiment, il remit la chaîne en place dès qu'ils furent à l'intérieur.

Dans un coin, une lampe éclairait une pièce vide. Une

valise était ouverte sur le lit et un rideau voletait à l'intérieur, soulevé par le vent passant par une porte-fenêtre.

— Casey ?

Martha avança jusqu'à la porte de la salle de bains et l'ouvrit.

À peine eut-elle embrassé la scène d'un coup d'œil qu'elle poussa une exclamation étranglée. Derrière elle, Cam l'attrapa par la taille et jeta un coup d'œil par-dessus son épaule. Son estomac se retourna quand il avisa Casey dans une baignoire pleine d'eau rougie. Posée sur le rebord de la baignoire, sa main semblait désigner une flaque de sang sur le carrelage.

6

L'odeur métallique du sang assaillit les narines de Martha et elle eut la nausée.

Cam l'entraîna hors de la salle de bains et l'adossa contre le mur, puis il se rua vers le balcon, arme au poing.

Martha glissa le long du mur, les jambes coupées. Où allait-il ? N'avait-il pas froid ? Elle-même était gelée. Des tremblements irrépressibles s'étaient emparés de son corps, faisant claquer ses dents et trembler ses membres.

Le froid se répandit en elle, elle ne pouvait plus bouger. Cam l'avait abandonnée, la laissant seule… avec Casey.

Oh Seigneur ! Peut-être n'était-elle pas morte.

Il lui fallut toute sa concentration pour se mettre à quatre pattes et se tourner vers la salle de bains restée ouverte. Mais elle resta comme enracinée sur la moquette, se balançant d'avant en arrière.

— Martha !

Cam la releva aussi facilement qu'une enfant et l'entoura de ses bras.

— Vous n'avez pas besoin d'y retourner. Casey est morte.

— C… Comment le savez-vous ?

— Le sang…

Il la fit pivoter et l'assit au bord du lit.

— Restez ici. Je vais voir.

À nouveau seule, Martha sentit ses genoux tressauter. Elle tenta de les immobiliser et enfonça les talons dans la moquette.

En revenant, Cam s'accroupit devant elle et lui prit les mains.

— C'est fini, Martha.

— Elle s'est noyée ? Je ne comprends pas. Elle a glissé et elle est tombée ? D'où vient tout ce sang ?

Sa voix était montée dans les aigus et elle plaqua une main sur sa bouche pour stopper la panique qu'elle sentait grandir en elle.

Cam éleva ses mains jusqu'à ses lèvres et les embrassa.

— Elle s'est ouvert les poignets, Martha.

— Non, oh non !

Elle secoua la tête si fort que ses lunettes glissèrent sur le bout de son nez.

— Il faut appeler les secours !

Rempochant son arme, Cam s'empara du téléphone en prenant soin de couvrir sa main avec la manche de son pull.

Il murmura dans l'appareil, raccrocha, passa un autre appel. Puis il alla entrouvrir la porte, comme l'avait fait Casey.

Martha observait ses gestes, sentant le brouillard refluer peu à peu dans son esprit. Casey était morte. Elle s'était suicidée.

Quelques minutes plus tard, le gérant de l'hôtel et un agent de sécurité franchirent le seuil de la chambre.

Cam leur montra la salle de bains.

— Elle est là-dedans. J'ai déjà appelé le 911.

Les deux employés se hâtèrent d'aller voir, et le gérant poussa un cri.

— Oh mon Dieu !

Cam releva Martha et la serra dans ses bras.

— Ça va ? lui murmura-t-il à l'oreille. Vous êtes toujours sous le choc ?

Elle remua les lèvres contre la laine rêche de son pull sans parvenir à émettre un son. S'éclaircissant la gorge, elle fit une nouvelle tentative.

— P… Pourquoi a-t-elle fait ça ?

Cam la serra plus fort, et elle ferma les yeux. Elle ne voulait plus jamais s'éloigner de lui.

Mais la police et les secouristes ne tardèrent pas à faire leur apparition et les questions commencèrent.

Les policiers avaient naturellement entendu parler de Casey Jessup, la femme qui avait séduit le député Wentworth.

Ils interrogèrent Martha sur le motif de sa présence à l'hôtel, sur le comportement de Casey et les raisons pour lesquelles elle aurait pu vouloir se tuer. Ils retirèrent de la salle de bains une bouteille d'alcool et des cachets que Martha n'avait même pas remarqués.

Cam fit face à tout cela avec calme, se rapprochant d'elle à chaque fois que les questions devenaient trop indiscrètes.

Après ce qui leur parut des heures, le cauchemar prit fin. Le corps de Casey était toujours dans la salle de bains, mais les policiers les laissèrent partir. Un agent avait pris le numéro de Martha en lui expliquant qu'ils appelleraient s'ils avaient d'autres questions ou s'ils voulaient inspecter les affaires de Casey.

Cam et elle sortirent de la chambre sans un mot. Mais Cam lui prit la main tandis qu'ils marchaient vers l'ascenseur. Quand les portes se refermèrent sur eux, il poussa un long soupir.

— Je suis désolé que vous ayez dû subir tout ça. J'aurais pu vous faire sortir de l'hôtel avant d'appeler le 911, mais je suis sûr que les caméras ont enregistré notre arrivée, et les flics vont certainement vérifier le téléphone de Casey. Ils noteront qu'elle vous avait adressé un texto.

Il lui lâcha la main et Martha dut s'appuyer à la paroi de la cabine pour ne pas vaciller.

— Nous ne pouvions pas partir, conclut-il. C'est nous qui l'avons trouvée. Ça aurait été comme de quitter une scène de crime.

— De crime ?

Cam frappa le bouton de l'ascenseur du poing.

— Eh bien, techniquement, le suicide est un crime, non ?

Avachie contre le miroir de l'ascenseur, Martha tressaillit quand la cabine arriva au sous-sol.

— Je vais conduire, lui dit Cam en levant la main. Vous êtes toujours en état de choc.

Se mordant la lèvre, Martha fouilla dans son sac et en

sortit la clé de sa voiture, qu'elle laissa tomber dans la paume de Cam. Il lui ouvrit la portière passager.

Elle se laissa tomber sur le siège et boucla sa ceinture avec une sorte de désespoir. Puis, quand Cam se glissa derrière le volant et démarra, elle se tourna vers lui.

— Pourquoi êtes-vous sorti sur le balcon ? Que faisiez-vous dehors ?

— À votre avis, pourquoi avait-elle laissé la porte-fenêtre ouverte ?

— Elle voulait peut-être inspirer une dernière bouffée d'air frais.

— La police pense qu'elle a pris des cachets et de l'alcool pour faire bonne mesure. Pensait-elle que s'ouvrir les poignets ne suffirait pas ?

— Qu'avez-vous vu sur le balcon ?

Martha fourra les mains entre ses genoux et retint son souffle.

— Des traces de fuite.

— Vous pensez qu'il y avait quelqu'un d'autre dans la chambre ?

— Pourquoi Casey vous a-t-elle demandé de venir ? Nous sommes arrivés en moins d'une heure. Vous êtes en train de me dire qu'elle a bu de la vodka, avalé des pilules, grimpé dans la baignoire et tailladé ses poignets durant ce laps de temps ?

Le cerveau de Martha était un maelström d'idées contradictoires.

— Elle a bu et a avalé les cachets avant de me contacter. Puis elle s'est dit que j'arriverais avant qu'elle meure et elle a décidé d'accélérer les choses.

— Mais pourquoi vous aurait-elle prévenue ? Vous n'étiez pas si proches.

Il croisa les bras au-dessus du volant.

— J'ai lu son texto. Elle vous informait qu'elle déménageait et ne souhaitait pas repasser chez vous. Peut-être voulait-elle que vous emballiez ses affaires. Mais pourquoi aurait-elle requis votre présence au moment de sa mort ?

Martha haussa lentement les épaules et resta ainsi.

— Elle ne voulait pas que ce soit un proche qui la découvre, mais elle voulait quand même qu'on la trouve.

— Vous croyez qu'elle était bouleversée par la mort de Wentworth au point de se supprimer ? Moi, je la vois plutôt jouir de l'attention médiatique, éventuellement projeter d'écrire un livre et se faire inviter dans une émission de téléréalité. C'est vous qui m'avez parlé de sa personnalité.

Martha posa la tête contre la vitre.

— Vous pensez qu'on l'a aidée. Vous pensez qu'elle a été assassinée.

— Allons, Martha... Soyez logique : des menaces, la mort d'un député et maintenant le prétendu suicide de Casey ? Tout cela ne serait que coïncidences ?

— Ça me paraît tellement aléatoire.

— C'est vrai, mais je vous garantis que ça ne l'est pas. Tout est lié, d'une manière ou d'une autre.

— Vous croyez que la police va le comprendre ? Et les caméras de l'hôtel ? Si elles nous ont enregistrés, il est possible qu'elles aient aussi filmé le meurtrier de Casey.

— À moins qu'il ne soit passé par le balcon ou ait détruit les caméras.

— J'ai peur, Cam.

Il lui pressa le genou.

— Débarrassez-vous de ces mails. Oubliez tout ça.

— Et le major Denver ?

— Nous trouverons un autre moyen de l'aider. D'ailleurs, il s'y emploie lui-même.

— Oh non !

Le nez pressé sur la vitre, Martha venait de voir les reporters massés devant chez elle. Son souffle embua le verre.

— Encore eux. Attendez qu'ils apprennent les dernières nouvelles !

Cam tendit le cou et jura.

— Les vautours ! Ils n'ont rien de plus urgent à faire ? Vous avez une porte de service ?

— Ils l'ont déjà découverte.

Elle fourra les mains entre ses cuisses. Elle ne voulait pas rester seule chez elle. Elle n'avait pas envie de quitter Cam.

— Vous devriez dormir à l'hôtel cette nuit, dit-il.

Il serra étroitement le volant.

— Vous pouvez dormir dans ma chambre, si vous voulez.

— Ce serait génial… Si ça ne vous dérange pas.

L'avait-elle culpabilisé au point qu'il se sente obligé de lui faire cette offre ? La voyait-il comme une pauvre fille sans amis ?

— Je veux dire, j'appellerai une amie si cela vous dérange.

La voiture bondit en avant et Cam évita le trottoir de justesse.

— Je crois qu'il vaut mieux que vous restiez avec moi. Je sais ce qui se passe et je suis armé.

Elle tourna la tête pour le regarder.

— Vous pensez vraiment que je suis en danger, n'est-ce pas ?

— Martha, je ne veux pas vous effrayer, mais je doute que Casey se soit tuée elle-même. Et je doute même qu'elle vous ait envoyé ce texto.

— Le balcon… Vous croyez que quelqu'un me guettait ?

— Je pense qu'il nous a entendus arriver. Il ne s'attendait pas à ce que vous ayez de la compagnie, alors il a filé.

Cam mit les essuie-glaces en marche et essuya l'intérieur du pare-brise de la main.

— Il aurait pu me tirer dessus dès notre arrivée.

Martha regarda une gouttelette rouler sur le pare-brise, en rejoindre une autre et former un petit ruisselet.

— Qui sait s'il avait une arme ? Qui sait s'il voulait vous tuer ? Nous ne savons pas ce que cherche le Patriote.

— Selon vous, il a tué Casey. Pourquoi aurait-il fait ça ?

— Elle en savait trop.

— J'en sais davantage qu'elle.

— Mais elle savait ce que vous ignorez.

Cam s'engagea dans l'allée de l'hôtel, s'arrêta et donna les clés au voiturier.

Tandis qu'ils pénétraient dans le hall, Cam désigna à Martha la boutique située près des ascenseurs.

— Vous voulez vous acheter une brosse à dents ?

Après quelques achats, Martha rejoignit Cam et ils

montèrent à sa chambre. Martha s'y était précipitée dans l'après-midi, convaincue que la mort de Wentworth avait à voir avec les mails sur Denver. Désormais, une autre mort s'était ajoutée à cet imbroglio, et elle n'était plus sûre de rien — sauf de l'amitié de Cam.

Il la protégeait. Que ce soit par pitié ou par désir d'utiliser les mails pour innocenter Denver, elle l'ignorait et n'en avait cure. Tout ce qui comptait, c'était l'impression de sécurité qui émanait de lui.

Il ouvrit la porte de sa chambre et lui fit signe d'entrer.

— Désolé, ce n'est pas une suite, juste une chambre. Vous pouvez prendre le lit, je dormirai sur le canapé.

Martha contempla le canapé en question et mesura Cam du regard.

— Vous ne tiendrez pas là-dessus. C'est moi qui vais le prendre.

— J'ai dormi sur bien pire que ça, dit-il en levant un doigt. Ne dites rien.

Elle haussa les sourcils.

— Je n'en avais pas l'intention. Je prendrai le lit, vous n'avez pas à me forcer. Et je vais même exiger de passer dans la salle de bains la première.

— Je vous en prie. Mais je prends un oreiller, dit-il en joignant le geste à la parole.

— Mais je vous en prie.

Tortillant le sachet en plastique contenant ses achats, elle se tourna vers la salle de bains, puis s'arrêta.

— Vous auriez un T-shirt ou quelque chose à me prêter pour dormir ?

— Ceux qui sont dans le placard sont propres. Servez-vous.

Martha ouvrit le placard et en retira un T-shirt gris. Puis elle pénétra dans la salle de bains et verrouilla la porte derrière elle — non qu'elle s'attende pour autant à ce que Cam y entre pendant qu'elle se déshabillait.

Posant les mains sur le lavabo, elle se pencha vers le miroir. Ses joues rouges et ses yeux brillaient, témoignant du stress qu'elle avait enduré toute la journée.

En fin de compte, elle se retrouvait dans la chambre

de ce beau soldat, qui n'attendait rien d'elle. Et pourquoi l'aurait-il fait ? Elle avait souvent aidé des garçons comme lui à l'université, et ils n'avaient jamais rien exigé d'autre que la promesse qu'elle les aiderait à nouveau.

Elle poussa un long soupir et se brossa les dents. Elle retira ensuite ses vêtements, sauf son soutien-gorge et son slip et enfila le T-shirt.

Le vêtement extra-large blousait autour de son corps, descendant jusqu'à mi-cuisse. Il aurait effleuré les genoux d'une femme plus petite, mais elle avait toujours été grande. La croissance, la gaucherie et la maladresse avaient été les fléaux de son adolescence.

Après avoir soigneusement plié ses vêtements, elle rentra dans la chambre.

Levant vivement la tête, Cam éteignit la télévision, mais elle eut le temps d'entendre le nom de Wentworth et de Casey.

Elle déposa sa pile de vêtements sur une chaise libre.

— Ils se sont jetés sur eux comme une meute de chiens sur un os.

— Ça les occupera jusqu'au prochain scandale, remarqua philosophiquement Cam. Vous avez trouvé tout ce qu'il vous fallait ?

— Oui. La salle de bains est à vous.

Tandis que Cam s'y engouffrait, Martha ralluma la télé en évitant toutefois les chaînes d'info. Pour la première fois de sa vie, c'était elle qui faisait l'actualité. Elle n'avait pas envie de voir cela. Choisissant une émission de nature, elle fit bouffer les oreillers derrière elle et s'y adossa.

Dix minutes plus tard, Cam se glissa hors de la salle de bains et tendit le cou à l'angle de la pièce.

— Vous êtes toujours réveillée ?

— Après la journée que j'ai eue, je suis survoltée. Je vais devoir regarder pousser les plantes plusieurs heures avant de pouvoir dormir.

Cam s'immobilisa devant l'écran et secoua la tête.

— Ça donnerait sommeil à n'importe qui.

Éteignant le plafonnier et la lampe posée près du canapé, il ôta son T-shirt blanc en le faisant passer par-dessus sa tête.

Martha eut un aperçu de ses abdominaux, illuminés par la lueur bleutée de la télévision. Elle détourna vivement le regard et, tandis qu'il défaisait sa ceinture, repoussa ses lunettes sur son nez pour observer les insectes qui se promenaient à l'écran. Elle détestait les insectes.

Cam lui tourna le dos pour retirer son jean et elle put à nouveau le contempler. Son pantalon descendit sur ses cuisses musclées. Martha déglutit en avisant ses fesses rebondies, moulées par le caleçon noir.

Il envoya son jean valser dans un coin et jeta un coup d'œil à Martha par-dessus son épaule.

Elle s'éclaircit la gorge et tira un oreiller sur ses genoux. Avait-il vu qu'elle le regardait ?

— Il vaudrait mieux que je range un peu, si nous devons cohabiter.

Martha agita la main.

— Faites comme si je n'étais pas là.

Cam alla ramasser son jean, qu'il plia sur le dossier d'une chaise.

— Je suis sûr que vous dites ça par politesse.

— Mais non. Je ne veux pas perturber vos habitudes.

Il pencha la tête.

— Vraiment ? Parce que d'ordinaire, je dors tout nu.

Martha sentit le rouge lui monter aux joues.

— Je… Je veux dire, si c'est ce que vous…

Il leva la main et lui adressa un sourire malicieux qui faillit la faire défaillir.

— Ne vous inquiétez pas, je ne suis pas un pervers.

Et si elle lui avait dit qu'elle aurait aimé qu'il se déshabille complètement ?

— Je ne suis pas prude à ce point, vous savez.

— Prude ? Je n'ai jamais pensé que vous l'étiez.

Il s'allongea sur le sofa et appuya la tête sur l'accoudoir.

— Qu'est-ce que j'ai manqué ?

— On n'est pas obligés de regarder ça, si vous n'en avez pas envie.

Elle lui tendit la télécommande.

— C'est juste que je n'ai pas envie de revoir les informations.

— Puisque nous sommes tous deux réveillés, pourquoi ne pas couper le son de ces fascinantes copulations entre insectes et bavarder ?

Elle scruta l'image.

— C'est ce qu'ils font ? Je pensais qu'ils mangeaient.

— Peu importe. Pouvons-nous parler de ce qui est arrivé aujourd'hui ? Je sais que vous croyez Casey trop stupide pour être mêlée à tout ça, mais je pense que vous vous trompez.

— Stupide ? Je n'ai jamais dit que Casey était stupide. Elle est écervelée. Elle était écervelée.

Martha remonta les genoux contre sa poitrine.

— Eh bien, peut-être qu'elle feignait d'être écervelée ou qu'on a utilisé cela contre elle.

— Vous voulez dire qu'on l'aurait approchée parce qu'elle était ma locataire, au lieu de chercher à l'introduire chez moi par ce biais ?

La joue posée sur son genou, Martha tourna la tête pour contempler Cam.

— C'est exactement ce que je veux dire.

Il replia un bras sous la tête, ce qui fit gonfler son biceps.

— Elle a emménagé avec vous, puis on l'a approchée et on lui a fait une offre.

— Et le député Wentworth ? Où se situe-t-il dans ce tableau ?

— Sans doute a-t-on ordonné à Casey de le draguer. Wentworth avait déjà le goût des aventures extraconjugales. Il n'a sûrement pas fallu longtemps à une femme aussi belle qu'elle pour lui mettre le grappin dessus.

Naturellement, il avait remarqué la beauté de Casey. Les avait-il comparées toutes les deux ? Martha se mordilla la lèvre.

— Vous pensez qu'ils l'ont tuée pour la faire taire ?

— Ce serait une bonne raison.

— Mais à supposer qu'il s'agisse du Patriote, pourquoi m'a-t-il fait venir à l'hôtel pour que je découvre son corps ?

Martha étendit ses longues jambes et remonta l'oreiller sous son menton.

— Est-ce un autre avertissement ? Il a eu ce qu'il voulait de moi et maintenant il veut que j'oublie ces mails. C'est le seul motif plausible.

Cam bâilla et se glissa sous la couverture.

— Alors, pourquoi ne le faites-vous pas ? demanda Cam.

— Vous voulez dire abandonner et tout oublier ?

Elle éteignit la télévision et roula sur le côté.

— Peut-être vais-je le faire.

Bien sûr, si elle supprimait les mails et se consacrait désormais à son travail à l'Agence, elle ne reverrait jamais Cam Sutton.

Et pouvait-elle renoncer à lui si vite, danger ou pas ? Elle l'ignorait.

Le matin suivant, Martha s'assit dans le lit. Entre les rideaux, une faible lumière hivernale la fit cligner des yeux.

Cam les referma d'un coup sec.

— Pardon.

— Ça ne fait rien. Quelle heure est-il ?

— Presque 7 heures. Vous pouvez vous rendormir si vous voulez. Vous avez eu une dure journée, hier.

— Je suis réveillée.

Elle contempla la silhouette tout habillée près de la fenêtre et se frotta les yeux. Son rêve était terminé.

— Ce serait la bonne heure pour passer chez moi et prendre quelques affaires. Les journalistes dorment probablement. À moins qu'un couple célèbre ait divorcé pendant la nuit et que Wentworth et Casey ne fassent déjà plus l'actualité.

— Prendre vos affaires ?

Le regard de Cam fit le tour de la pièce, comme s'il se demandait si les affaires en question allaient y tenir.

— Ne vous inquiétez pas.

Elle rejeta les couvertures et posa les pieds par terre, tirant sur son T-shirt.

— Je ne vais pas m'installer ici. Je pensais aller séjourner chez ma mère.

— Où est-ce ?

— Dans le Maryland.

— Elle vit tout près d'ici et vous n'êtes pas encore allée la voir ?

— Sa maison est ici, mais elle vit en Floride avec son nouveau mari.

— Elle vous a téléphoné ? Même en Floride, elle a dû entendre parler de la mort de Wentworth.

— Elle m'a envoyé un texto demandant si j'allais bien et elle est retournée à sa vie.

— Sera-t-elle d'accord pour que vous résidiez temporairement chez elle ?

— C'est elle qui l'a suggéré.

Martha désigna la salle de bains du pouce.

— Je vais prendre une douche.

— Vous voulez un petit déjeuner avant que nous sortions ?

— Non.

Elle releva soudain la tête.

— « Nous » ?

— Je ne vais pas vous laisser retourner dans l'antre du lion toute seule. Vous pourrez prendre vos affaires, me ramener ici et aller ensuite chez votre mère.

Il rouvrit les rideaux.

— Et penser à lâcher prise pour de bon.

Martha hocha la tête avant de battre en retraite dans la salle de bains. Elle se doucha et s'habilla en un temps record. Plus vite elle quitterait Cam, plus il lui serait facile de l'oublier. Non qu'elle en ait envie, mais…

Elle s'esclaffa doucement en rassemblant ses affaires de toilette. S'enlever Cam de l'esprit allait être une tâche ardue.

Une heure plus tard, ils arrivèrent chez elle. Un véhicule portant le logo d'un journal stationnait encore de l'autre côté de la rue, mais les hordes de reporters et de cameramen avaient disparu.

— On a de la chance.

Elle se gara en épi à une rue de là. Ils descendirent de

voiture, Cam lui prit la main et ils hâtèrent le pas en direction de la maison.

En introduisant la clé dans la serrure, Martha se souvint d'une chose.

— Il faut que je prenne la clé de Casey dans notre cachette avant de partir.

Cam la suivit dans la maison.

— C'est risqué de cacher une clé. J'espère qu'elle n'est pas sous le paillasson.

— Non, c'est une bonne cachette.

Laissant tomber son trousseau dans son sac, elle suspendit ce dernier à une patère près de la porte.

— Casey n'arrêtait pas d'oublier ou d'égarer ses clés, alors j'en ai caché un double pour elle, au cas où.

Cam survola la pièce du regard.

— C'est heureux que la police n'ait pas qualifié la maison de scène de crime.

— Ils ont fouillé la chambre de Casey et la salle de bains, mais il n'y avait aucun indice de meurtre. Cela ressemblait bel et bien à une crise cardiaque, même si nous savons tous deux que certains produits permettent d'en déclencher une.

— Laissons la police se débrouiller avec ça. Faites vos bagages et sortons d'ici avant que les hyènes ne se rassemblent.

— Je croyais que c'étaient des vautours…

Le pied sur la première marche de l'escalier, elle se retourna.

— Servez-vous dans le frigo, si vous avez faim.

— J'avais l'intention de vous inviter pour le petit déjeuner. Mais je vais jeter un coup d'œil aux informations, dit-il en désignant la télévision.

— Faites comme chez vous. Je ne serai pas longue.

Dans sa chambre, Martha sortit une valise à roulettes de son placard et se mit en devoir de la remplir avec des tenues de travail. Que penserait Gage de ce week-end ?

Elle avait pris garde à ne pas compromettre les mesures de sécurité attachées à son emploi, et Gage n'avait rien à lui reprocher sur ce plan — à sa connaissance du moins.

Elle termina par ses affaires de toilette et prit quelques paires de lentilles de contact. Elle en portait à l'occasion, même si cela lui desséchait les yeux. Naturellement, cela n'avait rien à voir avec Cam, ni avec le fait de vouloir être à son avantage.

Enfin elle tira sa valise dans le couloir et la fit rouler jusqu'à l'escalier. Cam apparut à point nommé et gravit les marches.

— Je vais le faire.

Il s'empara de la valise et la porta en bas comme si elle ne pesait rien.

— C'est tout ce que vous avez ?

— Je pourrai toujours revenir ou racheter des choses. Ma mère a tout ce qu'il faut chez elle.

Reprenant son sac au portemanteau, elle le posa sur la valise.

— Je vais juste chercher la clé et nous pourrons partir. Les vautours sont-ils déjà là ?

Cam jeta un coup d'œil par la fenêtre.

— Non. Je viens avec vous.

— C'est dehors, dans le jardin.

Martha traversa la cuisine et ouvrit la porte de derrière. Les dalles du patio étaient restées sèches grâce à l'auvent. Elle s'accroupit près d'un fauteuil de jardin et, tirant de quelques centimètres la fermeture Éclair de la housse du coussin, passa deux doigts sous le plastique.

La clé était là, enveloppée dans un bout de papier.

— C'est bizarre. C'est peut-être l'étiquette de la housse.

Cam s'agenouilla à côté d'elle.

Elle fit tomber la clé dans la paume de sa main et déroula le morceau de papier. Son cœur bondit et elle poussa une exclamation.

— Elle savait. Elle m'a laissé un message !

— Que dit-il ?

Les mains tremblantes, Martha lut à voix haute :

— « Si quelque chose m'arrive, contacte Tony. »

7

La voyant chanceler, Cam retint Martha par l'épaule. Dire qu'elle était presque venue à bout de ses ennuis !

— Qui est Tony ?

Martha pressa deux doigts sur sa tempe.

— Je ne sais pas. Il y a eu tellement d'hommes depuis son arrivée. Tony, Tony…

La pluie reprit, martelant l'auvent au-dessus d'eux. Cam la tira par le bras.

— Rangez ça et allons-y.

Martha fourra le message et la clé dans sa poche et se releva. Pendant qu'elle bouclait la porte de service, Cam souleva le voilage et jeta un coup d'œil dans la rue.

— Ils sont de retour. Préparez-vous à filer à l'anglaise.

Martha prit son sac sur sa valise et le passa en bandoulière.

— Je pourrais me servir de ma valise pour dégager le passage…

— Ne vous inquiétez pas de vos bagages, je m'en occupe. Baissez seulement la tête et foncez vers la voiture.

Voyant Cam poser la main sur la poignée de la porte, Martha le retint par le poignet.

— Merci de votre aide, Cam.

— Comme c'est moi qui vous ai plus ou moins entraînée dans cette histoire, c'est le moins que je puisse faire.

— Même si vous n'étiez pas arrivé, le Patriote aurait quand même fait ce qu'il a fait. Je serais peut-être même morte sous le métro.

— Je suis heureux que ce ne soit pas arrivé.

Il lui déposa un baiser sur le front et ouvrit la porte.

Excités par l'odeur du sang, les médias cernaient le porche. Ils hurlèrent le nom de Martha, de Casey, de Wentworth. Cam n'arrivait pas à distinguer leurs questions — mais Martha ne leur aurait pas répondu de toute façon.

Passant un bras autour de ses épaules, il l'entraîna vers la voiture, tirant la valise derrière lui.

— Prenez le volant et mettez le contact, lui murmura-t-il à l'oreille. Dès que je serai monté, démarrez.

Martha pressa le pas et déverrouilla les portières. Elle s'engouffra du côté conducteur, tandis que Cam ouvrait le coffre et y posait la valise. Dès qu'il le referma, elle démarra.

Il se dépêcha de gagner l'avant, mais sentit une main se poser sur son dos.

— Qui êtes-vous ? Le petit ami de Martha ? demanda une voix féminine.

— J'aimerais bien, gronda-t-il en claquant la portière au nez de la journaliste. Allez-y, dit-il à Martha.

Martha quitta son emplacement, les yeux fixés sur le rétroviseur.

— Ils ne se lassent donc jamais ? Qu'espèrent-ils à stationner comme ça devant chez moi ?

— Ce qu'ils ont eu… Une photo de vous avec une valise.

Il boucla sa ceinture de sécurité.

— Et la famille de Casey ? Vous savez si on les a avertis ?

— La police a contacté sa mère et sa sœur, hier soir. Je ne les ai jamais rencontrées. Casey ne parlait jamais de ses parents, mais j'ai dit aux policiers de leur transmettre mes coordonnées, afin d'être là quand ils viendront prendre ses affaires.

Elle se voûta un peu.

— Quelle histoire horrible !

— Et nous savons maintenant qu'il s'agit d'un meurtre.

— Nous devrions le dire à la police, leur remettre le message.

— Vous croyez que ce Tony aura envie de parler à la police ? Vous croyez qu'il voudra dénoncer Casey si elle a fait quelque chose d'illégal ?

Il se frotta les yeux.

— C'est-à-dire si on arrive à découvrir qui il est.

— Je sais qui il est.

— Vraiment ?

— Je m'en suis souvenue quand nous courions vers la voiture. C'est un barman. Parmi tous les hommes qu'elle fréquentait, c'était une relation plus ou moins régulière.

— Son nom de famille ?

— Je l'ignore, mais il travaille dans un bar de Georgetown. Il suffit d'appeler pour savoir s'il est de service ce soir.

Le téléphone de Cam se mit à bourdonner dans le vide-poches central. Il jeta un coup d'œil à l'écran.

— C'est la police. Vous voulez que je réponde ?

— Oui. Mettez le haut-parleur.

Cam prit l'appel et pressa la touche haut-parleur.

— Allô ?

— Mademoiselle Drake, ici l'inspecteur Merchant de la police métropolitaine de Washington. J'ai quelques questions à vous poser au sujet de Mlle Jessup.

— Allez-y, je ferai ce que je peux pour vous aider.

Elle haussa les sourcils à l'intention de Cam.

— Êtes-vous retournée dans la maison que vous partagiez avec Mlle Jessup ?

— Oui.

— A-t-elle laissé une lettre d'adieu ou quelque chose indiquant ses intentions ? Nous n'avons rien trouvé à l'hôtel.

— Non, rien du tout.

Martha serra les dents. Cam savait ce qu'il lui en coûtait de mentir à la police.

— Saviez-vous quelles clés elle avait sur son porte-clés ?

— Non. Pourquoi me demandez-vous cela ?

— Nous n'avons trouvé aucun trousseau de clés dans ses affaires personnelles, seulement son portefeuille, un peu de maquillage et son portable. Possédait-elle une voiture ?

— Non, elle n'en avait pas, mais cela me paraît étrange qu'elle n'ait pas eu au moins la clé de la maison, dit Martha en croisant le regard de Cam.

Le policier s'éclaircit la gorge.

— Ce n'est pas si étrange si elle ne prévoyait pas de retourner chez vous.

— V… Vous avez raison. Savez-vous si ses parents vont venir à Washington pour récupérer ses affaires ?

— Ils prendront contact avec vous, et nous. C'est tout pour l'instant, mademoiselle Drake.

— Bien, merci.

Cam raccrocha pour elle.

— Ce n'est pas bon, Martha.

— Les clés ?

— Exactement. Qui les a ? Ces journalistes vous ont peut-être sauvée d'une visite importune, après tout. Si celui qui a tué Casey a pris ses clés, il peut désormais entrer chez vous…

— Je ferai changer les serrures.

— Bonne idée.

Entendant son estomac gronder, Cam se tapota le ventre.

— Et si on prenait ce petit déjeuner que je vous ai promis ?

— Je n'ai pas envie d'aller au restaurant. On pourrait faire des courses sur le trajet et manger chez ma mère, ça vous dit ?

Cam pencha la tête.

— Vous avez peur que le Patriote vous suive ou qu'on vous reconnaisse après votre passage à la télévision ?

— Vous croyez qu'il me suit ?

Elle réorienta le rétroviseur pour mieux voir.

— J'ai déjà vérifié, lui dit Cam en tapotant sa vitre. Personne ne nous file, pas même les journalistes.

Se réadossant à son siège, Martha expliqua :

— Je n'ai pas envie qu'on me dévisage. J'en ai eu plus que mon content quand mon père a été arrêté.

— Je serai ravi de manger un petit déjeuner maison chez votre mère, mais vous ne devriez pas vous inquiéter d'être reconnue. La photo que les rédactions ne cessent de montrer date d'il y a longtemps.

Il contempla son visage et ses cheveux.

— Vous êtes différente aujourd'hui.

— Cette photo a été prise quand j'étais adolescente. À l'époque, je n'avais qu'une envie, me cacher.

— Ça se voit. Vous portiez des grosses lunettes, des vêtements larges, une coiffure qui vous dissimulait le visage.

Tendant la main, il repoussa une mèche de ses cheveux, lui effleurant le lobe de l'oreille au passage.

— Je vous préfère comme ça. On voit votre visage… et vos yeux.

Elle toussa et se raidit un peu.

— Même si mon apparence ne déclenche pas la panique chez les paparazzis, je préférerais manger à la maison.

— Marché conclu.

Il laissa retomber sa main.

— C'est moi qui ferai la cuisine, si vous vous contentez d'œufs et de bacon.

— Me contenter ? Normalement, je ne mange que des toasts ou des bagels, le matin. Vous savez cuisiner ?

— Je connais les bases.

— Je suis impressionnée.

Cam sourit d'un air ravi. Les compliments de Martha le mettaient aux anges. Que pouvait-il y faire si son approbation était devenue une priorité pour lui ?

Après s'être arrêtée dans un supermarché, Martha continua vers l'est jusqu'à la côte, puis prit la direction du nord. De temps en temps, Cam apercevait la baie entre les grandes maisons et les pelouses bien tondues. Apparemment, le gouvernement n'avait pas forcé Skip Brockridge à rendre tout l'argent qu'il avait subtilisé.

Martha s'engagea enfin dans une allée circulaire et s'arrêta devant une porte à double battant précédée de quelques marches.

Cam émit un sifflement admiratif.

— Jolie piaule. Elle a vue sur la mer ?

— Il y a une plage et un ponton.

Martha passa le point mort.

— Mais pas de bateau.

— Économies forcées ?

— Mon père était fou de bateaux — moi aussi d'ailleurs.

Elle se frotta le bout du nez et descendit de voiture.

Il l'imita et l'aida à sortir la valise du coffre. Puis il posa un des sacs de courses dessus, tandis que Martha empoignait les deux autres.

— Vous avez grandi ici ?

— Dans cette maison ? dit-elle en englobant le porche d'un geste. Non, ma mère a dû se serrer la ceinture quand mon père est allé en prison. Je ne sais pas pourquoi elle a acheté une maison au bord de la mer, parce que ça n'a jamais été son truc.

— Il y a quelqu'un qui vit ici ? Ça n'a pas l'air abandonné.

Martha isola une clé sur son trousseau et la fit tinter nerveusement.

— Pas pour le moment, mais la femme de ménage vient une fois par semaine, et les jardiniers entretiennent le parc.

— Vous disiez que votre mère était en Floride ?

— Pour l'hiver — comme les oiseaux migrateurs.

Elle déverrouilla la porte et Cam la suivit à l'intérieur, traînant la valise et tournant la tête de tous côtés.

— Vous avez le même décorateur que votre mère ? Ça ressemble à votre maison.

— La maison où je vis était à ma mère, elle l'avait héritée de ma grand-mère. Je peux me permettre d'y vivre — en louant une chambre — mais je n'ai pas les moyens de changer la décoration.

— Vous voulez que je monte la valise ? demanda Cam en s'arrêtant au pied d'un escalier incurvé.

— Laissez-la ici pour le moment.

Elle lui montra les sacs de courses.

— Je vais vous mettre au travail.

Cam écarquilla les yeux en entrant dans la cuisine. Les casseroles en cuivre suspendues au-dessus de l'îlot central reflétaient la lumière du soleil, envoyant des éclats lumineux sur les plans de travail en granit, garnis d'assez d'appareils et de gadgets pour remplir un petit magasin.

— C'est bien au-dessus de mes moyens.

— Si c'est trop pour vous, imaginez ce que je ressens quand j'entre ici pour me préparer un bol de céréales.

Elle posa les courses sur l'îlot central, puis remonta ses manches sur ses bras.

— Dites-moi ce qu'il faut faire, dit-elle.

Cam leva un doigt.

— D'abord, toujours se laver les mains. C'est ce que m'a appris ma mère.

— Votre mère vous a appris à cuisiner, ou bien elle vous maternait, vous et votre sœur, et vous avez dû apprendre plus tard ?

— Ma mère, me materner ?

Il éclata de rire.

— Elle était seule et travaillait la nuit, alors j'ai dû apprendre à me débrouiller.

— Oh…

Martha se tut, un carton d'œufs dans les mains.

— Qu'est-il arrivé à votre père ?

Cam la frôla pour se laver les mains dans l'évier.

— Mon père a décampé quand Lexie était encore un bébé et que je n'étais pas beaucoup plus grand. Nous ne l'avons jamais revu.

— Je suis désolée.

— Moi, non. Apparemment, c'était un salopard, et nous étions bien mieux sans lui.

— C'est drôle, je pensais…

Elle s'interrompit en secouant la tête, et reprit :

— Les bols sont dans ce placard. Je vais couper les oignons et râper le fromage.

Cam se mit en devoir de casser les œufs. Qu'avait-elle pensé ? Au moins, elle avait pensé à lui.

— Le lait ?

Elle ouvrit le réfrigérateur et en tira la brique qu'elle venait juste de ranger. Puis, se penchant au-dessus de son épaule, elle lui demanda :

— Vous voulez que j'en verse ? Dites-moi juste quand m'arrêter.

Cam continua à battre les œufs.

— D'accord, versez. Encore un peu, encore un peu. Stop !

Martha rangea le lait et renversa la tête pour considérer les casseroles suspendues au-dessus d'eux.

— Je ne sais même pas laquelle utiliser pour une omelette.

Cam saisit une poêle.

— Celle-ci fera l'affaire.

— Je vous ai dit que je ne connaissais rien à la cuisine.

— Laissez-moi deviner. Vous aviez une cuisinière.

— Oui. Payée avec des biens mal acquis, bien sûr, commenta-t-elle les lèvres pincées. Mais ma mère aimait cuisiner. Elle a dû être ravie d'avoir une fille, parce qu'elle adorait ces activités typiquement féminines. Malheureusement pour elle, je m'intéressais à… d'autres choses.

— Les bateaux ?

Le beurre se mit à grésiller et Cam en tartina vivement le fond et les bords de la poêle.

— Je pensais que vous passiez la plupart du temps à lire et à étudier.

— Et à faire du bateau, dit Martha en haussant les épaules. J'en faisais parce qu'il aimait ça.

— Votre père.

— Hum…

Elle renifla.

— Il y a trop d'oignons, je crois.

— C'est parfait.

Ses reniflements n'avaient rien à voir avec les oignons, pensa Cam. Elle faisait semblant de haïr son père, mais c'était tout le contraire.

Il acheva la première omelette et la déposa sur une assiette. Puis il prépara la seconde, dont il écorna un coin en la retournant.

— Je prendrai celle-ci.

Martha dévissa le bouchon d'une brique de jus d'orange et en versa dans deux verres.

— Elles m'ont l'air toutes deux parfaites.

— Nous n'avons pas acheté de café.

D'un geste ample, Cam fit glisser l'omelette abîmée sur la deuxième assiette.

— Ça ne me dérange pas.

Elle emporta les verres sur l'îlot central et les posa aux coins des sets de table. Cam la suivit et disposa les assiettes avec soin, essayant d'imiter sa minutie.

— Je n'ai pas besoin de café. Je suis déjà bien assez nerveuse comme ça.

Elle désigna la sacoche de son ordinateur sur la table basse.

— Je n'ai pas vérifié mes messages aujourd'hui. Notre ami a peut-être des nouvelles pour moi ?

— À moins qu'il vous annonce qu'il vous laisse tranquille ou qu'il précise ce qu'il veut, ce qu'il a à vous dire n'est pas très intéressant.

Cam secoua la serviette placée à côté de son assiette et la posa sur son genou.

Martha venait de les ramener à la triste réalité, si bien qu'il se sentit autorisé à en parler.

— Vous allez appeler le bar de Tony pour savoir s'il est là ce soir ?

— Oui, mais je me demande ce qu'il sait. Pourquoi n'a-t-il rien dit à la police, et pourquoi Casey ne l'a-t-elle pas chargé d'appeler les flics s'il lui arrivait quelque chose ?

— Elle ne voulait peut-être pas le mêler à cela.

Cam coupa un bout de son omelette avec sa fourchette et l'agita en direction de Martha.

— C'est vous qu'elle a avertie, parce que vous étiez déjà impliquée dans l'histoire.

— Génial.

Ils continuèrent à bavarder, évitant les sujets sensibles, et Martha lui raconta qu'elle avait grandi dans la baie de Chesapeake. Son enfance n'aurait pas pu être plus différente de la sienne, qui s'était déroulée dans les rues mal famées d'Atlanta, mais la différence la plus criante concernait leurs pères. Cam n'avait aucun désir de retrouver le sien, tandis que Martha avait clairement idolâtré le sien — jusqu'à ce qu'il la déçoive.

Il n'était pas étonnant qu'elle n'ait pas de petit ami, songea Cam. Elle avait dû mettre la barre terriblement haut après le fiasco avec son père.

Quand ils eurent fini le petit déjeuner, Martha insista pour s'occuper de la vaisselle.

— À condition que je vous aide, dit Cam. Ma mère m'a inculqué ça dès mes premières années, et elle me donnait une tape sur la tête chaque fois que je ne participais pas au nettoyage.

— Elle vit toujours en Géorgie ?

— Oui, et je n'arrive pas à lui faire quitter son quartier.

Il secoua la tête.

— Je la pousse toujours à chercher un autre emploi et à déménager, mais elle prétend que ses tâches ne sont plus aussi lourdes qu'auparavant.

— Que fait-elle ?

— Pendant des années, elle a travaillé comme femme de chambre dans un hôtel. Elle y est toujours, mais elle a maintenant le poste de gouvernante.

Il haussa les épaules.

— Elle ne veut pas renoncer à cet emploi.

Martha essuya l'assiette qu'elle tenait puis la pressa sur son cœur.

— Elle a travaillé dur pour vous élever, vous et votre sœur.

— C'est vrai.

— Elle doit être fière de vous, maintenant.

— C'est ce qu'elle dit.

Alors qu'elle allait ranger l'assiette, Martha se retourna pour le dévisager.

— « C'est ce qu'elle dit » ? Vous ne la croyez pas ?

Cam sentit ses entrailles se nouer.

— Elle n'est jamais allée à l'université, c'est pourquoi elle tenait tellement à ce que je fasse des études. J'ai obtenu une bourse sportive, mais j'ai échoué. Je n'arrivais pas à suivre les cours.

Martha se détourna du placard et prit appui sur le plan de travail.

— Ah, le joli garçon n'a trouvé personne pour lui écrire ses dissertations ?

Il la regarda et la vit ciller derrière ses lunettes. Était-ce vraiment ce qu'elle pensait de lui ? Avec tous ses privilèges et ses capacités mentales, c'était facile pour elle de le juger.

— Je ne sais pas.

Il claqua la porte du lave-vaisselle.

— Je n'ai jamais demandé à personne de faire mon travail. J'ai essayé de le faire moi-même, et j'ai misérablement échoué.

Embarrassée, tout à coup, elle balbutia :

— Je suis désolée. Je ne voulais pas dire…

— Bien sûr que si.

Il laissa échapper un éclat de rire sourd.

— Une fille comme vous, tellement supérieure.

S'éloignant du comptoir, elle lui prit les mains.

— Cela n'a rien à voir avec vous, Cam. C'est moi et mes défauts.

— Vos défauts ?

Il leva les yeux au ciel, mais les mains de Martha, douces et chaudes, serraient fortement les siennes, et il se détendit soudain.

— C'est juste que vous me rappelez tous ces garçons sexy au lycée et à l'université, qui me demandaient de faire leurs devoirs et qui, ensuite, m'ignoraient complètement. Je ne cessais de me promettre de ne plus les aider, mais je le faisais quand même. C'était un moyen de me faire accepter, et je le voulais désespérément.

Cam baissa les yeux, puis les releva comme pour détecter une trace de mensonge sur son visage. Les magnifiques yeux de Martha brillaient de larmes contenues, et il vit qu'elle était sincère.

— Ces types étaient des imbéciles. Mais même si j'avais eu une fille comme vous pour m'aider, j'aurais quand même échoué à l'université.

— Ce n'est pas sûr. J'étais une répétitrice très sévère.

— J'en suis certain, mais je n'aurais pas pu me concentrer si vous aviez été assise en face de moi.

Elle haussa les sourcils et parut l'observer à son tour.

— Vous êtes sérieux ?

— Bien sûr que oui.

Elle rougit comme une pivoine et plissa le nez.

— Je suis quand même sûre que je vous aurais fait progresser.

— Non, et ce n'est pas une critique de vos compétences.

Il lui retira ses mains et les posa sur ses épaules.

— Je ne pouvais pas réussir parce que je suis dyslexique. Je croyais que vous l'aviez remarqué.

8

Stupéfaite, Martha porta une main à son cœur.

— C'est moi qui suis une imbécile.

Il lui effleura la clavicule du pouce.

— Vous ne pouviez pas savoir.

— Oui, mais les suppositions que j'ai faites sur vous…

Sa main monta à sa gorge.

— Je me sens vraiment idiote et je suis désolée de vous avoir parlé ainsi. Comme je vous l'ai dit, ces garçons m'ont humiliée plus d'une fois à l'université. Et, honnêtement, ce n'était pas leur faute. Ils ne m'ont pas obligée à les aider. Je l'ai fait de mon plein gré.

Renversant la tête en arrière, Cam éclata de rire. Cela rompit la tension. Une tension qui s'accumulait depuis quelque temps et dont Martha avait supposé qu'elle était unilatérale. Mais Cam lui avait dit qu'elle l'aurait distrait. Elle n'avait jamais fait cet effet à personne jusque-là.

— C'est le côté idiot des sportifs. Vous les intimidiez. Ces types sont habitués à être admirés, pas à être réprimandés.

— Quand vous dites des choses comme ça, vous n'avez pas du tout l'air idiot. Il faut que vous cessiez de vous rabaisser.

Elle posa les mains à plat sur la poitrine de Cam.

— Vous ne seriez pas membre d'une unité d'élite de l'armée si vous n'aviez que du muscle et pas du tout de cerveau.

— Je vais faire un marché avec vous.

Martha crispa un peu les doigts sur le T-shirt de Cam. Si elle pouvait rester près de lui pour toujours, elle était prête à passer un marché avec le diable en personne.

— Quel genre de marché ?

— Je cesse de me traiter d'idiot, et vous cessez de vous traiter de geek, surtout avec le ton que vous prenez.

— Quel ton ?

Elle battit des cils.

— J'ai un ton spécial quand je me traite de geek ?

— Oui, dit-il en lui effleurant la joue de sa main. Et je n'aime pas ça.

— Alors il faut nous en débarrasser ?

Elle n'avait pas fait un geste pour ôter ses mains, et il n'avait toujours pas lâché ses épaules.

Le regard de Cam tomba sur sa bouche et elle sentit un pouls battre sur sa lèvre inférieure. Ce serait tellement meilleur de sceller ce pacte avec un baiser.

Malheureusement, le téléphone se mit à sonner. Elle en aurait sangloté de déception. Cam tourna vivement la tête.

— Vous devriez regarder qui c'est. Celui qui vous a envoyé le prétendu texto de Casey a votre numéro, et je suis sûr qu'il va en profiter.

Le charme était rompu. Martha s'écarta et alla chercher son téléphone, prête à hurler sur celui qui se trouvait au bout du fil. Mais elle fronça les sourcils en reconnaissant le numéro de Gage.

— Mon patron m'appelle un dimanche ?

— Ça vous ennuie si j'écoute ? Cela peut avoir un lien avec les mails.

Elle pressa une touche pour prendre l'appel.

— Allô ? Gage ?

— Martha, je suis ici avec le chef de section Rand Proffit.

Elle déglutit, la gorge soudain nouée.

— Hello, monsieur Proffit.

— Comment allez-vous, Martha ? Cela a été une semaine plutôt difficile.

— Oui, c'était vraiment fou. J'ignorais totalement que ma locataire… sortait avec le député Wentworth. Si je l'avais su, je vous l'aurais signalé.

Elle fit la grimace. L'aurait-elle fait ? Est-ce que cela regardait l'Agence ? Leur devait-elle quelque chose ?

La voix paternaliste de Proffit s'infiltra dans le téléphone.

— Je suis certain que vous l'auriez fait, Martha. Je sais que nous pouvons compter sur vous pour agir avec rectitude. La situation nous a malheureusement mis dans une position difficile. L'une de nos employées, qui a déjà un passé trouble, mêlée à un scandale sexuel impliquant un membre du National Intelligence Council ? Ça ne donne pas une bonne image de nous.

— Un scandale sexuel ?

Elle grinça des dents.

— Je ne suis mêlée à aucun scandale sexuel.

Cam s'était rapproché d'elle, les traits déformés par l'anxiété.

— Bien sûr que non, mais tout cela s'est passé chez vous… Sous votre nez, pour ainsi dire.

— Pas sous mon nez, non. Ils étaient dans une autre pièce, la porte fermée.

Elle rougit en se rappelant avoir écouté leurs bruits à travers le mur.

Proffit fit claquer sa langue. À moins que ce ne soit son abruti de patron ?

— Nous ne vous faisons aucun reproche, Martha, et nous savons que vous n'êtes pas responsable.

Il s'éclaircit la gorge et Martha retint son souffle.

— Toutefois, nous allons vous mettre en congé pendant quelque temps, jusqu'à ce que la situation revienne à la normale. Un congé payé, bien entendu. Prenez-le comme des vacances.

— J'ai du travail en cours.

— Farah pourra s'en occuper.

Gage ne cachait pas sa satisfaction.

— Farah ne parle pas russe.

Gage avait une réponse toute prête.

— Nous trouverons quelqu'un pour prendre la relève, Martha. Ne vous inquiétez pas.

Elle serra le téléphone si fort qu'elle crut que l'écran allait se briser.

— Quand la… situation sera revenue à la normale, vous avez intérêt à me rendre mon poste, sinon vous aurez affaire à mon avocat.

— L’avocat de votre père ? rétorqua Gage en ricanant.

— Parfaitement.

Elle coupa la communication et jeta le téléphone sur le comptoir.

Cam émit un sifflement.

— Ça, c’était envoyé. Ils sont tellement sûrs d’eux, hein ? J’aimerais voir leur expression s’ils découvrent un jour que vous avez copié les mails.

La colère de Martha laissa place à la peur et elle se mordilla la lèvre.

— Il ne faut pas qu’ils le découvrent. Je perdrais mon travail et j’atterrirais sans doute dans la cellule voisine de celle de mon père.

— Ce n’est pas moi qui le leur dirai.

Cam fit le tour de l’îlot et tapota le tabouret entre eux.

— Asseyez-vous. Vous semblez sur le point de défaillir.

Elle se percha sur le tabouret et croisa ses mains devant elle.

— Gage n’a qu’une envie, se débarrasser de moi.

— J’ai remarqué. C’est quoi son problème ?

— Il a peur que j’obtienne le poste qu’il guigne.

Elle se tordit les mains.

— Il n’a plus à s’inquiéter maintenant.

— Si nous trouvons la preuve que ces mails étaient des mensonges, vous serez bien placée pour une promotion.

Il lui tapota le dos, puis alla chercher l’ordinateur abandonné sur la table basse.

— Vous voulez jeter un coup d’œil à votre ordinateur tout propre ?

— Au moins, le Patriote ne m’espionnera plus. Mais maintenant que nous sommes comme les deux doigts de la main, il se sent probablement autorisé à m’écrire. J’imagine qu’il a mon adresse, grâce à Casey.

— Peut-être sera-t-il assez aimable pour vous dire ce qu’il veut.

Cam sortit l’ordinateur de la sacoche et le posa devant elle.

Elle agita les doigts avant de l’allumer et d’entrer son mot de passe.

— S'il admet avoir tué Casey ou Wentworth, je le dénonce à la police. Je me fiche des conséquences.

— Même s'il l'avoue, nous ne savons pas qui il est. Est-ce une seule personne ? Est-ce le même qui vous a poussée dans le métro ?

Un peu crispée, elle ouvrit sa boîte mail et regarda les messages s'afficher à l'écran. À chaque message vérifié et supprimé, elle poussait un soupir.

— Rien de sa part.

— Il en a peut-être terminé avec vous. Il vous a montré l'étendue de son pouvoir et il s'est débarrassé de quelques personnes. Il s'imagine qu'il vous a suffisamment avertie pour que vous laissiez tomber l'affaire.

Martha repoussa sa machine.

— Nous allons tout de même voir Tony ce soir, n'est-ce pas ?

— Bien sûr.

— Alors il se trompe.

Par chance, Tony Battaglia travaillait toujours à l'Insider, et il était de soirée.

Cam insista pour passer le reste de la journée avec Martha, et elle se laissa faire. Elle prépara des sandwichs pour le déjeuner, son seul savoir-faire culinaire, et ils travaillèrent tous deux sur leurs ordinateurs jusqu'à ce qu'elle lui propose de faire une promenade le long du rivage.

Elle avait pris un cours de conversation russe en ligne dans l'après-midi, mais ignorait ce que Cam avait fait et ne voulait pas lui poser la question. Il avait demandé s'il pouvait s'installer dans un endroit tranquille pour utiliser un casque et un micro et elle lui avait proposé la bibliothèque de sa mère — en réalité celle de son père car tous les livres lui avaient appartenu.

Elle avait montré à Cam où brancher son ordinateur et était ressortie aussi vite que possible. La vue et l'odeur des bouquins de son père lui rappelaient trop ce qu'elle avait perdu quand il avait décidé de transgresser la loi.

Comme elle le faisait aujourd'hui.

Durant leur promenade, le froid avait rougi les joues de

Cam et le vent avait ébouriffé ses cheveux. Martha avait du mal à réconcilier cette image d'homme sexy avec les problèmes de dyslexie qu'il lui avait confiés.

Son cœur s'émouvait de cette faiblesse, tandis que son corps s'émouvait du reste de sa personne. Elle n'aurait pas pu désirer un héros plus parfait, même si elle l'avait commandé sur catalogue.

— Plus de repas à la maison, dit-il en enlevant sa veste. Nous allons dîner sur le trajet, et c'est moi qui paierai. Vous avez dû me supporter toute la journée.

Le seul désavantage à l'avoir à la maison était qu'il restait dans une autre pièce, songea-t-elle.

Elle se débarrassa à son tour de son manteau et le laissa tomber sur le canapé.

— Ça marche pour moi. Je vais me doucher et me changer. Voulez-vous passer à votre hôtel pour faire la même chose ?

Cam examina son jean délavé et ses grosses bottes.

— Oui, il faudrait que je fasse un peu de toilette.

— Servez-vous dans la cuisine si vous voulez quelque chose…

Elle agita la main en direction de la bibliothèque.

— Ou continuez à faire… ce que vous faisiez.

— Je lisais.

— Quoi ?

— Je travaillais sur un logiciel de lecture. J'essaie de m'y exercer quand je suis en congé. Si j'avais eu ce logiciel quand j'étais plus jeune, ça m'aurait beaucoup aidé.

— C'est formidable.

Il rentra la tête dans les épaules et rougit.

— Je ne cherchais pas les compliments.

— Je sais.

Elle se détourna pour ne pas l'embarrasser davantage.

— Eh bien, allez-y pendant que je me prépare.

Quelques minutes plus tard, Martha pénétra dans la douche, le sourire aux lèvres. Elle ne s'était jamais sentie aussi proche d'un homme.

Tournant les robinets, elle déclencha une pluie d'eau chaude. Mais quand ce fut fini, elle avait perdu le sourire.

Ce que Cam et elle partageaient avait peu à voir avec la vraie vie. Elle se sentait proche de lui parce qu'il la protégeait et qu'il lui servait de rempart au milieu d'une longue série d'événements plus fous les uns que les autres. Et lui se sentait proche d'elle parce qu'il aimait jouer les protecteurs.

S'il n'était pas apparu, elle aurait probablement tout avoué aux policiers du commissariat le plus proche. Il avait supposé qu'elle ne voulait pas s'en remettre à la police et elle s'était engagée avec lui dans cette voie périlleuse. Comme elle l'avait fait avec son père, dont elle avait découvert les activités bien avant que le FBI vienne toquer à leur porte.

L'un dans l'autre, elle acheva de se doucher dans un état d'esprit bien différent de celui qu'elle avait en entrant dans la salle de bains. Prenant une serviette sur le porte-serviettes, elle se frotta la peau à en rougir. Elle était retombée dans sa vieille ornière. Un type sexy au sourire ravageur lui faisait signe et elle était prête à tout pour lui.

Ce n'était pas exactement cela, cependant. Cam l'avait sauvée et il était resté pour la protéger. Cela faisait toute la différence.

S'étant remonté le moral avec cette interprétation des événements, Martha se pencha vers le miroir et mit ses lentilles de contact en cillant. Il n'y avait rien d'extraordinaire à porter des lentilles, elle le faisait chaque fois qu'elle sortait avec un homme, se dit-elle.

Elle finit de se préparer, puis retourna dans sa chambre. Elle avait déjà préparé un jean noir et des bottines à talons hauts. Enfilant un pull bleu vif, elle résista à l'envie de le tirer sur les épaules pour élargir le décolleté en V.

Elle mit la touche finale en se séchant les cheveux et en appliquant un peu plus de maquillage que d'habitude. Elle voulait présenter une image différente de celle qu'on voyait placardée dans tous les journaux télévisés.

Elle descendit l'escalier en tenant la rampe, à cause de ses talons. Cam apparut au pied des marches avant qu'elle ait fini de descendre, les yeux écarquillés et la bouche ouverte.

— Vous êtes… superbe.

Il lui tendit la main pour l'aider à franchir la dernière marche.

— Merci, dit-elle en faisant bouffer ses mèches. J'ai décidé de me déguiser un peu.

— Ah bon, articula Cam en levant un sourcil. Mais ce n'est pas comme ça que vous allez échapper aux regards. Je dirais plutôt que tous les yeux seront fixés sur vous, dans cette tenue.

— Vous la trouvez trop voyante ? dit-elle en plaquant une main sur son ventre.

— Pour une soirée à Georgetown ? Pas du tout. Et pour moi ? Encore moins.

Elle humecta ses lèvres. Cam ne s'était pas laissé prendre à ses prétextes. C'est pour lui qu'elle s'était habillée et elle avait obtenu exactement la réaction qu'elle espérait. Et elle ne se sentait ni nerveuse ni incertaine. Elle se sentait belle, parce que c'était ainsi qu'il la voyait.

— Vous êtes prêt ?

Elle lui montra une petite pochette noire.

— Je vais juste changer de sac à main.

— Je suis prêt. J'ai rangé mon ordinateur.

Il montra la porte de service.

— J'ai pris la liberté de m'assurer que tout était bien fermé. Pourquoi l'alarme n'était-elle pas enclenchée quand nous sommes arrivés ?

— La femme de ménage la laisse éteinte, parce qu'elle oublie sans arrêt le code.

— Vous le connaissez ?

— Oui.

— Alors mettez-la ce soir et laissez-la enclenchée tout le temps que vous resterez ici. Vous pourrez toujours appeler la femme de ménage pour lui redonner le code.

Martha, qui transférait ses affaires d'un sac à l'autre, leva la tête.

— C'est pour cette raison que vous êtes resté toute la journée ? Vous craignez que je ne sois pas en sécurité ici ?

— Ce type a tué un député et sa maîtresse. Je ne prends pas ça à la légère, même si nous ignorons ce qu'il veut de vous.

— Je suis d'accord. Donnez-moi deux minutes.

Tandis que Cam attendait près de la porte, Martha enclencha le système d'alarme.

— C'est fait, dit-elle en le rejoignant.

— Mieux vaut prévenir que… Vous savez.

À l'hôtel de Cam, Martha insista pour l'attendre au bar pendant qu'il se douchait. Cela leur éviterait à tous deux l'embarras de le voir en petite tenue.

— J'ai envie d'un verre de vin, de toute façon.

— D'accord, je ne serai pas long.

Il agita un doigt dans sa direction.

— Mais ne parlez pas à des inconnus.

Son avertissement lui donna un petit frisson, mais elle ne fit qu'en rire.

— Je serai là quand vous redescendrez.

Au bar, elle se hissa sur un tabouret, jetant un regard distrait aux couples éparpillés dans la salle. Elle commanda un verre de vin rouge au barman et ferma les yeux quand la chaleur de l'alcool se répandit dans ses muscles.

— Longue journée ?

Rouvrant les yeux, elle se tourna vers l'homme assis à côté d'elle.

— On pourrait dire ça.

— Pareil pour moi.

Il leva son verre de whisky.

— J'ai voyagé toute la journée. Il n'y a rien de pire.

— Voyons voir, dit Martha en comptant sur ses doigts. Un lobbyiste, un député de retour de sa circonscription, un avocat ?

— Vous connaissez bien cette ville, on dirait.

Il fit tourner le liquide ambré dans son verre.

— Je suis lobbyiste.

Martha rit en battant des paupières, une réaction que l'inconnu prit manifestement pour une invitation. Ils passèrent la demi-heure suivante à échanger des reparties spirituelles. La moitié des choses qu'elle disait lui semblait sortir de nulle part.

— Vous savez, Martha, vous avez déjà rendu ma journée cent fois meilleure. Puis-je vous inviter à dîner ?

— Oh ! je suis désolée, je dîne avec un… ami, ce soir. En fait, il est ici. J'ai été ravie de parler avec vous, Alan. Bonne continuation.

Alan pencha la tête à temps et aperçut Cam qui venait vers elle.

— Quelle chance il a ! Je vous souhaite bon appétit, Martha.

Martha marcha à la rencontre de Cam et hocha la tête en signe d'approbation.

— Vous avez fait des frais.

Cam leva le menton et lança un regard noir derrière Martha.

— Ce type essayait de vous draguer ?

— On ne faisait que passer le temps, dit-elle en lui prenant la main. Avant l'attraction principale.

— Je ne le lui reproche pas, rétorqua Cam en entrelaçant ses doigts aux siens.

Ils firent demi-tour pour sortir du bar.

— Je vous ai dit que vous ne passeriez pas inaperçue, apprêtée comme vous l'êtes.

Martha allongea le pas pour rester à sa hauteur, notant quelques regards admiratifs sur son passage. Elle rejeta ses cheveux en arrière et se redressa. Cam pouvait bien la complimenter toute la soirée, elle savait ce qu'il en était.

Ses attentions lui avaient donné confiance en elle et, dans ces circonstances, même la fille la plus terne pouvait faire preuve d'assurance.

Néanmoins, elle refusa d'entrer dans un restaurant à la mode et lui préféra un endroit plus tranquille, servant des plats italiens dans une ambiance familiale.

Une fois qu'ils eurent chacun un verre de vin devant eux, Cam se pencha en avant et croisa les bras sur la table.

— Quelle sera notre stratégie avec Tony ? Vous l'avez déjà rencontré ?

— Il est probablement le seul que Casey n'ait jamais amené à la maison, même si je n'ai guère vu les autres.

Elle tapota son verre de l'ongle.

— Si Tony était une sorte de confident pour Casey, il doit connaître mon nom et avoir entendu parler de moi. Mais ça m'étonne : pourquoi confier ses secrets à un barman ?

— Vous plaisantez ? La plupart des barmans en savent plus sur les problèmes des gens que les thérapeutes.

Cam prit un morceau de pain à l'ail et le pointa vers Martha.

— Vous prévoyez juste d'entrer et de vous présenter à lui ?

— Je vais y aller doucement, puis je lui parlerai du message de Casey. Qui sait ? Il s'y attend peut-être, si Casey lui a parlé de ses ennuis.

— S'il n'y a pas trop de monde, nous aurons une chance de lui parler pendant qu'il travaille, ou du moins de lui fixer rendez-vous plus tard.

Quand la serveuse revint avec leur commande, Cam désigna le verre de Martha.

— Vous en voulez un autre ?

— Non, merci. Je préfère garder la tête froide, ce soir, et j'en ai déjà bu un à l'hôtel. Vous vous rappelez notre conversation après l'incident du métro ? Je ne peux pas boire plus de deux verres de vin. Vous ne m'aimeriez pas si j'en buvais un troisième.

— Vous voulez parier ? Comprenez-moi bien : j'admire votre sobriété, mais je ne peux pas m'empêcher de me demander à quoi ressemblerait une Martha un peu pompette.

— Je ne…

Elle découpa un morceau de lasagnes aux épinards.

— Je ne me laisse jamais aller.

— Vous devriez essayer, de temps en temps.

Il prit un autre morceau de pain à l'ail.

— Et vous devriez goûter ce pain avant que je le dévore en entier.

Elle le regarda se frotter les mains, faisant tomber les miettes sur la serviette posée sur ses genoux, et se demanda comment ce serait de se laisser aller avec Cam. Elle n'était pas vierge, mais ses rapports sexuels avaient toujours été très contrôlés et mesurés. C'était sans doute sa faute.

Durant le reste du repas, ils ne parlèrent plus de Tony, de

Casey ou du député. On aurait dit que ce dîner constituait une sorte de bulle, une évasion temporaire.

Ils finirent leurs desserts et Cam, fidèle à sa parole, s'occupa de l'addition.

— Vous vous sentez capable de conduire ? demanda-t-il en déposant des billets sur le petit plateau.

— Je crois, même si je ne conduis pas après avoir bu d'ordinaire.

— S'agissant de boire et de conduire, on n'est jamais trop prudent. Je prendrai le volant, déclara-t-il en levant la main.

— Vous aussi, vous avez pris un verre de vin.

— Je fais deux fois votre poids et j'ai bu deux fois moins que vous.

— Vous marquez un point.

Martha repêcha ses clés dans son sac et les laissa tomber dans la paume tendue de Cam.

— Vous connaissez le chemin, n'est-ce pas ?

— Ce n'est pas loin, si ? Vous serez ma copilote.

Quand ils arrivèrent devant le bar, Cam remit la voiture au valet de parking et lui laissa les clés. Puis ils franchirent la porte de l'établissement.

— Vous savez à quoi il ressemble ? murmura Cam à son oreille.

Du menton, Martha désigna le comptoir, derrière lequel officiaient un homme et une femme.

— Facile, c'est l'homme.

— Au moins, il n'y a pas trop de monde.

Avisant un écran de télévision, sur lequel s'affichaient les photos de Wentworth et Casey, Cam ajouta :

— Je me demande ce qu'éprouve Tony en voyant ça vingt-quatre heures sur vingt-quatre.

— J'imagine que nous allons le savoir très vite.

Ils prirent deux sièges libres au bar, le client le plus proche étant situé à trois places de là.

Ce fut la barmaid qui vint prendre leur commande.

— Que puis-je vous servir ?

— Je vais prendre une de celles-ci, dit Cam en levant un dessous-de-verre imprimé d'un logo de bière.

— Un soda club avec citron vert pour moi, s'il vous plaît, dit Martha.

Elle pencha la tête et suivit la parade des images sur l'écran. Même sans le son, elle comprenait ce qui se disait — peut-être parce que c'était sa propre histoire.

Quand la barmaid posa leurs boissons devant eux, Cam lui tendit un billet de dix dollars et demanda :

— Est-ce Tony Battaglia, là-bas ?

Le regard de la femme passa de Cam à Martha, et une petite ride apparut entre ses sourcils.

— Oui. Vous lui voulez quelque chose ?

— Disons que nous avons des amis communs, dit Cam.

Le froncement de sourcils s'accentua.

— Quand il aura une minute…, ajouta Martha.

— Je le lui dirai.

Elle s'empara du billet de Cam et tourna les talons.

Cam haussa une épaule.

— Bizarre.

— Vous trouvez, vous aussi ?

— C'est incontestablement une drôle de réaction. Les médias ont peut-être fait le lien entre Casey et Tony et se sont précipités ici.

— C'est sans doute ça.

Martha tourna sa paille dans son verre, faisant cliqueter les glaçons.

Du coin de l'œil, elle vit la barmaid s'adresser à Tony. Il jeta un coup d'œil dans leur direction mais ne changea pas d'expression. Ils attendirent encore dix minutes, durant lesquelles trois autres clients furent servis, puis Tony s'approcha d'un pas traînant.

Prenant un torchon à sa ceinture, il se mit en devoir de frotter le comptoir près d'eux.

— Nous avons des amis en commun ?

— Casey Jessup. C'était ma locataire.

Tony déglutit et serra le torchon dans son poing. De toute évidence, il ne s'attendait pas à ça.

— Vous êtes Martha ?

Le cœur de Martha bondit dans sa poitrine.

— Oui. Casey vous a parlé de moi ?

— Ouais.

Il jeta un regard autour d'eux, puis se concentra sur Cam.

— Et lui, c'est qui ? Il est de la police ?

— Non, je suis un ami de Martha.

Cam plissa les yeux.

— Pourquoi vous inquiétez-vous de la police ?

— Ils n'ont pas entendu parler de moi, n'est-ce pas ?

Martha haussa les épaules.

— Pas que je sache. Je ne leur ai pas parlé de vous. Mais vous ne devriez pas vous faire connaître en tant qu'ami de Casey ?

— Ami ? Ouais, j'imagine que nous étions amis. Je lui ai dit…

Il s'interrompit et secoua la tête.

— Vous lui avez dit quoi ? Si vous n'étiez pas amis, comment la connaissiez-vous ?

— Vous ne le savez pas, hein ?

— Si je le savais, je ne vous le demanderais pas.

— Casey était une escort-girl. Vous savez, une petite amie à louer.

9

Martha le dévisagea bouche bée, puis, se sentant idiote, referma la bouche.

Enveloppant son verre de ses mains, Cam se pencha en avant.

— Elle n'était pas stagiaire au cabinet du député ?

— Oh si. Elle faisait aussi ça, mais c'est comme escort-girl qu'elle se faisait le plus de fric.

Tony tourna la tête, pour observer deux hommes en costume qui parlaient à l'autre bout du bar.

— Et j'étais son intermédiaire.

— Son maquereau, vous voulez dire, dit Cam d'une voix dure.

— C'est un vilain mot pour ce que je faisais. C'est un bar haut de gamme ici. Quand je tombais sur un client qui cherchait une fille un peu spéciale, je l'adressais à Casey. Bien sûr, j'avais mon pourcentage, mais Casey était sa propre patronne. Elle avait essayé de travailler pour une agence mais ça ne lui avait pas plu et elle était partie. Ça la rassurait de me savoir à son côté et, bon sang…

Il s'essuya le coin de l'œil avec son torchon.

— … J'adorais cette fille.

— Tony !

La barmaid appela son collègue en levant la main.

— Tu peux prendre une pause. Ça ralentit.

— Vous voulez nous rejoindre à une table ? demanda Cam en désignant la salle. Nous avons encore quelques questions à vous poser, si ça ne vous ennuie pas.

— Ça ne me dérange pas. Mieux vaut que ce soit vous

plutôt que la police. Bon sang, j'espère qu'ils ne vont pas avoir des soupçons à propos de cette histoire de suicide et qu'ils ne vont pas commencer à creuser ses finances.

— « Cette histoire de suicide » ? reprit Cam en haussant un sourcil.

— Allons, on sait tous que c'était un meurtre. C'est pour ça que vous êtes ici, non ?

Martha croisa le regard de Cam, tandis que Tony jetait son torchon sur l'évier. Il contourna le bar pour les rejoindre, et ils s'assirent autour d'une petite table à cocktails.

— Avant que nous commencions, je veux que vous sachiez pourquoi nous sommes ici.

Martha sortit la petite note de Casey de son sac et l'aplatit sous les yeux de Tony.

— Casey m'a laissé ça, à l'endroit où nous cachions le double des clés.

Tony passa le pouce sur les mots.

— Dans la housse du fauteuil.

— Elle vous a dit ça ?

— Casey me disait tout.

Il prit le morceau de papier et le pressa contre ses lèvres.

— C'est pour ça qu'elle vous a laissé ce message.

Ayant laissé sa bière sur le bar, Cam but une gorgée du soda de Martha.

— Commencez par le début, dit-il. Est-ce vous qui avez mis Casey en relation avec le député Wentworth ?

— Oui, mais c'était un piège.

Le regard de Tony s'égara dans la salle et il se frotta la lèvre supérieure.

— Un type, qui connaissait le métier de Casey, est venu me voir. Wentworth passait de temps en temps ici — ils finissent tous par venir.

— Et cet homme voulait que vous mettiez Casey et Wentworth en relation ? reprit Cam.

Martha croisa les jambes et agita son pied d'avant en arrière.

— Exactement.

— Il voulait que ce soit Casey, n'est-ce pas ? Il la

connaissait, savait qu'elle était escort-girl… et qu'elle vivait chez Martha.

Le ton pressant de Cam fit reculer Tony.

— Ou… ouais. Il s'agissait de lui demander d'espionner sa propriétaire, mais Wentworth faisait aussi partie du marché. Il fallait que ce soit lui, quelle que soit la raison.

Martha frotta ses bras hérissés par la chair de poule.

— Le plan était de s'en prendre à moi, murmura-t-elle.

— Je suis désolé. C'était bien ça.

Tony gratta sa mâchoire.

— Mais je ne connais pas les détails, et Casey ne les connaissait pas non plus. Le type lui a ordonné de voler le mot de passe de votre ordinateur, des choses comme ça.

— C'est comme ça qu'il s'est introduit dans mon ordinateur.

Elle abattit une main sur la table, faisant tinter les glaçons dans son verre.

— Écoutez, Casey n'a jamais eu l'impression qu'on voulait vous faire du mal… ou lui faire du mal à elle. Autrement, elle ne l'aurait pas fait.

— Avait-elle le choix ? lança Cam, les mâchoires serrées. Il l'a menacée de la dénoncer ? De dénoncer son style de vie ? Ou le vôtre ?

— Il y avait peut-être un peu de ça, mais ni Casey ni moi n'avons eu à subir de violences.

Martha replia sa serviette en papier.

— Et Wentworth ? Quel était le plan pour lui ?

— Des informations. Il voulait des informations.

Tony se mordilla le pouce.

— Le soir où Wentworth est mort ? Casey avait reçu l'ordre de l'amener chez vous quand il se sentirait mal. Habituellement, ils allaient à l'appartement qu'il louait en ville. Casey pouvait fouiller à son aise, là-bas.

Cam tapota la cuisse de Martha.

— Les mails sur Denver.

Le regard inquiet de Tony passa de Cam à Martha.

— « Quand il se sentirait mal » ? reprit Martha en se passant la langue sur les lèvres. Casey a-t-elle fait quelque chose pour rendre Wentworth malade ?

— Non ! Elle n'aurait jamais fait ça.

Tony passa les mains dans sa chevelure hirsute, s'ébouriffant encore plus.

— Mais elle pensait qu'on lui avait administré quelque chose, parce que son contact savait que Wentworth serait malade ce soir-là et qu'il lui avait ordonné de rentrer chez elle avec lui.

— Pour qu'il meure chez moi.

— Casey n'a jamais pensé que ça se terminerait comme ça. Elle se disait que ce n'était qu'un peu d'espionnage inoffensif, qui ne ferait de mal à personne.

— L'espionnage fait toujours du mal à quelqu'un… Y compris à l'espion lui-même.

Une lueur dangereuse s'était allumée dans les yeux de Cam.

— Et maintenant, vous allez nous dire à quoi ressemblait cet homme. Comment s'appelait-il ? Comment vous contactait-il ? Lui avez-vous parlé depuis le meurtre de Casey ?

Tony étendit les mains sur la table.

— Il s'est présenté sous le nom de Ben, mais je suis sûr que c'était un faux nom. Il était de taille moyenne et tout était moyen chez lui, en dehors de la barbe. Il portait une barbe et des lunettes. Sans ça, je ne le reconnaîtrais probablement pas dans la rue.

Martha lança un regard à Cam.

— Un déguisement.

— Oui, sans doute.

Tony se gratta le front.

— Il portait toujours un chapeau, aussi. Il venait ici quand il voulait me parler.

— Ben venait-il au bar quand il voulait entrer en contact avec Casey, ou juste avec vous ? demanda Martha.

— Les deux. Il lui avait dit d'acheter un téléphone prépayé. Ils échangeaient des messages par ce biais.

— Les flics ont-ils parlé de deux téléphones dans les affaires de Casey ? demanda Cam en fronçant les sourcils.

— Non, et j'ignorais qu'elle en avait deux.

— Si Ben est allé voir Casey à l'hôtel, je suis sûr qu'il a pris le téléphone prépayé.

Tony se pinça l'arête du nez et ferma les yeux.

— Je n'arrive pas à croire qu'elle est morte.

— Mais pourquoi Ben a-t-il fait ça ? Pourquoi tuer Wentworth et Casey, à moins de vouloir faire le ménage derrière lui ?

Cam tambourina des doigts sur la table.

— Il avait eu ce qu'il voulait, et tout serait resté en l'état s'il n'avait pas découvert que j'avais fait une copie des mails, dit Martha, les lèvres tremblantes. C'est moi qui suis à l'origine de tout ça.

— Des mails ? dit Tony en rouvrant les yeux.

Cam posa un doigt sur ses lèvres.

— Vous n'avez pas besoin d'en savoir plus. Et rien de tout cela n'est votre faute, Martha. Si Casey n'avait pas été aussi cupide, elle n'y aurait pas été mêlée. Et si Wentworth avait su maîtriser sa libido, il n'aurait jamais été pris pour cible.

Tony tirailla le lobe de son oreille.

— N'oublions pas Ben. Quelles informations voulait-il que Casey soutire à Wentworth, et quel rapport cela a-t-il avec vous ? Casey m'a dit que vous travailliez pour la CIA.

— Comme je l'ai dit, vous n'avez pas besoin d'en savoir plus, gronda Cam. Quel genre d'homme êtes-vous, de toute façon, pour jouer les maquereaux ?

— Hé ! mon vieux. Ce n'était pas ce que vous croyez. Je protégeais Casey et je l'aimais.

— Ça n'est pas de l'amour ça, mon pote.

— Vous allez en parler aux flics ? Je nierai tout.

— Nous ne sommes pas encore prêts à en parler, car nous n'avons pas de preuves, mais ce sera nécessaire. Vous ne voulez pas voir le meurtrier traduit en justice ? intervint Martha.

— Bien sûr, mais ça ruinera la réputation de Casey.

— Et la vôtre.

Cam jeta un regard entendu à Martha.

— Si vous n'êtes pas flic, qu'est-ce que vous en avez à faire de Ben ? Le mal est déjà fait, remarqua Tony en faisant signe à sa collègue.

— Je veux savoir qui il est et pour qui il travaille. Les

dégâts qu'il a faits ont eu d'énormes conséquences pour un de mes amis, quelqu'un que j'admire et que je respecte. Je ne laisserai pas cela impuni. Je ne le laisserai pas s'en sortir comme ça.

Martha frappa légèrement la table.

— J'ai une idée. Ce bar n'a pas de caméras ? Ne serait-il pas possible de voir Ben ?

— Eh bien, je peux faire la fermeture et vous donner rendez-vous à ce moment-là. Mais il faudra que je débranche les caméras ou que j'efface les bandes pour qu'on ne vous voie pas entrer.

— Je peux m'en occuper, déclara Cam. À quelle heure doit-on venir ?

— À 2 heures du matin.

Cam tapota son téléphone.

— Dans trois heures, alors.

— Nous pouvons retourner chez moi dans l'intervalle, proposa Martha.

Tony regarda derrière lui et fit signe à la barmaid.

— Je vous ferai entrer par l'arrière-salle. Maintenant, il faut que je retourne travailler.

Tony se leva et s'éloigna. Cam fit mine de s'affaisser sur sa chaise.

— Vous en pensez quoi ?

— Que j'ai été vraiment naïve de ne pas deviner le vrai métier de Casey.

Martha repoussa ses cheveux sur son front.

— Est-ce que tout le monde ment, dans cette ville ?

— On le dirait bien.

— Il est peut-être temps d'appeler la police, effectivement.

— Si nous le faisons, vous devrez avouer que vous avez volé les mails, et ce ne sera plus seulement à la police que vous aurez affaire, mais aussi au FBI. Votre famille n'a pas exactement bonne réputation auprès des Fédés.

— Si tout le monde n'avait pas caché quelque chose, moi y comprise, nous connaîtrions déjà le fin mot de l'histoire, dit Martha.

Elle soupira et remua les glaçons fondus dans son verre.

— C'est peut-être terminé pour vous, dit Cam.

Il lui prit la main et la caressa doucement.

— Ben, le Patriote — ou quel que soit le nom qu'il se donne — sait que vous avez les mails, mais vous les avez déjà remis à qui de droit. Son travail est terminé. Il a fait la preuve de son pouvoir en tuant Wentworth et Casey, et il pense que vous allez cesser d'enquêter. C'est ce que vous avez de mieux à faire.

— Mais pas vous ?

Cam prit sa veste sur le dossier de sa chaise.

— Allons chez vous.

— Je vais en profiter pour emballer les affaires de Casey, au cas où ses parents viendraient les chercher. Nous trouverons peut-être ce téléphone… ou quelque chose d'autre.

Après un dernier regard et un signe de tête à Tony, qui s'activait derrière le comptoir, ils sortirent du bar. Cam prit le volant et les ramena chez Martha.

Quand ils se garèrent devant la maison, Cam s'adressa à Martha :

— N'oublions pas que Ben est peut-être en possession de la clé de Casey depuis hier soir.

Elle considéra la lueur passant à travers les fenêtres. Elle avait laissé une lampe allumée dans le salon. Ce n'était donc pas cela qui la rendait nerveuse, mais les paroles de Cam.

— Et s'il y a quelqu'un à l'intérieur ? dit-elle, la bouche sèche.

— J'ai mon arme.

Cam tapota la poche de sa veste.

— Laissez-moi entrer le premier.

Descendant de voiture, il gravit les marches du perron. Quand Martha eut déverrouillé la porte, il la poussa du pied, dégaina son revolver et pénétra dans la maison.

— Restez là.

Martha se fit toute petite derrière ses larges épaules, mais ne put s'empêcher de tendre le cou pour jeter un regard dans la pièce vide. Elle poussa un soupir tandis que Cam avançait doucement.

Il agita la main derrière lui, si bien qu'elle demeura près

de la porte pendant qu'il continuait à avancer. À l'angle du salon, il pointa la tête pour inspecter la cuisine.

— Il n'y a personne.

Il ouvrit ensuite les toilettes du rez-de-chaussée et vérifia que la porte de service était bien fermée. Désignant le plafond du canon de son arme, il dit :

— Je vais aller voir à l'étage.

— Je viens avec vous.

Martha se retourna pour fermer et verrouiller la porte d'entrée — ce qui ne servirait pas à grand-chose si Ben avait les clés.

Puis elle suivit Cam au premier étage et resta en arrière tandis qu'il vérifiait la salle de bains. Elle retint son souffle quand il poussa la porte de sa chambre, mais seul le silence les accueillit.

Cam se retourna et, posant un doigt sur ses lèvres, ouvrit toute grande la porte du cabinet de toilette jouxtant la chambre. Il secoua la tête.

— Rien à signaler.

Martha traversa le couloir pour entrer dans la chambre de Casey, mais Cam la contourna et la poussa derrière lui.

— C'est la dernière.

Il tourna la poignée et heurta le panneau de l'épaule. La porte s'ouvrit et Cam s'accroupit, braquant son arme devant lui.

Martha poussa une exclamation étouffée et recula, s'aplatissant contre le mur opposé. Elle plaqua les mains sur le mur et ferma les yeux.

Cam jura.

— Il est venu. Ce salopard est venu ici.

S'arrachant du mur, Martha avança en chancelant jusqu'au seuil de la pièce. Un frisson lui parcourut l'échine.

On avait retourné toute la pièce. Martha pria pour que l'intrus ait trouvé ce qu'il cherchait, parce que si ce n'était pas le cas, elle était certaine qu'il s'en prendrait à elle.

Cam fourra son arme dans sa ceinture. Celui qui avait mis la chambre de Casey dans cet état était déjà reparti. Il pivota sur lui-même, évaluant les dégâts.

— Mais qu'est-ce qu'il cherche, bon sang ?

— Je ne sais pas.

Martha aspira une goulée d'air et eut un hoquet.

— Mais j'espère qu'il l'a trouvé.

— Vraiment ?

Cam fronça les sourcils.

— Pas moi.

— C'est facile à dire. Ce n'est pas chez vous qu'on fouille.

Cam frappa du poing dans sa paume.

— Vous auriez dû faire changer les serrures dès que la police nous a prévenus de la disparition des clés de Casey. Maintenant, il est trop tard.

Se mordillant les lèvres, Martha ramassa l'un des T-shirts de Casey et le laissa retomber sur le lit.

— Vous ne croyez pas si bien dire.

— Je veux dire qu'il est trop tard ce soir. Vous ne trouverez jamais un serrurier à cette heure-ci.

— Heureusement que je ne dors pas ici cette nuit. Je demanderai à quelqu'un de venir à la première heure.

Elle fit courir sa main sur un oreiller.

— Je ne vais pas travailler demain, de toute façon.

— Que pouvait bien avoir Casey qui intéressait ce type ?

— Et pourquoi ne le lui a-t-il pas demandé avant de la tuer ?

— Peut-être l'a-t-il fait et c'est pour ça qu'il l'a tuée. Elle ne voulait pas le lui donner.

La tête penchée, Martha posa un poing sur sa hanche.

— Vous l'avez rencontrée. Tony vous a dit comment elle gagnait sa vie. Vous pensez vraiment que c'était le genre de personne à mourir pour son pays ? Je suis certaine que Casey aurait donné tout ce qu'il voulait à Ben, surtout si elle croyait que cela lui sauverait la vie.

— Vous la connaissiez mieux que moi.

Cam se frotta le menton.

— Mais si Ben ne le lui a pas demandé ou ne l'a pas menacée, pourquoi venir ici ? Qu'est-ce qu'il cherche à présent ? Il a les mails.

— C'est ce que je ne comprends pas.

Martha se laissa tomber au pied du lit défait de Casey.

— Ben m'a envoyé les mails, sachant que je les remettrais à mes supérieurs, et je l'ai fait. Ces messages ont déclenché une enquête sur le major Denver et il a déserté. Mission accomplie.

— Pas tout à fait.

Cam leva un doigt.

— Personne ne s'attendait à ce que vous gardiez les mails.

— Ça ne devrait pas avoir d'importance pour lui. Les messages ont atteint leur cible et ont fait le mal voulu. Qu'importe que je les aie copiés sur une clé USB. La seule conséquence, c'est que cela m'expose à des sanctions de l'Agence.

— Cela prouve aussi que vous avez des soupçons. Vous m'avez dit que vos supérieurs n'avaient pas pris vos interrogations au sérieux ou, du moins, qu'ils croyaient en avoir fait assez pour déterminer leur origine. Pour Ben, c'était une affaire bouclée — jusqu'à ce que vous vous en mêliez. Il vous a avertie et a fait le ménage en tuant Wentworth et Casey.

— Il a obtenu le résultat souhaité. Je suis terrifiée et j'ai quitté ma maison. Pourquoi pense-t-il que je vais continuer ?

— Il croit peut-être que l'affaire est terminée de votre côté, mais il a un autre problème : Casey.

— Et les preuves qu'elle a pu laisser derrière elle et qui feraient le lien entre lui et les mails.

— Il y a de quoi s'inquiéter.

Cam s'assit à côté d'elle.

— Parce que si nous trouvons ces preuves avant lui, nous pourrons prouver que ces mails étaient des faux.

— Mais nous n'aurons peut-être pas besoin de preuves si nous pouvons l'identifier sur les vidéos du bar.

Cam se releva et s'étira.

— Vous vouliez ranger les affaires de Casey. Maintenant vous avez une raison de le faire. Je vais vous aider à nettoyer tout ça.

— Merci. Je vais chercher des sacs-poubelle au cas où il n'y aurait pas assez de place dans les valises.

Martha se dirigea vers la porte, mais s'immobilisa soudain.

— Ben s'attendait à ce que Casey ait son téléphone prépayé avec elle, n'est-ce pas ?

— Probablement, si c'était ainsi qu'il la contactait.

— Je veux dire, Tony nous a dit qu'elle avait un téléphone prépayé, mais le policier ne m'en a pas parlé. Il m'a parlé de son sac, de son portefeuille et de son portable. N'aurait-il pas mentionné deux téléphones, ou au moins demandé pourquoi elle en avait deux ?

Cam sortit une valise du placard, qui avait été lui aussi saccagé.

— Soit Ben l'a pris, soit c'est ce qu'il cherche.

— S'il l'a trouvé, il va me laisser tranquille.

— Et nous aurons une piste de moins pour faire le lien entre lui, Casey et les mails.

— Vous ne me reprochez pas d'avoir envie de sortir de cet imbroglio, n'est-ce pas ? Au début, je me croyais très forte, et maintenant, je me comporte en lâche, j'en suis consciente.

— Je ne vous reproche rien du tout, et vous êtes loin d'être lâche.

Cam ouvrit la valise.

— Voyons ce que nous pouvons trouver ce soir, et si la vidéo ne nous montre rien, nous irons dormir en oubliant tout.

Martha approuva de la tête et sortit de la pièce.

Cam se mit en devoir de ramasser les vêtements éparpillés dans toute la chambre et de les fourrer dans la valise. Au moins, il avait les mails, songea-t-il. Martha allait les lui remettre. Peut-être pourrait-il même convaincre quelqu'un du renseignement de les examiner. Ainsi pourrait-il laisser Martha en dehors de tout ça.

Ensuite, ses congés seraient finis et il devrait s'envoler pour sa prochaine mission. Martha retournerait à ce qu'elle faisait le mieux, à savoir traduire et suivre les règles de la CIA. Et leurs chemins ne se croiseraient plus jamais.

Il sentit son cœur faire une sorte de saut périlleux, et il se frappa la poitrine du poing.

— Vous jouez à Tarzan ?

Martha était appuyée contre le chambranle de la porte, un sac-poubelle déplié dans chaque main.

— J'essayais juste de me vider les poumons. La poussière.

Il désigna d'un geste la valise à moitié remplie.

— Faut-il plier tout ça ?

— Voilà ce que je vous propose. Prenez un sac et remplissez-le de tout ce qui se trouve dans le petit bureau. Je vais m'occuper des vêtements.

Ils travaillèrent côte à côte, ne rompant le silence qu'avec des questions ou des amorces de théorie.

Cam feuilleta les papiers de Casey avant de les mettre dans le sac, mais il ne trouva rien de suspect. Après avoir vidé le bureau, il releva les yeux.

— Je suppose que les escort-girls ne gardent pas de factures ou de reçus. Je n'avais jamais entendu ce mot avant. Là d'où je viens, on appelle ça autrement.

— J'ai du mal à croire que j'ai été aussi naïve.

Martha referma la valise et pressa le couvercle d'une main pour pouvoir tirer la fermeture Éclair.

— Honnêtement, je trouvais que Casey avait beaucoup de petits copains.

— Comment auriez-vous pu deviner ? Elle n'avait pas vraiment le profil d'une prostituée.

Martha leva un doigt.

— Escort-girl. Et j'imagine que si, elle avait le profil.

Cam tira son téléphone de sa poche et regarda l'heure.

— Il est presque 2 heures. Nous devrions retourner au bar. J'espère que Tony a quelque chose à nous montrer.

Ils sortirent de la chambre et se retournèrent sur le seuil pour contempler le résultat de leurs efforts.

— Ses parents ne m'ont même pas contactée pour ses affaires, dit soudain Martha. Peut-être est-ce pour cette raison qu'elle faisait ce métier.

— Pourquoi ?

— Parce qu'elle était en quête d'amour.

Quand ils furent en route pour l'Insider, ils constatèrent que la circulation avait beaucoup diminué. Martha se gara dans une rue latérale et ils se glissèrent dans la ruelle derrière le bar.

Devant la porte, ils virent qu'une cale avait été placée pour la maintenir entrouverte.

Martha tira la manche de Cam.

— On dirait qu'il a déjà débranché la caméra.

Cam leva les yeux et fronça les sourcils.

— Il a aspergé la cellule de peinture. J'imagine que c'est mieux que de la débrancher.

— Il faudra lui rappeler de la nettoyer après.

Cam ouvrit la porte du pied et Martha pénétra dans le corridor obscur. Elle murmura le nom de Tony.

— Il est sans doute dans le bureau.

Cam la poussa doucement en avant, et elle s'arrêta devant une porte fermée, juste après les toilettes.

— Tony ?

Elle frappa et pressa l'oreille contre le panneau. Cam la contourna et ouvrit la porte en grand. L'ordinateur posé sur le bureau était allumé. Cam se pencha vers l'écran.

— On dirait qu'il a déjà commencé à visionner les bandes.

Martha recula d'un pas, se tenant la taille d'un bras.

— Mais où est-il ? Il aurait déjà dû nous entendre.

Cam mit la main dans sa poche, et le cœur de Martha manqua un battement, car elle savait que c'était là qu'il rangeait son arme.

Cam lui fit signe de s'éloigner de la porte, puis il passa devant elle en la frôlant au passage.

Martha le suivit dans le couloir. Mais elle aurait préféré ne pas l'avoir fait.

Tony était bien là, en effet — effondré sur une table dans la salle, la tête dans une mare de sang.

10

Faisant grincer le plancher, Cam se retourna d'un coup, son arme à la main.

Martha le dévisagea, bouche bée.

— Reculez. Il est mort.

— Que lui est-il arrivé ?

Sans répondre, Cam s'élança vers la porte par laquelle ils étaient entrés et qu'ils avaient laissée entrouverte. Il la referma et la verrouilla.

Quand il revint, Martha était penchée sur le corps de Tony, les mains plaquées sur la bouche.

— Martha, que faites-vous ? s'exclama Cam.

— Il nous a laissé un message !

— Tony ?

Il la rejoignit et eut un mouvement de recul en apercevant les mots tracés sur la table dans le sang :

LAISSEZ TOMBER

Martha recula en chancelant, comme si elle obéissait à cet ordre.

— C'est pour nous. Il savait. Il était au courant de cette rencontre.

Cam se dirigea vers le bar en acajou et jeta un coup d'œil à la caisse dont le tiroir était béant.

— Il a vidé la caisse pour faire croire à un cambriolage. Il s'est occupé des caméras, aussi.

— Et il a probablement effacé les bandes où il apparaît.

— Il n'y a plus rien à faire.

Cam se pencha au-dessus du bar et prit un torchon propre.

— Vous avez touché à quelque chose ?

— Seigneur, non !

Martha fourra les mains dans ses poches.

— Alors, nous allons effacer nos empreintes. Au moins, on ne nous verra pas non plus sur les bandes.

Tandis qu'il se dirigeait vers le bureau, Martha le retint par la poche de son jean.

— Vous voulez dire que nous allons le laisser ici, sans même appeler la police ?

Il lui lança un regard par-dessus son épaule.

— Et que pourrions-nous leur dire ? Que nous sommes venus après la fermeture pour regarder les images de ses rendez-vous avec un homme qui sait que vous avez volé des mails à la CIA ?

Martha s'adossa au mur, l'air découragé.

— C'est le problème avec les mensonges, non ? Une fois qu'on a commencé, on ne peut plus s'arrêter.

— S'il le fallait, je mentirais jusqu'à la fin de ma vie pour vous protéger, Martha. Vous n'avez pas besoin de vous sentir coupable pour ce que vous avez cru juste de faire.

— J'imagine que c'est ce que mon père aurait dit. Il y croyait à l'époque. Votre père aussi, d'ailleurs.

Cam frotta le clavier de l'ordinateur.

— Ce que nous faisons n'a aucune commune mesure avec ce qu'ont fait nos pères. Vous avez senti que quelque chose clochait dans ces mails — et vous aviez raison — mais personne ne vous a crue. Vous n'avez fait que prendre les choses en main.

— Et j'ai fait un beau gâchis.

Cam essuya le devant de la porte puis, torchon en main, la referma et frotta aussi le bouton de la porte.

— En gardant ces mails, vous avez forcé Ben à sortir du bois. Maintenant il a peur. Si vous ne les aviez pas copiés, il serait retourné chez lui.

— Mais il n'aurait pas tué Wentworth, Casey et Tony.

— Vous croyez ?

Cam reprit son manège sur la porte de service, effaçant les traces de leur visite.

— Moi, je pense qu'il l'aurait fait de toute façon. Il ne veut laisser aucun témoin.

— Alors, on laisse Tony comme ça ?

— On ne peut rien faire pour lui. Il jouait avec le feu et il le savait.

— Et le message sur la table, demanda Martha en désignant le couloir de la tête. On ne l'efface pas ?

— Laissez les flics se gratter la tête. Si nous l'effacions, ils comprendraient que quelqu'un est venu. Pourquoi un tueur essuierait-il le sang de sa victime ?

Cam replaça la cale contre la porte, afin de laisser les choses dans l'état où ils les avaient trouvées.

— Maintenant, il faut juste espérer qu'on ne nous a pas vus entrer.

— Il n'y avait personne dehors, l'assura Martha en prenant ses clés dans son sac. J'ai fait bien attention.

Ils sortirent dans la ruelle et Cam survola du regard les bâtiments voisins.

— Je suis presque sûr que le meurtrier de Tony s'est occupé des caméras qui montrent la porte de service de l'Insider.

— Il nous a protégés en se protégeant lui-même.

Néanmoins, Martha longea le mur au plus près pour ne pas risquer d'être filmée.

Quand ils arrivèrent à l'endroit où la voiture était garée, ils s'engouffrèrent dedans, tel un couple de noctambules éméchés.

— On parlera de ça dans tous les journaux télévisés, demain. Vous pensez que la police fera le lien entre Casey et Tony ?

— Ils émettront des hypothèses sur le message, mais je ne vois pas comment ils rapprocheraient ce meurtre de la mort de Casey. Pour eux, c'est un suicide et ils n'ont pas l'air de s'intéresser à son entourage.

Martha passa une vitesse et s'éloigna du trottoir.

— Peut-être vont-ils examiner les contacts qu'elle avait sur son téléphone prépayé — s'ils l'ont.

Elle prit une rue perpendiculaire et jeta un coup d'œil dans le rétroviseur.

— Et vous pensez que si Ben avait ce téléphone, il assassinerait quand même des gens et m'enverrait des menaces ? demanda-t-elle.

— Oh ! il aurait de toute façon tué Tony, parce que celui-ci avait accès aux images de leurs rendez-vous et des rencontres avec Casey à l'Insider.

— Pourtant, cela n'avait pas l'air de le déranger, jusqu'à ce que nous entrions en scène. Il doit nous avoir suivis. Il savait que nous irions voir Tony.

— Il a pu le surveiller, dit Cam. Où allez-vous ?

— Je vais vous déposer à l'hôtel.

— Si vous croyez que je vais vous laisser passer la nuit toute seule, vous êtes folle. Je vais camper sur le luxueux sofa du salon.

Martha rougit. De toute évidence, elle voulait qu'il reste avec elle. Peut-être même le voulait-elle, lui.

— D'accord. Ça me rassure, dit-elle. S'il pense que j'ai ce qui lui appartient, qui sait jusqu'où il ira pour le récupérer ?

— Et si c'est le téléphone, Casey doit avoir ses SMS.

— Mais si c'est un appareil prépayé, comment les messages pourraient-ils l'incriminer ?

— Il y a toujours moyen de retracer des appels ou des textos. Le simple fait que Casey ait reçu des SMS lui disant ce qu'elle devait faire avec Wentworth pourrait avoir d'énormes conséquences, surtout si ces instructions mentionnent Denver et les missions de la Delta Force.

Martha détacha une main du volant et la posa sur la cuisse de Cam.

— Ce ne sera sans doute pas assez clair pour innocenter le major. On a trouvé d'autres éléments, en dehors de ces fichus mails.

— Je sais, mais c'est un début. Si ce sont des faux qui ont déclenché l'enquête, cela jette le doute sur le reste des prétendus éléments.

— Vous ne renoncerez jamais, n'est-ce pas ? Le major Denver signifie donc tant que cela pour vous ?

— Oui.

Cam ferma les yeux, envahi par le chagrin.

La pression de la main de Martha le calma.

— Je comprends, dit-elle dans un murmure. Quand mon père a été mis en examen, je croyais de tout mon cœur qu'il était innocent. J'étais prête à faire n'importe quoi pour en apporter la preuve. Je pense que c'est pour ça qu'il a finalement avoué.

— Pourquoi ?

— Se sachant coupable, il ne supportait plus d'être témoin de mon acharnement à le défendre.

Sa voix se brisa, et Cam recouvrit sa main avec la sienne.

— Mais il vous aimait, malgré ses défauts. Et vous l'aimez, malgré la déception qu'il vous a infligée.

Martha renifla.

— J'ai essayé de le haïr, mais je ne suis pas douée pour la haine.

— Il a fait une grosse erreur et il la paye. Ne le châtiez pas encore plus durement en lui retirant votre amour.

Martha tourna la tête vers lui, puis revint à la route.

— Vous ne seriez pas aussi indulgent avec votre père, si ?

— Ce sont des situations différentes.

Cam essuya du poing la buée qui s'était formée sur le pare-brise.

— Votre père a agi par cupidité. Bien sûr, il n'a pas pensé aux conséquences pour sa famille, mais il n'a jamais cessé de vous aimer et de prendre soin de vous. Mon père se fichait complètement de ma mère, de ma sœur et de moi.

— Je comprends.

Ôtant sa main, elle la reposa sur le volant.

— Et ce sont aussi des situations différentes en ce qui concerne mon père et le major Denver. Vous êtes convaincu de son innocence.

— Absolument.

Il se frappa la cuisse du plat de la main.

— On lui a tendu un piège, et nous allons découvrir qui a fait ça et pourquoi.

— Nous ?

— Toute l'équipe de la Delta Force. La plupart d'entre nous ne croient pas à ces accusations, et nous avons fait un pacte pour l'innocenter.

— Alors je suis heureuse d'en faire partie.

Ils firent le reste du trajet jusqu'à la maison de Martha en silence, Cam pensant à son bon à rien de père et Martha se rappelant probablement le sien. Deux hommes qui n'auraient pu être plus dissemblables, plus séparés par leurs origines, mais qui avaient fait tous deux du mal à leurs familles en empruntant le mauvais chemin.

Si Cam avait un jour la chance de devenir père, il savait qu'il se comporterait autrement. Mais il aurait besoin d'une partenaire pour l'adoucir. Il lança un regard de biais au profil de Martha, à son petit nez mutin et sa bouche charnue, qui lui donnaient l'air tellement innocent. Cette expression de douceur donnait peut-être à tort l'impression qu'on pouvait profiter d'elle.

Enfin, elle s'engagea dans l'allée de la maison et coupa le contact.

— Nous aurions dû passer à l'hôtel pour que vous preniez vos affaires. Ma mère a un stock de brosses à dents et d'affaires de toilette, mais je suis sûre que vous n'aurez pas envie de porter les vêtements de mon père, bien qu'il n'en ait plus besoin à présent qu'il se contente d'une tenue orange.

— Peut-être pas, mais je prendrai volontiers une brosse à dents.

Tandis qu'elle débranchait l'alarme et ouvrait la porte, Cam balaya les environs d'un regard tendu. Il s'était assuré qu'ils n'étaient pas suivis depuis le bar, mais il aurait parié que Ben connaissait l'existence de la maison sur la baie.

Martha poussa la porte et Cam la suivit à l'intérieur.

Elle saisit à nouveau le code de l'alarme, puis, laissant tomber son sac et son manteau sur une chaise, se couvrit le visage des deux mains.

— Ça va ? lui demanda Cam en lui frottant le dos.

Elle arqua légèrement les reins, comme un chat.

— Ça a été une très longue journée, dit-elle en repoussant ses mèches châtains. Je n'arrive pas à croire que nous étions si proches d'identifier le contact de Casey et que tout se soit terminé par ce meurtre horrible. Je n'avais jamais vu de cadavre de ma vie et, en quelques jours, j'en ai vu trois. Comment est-ce possible ?

— Je sais.

Cam lui prit le bras. Il ne pouvait s'empêcher de la toucher au moindre prétexte.

— Je suis désolé pour ça, mais je suis heureux que vous soyez toujours bien vivante.

Elle tourna de grands yeux vers lui.

— Pour combien de temps ? Il cherche quelque chose qui appartient à Casey et il veut le trouver avant moi. S'il n'y arrive pas, il voudra s'assurer que je n'y arrive pas non plus, et le seul moyen pour ça est de me réserver le même sort que Wentworth, Casey et Tony.

— Vous croyez que je le laisserai faire ? s'exclama-t-il en la prenant par les épaules.

— Mais vous avez une vie et une carrière en dehors du major Denver. En dehors de moi, termina-t-elle en baissant les yeux.

— Pas encore. Nous avons le temps. Nous allons découvrir ce qu'il cherche et nous allons le faire arrêter. Je serai là pour vous, Martha.

Penchant la tête de côté, elle posa la joue sur le dos de sa main.

— Êtes-vous en train de me secourir parce que vous ne pouvez pas sauver Denver, Cam ?

— Qu'est-ce que ça veut dire ? demanda Cam en reculant. Vous croyez que vous êtes une sorte de substitut du major ?

Martha haussa les épaules.

— Si vous pouviez prouver son innocence avec l'aide de quelqu'un d'autre, le feriez-vous ?

Il haussa les sourcils.

— Et vous quitter ? Vous laisser sans protection dans cette situation ?

Martha baissa la tête et il lui releva le menton.

— Je veux aider Denver. C'est pour cela que je suis venu. Mais, désormais, vous êtes ma priorité.

Une larme tremblota au bout des longs cils de Martha.

— Je ne pense pas avoir jamais été la priorité de quelqu'un.

Cam lui caressa la joue et captura le bout de son oreille entre ses doigts.

— Je ne suis peut-être pas le type le plus intelligent de la terre, mais je sais reconnaître un joyau quand j'en vois un.

Martha cilla, ce qui fit atterrir la larme sur la main de Cam.

— Les types les plus intelligents de la terre n'ont pas un cœur comme le vôtre.

Il esquissa un demi-sourire.

— On ne m'avait encore jamais dit ça.

Elle posa ses mains croisées sur la poitrine de Cam.

— C'est parce que vous n'avez jamais laissé personne s'approcher de vous. Vous étiez trop occupé à jouer les machos.

Cam sentait son cœur tambouriner sous les mains de Martha et il gonfla la poitrine pour prendre une grande inspiration.

— Mais vous, vous m'avez découvert.

Martha regarda autour d'elle, comme si elle prenait soudain conscience de l'endroit où elle se trouvait.

— Que faisons-nous dans l'entrée ? Le soleil va bientôt se lever.

— Encore heureux que nous n'ayons d'emploi ni l'un ni l'autre.

Il contempla le visage de Martha, sentant sa propre gorge pulser doucement. Il n'avait besoin que d'un signe d'elle. Tout ce qu'ils feraient devait prendre sa source dans son désir à elle. Il voulait absolument éviter toute forme de persuasion ou de contrainte.

Le regard de Martha s'égara sur sa bouche. La sienne était entrouverte et elle crispa les doigts sur les plis de son T-shirt.

Cam lui effleura le front d'un baiser et elle soupira, laissant retomber ses épaules. Le baiser suivant atterrit sur sa pommette.

Il déglutit.

— Vous voulez vous asseoir ?

Elle posa le front contre sa poitrine.

— Je veux aller au lit… Avec vous.

Cette simple requête alluma un incendie dans le ventre de Cam. L'attirant à lui, il lui noua les bras autour de la taille et posa la joue sur son crâne.

— Dans ce cas, nous devrions peut-être monter.

Martha sentit son cœur se briser. Cam ne la désirait pas vraiment. Il était poli, seulement poli. Elle se détourna rapidement et monta la première marche, s'agrippant à la rampe.

Cam la prit par la taille.

— Vous avez changé d'avis ?

— Moi non, mais je pense que vous oui.

Elle rompit le contact et gravit rapidement l'escalier.

Les pas de Cam résonnaient derrière elle. Elle sentit l'air caresser son dos quand il souleva son corsage. Elle acheva de grimper les marches deux par deux.

— Martha, attendez.

Cette fois, il lui prit le bras et la fit redescendre d'une marche.

— Qu'est-ce que j'ai fait ?

Ses yeux lançaient des flammes.

— Je viens de vous dire que j'avais envie d'aller au lit avec vous. C'était peut-être maladroit. Peut-être que j'aurais dû battre des cils ou rouler les hanches, mais je pensais que c'était plus direct.

Cam rougit lentement.

— Et je pense que ma réponse était tout aussi directe. J'en ai envie, moi aussi.

— Mais vous m'avez…

Elle plissa le nez.

— … serrée dans vos bras. Vous avez posé la joue sur ma tête. Vous m'avez réconfortée.

— Et alors ? s'exclama-t-il en écartant les mains. Qu'est-ce que ça veut dire ? Nous venons juste de voir un homme assassiné. J'ai pensé que vous aviez besoin d'un peu de réconfort !

Elle se mordit la lèvre. Qu'est-ce que cela voulait dire ? Cela lui avait paru… si fraternel. Elle en avait assez d'être la petite sœur de tout le monde.

— Ce n'est pas la réaction que j'espérais après vous avoir dit que je voulais coucher avec vous.

— Et qu'espériez-vous ?

Cam s'adossa à la rampe, comme s'il s'attendait à une longue explication.

— J'espérais que vous… me sauteriez dessus. Que vous m'arracheriez mes vêtements.

Un petit rire blessé lui échappa.

— J'imagine que je ne vous inspire pas ce genre de passion.

Un lent sourire glissa sur les lèvres de Cam, et avant qu'elle puisse lui en demander la cause, il la plaqua contre le mur et se pressa de toute sa longueur sur elle.

Lui saisissant les poignets, il tira ses bras au-dessus de sa tête et les coinça contre le mur. Puis, les lèvres à quelques millimètres des siennes, il gronda :

— Vous parlez trop.

Le baiser qu'il pressa sur ses lèvres fit bouillir le sang de Martha. Ses genoux flanchèrent et elle eut des picotements partout. Ses paupières se fermèrent tandis que la langue de Cam envahissait sa bouche, et elle enroula une jambe autour de lui pour garder l'équilibre.

Quand il eut achevé de la déstabiliser par son baiser, il déboutonna son pantalon. Elle arqua le dos pour lui faciliter la tâche. Mais au lieu d'obéir à son invite, il plongea la main dans sa culotte. Elle poussa un petit cri en le sentant s'introduire en elle.

Il joua avec les plis gonflés de sa chair et elle resserra les muscles autour de ses doigts en se balançant contre lui.

Elle avait envie de le caresser aussi, mais il emprisonnait toujours ses poignets. Elle posa la tête sur son épaule et pressa ses lèvres au creux de son cou.

Sentant venir l'orgasme, elle lui mordilla la peau. Et soudain, une vague de plaisir la parcourut et elle laissa retomber la tête contre le mur.

Cam avança la main et continua de jouer avec elle jusqu'à ce qu'elle s'effondre contre lui.

Il lui lâcha les poignets et elle agrippa le devant de sa

chemise. Elle la déboutonna avec des doigts tremblants et l'ouvrit.

La poitrine musclée de Cam semblait sculptée dans le granit. Brûlante de fièvre, Martha fit courir ses doigts de sa gorge jusqu'à sa taille.

Puis elle s'attaqua à sa braguette. Posant les mains à plat sur le mur, Cam baissa la tête et déposa une pluie de baisers sur son visage.

— Je croyais que tu voulais m'arracher mes vêtements. Tu es un peu lente, la taquina-t-il.

Elle tira la fermeture Éclair et pressa la protubérance de son caleçon.

— Oh ! j'ai envie de toi !

Cam se débarrassa de ses chaussures et, d'un coup de pied, les envoya valser. Puis il retira son jean et son caleçon d'un même mouvement et leur fit suivre le même chemin.

Il lui retira ensuite tous ses vêtements, sans les arracher tout à fait, et envoya chacun d'eux rejoindre les siens par-dessus la rampe.

Un bref instant, Martha crut qu'il allait la prendre par la main pour l'emmener dans la chambre. Mais il la fit asseoir directement sur la marche au-dessus d'elle. Se pliant à son désir, elle posa les fesses sur la moquette. Alors, Cam lui écarta les jambes et se plaça entre ses cuisses, quelques marches au-dessous d'elle.

Quand sa langue toucha sa chair palpitante, elle sursauta.

— Tu ne vas nulle part, lui dit-il en plaquant ses mains sur ses cuisses. Et il baissa la tête pour renouveler son tendre assaut.

Il ne lui fallut pas longtemps pour jouir à nouveau. Une vague de chaleur parcourut son corps, monta jusqu'à ses joues et l'orgasme secoua jusqu'à la plus petite cellule de son corps.

Cam releva la tête pour respirer et posa le menton sur son mont de Vénus, tandis qu'elle se tortillait encore.

— Eh bien, c'était rapide, dit-il. Soit tu n'as pas fait l'amour depuis longtemps, soit je suis le meilleur amant du monde.

— Ça fait des siècles.

Cam écarquilla les yeux et Martha gloussa en faisant courir son pied sur l'arrière de sa jambe.

— Je plaisante.

— Quelle cruauté.

Levant la main, il enveloppa l'un de ses seins.

— Qui aurait cru qu'il arrivait à Martha Drake de glousser ?

— Seulement quand elle est avec le meilleur amant du monde.

Il se dressa au-dessus d'elle et poussa son érection contre son ventre.

— Je n'ai même pas encore commencé.

Agrippant la rampe, il la prit par la taille et se releva. Ce faisant, il pressa son corps nu contre le sien et lui donna un long baiser.

— Où est la chambre dans cette maison ?

Martha laissa courir ses doigts sur ses muscles fermes.

— Je croyais que tu ne me poserais jamais la question.

— Je peux te prendre ici, sur l'escalier, si tu veux.

Il tapota la rampe en bois.

— T'incliner sur la rampe et te prendre par-derrière.

— Mais mon lit est doux et chaud.

— Comme toi.

Il l'enleva dans ses bras, comme si elle ne pesait pas plus qu'un nounours. Elle nicha sa tête au creux de son épaule et soupira de plaisir en prenant conscience de l'accord parfait entre leurs corps.

Elle lui indiqua la chambre en frissonnant d'anticipation et il poussa la porte entrouverte du pied, avant de la déposer sur le lit. Immédiatement, elle tendit des bras avides.

Il lui prit les mains et lui embrassa le bout des doigts.

— Tu es si belle. Je t'ai regardée quand tu as eu ton premier orgasme et c'était comme assister à la naissance d'un papillon…

Il se tut quelques instants et, avec une candeur désarmante, demanda :

— C'est une comparaison stupide ?

Martha sentit les larmes lui monter aux yeux.

— C'est la plus jolie chose qu'on m'ait jamais dite. La plus poétique que j'aie jamais entendue.

— Tu dis ça, mais…

Il s'allongea près d'elle et la caressa tout en faisant pleuvoir des baisers sur son visage.

Elle voulait aussi lui donner du plaisir, mais il ne le lui permettait pas.

— C'est tout pour toi, ce soir, lui murmura-t-il à l'oreille. Je veux que tu te sentes choyée, désirée…

Aimée. Elle avait envie de se sentir aimée, mais de quel droit attendait-elle cela de Cam. C'était elle qui l'avait invité à faire l'amour. Que pouvait-il faire, refuser ? Cam Sutton était un mâle au sang chaud, et ce genre d'homme ne refusait jamais une invitation…

Quand il se remit à bouger, lui écartant les jambes, la pénétrant, elle sentit ses craintes se dissoudre dans un désir à couper le souffle. Il la remplit tout entière, semblant débusquer toutes les carences de son âme et y répondre.

Cette fois, elle l'observa tandis qu'il jouissait, et le plaisir aigu qu'elle lut sur ses traits lui donna un sentiment de tendresse et de pouvoir mêlés. Durant quelques instants, elle le retint en elle.

Puis il roula sur le flanc et pressa son nez dans son cou.

— Je ne sais pas si cela a rendu la situation pire ou meilleure entre nous.

Martha s'immobilisa, cessant de peigner les cheveux de Cam avec ses doigts.

— Qu'est-ce que ça veut dire ? En quoi est-ce que ce que nous venons de faire pourrait nuire à la situation ? À moins que je ne me sois trompée sur la signification de ce qui vient de se passer.

— Tu ne t'es pas trompée, Martha.

Cam se releva sur un coude et appuya la tête sur sa main.

— C'était incroyable, nous le savons tous deux, mais je dois quand même te protéger. Je ne sais pas si j'aurai la tête assez claire pour le faire maintenant.

— Tu y arriveras encore mieux, répondit Martha en suivant sa lèvre inférieure du pouce. Maintenant que nous avons mis le sexe de côté, nous pourrons nous concentrer sur les problèmes qui nous attendent.

Cam haussa les sourcils.

— Le sexe de côté ?

— Toute cette tension entre nous, tu vois ?

Elle aurait voulu paraître sûre d'elle, mais l'insécurité perçait dans sa voix.

— Je vois exactement ce que tu veux dire.

Il lui embrassa le pouce et elle lui caressa brièvement la mâchoire.

— Je vais chercher nos vêtements en bas.

Comme elle roulait sur elle-même pour sortir du lit, il lui prit la main.

— Je peux le faire si ça te dérange qu'on les ait laissés en tas sur le plancher.

— Ça ne me dérange pas. Je vais aussi prendre un verre d'eau.

En bâillant, il s'adossa aux oreillers.

— Reviens vite.

Assise au bord du lit, elle contempla ses paupières fermées et sa respiration lente. Elle leva les yeux au ciel. Même si elle se dépêchait, il serait probablement endormi quand elle reviendrait.

Sortant de la chambre sur la pointe des pieds, elle descendit l'escalier et ramassa leurs vêtements, le sourire aux lèvres. Cam lui avait vraiment montré ce qu'était la passion.

Déposant leurs habits sur une chaise, elle alluma une veilleuse dans la cuisine, prit un verre dans le placard et se tourna vers le réfrigérateur.

À cet instant, un bref mouvement attira son œil à travers la porte-fenêtre. Avec un hurlement, elle laissa tomber le verre qui vola en éclats sur le sol.

Mais elle ne put détacher son regard de la paire d'yeux malveillants qui la contemplaient de l'autre côté de la vitre.

11

Le fracas du verre brisé et le hurlement de Martha sortirent Cam de sa torpeur. Il se redressa d'un bond, cherchant son arme à tâtons… Mais il l'avait laissée en bas, dans sa veste.

Il sauta du lit, chercha son caleçon du regard et se souvint qu'il l'avait laissé dans l'escalier.

Génial.

Se précipitant hors de la chambre, il dévala l'escalier sans cesser d'appeler Martha et vit de la lumière dans la cuisine.

Il faillit la renverser en se ruant dans la pièce.

Elle recula en chancelant, et il l'attrapa par la taille. Elle tendit le bras pour lui montrer la porte-fenêtre.

Cam scruta l'obscurité derrière la vitre, au-delà du reflet que celle-ci renvoyait de leurs corps nus et enlacés. Martha était d'une rigidité à faire peur et elle n'avait pas dit un mot depuis son hurlement, qui avait résonné dans toute la maison.

La secouant un peu, il demanda :

— Qu'est-ce qui ne va pas ? Que s'est-il passé, Martha ? Tu as vu quelqu'un ?

Elle tourna la tête en balbutiant :

— Un homme… Avec une cagoule noire, qui lui couvrait toute la figure. Il me regardait…

Cam sentit une vague d'adrénaline parcourir ses veines. Il voulut se ruer vers la porte-fenêtre, mais Martha le retint par le bras.

— Attends. Il y a des bouts de verre sur le sol… Et tu n'es pas habillé.

— Le plus important, c'est que je trouve mon arme.

Il marcha vers la chaise où il avait laissé sa veste et,

plongeant la main dans une poche, en ressortit son colt. Il prit son jean sur la même chaise et l'enfila à cloche-pied en retournant dans la cuisine.

Cette fois encore, il faillit trébucher sur Martha qui, à quatre pattes, passait une serpillière sur le sol.

— Il te faut des chaussures. Je crois que j'ai ramassé la plupart des morceaux de verre, mais il fait glacial, dehors. Elles sont sous la chaise où j'ai mis nos vêtements.

Conscient que l'intrus avait eu le temps de fuir, Cam fourra ses pieds nus dans ses chaussures. Enfin, il se précipita dehors.

Martha avait éteint les lumières extérieures, et il survola du regard le petit patio et la pelouse qui descendait en pente douce vers le ponton. Puis il tourna l'angle de la maison et, plié en deux, courut vers la façade.

Il jeta un coup d'œil dans l'allée. Si l'homme était venu en voiture, il était déjà reparti. De toute façon, il était logique que Ben connaisse l'existence de cette maison : il semblait tout savoir de Martha.

L'air froid de la nuit le fit frissonner. Il s'engagea dans l'allée et tendit l'oreille, espérant entendre un changement de vitesse, un crissement de pneu. Mais il n'y avait rien d'autre que les battements de son cœur.

Il retourna dans le patio et vit Martha debout dans l'encadrement de la porte-fenêtre, serrant sa veste contre sa poitrine.

— Il n'y a rien devant ?

— Non.

Elle lui lança sa veste quand il fut plus près.

— Mets-la. Il gèle dehors.

Cam l'enfila en lui demandant :

— Qu'est-ce qu'il faisait ? Qu'est-ce que tu as vu ?

— Pas grand-chose, dit-elle en s'enveloppant de ses bras. J'ai levé les yeux et vu son visage, sauf que ce n'était pas un visage. Il avait une cagoule.

— Il a essayé d'entrer ?

— Je ne sais pas. Il ne s'est pas enfui avant que tu arrives.

— Ferme la porte. Je veux vérifier quelque chose.

Martha le rejoignit dans le patio et referma la porte-fenêtre.

Cam fit courir sa main sur le verre, autour de la poignée. Et il la sentit. Une fente dans le verre.

— Tu sens quelque chose ?

— Oui. Regarde.

Lui prenant la main, il guida ses doigts jusqu'à la fente. Elle retira sa main d'un mouvement vif et plissa le nez.

— Il l'a coupé.

— En se servant d'un coupe-verre quelconque. Il voulait retirer un morceau de vitre pour pouvoir ouvrir la porte-fenêtre.

Martha se redressa.

— Il connaît cette maison.

— Bien sûr que oui, Martha.

— C'est ce qu'il faisait quand je l'ai vu. Il s'est arrêté quand tu es apparu. J'imagine qu'il ne s'attendait pas à voir quelqu'un d'autre.

— Dommage que je n'aie pas été préparé.

Cam fit claquer ses doigts.

— Les caméras ! J'ai remarqué qu'il y avait des caméras partout. Tu peux les afficher sur l'ordinateur ?

— Oui.

Elle soupira.

— Le soleil va bientôt se lever. À quoi bon dormir ?

Cam se saisit d'une de ses mèches de cheveux et l'enroula autour de son index.

— Je préfère nettement avoir fait ce que nous avons fait que dormir.

— Moi aussi.

Il l'attira à lui et déposa un doux baiser sur ses lèvres.

— Les vidéos…

— Tu devrais peut-être finir de t'habiller, pour ne pas me tenter, dit-elle en remuant les doigts à proximité de sa poitrine nue.

Cam sentit sa peau le picoter comme si elle l'avait touché.

— Ah oui, parle-moi de tentation…

Il rouvrit la porte-fenêtre et se dirigea vers la chaise où pendait un T-shirt solitaire. Martha avait déjà remis les vêtements qu'elle portait la veille.

À l'orée du couloir, Martha lui fit signe d'approcher.

— C'est le bureau. L'ordinateur de ma mère est là. On pourra regarder les bandes.

Dans la pièce, elle s'assit devant le grand bureau et alluma la lampe.

— Voyons si je me souviens comment on fait.

— Ça a l'air d'être un logiciel courant.

Cam se pencha sur son épaule tandis qu'elle cliquait sur une icône.

Quatre carrés apparurent et Martha les désigna tour à tour avec la souris.

— Allée d'accès, porte d'entrée, porte de service et ponton.

— L'heure ?

Cam désigna la date et l'heure incrustées dans le coin droit de chaque panneau.

Martha élargit l'image de l'allée et entra dans le menu. Elle fit reculer le curseur de trente minutes.

Cam scruta l'écran.

— Les caméras sont déclenchées par le mouvement ?

— Franchement, je n'en sais rien, mais c'est possible. On ne voit que du noir, hein ?

— Tu es sûre qu'elles fonctionnent ?

Elle s'adossa au grand fauteuil en cuir.

— Non.

— Il n'est sans doute pas arrivé par l'allée, ç'aurait été trop évident. Je n'ai ni vu ni entendu de voiture à proximité. Passe à l'autre caméra, parce qu'il est venu jusqu'à la porte de service.

Martha bascula la fenêtre et l'agrandit. Elle régla l'heure, et ils fixèrent de nouveau l'image immobile.

Enfin celle-ci s'anima et Cam laissa échapper un soupir.

— Le voilà.

Une silhouette bougeait sur l'écran. L'homme avait une cagoule et des vêtements larges.

Martha se redressa.

— C'est lui !

— Malheureusement, ça pourrait être n'importe qui, y compris toi ou moi. Il se cache, de la même manière qu'il s'est déguisé à l'Insider.

L'homme s'approcha de la porte et se pencha sur la serrure pendant plusieurs secondes.

— Il essaie de couper le verre.

Puis l'homme se redressa et posa ses mains gantées contre la vitre, scrutant l'intérieur de la maison.

— Berk, c'est sûrement à ce moment-là que je l'ai vu, marmonna Martha.

L'intrus bondit en arrière, renversant une plante en pot. Puis il se rua vers la pelouse et disparut du champ.

— Il se dirige vers le ponton.

Martha afficha la fenêtre correspondant à cette caméra, mais il n'y avait rien, aucun mouvement.

— Celle-là est peut-être en panne.

— De toute façon, on n'aurait pas pu l'identifier, pas avec cette cagoule.

Martha recula son siège.

— J'aimerais bien savoir ce qu'il veut. Fouiller la maison ?

— Si c'était tout ce qu'il avait l'intention de faire, il se serait enfui quand tu es arrivée dans la cuisine.

Faisant pivoter lentement son fauteuil pour lui faire face, Martha demanda :

— Tu crois qu'il voulait me faire du mal, cette fois ?

— Tu m'as dit qu'il n'était pas parti avant que j'arrive. Tu l'as vu et cela ne l'a pas fait fuir.

— Donc, il veut m'empêcher de découvrir son identité.

Elle agrippa les bras du fauteuil. Cam se pencha en avant et lui caressa les bras.

— Il voulait peut-être seulement t'interroger.

— M'interroger ?

Elle pencha la tête pour pouvoir croiser son regard.

— C'est un euphémisme pour ne pas dire « me torturer » ? Cet homme est un tueur, Cam. Il l'a déjà prouvé trois fois.

— Le risque de voir son identité découverte le rend fou. Il n'imaginait sans doute pas que tu trouverais Tony et que celui-ci avouerait avoir été le maquereau de Casey.

— Mais c'est ce qui s'est passé, et maintenant nous avons une chance de découvrir qui est ce type et pourquoi il m'a adressé ces mails.

— Et qui lui donne des ordres.

Cam serres les mâchoires.

— C'est moi qui aimerais le torturer pour qu'il nous dise tout ça.

— Il doit se douter que nous n'avons pas cette chose super-secrète qu'il recherche, parce qu'il ne l'a toujours pas trouvée — et nous non plus. Je ne comprends pas pourquoi il ne file pas tout simplement.

Martha posa la main sur la joue de Cam.

— Même si nous arrivons à avoir une image de lui et à convaincre le FBI ou la CIA de l'interroger, ça ne changera pas grand-chose pour Denver, n'est-ce pas ? Il y a encore ces éléments qui l'accusent et que les mails n'ont fait que révéler.

— Mais c'est un début. Un lien. Pour le moment, nous ignorons qui en veut au major et pourquoi. Si ce Ben pouvait nous éclairer là-dessus, nous pourrions peut-être démêler le reste de l'histoire.

— Alors on joue au chat et à la souris, c'est ça ? Nous essayons de trouver des preuves et il essaie de nous en empêcher. Quand va-t-il renoncer ?

Cam haussa les épaules et l'aida à se relever.

— Quand il sera fatigué de jouer.

— Ou quand je serai morte.

— Ne dis pas ça.

Il lui posa les mains sur les épaules et les massa doucement.

— Nous savons tous deux ce qui l'a empêché de me tuer jusqu'à maintenant.

— Vraiment ?

Cam lécha ses lèvres sèches.

— C'est parce que tu es ici, Cam. Il sait que j'ai un garde du corps qui ne me quitte pas. Si tu pars…

Ses muscles se raidirent sous les mains de Cam.

— … c'en sera fini de moi.

— Je ne vais nulle part.

— Pas encore.

Elle posa la tête sur sa poitrine.

— Combien reste-t-il de jours avant que tu t'en ailles ?

— Chut…

Il lui prit la taille et l'attira contre lui.

— Nous avons le temps. Je vais attraper ce type et je vais le faire payer — pour tout.

Plus tard dans la matinée, Martha, encore ensommeillée, l'accueillit dans la cuisine avec une assiette d'œufs brouillés.

— Tu n'étais pas obligée de préparer le petit déjeuner, dit-il. Mais je dois reconnaître que je suis affamé.

Cam se jucha sur un tabouret devant l'îlot central.

— Je vais faire un tour dehors maintenant qu'il fait jour, au cas où Ben aurait laissé des traces. Ce serait intéressant de savoir comment il est venu jusqu'ici. À moins que la caméra de la façade ne soit aussi en panne, il n'est pas arrivé par la route.

Martha déposa deux toasts sur son assiette et la plaça devant lui.

— Je voulais te montrer le ponton, de toute façon. Il n'est pas aussi imposant que celui que nous avions quand mon père était avec nous, mais il lui ressemble.

— Tu as dû avoir une enfance idyllique.

— Une enfance solitaire, surtout. Je ne me faisais pas facilement des amies, et ma mère insistait pour m'envoyer en pensionnat à des kilomètres de chez nous. La maison de mes parents n'était pas non plus située dans un quartier animé.

Elle agita sa fourchette.

— C'était un peu comme ici. Je ne pouvais pas aller jouer dans la rue avec d'autres enfants. C'est l'une des raisons pour lesquelles je lisais beaucoup et suivais mon père partout.

— Au moins, tu avais un père avec lequel sortir, et des livres à lire.

Cam secoua la tête dès qu'il eut fini de parler.

— J'ai l'air de me plaindre.

Martha sourit, et il se sentit ragaillardi.

— Un peu, mais tu peux le faire, avec moi. Toi, tu avais un physique de dieu du stade. Tu devais être M. Populaire en personne, dans ta jeunesse.

— Oui, mais ça peut aussi devenir très solitaire, comme statut.

Martha s'assit à côté de lui et lui heurta l'épaule.

— Deux gosses solitaires, et nous voilà ensemble.

— Il n'y a nulle part où je préférerais être.

Il ôta une miette de la bouche de Martha.

— Quand j'ai découvert l'identité de la traductrice qui avait remis les mails à sa hiérarchie, j'étais prêt à l'interroger avec brutalité. Je pensais que tu étais impliquée dans ce piège — jusqu'à ce que je te rencontre. J'ai compris à ce moment-là que tu avais été utilisée contre ton gré.

— À cause de mon adhésion rigide aux protocoles.

— Mais tu m'as étonné, et on peut être sûrs que tu as aussi surpris Ben.

Martha fit rouler sa fourchette sur son assiette.

— Tu penses que le Patriote et Ben ne sont qu'une seule et même personne ? Nous l'avons supposé, mais il s'agit peut-être de deux personnes différentes : l'as de l'informatique et le tueur.

— C'est possible.

Cam fit tomber les miettes de toast de ses doigts.

— Le Patriote t'a avertie la nuit précédant la mort de Wentworth, c'est un fait. Il savait ce qui allait se passer.

— On dirait que nous avons affaire à quelqu'un qui s'y connaît dans les deux domaines.

— Un as de l'informatique ne peut-il être un tueur ? Et un assassin ne peut-il s'y connaître en programmation ?

— Tout est possible, mais je suis sortie avec un informaticien, et je ne le vois pas du tout tuer quelqu'un comme on a tué Tony.

Donc Martha avait eu des petits amis. Cam remua les œufs dans son assiette, faisant mine d'étudier leur forme.

— Qu'est-il arrivé à cette relation ?

— C'était une mauvaise idée. Nous nous ressemblions trop, et je travaillais avec lui, ou du moins, pas loin de lui.

— Un analyste de la CIA ?

— Rien d'aussi excitant. C'était un technicien informatique, simplement.

— Qui a rompu ?

— Je crois que c'est moi. Ce n'était pas assez sérieux pour qualifier ça de rupture, de toute façon. Nous parlions beaucoup. D'abord, nous sommes devenus amis, puis il a eu la brillante idée de me demander de sortir avec lui. Il n'a jamais vu ma chambre.

Cam leva les sourcils. Martha était-elle en train de lui dire qu'elle n'avait jamais couché avec ce type ?

— Vous êtes toujours amis ?

— Nous bavardons quelquefois au travail.

Elle prit son assiette et lui montra la sienne.

— Tu as fini ?

Il la déposa au-dessus de la sienne.

— Ça m'a fait du bien de manger. Maintenant, on va se couvrir et aller jeter un coup d'œil dehors.

Martha laissa les assiettes dans l'évier et ils prirent leurs manteaux. Quand ils sortirent par la porte de la cuisine, Cam recula d'un pas pour étudier les entailles sur la vitre.

— Il faut que tu fasses réparer ça. Le verre est très fragilisé. Quelques minutes de plus et il se serait rompu.

— Je rajoute ça à ma liste, en plus des serrures.

Cam s'accroupit pour étudier le sol devant la porte. Le paillasson ne semblait pas avoir été dérangé et les briques de la terrasse ne portaient aucune empreinte, pas même les leurs. Il fit deux pas en arrière, frôla le bord d'une jardinière et s'agenouilla pour examiner les plantes.

— Tu retraces son chemin ? demanda Martha, la tête penchée.

— Oui. On dirait qu'il a fui vers le ponton et la baie.

Se retournant, Martha considéra l'étendue d'eau au loin. Une brise venue de l'océan souleva ses cheveux.

— Sans doute. À moins qu'il n'ait fait le tour de la maison par-devant, mais nous n'avons rien vu sur les enregistrements. Il est peut-être venu en bateau.

— Tu voulais me montrer le ponton ?

— Allons-y, dit-elle en tendant le bras.

Il la rejoignit en deux enjambées et lui prit la main. Leurs pas firent crisser le gravier du sentier menant à la baie.

Cam s'arrêta et se baissa.

— S'il avait emprunté ce chemin, il aurait laissé des empreintes.

Martha s'accroupit à côté de lui et remua le gravier du doigt.

— Il a pu lisser le gravier après son passage.

Cam lui prit le coude et l'aida à se relever.

— Je pense que nous sommes sur la bonne piste.

Quand ils parvinrent au ponton, Cam y fit quelques pas en tapant des pieds.

— Il est plus solide qu'il n'en a l'air.

— Il le faut, vu le temps qu'il fait ici, en hiver.

Elle s'approcha d'un petit hangar et Cam jeta un coup d'œil à l'intérieur où l'eau clapotait.

— Il a pu garer son bateau là-dedans en arrivant.

Martha posa les mains sur les hanches et fixa l'eau grise qui léchait le rivage.

— Il est venu du port, s'est amarré ici et a essayé de s'introduire dans la maison. Quand tu es descendu, il a repris le sentier à toute allure, détaché son bateau et filé, sachant que tu chercherais plutôt une voiture.

— J'aurais pu le rattraper si je n'avais pas perdu tant de temps à mettre des vêtements et des chaussures, dit Cam.

Il lança un galet dans l'eau.

— Tu n'aurais pas pu arriver jusqu'ici sans rien sur le dos, dit Martha en riant.

Elle avança en musardant sur le ponton et donna un coup de pied à la bitte d'amarrage.

— Fais attention, ne tombe pas dans l'eau ! lança Cam.

En se baissant pour chercher des galets plats, il remarqua un mégot de cigarette sur le sol. Il le prit entre le pouce et l'index et le leva dans la lumière.

— Regarde ça. Ta mère fume-t-elle ?

— Non.

Cam fit sauter le mégot dans la paume de sa main.

— On dirait une cigarette roulée à la main. Tu crois que quelqu'un est venu ici ? Il est sec. Apparemment, cette personne voulait le jeter à l'eau et a manqué son coup, à cause de l'obscurité.

— L'homme à tout faire de maman fume. C'est le mari de la femme de ménage et il l'accompagne parfois. Mais je ne crois pas qu'il roule ses cigarettes.

— Quand est-il venu ici pour la dernière fois ? Si le mégot avait été jeté avant-hier, il serait humide.

— Je n'en sais trop rien. Sa femme vient le vendredi en général. Peut-être que Ben fume.

— Je vais garder ça, déclara Cam en empochant le mégot. Il sait comment venir jusqu'ici et il a essayé de s'introduire dans la maison.

— Et il sait que tu es ici aussi, pour l'instant.

— Tu as regardé si tu avais des textos ? Il connaît ton numéro, puisqu'il a le téléphone de Casey.

Martha tapota la poche de son manteau.

— Je regarde sans arrêt. Après m'avoir harcelée pendant des semaines, on dirait qu'il me laisse tranquille.

— Ou alors il essayait de t'intimider.

— Maintenant, il a peur que je le dénonce. S'il n'avait pas commencé à tuer des gens, je n'en saurais pas plus sur son identité.

— Ces meurtres étaient planifiés de longue date, tu peux me croire. Peut-être pas celui de Tony, mais il voulait brouiller les pistes et se débarrasser de Wentworth et de Casey. Elle pouvait faire le lien entre Wentworth et les mails, et c'était précisément ce qu'il voulait empêcher. La seule inconnue était que tu avais copié ces messages sans qu'il comprenne pourquoi.

— Moi non plus, je ne savais pas pourquoi. C'était instinctif.

Elle fourra la main dans la poche de Cam.

— Et c'est ce même instinct qui t'a conduit à moi. Tout ça n'est pas arrivé par hasard.

Cam lui pressa les doigts.

— Oui, c'est ainsi que je vois les choses. Nous sommes les morceaux d'un grand puzzle.

Martha frissonna.

— J'ai froid. Rentrons, je vais appeler quelqu'un pour réparer la porte-fenêtre.

Un téléphone vibra et Cam mit la main dans son autre poche.

— Je crois que c'est le tien.

Martha sortit son téléphone et protégea l'écran de sa main pour pouvoir lire.

— C'est mon amie Farah. C'est une traductrice qui travaille avec moi.

— Je suppose que tout le monde sait ce qui t'est arrivé.

— Oui, naturellement.

Martha releva les yeux.

— Farah veut boire un verre avec moi ce soir pour me raconter ce qui se passe au boulot.

— On peut lui faire confiance ?

— À Farah ? Absolument.

— Alors je pense que c'est intéressant pour toi de savoir ce qui se dit là-bas.

— Tu as raison.

Martha tapa un court texto d'une main. Farah répondit, elle répondit aussi, puis rempocha son appareil.

— Nous nous sommes donné rendez-vous à 20 heures ce soir.

Cam lui prit la main.

— Tout le temps nécessaire pour faire remplacer la vitre, changer tes serrures et faire un aller et retour à l'hôtel.

— Un aller et retour ?

— Pour prendre mes affaires et les apporter ici.

Il lui déposa un baiser sur la tempe.

— Après ce qui s'est passé ce matin, tu ne penses pas que je vais te laisser seule ici ?

Cam la serra contre lui sur le chemin du retour, inspirant l'odeur salée qui s'accrochait à ses cheveux. Comment aurait-il pu laisser Martha seule alors qu'un tueur l'avait dans le collimateur ?

Le reste de la journée se passa en réparations et en allées et venues entre les deux maisons. Martha fit venir un serrurier qui changea les verrous de sa maison en ville et un vitrier pour remplacer la vitre de la maison sur la baie, tandis que Cam déménageait ses affaires de l'hôtel à cette dernière.

Trop fatigués pour cuisiner ou pour aller au restaurant, ils achetèrent une pizza sur le trajet du retour. Quand ils l'eurent mangée, Martha replia une jambe sous elle.

— Je suis soulagée que ce type ne soit pas revenu.

— Tu aurais dû prendre exemple sur ta mère et faire installer un système d'alarme chez toi.

— Il l'aurait sans doute débranché comme il l'a fait au bar.

Elle repoussa la boîte de la pizza vers lui.

— Il reste deux parts. Tu les veux ou je les emballe pour les mettre au congélateur ?

Se penchant en avant, Cam les prit.

— Je ferais mieux de leur faire un sort tout de suite.

Sur l'écran de la télévision, Martha saisit du coin de l'œil une image de l'Insider.

— Je me demande s'ils ont déjà des suspects.

— Nous savons toi et moi qu'ils ne trouveront jamais le véritable meurtrier.

Ils écoutèrent le reportage durant quelques minutes, puis Martha coupa le son.

— Ils s'en tiennent toujours à la thèse du cambriolage. Ils ne veulent peut-être pas révéler au public l'existence du message.

— De toute façon, le meurtrier a vidé le tiroir-caisse et le coffre-fort pour donner le change.

— Et il a mis le système d'alarme hors service.

— Encore heureux pour nous, sinon nous serions dans de beaux draps.

Cam s'essuya la bouche avec une serviette en papier.

— Je n'ai rien entendu non plus sur les activités parallèles de Tony.

— Ni sur sa relation avec Casey.

— Juste un horrible meurtre de plus à Washington.

— À Georgetown, c'est pour ça qu'on en parle autant.

— Le bar où nous allons, il est proche de l'Insider ?

— Pas très loin.

Martha renifla soudain l'air.

— Qu'est-ce que c'est que cette odeur ? Du tabac ? Je l'ai sentie presque toute la journée.

Cam prit sa veste sur le bras du sofa.

— C'est le mégot que j'ai ramassé près du ponton. Ce tabac a une odeur un peu sucrée, non ?

— Et forte.

Martha se leva.

— Je vais chercher un sachet en plastique pour le mettre dedans.

Une heure plus tard, ils se mirent en route pour rejoindre Farah. Martha espérait de toutes ses forces que la soirée ne se terminerait pas comme celle de l'Insider.

En se garant dans un parking public, elle bâilla.

— Je crois que je ne vais pas boire d'alcool, ce soir. Je suis déjà prête à aller au lit.

— Ne fais pas de promesse que tu ne peux pas tenir.

Cam tapota la vitre pour désigner un emplacement libre.

— Tu auras peut-être besoin d'un verre après avoir entendu ce que ton amie a à dire.

Main dans la main, ils longèrent deux pâtés de maisons jusqu'au bar, qui donnait sur le front de mer. Martha avait presque l'impression de sortir avec son petit ami. Elle ne pouvait s'empêcher de remarquer les regards admiratifs que les autres femmes lançaient à Cam. Ces réactions la faisaient sourire.

Elle tira la manche de Cam quand le bar fut en vue.

— On sort ensemble, d'accord ? Tu n'es pas dans la Delta Force, tu ne m'as pas suivie pour m'interroger sur les mails, tu n'as jamais rencontré Casey et tu n'as jamais vu Wentworth chez moi.

— On est d'accord.

Il lui ouvrit la porte et s'effaça pour la laisser passer en lui murmurant à l'oreille :

— Tu vois Farah ?

Martha balaya le bar du regard et repéra son amie assise à une table avec un homme qu'elle avait rencontré quelques mois auparavant — un homme marié.

— Elle est là-bas, et…

Cam ne lui laissa pas le temps de finir sa phrase. Passant un bras autour de son cou, il l'attira à lui pour l'embrasser sur la bouche.

Durant quelques secondes, Martha oublia qu'elle se trouvait dans un bar bondé, qu'elle avait un tueur à ses trousses et que Cam partirait dans une semaine.

Elle lui passa un bras autour de la taille et se laissa aller contre lui, sentant sa chaleur l'envahir de toute part.

Cam acheva le baiser sur une bise sonore.

— Voilà. Il n'y a plus de doute sur le fait que nous sortons ensemble.

Martha cilla et ajusta ses lunettes avant de s'éclaircir la gorge.

— En effet.

Elle lui tira la manche.

— Ce que j'allais dire avant que tu te jettes sur moi, c'est que Farah est venue avec son salaud de petit copain.

— C'est un salaud ?

— Il est marié.

— Oh ! ce genre-là.

Il lui frotta le dos.

— Tu n'avais pas l'intention d'en faire une rencontre secrète de toute façon, si ?

— Non.

— Alors voyons ce qu'elle a à révéler sur ce que disent tes patrons.

Il lui effleura le creux des reins et elle le conduisit jusqu'à la table de Farah.

Farah se leva et examina tour à tour Cam et Martha. Puis elle serra son amie dans ses bras en s'exclamant :

— Tu prends un jour de congé et tu as déjà un petit ami ?

Martha l'embrassa sur la joue.

— Farah, je te présente Cam. Cam, voici Farah et Scott.

Ils se serrèrent tous la main et Martha et Cam s'assirent.

— On est servi à table ? demanda Cam.

— A priori oui, mais ce n'est pas si simple.

Scott leva sa bouteille de bière presque vide.

— J'ai besoin d'aller aux toilettes. Je passe par le bar et je nous commande une tournée. Farah ?

Celle-ci couvrit son verre du plat de la main.

— Non, merci.

Cam désigna la bouteille de Scott.

— Je prendrai la même chose.

Martha, quant à elle, montra le verre de Farah.

— Je vais prendre un verre de vin blanc, merci.

Scott embrassa promptement Farah.

— Je reviens tout de suite.

— Merci, chéri.

Farah rejeta ses cheveux en arrière.

— Je suis contente que tu sois venue, Martha. Je voulais te mettre au courant de ce qui se passe au bureau. Mais d'abord, comment vas-tu ? Mon Dieu, trouver Wentworth mort et le lendemain découvrir Casey… Je ne peux même pas imaginer ce que tu as dû éprouver.

Et encore, elle ne savait rien de Tony, se dit Martha en glissant un regard à Cam.

— C'est vrai que j'ai vécu de dures journées. Que disent-ils au bureau ? Que dit Gage ?

— Eh bien, tu sais…

Farah fit tourner le vin dans son verre.

— Plein de rumeurs autour du député et de ta locataire.

Martha plissa les yeux.

— Quelle est la vraie raison pour laquelle Proffit m'a mise en congé ?

— Je ne sais pas.

Farah se pencha en avant, puis jeta un regard à Cam.

— On peut parler devant lui ?

— Tu peux tout dire.

Farah se lécha un peu les lèvres.

— Martha, ils fouillent ton ordinateur.

Martha ouvrit la bouche et sentit un frisson de peur remonter dans son dos.

— Ils l'ont emporté ?

Cam pressa un genou contre le sien, et elle apprécia ce contact, même si cela ne soulageait en rien la panique qui l'envahissait peu à peu.

— Non, mais ils sont venus plusieurs fois dans ton box en chuchotant. Que pouvaient-ils faire d'autre, là-dedans ?

— Et ils, c'est qui ? Qui est venu dans le box de Martha ? interrogea Cam.

— Gage, Proffit, et ce technicien…

Farah tapota son verre de l'ongle.

— Sebastian Forsythe, celui avec qui tu es sortie quelques fois.

— Ce n'est pas bon.

Martha prit le verre de son amie et but une grande gorgée.

— Tu n'as rien à cacher, n'est-ce pas, Martha ? Et ça ne change rien que l'Agence fouille dans ton ordinateur.

— Tu as raison, ça ne change rien. Merci de me l'avoir dit, Farah.

Son amie hocha la tête et posa un doigt sur ses lèvres en jetant des regards de côté.

— Motus…

Martha leva les yeux et vit Scott approcher, leurs boissons dans les mains.

— Mission accomplie.

Il posa les boissons sur la table et les répartit entre eux.

— Vin, bière et bière. J'irai en chercher encore dès que vous voudrez.

Farah lui pressa la main.

— Merci, chéri. Plus tard, peut-être. Portons un toast.

— Aux lundis !

Scott se pencha en avant et choqua sa bière contre le verre de Martha, qui recula instinctivement.

Elle n'avait jamais apprécié les choix de Farah en matière d'hommes. Elle avait rencontré Scott plusieurs fois, mais un homme qui prétendait avoir un arrangement avec sa femme ne lui inspirait guère confiance. Elle lui adressa un faible sourire et prit une gorgée de vin. Cam avait raison. Il lui faudrait sans doute un verre plein pour faire bonne figure à cette petite réunion.

— Oh mon Dieu, tu as entendu parler de ce barman qui a été assassiné lors d'un cambriolage ? dit Scott. C'est arrivé pas loin d'ici.

Farah tortilla la chaîne en or qu'elle portait autour du cou.

— C'est terrible.

— J'ai vu ça aux infos.

Martha secoua la tête.

— Pourquoi a-t-il fallu que le cambrioleur le tue ?

— Peut-être qu'il ne s'attendait pas à ce qu'il soit là et qu'il ne voulait pas prendre le risque d'être identifié, remarqua Scott en grattant l'étiquette humide de sa bière.

— Eh bien, ça n'a servi à rien, de toute façon. Je connais ce quartier et il y a des caméras dans tous les bars.

Farah désigna le plafond.

— Ici aussi, sans doute.

— Le voleur s'est occupé des caméras.

Martha reprit son verre et sentit un coup de pied sous la table. Elle faillit s'étouffer, mais parvint à avaler sa gorgée. Elle évita de regarder Cam. Qui d'autre aurait pu faire ça ?

— Il s'est occupé des caméras ?

Farah pencha la tête de côté.

— Tu veux dire qu'il les a débranchées ? demanda Scott. Nous n'avons pas entendu parler de ça.

Martha se serait volontiers donné un coup de pied à elle-même. Mieux valait qu'elle se contente de traduire, car elle n'avait manifestement pas les capacités requises pour être une espionne.

— Je crois qu'on l'a entendu aux infos juste avant de sortir, intervint Cam, en épongeant avec sa serviette quelques gouttes de vin tombées du verre de Martha.

— Tu joues au foot, Scott ?

Les hommes parlèrent football tandis que Farah racontait les potins du bureau à Martha.

Quelques minutes plus tard, Scott tapota sa poche de chemise.

— Je vais sortir m'en griller une. Tu viens, Cam ?

— Je ne fume pas, mais il faut que j'aille aux toilettes.

Cam se leva et fit un clin d'œil.

— Nous allons laisser ces dames échanger leurs secrets.

Cam et Scott s'éloignèrent de concert. Scott prit la direction de la terrasse et Cam continua vers les toilettes, au fond de la salle.

Farah approcha sa tête de celle de Martha et murmura :

— Ce sont ces mails, Martha ? Je ne voulais pas le dire devant Cam, mais tu penses que Proffit sait que tu les as copiés ?

— Je ne vois pas comment il le saurait… À moins que quelqu'un ne lui ait dit.

— Ce n'est pas moi, je te le jure.

De son ongle soigneusement verni, Farah traça une croix sur son cœur.

— Tu en as parlé à quelqu'un d'autre ? demanda Martha.

— Non, mais…

Martha referma la bouche en voyant revenir Scott.

— Il a fait vite.

— Oh ! il essaie de s'arrêter, alors il n'en fume que la moitié. Ce n'est pas la bonne méthode, si tu veux mon avis.

Farah leva les yeux au ciel et choqua son verre contre celui de Martha.

Martha but une grande gorgée de son chardonnay, tout en suivant des yeux Scott qui approchait.

Cam apparut à quelques mètres derrière lui, portant une bouteille de bière dans chaque main mais elle continua de fixer Scott, épiant chacun de ses mouvements. Il fourra quelque chose, une sorte de pochette, dans la poche de sa veste.

Elle renversa la tête et laissa le vin couler dans sa gorge. Cette pochette pouvait contenir n'importe quoi. Peut-être n'était-ce pas une blague à tabac et plein de gens ne fumaient pas leur cigarette jusqu'au bout. Il avait sans doute envie de revenir auprès de Farah.

Les yeux fixés sur son verre, Martha joua avec lui jusqu'à ce que Scott arrive à leur table.

Il se pencha pour embrasser Farah, qui le repoussa des deux mains.

— Tu sais que je n'aime pas cette odeur. J'ai grandi dans une famille où tout le monde fumait, et je ne la supporte plus, surtout celle des cigarettes roulées.

Martha se figea. Cette fois, quand Scott s'assit, au lieu de s'écarter, elle se rapprocha de lui pour humer son odeur.

Son cœur se mit à battre à coups redoublés dans sa poitrine et une vague de terreur glacée courut le long de son dos.

12

Cam posa les bières sur la table et fit un signe de tête à Scott. Il n'avait pas l'intention de rester longtemps, mais il lui devait une tournée. À moins que Farah ne lâche une bombe dans les dix prochaines minutes, elle avait déjà dit à Martha tout ce qu'elle savait. Il n'y avait pas grand-chose que Martha puisse faire.

Quelqu'un lui heurta le tibia sous la table et il replia la jambe. Puis Martha rapprocha sa chaise et lui planta les ongles dans la cuisse — du moins espérait-il que c'étaient les siens.

Prenant sa bière, il croisa son regard au-dessus de la bouteille et faillit s'étouffer en avalant le liquide. Martha avait le visage pâle et les lèvres pincées. Il en eut un coup au cœur. Farah lui avait-elle donné des mauvaises nouvelles ?

Faisant mine de prendre son verre, Martha le renversa. Elle recula d'un bond.

— Désolée.

Scott jeta sa serviette en papier sur la tache de vin.

— Vous en voulez un autre ?

— Non merci !

Elle repoussa sa chaise.

— Je pense que nous ferions mieux d'y aller. Je… Je dois sortir le chien de ma mère.

— Ta mère a un chien ? lança Farah, la tête penchée sur le côté.

Cam fronça les sourcils. Quelle mouche piquait Martha pour qu'elle s'agite ainsi ? Farah ne semblait pas le savoir.

Martha se leva d'un bond.

— Merci beaucoup de m'avoir mise au courant, Farah. S'il

se passe autre chose, appelle-moi. Avec un peu de chance, je serai de retour au travail la semaine prochaine. Il suffit que l'Agence se rende compte que je n'ai rien à voir avec la relation de Casey et du député.

— On dirait le film du dimanche soir : *Casey et le député*, dit Farah en riant.

Elle se leva, elle aussi, enlaça Martha et serra la main de Cam.

— Ravie de vous avoir rencontré.

Scott se mit debout à son tour et tous échangèrent des au revoir. Cam trépignait d'impatience. Quelque chose avait effrayé Martha pendant qu'il était aux toilettes et ce n'était pas Farah.

Il lui passa son manteau et son sac, accrochés au dossier de sa chaise.

— Il faudra recommencer.

Martha lui donna un coup de coude dans les côtes et il reprit son souffle. Il l'aida à enfiler son manteau, et elle lui prit le bras, l'entraînant à toute allure vers la sortie.

Quand ils furent sur le trottoir, Martha croisa les bras et continua de marcher d'un pas vif.

Il lui tapa l'épaule.

— Que se passe-t-il ? Où allons-nous ? Ta mère n'a même pas de chien.

Elle ne dit mot jusqu'à ce qu'ils arrivent à la voiture et s'y engouffrent. Alors elle se tourna vers lui et lui tira la manche.

— Le copain de Farah ? Scott ?

Il hocha la tête.

— Oui ?

— C'est notre homme.

— Notre homme ? Celui qui t'a piratée ?

— Celui qui a tué trois personnes.

— Mais comment le sais-tu ?

Cam jeta un coup d'œil dans le rétroviseur extérieur.

— Tu l'as reniflé quand il est revenu à notre table ?

— Je n'ai pas l'habitude de renifler les autres hommes.

Martha lui donna une tape sur le bras.

— Je suis sérieuse, Cam. Il avait la même odeur douceâtre que la cigarette que tu as ramassée sur le ponton.

— Tu veux dire qu'il fume le même tabac ?

— C'est plus que ça, répondit Martha en s'humectant les lèvres. Il roule ses cigarettes et, selon Farah, il essaie de s'arrêter et ne fume que la moitié de ses cigarettes.

— Celle du ponton était à moitié fumée, c'est vrai.

Cam se frotta la mâchoire du poing.

— Tu es peut-être tombée sur quelque chose.

Martha ferma les yeux et se pressa la tempe.

— C'est ce que je crois. Ça fait trop de coïncidences.

— Quand Farah a-t-elle commencé à le voir ?

— Il y a quatre mois environ. Elle l'a rencontré sur un site Internet et il lui a dit tout de suite qu'il était marié. Comme elle ne cherchait pas une relation durable, cela ne la dérangeait pas.

— Il lui a dit ça pour expliquer qu'il ne l'emmène pas chez lui et ne la présente pas à ses amis.

Martha mit le contact, mais ne fit pas mine de démarrer.

— Il a commencé à sortir avec elle pour se rapprocher de moi. Tout comme il a ordonné à Casey de me tenir à l'œil. Tous ceux qui m'entourent me mentent.

Cam lui prit la main.

— Pas moi. Tu crois que Farah est au courant ? C'est peut-être elle qui lui a dit que tu avais reçu ces mails.

— Impossible. Farah ne ferait pas ça.

— C'est ce que tu pensais de Casey aussi.

Il entrelaça ses doigts avec les siens.

— Il forme une sorte de cordon autour de toi, Martha, pour pouvoir te surveiller, à la fois au travail et chez toi.

— Ça n'a aucun sens, dit-elle en tremblant.

— Bien sûr que si.

Cam monta le chauffage dans la voiture.

— Et au fond de toi, tu le sais. Tu as reconnu l'odeur de sa cigarette dans ma poche. Ça t'a rappelé quelque chose parce que tu l'avais déjà sentie avant — sur lui.

— Si c'est vrai, et que Scott est le meurtrier, nous ne

pouvons pas laisser Farah seule avec lui. Je ne permettrai pas qu'il lui fasse du mal.

Cam tendit la main et coupa le moteur avant de faire mine d'ouvrir sa portière.

— Tu aurais dû me le dire tout de suite, dès que nous sommes sortis du bar. J'aurais pu le confronter à ce moment-là.

— Que vas-tu faire ?

— Je vais y retourner. Il était sous notre nez. Je ne vais pas le laisser filer alors que nous cherchons à l'identifier depuis des jours.

— Attends, dit-elle en lui posant une main sur le dos. Est-ce qu'il faut vraiment lui dire que nous l'avons reconnu ? Quelle était son intention en venant au bar ? C'est lui qui nous a payé à boire.

Cam réfléchit longuement.

— Mais quel serait l'avantage de nous droguer en public, devant sa prétendue petite amie ? demanda-t-il enfin.

— Peut-être voulait-il nous droguer pour plus tard. Pour nous assommer et entrer dans la maison pendant que nous dormions.

— Ce serait une drogue à retardement ?

— Je ne sais pas… Mais tu comprends que c'est lui qui a organisé le rendez-vous de ce soir, n'est-ce pas ? D'une façon ou d'une autre, il a poussé Farah à lancer cette invitation.

— Je suis d'accord. Rien de tout cela n'est dû au hasard.

Cam ouvrit sa portière.

— Et je vais découvrir ce qu'il en est. Je veux savoir qui l'a mis sur ce coup et pourquoi on veut nuire au major Denver.

— Cam !

Il se sentait poussé par l'urgence. Sur le plan rationnel, il savait que Martha avait raison. Pourquoi dévoiler leurs atouts ? Mais il n'aurait peut-être plus jamais l'occasion de mettre la main sur ce type. Il n'était qu'à deux rues de Ben et il se devait de faire quelque chose.

Il se mit à courir, malgré les appels de Martha. Évitant les voitures, il traversa la rue et franchit le seuil du bar.

— Vous avez oublié quelque chose ?

Pivotant sur lui-même, il faillit renverser la serveuse.

— L'autre couple, ils sont partis ?

— Juste après vous.

Se déhanchant un peu pour soutenir son plateau, elle répéta sa question.

— Vous avez oublié quelque chose ?

— Ça ne fait rien. Je les appellerai plus tard.

Cam se dirigea vers leur table et s'empara de la bouteille de bière de Scott. Puis, la dissimulant dans son dos, il revint vers la serveuse.

— Merci.

Martha lui sauta dessus dès qu'il fut arrivé à l'angle de la rue.

— Qu'est-ce que tu as fait ? Ça a marché ?

— Ne t'inquiète pas. Ils étaient partis.

Il lui montra la bouteille de bière.

— J'ai pris ça.

— Pour ses empreintes…

— Exactement. J'ai un copain dans la police de Virginie qui pourra les relever et faire des recherches.

Tandis qu'ils marchaient vers la voiture, Martha glissa les doigts dans la poche arrière de son jean.

— Scott joue avec le feu. Comment pouvait-il savoir que nous ne le reconnaîtrions pas ?

— Il se sent en sécurité parce qu'il était déguisé quand il avait affaire à Casey et à Tony et parce qu'il portait une cagoule ce matin. Tony disait qu'il avait une barbe et des lunettes, nous savons qu'il s'agissait d'un déguisement.

— Mais on ne peut pas tout baser sur une marque de tabac, Cam.

— Qui sait ? Nous nous trompons peut-être, mais j'en doute.

Quand ils furent à la voiture, Martha s'adossa à la carrosserie et enfonça les mains dans ses poches.

— Nous ne pouvons pas laisser Farah seule avec lui.

— Est-ce qu'ils sont allés chez elle ?

— Ils ne vont jamais chez lui, puisqu'il est marié.

— On ne peut pas faire irruption chez Farah comme ça. Il nous faut un plan.

Cam se frotta les mains pour se réchauffer.

— Mais réfléchissons-y dans la voiture, avec le chauffage en marche.

Une fois dans l'habitacle, il se tourna vers Martha.

— Tu connais l'adresse de Farah ?

— Oui, ce n'est pas loin d'ici.

— On pourrait passer sous un prétexte quelconque, par exemple que tu as oublié ton téléphone ou quelque chose du même genre. Si Scott est encore là, tu essaieras de prendre Farah à part et de l'avertir.

Martha se mordilla la lèvre.

— Tu pourras te contrôler s'il est chez elle ? Quand je t'ai vu courir vers le bar, j'ai eu peur.

— Eh bien, s'il est là, ce sera le moment parfait pour lui poser quelques questions.

Cam tambourina sur le tableau de bord.

— On sera seuls avec lui. Je lui dirai que nous avons ses empreintes et que nous allons faire part de nos soupçons à la police.

— Mais comme tu l'as fait remarquer tout à l'heure, nous n'avons rien qui le relie aux trois meurtres. Bon sang, même la police qualifie le décès de Wentworth de mort naturelle.

Elle leva les yeux au ciel.

— Je ne pense pas qu'une cigarette à moitié fumée suffira. Nous n'avons même pas signalé la tentative d'effraction à la police.

— Bien sûr, mais ça, il ne le sait pas. Ça nous donne une petite marge de manœuvre. Il va comprendre qu'il a laissé tomber un mégot près de la maison, et ça aura un accent de vérité.

Il frappa le tableau de bord.

— Ça vaut la peine d'essayer. Je ne le laisserai pas s'en tirer comme ça.

Martha passa une vitesse.

— Bon d'accord, mais personne ne doit être blessé.

— Personne ne le sera.

Il lui caressa la cuisse d'un geste rapide.

— Surtout pas toi.

— Ni Farah.
— Ni Farah.
— Ni toi.
— D'accord.

Dix minutes plus tard, Martha se gara le long du trottoir et désigna du doigt la rangée de maisons.

— Farah habite dans celle du bout.

Cam se retourna et jeta un coup d'œil par le pare-brise arrière.

— C'est une rue plutôt tranquille.

— Eh bien, c'est un quartier résidentiel, et on est en semaine.

Elle coupa le moteur et poussa un soupir.

— Tu es prêt ?

— Prêt.

Il tapota son arme à travers la poche de sa veste.

Martha suivit son geste du regard.

— Pas de grabuge, d'accord ?

— Ça te dérangerait vraiment si Scott/Ben/le Patriote était blessé ? Il a assassiné trois personnes — jusqu'ici —, il te traque et il se sert de Farah.

— Je sais, mais tu ne peux pas tirer sur des gens en te fondant sur une cigarette à moitié fumée — même si tu es un crack de la Delta Force.

Elle lui toucha le visage.

— Je suis plus inquiète pour toi que pour lui. Je ne veux pas que tu aies des ennuis.

Il lui prit les doigts et en embrassa le bout.

— Je ne veux pas non plus que tu aies des ennuis. Personne ne saura que tu as copié ces mails.

— Mais il faudra peut-être finir par le dire si nous voulons stopper ce type.

Fermant les yeux, elle soupira.

— Tu ne finiras pas en prison comme ton père, rassure-toi, dit-il en lui pressant les doigts. Allons-y.

Quand Cam claqua sa portière, un chien apparut à la fenêtre d'une des maisons et se mit à aboyer.

— Eh bien, au moins, il y a quelqu'un qui monte la garde ici, remarqua Cam.

— Laisse-moi leur parler.

Martha empocha ses clés et avança rapidement en direction de la maison de Farah.

Ce quartier n'avait pas l'élégance de celui de Martha, car les maisons donnaient directement sur la rue. Mais personne ne se montra aux fenêtres quand ils passèrent.

Le taux de criminalité ne devait pas être très élevé dans les parages, songea Cam. Cependant, il fourra la main dans sa poche et caressa la crosse de son arme. Le silence qui régnait dans la rue le crispait. Il s'attendait à quelque chose, il ne savait pas quoi.

Martha gravit le perron de la maison de Farah et lança :

— On y est.

Derrière elle, Cam considéra la lueur d'une fenêtre donnant sur la rue et dont les rideaux étaient fermés. Aucune lumière ne brillait à la fenêtre de gauche et, comme ses voisines, la maison paraissait enveloppée dans le silence.

Martha sonna à la porte.

— Je veux qu'elle me voie par le judas, dit-elle en se plaçant bien en face de la porte.

Cam observait le carré de lumière opaque à droite, s'attendant à voir passer une ombre.

— Je ne crois pas qu'elle soit là, Martha, dit-il au bout d'un moment.

— Pas là ?

Martha sonna de nouveau.

— Mais dans ce cas où peuvent-ils être ?

Cam haussa les épaules.

— Sais pas.

Martha recula et pencha la tête en arrière pour contempler les fenêtres du premier étage.

— C'est noir, là-haut. Ils sont peut-être au lit.

— Farah et Scott ?

— Je sais, dit Martha avec une grimace. Ça me rend malade d'y penser.

— Tu devrais peut-être l'appeler au téléphone.

Depuis qu'ils étaient descendus de voiture, Cam était tendu au point d'en avoir mal à la mâchoire.

— Appelle-la.

Martha lui jeta un regard aigu et chercha son appareil dans son sac. Après avoir effleuré l'écran, elle attendit quelques secondes.

— Farah, c'est Martha. Je suis devant chez toi. J'ai quelque chose à te demander, alors rappelle-moi si tu as ce message, ou viens m'ouvrir si tu es à la maison.

— Tu penses qu'il y a une porte de service ?

— Oui, je crois.

Martha croisa les bras, pressant son sac contre sa poitrine.

— Pourquoi ?

— Retourne à la voiture, Martha. Attends-moi dedans. Je vais jeter un coup d'œil.

Martha écarquilla les yeux derrière ses lunettes.

— Pourquoi ?

— Juste pour être sûr.

— Être sûr de quoi ? Que Farah n'est pas morte ? Comme Casey ? Comme Tony ?

Sa voix était montée dans les aigus et Cam lui posa un doigt sur les lèvres.

— Nous sommes venus voir comment elle allait, n'est-ce pas ? C'est ce que je vais faire, et toi, tu vas retourner à la voiture et m'attendre.

Il lui mit les mains autour de la taille et la fit pivoter dans l'autre sens comme s'ils étaient sur une piste de danse.

— Ce n'est qu'une précaution. Je suis sûr qu'elle va bien.

Martha se couvrit la bouche et pencha la tête.

— Et si nous l'avions mise en danger en partant comme nous l'avons fait ? Scott a peut-être saisi que nous avions fait le lien entre lui et Ben. Et puis j'ai dit que ma mère avait un chien. Si c'est Scott qui est venu ce matin, il sait qu'il n'y a pas de chien dans cette maison.

Cam lui caressa le dos.

— Il ne peut pas le savoir. Ça pourrait être un de ces bichons qui tiennent dans la main. Ne te torture pas comme ça. Je ne serai pas long.

Il la regarda s'éloigner d'un pas chancelant, puis se glissa sur le côté de la maison. Si quelque chose était arrivé à Farah, mieux valait que Martha ne le voie pas.

Il avança jusqu'à la première fenêtre et pressa le nez sur la vitre, essayant de voir à travers la fente des rideaux. Il distingua un pan de cuisine propre et bien rangée, et, au-delà, l'encadrement de la porte du salon.

Il tenta de soulever la fenêtre, mais le cadre ne bougea pas. S'il la brisait et trouvait Farah et Scott au lit, il aurait à fournir pas mal d'explications, surtout si Scott n'était qu'un mari infidèle et non un tueur.

Courbé en deux, il continua vers l'arrière de la maison et fut bloqué par un petit portillon. En passant la main au-dessus pour chercher le loquet, il se figea soudain.

Le silence du quartier venait d'être rompu par un hurlement : Martha.

13

Arrivée à quelques mètres de la voiture, Martha appuya sur sa clé pour déverrouiller les portières. Elle se sentait mal depuis qu'elle avait compris quel était le but de Cam en l'éloignant.

Si quelque chose était arrivé à Farah, elle ne se pardonnerait jamais d'avoir volé ces mails. Combien de gens allaient devoir payer pour son geste stupide ?

Des phares éclairèrent brusquement la rue et Martha retint son souffle. C'était peut-être Scott et Farah qui revenaient, et si c'était le cas, elle allait devoir les retarder et trouver une explication plausible à l'absence de Cam.

Le véhicule ralentit, et Martha s'humecta les lèvres en reconnaissant la voiture de son amie.

— Allez, Cam, dépêche-toi, murmura-t-elle.

La voiture se gara en double file et, tandis que Martha plaquait un sourire de circonstance sur ses lèvres, la portière s'ouvrit.

— Hé, Farah, nous…

Elle s'interrompit net en voyant une silhouette se ruer sur elle, couverte de noir des pieds à la tête. Elle chancela en arrière, et tendit les bras pour retrouver son équilibre.

Profitant de son trouble, l'homme lui encercla la taille et l'entraîna sur la chaussée, en direction de la voiture.

Freinant des deux pieds, Martha poussa un hurlement. Mais son agresseur ne ralentit pas. Il ouvrit la portière côté passager et s'y engouffra à reculons, l'entraînant avec lui, sans paraître remarquer qu'elle lui griffait le bras et lui donnait des coups de pied dans les tibias.

— Hé ! Là-bas !

Martha sanglota en entendant les cris de Cam résonner dans la nuit.

L'homme s'installa derrière le volant et passa une vitesse. Tandis que la voiture se mettait à rouler, il gronda :

— Restez en dehors de tout ça, ou je serai forcé de vous tuer.

Elle sentit plus qu'elle ne vit Cam s'élancer vers la voiture en mouvement. D'une main, il agrippa la portière qui s'ouvrit en grand, et de l'autre il tenta de braquer son arme sur l'homme. Tentant de suivre le mouvement du véhicule, il trébucha plusieurs fois.

Martha hurla à nouveau quand la voiture fonça vers un poteau. L'homme allait écraser Cam s'il ne lâchait pas prise.

D'une voix hachée, Cam lui cria :

— Sors, Martha ! Laisse-toi tomber sur moi.

Le conducteur écrasa l'accélérateur et la voiture bondit en avant. La portière se referma.

Martha prit appui sur le siège, sentant que l'agresseur lui emprisonnait la jambe. Elle se contorsionna et lui donna un coup de pied sur le flanc. En se retournant, elle eut un aperçu de la banquette arrière.

— Sors ! Maintenant ! cria Cam.

Il la tira par le bras et elle se sentit suspendue en l'air une seconde avant d'atterrir sur lui. Ses bras l'enveloppèrent et ils roulèrent ensemble sur plusieurs mètres, le long d'une haie. Un trottoir les arrêta et Martha poussa un soupir douloureux.

— Ça va ? lui demanda Cam en lui époussetant le visage.

— Je… Je crois.

Elle laissa échapper un sanglot étranglé.

— Mon Dieu, il essayait de t'enlever ! s'exclama Cam.

Il lui repoussa les cheveux sur le front.

— Je n'aurais jamais dû te laisser seule.

— Cam…

Elle agrippa le tissu de sa veste.

— Il a Farah…

— Que veux-tu dire ? C'était sa voiture ?

— Elle est sur le siège arrière. Il l'a assommée, ou…

Sans terminer sa phrase, elle pressa le visage sur sa poitrine.

Cam se redressa tant bien que mal, brossant les feuilles et les brindilles qui parsemaient ses manches.

— Cette fois, il faut prévenir la police. Nous leur en dirons le moins possible, mais il faut signaler la disparition de Farah et ta tentative d'enlèvement.

— Il m'a menacée. Quand il a compris qu'il ne réussirait pas à m'emmener, il m'a dit quelque chose de bizarre.

Cam lui passa un bras dans le dos et elle s'assit en faisant la grimace. Ils s'aplatirent à nouveau sur le sol en entendant venir une voiture, mais le conducteur les dépassa sans les remarquer.

— Bizarre comment ?

— Il m'a dit de rester en dehors de ça, sinon il serait forcé de me tuer.

Martha remit de l'ordre dans ses cheveux avec ses doigts.

— « Forcé de me tuer ». Ça veut dire qu'il ne veut pas le faire ? Mais pourquoi ? S'il se débarrassait de moi, il n'aurait plus à craindre que je trouve ce que Casey a laissé.

— Oui, mais ça aurait l'air de quoi ?

Cam se releva sur les genoux et l'aida à se redresser en la tenant par le coude.

— Une traductrice de la CIA reçoit des mails impliquant un commandant de la Delta Force. La locataire de cette traductrice se tue après la mort de son amant, puis la traductrice meurt, assassinée à son tour ? Si la mort de Wentworth n'a pas mis la puce à l'oreille du FBI, la tienne et celle de Casey leur donneraient forcément à réfléchir.

— Ce qui ruinerait définitivement son intention de faire croire à un patriote qui s'inquiète pour son pays.

— Tu as déjà nui à ses plans en gardant les mails.

Cam lui toucha le nez.

— Qu'est-il arrivé à tes lunettes ?

— Je ne sais pas. Je ne me rappelle même pas si je les avais quand il m'a tirée dans la voiture.

Elle plaqua un poing sur son ventre.

— Qu'allons-nous faire pour Farah ? Il ne peut pas la

tuer, elle aussi. Même si elle n'a pas reçu de mails, elle est aussi traductrice à la CIA.

— Elle n'a aucun lien avec Casey ou Wentworth. Il pourrait faire en sorte que sa mort passe pour un accident.

— Mais nous sommes amies.

Martha s'accrocha à Cam comme si tous ses espoirs concernant la sécurité de Farah dépendaient de lui.

— Ça aurait l'air suspect.

— S'il ne la tue pas, elle le dénoncera.

— Peut-être que non.

Martha avança d'un pas et prit le bras de Cam.

— S'il a drogué son vin et l'a emmenée en voiture avant qu'elle s'évanouisse, elle ne s'est rendu compte de rien.

— À moins que nous appelions la police tout de suite et leur disions ce que nous avons vu.

— Ce n'est peut-être pas la chose à faire, alors. Nous lui forcerions la main en faisant cela.

— À un moment ou un autre, il faudra bien raconter à la police tout ce que nous savons, Martha. Autrement, à quoi servirait tout ça ? Il faut que nous leur disions que les mails visaient seulement à discréditer Denver.

Elle glissa la main dans la poche de Cam tandis qu'ils retournaient en boitillant vers leur voiture, garée un peu plus loin.

— Qu'est-il arrivé à ton arme ?

— Je l'ai fait tomber.

Il désigna le sol.

— C'est pour ça que je marche la tête baissée.

Martha posa la tête sur l'épaule de Cam.

— Je suppose que Scott a compris que j'avais deviné son identité au bar.

— Oui, eh bien, ne te reproche rien. Si j'avais deviné que c'était notre homme, je lui aurais sauté dessus et ça n'aurait pas été une bonne chose.

— Cela aurait sauvé Farah.

Cam s'arrête brusquement et Martha le heurta.

— La voilà.

Il se baissa pour ramasser son arme, qui avait atterri dans le caniveau.

— Tu n'as pas vu mes lunettes, par hasard ?

— J'ai regardé.

Ils atteignirent la voiture et Martha frissonna en voyant les traces de pneus sur la chaussée. Si Cam ne l'avait pas secourue, Dieu sait où elle serait maintenant ?

Se baissant de nouveau, Cam ramassa les clés que Martha avait lâchées au moment de l'agression. Il les fit danser au bout de ses doigts.

— Tu te sens en état de conduire ?

— Je n'ai plus mes lunettes, dit Martha. Prends le volant.

Elle regarda la rue dans les deux sens.

— J'ai du mal à croire que tout ce bruit n'ait pas poussé quelqu'un à appeler la police. Personne ne m'a donc entendue hurler ?

— Moi, je t'ai entendue.

Il ouvrit la portière et l'aida à monter en voiture.

— C'est tout ce qui compte.

Deux autres voitures passèrent pendant que Cam faisait le tour pour s'asseoir côté conducteur, et Martha se tassa sur son siège.

Cam claqua la portière et posa les mains sur le volant, bras tendus.

— Il faut prendre une décision pour Farah. Elle est impuissante, dans les griffes de ce tueur.

— D'un autre côté…

Martha plaqua une main sur sa bouche.

— Oh mon Dieu, est-ce que j'ai vraiment dit ça ?

— C'est à moi que tu parles, Martha, intervint Cam en se frappant la poitrine. Laisse-moi finir ta phrase. D'un autre côté, si Farah ne sait pas qu'elle a été droguée et enlevée et n'a pas vu comment Scott a essayé de te kidnapper, elle est en sécurité, et nous n'avons peut-être rien à faire pour la protéger.

Martha hocha la tête, heureuse que Cam ait compris le fond de sa pensée.

— C'est ce que je voulais dire. Scott a pu l'emmener à

l'hôtel et lui dire qu'elle s'est évanouie, ou quelque chose de ce genre. Il n'aura pas à lui faire de mal parce qu'elle ne s'est pas aperçue qu'elle était en danger — sauf si nous appelons la police.

Cam se pinça l'arête du nez.

— C'est ça, le dilemme.

— Cam…

Martha tendit les doigts et inspecta une écorchure sur sa main.

— Je pense qu'il est temps que j'appelle un avocat. Gage plaisantait, mais je devrais effectivement téléphoner à celui de mon père. C'est un ami de la famille.

— Tu as l'intention d'avouer pour les mails ?

Cam passa le bout du doigt sur l'écorchure qui zébrait la main de Martha.

— Je pense que c'est le seul moyen pour protéger Farah et tout dire sur Wentworth, Casey et Tony. Je n'ai pas entendu dire que la police avait demandé une autopsie pour Wentworth. Ils parlent toujours de crise cardiaque pour lui et de suicide pour Casey. La police ne m'a pas posé d'autres questions.

— Je ne voudrais pas que tu aies des ennuis, Martha, dit Cam.

— Je n'ai pas attendu pour m'y fourrer toute seule.

— Tu as essayé de passer par la voie officielle pour faire part de tes soupçons et ça n'a pas marché. Personne ne t'a écoutée.

— Et puis tout avouer ferait aussi avancer ta cause, reprit Martha. Ce type, ces types, je ne sais pas, sont allés très loin — jusqu'au meurtre pour atteindre leur but et se débarrasser des témoins. Si je disais tout, cela déclencherait une enquête sur les mails et sur le major.

— Mais comme tu l'as dit, ça ne suffira pas à l'innocenter, objecta Cam.

— Pourtant le doute sera là. Quelles sont les prétendues preuves contre lui ? La CIA les examinera de plus près.

Martha prit son sac sur le siège arrière et chercha son téléphone dans une poche latérale. Elle survola la liste de ses contacts téléphoniques.

— Je ne suis pas sûre d'avoir le numéro de Sam Prescott, mais il est certainement dans l'ordinateur de ma mère.

— Waouh, tu vas trop vite pour moi !

Cam écarta les mains, qu'il avait posées sur le volant.

— Tu ne crois pas que tu devrais d'abord en parler à quelqu'un ? Demander conseil ?

— C'est pour ça que je veux appeler Sam, dit-elle en pointant son téléphone vers Cam.

— J'imagine que ce n'est pas la peine d'espérer que Scott ramène Farah chez elle.

Cam quitta le trottoir et effectua un demi-tour au milieu de la rue.

Le téléphone de Martha se mit à bourdonner dans sa main, et elle sursauta.

— C'est Farah ! Ce doit être lui.

— Réponds et mets sur haut-parleur.

— Farah ? dit Martha en pressant une main sur son cœur.

— Qu'est-ce qu'il se passe ? Qu'as-tu de si urgent à me dire ?

En entendant la voix de son amie, un peu lente mais claire, Martha sentit le soulagement l'envahir.

— Tu vas bien ?

Cam posa une main sur son bras et secoua la tête.

Il avait raison. Si Farah ignorait qu'elle était en danger, cela valait mieux pour elle.

— Un peu dans les vapes, mais sinon oui. Qu'est-ce qui ne va pas ? J'ai eu ton message tout à l'heure. Qu'est-ce qu'il y avait de si urgent pour que tu viennes chez moi ?

Martha s'éclaircit la gorge.

— Cam pensait avoir laissé son téléphone au bar, et on s'est dit que toi… et Scott, vous l'aviez peut-être emporté avec vous.

— Je n'ai pas remarqué de téléphone. Nous sommes partis presque tout de suite après vous. Alors, tu vas m'en dire plus sur lui ? C'est un sacré beau mâle que tu as trouvé là, ma petite !

Martha donna un petit coup de coude à Cam, qui leva les

yeux au ciel. Il avait sans doute entendu cela des milliers de fois.

— Où es-tu Farah ? Tu es chez toi ?

— Non. Scott m'a payé une suite à l'hôtel. J'étais tellement fatiguée qu'il s'est dit qu'une journée de repos me remettrait en forme. C'est gentil, non ?

Martha serra les dents.

— Rappelle-toi qu'il est marié, Farah. Il faut que tu mettes fin à cette liaison.

Farah gloussa.

— Chut. Tu es sur haut-parleur, et Scott a tout entendu.

Elle s'interrompit et lança à travers la pièce :

— Ce n'est que Martha, chéri !

Martha sentit un frisson la parcourir. Il n'était pas difficile de deviner qui avait eu l'idée d'activer le haut-parleur.

La voix de Scott s'éleva à l'arrière-plan.

— Vous avez tout à fait raison, Martha. Farah et moi devons mettre fin à cette liaison, mais pour l'instant, nous nous amusons. Je ne vais pas lui faire de mal et elle est libre de me quitter — dès que j'aurai fini de la choyer.

— Ah, tu vois ce que tu as fait, Martha ? Laisse-moi vivre ma propre vie et concentre-toi sur ce bel homme que tu as trouvé. À propos, Cam a retrouvé son téléphone ?

— Oui, merci.

— OK. Alors on se voit plus tard.

— Fais… Amuse-toi bien.

— Ne t'inquiète pas pour ça.

Farah raccrocha en riant.

Martha contempla son téléphone.

— C'était un message qui nous était destiné, dit-elle. Farah est en sécurité… tant qu'elle ne découvre pas ses vraies motivations.

— Il ne pourra pas la garder éternellement à l'hôtel.

— Deux jours. Je crois qu'elle a pris quelques jours de congé pour Thanksgiving, et tant qu'il est avec elle, on ne peut pas appeler la police.

Elle fourra les mains entre ses genoux, qui tressautaient.

— Il aurait pu aussi bien la menacer, l'effet serait le même.

— Tu veux toujours consulter cet avocat ?

— Il le faut, dit-elle d'une voix tremblante, en jetant un coup d'œil à Cam.

Il tendit la main et lui pinça le menton.

— Je suis désolé que tu aies perdu tes lunettes.

— J'ai des lentilles chez maman.

Quand ils atteignirent la maison, il était minuit passé. Quand Cam ouvrit la porte, Martha fut prise d'une faiblesse qui ne devait rien aux courbatures infligées par sa chute.

Allaient-ils partager le même lit, ce soir encore ? Feraient-ils l'amour ? Chaque seconde les rapprochait de l'heure où ils devraient se séparer.

Quand elle aurait contacté Sam et tout avoué, elle pourrait perdre son emploi, ou même aller en prison. Mais rien de tout cela ne comptait au regard du risque de perdre Cam. Un membre de la Delta Force pouvait-il avoir une relation avec une espionne accusée de délit fédéral ?

Cam tapota le panneau du système d'alarme.

— Enclenche-le. Mieux vaut prévenir que guérir, même si notre ami passe la nuit à l'hôtel.

— À moins qu'il ne drogue Farah et en profite pour venir jusqu'ici.

Elle saisit le code sur le petit clavier, puis déposa son sac sur une chaise.

— Combien de temps pense-t-il pouvoir me faire taire en menaçant Farah ? Quand j'irai à la police et que je dirai tout, Farah le saura aussi.

Cam se dirigea en boitillant vers la cuisine et prit un verre dans le placard.

— Je ne t'ai même pas demandé comment tu allais, dit Martha en le suivant et en l'entourant de ses bras. C'est toi qui as encaissé le plus gros du choc.

Il haussa ses larges épaules.

— J'ai fait comme si c'était un placage au football. Je sais comment tomber.

— Avec une grande gigue cramponnée à toi ?

Il but son verre et lui donna un baiser humide.

— C'était la meilleure partie. Peut-être qu'on devrait se déshabiller lentement et inspecter nos blessures…

— C'est une nouvelle façon de draguer ?

— Je ne sais pas. Tu crois qu'elle peut marcher ?

— Tu n'as pas besoin de me séduire pour aller au lit avec moi, Cam Sutton.

Elle lui effleura le visage et taquina le lobe de son oreille, qui arborait une tache de sang.

— Mais je pense que nous avons besoin d'un bain chaud, d'abord, pour nettoyer nos bobos.

— Et ça, c'est une nouvelle manière de draguer ? Parce qu'il faut que je te dise : les bobos, ça me refroidit vraiment.

Elle posa la tête sur sa poitrine. Ses lèvres souriaient encore, mais une larme se forma au coin de son œil et elle renifla.

S'écartant un peu d'elle, Cam lui releva le menton du poing.

— Je suis désolé. Les bobos m'excitent énormément. Laisse-moi m'occuper de toi.

Elle renifla encore, mais il avait réussi à lui tirer un grand sourire.

— Quand je serai en prison, dans le même bloc que mon père, l'armée t'interdira-t-elle de fraterniser avec une ennemie d'État ?

Cam ricana.

— Je serai peut-être dans une cellule voisine de la tienne.

— Qu'est-ce que tu veux dire ? dit-elle en plissant le nez. Tu n'as rien fait de mal, toi.

Il haussa un sourcil.

— Tu crois ? Je sais que tu as volé les mails et que tu n'en as pas parlé à ta hiérarchie. Je t'ai aidée à supprimer des preuves de ton ordinateur. Je suis tombé sur une scène de crime et je ne l'ai pas signalée. Je pourrai continuer longtemps, mais je suis sûr que ton avocat te briefera là-dessus.

Le cœur serré, elle planta ses ongles dans les biceps de Cam.

— Je ne peux pas faire ça. Je ne peux pas te faire ça.

Il plongea les mains dans ses cheveux et les ébouriffa.

— Fais ce que tu as à faire pour rester en sécurité, Martha.

— Pas si ça te met dans une situation sans issue.

Il déposa un baiser sur sa tête.

— Appelons d'abord ton avocat… Mais pas avant d'avoir pris un bain et regardé nos blessures.

Elle prit son verre et but le reste de l'eau.

— Marché conclu.

Au cas où Cam aurait cru qu'elle plaisantait, elle alla dans la salle de bains et ouvrit les robinets en grand. Pendant ce temps, Cam faisait le tour du rez-de-chaussée, fermant portes et fenêtres.

Quand il la rejoignit à l'étage, la baignoire ovale était entourée de bougies et pleine de bulles parfumées.

Cam s'immobilisa sur le seuil et poussa un sifflement.

— J'aurais dû apporter deux verres de vin.

— Le vin m'aurait endormie, et j'essaie toujours de me débarrasser du goût de celui que j'ai bu au bar.

En deux enjambées, il traversa la pièce et glissa les mains sous le peignoir de Martha pour lui caresser les épaules.

— Tu penses toujours qu'il a mis quelque chose dans ton verre ?

— Je suis sûre qu'il a drogué Farah.

— Mais tu te sens bien ? Pas d'effet secondaire ?

— Je me sentirai mieux quand je serai dans l'eau chaude.

Laissant tomber son téléphone sur un panier plein de serviettes roulées, elle trempa un orteil dans la baignoire.

— La température est parfaite.

Cam fit glisser son peignoir et lui embrassa le cou.

— C'est toi qui es parfaite.

Puis il se débarrassa de ses vêtements et ils s'embrassèrent longuement avant de grimper ensemble dans la baignoire. Malgré la taille de Cam, les dimensions de la baignoire lui permettaient d'allonger les jambes. Martha se plaça entre ses cuisses et il fit courir doucement ses mains sur son dos.

— Tu vas avoir quelques bleus ici.

— Je suis contente que ce soit tout. Je m'attendais plutôt à des fractures.

Elle prit des bulles dans ses mains et les éparpilla en soufflant dessus.

— Tu crois que Farah va bien ?

— Il ne veut pas lui faire de mal. Et à toi non plus.

— Mais pourquoi est-il toujours dans les parages, Cam ? Il m'a envoyé les mails, ou un de ses comparses l'a fait, il a fait le ménage derrière lui en tuant Wentworth, Casey et Tony. Que veut-il de plus ? Il sait, ou du moins il croit savoir, que je n'irai nulle part avec les informations que j'ai. Que pourrais-je en faire de toute façon ? L'accuser, c'est m'accuser moi-même.

— Il cherche toujours ce que Casey a pu laisser.

Cam agita l'eau qui s'accumulait sur son ventre.

— Il sait que tu ne l'as pas et il veut le trouver avant toi.

— Nous avons fouillé toutes ses affaires. Il n'y avait rien qui puisse incriminer un homme comme lui. Qu'est-ce que ça pourrait être ?

— Quelque chose qui a à voir avec son identité. Maintenant que nous savons qui il est, ou plutôt qui il feint d'être, lui, il a Farah. Il doit croire que ça va nous empêcher de le dénoncer.

— Eh bien, il a raison, mais combien de temps va-t-il la retenir ? Comme tu l'as dit, il ne peut pas la garder toujours à l'hôtel.

Les mains de Cam s'approchèrent en flottant de ses seins et les enveloppèrent.

— Tu es en sécurité. Farah est plus ou moins en sécurité, et tu vas parler à l'avocat de ton père demain. Il n'y a rien de plus que nous puissions faire ce soir. Laisse-moi m'occuper de toi, tu te sentiras bien mieux.

Elle succomba aux baisers et aux caresses qui ravivèrent lentement les braises de leur désir, tellement différent de la fièvre explosive de la veille.

Quand ils retournèrent dans la chambre, Cam la déposa doucement sur les draps, en lui murmurant :

— Tu auras quand même besoin d'un analgésique demain.

Elle s'enfouit sous les couvertures.

— Allez viens, je me sens prête à tout maintenant.

Le matelas s'affaissa quand Cam se blottit contre elle. Il lui passa un bras autour de la taille et une jambe par-dessus la hanche. Elle eut la sensation d'être comme engloutie par lui, et elle savoura ce sentiment, essayant de repousser du même coup la pensée de son départ, qui résonnait dans sa tête comme un battement vide.

Le bourdonnement de son téléphone remplaça soudain cette lamentation en sourdine et elle souleva des paupières lourdes.

— Ce doit être lui.

Cam se redressa et, attrapant le téléphone, scruta l'écran.

— Ce n'est pas Farah. Numéro inconnu.

— C'est lui.

Elle claqua des doigts et Cam lui tendit l'appareil. Elle tapa son code et ouvrit le texto.

— C'est Scott ? demanda Cam.

La tête penchée, Martha souffla une mèche de cheveux qui pendait devant ses yeux et lut le texto. Son cœur se serra et elle laissa tomber l'appareil avec un petit cri.

Cam s'en empara.

— C'est lui ? C'est ce salopard ?

— Non. C'est le texto d'une morte.

14

Le visage pâle de Martha se détachait dans le noir de la chambre. Cam chercha à tâtons l'interrupteur pour allumer le plafonnier et demanda :

— Casey ? C'est Casey qui l'a envoyé ?

Son ton fit sortir Martha de sa stupeur, et elle reprit le téléphone pour lui lire à voix haute le texto de Casey.

Martha, c'est moi Casey. Si tu as ce message après que j'ai disparu, sache que je me suis enfermée dehors. Je suis désolée.

— « Enfermée dehors » ?

Cam posa la tête contre le bois du lit et fixa le plafond.

— Si elle s'était enfermée dehors, elle se serait servie du double caché dans la housse du fauteuil, mais nous avons déjà regardé à l'intérieur. Elle doit se référer au message qu'elle t'a laissé à propos de Tony.

— Mais est-ce vraiment elle qui l'a envoyé, Cam ? Comment ? Comment pouvons-nous être sûrs que cela vient d'elle ?

— Elle a dû programmer le texto pour qu'il arrive plus tard.

— Manifestement, elle savait qu'elle était allée trop loin et que sa vie était en danger.

Il replia un bras derrière sa tête.

— Pourquoi ce SMS ne serait-il pas d'elle ? Elle et toi êtes les seules à connaître l'existence de cette cachette, non ?

— Je ne l'ai jamais dit à personne et aussi écervelée qu'elle ait pu être, je ne pense pas qu'elle en ait parlé à quelqu'un, sauf peut-être à Tony.

— L'autre raison, c'est que je ne vois pas où est l'intérêt pour Scott de t'envoyer un message comme celui-ci. Pourquoi voudrait-il piquer davantage ta curiosité ou te fournir encore une preuve que la mort de Casey n'était pas un suicide ?

Sous le coup de l'émotion, Martha avait du mal à respirer. Elle ferma les yeux.

— J'imagine que Casey voulait vraiment que je parle à Tony.

— Tu crois que c'est tout ?

— Que veux-tu dire ?

— Peut-être qu'il s'agit d'autre chose. Peut-être que c'est ce que nous attendions, ce que Scott cherche.

— Nous avons regardé dans la housse et trouvé la clé avec le message de Casey. Tu veux dire que ce n'était pas tout ce qu'il y avait dedans ?

— C'est un grand coussin. Tu y as à peine introduit les doigts et tu as trouvé la clé et la note. Mais il y avait peut-être autre chose.

— Le téléphone ?

— Si ce téléphone existe et s'il contient les instructions de Scott, alias Ben, à l'intention de Wentworth, nous aurons une véritable preuve contre lui. Tu n'auras même pas à avouer le vol des mails. Ta locataire est morte, tu as reçu un message d'outre-tombe et tu as trouvé le téléphone. Tout ça était très louche, et tu as fait ton devoir de citoyenne et d'employée de la CIA en en parlant aux autorités.

— Tu fais beaucoup de suppositions. Elle voulait peut-être seulement que je contacte Tony. Rien de plus.

Cam éteignit la lumière et se glissa sous les couvertures.

— Ou beaucoup plus, au contraire.

Le matin suivant, tandis qu'ils prenaient le petit déjeuner, Martha appela Farah. Quand elle eut terminé la conversation, elle reprit sa fourchette et commença à manger.

— Elle a l'air en forme, heureuse.

— Elle a trouvé étrange que tu l'appelles encore ?

— Un peu. Je ne sais pas si tu as entendu, mais je lui ai

dit que je voulais savoir comment elle allait, parce qu'elle n'avait pas l'air bien hier soir.

— Du moment que tu n'effraies pas Scott…

Cam rinça son assiette et la déposa dans l'évier.

— Il achète ton silence en retenant Farah, mais demain et après-demain ?

— Il a peut-être l'intention de quitter la ville et il se fiche que je le dénonce. Farah me croirait-elle si je lui disais que Scott l'a droguée et enlevée ? Pour autant qu'elle sache, il lui offre une journée à l'hôtel. Et ton ami dans la police ?

— Je l'ai appelé ce matin, mais je ne pourrai pas lui envoyer le verre avant demain. Mais je peux aussi le garder et le remettre au FBI quand nous parlerons du petit ami de Farah. Et l'avocat de ton père ? Tu l'as appelé ?

— Pendant que tu étais dans la douche. Il veut nous parler en vidéoconférence plus tard dans la journée.

Elle lui tendit son assiette et il la prit.

— Nous allons d'abord passer chez toi et fouiller la housse du coussin.

Il rangea le reste des plats dans le lave-vaisselle.

— Tu as un texto, lui dit Martha en lui tendant son téléphone.

Cam se sécha les mains avec un torchon et tendit le bras au-dessus du comptoir. Martha posa l'appareil dans sa paume, et il ouvrit le texto.

— C'est un de mes coéquipiers. Il me demande si j'ai avancé dans mon enquête.

— Il est ici, aux États-Unis ?

— Il vient juste d'arriver. Il a pris un congé pour Noël.

— Que vas-tu lui dire ?

— La vérité. Que nous sommes sur quelque chose et que les mails étaient un piège — non que mes coéquipiers aient jamais cru le contraire.

— Nous ferions mieux d'y aller. Si nous trouvons quelque chose dans la housse qui relie Scott aux meurtres, nous aurons davantage matière à discussion avec Sam.

Durant le trajet jusque chez Martha, Cam échangea plusieurs SMS avec Joe. Il voulait l'avertir que même s'ils pouvaient prouver qu'une entité étrangère avait envoyé ces mails pour faire accuser le major, il restait encore des éléments à charge, comme Martha ne cessait de le souligner. Ils ne pourraient pas blanchir son nom tout de suite, mais c'était un début.

Les reporters avaient déserté la rue devant la maison. Un autre scandale réclamait sans doute leur attention, et Martha n'était pas revenue depuis plusieurs jours.

Elle se gara le long du trottoir.

— Je ferais aussi bien de prendre le courrier et d'arroser les plantes pendant que je suis là.

— Prenons les choses dans l'ordre.

Cam inspecta la rue de haut en bas. Quelques piétons arpentaient le trottoir. Un homme qui promenait son chien fit signe à Martha et elle lui rendit son salut. Il n'y avait rien de suspect, mais ils savaient que Scott était occupé à choyer sa captive.

Martha ouvrit la porte d'entrée, et Cam la poussa un peu pour pénétrer dans la maison le premier.

— Rien n'a été dérangé ?

— Pas cette fois, mais je vais aller voir la chambre de Casey.

Elle gravit l'escalier devant lui, et il sentit son cœur s'accélérer en lui emboîtant le pas.

— Attends.

Il l'arrêta avant qu'elle ouvre la porte de Casey. Retenant son souffle, il la poussa.

Les sacs et les valises qu'ils avaient préparés étaient en rang, tels qu'ils les avaient laissés. Il poussa un soupir de soulagement.

— Au moins, personne n'est venu.

— Je suis sûre que le fait d'avoir changé les serrures y est pour quelque chose.

Martha mit ses mains sur les hanches et survola la pièce du regard.

— C'est incroyable que la mère de Casey ne m'ait pas encore appelée.

— Tu sais s'ils ont prévu quelque chose pour le corps ?

— Je ne peux pas te dire.

Martha se dirigea vers la fenêtre et colla son nez contre la vitre.

— Les meubles de jardin sont toujours là.

— Descendons voir.

Ils redescendirent et sortirent par la porte de service. Martha s'accroupit près du fauteuil en question.

— Tu ne crois pas que ça pourrait être dans l'autre ?

— Nous nous servions toujours du même coussin pour la clé.

Elle tira la fermeture Éclair et, cette fois, y enfonça toute la main en plissant le nez. Quand la plus grande partie de son bras eut disparu, elle poussa un cri aigu.

— Je l'ai ! Cam, c'est un téléphone !

Cam sentit son pouls s'accélérer.

— Ce doit être celui dont elle se servait pour communiquer avec Ben.

Martha sortit un genre d'appareil prépayé et l'examina. Elle pressa une touche et la maintint quelques secondes appuyée.

— La batterie est vide.

— Elle avait peut-être un chargeur dans sa chambre. Tu as vu quelque chose ?

— Son chargeur habituel, je crois.

Elle pressa le téléphone sur son cœur.

— C'est une découverte extraordinaire, Cam ! C'est ce que Scott cherchait, ce qu'il craignait que je trouve.

— Il devait penser que Casey l'avait quand il s'est introduit dans sa chambre d'hôtel pour la tuer. Ne le trouvant pas, il a pris ses clés pour fouiller sa chambre.

— Il contient sûrement des preuves contre lui, sinon il ne l'aurait pas cherché aussi désespérément.

Un chien aboya soudain et Martha sursauta. Cam lui prit le bras.

— Rentrons chercher le chargeur. J'ai vidé son bureau et mis plein de trucs dans un sac-poubelle. Il y sera peut-être.

À l'intérieur de la maison, Cam monta les marches quatre à quatre, serrant l'appareil dans son poing. Si le FBI pouvait se servir des éléments contenus dans ce téléphone pour accuser Scott des meurtres et des faux mails, Martha serait tout à fait à l'abri des poursuites.

Il repéra tout de suite le sac contenant les affaires du bureau de Casey et le renversa sur le sol.

Martha s'agenouilla à côté de lui et éparpilla les papiers, les stylos et les cartes de visite. Avisant un cordon noir, elle le tira et le fit danser au bout de ses doigts.

— Ça pourrait être ça.

Cam s'empara du bout qui pendait et compara la prise à celle du téléphone de Casey.

— Je crois que oui.

Il inséra la prise USB dans l'appareil, qui y entra sans difficulté.

— C'est le bon.

Martha sauta sur ses pieds.

— Allons le charger en bas. Je retire tout ce que j'ai dit sur Casey. Une écervelée n'aurait jamais pensé à cacher son téléphone là où je le trouverais.

— Pas si vite. C'est toujours une espionne, qui a volé des secrets à un député et, pire, qui a mis en danger la vie de sa propriétaire.

Ils dévalèrent l'escalier, et Martha indiqua à Cam une prise électrique dans la cuisine.

— Vas-y, branche-le. J'ai hâte de voir ce qu'il y a dessus.

Cam brancha l'appareil.

— Je suppose qu'il n'y a plus qu'à nous asseoir en attendant qu'il se rallume.

À cet instant, la sonnette retentit. Martha agrippa le bord du plan de travail.

— Scott ne sonnerait pas, hein ?

Cam sortit son arme de la poche de sa veste et désigna la porte.

— Regarde par le judas.

Martha alla jusqu'à la porte sur la pointe des pieds et se baissa pour qu'on ne la voie pas. Cam resta à l'écart, son arme braquée.

Levant la tête, elle jeta un coup d'œil par le judas.

— C'est Sebastian, murmura-t-elle.

— Ce type du boulot avec qui tu sortais ?

Cam leva les yeux au ciel.

— Qu'est-ce qu'il veut ? T'inviter à sortir ? Tu n'es pas obligée d'ouvrir.

— Martha ? C'est Sebastian. Je sais que tu es là parce que j'ai vu ta voiture dans la rue. Je ne suis pas pressé, si c'est ça qui t'inquiète.

Martha haussa les épaules et fit coulisser le verrou. Puis elle ouvrit la porte juste assez pour que Sebastian voie Cam derrière elle.

Il avait rempoché son arme.

— En voilà une surprise ! dit-elle.

Derrière ses lunettes, les yeux de Sebastian passèrent de Martha à Cam.

— J'étais inquiet pour toi. D'abord le député, ensuite Casey, et maintenant ton congé forcé.

— En parlant de travail, pourquoi n'y es-tu pas ?

— J'ai pris une semaine complète pour Thanksgiving. Tu ne vas pas rendre visite à ta mère ?

— Avec tout ce qui se passe…

Elle balaya l'air du bras pour englober Cam.

— … j'ai complètement oublié Thanksgiving.

Sebastian sourit, les deux pieds bien enfoncés dans le paillasson. Si Martha croyait pouvoir se débarrasser de lui, songea Cam, elle n'avait pas bien déchiffré les signaux qu'il lui adressait.

— Tu veux entrer quelques minutes ? Nous étions sur le point de sortir. Je ne dors pas ici, en ce moment.

— Tu es chez ta mère ?

Sebastian franchit le seuil et Cam sentit un muscle palpiter sur sa mâchoire. Ce type semblait en savoir beaucoup sur Martha. Mais bien sûr, elle était sortie avec lui. Il avait sans doute le QI d'un génie.

Martha hocha la tête.

— Sebastian, voici Cam. Cam, Sebastian.

Cam lui donna une poignée de main qui l'aurait mis à genoux s'il l'avait prolongée, mais il relâcha sa main juste avant qu'une grimace ne torde les lèvres de l'autre.

Sebastian mit sa main derrière son dos.

— Enchanté de vous rencontrer. Vous êtes un ami de Martha ?

— Hum.

Cam retourna voir le téléphone en charge et se percha sur un tabouret, tandis que Martha et Sebastian poursuivaient leur conversation.

Elle lui offrit un soda, et il accepta. Ne pouvait-elle donc le mettre dehors sans plus de manières ?

En allant dans la cuisine, à l'abri du regard de Sebastian, Martha leva les yeux au ciel et montra le téléphone à Cam. Il secoua la tête.

Elle revint avec une canette dans chaque main et rejoignit Sebastian, qui s'était confortablement assis dans le salon.

Cam grinça des dents. Que faisait-il là, de toute façon ? Martha lui avait dit clairement que c'était fini entre eux.

Un œil sur le téléphone en charge, il continua d'écouter leur conversation.

Sebastian savait beaucoup de choses sur Martha et sa famille : la situation de son père, la maison de sa mère, les goûts de Martha. Ils parlaient à présent de peinture et un début de panique saisit Cam. En savait-il assez sur l'art pour converser avec elle ?

— Je ne connais pas ce peintre, disait Martha.

— Son œuvre ressemble à la reproduction que tu as dans ta chambre, répondit Sebastian.

— Le Gaspar ?

Cam ricana silencieusement. Qu'est-ce que c'était que ça, un « Gaspar » ?

Puis il y eut comme un déclic dans son cerveau. Il tourna lentement la tête dans leur direction. Sa chambre ? La reproduction dans la chambre de Martha ? À moins qu'elle n'ait menti, Martha lui avait déclaré qu'elle n'avait jamais couché avec Sebastian. Qu'il n'était venu que deux fois chez elle et qu'il n'était jamais allé plus loin que l'entrée.

Comment pouvait-il savoir ce qu'il y avait dans sa chambre ? À moins qu'il ne l'ait vu sur son écran d'ordinateur ? À moins que ce ne soit lui qui l'ait piraté sous l'identité du Patriote ?

15

Martha déglutit.

— Le Gaspar ? Dans ma chambre ?

Sebastian se lécha les lèvres et sa langue pointa comme celle d'un serpent.

— La reproduction dont tu m'as parlé.

Martha cligna des yeux. Deux secondes plus tard, Cam se rua dans la pièce et saisit Sebastian par le col.

— Qu'est-ce que tu fais ? hurla Martha.

— C'est le Patriote, Martha. C'est lui qui a piraté ton ordinateur. C'est lui qui t'a identifiée comme l'employée à piéger. Il a envoyé Scott chez ta mère, et Scott l'a probablement envoyé ici pour te surveiller pendant qu'il est avec Farah.

Martha ouvrit la bouche mais rien n'en sortit. Elle savait que ce que Cam disait était la vérité. Sebastian l'avait piégée, et il avait sans doute piégé aussi Farah.

Sebastian s'étranglait sous la poigne de Cam. Son visage vira légèrement au bleu.

— Lâche-le, Cam. Tu l'étrangles.

Cam desserra les doigts et l'autre s'écroula sur le canapé en toussant.

Cam s'approcha à quelques centimètres de son visage.

— Allez, crache le morceau !

Sebastian se frottait la gorge.

— Vous êtes dingue. Je ne sais pas de quoi vous parlez.

— Comme tu veux, dit Cam en se relevant et en montrant le téléphone en train de charger. Mais nous avons le téléphone prépayé de Casey. C'est ça que Scott t'a demandé de trouver ?

Sebastian se cacha la figure dans les mains.

— Je… Je ne savais pas que ça irait aussi loin. Au début, il s'agissait seulement de transmettre des renseignements. On m'a contacté quand j'étais à l'étranger. C'était l'argent. On m'en a offert tellement. Tu ne sais pas ce que c'est, Martha, avec ton enfance privilégiée. J'avais le plus grand mal à rembourser mon prêt étudiant.

— Oh ! je croyais que tu faisais ça parce que tu étais un patriote !

Martha sauta sur ses pieds et fit le tour de la pièce.

— Comment ce plan a-t-il commencé et pourquoi ?

Cam frappa du poing dans la paume de sa main.

— Pourquoi le major Denver ?

Sebastian leva les mains, comme pour parer les coups.

— Je ne sais rien de tout ça. On m'a juste demandé d'identifier à Langley quelqu'un qui signalerait un groupe de mails sans poser de questions. Je savais que c'est ce que Martha ferait. Je savais ce qu'elle éprouvait par rapport aux délits de son père.

— Oh mon Dieu ! Tu t'es servi de nos conversations ?

— Ce n'était pas grand-chose, Martha. Tu n'aurais pas été impliquée davantage que ça : signaler les mails et c'était tout. Mais ensuite, tu as franchi la ligne jaune…

— Ha ! lança-t-elle en tournant vivement la tête. Quel reproche venant de quelqu'un qui complote contre le gouvernement !

— Ce n'étaient pas seulement les mails. Tu as aidé Scott à mettre Casey en relation avec Wentworth, ce qui a mis Martha encore plus en danger, intervint Cam.

— Elle n'était pas censée craindre quoi que ce soit.

— C'est quand même ce qui se passait…

Cam frappa le mur devant lui et Sebastian avala sa salive en écarquillant les yeux.

Comment avait-elle pu s'intéresser à ce crétin ? se demanda rageusement Cam.

— Je veux savoir pourquoi Scott est toujours ici. Pourquoi n'a-t-il pas fichu le camp après avoir assassiné ces gens ?

— Je… Je ne sais pas.

Cam marcha vers lui et Sebastian se recroquevilla contre les coussins.

— Je vous jure, je ne sais pas. C'est peut-être à cause du téléphone. Il voulait être sûr de localiser celui de Casey.

Les poings serrés, Cam se dressa au-dessus de lui.

— Qui est avec lui ? Avec qui Scott travaille-t-il ?

— Je vous jure. Je ne sais rien.

À cet instant, le téléphone se mit à vibrer. Tous trois tournèrent la tête vers lui.

— Il marche.

Cam s'éloigna de Sebastian, pliant les doigts comme s'il l'avait effectivement frappé. Sebastian en profita pour se lever.

— Cam ! appela Martha.

Il pivota sur lui-même et pointa un doigt vers Sebastian, qui avait suspendu son mouvement.

— Assieds-toi !

Cam prit le téléphone et donna un petit coup sur l'écran pour le rallumer.

— Il n'y a pas de code.

— Regarde les textos.

Martha jeta nerveusement un coup d'œil à Sebastian, qui paraissait prêt à filer.

Cam considéra l'appareil puis, les sourcils froncés, le tendit à Martha.

— Regarde, toi. Moi je surveille notre espion.

Martha vit deux SMS, dont l'un était celui qu'elle avait reçu. L'autre était un numéro de téléphone, sans identification. Ce devait être l'homme que Casey appelait Ben et qu'ils connaissaient sous le nom de Scott, mais Martha aurait parié que les deux prénoms étaient faux.

— Le plus récent demande à Casey de se rendre à l'hôtel pour une rencontre. Elle a dû le recevoir et programmer à ce moment-là le texto qu'elle m'a envoyé, puis cacher le téléphone là où je le trouverais.

Elle leva l'appareil en l'air.

— C'est suffisant pour faire accuser Ben, même si c'est un téléphone temporaire pour lui.

— Ben ? Qui diable est ce Ben ? demanda Sebastian en repoussant nerveusement ses lunettes sur son nez.

— Ben, c'est ton copain, Scott, gronda Cam. Tu sais, le gars que tu as présenté à ta collègue Farah. Celui qui a tué trois personnes.

— Tu avais raison, lui dit Martha. Les mails viennent d'un étranger, de quelqu'un qui ne parle pas anglais.

Cam fit tourner son index en l'air.

— Quoi d'autre ? Ils ont échangé d'autres SMS ?

Martha fit défiler les échanges entre Casey et Ben.

— Il n'y a pas grand-chose d'intéressant. Pour l'essentiel, Ben fixe des rendez-vous à Casey. Il faisait attention à ne rien écrire de compromettant. Je ne sais pas pourquoi il se préoccupait du fait que nous trouvions ce téléphone.

— Ces textos vont jeter la suspicion sur la mort de Casey et de Wentworth. C'est peut-être tout ce dont nous aurons besoin.

Cam alla chercher une chaise dans la salle à manger, la traîna jusque devant Sebastian, puis s'assit à califourchon.

— Voilà ce que tu vas faire. Nous allons contacter le FBI et tu vas tout leur avouer. Tu vas leur parler des faux mails et leur dire tout ce que tu sais sur Ben, Scott ou peu importe son nom. J'ai ses empreintes sur un verre et on pourra déterminer sa véritable identité, même s'il faut pour cela faire appel à Interpol.

— Nous devons attendre jusqu'à ce soir, Cam. Il a toujours Farah et s'il découvre que Sebastian l'a dénoncé au FBI, il risque de lui faire du mal.

— Je… Je ne peux pas rester jusqu'à ce soir…

Sebastian jeta un regard fou à Martha, puis à Cam.

— J'ai des projets pour Thanksgiving.

— Qu'est-ce qu'on va faire de lui ? demanda Martha en se tapotant le menton avec le téléphone. Si on le laisse partir, il va disparaître. Et si on appelle tout de suite le FBI, on mettra Farah en danger.

— Il risque surtout de retourner au bureau et de détruire les preuves qui l'incriminent comme étant l'auteur des manipulations qui ont abouti à l'arrivée des mails dans ta boîte.

— Attendez… Vous ne pouvez pas me garder prisonnier.

Sebastian agita un doigt en direction de Martha.

— Tu vas avoir de gros ennuis, Martha Brockridge.

— Eh bien comme ça, on sera deux.

— On va le garder ici jusqu'à ce que Farah soit en sécurité. Peut-être que…

Cam tambourina des doigts sur le dossier de la chaise.

— Qu'on lui demandera de contacter Ben pour lui faire savoir qu'il a trouvé le téléphone de Casey.

— Quoi ? Non !

Sebastian pâlit encore plus.

— Il s'attend à ce que je le lui apporte dès que je l'aurai trouvé.

— Je ne comprends toujours pas pourquoi la date de demain est aussi importante pour Ben. Mais c'est ce jour-là qu'il a prévu de relâcher Farah, et nous le dénoncerons une fois qu'elle sera à l'abri.

— Il projette manifestement de partir demain, remarqua Martha.

— Mais pourquoi pas aujourd'hui ?

— Pourquoi me regardez-vous comme ça ? s'écria Sebastian. Je vous l'ai dit, je ne sais rien de ses plans. Je suis payé pour mes contacts au sein de l'Agence et pour ma connaissance du système informatique. C'est tout. Quand Wentworth est mort, puis Casey, j'ai compris que tout avait mal tourné.

Martha caressa le téléphone du pouce.

— S'il est prêt à libérer Farah demain et à partir, laissons-le faire. Je suppose qu'il croit qu'une fois hors du pays, le FBI ne pourra plus mettre la main sur lui. Mais, au moins, il me laissera tranquille, et Sebastian pourra témoigner que les mails étaient faux.

— Mais on ne saura rien du piège tendu au major Denver.

— Peut-être qu'on en aura une idée si le FBI et la CIA l'arrêtent.

Martha passa derrière Cam et lui massa les épaules. Le regard jaloux de Sebastian lui donna un frisson de satisfaction.

Le téléphone de Casey lui échappa des mains et tomba aux pieds de Cam. Il se pencha pour le ramasser.

— Ça ne me plaît guère de passer la nuit avec ce type, mais… Qu'est-ce que c'est que ça ?

— Quoi ?

Martha se pencha sur son épaule et regarda le téléphone niché dans sa main.

— Des photos. Tu n'as pas regardé les photos, n'est-ce pas ?

— Non.

Elle s'agenouilla à côté de lui, et Sebastian lui-même se pencha en avant.

Cam fit défiler les images.

— Ce sont des plans. Des plans et des diagrammes.

— Des plans de quoi ?

— Je ne sais pas. Casey doit les avoir obtenus de Wentworth. Tony nous a dit qu'elle le cuisinait pour avoir des informations et qu'elle les transmettait à Ben. Ça doit en faire partie.

— Mais pourquoi Ben voudrait-il ce genre d'informations ?

— Pour connaître les mesures de sécurité d'un bâtiment ou d'un lieu… Et pouvoir les contourner.

Sebastian poussa un soupir bruyant.

— Un attentat. C'est pour un attentat terroriste que ces informations sont utiles.

— Il a raison.

Cam pinça les lèvres.

— Et c'est ce que Ben ne voulait pas que nous voyions. Il savait que ces photos étaient sur ce téléphone.

Il fit défiler les images suivantes et sursauta.

— C'est le Mall, les monuments du National Mall !

Martha croisa les bras.

— Et c'est demain qu'ils doivent être détruits.

16

Cam tendit à Sebastian son téléphone qui sonnait. Il avait déjà enclenché le haut-parleur.

— Réponds, ordonna-t-il.

Ils avaient forcé Sebastian à écrire un texto à Ben pour l'avertir qu'il avait trouvé le téléphone chez Martha. La réponse de Ben avait été instantanée.

Sebastian s'éclaircit la gorge.

— Scott ?

— Alors tu l'as trouvé. Comment as-tu fait ?

— Je… Je me suis rappelé que quand je sortais avec Martha, elle m'avait dit que Casey oubliait toujours ses clés et qu'elles avaient décidé d'une cachette pour le double.

— Tu as regardé ce qu'il y avait dedans ?

— Juste les textos.

Sebastian se lécha les lèvres.

— Tu veux que je cherche quelque chose d'autre ?

— Non, contente-toi de me l'apporter dans deux heures.

— Où es-tu ?

Cam enfonça ses doigts dans ses bras tandis qu'ils attendaient la réponse de Ben.

— J'ai emmené Farah au St. Regis pour la mettre au frais pendant les événements. Je ne voulais pas qu'elle questionne Martha.

— Bonne idée.

— Je n'ai pas besoin de ton approbation, tocard. Apporte-moi le téléphone, c'est tout.

Sebastian rougit.

— Bien sûr. Farah sera là ?

— Inutile que tu la voies. Nous allons dîner dans notre chambre ce soir. Je m'absenterai sous prétexte d'aller chercher des glaçons, et tu me retrouveras près des distributeurs, dans le couloir. Envoie-moi un texto pour me prévenir de ton arrivée.

— Ça me vaudra un bonus ? demanda Sebastian en s'essuyant la bouche de la main.

— Un bonus ?

Ben ricana.

— Bien sûr que je te donnerai un bonus.

Sebastian raccrocha et balbutia :

— Il va me tuer.

Cam lui prit le téléphone des mains.

— J'essaierai de te sauver… Après m'être occupé de Ben.

— Et quand j'aurai sorti Farah de cette chambre, ajouta Martha.

— Ne t'inquiète pas, Sebastian, lança Cam en lui assenant une claque sur le dos. Ça ira mieux quand tu auras tout avoué.

Au bout de plusieurs heures, durant lesquelles Sebastian se mit à table et avoua tout devant une caméra vidéo, Cam essuya soigneusement le téléphone de Casey et le tendit à Sebastian.

— Et pas de mauvais tour…

— Un mauvais tour ? Je ne vois pas ce que je pourrais faire. Tout ce que je veux, c'est en finir. Je n'aurais jamais imaginé que Ben projetait un attentat terroriste sur le sol américain.

— Tu veux dire qu'un attentat sur un autre sol ne te poserait pas de problème ? lança Martha en décrochant son manteau de la patère. Tes actes ont mis de nombreuses vies en danger.

— Je n'y ai pas réfléchi.

— Pour un type comme toi, c'est un drôle d'aveu, remarqua Cam en fourrant son arme dans sa poche. Allons-y.

Ils firent monter Sebastian à l'arrière de la voiture et Martha prit le volant pour les conduire au St. Regis.

— J'imagine que Ben voulait loger près du site de l'attentat, commenta Cam.

Un voiturier s'occupa du véhicule de Martha, mais ils firent le tour pour pénétrer dans l'hôtel par l'arrière. Si Ben ou Farah les apercevaient dans le hall, leur plan tomberait à l'eau.

Ils se glissèrent par une porte de service. Cam poussant Sebastian devant lui, ils débouchèrent dans le couloir qui menait aux toilettes. Il plaqua le téléphone sur la poitrine de Sebastian.

— Envoie le texto.

Il regarda par-dessus son épaule, tandis que l'autre tapait :

Je suis là.

Moins d'une minute plus tard, Ben appela Sebastian sur son propre téléphone. Cam tendit l'oreille afin d'écouter la conversation.

— Où es-tu ?

— Dans le hall.

— Je suis au dixième. Au bout du couloir, après les ascenseurs, il y a un renfoncement avec des distributeurs et une machine à glaçons. Attends-moi là, donne-moi le téléphone et prends ton argent. Ce sera terminé.

— Tu me contacteras encore pour d'autres missions ?

— Non, on a fini.

Ben raccrocha.

Cam leva la main.

— Je le reprends.

Sebastian lui rendit l'appareil.

— J'espère qu'il ne m'appellera plus.

— Et pourquoi le ferait-il ? interrogea Cam en mettant le téléphone de Casey dans sa poche de chemise. Si tu t'en sers pour me doubler, je ferai en sorte de vous tuer tous les deux.

Une goutte de sueur roula sur le visage de Sebastian.

— Je suivrai le plan.

Cam se tourna vers Martha.

— Dès que je te donne le signal depuis l'escalier, tu envoies un texto à Farah et tu lui dis de sortir de la chambre.

Quand elle sera à l'abri, appelle le numéro du FBI que je t'ai donné. Je surprendrai Ben près des distributeurs.

— Sois prudent.

Martha lui prit le bras et déposa un baiser sur sa joue.

— Je vais peut-être te perdre dans une semaine, mais je ne veux pas te perdre pour toujours.

— Ça ne risque pas d'arriver.

Il l'embrassa sous le regard éberlué de Sebastian.

— Et toi, dit-il en enfonçant un doigt dans la poitrine de Sebastian, donne-nous cinq minutes pour monter dix étages à pied avant d'appeler l'ascenseur.

— J'ai compris.

Ils sortirent du couloir et s'avancèrent dans le hall pour rejoindre les ascenseurs et les escaliers situés en face d'eux. Leur trajet les faisait passer à proximité du bar de l'hôtel, lequel était plein.

— Martha ?

Le son de cette voix glaça le sang de Cam. Pivotant sur lui-même, il voulut prendre la main de Martha, mais Farah s'était déjà insinuée entre eux.

Il croisa le regard de Ben derrière les deux femmes, et sentit ses entrailles se nouer.

Derrière lui, Sebastian émit un gargouillis étranglé.

— Sauve-toi, Martha !

Son cri parvint à peine à percer le brouhaha des conversations et de la musique dans le bar. Il avait réagi trop tard, de toute façon. Ben s'était emparé du bras de Martha et l'attirait vers lui.

Farah haussa les sourcils.

— Mais que se passe-t-il ? Que faites-vous ici ? Sebastian ? Qu'est-ce que tu fais ici ?

Cam vit un couteau briller dans la main de Ben. Ce dernier le pressa contre le flanc de Martha.

— Je… Je ne comprends rien, dit Farah qui tournait tour à tour la tête vers Ben, Martha, Cam et Sebastian.

Cam l'attira vers lui en lui prenant la main.

— Vous êtes en sécurité, maintenant.

— En sécurité ?

Retirant sa main, Farah laissa échapper un sanglot.

— Martha ?

Celle-ci se redressa en carrant les épaules, dominant de quelques centimètres le criminel qui la tenait à la pointe de son couteau.

— L'homme que tu connais sous le nom de Scott projette un attentat terroriste.

— Scott ? Non, je…

— Chut…, fit Ben en mettant un doigt sur ses lèvres. Tais-toi, Farah, à moins que tu ne veuilles que je fasse du mal à ton amie. J'avais quelque sentiment pour toi, mais je me fiche complètement d'elle.

Farah laissa tomber les épaules et baissa la tête. Cam la fit passer derrière lui.

— Qu'allez-vous faire de Martha ?

— Elle restera avec moi jusqu'à ce que j'aie terminé mes affaires.

— Vos affaires, ce sont la terreur et le meurtre d'innocents, gronda Cam entre ses dents.

— Les vôtres aussi, sergent Sutton.

Une bouffée de rage envahit Cam et il serra les poings.

— Il faudra nous tuer pour réaliser vos plans. Nous le savons tous.

— J'ai juste besoin de Martha. Vous voulez la voir mourir tout de suite pour sauver un tas d'inconnus demain ? Comment savez-vous que d'autres ne prendront pas ma place ?

— Oh ! Vous projetez un attentat avec un camion ou une camionnette, non ? Vous voulez écraser des civils ? Quand j'aurai fait part de vos plans au FBI et à la police de Washington, ils seront prêts à vous recevoir.

Ben écarquilla les yeux et sa main qui tenait le couteau retomba légèrement au côté de Martha.

Cam allait devoir agir immédiatement, là, dans le hall de l'hôtel. Il ne laisserait pas le criminel emmener Martha, ni maintenant ni jamais.

Il sentit soudain Sebastian bouger derrière lui. Jusque-là il était resté muet et comme figé par la terreur.

— À l'aide ! À l'aide ! cria-t-il en reprenant sa respiration.

Ben releva brusquement la tête et Martha s'écarta de lui d'un mouvement vif, donnant à Cam l'espace nécessaire pour agir.

Il se jeta en avant, agrippa la main qui tenait le couteau et la tordit. Dans le bar, une femme poussa un hurlement.

Ben tenta de l'esquiver, mais Cam le heurta de toutes ses forces et le renversa, échouant cependant à lui faire lâcher le couteau.

Ils tombèrent lourdement sur le sol, et les gens se mirent à hurler autour d'eux. Des mains agrippèrent le dos de la veste de Cam. Mais il sentit sa chemise devenir humide.

Ben lâcha le couteau et Cam se retrouva en possession de l'arme. Il se redressa. Une blessure s'élargissait sous le cœur du criminel.

— Cam ?

Martha se laissa tomber à genoux et lui posa une main sur la nuque.

— Je vais bien. Ce n'est pas moi qui saigne.

Il plongea le regard dans les yeux de l'homme mourant et agrippa le devant de sa chemise.

— Reste avec nous, ordure ! Qui t'a envoyé ? Pourquoi as-tu sali Denver ?

Un filet de sang s'échappa de la bouche de Ben, et ses lèvres se retroussèrent en un sourire sardonique.

Épilogue

Sur le lit du penthouse du St. Regis, Martha s'étira et remua les orteils.

— Dommage d'avoir un lit aussi grand et de nous blottir dans un coin comme ça.

— Dommage ?

Cam lui attrapa un pied et en embrassa la plante.

— On peut se blottir dans un autre coin, si tu veux en profiter pleinement.

Elle se redressa et lui jeta les bras autour du cou, collant sa tête contre sa poitrine.

— Promets-moi que tu reviendras sain et sauf de cette mission.

— Ça, c'est facile.

Il lui caressa le dos.

— Et toi, promets-moi que tu ne feras plus rien d'illégal.

— Ne crains rien, je n'ai plus envie de franchir la ligne jaune, comme disait Sebastian, même si c'est lui qui va atterrir dans une prison fédérale.

— Ses aveux lui ont valu une bonne réduction de peine.

— Et sa lâcheté, quand il a commencé à hurler, t'a permis de venir à bout de Ben.

Martha réprima un frisson.

— Je n'arrive pas à croire que nous ayons découvert un complot terroriste. Il avait déjà loué la camionnette, et tout et tout. Il y aurait eu plein de gens sur le Mall, à la veille de Thanksgiving.

Elle sentit les muscles de Cam se tendre sous ses caresses légères.

— Il est mort avant que je puisse lui tirer les vers du nez. Mais nous savons qu'il a tué Tony et Casey et s'est débrouillé pour que Casey soutire des informations à Wentworth au sujet de Denver.

— Il a dû aussi tuer Wentworth, même si les autorités qualifient toujours sa mort d'accident cardiaque. Ils y regarderont peut-être d'un peu plus près maintenant qu'Interpol a identifié Ben : Alain Dumont, un Français. Mais nous savons qu'il ne travaillait pas seul.

Martha lui massa le dos.

— Sa participation dans l'envoi des mails a forcé la CIA à reconsidérer les éléments à charge contre Denver.

— Mais reconsidérer, ce n'est pas innocenter.

— Je sais. Je suis désolée.

Posant les mains sur sa poitrine, elle l'éloigna un peu pour pouvoir le regarder.

— Si tu dis qu'il est innocent, je te crois et les autres te croiront aussi.

— Même Asher, l'un de nos coéquipiers…

Il secoua la tête.

— Je ne veux pas revenir sur tout ça, alors que nous n'avons que quelques jours à passer ensemble. Comment va Farah ?

— Elle tient le coup. Elle se sent humiliée, mais ça la guérira peut-être de son penchant pour les hommes mariés.

Cam lui caressa la cuisse.

— Et toi ? On dirait que toi aussi, tu couches avec quelqu'un d'indisponible.

— Mais je suis disposée à attendre.

— C'est bien. Parce que je suis amoureux de la meilleure élève de la classe et je ne vais pas la laisser filer comme ça.

CASSIE MILES

Je serai là pour toi

Traduction française de
HÉLÈNE COLOMBEAU

BLACK ROSE

HARLEQUIN

Titre original :
THE GIRL WHO WOULDN'T STAY DEAD

1

Réveille-toi. Quelqu'un essaie de te tuer.

Emily Benton-Riggs ouvrit les yeux. Sa vision était trouble. Tout son corps lui faisait mal.

Elle inhala avec précaution l'air froid de la nuit, qui lui transperça les poumons telle la lame d'un couteau. Lentement, elle expira, puis inspira de nouveau et tenta de se concentrer. Elle se trouvait toujours dans la voiture. Malgré son cerveau embrouillé, elle se souvenait que la petite Hyundai avait basculé dans le ravin, s'était retournée au moins deux fois en percutant la paroi de granit, avant de s'immobiliser du côté conducteur.

Un miracle qu'elle soit encore en vie. À vrai dire, elle était surprise. Ces dernières années, elle avait connu tellement de malheurs qu'elle avait pris l'habitude de s'attendre toujours au pire. Pourtant, depuis peu, la chance semblait enfin lui sourire. Elle avait trouvé un joli petit pavillon à louer à Denver, son travail lui plaisait et, cerise sur le gâteau, elle venait d'apprendre qu'elle allait être riche. Elle ne pouvait pas baisser les bras maintenant.

Quelque chose coulait sur son front. Lorsqu'elle releva sa frange pour toucher la bosse qu'elle sentait grossir juste au-dessus de la ligne de ses cheveux, un gémissement de douleur lui échappa. Elle regarda sa main. Elle était couverte de sang.

Sa mère lui apparut soudain en imagination, tout droit revenue du monde des morts. C'était une femme acariâtre qui n'avait jamais cru à la providence, à l'aventure ou à l'amour — surtout pas à l'amour. Emily la vit boire une gorgée de vodka à la bouteille, ses cheveux blond platine tout emmêlés, ses vêtements en désordre. Puis elle l'entendit grommeler :

— Tu ne mérites pas cet héritage. C'est pour ça que tu es morte.

— Mais je ne suis pas morte ! protesta Emily à voix haute. Et cet héritage, je le mérite. J'ai aimé Jamison. J'ai tout fait pour sauver notre mariage. Ce n'est pas ma faute s'il a couché avec toutes les femmes de la terre — ou presque.

Emily ferma les yeux. Elle n'avait pas envie de revivre ce chapitre humiliant de sa relation avec son ex-mari. Tout cela appartenait au passé.

— Tu as échoué, lâcha sa mère avec mépris.

— Va-t'en. Je ne vais pas me disputer avec un fantôme.

— Oh ! mais tu vas bientôt me rejoindre, répliqua la voix en ricanant. Regarde autour de toi, ma fille. Tu n'es pas sortie de l'auberge.

Elle avait raison. Emily respirait encore, mais cela ne voulait pas dire qu'elle était sauve.

De la main droite, elle tapa contre l'airbag qui l'empêchait de bouger, soulevant un nuage de poudre blanche. Elle se mit aussitôt à tousser, les poumons en feu. À travers le pare-brise fissuré, elle distinguait de gros rochers et les troncs d'une multitude de pins. Ça non, elle n'était pas sortie de l'auberge…

Comme la voiture reposait sur le côté, Emily était incapable de déterminer si elle avait dévalé toute la pente jusqu'au fond du ravin ou si un arbre avait arrêté sa course à mi-chemin. Dans un cas comme dans l'autre, elle aurait bien du mal à rejoindre la route. Elle en était là de ses réflexions lorsque les phares vacillèrent, puis s'éteignirent. Une fumée épaisse s'échappait du capot défoncé.

Dans les films, quand une voiture tombait dans un précipice, elle s'écrasait et prenait feu très vite. L'idée de mourir carbonisée terrifiait Emily. Il fallait qu'elle sorte de là. Ou au moins qu'elle appelle à l'aide… Elle tâtonna autour d'elle, à la recherche de son sac à main, qu'elle se rappelait avoir posé sur le siège passager. Son téléphone était à l'intérieur.

Avec une grimace de douleur, elle allongea le cou pour

regarder au-dessus d'elle. La portière avait été arrachée de ses gonds. Sans doute son sac avait-il été projeté hors de la voiture… À travers l'ouverture, elle percevait un morceau de ciel étoilé dans lequel brillait un croissant de lune. Cela lui rappela un tableau de Van Gogh.

Elle tendit la main vers le bord du toit, sans réussir à l'atteindre. Alors qu'elle se tournait sur le côté, elle s'aperçut que son bras gauche pendait bizarrement dans la manche de son blazer noir. Une douleur sourde irradiait de son poignet à son épaule. Son chemisier blanc était maculé de sang, mais elle ignorait s'il provenait de sa blessure au bras ou de celle à la tête.

Tout à coup, une voix masculine s'éleva dans la nuit.

— Hé oh !

Emily se figea. Le monstre qui l'avait poussée dans le ravin venait finir le travail. Une vague de terreur l'envahit, chassant momentanément la douleur.

— Emily, c'est toi ?

Il connaissait donc son prénom… Or, elle ne comptait aucun ami parmi les gens qu'elle avait retrouvés à Aspen pour la lecture du testament. Elle ne leur faisait pas confiance. D'une manière ou d'une autre, il fallait qu'elle s'extirpe de cette voiture et qu'elle aille se cacher.

Prudemment, elle manipula son bras gauche. Le problème se situait au niveau de l'avant-bras, qui paraissait cassé. Si elle avait eu quelques notions de secourisme, elle aurait peut-être pu se fabriquer une attelle avec deux bâtons… Malheureusement, elle n'avait jamais été scout. Sans doute cela aurait-il fait d'elle une meilleure personne. Sans doute ne se serait-elle jamais retrouvée dans ce pétrin.

Arrête, s'ordonna-t-elle. Cela ne servait à rien de se morfondre. Elle perdait un temps précieux. Pour l'heure, l'urgence était de s'extraire de cette épave qui risquait à tout moment de s'enflammer, et de fuir l'assassin qui voulait la tuer. Tout en tenant son bras gauche contre son ventre, elle se tortilla pour détacher sa ceinture. La voiture se mit à tanguer, menaçant de basculer sur le toit. Après avoir cessé tout mouvement pendant quelques instants, Emily se redressa lentement et réussit à agripper le contour de la portière au-dessus d'elle. L'occasion de se rendre compte que sa jambe gauche n'avait pas été épargnée dans l'accident… Si la cuisse et le genou semblaient fonctionner normalement, la cheville, en revanche, lui faisait bien trop mal pour qu'elle s'appuie dessus.

Petit à petit, elle parvint malgré tout à se soulever hors de l'habitacle. Le vent froid lui fouetta le visage tandis qu'elle regardait autour d'elle. Un pan de la forêt avait arrêté sa course aux trois quarts du ravin. L'avant de la voiture s'était écrasé contre le tronc d'un immense pin.

— Emily, tu es là ?

La voix se rapprochait. Il fallait se dépêcher.

Elle finit de se hisser à travers l'ouverture de la portière et retomba lourdement au pied du véhicule. Derrière elle se dressait le châssis, luisant de graisse. L'odeur d'essence qui s'en dégageait lui rappela qu'elle n'était pas encore tirée d'affaire.

Ne pouvant pas se déplacer debout, ni même à quatre pattes, elle rampa dans la terre et les broussailles en direction de la forêt, où elle espérait trouver refuge. À bout de souffle, elle s'arrêta derrière un amas de rochers et parvint à s'y adosser.

L'épuisement et la douleur la submergeaient. Elle luttait pour garder conscience. Tout à coup, elle entendit un bruit — non pas l'explosion à laquelle elle s'attendait, mais un petit craquement, comme une brindille qui casse sous une chaussure.

Il était là, tout près.

Pétrifiée, Emily retint son souffle. Elle n'avait pas le choix : elle devait fuir. Au prix d'un effort désespéré, elle réussit à se mettre debout, mais sa jambe blessée se déroba sous elle. Elle s'écroula par terre, laissant échapper un cri de douleur.

Une silhouette se détacha entre les arbres. *Pitié, faites qu'il ne me voie pas*, pria-t-elle intérieurement.

— Emily, c'est toi ?

L'homme accourut. Elle n'avait plus qu'à espérer qu'il l'achèverait rapidement…

Comme il s'asseyait à côté d'elle, un rayon de lune vint

éclairer son visage. Connor ! Elle connaissait cet homme. Et elle était certaine qu'il ne lui voulait aucun mal.

— J'ai appelé les secours, lui dit-il en passant un bras autour de ses épaules. Ils vont bientôt arriver. En attendant, surtout, ne bouge pas.

Il n'était pas là pour la tuer : il était venu la sauver.

Emily se laissa aller contre lui, appuyant la tête sur son épaule et inspirant l'odeur réconfortante de sa veste en cuir. Elle n'arrivait pas à croire qu'il l'ait trouvée. Connor était son avocat. Il exerçait à Manhattan. La veille, elle lui avait téléphoné de Denver pour le prévenir qu'elle n'avait pas l'intention de se rendre à Aspen pour l'ouverture du testament de Jamison, à laquelle ils avaient été convoqués tous les deux. Pourquoi se donner cette peine ? Elle était persuadée que son ex-mari ne lui avait rien légué.

Au dernier moment, elle avait changé d'avis. C'était peut-être sa dernière chance de dire aux Riggs ce qu'elle avait sur le cœur. Elle n'avait aucune raison d'avoir honte. Ce matin-là, avant de quitter Denver, elle avait donc envoyé un texto à Connor pour l'informer de sa décision.

— Ça va ? s'enquit-il.

— Pas vraiment, marmonna-t-elle.

— Question idiote, excuse-moi. Je suis venu aussi vite que j'ai pu. Quand j'ai reçu ton message, j'ai sauté dans le premier avion pour Denver, puis j'en ai pris un autre jusqu'à Aspen. Là, j'ai loué une voiture.

Sa voix grave avait beau apaiser Emily, elle savait qu'elle n'aurait pas l'esprit tranquille tant qu'elle ne lui aurait pas expliqué ce qui venait de se passer. Mais les mots restaient bloqués dans sa gorge, et ses paupières étaient de plus en plus lourdes…

— Si j'avais fait le trajet hier soir, on serait venus ici ensemble, poursuivit Connor. Et tu n'aurais pas eu cet accident.

Un « accident » ? Elle aurait voulu lui crier que ce n'en était pas un, mais alors qu'une sirène d'ambulance se faisait entendre au loin, elle sombra dans l'inconscience.

*
* *

Dans une chambre d'un hôpital privé d'Aspen, Connor Gallagher montait la garde auprès du lit d'Emily. Admise dans un état jugé critique, la jeune femme avait été plongée dans un coma artificiel après quatre heures de chirurgie. Les médecins faisaient preuve d'un optimisme prudent : aucun n'avait voulu garantir à Connor qu'elle s'en remettrait sans séquelles. Cela le révoltait. Emily avait déjà suffisamment souffert.

Sa respiration s'était stabilisée. Il voyait sa poitrine se soulever et s'abaisser à un rythme régulier. Bien qu'elle ne fût plus intubée, on devinait sans peine qu'il lui était arrivé quelque chose de grave : pas moins de trois poches étaient connectées à sa perfusion, son bras gauche, cassé, était plâtré jusqu'au-dessus du coude, son pied gauche enfermé dans une botte en plastique, et sa tête emmaillotée de bandes. Avec son œil au beurre noir et ses points de suture au front, on eût dit une boxeuse venant de perdre un combat.

Connor tenait sa main droite dans la sienne, en prenant soin de ne pas toucher à l'aiguille de la perfusion. La peau de la jeune femme était couverte de bleus et d'égratignures. Mais ce n'était pas ce qui inquiétait les médecins : l'IRM avait révélé un œdème cérébral.

Les os se réparaient, les cicatrices finissaient par s'atténuer avec le temps. Les lésions neurologiques, elles, s'avéraient parfois irréversibles.

Emily avait perdu connaissance peu après que Connor l'eut retrouvée à côté de l'épave de sa voiture. Durant le transport en ambulance, elle s'était réveillée une fois. Ses paupières s'étaient entrouvertes, et ses beaux yeux bleus avaient cherché le regard de l'avocat.

— Connor, je suis en danger.

— Tout va bien se passer, lui avait-il assuré, ne comprenant pas ce qu'elle voulait dire.

— Je t'en supplie, reste avec moi. Tu es le seul en qui j'ai confiance.

Il lui avait promis qu'il ne la quitterait pas — et il avait bien l'intention de tenir parole. Même si sa présence semblait irriter l'équipe médicale.

Le médecin qui avait supervisé la prise en charge d'Emily lui avait clairement fait comprendre qu'il n'appréciait pas de l'avoir sur le dos. C'était un grand type aux cheveux blonds et bouclés, musclé comme un dieu nordique. D'ailleurs, il s'appelait Thorson. Autrement dit, « le fils de Thor ».

L'intéressé entra justement dans la chambre et marcha tout droit vers la tête du lit, où il se mit à bricoler les poches de la perfusion et à contrôler les moniteurs. De toute évidence, il était venu affirmer son autorité.

— C'est parfait, déclara-t-il sans accorder un seul regard à Connor.

On n'a pas la même vision de la perfection, songea ce dernier, les mâchoires serrées.

— Quand pourra-t-elle être transférée ? demanda-t-il en réprimant son agacement.

— Peut-être demain. Peut-être après-demain.

— Soyez plus précis, docteur. Sans vouloir vous offenser, je compte l'emmener voir un spécialiste.

— Mais notre clinique est très réputée, vous savez. Mlle Benton-Riggs est entre de bonnes mains, ici.

Connor sortit son téléphone de sa poche. Pendant qu'Emily se faisait opérer, il avait mené quelques recherches. Il montra à Thorson la photo d'un équipement dernier cri en neurologie.

— Avez-vous accès à cette machine ? s'enquit-il.

— Notre patiente n'en a pas besoin.

— Je ne suis pas d'accord.

Thorson le transperça de son regard bleu acier. Lorsqu'il croisa les bras sur son torse, sa blouse de chirurgien se tendit sur ses énormes biceps.

Connor ne fut nullement intimidé : du haut de son mètre quatre-vingt-dix, il dépassait largement le pseudo-dieu. En outre, il était rare qu'il perde un combat, fût-il verbal ou physique. Il lui renvoya son regard sans ciller.

— Rappelez-moi, grogna Thorson, quel est votre lien avec la patiente ?

— Je suis son fiancé.

— Elle n'a pas de bague.

— Je ne lui en ai pas offert.

En temps normal, Connor n'aimait pas mentir, mais il s'était rendu compte qu'il était plus efficace de se faire passer pour le petit ami d'Emily plutôt que pour son avocat. Il avait déjà joué la carte de la compassion pour lui obtenir une chambre seule, alors qu'elle était bien loin de compter parmi les patients les plus riches ou les plus influents de cet établissement chic d'Aspen. Les infirmières avaient été touchées par l'histoire tragique de la jolie jeune femme et de son fiancé dévoué.

— Vous ne lui avez pas offert de bague ? répéta Thorson en haussant les sourcils. Ce n'est pas commun.

— Notre relation ne l'est pas non plus, rétorqua Connor.

C'était le moins que l'on puisse dire… À l'époque où Emily avait épousé Jamison, qui n'était autre que le meilleur ami de Connor, les deux jeunes mariés avaient choisi ce dernier comme avocat. Étoile montante de Wall Street, Jamison avait par la suite confié ses intérêts à un cabinet plus réputé. Il était mort six semaines plus tôt. Alors, oui, leur relation était particulière.

— Cette jeune femme s'appelle Benton-Riggs, souligna Thorson. Un rapport avec Jamison Riggs ?

Tiens, tiens… À présent, Connor comprenait mieux l'hostilité du docteur. La famille Riggs était une véritable institution à Aspen. Pendant sept ans, Emily avait été mariée à l'héritier, l'enfant chéri du clan. Ils s'étaient séparés voilà un peu plus d'un an, et étaient officiellement divorcés depuis trois mois seulement.

— Fichez-lui la paix, Thorson.

— Je devrais informer sa famille.

Connor faillit perdre son sang-froid. Les Riggs étaient tout sauf une « famille » pour Emily. Ces gens ne s'étaient jamais intéressés à elle. La première fois où Jamison l'avait emmenée à Aspen, ils s'étaient montrés odieux avec elle. Connor était bien placé pour le savoir, car il faisait partie du voyage.

Jamison et lui étaient devenus inséparables depuis qu'ils

s'étaient rencontrés à Harvard. Ils auraient pu être frères tant ils se ressemblaient. Tous deux plus grands que la moyenne, fins et musclés, les cheveux bruns, les yeux marron… et les mêmes goûts en matière de femmes. Au point que, lorsque Jamison lui avait présenté Emily, Connor avait pensé : *Elle devrait être avec moi.*

À Aspen, les Riggs l'avaient bien accueilli, partant du principe qu'il devait être d'un bon milieu pour avoir étudié dans l'une des universités les plus prestigieuses du pays. Ils se trompaient, mais Connor ne s'était pas donné la peine de les corriger. D'ailleurs, il n'avait eu aucune envie de leur adresser la parole en voyant la façon dont ils traitaient Emily. Celle-ci ne portait pas de vêtements de haute couture, ne skiait pas et ne connaissait rien aux chevaux. En outre, elle riait un peu trop fort et parlait avec un léger accent du Midwest. Connor était persuadé que Jamison l'avait épousée en partie pour faire enrager sa famille.

— Ne les appelez pas, grogna-t-il.

— Je suis sûr qu'ils voudraient être prévenus, répliqua Thorson.

— Vous avez lu les directives anticipées signées par Mlle Benton-Riggs, n'est-ce pas ?

Au début de leur mariage, Jamison et Emily avaient désigné Connor comme exécuteur testamentaire et comme personne de confiance au cas où ils ne seraient plus en mesure de prendre des décisions eux-mêmes. Depuis le divorce et la fin de son amitié avec Connor, Jamison avait pris d'autres dispositions, mais Emily avait gardé les mêmes.

— C'est moi qui décide des soins qui lui sont apportés, précisa Connor. Et je ne veux pas qu'un Riggs s'approche d'elle.

— Vous déraillez.

— Non, je suis très sérieux.

À cet instant, quelqu'un frappa discrètement à la porte. Un jeune homme d'allure soignée, vêtu d'un uniforme aux couleurs du bureau du shérif, entra dans la pièce. Il porta une main à son chapeau.

— Monsieur Gallagher, je suis Rafe Sandoval, adjoint au shérif du comté de Pitkin. J'ai quelques questions à vous poser.

— Je n'ai pas assisté à l'accident, mais je veux bien essayer de vous aider.

Connor adressa un sourire glacial à Thorson.

— Le médecin s'apprêtait à partir, ajouta-t-il.

Thorson quitta la chambre d'un air furieux. L'adjoint fit signe à Connor de le rejoindre près de la porte.

— Je ne voudrais pas la déranger pendant son sommeil, chuchota-t-il.

— Elle est dans le coma.

— Vous pensez qu'elle nous entend ?

Connor s'était posé la même question. Emily savait-elle qu'il était à ses côtés, et qu'il la protégerait envers et contre tout ?

— Je l'ignore, répondit-il, mais j'ai envie de le croire.

— Que faisiez-vous sur cette route ? s'enquit Sandoval à voix basse.

— Je me rendais chez Patricia Riggs pour la lecture du testament de son cousin. Malheureusement, je ne suis pas parti très tôt de New York. Avez-vous parlé à la famille Riggs ?

— Pas encore, répondit l'adjoint. Pourquoi vous êtes-vous arrêté, monsieur Gallagher ? Vous dites que vous n'avez pas vu l'accident, et pourtant vous êtes arrivé très vite sur les lieux.

— Il n'y a pas d'éclairage public dans le coin. Les phares d'Emily illuminaient la nuit, expliqua Connor.

La route qui menait à la propriété de Patricia était flanquée d'un côté par la montagne, de l'autre par un ravin.

— Donc, vous vous êtes arrêté.

— J'ai d'abord vu la glissière de sécurité défoncée. Ensuite, je me suis penché pour regarder en contrebas.

Il n'oublierait jamais la panique qu'il avait ressentie en découvrant l'épave. À ce moment-là, il ne savait pas encore que la petite Hyundai, du moins ce qu'il en restait, appartenait à Emily. Quand les phares s'étaient éteints, il n'avait pas hésité à descendre dans le ravin pour porter secours au conducteur.

— Ceci est très important, monsieur Gallagher : avez-vous vu d'autres véhicules ? s'enquit Sandoval.

— Non.

— En êtes-vous sûr ?

Un mauvais pressentiment assaillit Connor. Il était plus de 2 heures du matin. Qu'y avait-il de si urgent pour que l'adjoint du shérif vienne l'interroger en pleine nuit ?

— J'ai l'impression que vous ne me dites pas tout, monsieur Sandoval, observa-t-il d'une voix tendue.

Le jeune policier redressa les épaules, avant de regarder Connor dans les yeux.

— D'après les premiers éléments de l'enquête, il semblerait que Mlle Benton-Riggs ait été poussée dans le ravin, déclara-t-il.

— Comment ça, poussée ?

— Quelqu'un a essayé de la tuer.

2

Emily devait rêver. Comment expliquer autrement les images étranges qui lui passaient par la tête ? Il fallait absolument qu'elle se réveille. Elle avait quelque chose à chercher — quoi, elle n'en était pas certaine, mais cette quête était urgente. Sa vie en dépendait.

Pour l'heure, elle se trouvait dans un champ de fleurs psychédéliques qui lui rappelaient vaguement une affiche de Peter Max des années soixante. Elle se vit ensuite danser la valse au milieu d'une pièce dont les murs étaient peints à la façon de Jackson Pollock. Plusieurs tableaux défilèrent devant ses yeux. Des classiques, comme les montres molles de Dali, une jeune fille avec une perle à l'oreille, des Tahitiennes au bord d'un ruisseau... Et d'autres plus méconnus qu'elle exposait dans sa galerie à Denver. Le couloir s'élargit soudain, et elle se retrouva au Louvre, guidée par Mona Lisa en personne.

Emily se mit à tournoyer sur elle-même. Des volutes roses s'enroulaient autour de ses chevilles et de ses genoux comme de la barbe à papa. Elle tenta de les repousser, mais son bras gauche semblait figé de l'épaule au poignet. Elle souffla sur les nuages, qui se dissipèrent aussitôt.

Connor Gallagher s'avançait vers elle — le Connor de Manhattan, en costume anthracite et cravate de soie rayée. Bien que très soigné, il avait les cheveux légèrement ébouriffés, qui rebiquaient sur son col de chemise. Ses yeux couleur chocolat étaient fixés sur elle et perçaient toutes ses défenses.

Emily poussa un soupir. Elle se souvenait de ce moment. C'était il y a plusieurs mois, alors qu'elle hésitait à demander le divorce. Elle avait déjà quitté Manhattan, s'était déjà séparée de Jamison, et elle travaillait dur pour se construire une nouvelle vie à Denver, sa ville natale. Connor était venu de New York pour lui expliquer les termes du contrat de mariage qu'elle avait signé avec son époux. Mais dès l'instant où elle l'avait vu remonter la rue, elle avait oublié cette histoire de divorce et n'avait plus pensé qu'à lui.

Seigneur, cet homme lui plaisait… Il figurait régulièrement dans ses fantasmes érotiques. Dans la vraie vie, elle ne l'avait jamais vu entièrement nu, mais elle devinait qu'il ferait pâlir d'envie le *David* de Michel-Ange. Emily n'était pas seulement fascinée par son corps ; elle aimait aussi sa bonne humeur, sa douceur, son rire… et la forme de sa bouche.

Ce jour-là, ils s'étaient salués chaleureusement. Elle avait discrètement inhalé son odeur, un parfum tiède et épicé qui évoquait la cannelle. Connor lui avait alors demandé si Jamison désirait lui aussi divorcer.

Emily se fichait de savoir ce que Jamison voulait. Elle ne l'aimait plus. Ils vivaient séparément depuis qu'elle l'avait surpris au lit avec l'associée principale de sa banque d'investissement, une grande rousse aux cheveux incroyablement raides, qui ne souriait jamais. Jamison s'attendait à ce qu'Emily lui pardonne. Il lui avait assuré qu'elle n'avait pas à s'en faire, qu'il couchait avec cette femme juste pour gravir les échelons. Comme si cela rendait les choses plus acceptables…

Elle n'avait pas cru un mot de ce qu'il lui avait raconté. Certaines rumeurs sur l'infidélité de Jamison lui étaient déjà parvenues aux oreilles, et elle n'avait pas mis longtemps à découvrir qu'il l'avait trompée avec au moins trois autres femmes. Le mufle ne s'était rien refusé.

Pour tout dire, en demandant à Connor de la rejoindre à Denver, elle avait un peu espéré pouvoir s'amuser à son tour. Elle avait envie qu'il l'embrasse, qu'il la serre contre lui, qu'il lui fasse perdre la tête. Elle méritait bien une petite aventure, elle aussi ! Mais elle n'y avait pas eu droit. Techniquement, elle était toujours mariée, et Connor était bien trop intègre pour trahir son ami, quand bien même ce dernier n'était pas digne d'une telle loyauté.

Connor était donc reparti à Manhattan. Le lendemain, Emily avait contacté un avocat de Denver pour lancer la procédure de divorce. Cela avait duré des mois. Et il s'était passé tant de choses entre-temps…

Une musique étrange résonnait dans son esprit inconscient — *boop-boop-beedle-deedle-doop-doop*. Emily tournait sur un manège, à califourchon sur un cheval de bois. Lorsqu'elle avait appris que Jamison était malade, il se trouvait déjà en phase terminale. Elle ne l'avait revu qu'une seule fois avant sa mort. À la lumière de ce décès inattendu, sa demande de divorce avait paru froide et insensible. Elle se sentait coupable. Si elle avait su plus tôt, peut-être lui aurait-elle pardonné et se serait-elle occupée de lui jusqu'à la fin… Ou peut-être pas.

Changement de décor : la voilà qui gravissait à présent un monticule herbeux menant à un vieux cimetière militaire. Elle avait voulu assister aux obsèques de Jamison, mais la tante de ce dernier, Glenda, lui avait fait comprendre qu'elle n'était pas la bienvenue. Les Riggs l'avaient maintenue à l'écart.

Pourquoi Emily pensait-elle autant à Jamison ? Ils avaient divorcé, et il était mort. Elle n'y était pour rien. Et pourtant… Quelqu'un l'avait poussée dans le ravin alors qu'elle repartait de chez les Riggs. En d'autres termes, on avait voulu la tuer. Il fallait qu'elle se défende. Il fallait qu'elle se réveille. *Oh ! Seigneur… Je suis trop fatiguée pour cela.*

Une main rassurante réchauffait la sienne. Pour l'instant, elle s'en contenterait.

Le lendemain matin, Connor n'avait pas bougé de son poste au chevet d'Emily. La jeune femme était toujours inconsciente, mais l'un des moniteurs s'était mis à biper. Une infirmière au visage souriant — Darlene, d'après son badge — entra dans la chambre et fit taire l'alarme.

— Est-ce qu'elle vous a parlé ? s'enquit-elle.

— Non, pas encore, répondit Connor. Mais j'ai vu ses paupières bouger comme si elle regardait un film dans sa tête.

— Oui, on appelle ça les mouvements oculaires rapides.

Rien d'inquiétant, assura Darlene sur le ton guilleret de l'optimiste convaincue. Je vais prévenir le médecin. Il ne faudrait pas qu'elle se réveille trop vite.

— Pourquoi cela ?

— S'ils l'ont plongée dans le coma, c'est pour protéger son cerveau le temps que l'œdème se résorbe. Elle a besoin de repos.

Connor avait discuté avec un ami chirurgien de New York qui lui avait fait la liste de tout ce qui pouvait arriver à Emily, depuis la crise convulsive jusqu'à l'AVC, en passant par l'amnésie. Les traumatismes crâniens étaient imprévisibles et potentiellement destructeurs, lui avait-il dit.

Connor aurait aimé se montrer aussi enjoué que Darlene, mais il avait bien trop les pieds sur terre pour cela.

— On dirait qu'elle veut se réveiller, fit-il remarquer. C'est plutôt bon signe, non ?

— C'est très bon signe, même ! approuva l'infirmière, avant de porter une main à ses lèvres comme si elle en avait trop dit. Excusez-moi, je ne suis pas assez qualifiée pour vous donner un avis sur la question. Mais puisque vous me le demandez, je suis persuadée que cette jeune femme vous reviendra bientôt en pleine forme.

Et elle ramènera le Père Noël avec elle, songea Connor. Il se força à sourire. Après tout, l'infirmière voulait seulement le rassurer.

— Merci, Darlene.

— Essayez de dormir un peu, Connor, lui conseilla-t-elle en lui tapotant l'épaule. Si vous avez besoin de quoi que ce soit, n'hésitez pas à utiliser le bouton d'appel.

Dormir… Voilà une idée qui paraissait excellente. Cependant, Connor n'osait pas relâcher sa vigilance. L'adjoint Sandoval l'avait informé que l'accident d'Emily n'en était pas un. Quelqu'un avait tenté de la tuer ; hors de question de s'éloigner d'elle.

La journée promettait d'être bien remplie. En premier lieu, Connor devait engager un détective privé. Celui avec qui son cabinet d'avocats travaillait à Manhattan lui avait donné le nom d'un professionnel du coin. Aussi compétent que puisse être Sandoval, il apprécierait sûrement d'avoir l'appui d'une personne extérieure, quelqu'un qui le déchargerait d'une partie des recherches et l'aiderait à comprendre pourquoi Emily avait été visée.

Ensuite, il lui faudrait trouver un garde du corps. Le shérif du comté et la police d'Aspen n'avaient pas les effectifs suffisants pour assigner un homme à plein temps à la protection d'Emily. De plus, Connor n'était pas certain de pouvoir faire confiance aux policiers locaux. Ils connaissaient forcément les Riggs et auraient du mal à voir en eux une menace, même s'ils devaient se présenter à l'hôpital avec deux arbalètes et un fusil chargé.

Connor pressa doucement les doigts d'Emily et caressa les mèches châtain clair qui dépassaient de son bandage à la tête. Même avec un œil au beurre noir et des points de suture sur le front, elle était d'une beauté unique. Un petit nez retroussé, des lèvres pleines et bien dessinées… Connor les effleura du bout du pouce. Il ne l'avait jamais embrassée, si ce n'est de façon purement amicale, et il était tenté de rectifier cette erreur. Mais il s'en abstint. Il n'y avait que dans les contes de fées qu'on embrassait les femmes endormies. Et il la voulait complètement réveillée lorsqu'il laisserait libre cours à cette passion trop longtemps contenue…

— Tu m'entends, Emily ? chuchota-t-il.

La jeune femme ne montra aucune réaction.

— Il y a un adjoint du shérif qui est venu hier soir, lui raconta-t-il à voix basse. Il s'appelle Sandoval. Il paraît jeune, mais il m'a dit qu'il avait trente-deux ans, et il a l'air intelligent.

Le silence d'Emily le troublait. Bavarder avec elle impliquait habituellement une bonne dose d'énergie, des rires et un flot de paroles sur tout et n'importe quoi, en particulier sur l'art.

— Sandoval a enquêté, reprit-il. Il a trouvé sur la route des traces de pneus appartenant à deux véhicules différents, le tien et un autre plus large, du genre pick-up. Il pense que ce véhicule t'a percutée par l'arrière. Tu as freiné, mais cela n'a pas suffi. Ta voiture a traversé la glissière de sécurité.

Elle avait dû être terrifiée… Si la théorie de Sandoval

se confirmait, le shérif serait obligé de repêcher la petite Hyundai dans le ravin pour la soumettre à l'examen de la police scientifique. Alors, Sandoval aurait peut-être quelques pistes pour partir en quête du pick-up.

— Tu te souviens de ce qui s'est passé ? demanda Connor à la jeune femme endormie. Pourquoi quelqu'un s'en prendrait-il à toi ?

Seuls les *bips* des machines lui répondirent.

— Est-ce que tu as vu la personne qui conduisait cette voiture ? insista-t-il. Je n'ai aucune preuve pour l'instant, mais je suis sûr que les Riggs sont impliqués d'une manière ou d'une autre. La coïncidence est trop énorme.

Connor imaginait très bien un membre de cette charmante famille — ou un de ses sous-fifres — poursuivant Emily sur la petite route de montagne. Restait à savoir pourquoi.

— Au téléphone, tu m'as dit de ne pas venir, ajouta-t-il. Tu t'attendais à ce que les choses tournent mal entre toi et les Riggs, et tu ne voulais pas m'obliger à prendre parti. Mais j'ai toujours été de ton côté, Emily. Tu le sais, n'est-ce pas ?

Les infidélités de Jamison avaient mis fin à une amitié de dix ans entre les deux hommes. Connor avait été scandalisé par l'humiliation que son ami avait fait subir à Emily. Lorsqu'elle avait quitté Jamison, il avait pris contact avec l'avocat de Denver qui gérait la procédure de divorce pour s'assurer qu'elle partirait avec de quoi vivre au moins quelques mois. Et quand elle s'était retrouvée à court d'argent, il avait puisé dans sa propre tirelire.

Il avait envie qu'elle soit heureuse. En tant qu'ami, il veillerait toujours sur elle, quoi qu'il arrive. Mais il n'avait pas l'intention de rester cantonné à ce rôle. Emily et lui étaient faits pour être ensemble, il n'en doutait pas un seul instant.

Connor embrassa doucement la main de la jeune femme, avant de la reposer sur la couverture. Puis il se dirigea vers la fenêtre pour relever le store. À cette heure où l'aube chassait la nuit, la vue sur les montagnes était spectaculaire. Les premiers rayons du soleil inondaient d'une lumière dorée les barrières rocheuses, les forêts de conifères et les bosquets de trembles. Tout près, des oiseaux pépiaient.

Connor resta un long moment à admirer ce panorama grandiose. Entre son appartement de Brooklyn et son cabinet à Manhattan, il n'avait pas souvent l'occasion d'être en contact avec la nature. Les paysages du Colorado lui coupaient toujours le souffle.

Il jeta un coup d'œil à sa montre. 6 h 10 — deux de plus à New York. Son assistant avait dû arriver au bureau. Il l'appela pour lui donner quelques instructions sur les affaires en cours, dont aucune ne requérait son attention immédiate. L'urgence, pour l'instant, était de s'occuper de la santé d'Emily.

La veille, il avait étudié la liste de neurologues et de neurochirurgiens que son ami médecin lui avait envoyée. Il n'avait plus qu'à en choisir un pour la jeune femme. Ensuite, il organiserait son transfert à Denver.

Lorsque Sandoval ouvrit la porte, Connor se retourna brusquement, aussitôt sur ses gardes. Peut-être devrait-il songer à se procurer une arme… L'adjoint du shérif était accompagné d'un bel homme noir à la tête rasée, qui tendit la main à Connor.

— Bonjour. Agent spécial Jaiden Wellborn, FBI.

— Je vous ai déjà vu, dit Connor en lui serrant la main. Vous étiez aux obsèques de Jamison Riggs à Manhattan, il y a quelques semaines.

— Il y avait du monde, pourtant. Deux cent quarante-sept personnes exactement. Comment se fait-il que vous m'ayez repéré ?

— Votre costume m'a tapé dans l'œil, répondit Connor avec franchise.

D'ordinaire, il ne prêtait pas attention aux tenues masculines, mais Wellborn se démarquait clairement des autres hommes. Il avait du style. Même aujourd'hui, à 6 heures du matin dans une clinique d'Aspen, il était incroyablement chic avec ses chaussures en croco, son jean, sa veste en cuir et son foulard.

— Vous portiez un costume bleu marine parfaitement ajusté, précisa Connor.

— Mais encore ?

— Vous ne vous mêliez pas à la foule. Vous avez passé votre temps à prendre des photos avec votre téléphone, si bien que je vous ai d'abord pris pour un journaliste. Ensuite, j'ai vu votre holster de cheville et je me suis dit que vous étiez flic.

— N'avez-vous pas été surpris de voir un policier aux funérailles de votre ami ? s'enquit l'agent spécial.

— Non, je savais qu'il y avait une enquête en cours.

Quand un jeune homme en pleine santé succombe à une mystérieuse maladie, cela soulève forcément des soupçons. Surtout si la victime est très riche et connue pour avoir réalisé des investissements offshore. Officiellement, Jamison avait contracté une forme rare de cancer, mais Connor n'y croyait pas une seconde.

— Je sais aussi que le médecin légiste a pratiqué tout un tas d'examens et que la police était réticente à rendre le corps pour la crémation, ajouta-t-il.

— L'autopsie a révélé des choses intéressantes, confirma Wellborn. Vous avez peut-être entendu dire que M. Riggs avait été empoisonné par une substance indétectable, administrée sur une longue période.

— Et c'est vrai ?

— Je ne peux pas vous répondre.

— Parce que l'information est classée ?

— Non, parce que je n'ai pas de certitude sur cette théorie. M. Riggs n'a réellement souffert que les dix derniers jours de sa vie. Les médecins se sont appliqués à traiter ses symptômes, ils n'ont pas cherché à identifier tel ou tel poison.

Connor lança un regard vers le lit où reposait Emily. Il ne lui semblait pas correct d'avoir cette conversation devant elle, qui avait été mariée à Jamison pendant sept ans.

— Peut-être pourrions-nous poursuivre cette discussion dans le couloir ? suggéra-t-il à l'agent du FBI.

— Allez-y, je reste avec elle, leur assura Sandoval.

Après avoir passé la nuit enfermé dans cette chambre avec les bruits angoissants des machines, Connor apprécia de pouvoir s'échapper quelques instants. Il conduisit Wellborn jusqu'à l'espace détente situé à l'étage inférieur, où l'on trouvait des distributeurs de boissons et de confiseries. Affamé, Connor acheta deux barres chocolatées.

— J'ai cru entendre que l'enquête se concentrait sur la société d'investissement de Jamison, à Wall Street, dit-il en déballant son premier gâteau.

— Oui, et elle intéresse plusieurs agences, répondit Wellborn, qui attendait que son café crème se prépare. Je travaille au sein de l'unité spécialisée dans le crime en col blanc. Nous avons repéré quelques irrégularités dans les transactions de Jamison Riggs, mais rien qui puisse être qualifié de fraude ou de délit d'initié. Certaines personnes de sa boîte détestaient son arrogance. Nous avons aussi rencontré quelques clients qui s'étaient sentis escroqués.

— C'est inévitable, fit remarquer Connor.

— Tout ça pour dire que nous avons fouillé partout, et que nous n'avons pas trouvé de quoi justifier un meurtre.

— En tout cas, personne ne m'a contacté, affirma Connor en ouvrant sa deuxième barre. Techniquement, je ne suis plus l'avocat de Jamison depuis plusieurs années. Mais je suis resté en relation avec Emily. Avez-vous enquêté sur elle ?

— Pas autant qu'on aurait dû, visiblement.

— Vous insinuez qu'elle pourrait être impliquée dans la mort de son ex-mari ?

L'idée lui semblait ridicule : la jeune femme n'avait pas vu Jamison pendant des mois, comment aurait-elle pu l'empoisonner à petit feu ?

Wellborn haussa les épaules. Le FBI n'excluait donc pas la possibilité qu'elle ait voulu se venger de son mari infidèle.

— Pourquoi êtes-vous ici, au juste ? demanda Connor.

— Parce que l'agression dont Emily a été victime pourrait bien être liée à la mort de M. Riggs.

— Pour autant que je sache, ils ne se voyaient quasiment plus.

— Vous n'êtes peut-être pas au courant des dispositions qu'il avait prises dans son testament, alors… Mlle Benton-Riggs hérite d'une demeure de plus de dix pièces située à Aspen, et de tous les biens qu'elle contient. La collection d'œuvres d'art à elle seule a été évaluée à près de quatorze millions de dollars.

Un puissant mobile de meurtre, songea Connor.

Avant qu'il ait eu le temps de se remettre de sa surprise, son téléphone sonna. C'était Sandoval.

— Monsieur Gallagher, vous devriez vite remonter, le pressa l'adjoint du shérif.

Connor s'élança dans le couloir et grimpa l'escalier quatre à quatre. Dans sa course, il faillit renverser Darlene, qui le gratifia d'un sourire rayonnant.

La porte de la chambre était grande ouverte.

Et il n'y avait plus personne dans le lit.

3

Connor sentit la panique lui serrer la gorge tandis qu'il regardait les draps froissés et les machines soudain silencieuses. Emily avait disparu.

Il lui avait promis de rester auprès d'elle. Elle lui avait demandé de la protéger, et il avait échoué.

— Merde, marmonna Wellborn.

— Ne faites pas ces têtes-là ! s'exclama gaiement Darlene, qui les avait rejoints dans la pièce. C'est formidable : la famille d'Emily est venue la chercher.

— Les Riggs, lâcha sombrement Connor.

— Ces gens sont vraiment adorables ! Saviez-vous que notre Dr Thorson fréquentait Patricia Riggs ? C'est lui qui a signé les papiers de sortie.

— Où l'ont-ils emmenée ? s'enquit Connor. Dans quelle maison ?

Il connaissait aux Riggs au moins trois résidences en dehors de celle dont Emily venait d'hériter.

— Je peux vous retrouver l'adresse, répondit Darlene en se dirigeant d'un pas léger vers le secrétariat. Ils ont engagé une infirmière privée pour prendre soin d'elle à domicile. C'est tellement généreux ! Je sais qu'Emily est dans le coma, mais je suis sûre qu'elle se rend compte de tous ces gens qui l'entourent et qui s'inquiètent pour elle.

— Où est l'adjoint au shérif qui veillait sur elle ?

— C'est ça le plus fou… M. Sandoval a essayé de les retenir ! s'exclama l'infirmière.

— Et pourquoi n'y est-il pas parvenu ?

— Il a appelé son chef, qui avait déjà parlé avec Patricia. Le shérif lui a ordonné de les laisser partir.

— Comment ont-ils fait pour l'emmener si vite ? Je me suis absenté à peine plus de dix minutes !

— Quand Patricia veut quelque chose, tout le monde se met en quatre pour qu'elle l'obtienne.

— Est-ce qu'ils comptent la transporter en ambulance ?

— Oui, évidemment.

Connor était resté avec Emily lorsque les secours l'avaient conduite à l'hôpital ; il savait où les véhicules d'urgence se garaient pour décharger les blessés. Une fois que les Riggs auraient installé la jeune femme chez eux, il serait sans doute difficile de l'arracher à leurs griffes. Connor devait agir au plus vite.

— Il faut que je les empêche de partir, dit-il à Wellborn.

— Et comment allez-vous faire ?

— Venez avec moi, je vais vous montrer.

— Je ne raterais ça pour rien au monde, répliqua l'agent spécial en le suivant dans le couloir.

Laissant derrière lui les ascenseurs bien trop lents, Connor dévala l'escalier jusqu'au rez-de-chaussée. À 6 h 30 du matin, le calme régnait encore dans le petit hôpital. Pendant les quatre heures qu'avait duré l'opération d'Emily, Connor avait eu le temps d'explorer les lieux : il savait exactement où aller. Il slaloma entre les médecins, les chariots et les brancards, fonçant en direction du service des urgences. Parvenu aux doubles portes qui ouvraient sur le parking, il les franchit au pas de charge et s'arrêta brusquement de l'autre côté.

Deux ambulances étaient garées sur l'aire de stationnement. Le Dr Thorson se tenait à l'arrière de l'une d'elles ; lorsqu'il vit Connor, il referma les portes et fit signe au chauffeur de démarrer.

Connor ne les laisserait pas partir comme ça. Plutôt mourir ! Il traversa le parking comme une flèche et se jeta sur la portière du conducteur. Celui-ci le dévisagea, bouche bée.

— Qu'est-ce qui se passe ?

— Coupez le moteur et descendez, lui ordonna Connor.

— Ce ne sont pas les instructions que j'ai reçues.

Connor avait le plus grand respect pour les ambulanciers et pour l'équipe de secours en montagne qui avait remonté Emily du ravin. Tous avaient été d'une efficacité et d'un courage remarquables.

— Je suis désolé, dit-il à l'homme qui tenait le volant, mais il faut que vous coupiez le moteur.

— Écoutez, mon vieux, je n'ai pas envie de m'énerver. Je vous conseille de reculer.

Connor se tourna vers Wellborn.

— J'ai besoin de votre arme.

— Jamais de la vie, rétorqua le policier, avant de montrer son badge au chauffeur. Agent Wellborn, FBI. Sortez du véhicule, s'il vous plaît.

À cet instant, Sandoval surgit sur le parking au volant du SUV du shérif, toutes sirènes hurlantes. Il se gara juste devant l'ambulance.

Connor courut vers l'arrière du véhicule avec une seule idée en tête : sauver Emily. Il ignorait comment il la sortirait de là et où il l'emmènerait, mais il était sûr d'une chose : lui vivant, elle ne partirait pas avec la famille Riggs.

Le Dr Thorson se planta devant lui.

— Calmez-vous, Gallagher.

— Dégagez de mon chemin.

— Nous nous sommes occupés de tout, ne vous inquiétez pas.

— J'ai dit, dégagez.

— Je vous assure que…

— Très bien.

Comme le médecin ne semblait pas comprendre les mots simples, Connor décida d'employer une méthode qui avait fait ses preuves au cours de sa carrière d'avocat, pendant laquelle il avait souvent été amené à affronter des personnalités belliqueuses. Il redressa les épaules et expliqua d'une voix calme :

— Nous pouvons régler le problème de deux manières, docteur Thorson. La manière légale, d'abord : j'ai en ma possession des documents officiels qui me désignent comme personne décisionnaire vis-à-vis de la prise en charge médicale de Mlle Benton-Riggs. Si vous ne respectez pas les directives anticipées signées de sa main, j'engagerai des poursuites contre l'hôpital et contre vous-même.

Thorson fronça les sourcils.

— La deuxième manière, continua Connor en abandonnant son costume d'avocat, c'est de vous faire entendre raison à coups de pied aux fesses.

— J'aimerais bien voir ça, répliqua le médecin à la carrure de colosse.

— Messieurs, je vous en prie, intervint Wellborn. Allons plutôt discuter à l'intérieur.

— Je reste auprès d'Emily, répondit Connor, une main sur la porte de l'ambulance. J'ai de bonnes raisons de croire qu'elle n'est pas en sécurité, ici.

Quand il ouvrit la portière, la première chose qu'il vit fut la silhouette longiligne de Patricia Riggs. Il détestait la savoir aux côtés d'Emily, suffisamment près pour débrancher une perfusion ou éteindre une des machines. Dieu merci, un secouriste veillait sur la jeune femme.

Patricia dégagea une mèche de cheveux bruns de son visage, révélant les larmes qui coulaient sur ses pommettes ciselées.

— Mon Dieu, Connor, je n'arrive pas à croire qu'un accident aussi terrible ait pu arriver à notre chère Emily, sanglota-t-elle.

Connor n'était pas dupe. Femme d'affaires intransigeante, Patricia était aussi calée en matière d'investissements que son cousin Jamison. Seule une chute du Dow Jones d'au moins quatre cents points pouvait la faire pleurer. Mais il joua le jeu, pressé de l'éloigner d'Emily.

— Tu es bouleversée, Patricia, dit-il en saisissant sa main manucurée. Viens, je t'offre une tasse de thé.

— Pourquoi ai-je l'impression que tu te moques de moi ?

— Disons simplement que mes paroles sont aussi sincères que tes larmes.

— Tu ne comprends pas, se défendit-elle en se dégageant de son étreinte. Je veux être avec elle quand on la ramènera à la maison pour la dernière fois.

Pour la dernière fois ? Même si l'état d'Emily avait été jugé critique, aucun des médecins qui l'avaient examinée n'avait émis de doutes sur ses chances de survie.

— Arrête ta comédie, gronda Connor. Descends de cette ambulance.

— Mais je…

— Emily va s'en remettre.

— Mais Eric a dit que…

— Il ne faut pas écouter le Dr Thorson. Je l'ai prévenu, et je vais faire pareil avec toi : quand vous prenez des décisions concernant la santé d'Emily, vous outrepassez la loi.

— Tais-toi, crétin, siffla Patricia avec mépris.

Ses larmes avaient séché, et ses yeux noirs étaient redevenus aussi froids que de la glace.

— On veut ce qu'il y a de mieux pour Emily, même si elle a divorcé de mon cousin pour nous voler une grosse part de la fortune familiale.

Connor connaissait précisément la somme qu'Emily avait reçue lors du divorce. Selon les termes du contrat de mariage, elle aurait pu réclamer bien plus. Patricia devait faire allusion à autre chose…

— Tu parles de la maison que Jamison lui a léguée, devina-t-il.

— Ce n'est pas une maison, c'est un domaine ! aboya-t-elle. Quelle mouche a piqué Jamison quand il a décidé de le lui laisser ? Les dernières années, ils ne venaient presque plus à Aspen, et Jamison n'y a carrément plus mis les pieds après leur séparation. Mon frère Phillip a été obligé de s'y installer pour pouvoir s'occuper de la propriété plus facilement. C'est lui qui aurait dû en hériter.

— Quand Jamison et Emily étaient mariés, ils allaient à Aspen dès qu'ils avaient un moment de libre, rétorqua Connor. Ils avaient même donné un surnom à la maison.

— « La planque de Jamie », marmonna Patricia. C'était plutôt bien choisi, pour un voleur de banque.

Ou pour un homme qui se sentait en sécurité dans cette propriété, songea Connor. Il comprenait pourquoi Jamison l'avait léguée à Emily. C'était une façon de la remercier pour les années heureuses qu'ils avaient passées ensemble. Évidemment, ce geste ne rachetait pas ses trahisons, mais il rappelait à Connor pourquoi il avait aimé Jamison Riggs.

— C'est simple, Patricia, insista-t-il. Si toi ou n'importe quel autre Riggs tentez de vous interposer, vous le regretterez. Même si Jamison a été mon ami, je n'hésiterai pas à attaquer sa famille.

— Tu serais prêt à nous traîner au tribunal ?

— Je m'en ferais une joie.

Patricia sauta de l'ambulance à contrecœur et rejoignit son fiancé. Connor aurait beaucoup aimé entendre Wellborn les interroger, mais il préféra leur tourner le dos pour vérifier l'état de santé d'Emily.

Il fut soulagé de reconnaître l'infirmier qui veillait sur elle : celui-ci faisait partie de l'équipe de sauveteurs qui avaient secouru la jeune femme la veille.

— Adam, c'est ça ? Comment se fait-il que vous soyez toujours de garde ?

— J'ai dormi quelques heures, et je suis revenu pour remplacer un collègue, expliqua-t-il, avant de boire une gorgée de café dans sa thermos. Votre amie s'en sort bien, pour avoir vu dans quel état on l'a trouvée.

La jeune femme était perfusée et branchée à des appareils semblables à ceux de la chambre d'hôpital. Une canule lui délivrait de l'oxygène dans les narines. Pendant cette longue nuit, Connor avait eu le temps d'observer les chiffres qui s'affichaient sur les moniteurs ; il savait ce qu'ils signifiaient, et ceux qu'il voyait à présent lui semblaient plutôt encourageants.

— Ses constantes sont bonnes, non ? s'enquit-il.

— Elles sont parfaites. Le transfert dans l'ambulance s'est très bien passé.

— La femme qui était ici, Patricia, elle n'était pas trop dans vos pattes ?

— Si, tout le temps ! s'exclama Adam. J'ai eu l'impression d'être entouré de Riggs. Il y avait Patricia, son frère et une vieille dame — peut-être leur mère.

— Tante Glenda, devina Connor.

— Et un ou deux autres types, aussi.
— Des sous-fifres.
Les Riggs se déplaçaient toujours avec leur garde rapprochée.
— Est-ce que l'un d'eux a touché Emily ? demanda Connor.
— Je ne les aurais pas laissés faire, répondit Adam, un brin vexé. Qu'est-ce qui vous rend si méfiant ?
— Juste une impression.
Pour tout dire, Connor avait peur. Et il n'aimait pas que ses émotions viennent affecter ses décisions. D'abord parce qu'il était plutôt du genre dur à cuire, et ensuite parce que, en tant qu'avocat, il avait appris à rester maître de lui. Or, il sentait que ce self-control lui échappait. Il avait peur, donc, et il était en colère, aussi. S'il avait suivi son instinct, en arrivant sur le parking des urgences, il se serait emparé du pistolet de Wellborn et aurait tiré sur tous les Riggs qui auraient eu la mauvaise idée de se mettre en travers de son chemin.
Dans son esprit, il ne faisait aucun doute que l'un d'eux était responsable de l'accident d'Emily. Comme si cela ne suffisait pas, ils l'avaient arrachée à son lit d'hôpital dès que Connor avait eu le dos tourné. Il devait absolument l'emmener loin d'ici.
Il remonta la couverture sous le menton de la jeune femme. Ses joues étaient un peu plus colorées. Alors qu'il l'observait, ses lèvres s'entrouvrirent, et il lui sembla presque qu'elle souriait. Il lui tardait de l'entendre rire.
— Il fait froid, dehors, souligna-t-il. Comment êtes-vous sûr qu'elle a suffisamment chaud ?
— On peut prendre sa température, ou faire comme nos mamans : toucher son front, vérifier que ses mains et ses pieds ne sont pas trop froids.
Connor suivit le conseil du secouriste. Le front d'Emily était tiède. Le bandage blanc qui lui entourait la tête contrastait avec ses cheveux blond vénitien et son teint rosé. Bizarrement, il repensa à son voile de mariée. Huit ans plus tôt, le jour des noces, Emily avait été si belle, si fraîche ! Elle avait alors à peine vingt-deux ans. Son mari et Connor en avaient vingt-cinq et entamaient tout juste leurs prestigieuses carrières. Ayant intégré sa société de courtage en tant que

vice-président associé, Jamison avait déjà pu s'offrir un petit appartement donnant sur Battery Park, à Manhattan. Connor, lui, travaillait à Brooklyn, passant d'un cabinet d'avocats à un autre pour étoffer sa liste de clients et sa réputation.

C'est en visitant une galerie d'art dans l'idée de décorer son nouveau logement que Jamison avait rencontré Emily. Le hasard avait voulu qu'il la trouve le premier.

Le jour de leur mariage, Connor avait dû se faire violence pour célébrer leur bonheur. Il n'avait pas vraiment eu le choix : Jamison lui avait demandé d'être son témoin. Il leur avait porté un toast, avait prononcé un joli discours évoquant leur amour qui durerait toujours… Il s'était senti coupable d'éprouver une telle attirance pour la fiancée de son meilleur ami, mais c'était plus fort plus lui. Il avait la profonde conviction qu'Emily aurait dû être avec lui. Lorsque le moment était venu d'embrasser la mariée, Connor s'était contenté de déposer un bref baiser sur son front, de peur d'être incapable de contenir sa passion.

Assis à côté d'elle dans l'ambulance, il lui prit la main sous prétexte de vérifier qu'elle n'avait pas froid. En réalité, il espérait qu'elle sentirait la pression de ses doigts. Il aurait tant aimé qu'elle ouvre les yeux ! À certains moments, dans sa chambre d'hôpital, ses paupières avaient frémi. Mouvements oculaires rapides, avait dit Darlene. À cet instant, néanmoins, Emily était parfaitement immobile. Son visage paraissait serein. C'était mieux ainsi, songea Connor. Son cerveau avait besoin de repos.

Il s'éclaircit la gorge.

— Est-ce dangereux de la transférer ailleurs ? s'enquit-il.

— Pas si elle est bien surveillée, répondit Adam.

L'agent Wellborn passa la tête par la portière de l'ambulance et montra son badge au secouriste.

— Je vais poser quelques questions à ces gens avant qu'ils ne fassent venir leurs avocats, annonça-t-il à Connor. Avez-vous pris une décision vis-à-vis de Mlle Benton-Riggs ?

— Je veux l'emmener loin d'ici. Des spécialistes de Denver ont accepté de la prendre en charge dans leur service. Le seul problème, c'est le transport.

Connor se tourna vers Adam.

— Pensez-vous pouvoir organiser un trajet en hélicoptère ?

— Je vais voir ça avec le régulateur. Ça ne devrait pas poser de souci, mais il faudra peut-être attendre une heure ou deux.

Connor acquiesça. Après l'incident avec le Dr Thorson, il se méfiait du personnel qui risquait d'être affecté aux soins d'Emily.

— J'ai confiance en vous, Adam. Seriez-vous d'accord pour nous accompagner ?

— Avec plaisir, répondit le secouriste, un large sourire aux lèvres. Je trouverai toujours de quoi m'occuper à Denver.

— Ne perdons pas de temps, alors, intervint Wellborn. M. Gallagher, j'aimerais que vous assistiez à l'interrogatoire des Riggs. Vous les connaissez. Vous remarquerez peut-être des choses qui risquent de m'échapper.

— Bien sûr. Si je peux vous rendre service et agacer ces gens par la même occasion, je suis partant, répondit Connor, avant de se tourner vers Adam. Pendant que je serai avec l'agent Wellborn, je compte sur vous pour empêcher quiconque de s'approcher d'Emily.

— C'est noté.

— Encore une chose, ajouta Connor. Patricia a suggéré qu'Emily ne se réveillerait pas. Y a-t-il un élément important qu'on m'aurait caché ?

— Je ne connais pas tout son dossier, répondit Adam, mais l'écran de l'EEG montre une activité cérébrale normale pour un coma provoqué. Sérieusement, mon vieux, tant qu'on la surveille de près, il n'y a pas d'inquiétude à avoir. C'est une battante.

— Je ne vous le fais pas dire, confirma Connor. Comme ça, on dirait une petite fleur fragile, mais elle est costaude.

Il lui semblait incompréhensible que quelqu'un veuille tuer une femme aussi douce et courageuse à la fois. Malheureusement, elle était bel et bien en danger. Et c'était son devoir, à lui, de la protéger.

*
* *

Emily percevait un changement dans son environnement. À travers ses paupières closes, elle avait vu une lumière plus vive, avant que la pénombre ne l'enveloppe à nouveau. La même musique berçait ses rêves — *boop-boop-beedle-deedle-doop-doop.* Toutefois, la tonalité était différente. Et elle avait entendu une voix d'homme. « On dirait une petite fleur fragile », avait-il dit.

Était-ce Connor, ou son imagination lui jouait-elle des tours ? Elle tendit l'oreille, regrettant de ne pas avoir un de ces cornets d'autrefois. *Parle-moi encore, Connor. Dis-moi autre chose.*

Elle avait des informations importantes à lui communiquer sur la lecture du testament.

Lorsqu'elle était arrivée au chalet de montagne de Patricia, Emily avait été accueillie par une avalanche d'hostilité. La cousine de Jamison la détestait. Tante Glenda l'avait toujours regardée de haut. Phillip et ses copains, dont certains avaient été de bons amis de Jamison, la traitaient à présent avec un mélange de mépris et de suspicion. Si Connor avait été là, l'atmosphère aurait été bien différente. Il leur aurait appris la politesse…

Bien qu'elle fût capable de se défendre, Emily n'avait pas eu envie de se battre avec ces gens. Cherchant à s'isoler, elle s'était enfermée dans la salle de bains — une pièce somptueuse dallée de marbre, équipée de trois lavabos, de toilettes et d'un bidet, ainsi que d'une douche vitrée assez grande pour accueillir quatre adultes. Elle pourrait toujours passer la nuit ici si les choses tournaient mal, s'était-elle dite avec ironie.

Devant le miroir, elle avait essayé de se donner du courage : *Tu as le droit d'être ici. Bon sang, on t'a même demandé de venir ! Tu peux dire à ces gens qu'ils sont mauvais et qu'ils se mêlent de ce qui ne les regarde pas. Tu ne les reverras plus jamais.* Elle avait relevé fièrement la tête. Depuis qu'elle s'était installée à Denver, elle se trouvait bonne mine. Ses cheveux châtains coupés au carré avaient pris de jolis reflets blonds avec le soleil… Certaines femmes payaient cher pour obtenir ce résultat.

Elle avait donc souri à son reflet, avant d'ouvrir la porte d'un geste assuré. Mais les voix et les rires lui étaient parvenus du vestibule comme amplifiés, sapant aussitôt sa fragile confiance. Ne se sentant pas encore prête à rejoindre les autres, elle s'était glissée dans le couloir, jusqu'à une bibliothèque meublée d'un imposant bureau et d'étagères remplies de livres aux reliures de cuir.

En face des fenêtres habillées de rideaux luxueux, des photos étaient encadrées sur le mur couleur crème. La plupart montraient Patricia en compagnie de célébrités, de chefs d'État ou de membres de sa famille. Son ex-mari n'apparaissait nulle part — Emily l'avait jadis entendue dire qu'il n'existait plus à ses yeux. *Est-ce pareil pour moi ?* s'était-elle demandé. Elle avait cherché sur le mur des traces de sa relation avec Patricia et n'en avait trouvé aucune. Emily n'était même pas visible sur les photos de groupe datant de l'époque où Jamison et elle étaient mariés. Patricia l'avait effacée de la famille. C'était tellement typique d'elle !

Soudain, quelqu'un avait ouvert la porte de la bibliothèque. Emily, gênée, s'était rapidement écartée du mur de photos.

— La lecture va commencer ?

— Non, pas encore, avait répondu la femme qui venait de pénétrer dans la pièce. Je voulais discuter en tête à tête avec vous, et je vous ai vue entrer ici.

Jusque-là, Emily avait gardé les yeux baissés sur le tapis oriental. En entendant l'inconnue parler, elle les avait relevés brusquement. Une paire de jambes interminables, une tenue à la pointe du chic, de longs cheveux auburn et raides… Et, sur le visage, une dureté dont elle se souvenait parfaitement.

— On se connaît, avait-elle murmuré.

— Je ne crois pas.

Pas l'ombre d'un sourire sur ses lèvres fines. Cette femme était la froideur incarnée. Pourtant, la première fois qu'Emily l'avait vue, elle avait été nue… dans les bras de Jamison.

— Vous êtes Kate Sylvester.

— En effet. Je peux vous poser quelques questions ?

Emily avait accepté, même si elle doutait de pouvoir lui être utile. Voilà des mois qu'elle n'avait pas parlé à Jamison, alors qu'elle savait que Kate avait vécu avec lui avant sa mort.

Pourquoi l'avait-elle questionnée sur les finances de ce dernier ?

Dans le chalet de Patricia, tout occupée qu'elle était à se protéger contre l'animosité des Riggs, Emily n'avait pas accordé plus d'importance que cela à l'attitude étrange de Kate. Aujourd'hui, après avoir subi une tentative de meurtre, cet épisode prenait une tout autre dimension. Il fallait qu'elle prévienne Connor : Kate Sylvester se trouvait à Aspen.

4

Dans une salle inoccupée, non loin de la sortie des urgences, l'agent spécial Wellborn avait pris place derrière le bureau. Patricia et tante Glenda étaient assises en face de lui, tandis que Connor restait debout, dos à la porte. Seule l'adrénaline maintenait ce dernier éveillé. Il enviait les deux femmes d'avoir eu le temps de s'offrir un café.

C'était la première fois qu'il revoyait tante Glenda depuis quatre ou cinq ans. Elle n'avait pas vieilli, ce qui témoignait de sa rigoureuse hygiène de vie et de l'efficacité de la chirurgie esthétique. Il savait pourtant qu'elle approchait des quatre-vingts ans… Ses cheveux raides — d'un noir de jais — étaient rassemblés en une queue-de-cheval haute qui dégageait ses traits aiguisés. Bien qu'elle ne se fût jamais mariée, la matriarche de la famille Riggs était communément qualifiée de belle femme. Connor lui trouvait surtout un air de corbeau avec sa chevelure sombre et ses petits yeux noirs.

— Où est Phillip ? s'enquit-il.

Patricia eut un rictus méprisant. Aucun doute, elle le détestait. Et c'était réciproque.

— Il est en train de régler un problème, répondit-elle.

— Ton petit frère devrait être ici, insista Connor. Ce qu'il fait ne peut pas être plus important que de répondre aux questions du FBI.

— Phillip est avec le Dr Thorson, répliqua-t-elle en le fusillant du regard. À cause de tes accusations absurdes, Eric a des soucis avec l'administration de l'hôpital. Phillip l'a accompagné pour essayer de calmer le jeu.

Connor devinait que cela passerait par la signature d'un

gros chèque en faveur de la clinique... Non seulement la famille Riggs était très riche, mais elle avait également une influence considérable, étant implantée à Aspen depuis plusieurs générations. Certains cousins de Jamison siégeaient au conseil municipal, et Phillip envisageait même de se présenter comme maire. Leur façon de manipuler le pouvoir répugnait à Connor, qui ne rêvait que d'une chose : les traîner en justice.

Wellborn plaça un petit dictaphone sur le bureau.

— Je vous informe que cette conversation sera entièrement enregistrée, dit-il, avant d'indiquer la date, le lieu et le nom des personnes présentes.

Patricia se pencha vers lui.

— Excusez-moi, n'a-t-on pas droit à un avocat ?

— Ce ne sera pas nécessaire, la coupa tante Glenda. Nous n'avons aucunement l'intention d'entraver le travail de la police. Je me sens en partie responsable de l'accident d'Emily. Lorsqu'elle est partie, j'aurais dû envoyer quelqu'un la raccompagner, ou bien la faire suivre.

— Pourquoi donc ? demanda Wellborn.

— N'est-ce pas évident ? Elle venait d'apprendre qu'elle avait hérité d'un palace. L'excitation lui aura fait perdre le contrôle de sa petite voiture. Nous sommes prêts à tout pour Emily. Y compris à lui ouvrir les portes de ma maison et à engager une infirmière pour veiller sur elle.

Patricia appuya les propos de sa tante en se lançant dans une description détaillée du ranch de la vieille dame, qui comprenait une grange, un bâtiment dortoir et un hangar pour avion — autant d'installations qui n'avaient aucune utilité lorsqu'il s'agissait d'accueillir une jeune femme plongée dans le coma. Mais Patricia continua sur sa lancée, évoquant sa profonde amitié pour Emily, les nombreux points communs qu'elles partageaient et autres mensonges du même genre.

— Pourquoi n'avez-vous pas consulté M. Gallagher avant de déplacer la patiente ? l'interrompit Wellborn.

Glenda leva une main pour faire taire sa nièce.

— Cela ne m'est tout simplement pas venu à l'esprit.

J'ignore ce que Connor vous a raconté, mais il n'a aucun lien avec Emily.

Wellborn se tourna vers Connor.

— Je croyais que vous étiez fiancés.

— Pas tout à fait, non.

— Tu as menti ! jubila Patricia. C'est tellement pitoyable… Tu as toujours envié Jamison. Tu étais jaloux de son succès, de son style, et maintenant, tu veux aussi sa femme. C'est quoi, ton problème, Connor ? Tu n'arrives pas à te trouver une petite amie tout seul ?

Plutôt que d'essayer de justifier son mensonge, Connor esquiva :

— Tante Glenda a raison, la nature de ma relation avec Emily n'a pas d'importance dans cette affaire. En revanche, les directives anticipées qu'elle a signées me donnent procuration pour toutes les décisions de santé la concernant en cas d'incapacité. Je peux vous montrer les documents, si vous le souhaitez.

— Ce qui nous ramène à ma question initiale, observa Wellborn. Pourquoi n'avez-vous pas fait part de votre projet à M. Gallagher, avant de transporter une jeune femme inconsciente jusqu'à votre ranch ?

— Comment étais-je censée savoir qu'il avait son mot à dire ? se défendit la vieille dame.

— Thorson le savait, répliqua Connor.

— Mais pas moi.

Visiblement, Glenda n'avait aucun scrupule à accabler le beau docteur. Sans surprise, Patricia prit aussitôt la défense de ce dernier.

— Il a sauvé la vie d'Emily. Il est…

— Vous et le Dr Thorson êtes fiancés, c'est bien cela ? la coupa Wellborn.

— Oui.

Patricia montra fièrement le diamant qui brillait à son doigt.

— On doit se marier l'an prochain, précisa-t-elle.

— Ce serait mieux avant, glissa tante Glenda. Patricia ne devrait pas attendre trop longtemps, elle risquerait de se faire de nouvelles rides avant le mariage. Elle a quatorze ans de plus que lui, vous savez.

— Je t'en prie, tante Glenda, répondit Patricia, les lèvres pincées. Le FBI n'a pas besoin de connaître ce genre de détails.

— L'agent Wellborn devrait se méfier, d'ailleurs, poursuivit Glenda, imperturbable. Il est bel homme, et il porte une écharpe Burberry.

— Il faut excuser ma tante…

— Ce n'est un secret pour personne que tu préfères les hommes plus jeunes. Tu es une cougar, ma chérie, il faut le reconnaître. Mais tu as du succès. Tu devrais être fière de toi.

— Comment oses-tu !

— Cougar.

Connor détourna les yeux, écœuré. Et dire qu'Emily avait perdu plusieurs années de sa vie en compagnie de ces harpies ! Il se jura de ne plus jamais se plaindre de sa famille irlandaise. Certes, les Gallagher criaient beaucoup, mais leurs coups de sang étaient toujours suivis d'embrassades, d'excuses et de larmes. En somme, derrière leurs bobards et leurs fanfaronnades, il y avait quand même de l'amour.

— Mesdames, intervint Wellborn, j'aimerais revenir au cœur du sujet. Avez-vous déplacé Emily sur les conseils du Dr Thorson ?

— Nous voulions la ramener au ranch, expliqua Patricia avant que sa tante ait eu le temps de lancer une autre pique contre son fiancé. Tu as peut-être oublié, Glenda, mais Eric était au courant de notre projet, et il nous a prévenus que cela poserait un problème au niveau administratif.

— Je n'ai pas oublié. J'ai encore une très bonne mémoire.

— Bien sûr, répondit Patricia avec condescendance.

Elle leva discrètement les yeux au ciel.

— Bref, nous étions tellement inquiets pour Emily que nous n'avons pas accordé assez d'importance à la mise en garde d'Eric. Il nous semblait préférable d'éviter une confrontation avec Connor. Emily devrait être chez elle et entourée de sa famille lors de ses derniers moments.

— Elle n'est pas mourante, lâcha Connor, agacé.

Patricia posa un regard faussement compatissant sur lui.

— Tu es dans le déni, et je peux le comprendre. Mais, Connor, il faut que tu saches qu'Emily a dû être réanimée deux fois au cours de son opération. Son cœur s'est arrêté de battre. Elle était cliniquement morte.

C'était la première fois que Connor entendait cela. Pourquoi les autres médecins ne l'avaient-ils pas informé ? Thorson était tout à fait capable d'inventer ce genre d'histoire pour parvenir à ses fins.

— Tu mens.

— Tu peux croire ce que tu veux, intervint tante Glenda, mais la vie de cette fille ne tient qu'à un fil.

Connor eut bien du mal à se contenir. Cela ne servirait à rien de laisser exploser sa colère. Glenda et Patricia avaient admis qu'elles voulaient avoir la mainmise sur Emily. Restait à savoir pourquoi.

— Si Emily devait mourir, dit-il en détestant aussitôt les mots qu'il venait de prononcer, qu'adviendrait-il de la maison dont elle a hérité ?

— Ça, c'est à toi de nous le dire, répondit Patricia. Tu es son avocat, non ?

La question méritait d'être creusée. Pour autant qu'il sache, Emily n'avait pas de famille. Ses parents l'avaient eue sur le tard et étaient morts lorsqu'elle était adolescente. Par ailleurs, Connor doutait qu'elle ait rédigé un testament depuis son divorce.

Pendant que Patricia dissertait de nouveau sur son frère qui s'était occupé du domaine et qui méritait une compensation, Connor nota que Wellborn l'observait attentivement. L'agent devait avoir l'habitude des riches qui s'écoutaient parler, car il resta d'un calme olympien.

— Hier soir avait lieu la lecture du testament de Jamison Riggs, dit-il quand Patricia lui en laissa l'opportunité. Racontez-moi ce qui s'est passé.

Elle se laissa aller en arrière dans son fauteuil.

— Je devrais peut-être commencer par vous donner la liste des personnes présentes. Mon assistante en a une copie, de même que l'avocat de la famille.

Connor étouffa un grognement. Cette conversation pouvait

durer des heures, et il n'avait pas de temps à perdre. Emily devait être transportée au plus vite à Denver, où elle serait enfin en sécurité.

Quand Adam lui envoya un message l'informant que l'hélicoptère était prêt, Connor fut soulagé de pouvoir échapper aux Riggs. Il fit signe à Wellborn qu'il le recontacterait et se glissa bien vite hors de la pièce.

Adam et l'équipe médicale d'urgence firent preuve d'une efficacité remarquable pour transférer Emily de l'ambulance à l'hélicoptère de secours. Ils la manipulaient avec d'infinies précautions, prenant soin de la secouer le moins possible.

Bien qu'elle ne montrât aucun signe d'inconfort, Connor grimaçait chaque fois que le brancard roulait sur une bosse ou un creux. Était-il en train de faire une erreur ? Transporter la jeune femme à Denver, où elle bénéficierait d'une prise en charge de qualité, lui semblait être la décision la plus logique et la plus sage. Le Dr Charles Troutman, neurologue réputé, avait accepté de soigner Emily après avoir pris connaissance de son dossier. Connor avait le sentiment d'avoir fait le bon choix en éloignant la jeune femme du lieu où elle avait été menacée. Mais si son état empirait à cause du voyage, il ne se le pardonnerait jamais.

Avec son énorme plâtre sur le bras et sa botte en plastique au pied, Emily n'était pas facile à déplacer. Adam et ses collègues réussirent néanmoins à l'installer sur la civière, puis ils rajustèrent la perfusion et les appareils de surveillance médicale. Véritable hôpital ambulant, l'hélicoptère disposait de tout le matériel nécessaire. L'équipe se composait d'un pilote, d'un copilote secouriste, d'une infirmière et d'Adam, qui répondait de tous les autres.

Connor ne pouvait détacher son regard d'Emily. Ses constantes n'avaient presque pas bougé pendant le transfert. Bien sûr, c'était ce que les médecins voulaient — une transition en douceur —, mais Connor rêvait de la voir réagir, de l'entendre parler. De la retrouver comme avant, en somme, pleine de vie et d'énergie.

Lorsqu'elle fut convenablement sanglée à la civière, Connor s'assit sur un strapontin et boucla sa ceinture. Il couva la jeune femme des yeux tandis que l'hélicoptère s'élevait dans le ciel. À travers la vitre, on apercevait les sommets enneigés des montagnes qui se découpaient sur le ciel d'un bleu pur. Bientôt, l'hiver serait là, et la neige recouvrirait les pins.

— Tu iras mieux, d'ici là, dit-il tout haut.

Adam leva les yeux.

— Pardon ?

— Rien, je parlais à Emily, répondit Connor sans la moindre honte.

Il éprouvait le besoin de communiquer avec elle, de la rassurer, quand bien même elle ne pouvait l'entendre. Il détacha sa ceinture pour se rapprocher d'elle et lui caressa doucement la joue. Assumer l'entière responsabilité de sa prise en charge médicale — avoir sa vie entre ses mains, en somme — était la chose la plus difficile qu'il ait jamais faite.

— Je vous laisse veiller sur elle, Adam, j'ai quelques détails à régler.

— Pas de problème.

Connor appréciait de plus en plus le jeune homme, non seulement pour ses compétences, mais aussi pour sa fiabilité.

— Vous faites du bon boulot, lui dit-il. Si je peux faire quelque chose pour vous remercier, n'hésitez pas à demander.

Le secouriste eut un sourire amusé.

— Laissez-moi réfléchir… J'ai déjà un passe pour la saison de ski, un appart qui me plaît et une copine géniale. En fait, je crois que je n'ai besoin de rien.

— Tant mieux. Je vous laisse travailler, alors.

Connor retourna s'asseoir sur le strapontin, son ordinateur portable sur les genoux. Il enviait la vie à la fois simple et épanouie d'Adam. De son côté, il n'avait jamais été du genre décontracté. Il s'était battu pour obtenir une bourse à Harvard et, une fois sur place, s'était taillé une réputation de bûcheur. Mais il n'avait pas relâché ses efforts après l'obtention de son diplôme — bien au contraire : il avait travaillé d'arrache-pied au sein de plusieurs cabinets d'avocats avant de trouver celui qui lui correspondait vraiment. Aujourd'hui, il était en bonne voie de devenir associé.

Il contacta par mail son assistant, un jeune diplômé en droit qui était capable de gérer seul la plupart des dossiers, pour peu qu'on lui donne les instructions nécessaires. Sachant qu'il ne rentrerait pas avant au moins deux semaines, Connor lui fit la liste des affaires qui pouvaient être reportées et de celles qu'il fallait réassigner à d'autres avocats du cabinet. Quelques années plus tôt, à l'époque où son ambition ne connaissait pas de limites, il n'aurait jamais confié à d'autres ses projets. Aujourd'hui, il déléguait sans hésiter. Il avait déjà fait ses preuves, et le bien-être d'Emily passait avant tout le reste.

La veille, il avait fait appel à une société de sécurité recommandée par un détective de New York. Une garde du corps — ex-marine — devait les retrouver à l'aéroport et faire le trajet avec eux jusqu'à l'hôpital.

Là, si tout se passait comme prévu, le Dr Troutman les accueillerait. Ce dernier faisait équipe avec une des meilleures neurochirurgiennes du pays, qui avait mis au point de nouvelles techniques pour traiter les patients victimes d'AVC. Troutman espérait que l'état d'Emily ne nécessiterait pas d'opération, mais ils devaient tous se préparer à cette éventualité.

— Monsieur Gallagher, vous devriez venir, appela soudain Adam.

Connor referma aussitôt son ordinateur et s'approcha d'Emily. Le corps de la jeune femme était toujours immobile et sa respiration régulière, mais l'écran de l'EEG montrait des pics d'activité cérébrale.

— Que se passe-t-il ?

— Je ne suis pas sûr.

— C'est peut-être l'altitude ? suggéra Connor, le cœur battant. Ou les mouvements de l'hélico ?

— Tout ce que je sais, répondit Adam, c'est qu'elle est en train de se réveiller. L'infirmière veut que vous appeliez d'urgence le neurologue qui est censé la prendre en charge à Denver. Il nous dira quoi faire.

— Qu'est-ce qui se passe si elle se réveille ? s'enquit Connor en tapant le numéro du médecin sur son téléphone portable.

— Peut-être rien. Ce n'est pas forcément grave.

— Et dans le pire des cas ?

— Elle peut faire un AVC. Ou une rupture d'anévrisme, qui provoquerait une hémorragie intracérébrale.

Connor savait ce que cela signifiait : des dégâts irréversibles, voire la mort. Dès que le neurologue décrocha, il tendit le téléphone à l'infirmière, pensant qu'elle lui décrirait bien mieux la situation. Il prit la main délicate d'Emily dans la sienne et observa son visage. Si seulement il pouvait voir ce qui se passait dans sa tête ! Par moments, les paupières de la jeune femme tressaillaient. Sa respiration se faisait plus rapide, et les machines enregistraient des variations dans sa tension et son rythme cardiaque.

— Si tu m'entends, Emily, écoute-moi bien, lui dit-il en s'efforçant de chasser l'inquiétude de sa voix. Tu as besoin de repos. Ne te réveille pas tout de suite.

Il sentit comme une légère pression sur ses doigts. L'avait-il imaginée ? Même s'il lui tardait de la voir ouvrir les yeux et communiquer avec lui, il savait que ce n'était pas sans danger pour elle.

— Continue de dormir, Emily.

Tout doucement, il caressa la ligne de son menton. Cette jeune femme n'était pas de celles qui obéissent aveuglément aux ordres. Être endormie et incapable d'agir ne pouvait que lui déplaire. Il tenta de la rassurer :

— Je me suis occupé de te trouver un bon médecin, et j'ai engagé une garde du corps pour… Enfin, tu sais pourquoi.

Peut-être ne devrait-il pas lui rappeler qu'elle était en danger. Et si son cerveau percevait la menace et sécrétait de l'adrénaline pour qu'elle se réveille ? Mieux valait lui parler de choses positives. Or, il y avait un sujet qui la rendait toujours heureuse : l'art.

— Tu sais, cette petite galerie que tu adores à Brooklyn ? lui dit-il. En ce moment, ils exposent des affiches, dont quelques-unes de Toulouse-Lautrec.

— On a peut-être une explication, annonça Adam tandis que l'infirmière décrochait une des poches à perfusion.

— Qu'a dit le neurologue ?

— Que c'est sans doute un problème de calmants. Ils ne doivent pas être assez forts pour la maintenir dans le coma. J'ai changé la poche pendant le trajet vers l'aéroport : ce n'était peut-être pas le bon dosage.

Connor était prêt à parier qu'il ne s'agissait pas d'un accident. Patricia et le Dr Thorson se trouvaient dans l'ambulance avec Emily quand il les avait empêchés de partir. L'un ou l'autre avait très bien pu procéder discrètement à l'échange.

— Ne jetez pas cette poche, conseilla-t-il. Il peut y avoir des empreintes dessus.

— C'est noté, répondit Adam.

Il s'écarta pour laisser passer l'infirmière, qui tenait une seringue.

— Elle va lui injecter un produit qui devrait l'endormir jusqu'à Denver. On y sera dans une demi-heure.

À cet instant, l'hélicoptère tangua.

— Est-ce bien prudent de la piquer, avec toutes ces turbulences ?

— Faites-nous confiance, répondit Adam en souriant. On a l'habitude de poser des perfs à l'arrière d'une ambulance lancée à cent à l'heure dans les virages de montagne.

Dès que l'aiguille s'enfonça dans la peau d'Emily, Connor scruta les écrans de contrôle. Les résultats n'étaient certainement pas immédiats, mais il avait besoin de voir une réaction, quelle qu'elle soit. Combien de temps les calmants mettraient-ils à agir ? Cela le frustrait de ne pas savoir.

Adam parlait avec le médecin au téléphone. Lui aussi avait les yeux rivés sur les moniteurs. Celui de l'EEG continuait d'afficher des explosions multicolores — vertes, rouges et jaunes. Connor retenait son souffle. Quelques instants plus tard, le rythme cardiaque et la pression artérielle de la patiente diminuèrent à nouveau.

Adam lut les chiffres au médecin, avant de lever le pouce en l'air.

— Ça a l'air de marcher.

Une onde de soulagement envahit Connor. Il caressa la main d'Emily.

— Tu m'as fait peur, ma belle.

Alors, les lèvres de la jeune femme s'entrouvrirent.

— Mon prince… Un baiser…

Il se pencha vers elle.

— Qu'est-ce que tu dis ?

Elle ouvrit les paupières et le regarda dans les yeux.

— La Belle au bois dormant… Il faut lui donner un baiser.

Adam tapota l'épaule de Connor.

— Vous avez entendu la demoiselle.

— Embrassez-la, renchérit l'infirmière en souriant.

Connor obéit, pressant ses lèvres contre celles d'Emily. Ce bref contact n'avait rien de très érotique, et pourtant, il eut soudain l'impression que tous ses sens s'éveillaient. Une lumière venait de s'allumer dans l'obscurité.

5

Il m'a embrassée.

Dans tous les contes de fées, la belle endormie a besoin du baiser d'un prince héroïque pour se réveiller, après quoi ils vivent heureux et ont beaucoup d'enfants. Emily était trop réaliste pour compter sur un dénouement aussi idyllique, mais cela ne l'empêcha pas d'apprécier le bisou magique.

Elle cligna des yeux plusieurs fois dans l'espoir d'y voir un peu plus clair. Peu à peu, le visage de Connor se précisa au-dessus d'elle. C'était toujours un plaisir de le regarder — et plus que jamais à cet instant, car il était officiellement devenu son héros.

Ses cheveux bruns étaient tout ébouriffés, comme s'il sortait du lit. Non pas qu'elle sache à quoi il ressemblait dans ces moments-là… Connor et elle n'avaient jamais couché ensemble. Un jour, alors qu'ils étaient en vacances entre amis dans les îles Caïmans, ils avaient été les premiers réveillés. Ils avaient partagé un café, avant d'aller se promener sur la plage. Emily se souvenait de l'atmosphère intime, presque envoûtante, qui les avait entourés. Peut-être se sentait-elle plus proche de lui que de n'importe quel autre ami de Jamison parce qu'ils venaient tous les deux d'un milieu modeste… En tout état de cause, elle lui faisait confiance. Il était de son côté, et elle avait bien besoin d'alliés pour découvrir qui s'était mis en tête de la tuer.

Il était grand temps qu'elle se réveille. Elle avait tant de choses à dire à Connor ! Le pauvre, il avait l'air de ne pas avoir fermé l'œil de la nuit. Combien de temps avait-elle dormi au juste ? Une nuit, ou deux ? Elle aurait voulu poser la question, mais elle se perdit dans la contemplation du visage de Connor. Malgré ses joues mal rasées et ses yeux rougis par le manque de sommeil, il avait tout à fait l'allure d'un prince charmant. Peut-être l'embrasserait-il à nouveau, avec un peu plus de conviction cette fois-ci ? Elle repensa à lui sur cette plage des îles Caïmans, vêtu simplement d'un short de surf taille basse… Bien qu'elle eût été mariée à l'époque, elle l'avait trouvé très tentant, avec ses larges épaules et son torse musclé. Ce n'était pas interdit de regarder, du moment qu'on ne touchait pas, n'est-ce pas ?

À présent, ils n'avaient plus aucune raison de maintenir leurs distances. Elle avait envie de le toucher. Elle avait envie qu'il l'embrasse pour de bon, qu'il plaque sa bouche sur la sienne, et même, qu'il y glisse la langue.

Ses lèvres la picotaient. Lorsqu'elle tenta d'y porter sa main gauche, celle-ci refusa de bouger. Emily s'aperçut qu'elle avait le bras plâtré depuis le poignet jusqu'au-dessus du coude. Ce n'était pas bon signe… Elle découvrit alors que sa jambe gauche, elle, était enserrée dans une horrible botte grise en plastique. Elle avait donc plusieurs blessures ? Pourtant, elle ne ressentait aucune douleur. Au contraire, elle flottait dans une bulle d'euphorie. Ses paupières se fermèrent toutes seules.

— C'est bien, lui dit Connor de sa voix de baryton. Rendors-toi.

— Non.

Elle avait trop de choses à faire pour passer son temps à dormir. Retrouver et arrêter un meurtrier, entre autres. Elle agrippa la main de Connor.

— Pas… dormir, murmura-t-elle.

— Je comprends. Mais le médecin a dit qu'il fallait que tu te reposes.

— Quel… médecin ?

En relevant la tête, elle vit toute une batterie d'appareils médicaux, et des fenêtres remplies de ciel et de nuages. Cela ne ressemblait à aucun hôpital qu'elle avait connu.

— Où suis-je ?

— Dans un hélicoptère, répondit Connor. On est en route

pour Denver, où nous attend un neurologue, le Dr Charles Troutman.

Emily laissa retomber sa tête sur l'oreiller. Sa vision commençait à se troubler.

— Quelqu'un… a essayé… de me tuer.

— La police mène l'enquête.

— Sandoval. L'adjoint Sandoval.

— Waouh…, lâcha Connor. Je ne pensais pas que tu m'entendais quand je t'ai parlé de lui. Je croyais que tu dormais.

Bizarrement, elle n'avait aucun souvenir de cette conversation, mais les mots étaient gravés dans son esprit. L'adjoint Sandoval avait remarqué des traces de dérapage sur la route et sur le bas-côté. En les observant de près, il avait conclu qu'elles appartenaient à deux véhicules différents, dont l'un était plus large que l'autre.

— Poussée… dans le ravin, réussit-elle à articuler. Par un pick-up.

— C'est ça.

— On l'a… retrouvé ?

— Pas encore, mais Sandoval s'y emploie. Est-ce que tu te souviens de ce véhicule ? Est-ce que tu as vu le conducteur ?

— Non.

— Hé, Emily, vous n'avez pas à vous en faire, intervint un autre homme. Détendez-vous. Laissez-vous aller.

— Qui êtes-vous ?

— Je suis secouriste. Je m'appelle Adam.

— Adam… Je vous connais.

Sa voix lui était familière. Des souvenirs récents y étaient attachés.

— Vous m'avez dit… de vous faire confiance.

— Bon sang, elle entend tout, murmura le jeune homme à Connor.

— Oui, j'entends tout. Quelqu'un m'a fait… une piqûre.

— C'était une infirmière. Elle vous a administré un calmant. Le Dr Troutman veut que vous dormiez.

— Coma artificiel, devina-t-elle.

Autant dire les choses clairement. On ne voulait pas

simplement lui faire faire une petite sieste : il s'agissait d'une sédation. Et le médecin qu'elle allait voir était un neurologue, ce qui signifiait qu'elle était blessée à la tête. Une image douloureuse lui revint en mémoire : ses doigts couverts de sang après qu'elle eut porté une main à son front. Ses cheveux collés par un liquide visqueux. Et son chemisier blanc maculé de taches rouges.

Pour une raison inconnue, elle s'était réveillée.

— Pourquoi…

Les calmants devaient commencer à faire effet, car elle avait de plus en plus de mal à rester lucide. Elle se força à aligner plusieurs mots :

— Pourquoi suis-je sortie du coma ?

— Je ne vais pas te mentir, répondit Connor. Il faut que tu saches la vérité pour comprendre que le danger est bien réel.

Oh ! mais je suis très consciente du danger ! eut-elle envie de répondre. Il suffisait de regarder son bras, sa jambe et sa tête…

— Quelle vérité ? souffla-t-elle.

— Depuis ton accident, tu es sous calmants. Quand on t'a transférée dans l'hélicoptère, Adam a changé la poche de la perfusion. Mais le dosage n'était sans doute pas suffisant et tu as commencé à refaire surface.

Emily ne voyait pas le problème. Il lui semblait que, dans ce sens-là, l'erreur n'était pas vraiment dangereuse. Pour sa part, elle était heureuse de s'être réveillée, même pour quelques minutes seulement.

À travers ses paupières mi-closes, elle étudia l'expression de Connor. Ses mâchoires étaient crispées, ses sourcils froncés. Il ne lui disait pas tout.

— Et alors ? s'enquit-elle, la bouche pâteuse.

Connor lui raconta une histoire incompréhensible de course-poursuite dans une clinique d'Aspen après que Thor l'eut kidnappée. *Le dieu Thor ? Vraiment ?* songea-t-elle, confuse. Patricia Riggs voulait la ramener chez sa tante à Aspen, ce qui n'avait aucun sens non plus — à part si elle tenait à la débrancher elle-même.

Emily sentait qu'elle perdait prise sur la réalité. Elle

entendit vaguement Connor parler de tante Glenda. Dans *Le Magicien d'Oz*, Glinda est une bonne sorcière qui aide Dorothée à rentrer chez elle dans le Kansas. Glenda Riggs, elle, n'avait rien de bon. Elle n'avait jamais aidé personne, pas même son neveu Jamison lorsqu'il s'était retrouvé orphelin. Elle n'aimait que ses chevaux.

Emily tenta de contenir la course folle de ses pensées et de se concentrer sur ce que Connor lui disait. Avait-elle rêvé, ou venait-il bien de prononcer le mot « FBI » ?

— L'agent spécial Jaiden Wellborn travaille au sein de l'unité qui combat la criminalité en col blanc. Il a fait le voyage depuis New York.

New York. Emily repensa aussitôt à sa conversation avec Kate Sylvester. La maîtresse de Jamison avait fait allusion à un compte secret, persuadée qu'Emily possédait des informations à ce sujet. N'était-ce pas le genre de détail qui intéresserait un agent du FBI spécialisé dans le crime en col blanc ?

Kate Sylvester.

Emily était certaine d'avoir prononcé le nom à voix haute, mais Connor ne réagit pas. Elle le répéta, plus fort.

KATE SYLVESTER.

Connor continua son récit, expliquant que quelqu'un avait dû échanger les poches à perfusion avant le décollage.

— On a donc encore essayé de te tuer, conclut-il.

À présent, elle comprenait : en baissant la dose de sédatifs, cette personne avait cherché à précipiter son réveil, lequel constituait un risque pour son cerveau. Mais l'échange de poches ne pouvait-il pas être prouvé ?

Qui avait accès à la perfusion ?

— On va remettre la poche à Wellborn, indiqua Connor sans répondre à sa question. La police scientifique recherchera des empreintes, mais ce genre de preuve n'a pas beaucoup de valeur devant un tribunal. Le médecin avait de bonnes raisons de manipuler le matériel, et l'arrière de l'ambulance était bondé. N'importe qui a pu y toucher par accident.

Malgré tout, Emily était certaine qu'il s'agissait d'une bonne piste. La personne qui cherchait à la tuer était forcément présente dans l'ambulance ou à l'hôpital. Elle essaya à nouveau de parler.

Qui était dans l'ambulance ? Qui était à l'hôpital ? Y a-t-il des caméras de sécurité ? Kate Sylvester était-elle là ?

— La bonne nouvelle, reprit Connor, c'est que tu n'as pas l'air d'avoir été affectée par le changement de dosage.

Sauf que je ne peux plus parler, songea-t-elle désespérément. *Écoute-moi, Connor. Il faut que tu trouves Kate Sylvester. KATE SYLVESTER*, cria-t-elle mentalement. *KATE, KATE, KATE !*

Elle avait perdu l'usage de la parole. Et si c'était définitif ? Emily décida que ce ne serait pas un gros sacrifice, du moment qu'elle pouvait continuer à entendre le chant des oiseaux, la musique et la voix des gens qu'elle aimait. Le sens auquel elle tenait le plus était la vue. Son plus grand plaisir, c'était d'admirer des œuvres d'art ou un coucher de soleil. Et elle n'imaginait pas finir son existence sans revoir Connor… Cet homme était en train de prendre une place essentielle dans sa vie.

— On arrive, annonça-t-il. On va bientôt atterrir.

J'avais deviné. L'hélicoptère plongeait — une sensation assez désagréable lorsqu'on se trouvait allongé à l'intérieur.

— Je vois l'ambulance au bord de la piste, indiqua Adam. Ils nous attendent.

— Vous viendrez avec nous ? s'enquit Connor. Je veux être sûr que son transfert se fasse dans les meilleures conditions.

— J'y veillerai, ne vous inquiétez pas, répondit Adam. Et j'ai très envie de rencontrer le Dr Troutman.

Ça, c'est un nom rigolo, Troutman, songea Emily. *L'homme-truite, en anglais.* Elle se demanda si le docteur ressemblait à un poisson.

Des images d'océan envahirent son esprit. Elle avait toujours aimé *La Petite Sirène.* Elle ferma les yeux et se laissa emporter par le flot de ses pensées.

Outre le chauffeur de l'ambulance, d'autres personnes les attendaient à l'héliport : un homme et une femme, tous deux chaussés de Ray-Ban, debout près d'un SUV noir aux vitres teintées. L'homme portait une veste anthracite et une cravate desserrée. La femme, grande et blonde, était vêtue d'un tailleur-pantalon noir et d'un chemisier blanc. Sa posture rigide et l'expression intense de son visage trahissaient un passé militaire.

Connor espérait que les deux agents au physique imposant avaient été envoyés par la société de sécurité qu'il avait contactée. Ils lui inspiraient confiance. Pendant qu'Adam et le chauffeur transféraient Emily de l'hélicoptère à l'ambulance, il s'avança vers le SUV.

— Connor Gallagher ? fit l'homme au costume. Robert O'Brien, de la compagnie TST. Et voici T.J. Beverly, votre garde du corps.

Connor leur serra la main, puis écouta attentivement O'Brien qui égrenait la liste de ses qualifications — lesquelles incluaient de solides compétences en informatique et une expérience de douze ans au sein de la police de Los Angeles. Beverly, elle, travaillait depuis six ans comme garde du corps, après avoir passé neuf ans chez les marines.

Lorsque Connor les conduisit jusqu'à l'ambulance pour leur présenter Adam, celui-ci sympathisa tout de suite avec Beverly. Ils échangèrent un salut militaire.

— *Semper fi*, murmura le secouriste.

— Oorah, répondit-elle.

Il s'agissait de la devise et du cri de ralliement des marines… Adam en avait donc fait partie ? songea Connor, stupéfait. Après tout, ce n'était pas surprenant. Quand il ne skiait pas, le jeune homme continuait de sauver des vies.

Connor s'arrêta près du brancard où reposait Emily, entourée de machines.

— Voici Emily Benton-Riggs. Elle est actuellement plongée dans le coma. Nous la transportons au Crown Hospital, où elle sera prise en charge par le Dr Troutman.

— Il va me falloir beaucoup plus d'informations que cela, observa O'Brien. J'ai entendu dire qu'un agent du FBI avait été affecté à l'enquête.

— Dès qu'elle sera installée dans sa chambre, je vous donnerai tous les détails, lui assura Connor.

— Parfait.

Connor s'inquiétait avant tout du bien-être d'Emily. Tous ces déplacements ne pouvaient pas être bons pour elle. Il fit signe à Adam de la charger dans l'ambulance, avant de se tourner de nouveau vers les agents de sécurité.

— J'ai une requête assez inhabituelle à vous soumettre. Autant que possible, j'aimerais que nos conversations concernant l'enquête aient lieu en présence d'Emily. Bien qu'elle paraisse inconsciente, elle entend plus de choses qu'on ne le pense. Elle tient à être informée du déroulement de l'affaire.

— Avez-vous pu l'interroger ? s'enquit O'Brien.

— Pas vraiment. Elle s'est réveillée quelques minutes dans l'hélicoptère, mais elle n'a pas dit grand-chose. J'ai eu l'impression qu'elle voulait m'en dire plus.

Quand il grimpa dans l'ambulance, Connor fut surpris de voir Beverly le suivre. Elle retira ses lunettes de soleil.

— À partir de maintenant, j'escorte Mlle Benton-Riggs partout où elle va, déclara-t-elle.

Connor appréciait son sens du devoir, mais la place manquait à l'arrière du véhicule.

— Je peux veiller sur elle, lui assura-t-il.

— Sans vouloir vous vexer, monsieur, c'est mon boulot. Je sais ce que j'ai à faire.

En temps normal, Connor n'aurait pas hésité à céder sa place à quelqu'un de plus compétent que lui, mais il était fatigué, irritable, et n'avait pas envie de se retrouver à l'étroit dans l'ambulance.

— Le trajet ne prendra que vingt minutes — trente, à tout casser, insista-t-il. Que voulez-vous qu'il arrive ?

— Une défaillance du véhicule, un accident, une collision, cita Beverly très sérieusement. Si cette jeune femme est bien la cible d'un tueur, l'ambulance peut être attaquée ou visée par un sniper. Des explosifs peuvent également avoir été placés le long de la route. Je continue ?

À la fois horrifié et fasciné, Connor acquiesça.

— Je vous écoute.

— Il ne faut faire confiance à personne. Que savez-vous du chauffeur de l'ambulance et du secouriste, par exemple ?

— Le chauffeur, c'est l'hôpital qui nous l'a envoyé. Mais le secouriste, je l'ai choisi moi-même. En gros, vous dites que je dois me méfier de tout le monde ?

— Exact. À titre d'information, nous avons mené une petite enquête sur ces deux hommes avant votre arrivée. Ils sont réglo.

— Je suis content que vous travailliez pour nous.

— En six ans de carrière, je n'ai jamais perdu un seul client, affirma Beverly. Aucun n'a été blessé non plus.

Connor la croyait sur parole.

Pendant le trajet vers l'hôpital, il lui raconta l'échange des poches de perfusion. Aux yeux de Beverly, ce mode opératoire était bien plus sophistiqué que celui de la première tentative de meurtre dont Emily avait été victime. Fallait-il en conclure que deux personnes différentes cherchaient à s'en prendre à la jeune femme ?

— Il y a quand même un point commun entre les deux méthodes, souligna Connor. Dans les deux cas, si le meurtrier avait réussi, la mort d'Emily aurait pu passer pour accidentelle.

— C'est vrai, concéda Beverly, avant de froncer les sourcils. Vous me dites que vous soupçonnez la famille. Pourquoi ?

— Hier soir, Emily a hérité d'une immense propriété à Aspen. La collection d'œuvres d'art à elle seule vaut plusieurs millions de dollars.

— C'est un mobile suffisant, reconnut Beverly.

Malgré la multitude de dangers qui les menaçaient, ils arrivèrent à l'hôpital sains et saufs. Pendant que Beverly surveillait les alentours, Connor n'avait d'yeux que pour Emily. Elle était toujours aussi belle — et toujours aussi inconsciente.

— Nous y sommes presque, lui murmura-t-il à l'oreille, en espérant qu'elle l'entendait. Tout va bien se passer.

Parmi le personnel de l'hôpital qui venait de les rejoindre, il repéra une femme aux cheveux roux vêtue d'une blouse d'infirmière. Elle croisa son regard, puis baissa bien vite la tête. Connor était certain de l'avoir déjà vue quelque part.

Avant qu'il ait eu le temps de l'approcher ou d'alerter Beverly, les machines auxquelles Emily était reliée se mirent à biper. Une onde de panique déferla en lui lorsqu'il vit la jeune femme rejeter la tête en arrière, les mâchoires crispées, tandis que son corps était pris de convulsions. Adam et les infirmières entrèrent aussitôt en action.

Comment une telle chose avait-elle pu arriver ? se demanda Connor. Et pourquoi maintenant ? Ils avaient été si près du but !

Il courut à côté du brancard que l'équipe médicale poussait en toute hâte à travers les portes des urgences.

6

Un sentiment d'impuissance paralysait Connor tandis que les urgentistes s'affairaient autour d'Emily. Il était incapable de réfléchir, incapable de bouger, les yeux rivés sur les écrans des machines qui continuaient de s'affoler.

Quelqu'un le poussa gentiment mais fermement sur le côté. Il se laissa faire, tout en restant à portée de vue d'Emily au cas où elle se réveillerait. Il lui était douloureux de la voir lutter à ce point. Ses lèvres étaient retroussées, ses yeux écarquillés fixaient le plafond et sa poitrine se soulevait et s'abaissait de façon erratique.

Il voulait que sa douleur cesse. S'il avait été pieux, il serait tombé à genoux pour supplier le ciel de lui pardonner ses péchés et jurer de ne plus en commettre aucun. Il devrait être capable de cela — négocier avec Dieu. N'était-ce pas son domaine d'expertise de rédiger des contrats ? Il offrirait la lune et les étoiles contre la certitude qu'Emily irait bien.

Malheureusement, la vie n'était pas faite ainsi. Il ignorait ce qui avait déclenché cette crise et combien de temps elle durerait, mais il était certain d'une chose : Emily ne méritait pas de souffrir autant. Elle n'avait rien fait de mal.

Petit à petit, son visage s'apaisa, son corps se détendit. Le sentiment d'urgence se dissipa tandis qu'on la transférait en unité de soins intensifs. Sur l'insistance de Beverly, qui n'avait pas quitté la jeune femme d'une semelle durant tout l'épisode, on installa Emily dans une petite alcôve séparée du reste de la pièce par des rideaux.

Un homme grand et svelte en blouse blanche entraîna Connor à l'écart du lit.

— Dr Charles Troutman, se présenta-t-il.

Son visage sillonné de rides, jusque-là fort sérieux, s'illumina d'un sourire communicatif.

— Certains me surnomment Latruite, mais je préférerais que vous vous absteniez.

— Bien sûr, répondit Connor. Comment va Emily ?

Troutman jeta un coup d'œil vers la jeune femme. Il avait laissé le rideau ouvert.

— Elle n'a pas l'air du genre à baisser les bras. C'est une battante.

— Vous ne m'apprenez rien, répliqua Connor. Quel est votre diagnostic ?

— Traumatisme cérébral, c'est tout ce que je peux vous dire pour l'instant. Notre priorité est de la stabiliser.

Le médecin se rembrunit.

— Selon les directives anticipées de Mlle Benton-Riggs, vous avez été désigné comme personne de confiance, c'est bien cela ? s'enquit-il.

— Oui, c'est ça.

Connor était soudain assailli d'un mauvais pressentiment.

— C'est donc vous qui prenez les décisions quant aux soins qui lui sont apportés. Je préfère vous prévenir : suivant ce que donneront les examens, elle aura peut-être besoin d'être opérée. Or, comme vous le savez, la chirurgie du cerveau comporte des risques. Il me faudra votre autorisation.

Connor sentit son estomac se nouer.

— Pouvez-vous me garantir qu'elle s'en sortira ?

— J'aimerais vous faire cette promesse, mais je suis médecin, pas devin, répondit Troutman.

— Vous n'avez peut-être pas besoin d'une réponse tout de suite, esquiva Connor.

— Non, mais il vaut mieux envisager toutes les possibilités.

Le médecin le regarda en souriant.

— Vous avez l'air fatigué, monsieur Gallagher. J'ai programmé l'examen d'Emily pour 16 heures. Vous devriez peut-être essayer de dormir, en attendant.

Ce n'était pas une mauvaise idée. Si Emily n'était plus en danger, Connor pouvait bien s'éclipser un moment. Il retourna auprès d'elle et lui prit la main. Les machines jouaient leur symphonie habituelle ; Emily avait le teint rose et semblait respirer normalement.

— Je vais trouver un endroit pour dormir quelques heures, annonça-t-il à Beverly.

— Où donc ?

— Euh… Dans un lit ? On est à l'hôpital, ils doivent bien en avoir un de disponible quelque part.

Beverly sortit son téléphone et composa un numéro.

— J'appelle O'Brien pour lui demander de vous trouver une chambre.

— Ne vous donnez pas cette peine, protesta Connor.

En réalité, il n'avait même pas besoin d'un lit. Dès l'instant où il s'était imaginé fermant les yeux, la fatigue qu'il avait jusque-là réussi à repousser s'était abattue sur lui avec la force d'un tsunami.

— Je peux me contenter d'un des fauteuils de la salle d'attente, assura-t-il.

— Il ne s'agit pas de votre confort, grommela la garde du corps.

— De quoi s'agit-il, alors ?

— Ne faites pas l'imbécile, Connor. Vous êtes en danger.

— Moi ?

— Bon, je vais dire les choses crûment : quelqu'un veut tuer Emily, et vous êtes en travers de sa route.

L'idée n'était jamais venue à Connor qu'il pouvait lui-même être menacé… Mais, à bien y réfléchir, cela tombait sous le sens.

— Vous avez raison, concéda-t-il.

— Évidemment que j'ai raison.

— Je ne savais même pas qu'O'Brien était ici.

— Il travaille sur son ordinateur. On a besoin de vérifier les antécédents de toutes les personnes qui sont en contact avec Emily. C'est trop facile d'enfiler une tenue de médecin ou d'infirmière et de pénétrer dans un hôpital. Personne ne s'approchera d'Emily sans avoir d'abord obtenu notre feu vert.

Connor appréciait l'hypervigilance des deux agents.

Faire appel à eux avait peut-être été la meilleure décision qu'il ait jamais prise.

Dans un bâtiment médical contigu à l'hôpital, O'Brien conduisit Connor jusqu'à un bureau dont la porte fermait à clé. Mieux encore : il disposait à l'arrière d'une petite pièce équipée d'un lit de camp et d'une salle de bains.

Dès que le détective fut parti, Connor s'allongea sur le lit et ferma les yeux. Il pensait s'endormir en quelques secondes, mais c'était compter sans l'adrénaline qui continuait de maintenir son cerveau en alerte. Une question le taraudait : pourquoi quelqu'un voulait-il tuer Emily ?

Le mobile de l'héritage lui paraissait presque trop évident. Il avait beau détester les Riggs, ceux-ci n'étaient pas stupides ; ils devaient se douter que la police les soupçonnait. L'espace d'un instant, Connor fut tenté de se relever pour appeler Sandoval et lui demander où il en était de son enquête. Mais il se retint. Il fallait qu'il dorme.

Tout en respirant profondément, il se repassa en esprit le film de ces dernières vingt-quatre heures. Il ne regrettait aucune des initiatives qu'il avait prises. Il avait bien fait de rapatrier Emily à Denver. La garde du corps et le détective privé qu'il avait engagés étaient au top, et Troutman semblait plus que compétent.

C'était la suite qui l'inquiétait. Il allait peut-être devoir donner son feu vert pour que la jeune femme subisse une dangereuse opération du cerveau… Comment était-il censé prendre une décision pareille ? Il tenait l'avenir d'Emily entre ses mains. S'il se trompait, elle risquait de mourir, de rester paralysée à vie ou de perdre la mémoire — ou Dieu sait quelle autre faculté. La faute en retomberait sur lui. Il n'avait pas le droit à l'erreur.

Connor se retourna sur le lit de camp. Dans son métier, il avait l'habitude de mesurer les risques et de conseiller ses clients sur des sujets sensibles. Mais Emily n'était pas une cliente. Que choisirait-elle si elle en avait la possibilité ? Qu'est-ce qui était le mieux pour elle ?

Les questions ne s'arrêtaient pas là. Une fois sortie de l'hôpital, Emily aurait besoin d'aide. Dans le pire des scénarios, elle ne se réveillerait pas de son coma et il faudrait alors envisager une prise en charge complète. Connor eut un haut-le-cœur en imaginant cette femme si vive, si énergique, soudain limitée physiquement… Quoi qu'il arrive, il pourvoirait à ses besoins. Il commencerait par remplacer sa voiture et par s'assurer que sa galerie d'art ne périclite pas.

Mais, pour l'heure, l'urgence était de dénicher l'auteur des trois tentatives de meurtre. La plus récente avait terrorisé Connor. Il s'était senti tellement impuissant en voyant la jeune femme secouée de convulsions ! *Pourvu qu'elle s'en remette*, priait-il.

Malgré leur longue amitié, il y avait toujours eu un mur entre Emily et lui. Tant qu'elle avait été mariée à son meilleur ami, Connor s'était interdit de s'immiscer dans leur relation. À présent, cette barrière était tombée. Cela faisait déjà plusieurs mois qu'Emily était divorcée. Connor aurait pu tenter sa chance plus tôt — il avait d'ailleurs été sur le point de la contacter — mais la mort de Jamison l'en avait dissuadé. Il se jura que plus rien ne viendrait contrarier ses plans.

Il s'imaginait l'attirant dans ses bras et l'embrassant, tendrement d'abord, puis avec plus de fougue. Il laisserait courir ses mains sur la peau veloutée de ses épaules parsemées de taches de rousseur, glisserait les doigts dans ses cheveux soyeux. Il l'avait déjà vue en bikini : Emily avait une poitrine superbe, ni trop petite, ni trop grosse, délicieusement ronde et ferme. Il prendrait ses tétons dans sa bouche, les titillerait, les mordillerait, puis ils tomberaient enlacés sur le lit et feraient l'amour avec passion. Il se figurait déjà les longues jambes d'Emily enroulées autour des siennes, leurs ventres brûlants pressés l'un contre l'autre…

Connor eut un sommeil peuplé de rêves fabuleux. Il lui sembla qu'à peine une minute s'était écoulée quand O'Brien lui secoua l'épaule.

— Réveillez-vous, Latruite est prêt à commencer l'examen neurologique.

— La truite ?

— Troutman, précisa O'Brien. Il est presque 16 heures.

Connor avait donc dormi cinq heures…

— J'ai le temps d'avaler un café ?

— Je vais vous chercher ça. En attendant, vous feriez bien de prendre une douche.

Connor se traîna jusqu'à la minuscule salle de bains. L'eau chaude lui parut un luxe suprême après la nuit et la journée éprouvantes qu'il venait de passer. Peu à peu, ses idées s'éclaircirent, et il se souvint d'une conversation qu'il avait eue avec Jamison quelques semaines après le jugement du divorce. Son ancien ami s'était présenté à son bureau pour lui proposer d'aller boire un café. Même s'ils ne se voyaient plus depuis un moment déjà, Connor avait accepté, en souvenir du bon vieux temps.

— Ça y est, on est officiellement divorcés, avait lancé Jamison. C'est une bonne nouvelle pour toi.

— Je ne suis pas sûr de comprendre, avait répondu Connor, sur ses gardes.

— Depuis le début, tu en pinces pour ma femme.

— Ton ex-femme.

Jamison lui avait lancé un regard noir.

— Je voulais juste te dire que la voie est libre, maintenant. Tu peux plaider ta cause, monsieur l'avocat. Avec tes origines modestes, vous avez sans doute plus de choses en commun qu'elle et moi.

Il avait presque paru jaloux. Mais Connor n'avait éprouvé aucune pitié pour son ancien ami. C'était lui qui avait trahi Emily, qui lui avait manqué de respect. Il ne la méritait pas.

— Je n'ai pas besoin de ta permission, avait-il fait remarquer.

— Juste pour t'avertir : elle croit en avoir fini avec moi, mais elle se trompe. Je mène toujours la danse.

Jamison avait regardé les clients du café autour d'eux.

— Ils feraient bien de s'en souvenir, tous. C'est moi qui tiens les cordons de la bourse. C'est moi qui décide.

À l'époque, Connor n'avait pas accordé d'importance à cette menace à peine voilée. Une blessure d'ego, s'était-il dit. Jamison voulait lui faire croire qu'il avait encore de l'ascendant sur Emily. Et si ses propos avaient eu d'autres implications, plus larges ? songeait-il à présent. Les « cordons de la bourse » auxquels Jamison avait fait référence pouvaient concerner la propriété d'Aspen, ou bien intéresser l'enquête ouverte par le FBI après sa mort…

Une fois douché, Connor enfila une chemise propre qu'O'Brien avait eu la gentillesse de lui apporter.

— Merci pour les vêtements, lui dit-il lorsqu'il l'eut rejoint dans le bureau.

— Quand je travaillais dans la police de Los Angeles, j'ai pris l'habitude d'avoir toujours une ou deux chemises de rechange dans mon sac, répondit le détective en levant les yeux de son ordinateur. Il n'y a rien de pire que l'odeur de transpiration ou de sang séché.

— J'avais des taches de sang sur ma chemise ? s'étonna Connor.

— Oui. Celui d'Emily, sans doute.

En observant de près sa veste en cuir, Connor s'aperçut qu'elle avait grand besoin elle aussi d'un passage au pressing.

— Qu'est-ce que vous cherchez, sur votre ordinateur ? demanda-t-il à O'Brien.

— Des infos sur les Riggs, et je fouine un peu dans les finances de Jamison.

— Le FBI n'a rien trouvé de ce côté-là, fit remarquer Connor.

— Cela ne veut pas dire qu'il n'y a rien.

— Avez-vous eu des nouvelles de Sandoval ?

— Il fait ce qu'il peut pour que l'enquête avance. Il a passé sa journée à remonter la voiture d'Emily du ravin.

— Et le pick-up ?

— Ils ont retrouvé des traces de peinture noire sur le pare-chocs arrière de la Hyundai. Sandoval a alerté tous les garagistes et les policiers du coin. Pour l'instant, personne n'a vu de véhicule correspondant à cette description.

Connor et O'Brien quittèrent le bâtiment médical pour rejoindre le service de neurologie de l'hôpital. Après avoir traversé tout un dédale de couloirs, ils s'arrêtèrent devant une vaste pièce équipée de dizaines de machines.

À travers la fenêtre d'observation, ils virent Emily, toujours inconsciente, installée dans un fauteuil incliné. Elle avait sur la tête un casque qui ressemblait à celui que la plus jeune sœur de Connor avait dû mettre la nuit à l'époque où elle portait un appareil dentaire. Le bras valide d'Emily était sanglé au fauteuil. Mi-guerrière, mi-ange gardien, Beverly veillait sur elle depuis la porte. Troutman et trois autres médecins s'affairaient autour de la patiente, branchant et débranchant un appareil, puis l'autre. En apercevant Connor derrière la fenêtre, Troutman sortit lui parler.

— L'examen est très rassurant pour l'instant, annonça-t-il. Elle a déjà passé une série de radios et d'IRM qui montrent que l'hématome intracrânien s'est presque résorbé. Nous n'avons trouvé aucun caillot, aucune obstruction ni aucun anévrisme. Elle n'a pas non plus de tumeur, ce qui est vraiment une bonne chose.

— Et les convulsions de tout à l'heure ? s'enquit Connor. S'agissait-il encore d'une tentative de meurtre ?

— Impossible de vous répondre. Nous allons faire des analyses de sang. Je pense qu'elle a fait une réaction à un médicament, peut-être aux sédatifs. En tout cas, il n'y a aucune raison de craindre une récidive.

Ces bonnes nouvelles rendaient Connor méfiant. Les choses étaient allées de mal en pis, et voilà que tout s'arrangeait subitement… Il jeta un coup d'œil dans la salle d'examen, cherchant des signes de catastrophe imminente.

— Que faites-vous, maintenant ? demanda-t-il.

— Une analyse détaillée de son activité cérébrale, répondit Troutman. Vous voulez que je vous explique ?

— En termes compréhensibles, oui.

— Jusque-là, tous les résultats sont normaux. Il est possible qu'elle ait une petite perte de mémoire à court terme, et elle devra peut-être faire un peu de rééducation, mais elle ne semble pas avoir de séquelles importantes.

— Elle n'a donc pas besoin d'être opérée ? s'enquit Connor en retenant son souffle.

— Non, lui assura Troutman, tout sourire. D'ailleurs, il est inutile de la maintenir dans le coma plus longtemps. Ce serait même préférable qu'elle soit consciente pour certains de nos tests. On lui a retiré la perfusion de sédatifs.

— Vous êtes en train de la réveiller ?

— Tout à fait.

Connor dut se retenir de le serrer dans ses bras. Il allait enfin retrouver Emily !

— J'ai une question, docteur, intervint O'Brien. Comment se fait-il que le personnel, dans cette salle, ne porte pas de masque ni de vêtements stériles ?

— Ce ne sont pas des examens invasifs. Si nous sommes en tuniques, c'est parce qu'elles sont aussi confortables que des pyjamas et qu'il s'agit de procédures assez longues. Comme vous pouvez le constater, votre amie Beverly ne s'est pas changée.

— Est-ce que je peux entrer ? demanda Connor.

Troutman hésita un instant, avant d'acquiescer.

— D'accord, mais vous devrez vous faire discret et laisser mes collègues travailler.

— Vous avez ma parole.

Connor suivit le médecin dans la salle et se tint debout à côté de Beverly. Tandis qu'il observait Emily, il la vit bouger légèrement le pied droit, puis les doigts de la main droite.

Elle se réveillait enfin.

Moins de dix minutes plus tard, ses paupières frémirent. Elle inspira brusquement, ouvrit les yeux et les fixa aussitôt sur Connor.

Il avait envie de se ruer auprès d'elle pour lui assurer que tout irait bien. Il avait envie de l'embrasser à nouveau. Mais les lèvres de la jeune femme remuaient comme si elle essayait de parler…

Bien qu'il eût promis de rester à l'écart, Connor s'approcha d'elle.

— Qu'y a-t-il, Emily ? Tu veux me dire quelque chose ?

— Trouve Kate Sylvester, souffla-t-elle dans un filet de voix.

7

Emily luttait pour reprendre pied dans la réalité. Elle avait fait de son mieux pour s'exprimer de manière cohérente, mais n'avait réussi qu'à marmonner quelques mots : « Trouve Kate Sylvester. »

Pour l'instant, cela lui demandait trop d'efforts d'expliquer clairement l'implication de Kate. L'essentiel était d'alerter Connor du danger.

Elle cligna des yeux tandis qu'il se rapprochait d'elle. La lumière de la pièce — une salle d'examen ? — était si vive qu'elle distinguait tous les détails de son visage, depuis les fines rides de caractère sur son front jusqu'aux poils très courts de sa barbe de deux jours. Ses yeux bruns l'invitaient à regarder au fond de son âme et à y trouver du réconfort. Lorsqu'il lui prit la main, Emily sentit son cœur esquisser un petit saut dans sa poitrine. Elle tenta de se tourner vers lui, mais se trouva incapable de bouger la tête.

La voix grave et douce de Connor s'éleva au-dessus du bruit des machines.

— Ça fait plaisir de te retrouver, Emily. Tu m'as manqué.

— Toi aussi.

— J'imagine que tu as envie de te lever et de faire un footing ?

— J'adorerais.

— Pour ça, il faudra patienter encore un peu. Les médecins ont des questions à te poser et quelques examens à te faire passer avant.

Emily n'y voyait pas d'inconvénient. En revanche, elle ne voulait sous aucun prétexte être replongée dans le coma.

— Quoi, comme questions ? s'enquit-elle.

— Tu te souviens du médecin dont je t'ai parlé ? Le Dr Troutman ?

— L'homme-truite, murmura-t-elle.

Un grand type d'allure sympathique, assez vieux, vêtu d'une tunique turquoise et d'une blouse blanche, apparut dans son champ de vision.

— La truite, c'est moi, dit-il avec un sourire chaleureux.

— Enchantée.

Dans sa tête, elle souriait, mais elle n'était pas sûre de ce que sa bouche faisait réellement. Elle avait l'impression étrange d'être déconnectée de son corps. La seule véritable sensation qu'elle éprouvait, c'était la pression des doigts de Connor sur les siens.

Lorsque Troutman demanda à ce dernier de s'écarter, elle s'agrippa à sa main.

— Non !

— Emily, je sais que ce n'est pas facile, mais vous devez m'écouter et suivre mes instructions.

— S'il vous plaît, docteur Latruite… Laissez-moi juste une minute avec Connor.

— Faites vite, alors, maugréa le médecin en reculant d'un pas.

Connor se pencha vers elle.

— De quoi veux-tu me parler ?

— De Kate.

Elle prit un instant pour se concentrer.

— Je l'ai vue quand on m'a sortie de l'ambulance. Elle était devant l'hôpital.

Connor étouffa un juron.

— Elle est rousse, c'est ça ?

— Oui.

— Je l'ai vue aussi. Je ne l'ai pas reconnue, mais elle était là, ça ne fait aucun doute.

Il se redressa.

— Je vais m'assurer qu'elle ne s'approche plus de toi. Pour l'instant, tu dois coopérer avec les médecins.

— Ne me laisse pas, Connor.

— Je ne serai pas loin.

Il traversa la pièce et échangea quelques mots avec un homme au crâne rasé et au physique de boxeur. Emily l'avait déjà vu auparavant. Bizarrement, elle savait qu'il était de son côté.

Le docteur commença par tester ses réflexes et sa coordination, en lui demandant de regarder à droite, puis à gauche, de remuer les doigts et les orteils. Bien que n'importe quel élève de maternelle en eût été capable, Emily fut fière de ses prouesses. Elle jeta un coup d'œil vers Connor, qui l'encouragea d'un sourire.

Petit à petit, le voile de confusion qui obscurcissait ses pensées se dissipa tout à fait, et le monde qui l'entourait retrouva tout son sens. Emily prit alors pleinement conscience des traumatismes que son corps avait subis. Lorsqu'elle inspirait, ses côtes lui faisaient mal. Son bras gauche était toujours immobilisé du biceps jusqu'aux doigts dans un énorme plâtre, et son pied gauche maintenu dans une grosse botte ridicule.

— Ma jambe est cassée ? demanda-t-elle au médecin.

— Il semblerait que ce ne soit qu'une entorse.

— Donc, je peux marcher ?

Troutman la dévisagea curieusement.

— Pourquoi cette question ?

— Il faut que je sorte de cet hôpital pour trouver mon agresseur.

— Vous plaisantez, n'est-ce pas ? dit-il avec un sourire charmant.

— J'ai l'air de plaisanter ? rétorqua-t-elle.

— Emily, vous sortirez quand vous serez guérie.

— Je ne me sens pas malade.

Elle ignorait combien de temps elle était restée hors service, mais il fallait absolument qu'elle commence son enquête avant que tous les indices ne disparaissent.

— Quelle heure est-il ? s'enquit-elle. Dès qu'on en aura fini, je pourrai me mettre au travail.

Troutman se tourna vers Connor.

— Je crois que je vais avoir besoin de vous.

En voyant son ami approcher, Emily reprit espoir. Lui, il comprendrait, n'est-ce pas ? Il saurait expliquer la situation à ce monsieur Latruite.

— Dis-lui que je dois retrouver le coupable, l'implora-t-elle.

— Écoute-moi, Emily : une enquête officielle a été ouverte, menée conjointement par le bureau du shérif d'Aspen et par le FBI. J'ai engagé un détective privé. Et j'aimerais te présenter Beverly…

Il fit un geste vers une femme grande et musclée qui se tenait près de la porte.

— Beverly est ta garde du corps. Elle restera à tes côtés jour et nuit. Pour l'instant, tu dois laisser tous ces gens faire leur travail.

Connor n'avait pas perdu de temps… Pendant qu'elle était inconsciente, il avait organisé sa protection et veillé à ce que l'affaire soit prise en main par des personnes compétentes. Emily lui en était reconnaissante, mais elle n'avait pas l'intention pour autant de rester dans son coin à se tourner les pouces.

À l'époque où elle vivait avec Jamison, celui-ci lui disait toujours de se détendre, de ne pas s'en faire, parce qu'il « s'occupait de tout ». Elle l'avait écouté, et voilà où cela l'avait menée… À présent, elle n'avait plus envie d'être spectatrice. Il s'agissait de sa vie ! On l'avait menacée, et elle avait besoin de prendre part à l'enquête, ne serait-ce que pour mettre les policiers sur la bonne voie.

— Je sais des choses que personne d'autre ne sait, insista-t-elle. C'est pour ça qu'on cherche à me tuer.

— Je te crois, lui assura Connor. Et tu pourras aider les enquêteurs, mais seulement quand tu seras complètement remise. Tu viens d'avoir un grave accident qui aurait pu t'être fatal.

— Et ma voiture ?

— Morte.

— Bon, ça suffit, intervint le Dr Troutman en poussant Connor vers la porte. Emily, j'ai besoin de toute votre attention.

— S'il vous plaît, ne me replongez pas dans le coma. Je dois rester éveillée.

— Pour l'instant, vos progrès sont encourageants, répondit le médecin. Quand nous aurons terminé l'examen, nous pourrons vous transférer dans une chambre normale. Et peut-être aurez-vous le droit de manger quelque chose.

Une enchilada avec du guacamole, songea-t-elle aussitôt. L'image du fromage fondu et des avocats écrasés lui mit l'eau à la bouche. Malheureusement, ce n'était sans doute pas le genre de plat que l'on préparait dans les cuisines de l'hôpital… Tant pis : n'importe quelle nourriture ferait l'affaire. Elle était affamée.

Alors que les tests reprenaient, elle entendit de l'agitation devant la porte — éclats de voix et bousculade. Le Dr Troutman avait beau être le plus patient des hommes, c'en était trop pour lui.

— Qu'est-ce que c'est que ce bordel ? tonna-t-il.

— C'est moi, Emily ! C'est Phillip !

— Phillip Riggs…, murmura-t-elle.

Quel culot de venir la harceler jusqu'ici ! C'était typique de cette famille à qui l'on ne refusait jamais rien : il lui semblait parfaitement normal de faire irruption dans une pièce où se déroulait un examen médical. Emily aurait dû demander à sa garde du corps de le chasser à coups de pied aux fesses, mais la présence de Phillip à l'hôpital piquait sa curiosité.

— Que fais-tu ici ? s'enquit-elle.

— Je m'inquiétais pour toi.

Menteur ! Ils n'avaient jamais été proches, bien au contraire… Phillip, qui passait son temps à skier, s'était toujours moqué d'Emily et de son manque d'intérêt pour ce sport. Ce type était plus puéril qu'aucun adulte ne devrait avoir le droit de l'être.

— Je ne te crois pas, Phillip.

Troutman fit un pas vers lui.

— C'est inacceptable. Sortez d'ici.

— Attendez ! l'arrêta Emily. Laissez-le répondre. Pourquoi es-tu venu, Phillip ? C'est au sujet du testament ?

— Pas maintenant, gronda Troutman. Quand j'aurai fini de vous examiner, vous pourrez jouer les détectives, mais en attendant c'est moi qui décide.

— Très bien, monsieur, intervint Beverly. Je fais sortir cet homme et je le garde au chaud jusqu'à ce qu'il puisse être interrogé.

— Mais j'ai fait tout le trajet depuis Aspen ! s'offusqua Phillip. Si je pouvais juste obtenir une petite signature d'Emily, je repartirais directement.

La garde du corps le poussa sans ménagement dans le couloir en pestant contre la sécurité de l'hôpital. Emily fut heureuse de constater que Connor était resté avec elle.

— Je suis désolée, murmura-t-elle au médecin.

— Finissons-en.

Bien qu'elle fût pressée d'entendre ce que Phillip avait à lui dire, Emily s'efforça de se comporter en patiente modèle tout au long de l'examen. On la récompensa en lui retirant le casque et les sangles de contention. Avec un soupir de soulagement, elle bougea son bras droit et agita les doigts, juste pour le plaisir de pouvoir le faire.

Quels papiers Phillip voulait-il lui faire signer ? se demandait-elle. S'il pensait qu'elle allait l'aider, il se fourrait le doigt dans l'œil. Emily n'était pas particulièrement rancunière, mais elle n'avait aucune envie de rendre service à la famille Riggs.

Quand tous les tests furent terminés, on l'installa sur un lit médicalisé pour la transférer dans une chambre. Emily ferma les yeux et profita du voyage — c'était comme de flotter sur un tapis volant… Des images d'Aladin se mirent à danser à la périphérie de sa conscience. Cependant, elle se retint de glisser dans le rêve aux couleurs des *Mille et Une Nuits* qui lui tendait les bras. Elle devait rester éveillée.

Chaque fois qu'elle ouvrait les yeux, Connor était là, marchant à ses côtés. Il ne ressemblait en rien à Aladin, et elle ne l'imaginait pas en pantalon bouffant et babouches à pointes recourbées. Pourtant, il était bien un héros. Son héros.

Durant toute la procédure de divorce, il l'avait épaulée, lui avait tenu la main, l'avait écoutée. Il avait pris parti pour elle alors que Jamison était son meilleur ami. Elle savait qu'elle pouvait compter sur lui.

*
* *

Emily avait été installée au cinquième étage, dans une chambre individuelle qui offrait une jolie vue sur les montagnes. Elle s'était endormie, et Connor veillait sur elle. La plupart des machines avaient été débranchées. Malgré ses plâtres, ses points de suture au front et son œil encore un peu coloré, elle avait bien meilleure mine.

Connor aurait préféré parler lui-même à Phillip et le renvoyer illico à Aspen, mais il savait que la jeune femme serait furieuse s'il la privait d'une opportunité de prendre part à l'enquête. Celle-ci s'annonçait compliquée… La présence de Phillip soulevait déjà des questions, mais que venait faire Kate Sylvester dans l'histoire ? Pourquoi s'était-elle introduite dans l'hôpital en se déguisant en infirmière ?

O'Brien et Beverly, qui s'étaient retirés dans le couloir pour discuter, rentrèrent ensemble dans la chambre.

— Je perds mon temps, à Denver, déclara le détective. Je devrais être à Aspen avec Sandoval pour interroger les Riggs.

Connor grimaça.

— Quelle perspective réjouissante…

— Il faut bien que quelqu'un s'en charge, répliqua O'Brien. Mais avant de partir, j'aimerais aller voir chez Emily si je peux trouver des indices.

— Dans ce cas, je viens avec vous.

Le Dr Troutman voulait garder la jeune femme quelques jours en observation et lui faire suivre des séances de kinésithérapie pour sa cheville. Il avait suggéré à Connor de récupérer des affaires chez elle, pyjamas ou survêtements.

— Quand elle sera réveillée, je lui demanderai si elle laisse une clé quelque part.

— Je peux aussi crocheter la serrure, fit savoir O'Brien.

— C'est vous qui voyez. Autre chose : j'aimerais avoir une arme.

O'Brien et Beverly échangèrent un regard.

— Cela vous pose un problème ? s'enquit Connor.

— Pour cela, il vous faudrait un permis de port d'armes, répondit la jeune femme. Vous savez vous servir d'un pistolet ?

— Mon cousin est flic dans le Queens. J'ai déjà manipulé un Glock, mais vous avez raison : il vaudrait mieux que je m'entraîne dans un stand de tir.

— Moi aussi, fit une petite voix.

Connor s'approcha d'Emily.

— Tu as dit quelque chose ?

Elle pointa l'index vers lui et fit avec le pouce le geste de tirer.

— Moi aussi, j'aimerais m'entraîner, précisa-t-elle.

Connor n'était pas certain que le monde était prêt à accueillir une Emily Benton-Riggs armée, mais il n'osa pas la contredire.

— Bien sûr, répondit-il, tout en l'aidant à relever la tête du lit.

La jeune femme salua Beverly et O'Brien, un grand sourire aux lèvres.

— Je suis prête, déclara-t-elle, les yeux pétillants de vivacité. Vous pouvez faire entrer Phillip Riggs.

— Où est cette fouine ? demanda Connor à Beverly.

— J'ai conduit M. Riggs dans une salle d'attente en lui disant que je l'appellerais si Emily avait envie de le voir.

— Eh bien, j'en ai envie, répondit l'intéressée.

Pendant que Beverly passait son coup de téléphone, Emily se tourna vers Connor.

— Au fait, je laisse une clé sous le nain de jardin en plastique, près de la porte. Puisque vous allez chez moi, j'aimerais beaucoup que vous me rameniez ma robe de chambre bleue et ma crème pour les mains.

— Je n'arrive pas à croire qu'elle nous ait entendus, murmura O'Brien. La demoiselle a de bonnes oreilles.

— Et je vois aussi très bien, répliqua Emily.

— Il vaut mieux, avec le métier que tu fais, souligna Connor.

— Tu sais, pour dénicher une œuvre d'art il ne faut pas seulement savoir distinguer les coups de pinceau. On s'intéresse davantage aux émotions que l'œuvre fait naître en nous. L'art peut vous tirer des larmes, vous arracher des rires, ou vous donner envie de chercher la vérité en vous-même. En ce moment, je travaille avec une artiste qui est un vrai génie. J'ai hâte de la faire connaître à New York.

Connor l'écoutait toujours avec plaisir. Emily était capable de discourir pendant des heures — un talent qu'elle attribuait à son statut de fille unique. N'ayant pas eu la chance de pouvoir bavarder avec des frères et sœurs étant petite, les mots s'étaient, disait-elle, « accumulés à l'intérieur », et elle profitait de la moindre opportunité pour ouvrir les vannes.

Son enthousiasme s'évanouit lorsque Phillip Riggs entra dans la chambre.

— Bonjour, Emily ! s'exclama-t-il avec un sourire hypocrite. Ça fait plaisir de te voir assise.

— Qu'est-ce que tu fais ici ? le coupa-t-elle sèchement.

— Je n'y connais rien aux histoires de succession, mais je suis censé te faire signer des papiers. Tante Glenda veut s'assurer que tout sera réglé pour l'héritage, vu que tu n'as aucun parent vivant et que la procédure d'homologation pourrait durer plusieurs mois.

Emily se tourna vers Connor.

— Qu'est-ce qu'il essaie de me dire, au juste ?

— Il veut te faire signer un document qui le désignerait comme héritier de la maison au cas où tu mourrais.

Phillip grimaça.

— Je ne voulais pas dire les choses aussi brutalement.

— Oui, parce que tu es un type sensible, ironisa Connor. Je ne connais pas les termes exacts du testament de Jamison, mais j'imagine que si Emily était morte avant de se voir remettre le titre de propriété, la maison serait revenue de plein droit à la personne qui hérite du reste des biens.

— C'est ce que Jamison aurait voulu, répliqua Phillip.

— Tu peux dire à tante Glenda de ne pas s'inquiéter pour l'héritage, déclara Connor. Emily et moi avons l'intention d'actualiser son testament. N'est-ce pas, Emily ?

— Tout à fait, répondit-elle en adressant un grand sourire au cousin de Jamison. Je lègue tout ce que je possède à mon exécuteur testamentaire, Connor Gallagher.

— Mais… Si l'acte de propriété n'est pas transmis au préalable à Emily, son testament sera caduc, non ?

— Ne t'en fais pas. Je remplirai les papiers dès demain.

— Vous ne pouvez pas me voler ma maison ! s'emporta Phillip. Elle est à moi. Je m'en suis occupé pendant des années !

— Tu te trompes, Philly.

— De toute façon, je ne déménagerai pas, décréta-t-il, et il bouscula rageusement Connor.

Ce dernier le repoussa, en prenant soin néanmoins de mesurer sa force. Il n'était pas assez bête pour tomber dans le piège de la provocation.

— Le déménagement ne sera sans doute pas le plus gros de tes soucis, fit-il remarquer.

— Que veux-tu dire par là ?

— C'est tout de même bizarre : Emily manque de mourir après avoir été précipitée dans un ravin, et le lendemain, tu arrives ici avec des papiers à lui faire signer pour le cas où elle perdrait la vie. Drôle de coïncidence, non ? Quand as-tu fait rédiger ces documents ?

Phillip ne se donna pas la peine de répondre. Il tourna les talons et quitta la pièce d'un pas furieux.

8

Le lendemain matin, Emily eut le bonheur de prendre une douche, assise sur une chaise en plastique, son bras plâtré emballé dans un sac. Une aide-soignante s'occupa de lui laver les cheveux. Emily aurait aimé se faire un brushing, mais c'était impossible avec une seule main. De toute façon, l'effort aurait été vain, songea-t-elle en voyant son reflet dans la glace : son œil gauche avait viré au mauve, et un nouveau bleu était apparu sur sa mâchoire… Malgré tout, elle se sentait bien, grâce aux antidouleurs sans doute, et aussi parce qu'elle avait pu échanger sa chemise d'hôpital contre un pyjama léger que Connor et O'Brien lui avaient rapporté de chez elle.

Assise dans son lit, elle buvait une tisane en admirant le bouquet de fleurs orange et jaunes que Connor lui avait offert. Il s'était installé à côté d'elle, devant son ordinateur posé sur une table à roulettes. Même s'il lui avait assuré que le cabinet pouvait se débrouiller sans lui pendant une ou deux semaines, Emily se sentait coupable de le détourner de son travail.

— Ça m'étonnerait que ce soit Phillip, dit-elle de but en blanc. C'est un pauvre type et un enfant gâté, mais un meurtrier ? Je ne crois pas qu'il en aurait le cran.

— Il ne faut pas tellement de courage pour tuer quelqu'un, répliqua Connor. Ni d'intelligence, d'ailleurs.

— Tu as sans doute raison.

Emily appréciait qu'il ait pris le train de ses pensées en marche sans lui demander d'explications. Ils avaient l'air d'être sur la même longueur d'onde.

— Pousser ta voiture dans un ravin, ça ressemble bien à un plan stupide que Phillip pourrait inventer, ajouta-t-il.

— C'est vrai.

— Et il y a assez d'imbéciles dans son entourage qui seraient prêts à le faire à sa place moyennant rémunération.

Connor ferma son ordinateur et regarda Emily en souriant.

— J'adore tes cheveux.

— Tu rigoles ?

Elle tira inconsciemment sur les mèches de son carré court, qui aurait eu à son avis bien meilleure allure si elle avait pu manier un sèche-cheveux.

— Non, je suis très sérieux. Tu as plus de reflets blonds que quand tu vivais à Manhattan. Le soleil du Colorado te réussit.

— La vie est plus saine, ici, reconnut-elle. À condition que personne ne cherche à te tuer… Revenons-en à Phillip.

Connor s'appuya contre la barrière du lit.

— Il a plus à gagner que n'importe qui, argumenta-t-il. Si tu meurs, il a toutes les chances de récupérer la maison qu'il squatte depuis des années, sans parler des meubles et des œuvres d'art.

— Mais il ne connaît rien à l'art ! s'indigna-t-elle. Il ne saurait même pas reconnaître un Picasso d'un gribouillage de gamin de maternelle.

— Je ne suis pas sûr que j'y arriverais moi-même, fit remarquer Connor en lui lançant un clin d'œil.

Emily ne voulait pas paraître snob, mais elle avait passé des années à étudier l'art et cela lui faisait mal quand le vrai génie n'était pas reconnu à sa juste valeur. À l'époque où elle vivait avec Jamison, elle avait déployé de gros efforts pour constituer leur collection. Elle avait réussi à se procurer des œuvres réputées dans le monde entier. De son point de vue, celles-ci méritaient d'être partagées entre personnes qui savaient les apprécier.

— Quand cette histoire de succession sera réglée, je prêterai plusieurs pièces au musée de Denver, déclara-t-elle.

— Phillip ne va pas être content.

— Il changera peut-être d'avis si j'arrive à convaincre tante Glenda.

— Et comment penses-tu réussir un tel exploit ? s'enquit Connor.

Glenda détestait Emily depuis le premier jour. Elle la trouvait trop ordinaire, pas assez bien pour Jamison. Mais Emily savait qu'elle ne résisterait pas à l'idée de promouvoir le nom des Riggs.

— Je lui dirai que, sous chaque œuvre prêtée au musée, une plaque indiquera son appartenance à la collection « Jamison Riggs ».

— Génial ! approuva Connor. Si tu n'avais pas le bras dans le plâtre, je te taperais dans la main.

Leur relation amicale avait beau être agréable et sécurisante, Emily n'avait pas envie de s'en tenir aux tapes dans la main et aux claques sur l'épaule avec lui. Elle lui tendit la joue.

— Tu n'as qu'à me donner un baiser à la place, dit-elle d'un ton léger.

— Avec plaisir.

Lorsqu'il se pencha vers elle, Emily tourna la tête pour l'embrasser sur la bouche. Malgré sa surprise, Connor ne s'écarta pas. Au contraire, il l'invita à approfondir son baiser en glissant sa langue entre ses lèvres. Emily sentit un frisson la parcourir. Elle brûlait de l'attirer au-dessus d'elle dans le lit, de sentir son corps tout entier pressé contre le sien… Mais ils n'étaient pas seuls. Beverly montait la garde de l'autre côté de la porte, et l'on entendait parler dans le couloir.

Ils continuèrent pourtant de s'embrasser, comme incapables de se séparer. La proximité physique de Connor suffisait à faire naître en elle un désir irrésistible. Peu à peu, les bruits extérieurs s'effacèrent, et seule subsista la passion qui les consumait.

Un coup frappé à la porte interrompit brusquement leur baiser. Beverly ouvrit au Dr Troutman et à deux autres personnes en blouses blanches. Le neurologue salua Connor, avant d'observer longuement Emily.

— Comment vous sentez-vous ? lui demanda-t-il.

Après ce qui venait de se passer, Emily était certaine

que sa tension avait grimpé en flèche. Son cœur palpitait, elle respirait vite, et ses joues étaient sans doute bien plus roses que d'ordinaire.

— Je me sens très bien, répondit-elle.

— Vous avez l'air tendue.

— Cela vous étonne ? Je vous rappelle que la famille de mon ex-mari essaie de me tuer.

Les collègues de Troutman échangèrent un regard surpris. Ils se demandaient sans doute s'il fallait appeler un psychiatre.

— Et vous, comment allez-vous, monsieur Latruite ?

— Mon petit doigt m'a dit que vous teniez une galerie d'art. J'aimerais acheter un tableau pour mon bureau, si possible d'un artiste local.

— J'ai ce qu'il vous faut. C'est un retraité qui peint des paysages incroyables de Grand Lake. On peut même essayer de le convaincre d'ajouter une truite quelque part.

— Ce serait merveilleux.

Troutman lui présenta les deux autres médecins. L'un d'eux était étudiant en neurologie.

— Et la Dr Lisa Parris est orthopédiste. Elle va regarder votre bras, vos côtes et votre cheville, expliqua-t-il.

— Enchantée, docteur Parris.

En se tournant pour serrer la main à la praticienne, Emily ressentit un vif élancement dans les côtes. Elle se retint de grimacer.

— Quand pourrai-je rentrer chez moi ? s'enquit-elle.

— Cela dépend.

Avec sa queue-de-cheval haute et son visage dépourvu de maquillage, Lisa Parris avait l'air si jeune que même Emily — qui n'avait pourtant que trente ans — s'interrogea sur son niveau d'expérience. L'orthopédiste remonta ses lunettes sur son nez.

— Avant de vous laisser partir, il faut que je vous fasse passer d'autres radios et que mon collègue kiné vous examine.

— La Dr Parris a elle-même été kiné pendant huit ans, précisa Troutman. Personne ne saura mieux qu'elle vous remettre sur pied.

Cela tombait bien : c'était exactement ce qu'Emily attendait.

— Quand pouvons-nous commencer ? demanda-t-elle.

— Pas si vite, l'arrêta Troutman. Nous devons d'abord vérifier que tout est rentré dans l'ordre du point de vue neurologique.

Emily l'écouta d'une oreille distraite faire la liste des IRM, scanners et autres tests auxquels il avait l'intention de la soumettre. Elle ne s'en plaignait pas — après tout, elle était contente d'être vivante —, mais elle avait hâte de mener l'enquête. Tous ces examens médicaux ne serviraient à rien si quelqu'un parvenait à la tuer.

Lorsque Troutman eut terminé, Emily se risqua à formuler une requête :

— J'aimerais me déplacer en fauteuil roulant plutôt que de rester allongée dans mon lit.

— Cela ne devrait pas poser de problème, répondit Parris. Si c'est plus confortable pour vous, nous pouvons vous installer tout de suite dans ce fauteuil inclinable.

Emily repoussa aussitôt les couvertures. Parris et Troutman l'aidèrent à se lever, puis elle clopina jusqu'au fauteuil. Les médecins repartirent quelques instants plus tard.

— Mon Dieu, j'ai mal partout, soupira-t-elle.

— Tu veux que j'appelle l'infirmière ? demanda Connor. Qu'elle t'apporte des médicaments contre la douleur ?

— Non, surtout pas de médicaments.

Après avoir été plongée dans le coma, Emily n'était pas mécontente d'éprouver des sensations, fussent-elles douloureuses.

— Ça va aller, ajouta-t-elle. J'ai juste un peu plus de mal à me déplacer que je ne le pensais. Le bandage autour de mes côtes est aussi serré qu'un corset.

— Je peux faire quelque chose pour toi ?

— J'aimerais tellement porter ma robe de chambre… Mais mon plâtre ne passera jamais dans la manche.

— On pourrait la couper, suggéra Connor.

— Ce serait dommage, je l'adore.

Elle laissa retomber sa tête en arrière contre le dossier du fauteuil.

— C'est bête que je ne puisse pas la mettre, alors qu'O'Brien et toi vous êtes donné tant de mal pour la récupérer.

— Oh ! ce n'était pas grand-chose, répondit Connor en attrapant sa tasse de café sur la table.

— Au fait, tu ne m'as pas raconté : vous avez pu entrer facilement ?

— Sans problème. La clé était bien sous le nain de jardin.

Lorsqu'il leva la tasse vers son visage, Emily eut la nette impression qu'il lui cachait quelque chose.

— J'imagine qu'il faut que je revoie le système de sécurité, avança-t-elle.

— Oui, tu devrais installer une alarme. Mais j'en ai déjà parlé à Beverly et O'Brien.

— Qu'as-tu pensé de ma maison ?

— Elle est chouette.

Chouette ? s'exclama-t-elle intérieurement. C'était tout ce qu'il trouvait à en dire ? Elle adorait sa petite villa ! Bien que située en plein centre-ville, les arbres qui l'entouraient — des pêchers, un pin et un olivier de Bohême — créaient comme un îlot de tranquillité. Dans son jardin poussaient des pensées colorées et des rosiers à floraison tardive. Elle avait remplacé deux des fenêtres à l'avant par des vitraux colorés. Le résultat n'était pas seulement « chouette », il était magnifique.

— C'est tout ? insista-t-elle.

— J'aime beaucoup ta baignoire sur pieds. On pourrait nager à trois dedans tellement elle est grande.

Avant qu'Emily ait eu le temps de le questionner davantage, le kinésithérapeute entra dans la chambre pour l'examiner. Avec l'aide de Connor, il l'installa ensuite dans un fauteuil roulant, puis l'embarqua dans le couloir sans qu'elle ait pu déterminer si son ami se montrait volontairement évasif, ou si elle se faisait des idées.

Connor n'aimait pas mentir à Emily, mais il craignait qu'elle ne réagisse mal. La veille au soir, lorsque O'Brien et lui étaient entrés chez elle, ils avaient trouvé la maison sens dessus dessous. Quelqu'un s'y était introduit en brisant une vitre à l'arrière. O'Brien avait immédiatement contacté la police locale pour qu'une équipe vienne constater les dégâts et relever d'éventuelles empreintes.

— Ne vous faites pas trop d'illusions, avait-il conseillé à Connor. Tous les cambrioleurs savent qu'il faut porter des gants, et on a affaire ici à une fouille minutieuse et méthodique.

Connor ne trouvait pas que l'intrus se soit montré particulièrement soigneux. Dans la cuisine, toute la vaisselle avait été sortie des étagères ; dans la chambre principale, à l'étage, les tiroirs avaient été ouverts et le contenu de la boîte à bijoux éparpillé sur la coiffeuse.

— C'est ça que vous appelez « minutieux » ? avait-il fait remarquer à O'Brien.

— Je veux dire que le gars n'a rien détruit gratuitement. S'il s'agissait d'une vengeance, par exemple, il aurait tout saccagé. De la même manière, on voit qu'il n'est pas venu ici pour voler. Il n'a pas touché au matériel électronique ni aux bijoux.

— Je ne pense pas que les bijoux d'Emily aient beaucoup de valeur, avait observé Connor.

Il savait que la jeune femme s'était empressée de revendre les cadeaux luxueux que Jamison lui avait offerts. Elle n'avait voulu conserver aucun souvenir de leur mariage.

Dans le bureau, au rez-de-chaussée, O'Brien avait continué de commenter le travail du cambrioleur.

— C'est là que le type a concentré ses recherches. Il y a des papiers partout par terre. Les cadres ont été décrochés des murs — il cherchait sans doute un coffre. Et là, sur le bureau, on voit un espace libre.

— Et une connexion pour un ordinateur portable.

— Mais pas d'ordinateur.

O'Brien avait fait le tour de la pièce, en prenant garde de ne toucher à rien.

— Voilà ce que je pense : notre homme cherchait un petit objet, comme une clé USB ou un papier sur lequel serait noté un mot de passe. Vous avez une idée ?

Connor avait réfléchi un instant.

— Non.

— Et son alliance ? Un homme comme Jamison Riggs a dû dépenser une fortune dans un énorme diamant.

— Elle ne la porte pas. Si elle l'a encore, elle l'a sans doute rangée dans un coffre à la banque.

— Ça, ça m'intéresse ! s'était exclamé O'Brien. Pour accéder à ce genre de coffre, il faut une clé et un code d'accès. C'est peut-être ça que le cambrioleur cherchait.

Connor n'avait pas été convaincu, et il ne l'était toujours pas ce matin. Pour lui, les principaux suspects étaient les Riggs, et ils avaient trop d'argent pour s'intéresser à une alliance. Par ailleurs, en tant qu'avocat d'Emily, il doutait qu'elle lui ait caché des opérations financières, chose qui l'aurait beaucoup moins étonné de la part de Jamison. Celui-ci avait souvent frisé l'illégalité dans ses investissements.

Pendant qu'Emily passait ses examens, Connor et Beverly attendaient dans la salle d'attente du service de radiologie. Lui feuilletait un magazine de recettes « minceur ». Elle, comme à son habitude, ne disait rien.

Connor s'éclaircit la gorge.

— Je devrais peut-être appeler O'Brien.

— Si vous voulez, répondit la garde du corps. Mais, vous savez, il nous tiendra au courant dès qu'il aura du nouveau.

Le détective travaillait de concert avec la police locale pour vérifier les alibis de Phillip et des personnes qui avaient accompagné ce dernier à Denver. Peut-être le cousin de Jamison avait-il contacté Kate… O'Brien devait également s'assurer auprès de Sandoval que les autres membres de la famille Riggs avaient bien passé la nuit à Aspen.

— Je suis impatient d'avoir des résultats, lâcha Connor.

— Je comprends. Mais il faut faire confiance à O'Brien. Il fait du bon boulot.

— J'aimerais participer davantage à l'enquête.

Beverly pinça les lèvres. Il devinait ce qu'elle pensait.

— Je sais, dit-il. On croirait entendre Emily.

— Vous avez déjà une mission à remplir, lui rappela-t-elle.

Connor était censé discuter avec Emily du cambriolage,

lui demander si elle avait une idée de ce que l'individu cherchait. Mais il repoussait l'échéance, craignant qu'en apprenant que sa jolie petite maison avait été fouillée la jeune femme veuille aussitôt se rendre sur place. Il fallait qu'il trouve un moyen de l'en dissuader. À l'hôpital, au moins, elle était en sécurité.

Beverly sortit dans le couloir pour répondre au téléphone. Dans la nuit, un de ses collègues l'avait remplacée afin qu'elle puisse dormir quelques heures. Cela semblait lui avoir suffi — elle ne montrait aucun signe de fatigue.

— Il faut vraiment que vous parliez à Emily de ce qui s'est passé hier soir, dit-elle à Connor lorsqu'elle revint s'asseoir à côté de lui. Les policiers ont presque terminé. De notre côté, nous sommes prêts à installer de nouvelles serrures et un système d'alarme haut de gamme, mais il y a un souci : il faut d'abord réparer ou remplacer la porte de derrière, et cette décision appartient à Emily.

— Je voulais lui en parler ce matin, mais…

— Mais vous ne l'avez pas fait.

— Dès qu'elle apprendra que quelqu'un s'est introduit chez elle, elle se sauvera d'ici, et on ne pourra pas la retenir.

— Je ferais pareil à sa place, répliqua Beverly. Un cambriolage est toujours vécu comme une intrusion intime.

Beverly avait été sergent d'artillerie dans la Marine américaine : elle était capable de se défendre. Emily, elle, était bien plus vulnérable, ne connaissant rien des techniques de combat.

— Et si le meurtrier l'attend chez elle ? Elle ne sera pas en sécurité, quand bien même les médecins l'autoriseraient à sortir, souligna Connor.

— Il est peu probable que le cambrioleur traîne encore dans les parages, avec tous les policiers qui gravitent autour de la maison. Mais je suis d'accord : moins elle s'exposera, mieux ce sera.

Connor était rassuré que Beverly partage son avis. Elle avait beau garder ses distances, il sentait naître un début d'amitié entre eux.

— Et mon arme, quand pourrai-je l'avoir ? s'enquit-il.

Hier soir, elle aurait pu me servir si j'étais tombé sur le cambrioleur.

— Ne rêvez pas, Connor, vous n'en aurez pas. Le mieux que je puisse faire pour vous, c'est vous trouver un pistolet électrique.

— Je m'en contenterai.

— Une petite suggestion, ajouta Beverly. Dès que vous en aurez l'occasion, racontez à Emily ce qui s'est passé chez elle. Sinon, elle ne vous fera plus jamais confiance.

— Je ne suis pas sûr que ce soit le cas aujourd'hui, répliqua-t-il.

Si Emily n'avait pas hésité à le désigner comme personne de confiance dans ses directives anticipées, Connor n'était pas certain qu'elle le laisserait par exemple choisir une nouvelle porte pour sa maison. À l'époque où elle lui avait parlé de ses problèmes de couple avec Jamison, elle avait écouté ses conseils, mais avait fait ce que bon lui semblait au bout du compte. Et lorsqu'il lui avait proposé un endroit où dormir à New York — sa chambre d'amis, en l'occurrence —, elle était partie s'installer à Denver.

Une fois les examens radiologiques terminés, Connor et Beverly escortèrent Emily jusqu'à sa chambre. Tout en poussant le fauteuil de la jeune femme, Connor se préparait mentalement à lui annoncer la nouvelle du cambriolage. Il ferait cela en douceur, songeait-il. Il lui tiendrait la main. Peut-être lui ferait-il apporter un repas : elle réagirait sans doute mieux avec le ventre plein.

À leur arrivée, cependant, l'agent Wellborn les attendait. Il avait remplacé son jean par un costume-cravate qui, associé à ses chaussures en croco, lui donnait l'allure d'un dandy de Manhattan. Son attitude, en revanche, rappelait celle de Beverly — les deux se saluèrent d'ailleurs avec un respect et une fraternité spontanés, comme s'ils avaient porté un uniforme.

Wellborn se tourna vers Emily.

— Je suis heureux de faire votre connaissance, lui dit-il. La dernière fois, nous n'avions pas été officiellement présentés.

— Vous êtes du FBI, n'est-ce pas ?

— C'est cela.

— Vous avez enquêté sur la mort de mon ex-mari.

Une certaine nervosité perçait dans la voix de la jeune femme. De toute évidence, elle était fatiguée, même si elle cherchait à s'en cacher.

— J'appartiens à l'unité spécialisée dans le crime en col blanc, répondit poliment Wellborn. Nous nous sommes en effet penchés sur la mort de Jamison Riggs.

— Vous m'avez interrogée.

— C'est exact.

— Et j'ai parlé avec un de vos collègues au téléphone, ajouta Emily. Il est assez vite arrivé à deux conclusions : la première, que je n'avais pas revu mon ex-mari depuis des mois et que je n'avais donc pas pu l'empoisonner — s'il l'a vraiment été ; et, la seconde, que je ne l'aimais plus.

Connor la sentait fragile émotionnellement. Il aurait voulu prévenir Wellborn d'avancer avec précaution, mais ce ne fut pas nécessaire : l'agent était fin psychologue.

— Je regrette de ne pas avoir eu l'occasion de discuter plus longuement avec vous, dit-il à la jeune femme. En travaillant ensemble, nous aurions peut-être été plus efficaces. J'ai tendance à penser que les tentatives de meurtre dont vous avez été victime sont liées à la mort de Jamison. Vous avez croisé Kate Sylvester, il me semble ?

— En effet.

— Vous sentez-vous capable de parler de ce qui s'est passé chez vous hier ?

Emily se redressa dans son fauteuil.

— Comment cela, chez moi ?

— Le cambrioleur cherchait un petit objet, précisa Wellborn. Avez-vous une idée de ce que cela pourrait être ?

— Le cambrioleur ? répéta-t-elle, avant de se tourner vers Connor, furieuse. Tu le savais.

— Oui.

Les yeux de la jeune femme lançaient des éclairs, à tel point que Connor ravala les excuses qu'il s'apprêtait à lui présenter. Ses intentions avaient été louables : il avait voulu éviter qu'elle s'inquiète, qu'elle prenne des risques en participant à l'enquête. Il avait simplement cherché à la protéger.

À cet instant, néanmoins, il lui semblait que c'était plutôt lui qui avait besoin d'être protégé — contre elle.

9

L'indignation avait chassé la fatigue et la douleur. Emily ne ressentait plus de tiraillements dans sa cheville ni d'élancements dans ses côtes meurtries. Elle fulminait.

— Il y a beaucoup de dégâts, chez moi ? demanda-t-elle d'un ton dur à Connor.

— Selon les mots d'O'Brien, le cambrioleur s'est livré à une fouille méticuleuse. Il n'a pas tout cassé, il n'était pas là pour se venger.

— Ah, je suis rassurée, alors, ironisa-t-elle.

— Un carreau a été brisé sur la porte de derrière, et ton ordinateur portable semble avoir disparu.

— Mais tu n'en sais rien, parce que tu n'as aucune idée de ce à quoi ressemblait ma maison avant, répliqua-t-elle. Il y avait peut-être une sculpture d'un demi-million de dollars sur la table de l'entrée. Il y avait peut-être un chat, une adorable petite boule de poils qui à l'heure actuelle est planquée sous un meuble, terrorisée.

— Je n'ai pas vu de croquettes ni de litière, répondit Connor, très sérieux.

— Parce que je n'ai pas de chat ! s'emporta Emily. Ce que je veux dire, c'est que je suis la seule à pouvoir faire l'inventaire de ce qui a disparu chez moi.

— Tu as raison.

— Je n'arrive pas à croire que tu ne m'aies rien dit.

— J'ai fait une erreur, reconnut Connor. Je te demande pardon.

Emily respira un bon coup. Elle était fâchée contre lui, mais plus encore contre la personne qui s'était permis de fouiller sa maison. Ce n'était pas juste de décharger sa colère sur Connor. Après tout, il n'avait pas voulu mal faire. Au contraire, il avait essayé de la protéger. La chaleur de son regard l'en convainquait.

— C'est bon, marmonna-t-elle.

— Comment ?

— J'ai dit c'est bon, je te pardonne. Et, pour ton information, mon ordinateur portable n'a pas été volé. Je l'avais emporté à Aspen, il a dû être réduit en miettes dans l'accident. Passons à autre chose.

Elle se tourna vers l'agent du FBI, qui avait l'air tout droit sorti d'un magazine de mode masculine.

— Que puis-je faire pour vous aider dans votre enquête ?

— Cette conversation risque d'être longue, la prévint Wellborn. Ne préférez-vous pas vous allonger ?

Pour Emily, la position horizontale était synonyme de faiblesse. Or, elle devait paraître forte pour qu'on la prenne au sérieux. Son pyjama rose bonbon la désavantageait déjà suffisamment face aux vêtements haute couture de Wellborn.

— Non, je vais rester dans le fauteuil, répondit-elle. J'aimerais qu'on m'apporte du thé, si c'est possible. Et il me semble que j'avais commandé un sandwich.

Quelques instants plus tard, ses demandes furent satisfaites. Une aide-soignante lui installa une couverture légère sur les genoux, quelqu'un apporta une théière fumante ainsi qu'un gobelet rempli d'eau et de glaçons, et le sandwich à la dinde apparut devant elle. On approchait déjà de midi, et il lui tardait de passer à l'action.

Dans un sens, le cambriolage était une bonne nouvelle. La police avait une scène toute fraîche à analyser. À la télévision, dans les séries policières, il suffisait souvent d'un cheveu ou d'une fibre de tissu pour identifier un criminel, mais Emily ne se faisait pas trop d'illusions. De nombreuses personnes — y compris des artistes et artisans locaux — étaient passées chez elle et y avaient laissé des traces. À moins que les enquêteurs ne retrouvent des preuves accablantes contre la famille Riggs ou tout autre suspect, la meilleure piste serait que le cambrioleur ait emporté un objet significatif. Et, pour le savoir, il fallait qu'Emily se rende sur place.

Alors qu'elle s'apprêtait à exposer son plan à Wellborn, la Dr Parris entra dans la chambre. Elle annonça à Emily que sa blessure à la cheville était moins grave qu'on ne l'avait cru au départ, ce qui signifiait qu'elle pourrait bientôt remarcher avec une béquille. Son plâtre au bras serait également remplacé par un autre, moins encombrant, qui s'arrêterait au coude.

— Je ne sais pas pourquoi les médecins des urgences vous en ont mis un aussi gros, commenta la jeune spécialiste.

Emily se posait d'autres questions au sujet de l'équipe dirigée par le Dr Thorson, mais elle se garda bien d'émettre la moindre critique. Les chirurgiens d'Aspen lui avaient tout de même sauvé la vie lorsque son cœur s'était arrêté de battre pendant l'opération.

— Quand pourrai-je rentrer chez moi ? demanda-t-elle à la Dr Parris.

— Ça, c'est le Dr Troutman qui en décidera. En ce qui me concerne, je suis prête à vous laisser partir demain, à condition que vous ayez quelqu'un pour vous aider.

— En attendant, je peux faire nettoyer la maison, proposa Connor.

— Pas tout de suite, intervint Wellborn. J'aimerais qu'Emily fasse le tour des pièces pour nous dire si elle remarque quelque chose d'anormal.

— Excellente idée, approuva-t-elle. Est-ce que je pourrais y aller dès cet après-midi, Dr Parris ?

— Je vous déconseille fortement de mobiliser votre cheville blessée, mais je ne vois pas de contre-indication à ce que vous fassiez cette visite en fauteuil roulant, si le Dr Troutman vous donne lui aussi son feu vert.

Emily ne put s'empêcher de sourire. Elle allait enfin pouvoir prendre sa vie en main !

— Vous dites que le cambrioleur cherchait un petit objet. À quoi pensez-vous ? demanda-t-elle à Wellborn.

— À une clé, une clé USB, une alliance, lista l'agent. Avez-vous un coffre à la banque ?

— Oui, pour les documents importants. Rien qui puisse intéresser quelqu'un, par contre.

— Des bijoux ?

— Des boucles d'oreilles en diamant qui me viennent de ma mère, quelques chaînes en or…

Elle se concentra, tentant de se remémorer ce qu'elle avait placé dans ce coffre. Alors, elle rougit en revoyant en esprit la carte d'encouragement que Connor lui avait envoyée pour la signature du divorce. Il l'avait signée d'un « Je t'aime » qu'elle avait lu et relu, en se demandant si elle n'y accordait pas plus de sens qu'il n'en avait vraiment.

— Il y a une petite boîte à l'intérieur du coffre, finit-elle par dire. J'y ai rangé quelques souvenirs, et un carnet avec la liste de mes mots de passe.

— Me permettez-vous d'accéder à cette boîte ? s'enquit Wellborn.

— Je préférerais être présente quand vous l'ouvrirez.

C'était suffisamment gênant de savoir que les policiers étaient chez elle à cet instant, en train de fouiller dans ses affaires.

— Et si le cambrioleur avait déjà trouvé la clé du coffre ? demanda-t-elle. Elle n'est pas vraiment cachée. Je la garde dans ma boîte à bijoux.

— Donnez-moi le nom de votre banque, répondit Wellborn. Je vais lancer un mandat d'arrêt contre toute personne qui tenterait de se faire passer pour vous.

Pendant qu'il réglait la question au téléphone, Emily se laissa aller en arrière dans son fauteuil en grignotant son sandwich. Lorsqu'elle passait mentalement en revue le contenu de sa maison, elle ne voyait rien qui méritait de casser une vitre. Ce n'était pas le palace d'Aspen… En outre, Emily n'avait pas grand-chose à cacher. Jamison avait été bien plus mystérieux de nature. Il continuait d'ailleurs de la surprendre depuis sa tombe : jamais elle n'aurait cru qu'il lui léguerait cette propriété magnifique. Et que dire des œuvres d'art !

L'idée de retrouver ces tableaux et ces sculptures lui donnait des frissons. La petite fille sur une balançoire de Renoir, les lithographies pleines d'ironie de Bansky, un lys de Georgia O'Keeffe, et tant d'autres merveilles… L'un de ses grands regrets en divorçant avait été de perdre l'accès à ces œuvres. À la fin de son mariage, cependant, elle avait été prête à renoncer à tout. Non pas qu'elle détestât Jamison, mais elle avait été pressée de mettre un terme à leur relation.

Connor tira une chaise à côté d'elle.

— Tu es sûre que tu es assez en forme pour aller chez toi ?

Emily acquiesça.

— D'ailleurs, j'apprécierais que tu plaides ma cause auprès de Latruite.

— L'idée ne m'enchante pas, mais je comprends pourquoi tu veux y aller. On fera en sorte qu'il ne t'arrive rien.

Elle tendit la main vers lui, et il la prit dans la sienne. Tout était pardonné.

— Je suis prête à coopérer, Connor, lui assura-t-elle. Je veux juste être informée de ce qui se passe, et prendre moi-même les décisions qui me concernent.

— C'est noté.

— Dès que possible, j'aimerais passer à la galerie, ajouta-t-elle. Il ne risque pas d'y avoir un cambriolage, là-bas : j'ai fait installer des grilles en fer forgé sur les portes et les fenêtres, en plus d'une alarme qui hurle pendant vingt minutes et prévient la police en cas d'intrusion.

— Tu voudrais rouvrir la galerie ?

— J'aimerais bien ! Mais ce n'est pas grave si elle reste fermée quelques jours. Je n'ai pas beaucoup de visiteurs, je vends surtout à des gens que je connais, ou lors d'expositions. D'ailleurs, j'en ai une prévue la semaine prochaine.

— Un de ces vernissages avec vin blanc et petits-fours ? demanda-t-il sur le ton désabusé de celui qu'on a traîné trop souvent dans ce genre de réceptions.

— On n'est pas à Manhattan, ici, répliqua-t-elle en souriant. C'est une expo sur l'art du Sud-Ouest américain. Il y aura des chips, de la sauce salsa, de la tequila et un groupe de mariachis.

— Tu peux compter sur moi, alors.

Wellborn reparut dans la chambre.

— Ça y est, votre coffre est en sécurité, annonça-t-il.

Si quelqu'un essaie de l'ouvrir avec la clé, il sera immédiatement interpellé.

— Merci, répondit Emily. Mais je risque d'avoir des soucis pour y accéder moi-même. Je n'ai rien pour prouver mon identité. Mon sac à main s'est envolé par la fenêtre de la voiture au moment de l'accident.

Wellborn posa alors son attaché-case au bout du lit, l'ouvrit et en sortit le sac à main en cuir d'Emily. Il était intact, quoiqu'un peu poussiéreux.

— L'adjoint Sandoval l'a retrouvé en remontant votre voiture du ravin, expliqua-t-il. Et voici vos clés.

— Et mon téléphone ? s'enquit Emily.

— Ils n'ont pas réussi à mettre la main dessus. Il faut dire que le terrain est assez escarpé.

— Je suis déjà contente d'avoir récupéré mon sac.

Petit à petit, Emily rassemblait les morceaux épars de sa vie... À l'intérieur du sac à main, elle découvrit son portefeuille avec son permis, sa carte d'assurance maladie, ses cartes de crédit et vingt-sept dollars en liquide. Tous ces objets étaient si follement ordinaires qu'elle eut envie de crier de joie.

— Avant que l'on commence, avez-vous des questions à me poser ? demanda Wellborn.

— Oui, moi j'en ai une, déclara Connor. Que pouvez-vous nous dire sur les Riggs ? On sait que Phillip est ici à Denver. Qu'en est-il des autres ?

— Patricia et Glenda ne veulent pas répondre. L'avocat de la famille refuse de laisser les policiers entrer dans les propriétés des Riggs sans mandat de perquisition. Et on ne dispose pas de preuves suffisantes pour qu'un juge nous en signe un.

— Techniquement, la maison de Jamison appartient à Emily, rappela Connor. Dès que l'acte de propriété aura été signé, elle pourra ouvrir la porte aux policiers.

— Cela m'arrangerait beaucoup.

— Et Thorson ?

— Il prend trois mois de congé sans solde le temps que

ses chefs décident de son sort. Ils ne sont pas super-contents de ce qui s'est passé autour de l'ambulance.

Beverly, qui jusque-là était restée debout près de la porte sans rien dire, s'éclaircit la gorge.

— J'aimerais en savoir plus sur cet incident.

— Oh ! ce n'était pas grand-chose, minimisa Connor, conscient d'avoir dépassé les bornes à cette occasion. Thorson et les Riggs ont essayé d'enlever Emily — laquelle était inconsciente —, et nous les en avons empêchés.

— Vous oubliez un détail, souligna Wellborn. Si nous avions fait les choses dans les règles, Thorson aurait été viré. Les administrateurs de l'hôpital se sont montrés cléments parce qu'ils doutaient que vous porteriez plainte après avoir été aussi agressif.

— Il méritait bien pire.

— Vous avez quand même essayé de me prendre mon pistolet.

— Pas bon, commenta Beverly. Vous n'aurez pas d'arme, c'est clair.

— OK, OK, grommela Connor. Et si on en revenait au sujet initial, c'est-à-dire Thorson ?

— Patricia est en colère contre lui, reprit l'agent du FBI. Elle l'a menacé de le quitter.

Bien qu'ayant été dans le coma pendant l'épisode de l'ambulance, Emily se réjouissait que le Dr Thorson soit puni.

— Il est toujours à Aspen, n'est-ce pas ? s'enquit-elle.

— Il était chez lui hier soir, en tout cas, répondit Wellborn. Le seul suspect qui n'ait pas d'alibi pour le cambriolage, c'est Kate Sylvester. D'après ce que j'ai compris, vous avez parlé avec elle avant la lecture du testament ?

— Oui. Et Connor l'a vue quand nous sommes arrivés à l'hôpital.

— Je *crois* que je l'ai vue, la corrigea-t-il. Je ne la connais pas vraiment.

L'agent Wellborn les regarda tour à tour. Son expression était parfaitement neutre, mais Emily devinait que la présence de Kate à Denver avait piqué sa curiosité.

— Avez-vous interrogé Kate dans le cadre de votre enquête sur la mort de Jamison ? lui demanda-t-elle.

— Oui, longuement, répondit-il. Elle était proche de lui, tant sur le plan professionnel que personnel.

— C'est une façon délicate de présenter les choses, ironisa Emily. Au sein de leur société d'investissement, elle était sa supérieure, mais au niveau relationnel elle se situait plutôt en dessous, si vous voyez ce que je veux dire… Mais peut-être que je me trompe. Elle a l'air du genre à aimer dominer.

— Racontez-nous la conversation que vous avez eue avec elle. Et surtout, n'omettez aucun détail.

— Je l'ai croisée en sortant des toilettes, dans le chalet de Patricia — en fait de toilettes, c'est une immense salle de bains avec des tonnes de marbre et de carrelage doré. Un peu « too much » à mon goût. Je veux dire, qui a besoin d'une telle opulence dans ses toilettes ? Bref, j'ai traversé le couloir pour m'isoler dans une bibliothèque. Kate m'a suivie.

Elle se souvenait très nettement du moment où elle avait reconnu la beauté rousse qui avait couché avec son mari. Alors qu'elle cherchait une façon politiquement correcte de signifier à Kate ce qu'elle pensait de son comportement méprisable, cette dernière avait lâché : « Vous savez, moi aussi, il m'a larguée. »

Emily avait ressenti une certaine satisfaction en entendant cette phrase, car c'était elle qui avait quitté Jamison, pas l'inverse. Bien sûr, il l'avait trompée, mais, au bout du compte, la demande de divorce était venue d'elle.

Elle lança un coup d'œil vers Connor.

— Kate pense que nous avons des points communs, mais c'est faux. En dehors du fait que nous avons fréquenté le même homme, tout nous oppose.

— C'est-à-dire ? demanda Wellborn.

— Mon truc, c'est l'art, elle ce sont les chiffres. Elle a des goûts plutôt classiques, moi j'aime les artistes qui innovent. D'après ce que j'ai pu constater, elle n'a aucun sens de l'humour. Ah oui, et elle a beaucoup plus l'esprit de compétition, aussi. Pour travailler à Wall Street, j'imagine qu'il faut de l'ambition.

— Était-ce la première fois que vous parliez avec elle ? s'enquit Wellborn.

— On s'était rencontrées à des dîners ou à des soirées d'entreprise, mais ce n'était pas allé au-delà du simple « bonjour ». Kate ne cherchait pas franchement à se faire des amies.

— Pourquoi pensez-vous qu'elle vous a abordée, ce soir-là ?

— Au début, j'ai cru qu'elle voulait juste parler de Jamison. De revenir à Aspen me rappelait tous les bons moments qu'on y avait passés tous les deux. Il adorait les montagnes.

Et il était mort bien trop jeune… Malgré les disputes et le divorce, Jamison occupait une place à part dans son cœur. Emily avait l'impression ne pas avoir pu faire son deuil. De ne pas avoir eu le droit d'éprouver du chagrin.

Connor lui prit la main.

— Ça va ? chuchota-t-il.

— Je suis triste qu'il ne soit plus là, confia-t-elle.

— Moi aussi.

Elle se tourna de nouveau vers l'agent du FBI.

— Kate m'a dit que personne ne connaissait Jamison mieux que nous, l'ex-femme et l'ex-petite amie.

— Vous êtes d'accord avec ça ? demanda Wellborn.

— Nous le connaissions bien, c'est vrai, mais il était différent avec elle. Connor comprend certainement ce que je veux dire. Kate, c'était la femme parfaite pour l'homme qu'il était devenu. Tous les deux, ils partageaient la même obsession pour leur travail. D'ailleurs, je suis étonnée qu'ils aient eu le temps de… Enfin, de faire autre chose.

— De quoi d'autre vous a-t-elle parlé le jour de la lecture ?

— Elle cherchait à comparer les souvenirs qu'on avait de lui. Où est-ce qu'on allait dîner ? Avec quels amis on sortait ? Quel genre de cadeaux il m'offrait pour la Saint-Valentin ? C'était comme si elle voulait me prouver qu'il avait dépensé plus d'argent pour elle, lui avait présenté des gens plus importants. Dans un musée, Kate est du genre à faire des selfies devant les tableaux, au lieu de les regarder… Elle me donne la chair de poule.

Emily marqua une pause.

— À un moment donné, elle a changé d'attitude. D'un coup, on était devenues les meilleures amies du monde. Elle m'a proposé de venir chez moi pour jeter un œil sur les cadeaux que Jamison m'avait offerts et me dire s'ils avaient de la valeur.

— Quel genre de cadeaux ?

— Elle a parlé d'un portefeuille d'actions, de certains investissements… et d'un compte en banque secret.

Emily haussa un sourcil.

— Cela vous intéresse, j'imagine ?

— Et comment. A-t-elle mentionné des investissements ou des noms d'entreprises en particulier ?

— Je ne m'en souviens pas. Tout était tellement irréel — la mort de Jamison, le fait de me retrouver chez Patricia, la maîtresse de mon ex-mari qui vient faire amie-amie avec moi… Si j'avais su ce qui allait se passer, j'aurais davantage prêté attention à ses paroles.

Emily secoua la tête.

— En tout cas, elle n'a pas arrêté de sous-entendre que je n'avais pas conscience de la valeur des cadeaux financiers de Jamison.

— Et, ironie du sort, remarqua Connor, quelques minutes plus tard Emily apprend que son ex-mari lui a légué la maison d'Aspen — soit un cadeau de plusieurs millions de dollars. Kate n'a jamais rien reçu d'équivalent.

— Elle connaît très bien la maison, précisa Emily. Elle m'a dit qu'elle y logeait en ce moment avec Phillip. C'est pour ça qu'elle était présente à la lecture du testament.

Wellborn leva une main.

— Attendez… Vous voulez dire que Kate Sylvester et Phillip Riggs sont proches ?

— Ils ne sont pas en couple — du moins, je ne crois pas. Mais ils se voient souvent, fréquentent les mêmes lieux et les mêmes personnes.

Elle haussa les épaules.

— Tous ces gens qui gravitaient autour de Jamison, sa famille comme ses amis, ils forment un groupe très soudé.

— Un peu comme une mafia…, observa Wellborn. Et Jamison, qu'a-t-il laissé à Kate ?

— Une serviette en cuir de grande marque et une Rolex.

— Et à vous, une maison à Aspen, commenta l'agent du FBI. Vous remportez haut la main le concours du plus beau cadeau.

C'était peut-être vrai, mais Emily n'avait aucune envie de jouer à ce jeu-là. Elle n'aurait jamais quitté Jamison si elle l'avait épousé pour son argent. Quelque chose de bien plus important avait été perdu entre eux : l'amour.

10

Assise dans son fauteuil roulant, Emily regardait par la vitre de l'ambulance le paysage qui défilait sous le soleil couchant. Elle adorait l'automne. Dans les montagnes, le feuillage avait déjà achevé sa transformation, mais en ville le processus débutait à peine. Seuls quelques arbres avaient pris des teintes rouges, dorées et orangées. Emily inspira profondément. Malgré la circulation, l'air était vif et frais. Quel bonheur de sortir enfin ! se disait-elle. Et quel bonheur d'être en vie…

Si le Dr Troutman l'avait autorisée à quitter l'hôpital pour aller constater chez elle les dégâts du cambriolage, c'était grâce à Jaiden Wellborn, qui avait expliqué au médecin que les observations de la jeune femme pourraient faire avancer une enquête fédérale. Fin négociateur, l'agent Wellborn respirait l'autorité et savait dans le même temps témoigner le respect nécessaire à ses interlocuteurs. De plus, les résultats des derniers scanners qu'Emily avait passés s'étaient révélés très rassurants. Nul doute que le Dr Latruite lui aurait fait garder le lit si elle n'avait pas été en bonne voie de guérison.

Depuis son admission à l'hôpital, Emily avait subi toute une batterie d'examens allant de la radio à l'IRM. L'hématome sous-dural était presque complètement résorbé. N'ayant trouvé aucun caillot, aucune tumeur ni aucun signe de lésions cérébrales, les médecins avaient conclu à une simple commotion consécutive à un choc reçu à la tête. Cependant, ils n'avaient pas réussi à déterminer l'origine de la crise convulsive qu'elle avait faite à son arrivée. Troutman avait suggéré qu'il pouvait s'agir d'une réaction allergique causée par un poison. Il avait par conséquent demandé que des analyses toxicologiques soient effectuées.

Un poison ? songea Emily. Connor avait aperçu Kate quelques instants avant le déclenchement de sa crise. Pouvait-on parler de coïncidence ? Il lui paraissait invraisemblable que la maîtresse de Jamison ait tenté de la tuer à l'hôpital devant autant de témoins. Mais, après tout, on avait vu plus étrange… Un jeune homme en pleine santé et à l'apogée de sa carrière qui contracte une maladie mystérieuse, par exemple, et qui en meurt en quelques semaines.

À l'arrière de l'ambulance, Connor demanda une nouvelle fois à Beverly qu'elle lui fournisse une arme ne requérant pas de permis spécial, comme un pistolet électrique. La garde du corps lui répondit que, tant qu'elle serait là, il n'en aurait pas besoin.

— Laissez-moi faire mon travail, lui dit-elle.

— Je peux vous aider, insista Connor.

— En attaquant des chauffeurs d'ambulance ?

— J'ai une idée, intervint Emily. Connor pourrait prendre mon Beretta M9.

Ils se tournèrent vers elle, bouche bée, tels deux poissons surpris.

— Où rangez-vous votre arme ? s'enquit Beverly.

— Elle est enfermée dans une boîte en métal au fond de mon placard, avec une demi-douzaine de boîtes à chaussures. J'aurais dû en parler à M. Wellborn, mais je n'y ai pas pensé. Je ne la sors pratiquement jamais.

— Vous savez vous en servir ?

— Bien sûr.

Le Beretta lui avait été offert par son oncle le jour de ses seize ans, peu après la mort de ses parents. Il s'était dit qu'ainsi, elle assurerait elle-même sa protection, et qu'il pourrait la laisser seule plus longtemps. Pour lui, il s'agissait d'un beau cadeau, ce qui en disait long sur ses aptitudes parentales… C'était le frère de la mère d'Emily, et il partageait avec elle son amour de l'alcool. Il avait tout de même pris soin d'apprendre à sa nièce à se servir de cette arme.

— Je sais charger le Beretta et viser, je sais aussi le démonter et le nettoyer.

— Avez-vous déjà tiré sur une cible ? demanda Beverly.

— Oui, mais jamais sur un être humain.

— Pourquoi tu ne m'en as pas parlé ? s'enquit Connor, qui avait du mal à se remettre de sa surprise.

— Parce que ça n'a pas d'importance. Je te rappelle que j'ai grandi dans le Colorado, répondit Emily avec un petit sourire. Au fait, on est juste au coin de ma rue.

— Sympa, comme quartier, observa Connor. Ça a l'air calme.

Dans cette partie plus ancienne de la ville, les arbres étaient de belle taille. Les maisons de style Tudor à trois niveaux se mêlaient aux petites villas comme celle d'Emily, construite très en retrait de la rue. L'allée qui menait jusqu'au garage à l'arrière de la maison était occupée par deux véhicules de police. Le chauffeur de l'ambulance s'arrêta derrière eux, puis descendit afin d'installer la rampe pour le fauteuil roulant.

— Je n'ai pas besoin de ça, protesta Emily. Je peux me tenir debout sur ma jambe valide et sauter sur le trottoir.

— Hors de question, répondirent Connor et Beverly à l'unisson.

Au moins, ils étaient d'accord sur une chose…

Tout en marmonnant dans sa barbe, Emily resta sagement assise dans son fauteuil pendant qu'on la descendait jusqu'au sol à l'aide d'une plate-forme électrique. Le vrai problème se présenterait lorsqu'ils arriveraient devant la porte d'entrée : le perron se composait de deux marches assez raides, et il n'y avait pas de rampe. Quant à la chambre, elle se trouvait à l'étage…

Entouré du chauffeur et de Beverly, Connor poussa Emily dans l'allée bordée de pêchers.

— Stop, ordonna-t-elle soudain.

Il s'arrêta si brusquement qu'elle faillit tomber du fauteuil.

— Qu'est-ce qu'il y a ?

— J'aimerais manger une pêche.

Elle désignait les branches où pendaient de magnifiques

fruits mûrs. La saison touchait à sa fin ; les feuilles commençaient à jaunir.

Connor cueillit deux pêches.

— Une pour toi, une pour moi, précisa-t-il.

Emily passa pensivement le pouce sur la peau veloutée du fruit. Elle regrettait de faire découvrir sa maison à Connor dans des circonstances si peu joyeuses.

— Allons d'abord derrière, suggéra-t-elle. Comme ça, je pourrai voir les dégâts sur la porte.

Ils contournèrent la maison et s'arrêtèrent dans une petite cour meublée d'une table ronde en verre, de quatre fauteuils de jardin et d'une confortable chaise longue au coussin rayé. Contre les murs, des jardinières en bois de séquoia débordaient de pensées et de pétunias roses, jaunes et pourpres. Emily avait eu un véritable coup de cœur pour cette maison et ses aménagements extérieurs. Elle aimait particulièrement les arbres, les buissons qui bordaient la clôture au fond du jardin et les deux arches auxquelles grimpaient de magnifiques rosiers.

— C'est chouette, ici, commenta Connor. Tu ne vas pas être contente en voyant l'intérieur.

— Je sais.

Emily avait bien conscience qu'en demandant à passer par le jardin, elle avait voulu repousser l'inévitable confrontation à la réalité.

— J'adore cette maison, murmura-t-elle. C'est le premier endroit où j'ai habité seule.

Avant de rencontrer Jamison, pendant ses études et ses premières années de travail à New York, elle avait vécu en colocation — cela permettait de payer un loyer moins cher.

— Ça ne te manque pas d'avoir des gens autour de toi ? s'enquit Connor.

— Pas du tout.

— Je comprends tout à fait ce que tu veux dire. Quand je suis parti de chez moi, j'ai vraiment apprécié le calme et la solitude. Ma mère était persuadée que je finirais par me lasser.

— Et c'est le cas ?

— Pas encore. J'adore ma famille, mais parfois je regrette de ne pas être allé m'installer encore plus loin de Brooklyn.

— Tu crois que tu pourrais vivre à nouveau avec quelqu'un ? demanda Emily.

— Ça dépend avec qui.

Percevant un changement dans l'atmosphère, Emily leva les yeux vers lui et croisa son regard brûlant. Quand il parlait de vivre avec quelqu'un, il ne pensait pas à un nouveau colocataire, ni à un membre de sa famille qui aurait besoin d'être hébergé ; il envisageait un vrai tournant dans sa vie, comme s'installer avec une petite amie. Du moins Emily l'espérait-elle…

— Et cette personne, tu la cherches ? s'enquit-elle, tandis que dans sa tête une petite voix criait : *Choisis-moi ! Choisis-moi !*

— Oh ! je ne cherche pas particulièrement, répondit-il. Je suis ouvert à tout, sauf à une relation avec une collègue de travail. Peut-être que j'aurai le coup de foudre pour quelqu'un que je croiserai dans la rue. Ou peut-être que je connais déjà cette personne…

Il changea bien vite de sujet.

— Tu sais, Emily, tu n'es pas obligée d'entrer. On peut retourner dans l'ambulance. Je ferai venir une entreprise de nettoyage, et quand tu reviendras chez toi, tout sera propre et rangé.

Sa proposition était alléchante, mais Emily avait passé la majeure partie de sa vie à éviter les conflits et à laisser les autres régler ses problèmes à sa place. Ce temps-là était révolu.

— Je veux le faire, répondit-elle. Je suis prête.

Connor poussa le fauteuil jusqu'aux marches qui menaient à la porte de derrière, là où le cambrioleur avait cassé un carreau.

— Je vois deux solutions, dit-il. Soit je monte ton fauteuil avec l'aide du chauffeur de l'ambulance, soit je te porte dans mes bras. Qu'est-ce que tu préfères ?

— Je veux bien que tu me portes. Ça t'entraînera pour l'escalier.

— Comment ça, l'escalier ?

— Ma chambre est à l'étage, et c'est là que je range mon Beretta.

— OK.

À peine Emily s'était-elle mise debout que Connor la souleva prestement dans ses bras. Elle passa une main autour de son cou pour qu'il puisse la porter plus facilement, mais le geste se révéla plus intime, plus sensuel qu'elle ne l'avait prévu.

Elle connaissait cet homme depuis des années, l'avait embrassé amicalement un nombre incalculable de fois. Elle avait même dansé avec lui à l'occasion. Pourtant, en dehors du baiser qu'ils avaient échangé à l'hôpital, jamais elle n'avait vécu un moment aussi fort avec lui. Elle avait l'impression qu'ils étaient seuls au monde.

Malgré les deux épaisseurs de tissu qui les séparaient — son sweat-shirt en velours et le pull en cachemire noir de Connor —, Emily sentait la chaleur émaner de son corps. Ce contact l'électrisait. Était-ce son imagination, ou entendait-elle vraiment les battements de son cœur ? Quoi qu'il en soit, elle aurait voulu que cet instant dure toujours.

Lorsqu'il la reposa dans son fauteuil en haut des marches, le monde réel se rappela brusquement à elle. Un technicien de la police scientifique lui proposa une paire de gants en latex, qu'elle refusa : de toute façon, ses empreintes étaient déjà partout. Les autres personnes, en revanche, étaient obligées d'en porter, ainsi que des surchaussures en plastique. Ce n'était plus sa maison ; c'était une scène de crime.

Sa jolie cuisine semblait avoir été attaquée par une armée d'animaux sauvages. Tous les tiroirs étaient ouverts. Les étagères avaient été balayées, et les boîtes anciennes dans lesquelles elle conservait la farine, le sucre, le café et le thé avaient été vidées sur le plan de travail en granit.

— Sérieusement, grommela-t-elle, il pensait vraiment que je cacherais des objets précieux dans un pot de sucre ?

— Vous ne croyez pas si bien dire, répondit Wellborn. Les gens planquent des choses derrière leur évier, dans les installations électriques et même dans leur congélateur.

Emily jeta un coup d'œil vers son réfrigérateur, dont le

contenu était éparpillé sur le sol. Une odeur nauséabonde s'échappait d'un reste de porc *moo shu*.

Suivie de son petit cortège, elle fit rouler son fauteuil jusqu'au salon. Le soleil couchant jetait une lumière multicolore à travers les deux fenêtres à vitraux. Là aussi, le désordre régnait, même si rien ne semblait avoir été cassé. Une chaise gisait, retournée, au milieu de la pièce ; les coussins du canapé traînaient par terre, mais le cambrioleur n'était pas allé jusqu'à les éventrer. Il avait retiré plusieurs livres de la bibliothèque et les avait feuilletés. *Pas bête*, songea Emily. Beaucoup de gens cachent leurs trésors dans des livres creux ; seulement, elle n'en faisait pas partie.

— Il n'a pas touché à ma télé à écran plat, observa-t-elle. Ce n'est donc pas un voleur ?

— Je suis tenté de répondre non, fit Wellborn, qui déambulait dans la pièce, les mains dans les poches de son pantalon. L'individu avait l'air de chercher un objet particulier. Avez-vous une idée de quoi ?

— Pas vraiment.

Ils firent une rapide inspection de la salle de bains et des placards du rez-de-chaussée, mais c'était la pièce bureau qui avait le plus souffert du passage du cambrioleur. Le sol était jonché de papiers, comme après une tempête.

— Heureusement que je garde tout ce qui concerne la galerie sur place, remarqua Emily. Je n'aimerais pas qu'un étranger ait accès à ces informations.

— Et là, qu'est-ce qu'il y avait ? demanda Connor en désignant une partie de mur entre la porte et un meuble de rangement. Ça ne te ressemble pas de laisser un espace vide comme ça.

Emily revoyait parfaitement ce à quoi avait ressemblé ce mur quelques jours plus tôt : trois gravures en noir et blanc y avaient été affichées.

— J'avais mis des petits tableaux discrets pour ne pas être déconcentrée quand je travaille à mon bureau, expliqua-t-elle. Le cambrioleur a dû les décrocher pour voir s'il n'y avait pas un coffre-fort caché derrière.

— Vous en avez un quelque part ? s'enquit Wellborn.

— Jusque-là, je n'en voyais pas l'utilité. Il y a une chambre forte résistante au feu dans ma galerie.

Les tiroirs du bureau avaient été vidés sur la surface de travail, d'habitude si bien rangée. Emily examina soigneusement l'étalage de stylos, blocs-notes, trombones, cartes de visite, règles et ciseaux.

— J'ai l'impression qu'il manque une ou deux clés USB, dit-elle. Et je ne vois pas non plus les doubles de mes clés de maison et de voiture.

— La clé de voiture ne te servirait plus à rien, de toute façon, souligna Connor.

— Ma pauvre petite Hyundai…

— Et pour la maison, tu vas avoir de nouvelles serrures. Les collègues de Beverly sont en train de repenser tout ton système de sécurité. Dès que la police scientifique en aura terminé ici, et dès que tu auras choisi une nouvelle porte, ils pourront commencer.

— Et les clés de la galerie ? demanda Wellborn.

— La porte s'ouvre avec un code.

— Vous devriez envisager la même protection pour votre domicile.

Cela agaçait Emily de devoir transformer sa villa bien-aimée en forteresse, mais elle ne pouvait pas non plus prétendre que tout allait bien. Quelqu'un essayait de la tuer.

— Si seulement je pouvais trouver des indices plus utiles, murmura-t-elle.

— Essayez de vous mettre à la place de Kate Sylvester. Que veut-elle, à votre avis ? Il s'agit peut-être d'un objet qui appartenait à votre ex-mari.

Que pouvait bien désirer une femme comme Kate ? s'interrogea Emily. La maîtresse de Jamison n'était pas du genre à attacher une quelconque valeur sentimentale aux objets. C'était le pouvoir qui l'intéressait. Le pouvoir, et l'argent.

Devant l'escalier, Connor souleva de nouveau Emily dans ses bras. Elle s'y sentait tellement à sa place ! Lorsqu'elle le regarda dans les yeux, leurs visages étaient si proches que son souffle se mêlait au sien.

— Accroche-toi bien, lui conseilla-t-il. Je ne voudrais pas te cogner contre le mur.

Emily ne se le fit pas dire deux fois : ramenant son bras plâtré sur son ventre, elle passa l'autre autour de la nuque de Connor et se serra contre lui. À chaque marche, elle sentait sa poitrine frotter contre son torse. Voilà bien longtemps qu'elle n'avait éprouvé de telles sensations… Elle s'enivra de son odeur, si masculine, tout en rêvant de glisser une main dans le col de son pull pour caresser sa peau. Le cachemire était incroyablement doux contre sa joue. Elle cala sa tête sous le menton de Connor en laissant échapper un soupir de satisfaction.

— Voilà, dit-elle lorsqu'ils furent parvenus en haut de l'escalier. Ma chambre est à droite.

Connor planta un baiser sur son front.

— Je préférerais avoir quelque chose de plus sympathique à y faire, murmura-t-il.

— Pas tout de suite.

— Mais bientôt.

Il la déposa sur le lit garni de draps mauves et recouvert d'une couette blanche. Comme il s'attardait au-dessus d'elle, Emily crut qu'il allait l'embrasser, mais le reste de la troupe les rejoignit dans la chambre et Connor se redressa.

— Bon, commençons par le commencement : où est ton Beretta ?

— Dans une boîte Dr. Martens, au fond du placard.

— Je trouverais cela étonnant que le cambrioleur ne l'ait pas pris, souligna Connor.

Emily promena son regard autour de sa chambre douillette, avec ses murs peints dans les tons de violet et de jaune et ses meubles suédois en bois blond. La plupart de ses vêtements étaient éparpillés par terre, et sa boîte à bijoux avait été vidée sur la coiffeuse. Ses bagues, boucles d'oreilles et colliers ne valaient pas plus de cent dollars chacun, mais elle les aimait tous, et l'idée qu'un étranger se soit permis de les toucher la révoltait.

Elle détourna les yeux de la coiffeuse. En face d'elle, le mur était recouvert de photos représentant des moments heureux de sa vie — une soirée entre amis dans un café, la maison d'Aspen, le plus beau coucher de soleil qu'elle ait jamais vu… Ce mur n'avait pas reçu le même traitement que celui de son bureau au rez-de-chaussée : aucune photo n'était assez grande pour dissimuler un coffre-fort. Néanmoins, certains clichés étaient de travers.

Et l'un d'eux manquait à l'appel.

11

Connor émergea du placard, une boîte de chaussures à la main. Contrairement à la cuisine et au bureau, la chambre n'avait pas été complètement retournée, et le placard où s'entassaient des dizaines de boîtes similaires ne semblait même pas avoir été ouvert. Il posa le carton Dr. Martens au bord du lit et souleva le couvercle. À l'intérieur se trouvait le coffret en métal du Beretta M9.

— Si je cherchais quelque chose, je fouillerais sûrement dans ces boîtes, même si ce n'est pas là que j'irais regarder en premier, observa Connor. Je suis surpris que le cambrioleur ne soit pas tombé sur le pistolet.

— Je crois savoir pourquoi, répondit Emily. Elle avait déjà trouvé ce qu'elle cherchait avant de s'intéresser au placard.

— Elle ? répéta Connor. Tu veux dire Kate Sylvester ?

— Oui, j'en ai bien peur.

Toutes les personnes présentes dans la pièce — Wellborn, Beverly, le chauffeur de l'ambulance et deux policiers en civil — se tournèrent vers la jeune femme.

— Explique-toi, la pria Connor.

— Quand Kate est venue me parler à Aspen, elle a mentionné l'habitude qu'avait Jamison d'écrire des petits mots à l'arrière des photos.

— C'est vrai, il le faisait déjà quand on était à la fac, confirma Connor. Il photographiait ses conquêtes pendant leur premier rendez-vous, et il leur envoyait le cliché avec un message écrit derrière. Les filles trouvaient ça mignon.

— Jamison était doué pour la séduction, concéda Emily. C'est après que ça se gâtait.

Elle désigna le mur en face de son lit, où une vingtaine de photos étaient disposées par groupes de trois ou quatre.

— Dis-moi ce que tu vois.

La première chose que Connor remarqua fut son propre visage, qui apparaissait sur deux clichés : une photo de groupe prise sur une piste de ski à Aspen, et une autre où il posait seul sur un pont de Central Park. Il reconnut plusieurs autres personnes, des amis de New York, des gens avec qui Emily avait travaillé, des artistes dont elle avait exposé les œuvres. En revanche, aucune trace d'une fête d'anniversaire ou de Noël en famille. Elle était fille unique et ne voyait plus son oncle. Jamison et sa famille avaient également disparu de sa vie.

— Alors, tu as trouvé ? s'enquit-elle.

Connor regarda les photos de plus près. La manière dont Emily les avait disposées témoignait de sa sensibilité artistique. Chaque cliché capturait l'essence du sujet — sa beauté, son humour, sa joie ou sa tristesse.

Beverly fut la première à repérer l'anomalie.

— Ces trois photos sont de travers, dit-elle en montrant une partie du mur.

— En effet, répondit Emily. Il y en avait une quatrième qui montrait une de mes amies en train de donner une banane à un iguane bleu.

— Dans les îles Caïmans, compléta Connor.

Il se souvenait parfaitement de ce voyage entre amis, et plus particulièrement du jour où Emily et lui s'étaient baladés seuls sur la plage, au petit matin.

— Liz Perry était tellement fascinée par les iguanes qu'on l'avait surnommée « Lizzie Lézard », ajouta-t-il.

— Les Caïmans…, murmura Wellborn. Je vois d'ici où ça nous mène.

— Pendant qu'on était là-bas, reprit Emily, Jamison m'a fait ouvrir un compte dans une petite banque bizarre avec un hall minuscule et un coffre-fort qui allait du sol au plafond. J'ai signé des documents, on a pris ma photo et mes empreintes. Ce n'était pas la première fois que Jamison me guidait dans une transaction financière.

— Je t'avais dit de ne rien signer avant de m'en avoir parlé, murmura Connor, qui avait toujours craint que Jamison ne profite de la naïveté d'Emily. J'étais là, sur l'île. Pourquoi tu ne m'as pas appelé ?

— Jamison a dû me donner une bonne raison d'ouvrir ce compte, et je l'ai cru. C'était mon mari.

Sa voix s'était mise à trembler, mais elle parvint à la contrôler.

— Il a gardé le numéro de compte, et je n'y ai plus pensé.

— Évidemment, il a omis d'en parler pendant la procédure de divorce, grommela Connor.

— Comme Kate me l'a fait remarquer, je n'accorde pas assez d'attention à ces histoires d'argent, reconnut Emily. Et à la fin de notre mariage, j'avais surtout hâte de partir loin de lui.

Connor n'aimait pas la voir culpabiliser. Emily n'avait rien à se reprocher. Elle avait fait confiance à la mauvaise personne, voilà tout.

— Pouvez-vous me donner le nom de cette banque ? demanda Wellborn.

— Je ne m'en souviens plus. Mais il ne doit pas y en avoir cinquante.

— Détrompez-vous, répliqua l'agent. Les placements offshore sont un véritable business, et il y a plus d'une centaine d'établissements de ce genre dans les îles Caïmans. Jamison a-t-il utilisé votre nom ?

— Mon nom composé : Benton-Riggs.

Le compte était donc enregistré à la lettre *B*, bien loin de Jamison et des Riggs pour le cas où la police aurait vent de son existence. L'enquête s'annonçait compliquée… Mais l'agent Wellborn avait l'air prêt à relever le défi. Il sortit son téléphone de sa poche pour appeler ses collègues experts en finances.

— Y a-t-il autre chose que vous pouvez me dire, Emily ?

La jeune femme fronça les sourcils.

— Je crois que Kate a volé cette photo parce qu'il y avait des chiffres griffonnés à l'arrière, sans doute par Jamison.

— Quel genre de chiffres ?

— Je pensais qu'il s'agissait d'un numéro de téléphone international, mais ce sont peut-être plutôt les références d'un compte en banque. Comme Jamison était toujours en train d'écrire sur tous les bouts de papier qui lui passaient sous la main, je n'y ai pas fait attention.

Elle secoua la tête.

— C'est fou comme une tentative de meurtre peut changer votre vision des choses. Si Kate a récupéré le numéro du compte, aura-t-elle accès à l'argent qui s'y trouve ?

— Pas directement, répondit Wellborn. A priori, il faut un mot de passe ou un code. Vous souvenez-vous d'en avoir choisi un ?

— Je crois avoir tapé quelque chose sur un pavé numérique. Mais j'ai une bonne dizaine de mots de passe, comment savoir lequel j'ai utilisé ? Je les ai notés dans mon ordinateur et sur un carnet que je conserve à la banque.

Wellborn regarda l'heure sur son téléphone.

— Il est trop tard pour s'y rendre aujourd'hui. On ira demain. En attendant, j'aimerais que vous me fassiez la liste de tous les mots de passe dont vous vous souvenez.

— Je vais essayer, soupira-t-elle.

— Nous n'avons toujours pas retrouvé votre ordinateur. Avec vos codes, mes collègues techniciens pourront récupérer vos dossiers à distance.

— Je leur souhaite bon courage, ironisa Emily. Cet ordinateur m'a été offert par Jamison avant que l'on divorce, et c'est lui qui s'est occupé du cryptage.

Son ex-mari avait tout prévu. Si les enquêteurs devaient se tourner vers elle pour obtenir des informations, ils se heurteraient à des pare-feu et à la meilleure cyberprotection qui existait sur le marché. Mais l'agent Wellborn n'avait pas l'intention de renoncer. Il nota les quelques mots de passe qu'Emily lui dictait, la remercia et sortit de la pièce, le téléphone à l'oreille. Les deux policiers le suivirent.

Connor se tourna vers Beverly et le chauffeur de l'ambulance.

— Pourriez-vous nous laisser seuls un moment, s'il vous plaît ?

— Je vous attends dans le couloir, répondit Beverly.

Dès que la porte se fut refermée sur eux, Emily s'affaissa, telle une marionnette à qui l'on aurait coupé les fils.

— Il m'a prise pour une imbécile, murmura-t-elle.

— Tu n'es pas la seule, fit remarquer Connor. Jamison a trahi beaucoup de monde, y compris des gens qui avaient investi de l'argent sur ses conseils. Il a réussi à me faire croire qu'il était un type bien. Je suis tombé dans le panneau, ce qui n'est pas très reluisant pour un avocat.

— Il s'est servi de moi.

Malheureusement, c'était vrai. Connor ne pouvait pas le nier. Il s'assit à côté d'elle sur le lit et posa les mains sur son dos ; Emily tressaillit comme si ce contact humain lui était douloureux. Lentement, il commença à lui masser les épaules.

— Ce n'est pas ta faute, lui dit-il.

— Je n'en suis pas si sûre.

Emily tourna la tête pour le regarder. Ses yeux bleus étaient emplis de larmes.

— Si ma mère était encore là, elle dirait que j'ai bien mérité ce qui m'arrive.

— Elle te critiquait beaucoup ?

— Oui, mais le vrai problème c'est qu'elle était tout le temps ivre.

— Eh bien, elle aurait eu tort de te dire ça.

Connor descendit le long de ses omoplates. Plus bas, il sentait la ceinture thoracique enroulée autour de ses côtes cassées, comme un rappel de l'enfer qu'elle traversait.

— Tu n'as rien fait pour mériter ça, insista-t-il.

— Je croyais l'aimer, et j'ai fermé les yeux sur ses agissements. Je m'en rends compte, à présent.

— Arrête de culpabiliser, Emily.

— Il a acheté pour plusieurs millions de dollars d'œuvres d'art, et je l'ai aidé. C'est moi qui allais aux enchères ! Je ne me suis jamais interrogée sur l'origine de l'argent.

Jadis, Connor s'était posé des questions sur la fortune de son ami. Certes, Jamison était issu d'une famille riche et gagnait très bien sa vie, mais il dépensait aussi beaucoup. Et cet argent ne pouvait pas venir du trust établi à son nom, puisqu'il n'y aurait accès qu'à trente-cinq ans… Quand

Connor lui avait suggéré de faire un audit de ses comptes et d'établir un budget, Jamison avait confié ses affaires à un autre avocat. Cela aurait dû l'alerter.

— Tu sais, moi non plus je n'ai pas été très perspicace, observa-t-il. Je ne le croyais pas capable de tomber dans l'illégalité.

— L'illégalité ? répéta Emily en se redressant brusquement. Tu penses que Jamison a volé des gens ? Qu'il leur a fait perdre leurs économies ?

De l'avis de Connor, c'était fort probable. Pourquoi ouvrir un compte offshore, sinon pour cacher de l'argent mal acquis ?

— On le saura quand Wellborn aura terminé son enquête, se contenta-t-il de répondre.

Dans un regain d'énergie, Emily se leva de son lit.

— Je ne peux pas rester ici sans rien faire.

Connor s'empressa de la soutenir, de peur qu'elle ne s'appuie trop sur son pied blessé.

— Il faut d'abord que tu guérisses, répliqua-t-il.

— J'ai besoin de ton aide, Connor. Dès que les papiers seront en règle, je veux que tu vendes la maison d'Aspen. L'argent servira à dédommager les victimes de Jamison. Il faut réparer ce qu'il a fait.

— D'accord. Mais ça ne va pas être facile de déterminer qui est victime et qui est complice. Et qu'est-ce que tu veux faire des œuvres d'art ?

— Pour l'instant, elles peuvent être prêtées aux écoles et aux musées. Plus tard, je les vendrai peut-être aussi.

Connor l'attira dans ses bras. Malgré sa détermination, elle lui paraissait fragile comme un moineau. Elle posa la tête contre son épaule sans rien dire. La trahison de son ex-mari lui était presque plus douloureuse que ses blessures physiques.

— On va s'occuper de tout ça, lui promit-il. Tu peux me faire confiance.

— Vraiment ?

— Je ne te ferai jamais de mal, Emily.

Comme elle levait les yeux vers lui, il resserra son étreinte autour de sa taille.

— J'ai peur, Connor, avoua-t-elle.

— C'est compréhensible. Quelqu'un essaie de te tuer.

— Et pourtant, ce n'est rien en comparaison de ce que je ressens à l'intérieur. Comment ai-je pu me tromper à ce point au sujet de Jamison ? Pourquoi n'ai-je pas su voir qui il était vraiment ?

Sa lèvre inférieure trembla.

— Comment pourrai-je de nouveau faire confiance à un homme ? ajouta-t-elle.

Il n'existait pas de réponse simple à cette question. Tout ce que Connor pouvait faire, c'était la serrer contre lui et espérer qu'un jour, elle ne souffrirait plus ; alors, elle regarderait autour d'elle et le verrait là, à ses côtés, prêt à lui donner tout son amour. Il ne pouvait pas lui promettre que leur relation serait parfaite ou qu'ils ne se disputeraient jamais. Mais il était sûr d'une chose : il resterait toujours fidèle à sa parole.

Il déposa un baiser sur son front, à côté du pansement qui couvrait sa blessure. La peau de la jeune femme était chaude, sans être fiévreuse. Il embrassa ensuite le bout de son nez… puis il goûta ses lèvres.

Un désir brûlant le saisit aussitôt, mais il s'efforça de le contenir. Pour l'instant, Emily n'avait pas besoin d'un amant. Elle avait besoin d'un ami. Et Connor était un homme patient.

Dans sa chambre d'hôpital, Emily gardait les yeux fermés alors même qu'elle ne dormait pas. Elle se sentait humiliée, et regrettait profondément d'avoir involontairement aidé son ex-mari à escroquer ses clients. Lorsque des infirmières passaient la voir, elle se laissait examiner et obéissait à leurs instructions sans prononcer le moindre mot. Seul Connor se rendait compte de son silence. Wellborn était parti mener l'enquête, et Beverly, toujours aussi discrète, continuait de monter la garde près de la porte.

Assis à côté d'Emily, Connor lui tenait la main et veillait à son confort. Il lui apportait à boire avant même qu'elle en ait exprimé le besoin, l'encourageait à manger pour reprendre des forces. Plus tard dans la soirée, les lumières s'éteignirent, et un calme relatif s'installa dans l'hôpital. Emily demanda un somnifère et sombra dans un profond sommeil.

Le lendemain matin, le spectacle du soleil levant sur les montagnes Rocheuses lui mit un peu de baume au cœur. Elle songea que chaque jour nouveau apportait un nouvel espoir, et cela lui redonna le moral. Quand elle releva la tête du lit électrique, Connor se pencha pour l'embrasser sur la joue. Il avait eu le temps de faire un brin de toilette.

— Tu sens bon, commenta-t-elle.

— Merci.

Au fond d'elle, Emily était tentée de fermer les yeux et d'oublier le bazar qu'était devenue sa vie. Mais elle savait que la réalité la rattraperait un jour ou l'autre, et qu'elle serait obligée d'agir.

— J'ai un peu de mal à faire face, confia-t-elle.

— Il faut dire que tu as reçu un certain nombre de chocs, répondit Connor. L'héritage, la trahison de Jamison, trois tentatives de meurtre… Au fait, il y a quelque chose que je voulais te demander à propos de ton opération à Aspen. Les médecins — pas Thorson, les autres — ont dit que ton cœur s'était arrêté de battre à deux reprises. Est-ce que tu en as des souvenirs ?

— Tu veux savoir si j'ai vu une lumière blanche et des petits anges ?

— Ou autre chose.

Emily avait toujours pris plaisir à imaginer qu'au moment de la mort, un comité d'accueil vous attendait aux portes du paradis. Sauf que, dans son cas, elle voyait mal comment les choses pourraient se dérouler paisiblement. De leur vivant, ses parents ne s'étaient jamais entendus. Auraient-ils oublié leurs vieilles querelles dans l'au-delà ? La mère d'Emily lui en avait toujours voulu de lui avoir accaparé autant de temps et d'attention. Même leurs bons moments étaient teintés d'amertume. Heureusement, la jeune femme avait trouvé dans l'art un moyen de s'échapper…

Elle n'était donc pas certaine que ses parents lui soient apparus lors de son expérience de mort imminente. Qui d'autre, alors ? Sûrement pas Jamison. Emily frissonna.

— Je ne crois pas que j'aie très envie de m'en souvenir, confia-t-elle.

— Pourquoi ?

— Disons que la plupart de mes anges gardiens sont armés de fourches. Ce n'est pas l'accueil qu'on attend quand on arrive au paradis… Bref. Aujourd'hui est un grand jour : je vais peut-être pouvoir quitter l'hôpital.

— Le Dr Troutman dit que c'est envisageable.

— Je l'aime bien, ce Latruite.

— Normalement, tout sera réglé chez toi avant ton arrivée, ajouta Connor. Le système de sécurité et la nouvelle porte seront installés avant midi. D'ici là, la société de nettoyage devrait également avoir terminé. J'ai engagé une infirmière et une kiné qui viendront deux fois par jour pour tes soins et ta rééducation.

— Quelle efficacité ! s'exclama Emily. Je devrais t'embaucher comme assistant.

— Si tu es prête à me payer à mon tarif horaire, pourquoi pas, répliqua-t-il.

— Je ne suis pas sûre d'en avoir les moyens, en fait.

Emily était tellement habituée à le voir comme un ami qu'elle en oubliait parfois son statut de brillant avocat new-yorkais.

— J'aimerais vraiment passer à la galerie, aujourd'hui, dit-elle. Tu crois que ce serait possible cet après-midi ?

— On peut y réfléchir.

Connor se dirigea vers la porte.

— Je vais chercher du thé et du café. À mon retour, on parlera du programme de la journée. Wellborn aimerait t'emmener à la banque pour vérifier le contenu de ton coffre-fort.

Pendant l'absence de Connor, Emily fit une toilette sommaire avec l'aide d'une infirmière. En observant son visage dans le miroir, elle fut heureuse de constater que les hématomes s'estompaient. Avec une touche de maquillage, elle avait même une chance de retrouver forme humaine.

Quelques instants plus tard, elle revint s'allonger dans son lit.

— Beverly, il faut que je vous prévienne à propos de mon Beretta, dit-elle à sa garde du corps. Je ne sais pas très bien viser.

— Vous avez l'intention de le porter sur vous ?

— Je ne suis pas sûre que ce soit une bonne idée. Je ne saurais même pas où le ranger.

Emily avait le bras gauche dans le plâtre, et le kinésithérapeute l'avait prévenue qu'elle marcherait avec une béquille pendant quelque temps — si elle ne restait pas en fauteuil roulant un jour ou deux de plus.

— Je l'avais un peu deviné, répondit Beverly. De toute façon, il n'y a qu'une seule règle de sécurité à retenir.

— Laquelle ?

— Ne vous faites pas tirer dessus.

Beverly s'approcha du lit et déboutonna le col de son chemisier blanc.

— Vous voyez ce que je porte dessous ? C'est un gilet pare-balles ultraléger.

— On dirait un T-shirt.

— C'est vrai. J'en oublie même sa présence.

À cet instant, la porte s'ouvrit. Emily tourna la tête, s'attendant à voir entrer Connor, mais c'est Phillip Riggs et sa sœur Patricia qui s'avancèrent dans la pièce. Beverly leur bloqua aussitôt l'accès au lit.

— Je vais vous demander de partir, dit-elle d'une voix autoritaire.

Patricia la toisa de la tête aux pieds.

— Ouh là là, vous êtes balèze, vous.

— Suffisamment pour vous maîtriser tous les deux au besoin, répliqua Beverly en faisant un pas vers les deux intrus. Allez attendre dans le couloir le temps que Connor revienne.

— OK. Mais j'ai des comptes à régler avec la demoiselle, lâcha Patricia en désignant Emily d'un coup de menton. Non seulement elle crée des problèmes à mon pauvre frère, mais en plus elle s'amuse à me pourrir la vie.

— Attends une seconde, intervint Emily. De quoi parles-tu ?

— À cause de toi, mon fiancé a été obligé de prendre un

congé sans solde. Il essayait juste de t'aider, et maintenant il risque de perdre son boulot à l'hôpital !

Aux yeux d'Emily, le Dr Thorson méritait une punition bien plus sévère.

— Tu ne peux pas rejeter la responsabilité sur moi, se défendit-elle. J'étais dans le coma !

— Il est parti, reprit Patricia sans prêter attention à sa remarque. Il n'est pas chez lui, et il ne répond pas au téléphone. C'est ta faute !

Tu me remercieras plus tard, eut envie de répondre Emily. Mais elle se retint. Tout n'était pas bon à dire.

12

Connor sortit de l'ascenseur avec un plateau chargé de boissons chaudes qu'il avait achetées à la cafétéria de l'hôpital : un thé pour Emily, un café noir pour lui, et un *latte* pour Beverly. Tout en marchant, il déroulait mentalement le programme de la journée. Il ajouta à la liste des choses à faire un passage à la galerie d'Emily.

Alors qu'il tournait à l'angle du couloir, Connor tomba sur Patricia et Phillip Riggs qui faisaient les cent pas devant la chambre.

— Qu'est-ce que vous fichez ici ? grogna-t-il.

— Tu as le droit d'être poli, répliqua Patricia d'une voix mauvaise. On peut entrer ?

— Dans une minute.

Beverly ouvrit la porte à Connor, qui se glissa dans la pièce.

— Ils vous ont dit ce qu'ils voulaient ? s'enquit-il en tendant leurs boissons aux deux femmes.

— Je crois que ça concerne Thorson, répondit Emily.

Connor but une gorgée de son café brûlant.

— Tu n'es pas obligée de leur parler, si tu n'en as pas envie.

— Je leur dois des excuses, affirma la jeune femme, tout en se débattant pour ouvrir d'une seule main le couvercle de son gobelet. Je croyais que c'étaient eux qui essayaient de me tuer, mais maintenant je suis presque certaine qu'il s'agit de Kate.

— Je n'en suis pas si sûr, objecta Connor.

En tant qu'avocat, il avait appris à se méfier des évidences. Si tout semblait accuser Kate, ses motivations ne « collaient » pas avec les tentatives de meurtre. Lorsqu'elle avait abordé

Emily avant la lecture du testament, son but avait clairement été de lui soutirer des informations. De même, c'était un numéro de compte en banque et le mot de passe pour y accéder qu'elle avait recherchés dans la maison de la jeune femme. Qu'aurait-elle gagné à tuer cette dernière ?

On frappa sèchement à la porte.

— Laissez-nous entrer !

— C'est bon, soupira Emily. Autant en finir.

Beverly ouvrit à Patricia et à Phillip. En observant de plus près la cousine de Jamison, Connor s'aperçut que ses cheveux étaient de travers. Une perruque ? Il ignorait que Patricia Riggs en portait une… Ses vêtements étaient aussi fripés que si elle avait dormi dedans, et son maquillage avait coulé. Mais le début de compassion qu'il commençait à ressentir fut coupé net dès qu'elle ouvrit la bouche.

— Je veux savoir où est mon fiancé, lâcha-t-elle.

— La police le recherche, répondit Connor.

— Pourquoi ? Il n'a rien fait de mal.

— Pour l'instant, il est seulement considéré comme témoin. Mais cela pourrait changer.

Patricia tira sur ses cheveux.

— C'est un terrible malentendu, assura-t-elle. En transférant Emily dans l'ambulance, il cherchait juste à m'aider.

— T'aider à faire quoi ? demanda Connor. À la kidnapper ?

— Mais pas du tout !

Elle redressa les épaules. À côté d'elle, Phillip en fit autant. Dans la dynamique familiale, il était clairement du côté des suiveurs.

— Sois honnête, intervint Emily depuis son lit. Nous n'avons jamais été proches. Pourquoi voulais-tu me ramener chez toi ?

— Mon principal souci était ton bien-être, évidemment, prétendit Patricia. Et comme tu venais d'hériter d'une part importante du patrimoine familial, je voulais m'assurer que tu prendrais la bonne décision.

— Et par « bonne décision », reprit Connor, tu veux dire rendre la propriété d'Aspen à la famille Riggs.

— C'est une super maison ! intervint Phillip. J'y vis depuis des années.

— Combien, exactement ? demanda Emily.

— Au moins six ans, répondit-il. Je m'en occupais quand Jamison et toi n'y étiez pas. Et quand vous veniez, j'allais dormir chez tante Glenda pour vous laisser tranquilles. J'adore cette maison. Je n'ai pas envie d'en partir. Jamison le savait.

— Je suis désolée.

Connor était impressionné par la gentillesse d'Emily. Tous les Riggs sans exception avaient été odieux avec elle dès le premier jour, et elle parvenait malgré tout à faire preuve d'indulgence envers eux…

— J'ai une solution à te proposer, dit-il à Phillip. Emily va vendre la maison. Si tu y tiens tellement, tu n'as qu'à la racheter.

Patricia éclata de rire.

— Phillip n'a pas l'argent pour ça.

Connor était certain que d'autres membres de la famille, y compris Patricia elle-même, avaient largement les moyens de financer cet achat pour le « pauvre » Phillip, mais il garda cette réflexion pour lui.

— La maison sera sur le marché dans quelques semaines, précisa-t-il.

— Et la collection d'œuvres d'art ? s'enquit Phillip.

Le visage d'Emily s'éclaira, comme chaque fois que l'on évoquait son sujet de prédilection.

— Je prévois de prêter la plupart des œuvres à des musées, expliqua-t-elle. Y a-t-il des pièces auxquelles tu es particulièrement attaché ? Le Degas, peut-être ? Ou les lithographies de Bansky ?

Phillip hésita un moment.

— J'aime bien le tableau avec le cow-boy.

— Ah, le Remington… Bon choix, approuva Emily. Tu pourras peut-être le garder.

— C'est bien beau, tout ça, les coupa Patricia, mais j'aimerais qu'on en revienne au sujet qui nous préoccupe : mon fiancé.

Connor était curieux de savoir ce qui rapprochait ces deux

êtres. Certainement pas l'amour ou l'affection… Patricia avait toujours été glaciale, et Thorson avait tout l'air d'un grand narcissique.

— Comment vous êtes-vous rencontrés ? demanda-t-il.

Patricia resserra sa cape autour de ses épaules osseuses.

— Je ne m'en souviens pas très bien. À un dîner de charité pour l'hôpital, je crois.

— Ça n'a pas été le grand coup de foudre, alors.

— Nous sommes adultes. Nous partageons des objectifs communs. Eric apprécie mes capacités financières, et j'ai beaucoup de respect pour son talent. Il n'est pas seulement médecin urgentiste, vous savez. C'est un virologue réputé dans le monde entier.

— A-t-il trouvé un remède dont j'aurais entendu parler ?

— Il a travaillé au sein de plusieurs équipes en Asie centrale et en Afrique. L'an prochain, quand nous serons mariés, je l'aiderai à ouvrir un centre de recherche.

— L'an prochain ? répéta Emily. Pourquoi pas plus tôt ?

— Je préférais laisser passer un peu de temps après la mort de Jamison.

— Pour voir quelle place tu avais dans son testament, compléta Connor.

— C'était une décision réfléchie, se défendit Patricia.

Tout cela manquait cruellement de romantisme… Malgré tout, les deux fiancés s'étaient bien trouvés. Patricia accédait au statut de femme de médecin et pouvait parader au bras de son demi-dieu scandinave, tandis que Thorson se faisait financer ses recherches en virologie. C'était, pour ainsi dire, un accord « gagnant-gagnant ».

— Si on entend parler de lui, on te préviendra, promit Connor. J'ai une autre question qui n'a rien à voir : quelles sont tes relations avec Kate Sylvester ?

— C'est une simple connaissance.

— Ah bon ? Pourtant, elle dort sous le même toit que Phillip.

— Hé, Kate n'est pas ma petite amie ! intervint ce dernier. Elle fait du snowboard, et quand elle vient à Aspen je lui prête une des chambres…

— C'est bon, l'interrompit Patricia avec un mouvement d'impatience.

Elle regarda Connor d'un air hautain.

— Pourquoi t'intéresses-tu à Kate ? voulut-elle savoir.

— Oh ! je me demandais juste pourquoi Jamison lui avait légué une Rolex.

— Ça, je n'en sais rien. Et ce n'est pas la seule chose incompréhensible que Jamison ait faite, si tu veux mon avis.

Lorsqu'une aide-soignante apporta à Emily le plateau du petit déjeuner, Connor chassa Patricia et Phillip de la chambre. Assis à côté du lit, il regarda avec plaisir la jeune femme dévorer les œufs brouillés et le bacon. Elle semblait en meilleure forme, aujourd'hui. En dépit des révélations douloureuses de la veille, son état continuait de s'améliorer.

— Est-ce que les Riggs t'ont paru suspects ? lui demanda-t-il.

— Ces gens-là ont toujours quelque chose derrière la tête, de toute façon, répondit Emily. Je suis certaine qu'ils ne me ramenaient pas chez eux juste pour me soigner.

— Patricia a admis qu'ils voulaient garder un œil sur toi.

— Mais pourquoi ? Ils ne savaient pas encore si mes blessures étaient graves. J'aurais pu rester inconsciente pendant des mois.

Justement, songea Connor : les Riggs avaient tout intérêt à l'avoir sous leur coupe. Ils l'auraient maintenue dans le coma, supposément pour son bien, et en auraient profité pour la déposséder de sa propriété.

— Il nous faut des preuves, murmura-t-il.

— Tu pourrais appeler Adam, le secouriste, suggéra Emily en grignotant un morceau de bacon.

— Bonne idée.

Quand Emily avait commencé à se réveiller dans l'hélicoptère, Adam et l'infirmière avaient suspecté un mauvais dosage du sédatif qu'elle recevait par perfusion. Avaient-ils vu juste ?

Adam répondit à la première sonnerie.

— Salut, Connor. Comment va la demoiselle ?

— Elle devrait sortir de l'hôpital aujourd'hui ou demain. Merci encore pour votre aide.

— Si vous avez besoin de transporter quelqu'un d'autre en hélico, n'hésitez pas à m'appeler.

— Avez-vous fait analyser la poche à perfusion ? s'enquit Connor.

— Je l'ai ramenée à l'hôpital d'Aspen. Les techniciens du labo m'ont dit que le dosage n'était pas celui qui avait été prescrit.

— Et les empreintes ?

— Pour ça, j'ai donné la poche à Sandoval. Il faudra voir avec lui.

Des bruits parasites se firent entendre sur la ligne.

— Il faut que je me sauve, lança Adam. Ça m'a fait plaisir d'avoir de vos nouvelles, Connor.

Ils raccrochèrent. Quelqu'un avait donc bien essayé de modifier le traitement d'Emily... Or, Kate n'avait pas été vue à l'hôpital d'Aspen pendant le court séjour que la jeune femme y avait fait : ce n'était qu'à Denver que Connor l'avait aperçue en tenue d'infirmière. Depuis, Kate avait disparu des écrans radar.

Ses suspicions se reportèrent sur la famille Riggs et sur le fiancé de Patricia. Thorson savait comment fonctionnait une perfusion et quel danger Emily encourait en cas de sous-dosage de ses calmants.

— Ça va te paraître fou, dit Connor à la jeune femme, mais je suis d'accord avec Patricia.

— À quel propos ?

— Il faut retrouver Thorson.

Le médecin leur devait des explications.

Plutôt que d'accompagner Wellborn à la banque, Emily préféra rester à l'hôpital, où Troutman et ses collègues lui firent passer des examens complémentaires. S'ils étaient satisfaits de ses progrès, ils ne savaient toujours pas en revanche ce qui avait pu provoquer sa crise convulsive. Les analyses sanguines n'avaient rien donné. Était-il possible que Kate lui ait administré une toxine indétectable ?

Emily ne pouvait s'empêcher de se demander si la mystérieuse maladie de Jamison n'avait pas été causée par un poison similaire… Le décès de son ex-mari était clairement à l'origine de tout ce qui lui arrivait aujourd'hui. Elle lui en voulait de l'avoir mise dans cette situation, mais comment lui en tenir rigueur ? Le pauvre homme était mort. Il ne méritait pas de perdre la vie si jeune.

Elle retrouva le sourire quand la Dr Parris remplaça son énorme plâtre par un modèle plus petit qui s'arrêtait au coude. Enfin, elle pouvait plier le bras !

— Combien de temps dois-je le garder ? s'enquit-elle.

— Un peu moins d'un mois, répondit Parris. À présent, regardons cette cheville.

Elle retira la botte en plastique.

— Il faut mettre régulièrement de la glace dessus, faire un pansement de compression, et garder le pied surélevé autant que possible, lui expliqua-t-elle.

Emily observa sa cheville : violette et enflée, celle-ci n'était pas belle à voir.

— Est-ce que je peux marcher ? demanda-t-elle.

— Si vous mettez la botte, vous pouvez vous appuyer dessus tant que cela ne vous fait pas mal. Mais je ne vous fais pas confiance. Quelque chose me dit que vous cherchez toujours à dépasser vos limites. Or, si vous surestimez vos capacités, vous risquez d'aggraver la blessure.

— Oui, c'est vrai que je suis du genre à courir alors que je ne devrais même pas marcher, reconnut Emily.

— Dans ce cas, restez dans le fauteuil roulant le plus longtemps possible. Il faut avancer doucement. On peut commencer par une attelle et une béquille.

— Super.

Emily lança un coup d'œil au garde du corps qui remplaçait Beverly, un type barbu taillé comme une armoire à glace.

— Qu'est-ce que vous en pensez, Schultz ? lui demanda-t-elle. Est-ce que vous pourriez me trouver une canne avec une épée cachée à l'intérieur ?

— Je ne crois pas que Beverly serait d'accord, répondit-il.

— On n'est pas obligés de le lui dire.

— Pas d'épée, décréta la Dr Parris. Et ne forcez pas sur votre cheville. D'accord ?

— D'accord.

Dans la salle de rééducation, Emily s'entraîna à marcher avec une béquille. Quand sa jambe commença à fatiguer, elle se laissa tomber dans un fauteuil roulant pour qu'on la reconduise jusqu'à sa chambre, où elle prit une longue douche chaude. Elle n'eut presque pas besoin d'aide pour enfiler un T-shirt propre et le sweat en velours mauve auquel elle avait découpé la manche gauche. Bien que plus petit que le précédent, son plâtre était encore trop volumineux pour rentrer dans un pull… Elle portait également un pantalon en toile, une grosse chaussette violette sur son pied blessé et une basket assortie sur l'autre.

Elle s'installa dans le fauteuil inclinable, la cheville relevée sur le repose-pieds.

— Vous aimez dessiner ? demanda-t-elle à Schultz.

— Je n'ai aucun sens artistique, répondit le garde du corps. Ma fille de trois ans dessine mieux que moi.

— Ce n'est pas un problème. J'ai quelques marqueurs dans mon sac à main. Prenez-en un, et venez écrire votre nom sur mon plâtre.

Une heure plus tard, après avoir récolté d'autres signatures du personnel de l'hôpital, Emily commença à s'impatienter. Elle avait passé bien trop de temps ici. Il lui tardait de se rendre à la galerie et de montrer à Connor comment elle avait transformé cette simple devanture en un lieu accueillant et chaleureux. Il fallait qu'elle réunisse ses partenaires au plus vite pour finir d'organiser l'exposition consacrée à l'art du Sud-Ouest américain. Le groupe de mariachis n'avait toujours pas de contrat…

Elle en était là de ses réflexions lorsque Connor entra à grandes enjambées dans la chambre, suivi de Beverly. Il s'arrêta net en voyant Emily.

— Eh bé ! s'exclama-t-il. Un plâtre plus petit, et plus de botte en plastique !

— Latruite m'a aussi enlevé le gros pansement, souligna Emily en montrant son front.

— C'est dingue, avec tes cheveux coiffés comme ça, on ne voit même plus ta blessure. Tu es redevenue toi-même.

Connor posa la boîte qu'il portait sous son bras sur une petite table qu'il fit rouler jusqu'à Emily.

— C'est quoi ? s'enquit-elle. Un cadeau ?

— Tu as raison, j'aurais dû te ramener quelque chose de beau… Si tu veux, je descends rapidement te chercher un autre bouquet.

— Non, non, le premier est encore parfait, lui assura-t-elle.

L'enthousiasme de Connor lui réchauffait le cœur. Cet homme, si gentil, si charmant, estimait qu'elle méritait des fleurs et de belles choses… Si des cheveux propres et un sweat en velours le mettaient dans cet état, comment réagirait-il face à un négligé en dentelle ? L'idée la fit rougir, et elle la remisa dans un coin de son esprit pour s'y attarder plus tard.

— Alors, qu'est-ce qu'il y a, dans cette boîte ?

— Le contenu de ton coffre-fort. J'ai fait comme tu m'avais demandé : j'ai tout vidé dans le carton sans regarder.

— Est-ce qu'on doit attendre Wellborn avant de l'ouvrir ?

— Je lui ai promis de l'appeler si tu trouvais un mot de passe.

Connor approcha une chaise du lit et s'y assit.

— Les informaticiens avec qui Wellborn travaille ont réussi à récupérer tes dossiers stockés en ligne. Par contre, ils n'ont rien repéré de louche.

— Jamison n'était pas bête : il a dû prendre ses précautions, observa Emily.

Elle souleva le couvercle et jeta un coup d'œil dans la boîte. Celle-ci contenait des papiers importants, deux ou trois écrins en velours renfermant ses bijoux les plus précieux, un vieux journal intime et un carnet rose vif à spirale. Emily sortit ce dernier du carton et commença à le feuilleter.

— Et si je ne retrouve pas le mot de passe ? demanda-t-elle à Connor.

— J'ai posé la question à Wellborn. Au pire, il t'emmènera dans les Caïmans. Avec tes empreintes digitales, vous pourrez accéder au compte en banque.

— L'idée de retourner là-bas ne m'enchante pas vraiment,

répliqua Emily. Mes empreintes, je n'ai qu'à les laisser à Wellborn, il se débrouillera avec.

— Dans tous les cas, il y a un élément à prendre en considération.

— Je t'écoute.

— Kate voudra sans doute t'empêcher d'aider le FBI à accéder à ce compte. Encore une bonne raison de chercher à te supprimer…

— J'avais bien besoin de ça, grommela Emily.

Elle avait le sentiment que chaque fois qu'ils découvraient une nouvelle piste, ils se retrouvaient finalement dans une impasse. Peut-être fallait-il tout reprendre du début.

— Est-ce que tu en sais plus sur le pick-up qui m'a poussée dans le ravin ? s'enquit-elle.

— Aux dernières nouvelles, Sandoval ne l'avait toujours pas retrouvé. Ni ton ordinateur portable, d'ailleurs. Tu es sûre que tu l'avais avec toi ?

— Je me souviens de m'être dit qu'il fallait que je le prenne au cas où je serais trop fatiguée pour faire le trajet du retour le soir même et où je serais obligée de dormir à l'hôtel. J'en aurais profité pour lire mes mails. Mais je ne suis pas sûre de l'avoir emporté, finalement.

— Ça n'a pas l'air de te tracasser beaucoup, remarqua Connor, admiratif. Si j'étais séparé de mon ordinateur ou de mon téléphone ne serait-ce qu'une journée, je crois que je deviendrais fou.

Emily aimait penser que les choses étaient plus simples à l'époque lointaine où elle notait tout par écrit, mais ce n'était pas vrai. Les outils électroniques permettaient une bien meilleure organisation.

Elle montra à Connor une page de son carnet.

— Ça, c'est un numéro de livret d'épargne, expliqua-t-elle. Ce n'est pas celui des îles Caïmans, mais il se peut que j'aie utilisé le même mot de passe.

— Et quel est-il ?

— *Warhol*. Parce que Andy Warhol a peint un billet d'un dollar.

Connor enregistra le mot de passe sur son portable.

— Autre chose ?

Le carnet était rempli d'annotations, de numéros de téléphone ou de simples recettes glanées ici ou là.

— J'ai du mal à croire que j'aie pu écrire toutes ces choses, murmura Emily. Maintenant, je note tout sur mon ordinateur et sur mon téléphone.

— C'est plus sûr. Tu utilises un serveur sur le Cloud, c'est bien ça ?

— Oui.

Emily appréciait la simplicité de cette méthode. Elle se contentait de payer un abonnement, et tous ses dossiers étaient sauvegardés automatiquement.

Elle referma son carnet.

— Je reprendrai ça plus tard. Pour l'instant, j'ai envie d'aller à la galerie.

— Et moi, j'ai hâte de la découvrir, renchérit Connor.

Il déposa sur sa joue un baiser amical qu'Emily trouva tout à la fois plaisant et agaçant. Elle aimait cette familiarité qui s'était installée entre eux, mais cela ne lui suffisait plus. Il lui tardait d'explorer le désir qui les dévorait tous les deux.

Beverly se chargea d'organiser la sortie de l'hôpital, opération complexe qui comportait de multiples risques en termes de sécurité. Elle demanda à Schultz de venir les chercher devant l'entrée principale et s'arrangea avec le personnel pour que le contenu du coffre-fort d'Emily soit rangé en lieu sûr. Moins d'une demi-heure plus tard, elle donnait ses instructions à Connor et à Emily :

— Schultz conduira. Connor et moi serons assis à l'arrière, Emily à l'avant. J'ai prévenu O'Brien, il nous rejoindra à la galerie. Il revient juste d'Aspen où il a été en contact avec la police, et il a des informations à nous communiquer.

— Ils ont trouvé des indices ? s'enquit Emily avec espoir.

— Je n'en sais rien. Ce n'est pas mon boulot de résoudre l'enquête.

— Vous devriez peut-être essayer, suggéra la jeune femme. Je suis sûre que vous feriez une super enquêtrice.

— Sans doute, mais ça ne m'intéresse pas.

Connor poussa Emily dans son fauteuil roulant jusqu'à

l'ascenseur, qui les conduisit au rez-de-chaussée. Lorsqu'ils passèrent les doubles portes et se retrouvèrent dehors, elle offrit son visage au soleil, savourant la caresse d'une petite brise de septembre. Sur les arbres du parking, les feuilles avaient viré au doré. Emily avait l'impression d'être confinée à l'hôpital depuis des siècles.

Schultz les attendait au volant d'une camionnette. Connor aida la jeune femme à s'installer sur le siège passager, puis il plia le fauteuil et le chargea à l'arrière du véhicule. Beverly s'assura que sa protégée était bien attachée avant de refermer la portière et de monter derrière elle.

Alors qu'elle tournait la tête vers la rue, Emily se figea. Une onde de panique déferla en elle, et elle cligna des yeux pour s'assurer qu'elle ne rêvait pas. Un pick-up noir venait de surgir à l'angle du carrefour.

13

Emily réprima un cri et fixa son regard devant elle sur le pare-brise. *Garde ton calme*, s'enjoignit-elle. Elle n'allait tout de même pas céder à l'hystérie chaque fois qu'elle voyait un pick-up noir ! Après tout, on était dans le Colorado, beaucoup de gens conduisaient ce genre de véhicule. Même en ville.

La voix de Connor lui parvint comme du fond d'un puits. Il lui demandait si elle allait bien.

— Oui, oui, ça va, s'empressa-t-elle de répondre.

— On dirait que tu as vu un fantôme.

Avait-il toujours été aussi doué pour lire dans ses pensées ? Emily n'aimait pas être à ce point transparente. Le verre, c'est fragile, cela casse facilement. Elle avait besoin d'être forte.

— Tu vas adorer ma galerie, dit-elle, soucieuse de changer de sujet.

Et elle se lança dans une description du quartier où elle avait installé son affaire, près de l'école Etta Morton, dans la partie la plus ancienne de la ville. Les locaux commerciaux délabrés avaient pour la plupart été rénovés et transformés en galeries d'art, magasins de loisirs créatifs, cafés, bars à tapas ou salles de yoga. L'association des commerçants de Morton organisait une journée portes ouvertes tous les premiers vendredis du mois, et une foire de rue à chaque période de vacances.

— J'ai visité beaucoup de quartiers et travaillé dans plusieurs galeries avant de trouver l'endroit parfait, expliqua-t-elle.

— Et tu l'as baptisé « Au Chat Tricolore », répondit Connor. Pourquoi ce nom ?

La camionnette se frayait un chemin dans les embouteillages. Discrètement, Emily observait les véhicules autour d'eux, à la recherche du pick-up noir. Il y avait peu de risques que quelqu'un leur tende une embuscade en pleine rue devant tous ces témoins, et pourtant elle ne pouvait se défaire de sa peur.

— Au Chat Tricolore…, murmura-t-elle. Je n'ai jamais eu d'animaux de compagnie étant petite. Ma mère trouvait ça sale. Mais j'avais une vieille peluche miteuse — un chat tricolore —, à qui je racontais tous mes secrets et tous mes rêves. J'ai aussi donné ce nom à ma galerie parce que les Japonais pensent que ces chats portent bonheur.

— Excellente raison, approuva Connor.

Lorsqu'ils quittèrent Downing Street, la circulation se fit moins dense. En plein après-midi un jour de semaine, le quartier n'était pas très animé. Bientôt, ils approchèrent de la galerie d'Emily, reconnaissable à son enseigne en forme de chat et à sa grille en fer forgé sur la vitrine. Juste à côté se trouvait un magasin spécialisé dans les sacs à main et les vêtements en chanvre.

— Faites le tour du pâté de maisons, ordonna Beverly à Schultz. Je veux m'assurer que le lieu est sécurisé.

— Il l'est, affirma Emily. Avant que j'emménage, c'était un dispensaire de cannabis, ici. Ces gars-là savent protéger leur marchandise.

Quand Beverly eut vérifié l'arrière du bâtiment, ils se garèrent dans la rue, à moins de cinquante mètres de la galerie.

— Donnez-moi vos clés, demanda la garde du corps. Je vais ouvrir.

— Vous aurez besoin du code pour désactiver l'alarme, lui rappela Emily.

Elle le lui dicta.

— Le boîtier se situe tout de suite sur la gauche, au-dessus des interrupteurs.

— Je trouverai. Quand j'aurai inspecté les lieux, je ferai signe aux gars, et ils vous pousseront dans le fauteuil.

— J'ai apporté ma béquille, protesta Emily. Je peux marcher.

— Non, trancha calmement Beverly. Je veux que vous

restiez dans le fauteuil roulant. Une fois à l'intérieur, vous pourrez faire ce que vous voudrez — marcher, sauter à cloche-pied, ramper, peu m'importe.

— D'accord, soupira Emily.

Toutes ces précautions lui semblaient disproportionnées, mais elle se retint de protester. Beverly était une pro. Elle savait ce qu'elle faisait. Si le pick-up noir devait réapparaître, Emily ne serait pas mécontente de voir quelqu'un comme elle prendre les commandes de la situation. Elle attendit donc patiemment dans la camionnette que la garde du corps leur donne son feu vert.

Dès que Beverly reparut à l'entrée de la galerie et leva le pouce en l'air, Connor sortit le fauteuil roulant du coffre et vint le placer à côté de la portière d'Emily. Il aida cette dernière à s'y installer, puis Schultz et lui escortèrent la jeune femme le long du trottoir. Beverly les attendait, la main posée sur la crosse de son pistolet.

Soudain, des coups de feu retentirent, comme assourdis — *pop pop pop*. Simultanément, Emily ressentit sur le haut de sa poitrine un violent impact qui la plaqua en arrière dans son fauteuil.

Et tout devint noir.

Connor se jeta au-devant d'Emily pour tenter de la protéger — trop tard. Elle avait été touchée. Et elle avait perdu connaissance.

Il fallait qu'il la mette à l'abri. Sans réfléchir, il la souleva dans ses bras tandis que Schultz se plaçait devant eux, pistolet brandi, scrutant les alentours.

— Par ici ! leur cria Beverly, qui tenait la porte de la galerie grande ouverte. Connor, amenez Emily à l'intérieur. Schultz, poursuivez le tireur !

Connor s'avança vers elle d'un pas chancelant et passa la porte en prenant soin de ne pas cogner Emily contre le chambranle. Il évitait de baisser les yeux sur la jeune femme inanimée. Il n'avait pas envie de voir son corps ensanglanté. Il n'avait pas envie de la voir mourir.

Dès qu'il fut à l'intérieur, Beverly éteignit les lumières et l'entraîna vers une porte au fond de la galerie. Elle tourna la poignée de cuivre.

— Cachez-vous dans cette réserve et gardez la porte fermée.

— Attendez. Je dois appeler les secours.

— Non, objecta une petite voix.

L'espace de quelques secondes, Connor ne put prononcer un mot tant il était soufflé.

— Quoi ?

— N'appelle pas les secours, murmura Emily en s'agitant dans ses bras.

— Mais… Tu n'es pas morte ?

— Non, pas encore, répondit-elle avec un petit sourire.

Comme Beverly allumait la lumière de la réserve, Connor s'aperçut qu'Emily n'avait pas une seule trace de sang sur elle. Sans qu'il sache comment ni pourquoi, elle avait été miraculeusement épargnée. Elle leva ses beaux yeux clairs vers lui.

— Pose-moi par terre, lui dit-elle, et va retrouver le salaud qui essaie de me tuer.

— Ça, c'est mon boulot, intervint Beverly. Connor, restez ici avec elle.

— Pourquoi ici ?

— Parce qu'il n'y a pas de fenêtre.

Sur ces mots, Beverly fila en refermant la porte derrière elle. Connor demeura un moment interdit. Son esprit, d'habitude si organisé, se trouvait submergé par un tsunami d'adrénaline. Son cœur battait à tout rompre. Il s'était passé trop de choses en trop peu de temps, et il avait du mal à retrouver ses repères.

— Ça va, Connor ? s'enquit Emily.

— Ce serait plutôt à moi de te poser cette question.

Une fois de plus, elle avait été attaquée. Et, une fois de plus, il n'avait pas réussi à la protéger.

Il était grand temps qu'il se ressaisisse. Après avoir déposé Emily sur une chaise pliante près de la porte, Connor s'accroupit à côté d'elle et lui tapota le genou, autant pour la rassurer que pour se rassurer lui-même.

— Je ne comprends pas ce qui s'est passé, dit-il. J'ai entendu des coups de feu. Tu as perdu connaissance.

Il inspira, puis expira lentement, tentant de se calmer.

— J'ai cru que tu avais été touchée.

— Je l'ai été, répondit-elle.

— Tu es en train de me dire que tu as reçu une balle ?

— Oui, mais je vais bien.

Connor s'en réjouissait, évidemment ; néanmoins, la capacité de la jeune femme à réchapper à la mort commençait à lui paraître étrange.

— Il va falloir que tu m'expliques, Emily.

Elle ouvrit la fermeture Éclair de son sweat et tira sur le col de son T-shirt pour lui montrer ce qu'elle portait dessous.

— Un gilet par balles, précisa-t-elle. Beverly m'a dit de le mettre chaque fois que je sortais.

— Où as-tu été touchée ?

— Là.

Elle grimaça en palpant une zone située sous son épaule gauche.

— J'ai l'impression d'avoir reçu un énorme coup de poing.

— Laisse-moi regarder.

Connor n'y connaissait pas grand-chose en gilets pare-balles, mais il savait que ces équipements n'étaient pas des armures invincibles. Si la balle ne pénétrait pas dans la peau, son impact était tout de même douloureusement ressenti. Il dégagea du sweat le bras plâtré d'Emily, puis glissa une main sous le col de son T-shirt pour détacher la bretelle du gilet. Un hématome violacé marbrait la peau laiteuse de la jeune femme.

— Alors, c'est grave ? demanda-t-elle en se tordant le cou pour tenter de voir sa blessure.

— Suffisamment pour que tu montres ça à un médecin.

— Je le ferai, mais je ne voulais pas appeler les secours tout de suite. Je préférais que Beverly et Schultz prennent en chasse le type qui m'a tiré dessus. Est-ce que tu l'as vu ? Si ça se trouve, ce n'était pas un homme. Tu crois que c'était Kate ?

— Je n'en sais rien, répondit Connor en replaçant la bretelle du gilet pare-balles. J'ai vu deux ou trois personnes qui traînaient au coin de la rue, devant la boutique de vêtements en chanvre. Si l'une d'elles avait brandi une arme, je l'aurais remarqué. L'agresseur était peut-être à bord d'une voiture.

— Ou d'un pick-up.

Pour la première fois, Connor regarda autour de lui les objets entreposés dans la réserve. Un crâne géant en papier mâché décoré de fleurs aux couleurs vives. Quatre squelettes coiffés de sombreros et parés de ponchos mexicains à rayures jaunes, orange et vertes, qui dansaient contre un mur. Un cercueil recouvert de dessins joyeux appuyé dans un angle de la pièce…

— Qu'est-ce qui se passe, ici ? s'enquit-il.

— *Dia de los Muertos*, expliqua Emily. Le jour des Morts. C'est le mois prochain, et je stocke des œuvres en attendant. Ma galerie parraine un char pour le défilé du week-end précédent. D'habitude, je ne tiens pas spécialement à marquer cette fête, mais en ce moment je n'arrête pas de penser à Jamison.

— Il te manque ?

— Oh ! non ! répondit-elle. Ce n'est pas franchement le sentiment que m'inspire mon ex-mari, surtout avec tout ce qui m'arrive ces derniers temps. Mais il paraît que ce jour-là, le voile entre la vie et la mort se lève, et que l'on peut communiquer avec les défunts. J'aimerais pouvoir dire à Jamison que je déteste qu'on se serve de moi et qu'on me manipule.

— Tu pourrais aussi lui demander le mot de passe du compte en banque.

Emily eut un petit rire.

— Je n'aime pas être en colère comme ça. Je préférerais m'en tenir à la tradition, qui veut que l'on danse avec la mort pour célébrer la vie.

— Je connais d'autres façons de célébrer la vie, répliqua Connor. Sans squelettes, sans têtes de mort et sans défilés.

Son regard se mêla au sien. Il était fasciné par ses yeux de saphir.

— J'aimerais organiser une fête privée, juste pour toi et moi, continua-t-il. On pourrait boire une bonne bouteille de vin, écouter un peu de musique…

Connor devina à son sourire qu'Emily le comprenait, et qu'elle avait elle aussi imaginé différentes manières de passer du temps avec lui. Bientôt, l'occasion se présenterait.

Alors que la porte de la galerie s'ouvrait brutalement, Connor bondit sur ses pieds, prêt à défendre la jeune femme.

— C'est nous ! cria Beverly. On est avec O'Brien.

Emily s'appuya sur le bras de Connor pour se lever à son tour.

— J'ai envie d'entendre ce qu'ils ont à dire.

— Tu as le droit de marcher, toi ? s'étonna-t-il.

— Tant que je ne force pas sur ma cheville, je peux. Tu n'as qu'à m'aider en me soutenant par la taille. J'aimerais aller dans mon bureau, au fond de la galerie. Beverly sera d'accord, il n'y a qu'une seule petite fenêtre.

Connor suivit ses instructions avec plaisir. Du haut de son mètre quatre-vingt-douze, il la dépassait de vingt bons centimètres, mais leurs corps semblaient s'ajuster à la perfection. Lentement, ils traversèrent la grande salle carrelée d'ardoise.

Beverly ayant allumé les plafonniers, Connor put admirer les installations réalisées par Emily. Elle avait dressé plusieurs cloisons pour multiplier les surfaces d'exposition. Les techniques représentées allaient de la photographie à l'aquarelle en passant par la peinture à l'huile ; il y en avait pour tous les goûts et tous les styles, et les œuvres étaient parfaitement mises en valeur par les murs blancs et les cadres tantôt sobres, tantôt colorés. Connor était impressionné par le travail qu'Emily avait accompli.

— Tu as fait un sacré boulot, ici, la complimenta-t-il.

— Merci.

Elle s'assit dans un fauteuil à roulettes, derrière un bureau en L à la surface noire laquée. L'espace de travail était ouvert sur le reste de la galerie, tout en étant savamment isolé par des cloisons placées à des endroits stratégiques. Au fond, une salle de repos avait été aménagée et équipée d'un coin cuisine.

— Servez-vous, dit Emily en montrant le réfrigérateur. Il y a du vin, des bières et des jus de fruits.

Connor salua O'Brien, qu'il n'avait pas revu depuis qu'ils avaient découvert ensemble la maison cambriolée de la jeune femme.

— Beverly nous a dit que vous aviez du nouveau.

— Pas suffisamment, malheureusement, marmonna le détective.

— Vous voulez boire quelque chose ?

— Une bière, ce ne serait pas de refus.

La maîtresse des lieux étant immobilisée, Connor fit le service : bières artisanales pour O'Brien et Schultz, verre d'eau pour Beverly, et jus d'orange pour Emily et lui. Il s'assit autour d'une table ronde avec O'Brien tandis que Schultz s'affalait sur le canapé. Beverly, elle, resta debout, prête à passer à l'action à la moindre alerte.

— Les policiers de Denver ont-ils trouvé quelque chose chez Emily ? demanda Connor à O'Brien.

— Non. Il n'y a aucun témoin. Ils ont interrogé les voisins, mais personne n'a rien vu.

Le détective passa une main dans ses cheveux grisonnants.

— Ils ont relevé des empreintes, mais elles n'ont pas matché.

— C'est-à-dire ? s'enquit Emily.

— Aucune n'était enregistrée dans les fichiers de la police ou du FBI. Certaines pouvaient facilement s'expliquer, comme celles de votre voisine ou de votre femme de ménage.

— Quand pourrai-je rentrer chez moi ?

— Je viens d'y passer : tout a été nettoyé, le système de sécurité a été renforcé et la porte de derrière réparée. Vous pouvez rentrer dès aujourd'hui, si vous en avez envie.

Voilà une nouvelle qui devait réjouir Emily. Connor savait qu'elle avait hâte de retrouver sa maison — un sentiment qui pouvait sembler bizarre, dans la mesure où quelqu'un s'y était introduit et avait fouillé dans ses affaires. Peut-être se sentait-elle moins vulnérable dans un environnement familier. Peut-être puisait-elle de la force dans le cocon qu'elle s'était construit.

Connor reporta son attention sur le détective.

— Et à Aspen, qu'avez-vous appris ?

— C'est tellement joli, là-bas, soupira O'Brien, avant de boire une longue gorgée de bière. C'est pour ces paysages de montagne que je me suis installé dans le Colorado. Glenda Riggs n'a absolument rien de sympathique, mais son ranch est la plus belle propriété que j'aie jamais vue. Je rêve de passer mes vieux jours dans une maison comme la sienne. Mine de rien, j'approche de la retraite : j'ai cinquante-six ans.

— Je vous en donnais soixante-dix-sept, plaisanta Connor.

— Ha, ha.

En réalité, Connor aurait eu bien du mal à deviner l'âge du détective privé. O'Brien était en excellente forme physique, mais son visage était marqué par les expériences de la vie.

— Et pendant que vous admiriez les montagnes, est-ce que vous avez eu le temps de parler avec l'adjoint Sandoval ?

— Oui. Lui et ses collègues sont en train d'examiner la voiture d'Emily. Ils n'ont toujours pas retrouvé son ordinateur portable.

— Et la poche à perfusion, qu'est-ce que ça a donné ?

— La police scientifique du comté de Pitkin a repéré des traces qui semblent indiquer qu'elle a été manipulée avec des gants. Les seules empreintes nettes sont les vôtres et celles de l'ambulancier.

Emily poussa un soupir de frustration.

— Donc, rien n'avance, ni à Denver ni à Aspen, commenta-t-elle.

— Tout n'est pas perdu, répliqua O'Brien. J'ai une longue liste de personnes à interroger, notamment celles qui étaient présentes à la lecture du testament. Je les ai séparées en deux groupes : les fidèles de la famille Riggs, et les associés de Jamison, lesquels connaissent forcément Kate Sylvester.

Connor était heureux que l'enquête progresse, même lentement. Plusieurs pistes commençaient à se dessiner.

— Nous devrions peut-être parler de ce qui vient de se passer, suggéra-t-il.

— J'ai aperçu le tireur, confia Schultz. Il portait un sweat à capuche et se trouvait à l'avant d'une voiture, du côté passager. Je l'ai vu sortir son bras par la fenêtre et tirer à trois reprises. Je crois que son pistolet était équipé d'un silencieux.

— En tout cas, il sait viser, murmura Beverly. Il a réussi à atteindre sa cible en trois coups seulement…

— Sans compter que la voiture allait vite, renchérit Schultz.

— Vous avez pu noter la plaque d'immatriculation ? s'enquit O'Brien.

— Elle se terminait par un 7 et un 3, et elle venait du Colorado. Ils ont filé avant que j'aie pu voir le reste.

Pendant que Beverly et O'Brien questionnaient Schultz sur la direction que le véhicule avait prise, Connor tourna et retourna cette nouvelle information dans sa tête. Il y avait donc deux personnes — un tireur et un chauffeur. Soit Kate Sylvester avait un complice, soit Patricia et Phillip Riggs venaient de remonter tout en haut de la liste des suspects.

— Excusez-moi, les interrompit Emily. J'ai une question : quel genre de voiture était-ce ?

— Une Chevrolet gris foncé, répondit Schultz. Pourquoi ?

— J'ai vu un pick-up noir à l'hôpital.

14

Consciente d'avoir lâché une bombe, Emily garda les yeux baissés un moment avant d'affronter le regard dur de Connor.

— Je ne sais pas si c'était le même véhicule que celui qui m'a poussée dans le ravin, expliqua-t-elle. Je n'ai pas eu le temps de voir si l'avant était abîmé, il est parti avant nous.

— Donc, ils nous surveillaient, lâcha Beverly. Je comprends mieux comment le tireur a fait pour arriver pile à l'instant où vous sortiez de la camionnette.

— Mais il était dans une Chevrolet, pas dans un pick-up, fit remarquer Emily.

— C'est donc qu'il y a deux véhicules, répondit calmement Connor. Et au moins deux personnes impliquées.

Emily sentait qu'il était en colère contre elle. Craignant les situations de conflit, elle était tentée de s'excuser, mais de quoi ? Elle n'avait rien fait de mal.

— Si je n'en ai pas parlé, c'est parce que je n'étais pas sûre de moi, se défendit-elle. Je ne voulais pas lancer une fausse alerte.

Au lieu de la rassurer, de lui dire que ce n'était pas grave, Connor se tourna vers O'Brien.

— On devrait pouvoir retrouver le pick-up et la Chevrolet assez facilement, non ? À Manhattan, il y a suffisamment de caméras de sécurité pour que la police puisse surveiller quasiment toutes les rues. C'est d'autant plus simple qu'on sait ce qu'on cherche.

— Je vais voir ce que je peux faire, répondit le détective. Mais je ne passerai peut-être pas par la voie officielle. J'ai mes propres réseaux.

Il sortit son téléphone de sa poche.

— Avant toute chose, il faut prévenir la police, dit-il.

— Vous nous trouverez à l'hôpital, lui signala Connor en se levant. Emily doit se faire examiner par un médecin. Beverly, vous venez avec nous.

— Je vais très bien, protesta Emily.

Son hématome lui faisait mal, mais la douleur restait supportable.

— Je peux parler aux policiers.

— Ce ne sera pas nécessaire, répondit Connor.

Il traversa la galerie pour aller chercher le fauteuil roulant, que Schultz avait laissé à l'entrée.

— Beverly, qu'est-ce qui est le plus sûr ? Sortir par l'avant ou par l'arrière ?

— Par l'arrière. Je vais approcher la camionnette.

Connor plaça le fauteuil à côté d'Emily, tira le frein et la prit par le bras pour l'aider à se lever.

Elle se dégagea brusquement.

— Je peux me débrouiller toute seule.

— Fais à ta guise.

S'appuyant sur sa jambe valide, elle réussit à passer d'un fauteuil à l'autre sans se faire mal. Elle sentait monter en elle une énorme colère, et elle dut serrer les mâchoires pour l'empêcher d'exploser tandis qu'on la conduisait jusqu'à la camionnette comme un vulgaire sac à patates. En quelques secondes, elle se retrouva assise à l'avant, à côté de Connor qui s'était installé au volant.

Il lui en voulait, et alors ? Ce n'était pas une raison pour lui donner des ordres et refuser de l'écouter. Après quelques mois de mariage, Jamison s'était mis à la traiter de cette façon, c'est-à-dire comme une enfant incapable de prendre ses propres décisions. Lorsqu'elle s'en était plainte, il l'avait couverte de cadeaux en lui expliquant qu'il adorait s'occuper d'elle. Comme tout le monde, Emily appréciait de se faire chouchouter, mais, parfois, la condescendance de Jamison l'avait irritée au plus haut point. Elle espérait que Connor ne deviendrait pas comme lui.

En tant qu'ami, il la respectait, bien sûr. Mais si leur relation devait évoluer ? Il se sentait déjà obligé de la protéger, alors qu'elle ne lui demandait rien. Or, entre désir de protection et désir de contrôle, il n'y a souvent qu'un pas... Elle n'avait pas envie qu'il surveille ses moindres mouvements, ni qu'il lui dise comment vivre sa vie.

Emily n'était pas une petite chose fragile — loin de là. Après la mort de ses parents, elle s'était pratiquement élevée toute seule. Elle avait fui son oncle et obtenu des bourses pour poursuivre ses études. À vingt-deux ans, elle avait décroché un emploi sur le marché de l'art ultra-compétitif de New York. Pour couronner le tout, elle avait épousé un homme riche. C'était ce que l'on appelait une vie réussie, alors pourquoi se sentait-elle aussi nulle ?

À côté d'elle, Connor restait silencieux. Elle détestait cette distance qu'il lui imposait.

— Tu as quelque chose à me dire ? lui demanda-t-elle.

— Je ne crois pas à cette histoire de fausse alerte.

— Je m'en fiche.

Connor garda les yeux rivés sur la file ininterrompue de véhicules devant lui. L'heure de pointe avait déjà commencé et il n'était même pas 16 heures.

— Je ne comprends pas, lâcha-t-il au bout d'un moment. Pourquoi n'as-tu rien dit ? Tu sais que tout le monde recherche ce pick-up noir. Tu pensais qu'on ne te croirait pas ?

— Peut-être.

Elle vit un muscle tressauter sur sa mâchoire.

— Il faut que tu nous fasses confiance, Emily. Que tu *me* fasses confiance. Je suis de ton côté. Tu n'as pas à gérer ça toute seule.

— J'avais peur.

Les mots avaient jailli de sa bouche avant qu'elle ait pu les retenir. Pire encore, elle sentit ses yeux s'emplir de larmes. Elle ne voulait pas être une mauviette. Sa mère lui avait appris à mépriser les pleurnicheurs.

Comme ils s'arrêtaient à un feu rouge, Connor tourna la tête vers elle, et son regard brun s'adoucit. Il posa une main sur son bras, au-dessus du plâtre.

— Excuse-moi, murmura-t-il.

Sa sensibilité la fit fondre à l'intérieur. Qu'y avait-il de moins macho qu'un homme qui savait reconnaître ses erreurs ? Elle essuya ses larmes avant qu'elles ne glissent sur ses joues.

— Tu avais raison sur un point, dit-elle. Il était temps de retourner à l'hôpital, parce que cette balle m'a bien fait mal, malgré le gilet.

— L'hématome partira en quelques jours, lui assura Beverly depuis la banquette arrière. Vous avez de la chance, vous auriez pu être touchée au niveau de vos côtes cassées.

— On vous a déjà tiré dessus ? lui demanda Emily.

— Oui, cinq ou six fois. Il n'y a qu'une fois où je ne portais pas de gilet pare-balles. Je suis restée deux semaines à l'hôpital. C'est après que j'ai décidé de quitter les marines.

— Et vous êtes devenue garde du corps… Ce n'est pas la moins dangereuse des professions.

— Une vie sans risque ne vaut pas la peine d'être vécue. C'est Charles Linbergh qui l'a dit.

Lorsqu'ils se garèrent devant l'entrée de l'hôpital, Beverly les escorta jusqu'aux portes, faisant preuve d'une vigilance accrue. Plutôt que de passer par les urgences, Connor préféra appeler directement Troutman et Parris.

Celle-ci arriva la première ; elle se précipita dans la salle d'attente, sa queue-de-cheval bondissant à droite et à gauche.

— Une blessure par balle ? Vraiment ?

— J'avais peur que vous vous ennuyiez, répondit Emily avec un sourire contrit. Par contre, ça commence à faire vraiment mal.

— Venez par là.

— On se retrouve dans ma chambre, lança Emily à Connor tandis que Beverly poussait son fauteuil.

Elle n'était plus du tout fâchée contre lui. Et elle espérait qu'il en allait de même pour lui.

Connor patienta dans la salle d'attente jusqu'à l'arrivée du Dr Troutman.

— Je ne savais pas si je devais vous prévenir pour une blessure par balle, lui dit-il tandis qu'ils se serraient la main.

— Elle a été blessée à la tête ? s'enquit le médecin.

— Non.

— Donc, vous n'avez pas besoin de moi.

Il se frotta la mâchoire, l'air pensif.

— Mais vous avez bien fait de m'appeler, ajouta-t-il. Je vais vous accompagner jusqu'à la chambre d'Emily.

Ils se dirigèrent ensemble vers les ascenseurs. Alors qu'ils passaient devant le magasin de cadeaux, Connor s'arrêta ; il hésitait à acheter un bouquet de roses à Emily pour se faire pardonner.

— Je crois que je lui dois des fleurs, murmura-t-il.

— Vous, vous avez fait une bourde, devina Troutman. Dans le langage des fleurs, les tulipes blanches signifient « je suis désolé ». J'en offre toujours un bouquet à ma femme quand j'ai oublié un anniversaire ou que je veux m'excuser pour une raison ou pour une autre.

— Je n'ai pas fait de bourde, se défendit Connor.

Il était en droit d'attendre d'Emily qu'elle lui fasse confiance. En revanche, il aurait dû se rendre compte à quel point elle avait peur.

— C'est juste que j'avais mal compris une chose, ajouta-t-il.

— Dans ce cas, elle vous pardonnera, lui assura Troutman en l'entraînant vers l'ascenseur. Je vois bien comment vous vous regardez, tous les deux.

— C'est si évident ?

— Oh ! que oui ! Mais ce n'est pas de ça que je voulais vous parler.

Comme ils arrivaient à l'étage d'Emily, Troutman croisa plusieurs collègues qu'il prit le temps de saluer. Ce n'est qu'une fois dans la chambre qu'il commença à s'expliquer.

— Je sais que vous êtes en contact avec le FBI, dit-il. J'en déduis que l'accident dont Emily a été victime n'était pas un simple délit de fuite. Or, je m'inquiète des résultats de ses analyses sanguines. Elles ont révélé la présence d'une substance toxique qui serait de nature organique. Avant de pousser les recherches plus loin, je voulais vous demander s'il fallait prévenir le FBI.

— Il s'agit d'un poison ? s'enquit Connor.

— C'est l'explication la plus logique. Il semblerait que cette substance soit rapidement absorbée par l'organisme, ce qui la rend pratiquement indétectable.

Troutman haussa les épaules en souriant.

— Désolé, mais ce n'est pas mon domaine. Je ne suis pas spécialiste.

Connor connaissait quelqu'un qui l'était, en revanche. Patricia s'était suffisamment vantée de son petit copain virologue, le Dr Eric Thorson.

— Je vous mettrai en contact avec l'agent spécial Jaiden Wellborn, dit-il à Troutman.

— Dois-je garder cela pour moi ? demanda ce dernier.

— Ce serait préférable, oui.

— Le FBI… C'est assez excitant, non ?

Pour sa part, Connor se serait bien passé de ce genre d'émotions. Mais il savait que les choses ne se calmeraient que lorsque les coupables seraient arrêtés.

— Au fait, cela n'a rien à voir, mais Emily voudrait rentrer chez elle demain, signala-t-il.

— Je n'ai rien contre, à condition que vous fassiez venir une infirmière. Il faudra juste prévoir une visite de contrôle dans une semaine.

Après le départ du médecin, Connor s'installa dans le fauteuil d'Emily. Il releva le repose-pieds, étendit les jambes et appuya la tête contre le dossier, profitant d'un court moment de répit.

À chaque élément nouveau, l'enquête se compliquait. Que penser de cette substance découverte dans le sang de la jeune femme ? Kate Sylvester l'avait-elle contaminée ? Si oui, comment ? Par le biais d'une injection, en pulvérisant le produit dans l'air ? Et si la mort de Jamison était survenue après une exposition similaire ? Restait à savoir comment une courtière de Wall Street s'était procuré ce fameux poison, tellement exotique que le laboratoire de l'hôpital était incapable de l'identifier…

Un virologue comme Thorson s'y connaissait forcément en toxines rares. Connor avait éprouvé une profonde aversion pour ce type dès leur première rencontre. Il s'était interrogé sur ses compétences, mais de là à l'imaginer en meurtrier… En outre, Thorson était le fiancé de Patricia. Pourquoi aurait-il accepté d'aider Kate ?

La réponse était évidente. *Pour l'argent.* Thorson aimait le luxe. Il vivait dans l'une des villes les plus chères du monde. Ce ne devait pas être difficile de le soudoyer… Kate lui avait peut-être promis une fortune s'il supprimait Emily, laquelle était le seul rempart contre l'argent qui sommeillait sur le compte offshore de Jamison.

Connor téléphona à Wellborn, qui avait passé la journée dans les bureaux du FBI à Denver.

— Dites-moi que vous avez une nouvelle piste, lâcha l'agent en décrochant.

Visiblement, les recherches n'avaient pas beaucoup avancé de son côté…

— Un pick-up noir qui apparaît puis disparaît, une quatrième tentative de meurtre, et une mystérieuse toxine mise en évidence par les analyses de sang. Ça vous suffit, comme pistes ?

— Je vois que la journée a été chargée, commenta Wellborn.

Connor lui décrivit ce qui s'était passé à la galerie d'Emily, avant de lui demander si le FBI pouvait aider O'Brien à retrouver la trace des deux véhicules grâce aux caméras de vidéosurveillance.

— Envoyez-moi O'Brien, répondit Wellborn. Je connais quelques informaticiens qui seraient ravis de comparer leurs notes avec lui. C'est quoi, cette histoire de toxine ?

Connor lui rapporta les propos de Troutman.

— Je lui ai dit que vous le contacteriez.

— Je vais faire mieux que ça : je passerai le voir en personne.

— Il est plus de 17 heures, fit remarquer Connor. Le Dr Troutman n'est peut-être plus dans son bureau.

— Dans ce cas, j'irai traîner autour des labos pour essayer de récupérer des infos, répliqua Wellborn. Tant que je serai à l'hôpital, je passerai vous voir dans la chambre d'Emily. Il faut qu'on parle de sa maison à Aspen.

Le transfert de propriété aurait dû constituer une simple formalité, que l'assistant de Connor aurait pu traiter à distance depuis New York. Mais l'avocat des Riggs avait décidé de leur mettre des bâtons dans les roues.

— Mes associés sont en train de plancher sur le dossier, expliqua Connor à l'agent du FBI. Emily finira par récupérer ce qui lui revient de droit, mais cela risque de prendre du temps.

— Et je n'ai toujours pas assez de preuves pour obtenir un mandat de perquisition, marmonna Wellborn. Bon, il faut que je vous laisse. À tout à l'heure.

Lorsqu'ils eurent raccroché, Connor ferma les yeux dans l'espoir de dormir un peu. Wellborn avait raison : la journée avait été longue — et elle n'était pas terminée.

Comme chaque fois qu'il s'assoupissait, il rêva d'Emily. Cependant, ce ne fut pas cette fois-ci une image sensuelle et érotique qui vint le hanter, mais celle de son visage lorsqu'elle lui avait avoué qu'elle avait peur. Ses beaux yeux bleus emplis de larmes, sa lèvre supérieure qui tremblait... Il aurait tant voulu lui promettre une fin heureuse, mais comment pouvait-il s'avancer ainsi ? Peut-être ne récupérerait-elle jamais la maison d'Aspen. Peut-être le FBI finirait-il par prouver que son ex-mari avait été un escroc, et Emily aurait à gérer cette culpabilité en plus de tout le reste. Peut-être y aurait-il d'autres tentatives de meurtre...

En entendant la porte s'ouvrir, Connor fut surpris. Il ne s'attendait pas à ce qu'Emily revienne si vite. Son étonnement redoubla lorsqu'il souleva les paupières et vit Patricia Riggs se jeter sur lui comme une harpie, les ongles recourbés telles des serres.

— Comment oses-tu ! cria-t-elle d'une voix rageuse.

— Salut, Patty. Tu as retrouvé ton fiancé ?

— Ne m'appelle pas Patty. Il n'y a que Jamison qui m'appelait comme ça.

— Et nous savons tous comment il a fini.

Pendant qu'elle se lançait dans une tirade sur le traitement scandaleux dont elle avait été l'objet, Connor élabora en esprit une autre théorie : et si Patricia et Thorson s'étaient mis d'accord pour empoisonner Jamison ? Leur mobile ? L'argent, une fois de plus. Depuis le début, l'idée de Patricia avait peut-être été d'hériter de la propriété d'Aspen et des œuvres d'art qu'elle contenait. Mais Jamison avait contrecarré ses plans en léguant le tout à son ex-femme. Pour s'assurer que les biens resteraient dans la famille, la seule solution était de se débarrasser d'Emily.

— Est-ce que tu te rends compte à quel point c'est gênant ? cracha Patricia en se penchant au-dessus du fauteuil où Connor était allongé. À Denver, Phillip et moi sommes hébergés chez l'une des familles les plus riches du Texas. Ce sont mes amis, des gens influents. La police ne peut pas débarquer comme ça en demandant à me parler !

— Recule, Patricia.

— Et pourquoi ?

— Tu es hors de toi. On dirait que tu vas m'étriper.

— Tout est ta faute ! Le détective que tu as engagé — ce O'Brien, là —, c'est lui qui nous a envoyé les flics. Comment peuvent-ils me suspecter ?

— Je t'ai demandé gentiment de reculer, répéta Connor.

— Je ne reçois pas d'ordres de gens comme toi, Gallagher.

— Je t'avais prévenue…

D'un seul mouvement, il rabattit le repose-pieds et se leva du fauteuil, heurtant Patricia de son torse.

Elle recula en poussant un cri.

— Comment oses-tu ?

En regardant vers la porte, Connor fut heureux de constater que plusieurs employés de l'hôpital s'étaient arrêtés pour observer la scène. Dans ce genre de situation, il était toujours bon d'avoir des témoins.

— Je t'ai posé une question, Patricia. Où est Thorson ?

— Je n'en sais rien. Emily a encore été attaquée, si je comprends bien ?

— On lui a tiré dessus.

La réponse de Connor provoqua des exclamations effarées parmi les gens massés à la porte.

— Mais elle va s'en sortir, précisa-t-il, davantage pour eux que pour Patricia.

— Je suis partie de chez mes amis avant que les policiers ne s'y présentent. Tu penses que je devrais y retourner ? s'enquit-elle.

Connor n'en croyait pas ses oreilles.

— Attends… Tu es en train de me demander mon avis d'avocat ?

— Je n'en ai pas besoin. J'ai mes propres conseillers juridiques, cracha-t-elle.

— Je suis au courant. Mes associés ont eu affaire à eux toute la journée. Phillip, Glenda et toi contestez le testament pour empêcher Emily de prendre possession de la maison.

— Et ça t'étonne ? répliqua Patricia. Jamison aurait dû nous la laisser. Nous sommes sa famille, et il nous aimait.

Connor n'avait pas le souvenir que son ami avait éprouvé une grande affection pour ses deux cousins. D'une manière générale, on ne pouvait pas dire que l'amour régnait chez les Riggs… En revanche, Jamison avait été profondément attaché à ses parents. Ceux-ci étaient morts à quelques mois d'intervalle alors qu'il était au lycée — sa mère d'un cancer et son père dans un accident d'avion. Jamison en avait été bouleversé. Tante Glenda, à qui il avait été confié, s'était débarrassée de lui en l'envoyant en pension à la première occasion. Jamison ne le lui avait jamais pardonné.

— Il ne vous devait rien, lâcha Connor.

Patricia rejeta la tête en arrière, faisant onduler sa chevelure brune parfaitement lissée.

— Je te rappelle que tante Glenda l'a élevé.

— Pas trop près d'elle quand même, rétorqua-t-il.

Comme Jamison, Emily était orpheline. Connor avait toujours pensé que c'était l'une des choses qui avaient attiré son ancien ami chez elle. Vue sous ce jour, sa décision de lui léguer la propriété prenait un nouveau sens : sa vraie famille, c'était Emily, même si elle avait divorcé de lui.

— Tu ne récupéreras pas cette maison, insista Connor. Et Phillip non plus.

— Nous verrons bien, lâcha Patricia. Je rentre à Aspen défendre mes intérêts.

— Au fait…

Connor prit son temps pour dégoupiller sa grenade. Quand la loi était de son côté, il adorait son métier.

— Phillip et toi n'avez plus le droit de pénétrer dans la propriété d'Aspen. Tant que les questions d'héritage n'auront pas été réglées, les portes resteront fermées.

— Tu ne peux pas faire ça ! s'étrangla-t-elle.

— Je le peux, et je ne vais pas me gêner. Si Phillip a des affaires à récupérer, il n'a qu'à voir avec le bureau du shérif. Un adjoint l'accompagnera.

— Où veux-tu qu'il aille, en attendant ? demanda Patricia, qui possédait une maison avec pas moins de neuf chambres.

— Débrouillez-vous.

Devant la porte, les employés qui avaient assisté à l'échange, bouche bée, s'écartèrent pour laisser passer Emily dans son fauteuil roulant. En la voyant sourire à Patricia, Connor devina qu'on lui avait administré des antidouleurs.

— Qu'est-ce que tu fais là ? demanda-t-elle d'une voix pâteuse.

— C'est comme ça que tu m'accueilles, après tout ce que j'ai fait pour toi ?

— Tu veux me voler mon héritage, répliqua tranquillement Emily. Mais on ne va pas te laisser faire : on va fermer la maison. Et n'essayez pas de récupérer des œuvres en douce — pas même le petit croquis que Picasso a griffonné sur un coin de serviette et que je n'ai jamais vraiment aimé.

Elle se tapota la tempe.

— Tous les tableaux, toutes les sculptures, toutes les photos sont enregistrés dans ma tête. Après tout, c'est moi qui les ai choisis, pour la plupart.

— Ces trésors appartiennent à ma famille, protesta la cousine de Jamison.

— Ou pas. Au revoir, Patricia. On se recroisera à Aspen.

Sous son bronzage, Patricia blêmit. Que cachait-elle, pour avoir peur d'une visite surprise d'Emily ?

15

Le lendemain matin, Emily ne savait plus quelle partie de son corps la faisait le plus souffrir. Elle n'aimait pas se gaver de médicaments, mais, pour l'heure, les analgésiques prescrits par la Dr Parris étaient ses meilleurs amis. Cependant, le soulagement qu'ils lui procuraient n'était pas sans effets secondaires : son cerveau lui paraissait aussi embrumé qu'après une nuit blanche.

Heureusement, elle pouvait se raccrocher à une perspective joyeuse. Aujourd'hui, Latruite était censé signer son autorisation de sortie. Emily allait enfin rentrer chez elle. Mieux encore, elle rentrerait avec Connor. Et elle comptait bien passer du temps seule avec lui.

Ces derniers mois, ils s'étaient tournés autour, au téléphone et par SMS. Ils avaient essayé de se rapprocher, tout en étant gênés par leurs statuts d'avocat et de cliente, leur longue amitié et le fantôme de Jamison.

Emily soupira. Les rapports humains étaient si compliqués, parfois ! Il avait fallu plusieurs tentatives de meurtre pour changer la dynamique de leur relation. À présent, elle avait une meilleure idée de ce qu'elle en attendait. Et Connor semblait partager ses espoirs.

Son regard se porta de l'autre côté de la chambre, où il téléphonait, debout devant la fenêtre. Elle aimait la façon dont sa veste bleu marine mettait en valeur ses larges épaules. Grand et élancé, Connor n'était pas frêle pour autant. Il avait l'attitude de l'homme qui a grandi auprès de nombreux frères et sœurs et qui a appris à ne pas se laisser marcher sur les pieds.

Il raccrocha et se tourna vers elle.

— Wellborn va passer dans un moment, annonça-t-il.

— Promets-moi de ne rien lui dire avant que je sois revenue de ma séance de kiné — qui, j'espère, sera la dernière à l'hôpital.

— Promis. Après ça, nous rentrerons à la maison.

Il a dit « nous », songea Emily. Cela lui plaisait.

— Au fait, le kiné m'a recommandé certains équipements dont je pourrais avoir besoin, signala-t-elle.

— Oui, j'ai transmis la liste à Beverly. Ça ne fait pas partie de ses missions, mais elle en connaît un rayon en rééducation. Elle fera venir des gens de sa boîte pour installer une mini-salle de sport chez toi.

— J'aurais pu m'en occuper, fit remarquer Emily.

— Excuse-moi de t'avoir privée du bonheur de traiter avec les vendeurs et les livreurs, répliqua-t-il ironiquement. Tout le monde sait que tu es capable de te débrouiller seule, Emily. Mais tu as le droit de te reposer quand tu t'es fait tirer dessus.

— J'avais un gilet pare-balles.

— Même. D'après la Dr Parris, l'impact a été assez fort pour stopper ton cœur pendant trente secondes. Cliniquement, tu es morte une nouvelle fois.

— Mais je suis revenue.

Emily n'avait aucune envie de mourir, même pendant trente secondes.

— Et, pour information, on ne se repose pas vraiment pendant les séances de kiné, ajouta-t-elle.

— C'est vrai. Justement, c'est là-dessus que tu dois te concentrer — guérir, reprendre des forces. Laisse-moi m'occuper du reste.

Il avait raison, bien sûr, mais Emily ne pouvait pas s'empêcher de se sentir frustrée par ce manque de contrôle sur sa propre vie. Elle avait besoin d'être capitaine de son navire. Alors que le kiné l'aidait à s'asseoir dans le fauteuil roulant et la conduisait à la salle de rééducation, Emily s'imagina dans une barque, sur un lac de montagne… Qu'on la laisse mener sa barque, voilà tout ce qu'elle demandait.

Elle fit consciencieusement les exercices que le praticien lui montrait, s'entraîna à marcher avec une béquille, tendit et plia la jambe, pédala sur un vélo elliptique. Troutman n'avait pas donné d'heure précise pour son départ de l'hôpital, mais elle espérait que cela se ferait avant midi. Ensuite, Connor et elle pourraient commander des plats au Chinois du coin… L'horloge de la salle indiquait 11 h 30. Elle était fatiguée, affamée, et comptait bien ne pas prendre un repas de plus à l'hôpital.

La séance terminée, elle se rassit dans son fauteuil et se laissa reconduire dans sa chambre. Les yeux mi-clos, elle remarqua à peine que la personne qui la poussait venait de dépasser les trois ascenseurs et continuait d'avancer dans le couloir.

— Où allons-nous ? s'enquit-elle.

— Vous verrez.

On la fit entrer dans une petite pièce, puis la porte se referma.

— Écoutez-moi, Emily. Je n'ai pas beaucoup de temps.

En levant les yeux, la jeune femme rencontra le regard froid de Kate Sylvester, qui avait caché ses cheveux roux sous une perruque blonde et enfilé une blouse médicale bleu turquoise. L'espace d'un instant, elle se demanda si elle n'était pas en train de rêver.

— Ne me touchez pas, sinon je crie, prévint-elle.

— Si vous faites ça, vous n'entendrez jamais ce que j'ai à vous dire.

Kate poussa le fauteuil au fond de la chambre, derrière le lit.

— Je dois avoir moins de cinq minutes avant que votre garde du corps ne se rende compte de votre absence.

— Allez-y, je vous écoute, soupira Emily.

— Il faut que ça s'arrête. Croyez-moi, je ne voulais pas que vous soyez blessée. C'est moi qui ai eu l'idée de vous faire peur avec le pick-up, mais je ne pensais pas qu'il vous pousserait dans le ravin.

— Quel était votre but, alors ?

— Vous forcer à vous arrêter, et vous convaincre de me dire ce que j'avais besoin de savoir.

D'abord stupéfiée par cette explication, Emily s'aperçut qu'elle avait en réalité bien plus de sens qu'une simple tentative de meurtre.

— Il fallait que je sois vivante pour pouvoir vous donner le numéro de compte en banque et le mot de passe, devina-t-elle.

— Jamison m'a juré que vous étiez la seule personne à les connaître. Il n'arrêtait pas de me répéter qu'il vous faisait entièrement confiance et que vous écriviez toujours tout, comme à l'ancienne.

— Il a menti.

Emily se redressa dans son fauteuil et tenta de réveiller son cerveau endormi.

— Jamison était un menteur, comme vous, reprit-elle. Avez-vous essayé de m'empoisonner ?

— C'était une toute petite dose, à peine une piqûre d'épingle, minimisa Kate. Elle était censée vous relaxer et vous aider à retrouver la mémoire.

— Et la fusillade d'hier ?

— Je n'ai rien à voir avec ça. Mon associé est devenu fou, il me fait peur. Je quitte la ville.

— Prévenez la police, lui enjoignit Emily. Ou le FBI. Ils vous protégeront.

— Ou alors ils m'arrêteront, répliqua Kate sombrement, la main sur la poignée de la porte. J'étais venue vous mettre en garde. Ne rentrez pas chez vous, c'est trop dangereux. Méfiez-vous du sous-sol.

— Les agents ont déjà tout vérifié. Ma maison est sécurisée.

Kate ouvrit la porte et jeta un coup d'œil dans le couloir.

— J'aimais Jamison, vous savez, lança-t-elle par-dessus son épaule.

— C'est vous qui l'avez tué ?

— Au revoir, Emily.

Et elle disparut.

— Non, non, non…, marmonna Emily en essayant de faire pivoter son fauteuil.

Elle ne pouvait pas laisser cette femme s'échapper. Même si ce n'était pas elle qui avait tenté de la tuer, elle détenait des informations qui pouvaient les mener au coupable.

Abandonnant l'idée de la suivre en fauteuil, Emily se leva et boitilla jusqu'à l'entrée de la chambre. Au bout du couloir, elle aperçut Beverly, qui accourut vers elle.

— Où étiez-vous passée ?

— J'étais avec Kate Sylvester. Elle m'a embarquée dans mon fauteuil roulant et m'a amenée jusqu'ici. C'est allé tellement vite que je n'ai pas eu le temps de comprendre ce qui m'arrivait.

Beverly la prit par les épaules et la scruta du regard.

— Vous allez bien ?

— Oui, je me sens juste très bête. J'aurais dû être plus vigilante.

— Il faut que vous vous fassiez examiner.

Emily allait protester lorsqu'elle se rappela que Kate avait reconnu l'avoir empoisonnée. L'avait-elle piquée à nouveau ? Emily ne voulait pas risquer une autre crise convulsive.

— Aidez-moi à m'installer dans le fauteuil, demanda-t-elle à Beverly.

Celle-ci la raccompagna en quatrième vitesse dans sa chambre, où Connor et Wellborn les attendaient. Leur conversation intéressait Emily au plus haut point, mais ce qu'elle avait à leur dire lui semblait prioritaire.

— J'étais avec Kate Sylvester il y a à peine quelques minutes, annonça-t-elle. Elle portait une blouse bleu turquoise et une perruque blonde.

— Je m'en occupe, répondit Wellborn. Beverly, vous restez ici.

Emily se tourna vers Connor.

— Je crois que je vais avoir besoin d'une prise de sang. C'est elle qui m'a injecté un poison, l'autre jour, et il vaudrait mieux s'assurer qu'elle n'a pas remis ça sans que je m'en rende compte.

Pendant que Connor prévenait Troutman, Emily s'assit dans le fauteuil inclinable et releva sa jambe blessée. Si par malheur la visite de Kate compromettait ses chances de rentrer chez elle, elle ne répondrait plus de rien.

— Kate m'a dit qu'il fallait se méfier du sous-sol, rapporta-t-elle à Beverly. Ça n'a pas de sens : je n'ai même pas de cave.

— Le vide sanitaire, murmura la garde du corps. Je vérifierai.

Connor, qui avait terminé son appel, vint s'asseoir à côté d'Emily et lui prit la main.

— Latruite m'a promis de s'occuper de la prise de sang. Il apportera lui-même le prélèvement au labo pour avoir les résultats plus vite. Comment te sens-tu ?

— Je suis fatiguée. J'ai faim. J'ai la tête qui tourne à cause des médicaments. Et je me sens vraiment nulle d'avoir laissé partir Kate.

— J'ai entendu ce que tu as dit à Beverly. C'est pour te mettre en garde que Kate est venue te voir ?

Emily tenta de se concentrer sur ce qui s'était passé dans la chambre où Kate l'avait emmenée. Elle avait perçu dans sa voix une émotion sincère qui apportait du crédit à ses paroles. Lorsqu'elle lui avait assuré qu'elle avait aimé Jamison, Emily avait eu l'impression qu'elle recherchait une forme d'absolution.

— Je crois qu'elle voulait que je lui pardonne, répondit-elle à Connor. Elle m'a dit qu'elle n'avait jamais eu l'intention de me faire du mal.

— Cette fusillade n'était pas accidentelle, fit-il remarquer.

— Kate prétend qu'elle n'en est pas responsable. Elle travaillait avec un « associé » qui est devenu fou.

— Est-ce qu'elle t'a dit son nom ?

Emily secoua la tête. Si seulement elle avait eu le réflexe de retenir Kate dans cette chambre !

— J'aurais dû l'assommer avec mon plâtre. Là, on aurait eu des réponses.

— J'ai quelque chose qui va te remonter le moral, dit Connor.

— Tant mieux. J'ai bien besoin d'entendre des nouvelles positives avant que Latruite vienne me prélever encore du sang.

Connor se leva pour aller chercher une photo agrandie qui attendait sur la petite table de la chambre, puis il revint la déposer sur les genoux d'Emily.

— On a retrouvé le pick-up.

*
* *

Le visage de la jeune femme s'éclaira tandis qu'elle découvrait l'image d'une caméra de vidéosurveillance montrant un pick-up noir au pare-chocs cabossé.

— C'est magnifique, murmura-t-elle.

— Tu t'y connais mieux que moi en œuvres d'art.

— Artistiquement, la photo est nulle, mais elle prouve que je ne suis pas folle, précisa Emily. Je n'ai pas imaginé ce véhicule, il était vraiment là. Cela vient d'où ?

— D'une caméra de surveillance installée sur un chantier de construction, à deux rues d'ici.

— Yes ! s'exclama-t-elle en levant le poing en l'air. J'avais donc raison ! Est-ce que d'autres caméras ont enregistré son passage ?

— Wellborn n'a récupéré que cette photo. Si tu regardes bien, ici, tu peux voir le conducteur. On dirait qu'il porte une casquette.

— Oui, une casquette bleue, confirma Emily en approchant l'image de son visage. Par contre, je n'arrive pas à voir si c'est un homme ou une femme. Et la plaque d'immatriculation ?

— Elle n'est pas lisible, même partiellement. Wellborn a aussi recherché le véhicule du tireur sur les enregistrements vidéo, mais il n'a rien trouvé.

À cet instant, Troutman déboula dans la pièce avec sa cohorte d'assistants. Connor se souvenait de l'enthousiasme du médecin à l'idée de participer à une enquête du FBI. Aujourd'hui, il portait une cravate à motifs d'empreintes digitales. Pendant qu'il décrivait à Emily les examens qu'il comptait lui faire passer, Connor rejoignit Beverly près de la porte.

— Je comprendrais que vous me renvoyiez, dit-elle calmement. Je n'ai pas été assez attentive. Encore une fois, Emily a couru un grave danger, et j'en porte l'entière responsabilité.

— Ne vous jetez pas la pierre, Beverly. Vous n'êtes pas la seule à avoir été roulée par cette femme. Elle se joue de nous tous. Songez à Wellborn : il sait depuis des mois que la mort de Jamison est suspecte, mais il n'a jamais réussi à prouver quoi que ce soit.

— Vous pensez que Kate a quelque chose à voir avec la mort de Jamison ?

Pour Connor, le lien était évident. Kate avait reconnu qu'elle avait inoculé à Emily une petite dose de poison ; Jamison pouvait très bien avoir été sa première victime.

— Je ne serais pas surpris qu'elle lui ait administré la même toxine qu'à Emily, répondit-il.

— Pourtant, elle clame son innocence, souligna Beverly.

Mais, dans ce cas, pourquoi avait-elle refusé de se livrer à la police ? Connor ne croyait pas une seconde aux excuses qu'elle avait présentées à Emily. Kate était intelligente et manipulatrice — sans cela, elle n'aurait jamais réussi à obtenir un poste prestigieux dans une des firmes les plus compétitives de Wall Street. Si Jamison avait pratiqué le blanchiment d'argent et le détournement de fonds, Connor était prêt à parier que Kate avait été la première à le seconder pour profiter des retombées. Elle n'avait reculé devant rien pour tenter d'obtenir le mot de passe du compte des Caïmans.

— Cette femme ne m'inspire aucune confiance, expliqua-t-il à Beverly. Elle est tout l'inverse de vous, qui êtes loyale, intègre et efficace. Je suis heureux que vous travailliez pour nous.

— Arrêtez. Je suis une ex-marine, pas une girl-scout.

— N'empêche, j'apprécie ce que vous faites. Je tenais à vous le dire.

— Merci.

Troutman venait de finir son exposé quand Wellborn rentra dans la chambre.

— Une des caméras a repéré Sylvester alors qu'elle s'enfuyait de l'hôpital, glissa-t-il à Connor. Elle a traversé la rue avant de disparaître dans le quartier. J'ai prévenu la police locale, mais je n'ai pas beaucoup d'espoir qu'ils la retrouvent, dans la mesure où je n'ai pu leur indiquer aucun modèle de voiture ni aucune plaque d'immatriculation. Sans compter qu'elle peut être blonde ou rousse…

— Cette fille est un vrai caméléon, grommela Connor.

— Je ne vous le fais pas dire.

Wellborn retira ses lunettes pour se frotter les yeux, puis il jeta un regard circulaire sur les personnes réunies dans la chambre.

— Venez avec moi, Connor. On ne peut pas vraiment discuter ici.

Ils s'isolèrent dans une salle d'attente de l'étage. Connor résuma à l'agent du FBI ce qu'Emily lui avait rapporté de sa rencontre avec Kate.

— Ce qui m'inquiète, c'est qu'elle lui a parlé d'un associé qui, selon elle, aurait perdu la tête. Elle avait l'air pressée de le jeter aux lions.

— Évidemment, répliqua Wellborn. Elle veut lui faire porter toute la responsabilité.

— En tout cas, je veux bien croire qu'elle ait un complice. On sait qu'il y avait deux personnes dans la voiture, devant la galerie d'Emily : le conducteur et le tireur.

— Et Kate a un alibi pour l'accident d'Aspen, renchérit Wellborn. Emily était une des premières à quitter la maison de Patricia. Kate n'était donc pas au volant du pick-up.

Connor ignorait si le conducteur en question était brillant ou, au contraire, complètement stupide. D'un côté, il avait si bien caché le véhicule que l'adjoint Sandoval et les policiers d'Aspen avaient été incapables de mettre la main dessus. De l'autre, il n'avait pas hésité à se rendre à Denver à bord du même pick-up, sans prendre la peine de le faire réparer…

— Je suis sûr qu'on va finir par coincer ce type.

— Il s'agit peut-être d'une femme, fit remarquer Wellborn. Je me souviens bien de l'interrogatoire de Patricia Riggs et de sa tante. Ces deux-là sont tout à fait capables de tuer.

— Elles ont des alibis, rappela Connor.

— Elles peuvent très bien avoir engagé un homme de main. Un type pas très malin, qui n'était pas censé envoyer Emily dans le décor.

Un type pas très malin… Connor pensa aussitôt à Phillip, mais lui aussi avait un alibi. Quelqu'un d'autre correspondait peu ou prou à cette description. Quelqu'un qui n'avait pas assisté à la lecture du testament.

— Avez-vous localisé le Dr Thorson ? demanda-t-il.

— Pas encore, répondit Wellborn, mais j'ai lancé un avis de recherche. Il faut qu'on l'interroge, ne serait-ce qu'en tant que témoin. Et il faut aussi qu'on retrouve ce pick-up. Dedans, il y aura forcément des empreintes, de l'ADN ou un objet qui permettront d'identifier le conducteur. À partir de là, tout ira plus vite.

Quand ils retournèrent dans la chambre d'Emily, le Dr Troutman leur annonça gaiement qu'il avait examiné la jeune femme et que son état lui semblait tout à fait rassurant.

— Nous devons attendre les résultats de la prise de sang pour être sûrs qu'elle n'a pas été contaminée, mais elle ne présente aucun symptôme inquiétant.

— Et je pourrai rentrer chez moi en début d'après-midi, ajouta l'intéressée. N'est-ce pas, docteur ?

— Absolument, répondit le médecin avec un grand sourire.

Son visage se fit plus sérieux tandis qu'il se tournait vers Wellborn.

— Vous avez du nouveau concernant le poison ?

— J'ai transféré les analyses que vous m'aviez confiées au laboratoire toxicologique de Quantico, qui est l'un des plus performants au monde. Les techniciens vont les comparer aux prélèvements sanguins effectués sur le corps de Jamison, mais il faudra attendre au moins une semaine avant de recevoir des résultats définitifs.

— Je comprends.

— J'ai un service à vous demander, docteur, ajouta Wellborn. Nous devons à tout prix limiter le nombre de personnes informées de l'existence de cette toxine ; par conséquent, j'aimerais que vous acceptiez d'être notre contact à Denver.

Le Dr Troutman eut du mal à contenir son enthousiasme.

— Je serais très honoré de travailler pour le FBI, répondit-il. Je peux quand même en parler à ma femme ?

— Vous pouvez, à condition de ne pas entrer dans les détails.

— C'est une mordue de polars. Elle va adorer cette histoire !

Après le départ du médecin et de sa suite, Wellborn s'adressa à Emily.

— Il faut que nous parlions de votre maison à Aspen, lui dit-il. J'ai pris des dispositions pour que vous soyez désignée comme responsable de la propriété en attendant que l'acte notarié soit établi.

— Cela veut dire que tu n'auras pas le droit de vendre la maison tout de suite, précisa Connor, mais que tu pourras autoriser une enquête du FBI sans que les agents aient besoin d'un mandat de perquisition. Dès que les papiers seront prêts, tu pourras les signer.

— On en reparlera cet après-midi à la maison, décida Emily.

Ce n'était pas la réponse à laquelle Connor s'attendait... La jeune femme avait tout intérêt à ce que l'enquête avance. Pourquoi freinait-elle des quatre fers, subitement ?

— Y a-t-il quelque chose que tu ne me dis pas ? s'enquit-il.

— Je veux être présente quand les agents du FBI fouilleront la maison, expliqua-t-elle. Patricia a raison lorsqu'elle parle de la collection d'œuvres d'art comme d'un trésor. Je veux le protéger.

La perspective de retourner à Aspen ne réjouissait pas Connor. C'était dangereux. Tant que le tueur se baladait dans la nature, Emily n'était pas en sécurité. Mais elle paraissait déterminée, et il allait sans doute avoir du mal à lui faire changer d'avis.

— Avant de décider quoi que ce soit, rentrons d'abord chez toi, suggéra-t-il.

— Excellente idée, répondit-elle. J'ai tellement hâte ! Cela va faire du bien, un peu de calme.

Connor ne pouvait qu'approuver. Une journée normale, sans tentative de meurtre, voilà tout ce qu'il demandait.

16

Emily grimpa les marches de derrière en clopinant et ouvrit la porte flambant neuve. Lorsqu'elle pénétra à l'intérieur de sa maison, un profond soulagement l'envahit aussitôt. Elle se sentait moins tendue, moins stressée. Même la douleur semblait s'être atténuée. Rentrer chez elle était plus efficace qu'avaler des médicaments, et — cerise sur le gâteau — sans aucun effet secondaire.

L'entreprise de nettoyage avait fait un travail remarquable : tout était redevenu comme avant. Emily retrouva avec plaisir la décoration qu'elle avait soigneusement choisie. Ce logement étant le premier qu'elle occupait seule, il reflétait ses propres goûts. Les violettes sur le bord de la fenêtre, au-dessus de l'évier, lui rappelaient une voisine adorable qui s'était occupée d'elle enfant les jours où sa mère avait trop bu. Les coussins du canapé, imprimés de tableaux célèbres, l'avaient toujours fait sourire. Quant au petit lustre à pampilles pendu dans la salle à manger, elle l'avait récupéré de son premier appartement à New York, où elle avait vécu avec deux colocataires. Jamison détestait ce lustre. Il trouvait qu'il faisait trop « fille ».

Emily se sentait en sécurité chez elle, alors même que les collègues de Beverly avaient découvert deux engins explosifs dans le vide sanitaire. Elle pouvait remercier Kate de l'avoir prévenue… Elle n'aurait pas supporté de voir sa maison détruite — si toutefois elle avait survécu à l'explosion.

Elle s'arrêta au pied de l'escalier.

— Tu veux que je te porte ? lui proposa Connor.

— J'aimerais essayer de monter seule, répondit-elle, bien

que séduite par l'idée de se retrouver dans ses bras. Le kiné m'a fait faire des exercices pour m'entraîner. Par contre, si tu pouvais rester derrière moi au cas où je tomberais…

— Tu ne tomberas pas, lui assura-t-il. Tu te débrouilles comme un chef avec ta béquille.

— Au fait, merci d'avoir fait nettoyer la maison.

— Je n'y suis pour rien. Ce sont les employeurs de Beverly qui ont contacté l'entreprise. Apparemment, elle est spécialisée dans les scènes de crime.

— Ne m'en dis pas plus, l'arrêta Emily. J'ai assez d'images violentes qui me trottent dans la tête.

Lentement, elle monta l'escalier, en se tenant à la rampe et en prenant soin de ne pas trop s'appuyer sur sa cheville blessée. Avec le bandage de compression, celle-ci paraissait à peine enflée, mais elle restait douloureuse. Le kiné lui avait conseillé de ne pas trop forcer et d'appliquer le principe « RGCE » : repos, glace, compression, élévation. De tous ces remèdes, le premier était sans doute le plus important.

Une fois dans sa chambre, elle s'assit au bord du lit et passa la main sur la couette blanche aux ourlets de dentelle. Connor l'avait suivie dans la pièce. Comme elle, il semblait plus détendu. Il avait retiré sa veste et remonté les manches de sa chemise bleu foncé. Emily avait l'impression qu'ils étaient seuls malgré la présence d'autres personnes dans la maison. Pour la première fois, ils n'étaient pas obligés de parler de l'enquête ou de son état de santé.

Elle se débarrassa de ses chaussures et s'appuya contre les oreillers, les jambes étendues devant elle. La position avait beau être confortable, elle ne l'appréciait pas vraiment.

— Je ne suis pas du genre à traîner au lit, confia-t-elle. Par exemple, je n'aime pas y prendre mon petit déjeuner. Quand j'essaie de lire allongée, je m'endors… Mais je sais que j'ai besoin de repos.

Connor s'avança vers la fenêtre, qui donnait à l'ouest. Comme il remontait le store, le soleil d'après-midi inonda la chambre.

— On pourrait installer un fauteuil confortable dans cette pièce, suggéra-t-il.

— Je n'en ai pas avec repose-pieds intégré.

— On peut en louer un.

— Non, je n'ai pas besoin d'autres meubles à la maison. Et, de toute façon, je n'ai pas envie de transformer ma chambre en chambre d'hôpital. Où Beverly a-t-elle stocké les équipements sportifs ?

— Dans la chambre d'amis, répondit Connor. Entre le vélo elliptique, le stepper et le reste, il n'y a quasiment plus de place pour le lit.

— Où vas-tu dormir, alors ?

Un lent sourire se dessina sur les lèvres de Connor.

— Je trouverai une solution.

Emily avait quelques idées sur le sujet, et elle imaginait aussi différentes manières de faire de l'exercice à deux. Elle n'était pas contre les mettre à exécution…

Quelqu'un frappa brièvement à la porte, puis Beverly entra, accompagnée de l'infirmière. La garde du corps expliqua à Emily le plan de sécurité mis en place par son agence à l'intérieur et à l'extérieur de la maison — système d'alarme, caméras cachées, etc. Un deuxième agent serait posté au rez-de-chaussée. Beverly préférait que la jeune femme reste à l'étage, car on ne pouvait y accéder que par l'escalier.

L'infirmière prit ensuite la parole. Elle avait l'air sympathique, malgré une voix un peu trop aiguë au goût d'Emily. Lorsqu'elle commença à lister les raisons pour lesquelles sa patiente ne devrait pas selon elle monter et descendre les escaliers trop souvent, Emily cessa de l'écouter. Elle était fatiguée. Elle avait envie de manger et de se coucher.

Percevant sa lassitude, Connor chassa tout le monde de la chambre et s'assit à côté d'elle sur le lit.

— Que dirais-tu de prendre un bain ? lui proposa-t-il.

— Un bain moussant ! s'exclama-t-elle. Je n'y avais pas pensé, mais cela me ferait un bien fou.

Il l'accompagna dans la salle de bains accolée à la chambre, avant d'aller fermer la porte de celle-ci.

— Des jets massants, commenta-t-il en faisant couler l'eau. La classe.

— C'est la seule pièce que j'ai refaite quand j'ai emménagé, expliqua Emily. Les toilettes se transforment en bidet, la douche en sauna, et la baignoire… La baignoire est tout simplement fantastique.

Connor l'aida à ôter la bande de sa cheville, puis il lui apporta d'épaisses serviettes pour caler son bras plâtré. Il serait volontiers resté avec elle, mais Emily lui demanda de sortir. Elle n'avait pas besoin d'aide pour se déshabiller, et le retrait du gilet pare-balles et de la ceinture thoracique n'avait rien de très sexy. Elle ne voulait pas qu'il la voie comme une patiente blessée, mais comme une femme en pleine possession de ses moyens.

Après avoir jeté quelques billes parfumées dans la baignoire, elle l'enjamba prudemment et s'immergea avec bonheur dans l'eau chaude. Les jets massants étaient un pur délice sur son corps meurtri. Poussant un soupir de contentement, elle rejeta la tête en arrière et ferma les yeux. Cela faisait longtemps qu'elle ne s'était pas offert le luxe d'un bain moussant. Son travail ne lui en laissait pas le temps. Elle se promit de profiter plus souvent de sa baignoire dès que sa vie aurait repris son cours normal.

Connor frappa discrètement à la porte et passa la tête par l'entrebâillement.

— Je t'ai préparé un thé glacé à la menthe, dit-il.

Ma boisson préférée ! songea Emily. Elle ramena un maximum de mousse au-dessus de son corps.

— Entre !

Connor s'avança dans la petite pièce avec un plateau sur lequel il avait disposé un grand verre de thé et une assiette remplie de tranches de pêche. Il le posa par terre sur une serviette.

— J'ai cueilli les fruits dans ton allée, précisa-t-il en s'agenouillant devant la baignoire.

Lorsque leurs regards se croisèrent, le temps sembla s'arrêter. Ils avaient attendu ce moment pendant près de dix ans. Emily sentit son cœur battre plus fort dans sa poitrine.

Ce fut lui qui baissa les yeux le premier. Son regard s'attarda sur les épaules nues et mouillées d'Emily, puis il s'éclaircit la gorge.

— Je devrais m'en aller.

— Attends, dit-elle. Tu peux allumer quelques bougies, s'il te plaît ? Il y en a dans le deuxième tiroir, à côté du lavabo.

Connor suivit ses instructions, disposant une demi-douzaine de bougies parfumées aux quatre coins de la salle de bains.

— Maintenant, j'aimerais que tu baisses le store.

Emily but une gorgée de thé glacé et s'humecta les lèvres.

— Et que tu éteignes la lumière, ajouta-t-elle.

La pièce n'était pas complètement plongée dans le noir : quelques rayons de soleil entraient par les côtés du store. Les lueurs vacillantes des bougies créaient une atmosphère chaude et sensuelle. Les ombres dansaient sur le visage de Connor, qui ne s'était pas rasé depuis l'accident d'Aspen.

— Enlève ta chemise, ordonna-t-elle d'une voix à peine audible.

Il dut l'entendre tout de même, car il défit aussitôt ses boutons. L'instant d'après, la chemise tombait par terre. Emily avait envie de le toucher, mais son plâtre la gênait. En voulant se tourner, un éclair de douleur lui rappela qu'elle était aussi blessée aux côtes.

— Laisse-moi t'aider, murmura Connor.

— Fais attention à mon plâtre.

Il la prit sous les bras, la souleva hors de l'eau et l'assit sur le bord de la baignoire.

— Je sais ce que tu as derrière la tête, dit-elle en dégageant ses cheveux mouillés de son front. Tu veux juste me voir toute nue.

— Je peux te donner une serviette, si tu préfères.

— Je ne veux pas de serviette.

Tout en la retenant par les bras pour l'empêcher de basculer en arrière, il promena sur son corps son regard brûlant de désir. Emily aurait dû être gênée, mais elle aimait l'effet qu'elle produisait sur lui. Et elle le dévorait des yeux tout autant que lui.

— Tu es magnifique, Emily.

— Tu n'es pas mal non plus. La première que je t'ai vu, j'ai presque regretté d'avoir rencontré Jamison avant toi. J'ai toujours…

— Chut, la coupa-t-il en posant l'index sur ses lèvres. Ne parlons pas du passé. J'ai envie de penser à l'avenir. À *notre* avenir.

Emily l'enlaça, pressant sa poitrine mouillée contre son torse nu. Connor passa les bras autour de sa taille et captura sa bouche avec avidité. Sans qu'elle sache comment, elle se retrouva bientôt allongée sur une serviette à même le sol.

— Je vais faire attention, lui promit-il. Dis-moi si je te fais mal.

Emily était prête à souffrir un peu en échange du plaisir qu'elle était sûre d'éprouver dans ses bras. Déjà, de délicieux frissons lui parcouraient le corps tandis qu'il traçait un chemin de baisers dans son cou et le long de sa clavicule. Alors qu'il lui mordillait la peau, elle poussa un petit cri de surprise.

Connor releva aussitôt la tête.

— Ne t'arrête pas, l'implora-t-elle. Tu ne me fais pas mal.

Il se redressa sur les coudes, soucieux de ne pas l'écraser sous son poids. Emily appréciait l'attention, mais elle n'avait pas envie qu'il la traite comme une poupée fragile.

— J'ai une idée, souffla-t-elle.

— Je t'écoute.

Du bout de l'index, elle suivit la fine ligne de poils sombres qui disparaissait sous son jean.

— Déshabille-toi et allonge-toi par terre. Je viendrai sur toi.

Connor ne se fit pas prier. Lorsqu'il fut étendu sur la serviette, elle s'installa à califourchon sur lui. Elle prit d'abord le temps d'explorer son corps musclé, ses épaules, son torse, son ventre… Mais quand sa main effleura son sexe dressé, une nouvelle vague de désir l'envahit et elle embrassa Connor avec toute la passion qu'elle avait gardée contenue en elle pendant des années. Sa langue chercha fiévreusement la sienne tandis que ses doigts se refermaient autour de son membre durci. D'où lui venait cette audace ? Peut-être de ses rencontres récentes avec la mort… Elle avait soif de vivre, soif de ressentir et d'être aimée.

L'envie de le prendre en elle était si urgente qu'elle en devenait presque douloureuse. Son plâtre entravait ses mouvements, mais Connor ne s'en plaignait pas. Elle sentait son érection pressée contre son ventre et cela décuplait son impatience.

— Tout doux, Emily, murmura-t-il soudain. Il nous faut un préservatif.

Elle inspira une grande bouffée d'air pour tenter de calmer sa respiration haletante.

— Tu veux dire que tu n'en as pas ?

— Non. On doit arrêter.

Emily secoua la tête.

— Ce n'est pas possible. Je ne peux pas m'arrêter là ! J'en ai trop envie.

— Crois-moi, j'en ai envie moi aussi.

Il lui prit le visage entre les mains et l'embrassa presque violemment, avant de la serrer fort contre lui. Emily laissa échapper un grognement de frustration.

Alors qu'elle commençait à renoncer à l'idée d'assouvir son désir, Connor glissa une main entre eux et s'arrêta à la jonction de ses cuisses écartées. De ses doigts experts, il caressa le point le plus sensible de son corps et l'amena à l'orgasme en quelques instants.

Emily roula sur le côté, savourant les ondes sensuelles qui irradiaient du creux de son ventre. Son cœur battait à toute vitesse.

— C'était bon, murmura-t-elle.

— Je sais.

Malgré le plaisir qu'il venait de lui offrir, elle regrettait de n'avoir pas pu aller jusqu'au bout avec lui. Elle avait envie de croire qu'ils auraient mille occasions de faire l'amour, mais les événements de ces derniers jours lui avaient rappelé à quel point la vie était fragile. Elle savait à présent qu'il fallait saisir toutes les opportunités qui se présentaient. Et elle était à peu près sûre qu'elle ne rencontrerait pas de sitôt un homme aussi parfait que Connor Gallagher.

Il se leva et rassembla ses affaires.

— Je vais t'aider à te rhabiller, lui dit-il.

— Je préfère rester là pour l'instant, répliqua-t-elle. Vas-y, je te rejoins dans une minute.

Emily devait reconnaître qu'elle lui en voulait un peu

de ne pas avoir prévu de préservatifs. N'était-ce pas le rôle de l'homme de toujours « sortir couvert » ? On pouvait lui rétorquer, bien sûr, que cette responsabilité incombait tout autant aux femmes… Oui, c'était injuste de sa part de rejeter la faute sur Connor.

Elle prit le temps de se laver les dents, de se sécher les cheveux et de se maquiller, avant d'enfiler une robe kimono en soie rose. Dehors, la nuit était tombée et les lampadaires illuminaient la rue. Il était presque l'heure d'aller se coucher. Elle se demanda si Connor la rejoindrait… Si oui, il avait intérêt à s'être mieux préparé.

En entrant dans sa chambre, Emily s'aperçut qu'une petite transformation avait eu lieu en son absence. Quelqu'un avait monté la méridienne du salon, très confortable malgré son design un peu vieillot, et parfaite pour surélever sa cheville. À côté, la table basse déjà présente dans la pièce lui permettrait de prendre confortablement ses repas. Un verre de thé glacé l'y attendait, ainsi qu'une grosse assiette de salade et une part de pizza au pepperoni.

Connor l'escorta jusqu'au fauteuil.

— Le dîner est servi, annonça-t-il en adoptant une voix de majordome.

Emily connaissait bien les pizzas de chez Luciano : elles étaient délicieuses. Néanmoins, cela l'agaçait que Connor ait passé la commande — et déplacé des meubles — sans lui en parler avant.

Mais elle ravala son amertume et s'installa sur la méridienne.

— J'aimerais que l'infirmière me fasse mon bandage à la cheville avant de partir, dit-elle.

— Je vais la chercher. Elle a mis les médicaments dont tu auras besoin ce soir sur la coiffeuse, dans un gobelet, précisa Connor.

Alors qu'il se dirigeait vers la porte, Emily l'arrêta.

— Écoute, j'apprécie ce que tu fais pour moi, mais je ne voudrais pas que tu te méprennes.

— C'est-à-dire ?

— Tu t'occupes de passer tous les coups de fil, de me trouver des gardes du corps et une infirmière, tu déplaces mes meubles, et tu as même commandé à dîner sans me demander mon avis. J'aurais probablement choisi la même chose, mais ce n'est pas le problème. Je veux prendre mes propres décisions.

— Je comprends.

— C'est important, Connor. Je ne voudrais pas que tu imagines que c'est toi qui tires les ficelles.

Oubliant l'infirmière, Connor s'assit au bord du lit.

— Ne me confonds pas avec ton ex-mari, répondit-il très sérieusement. Je sais comment il était. C'était un maître de la manipulation. Et, même mort, il continue à nous mener par le bout du nez.

— Jamais je ne te confondrais avec lui, se défendit Emily.

— Quand je fais des choses pour toi, ce n'est pas pour te contrôler, ajouta Connor. Je veux simplement t'aider.

Emily prit une gorgée de sa boisson. Le moment était peut-être venu de tester ses motivations.

— Tu ne veux pas me contrôler ? répéta-t-elle.

— Absolument pas.

— Et si je te dis que je veux aller à Aspen pour être présente quand le FBI fouillera la maison, tu es d'accord avec ça ?

— Ce genre de question ne compte pas, protesta Connor.

— Ah oui, et pourquoi ? Parce que la réponse ne me plaira pas ?

— C'est dangereux d'aller là-bas. Ici, chez toi, tu es en sécurité. Personne ne va entrer dans la maison pour te faire du mal. Je ne veux pas que tu prennes des risques inconsidérés.

— La décision ne t'appartient pas, Connor. Mais je n'ai pas envie de me disputer avec toi. Il y a tellement de façons plus sympathiques d'occuper notre temps ensemble…

Soudain, l'air sembla vibrer dans la chambre. Une seconde plus tard, une violente explosion faisait trembler les vitres.

17

Connor se précipita à la fenêtre et releva le store pour regarder dehors. Le long du trottoir, devant la maison, un véhicule était en feu. Les flammes léchaient le toit et le capot tandis qu'une épaisse fumée s'échappait des vitres soufflées. D'autres voitures étaient garées dans la rue, mais il n'y avait aucun témoin en vue.

Beverly arriva en trombe dans la chambre.

— Écartez-vous de la fenêtre, ordonna-t-elle. En restant là en pleine lumière, vous offrez une cible facile à un potentiel tireur.

— Que se passe-t-il ? demanda Emily, effrayée.

— Certainement une voiture piégée.

Connor fit face à la garde du corps.

— C'est le pick-up, n'est-ce pas ? Le pick-up noir d'Aspen.

— Seule l'enquête nous le dira.

Les sirènes des camions de pompiers et des voitures de police résonnaient déjà dans la nuit. Emily habitait suffisamment près du centre de Denver pour que le délai d'intervention soit très court. Si cela n'avait tenu qu'à lui, Connor se serait précipité dehors pour prévenir les policiers que l'explosion n'était pas accidentelle, qu'ils devaient immédiatement lancer des recherches, interroger les voisins, vérifier les enregistrements des caméras de surveillance. Il fallait absolument qu'ils retrouvent ce type — ou cette femme, peu importe. Qu'ils arrêtent ce ou cette psychopathe. La destruction du pick-up avait été mise en scène pour envoyer un message clair à Emily et faire un pied de nez à son service de sécurité.

Ressentant le besoin d'agir, Connor se dirigea à grands pas vers la porte, mais Beverly lui barra le passage.

— Laissez la police faire son travail, lui dit-elle.

— Je peux aider.

— Vous devez rester ici avec Emily. Ne vous approchez pas de la fenêtre. Je vous tiendrai au courant dès que j'aurai du nouveau.

Sur ces mots, Beverly sortit et referma la porte derrière elle.

— Je ne comprends pas, lâcha Emily, qui n'avait pas bougé de la méridienne. Pourquoi faire brûler le pick-up ?

— Pour faire disparaître les preuves.

— Mais bien sûr ! Les marques sur le pare-chocs prouvent que j'ai été poussée dans le ravin. Et il y avait sûrement des empreintes à l'intérieur.

— Le feu effacera toutes les traces, confirma sombrement Connor. À moins de mettre la main sur Kate Sylvester et de lui soutirer des aveux, nous n'avons plus aucune piste.

Le voyage à Aspen devenait de plus en plus nécessaire. La maison de Jamison était le dernier endroit où les enquêteurs avaient des chances de retrouver des indices. Connor s'était déjà arrangé pour s'y rendre le lendemain avec Wellborn. Restait à savoir s'ils iraient en voiture ou à bord d'un hélicoptère de la police.

Dehors, les secours étaient arrivés. On entendait le bruit des moteurs et les cris des pompiers. Connor eut bien du mal à se retenir d'aller regarder par la fenêtre. Une odeur de gasoil et de pneu brûlé saturait l'air de la chambre. Au rez-de-chaussée, une porte claqua et des voix s'élevèrent dans l'entrée. L'alarme ne s'étant pas déclenchée, Connor en conclut que Beverly avait elle-même accueilli les nouveaux venus. N'y tenant plus, il posa une main sur la poignée de la porte, prêt à descendre.

— Attends, l'arrêta Emily. On t'a demandé de rester ici.

— Beverly n'est pas ma patronne, se défendit-il. Je n'ai pas à obéir à ses ordres.

— Crois-moi, je comprends ce que tu ressens. Personne n'aime être mis sur la touche, mais tu ne peux pas faire grand-chose. Si jamais ils ont besoin de toi, ils sauront où te trouver.

— Tu as raison.

— Je sais.

— Il n'y a pas de quoi jubiler, grommela Connor en retournant s'asseoir près d'elle.

Cherchant à s'occuper, il prit la part de pizza et en croqua un morceau. Les lumières rouges et bleues des gyrophares tournoyaient dans la pièce.

— Il y a forcément d'autres preuves quelque part, observa Emily. Les balles qui ont été tirées devant ma galerie, par exemple. Que donne l'analyse balistique ?

— Les enquêteurs recherchent toujours l'arme utilisée.

— Wellborn a dit que ses informaticiens n'avaient rien trouvé dans mon ordinateur. Je pourrais peut-être jeter un coup d'œil moi-même, au cas où des choses leur auraient échappé.

— Ça ne coûte rien, approuva Connor. Je ferai venir quelqu'un.

— Je peux aussi aller dans les bureaux du FBI. Sauf si tu penses que c'est mieux pour moi de rester ici à ne rien faire, ajouta-t-elle avec un sourire ironique.

Connor savait parfaitement à quoi elle jouait. En comparant sa situation à la sienne, elle voulait lui montrer à quel point c'était agaçant de se sentir impuissant.

— Tu n'es pas très subtile, marmonna-t-il.

— Je m'en fiche, tant que je suis convaincante.

Comme elle remuait les sourcils d'un air taquin, il s'aperçut qu'elle s'était maquillée et que ses yeux paraissaient encore plus bleus. Ses cheveux dorés cachaient les points de suture sur son front. Elle était ravissante.

— Si tu n'avais pas ce plâtre, rien ne laisserait deviner que tu as eu un grave accident de voiture, fit-il remarquer. Tu te remets vite.

— J'ai quand même encore quelques bleus, nuança-t-elle.

Une heure plus tôt, Connor avait pu l'admirer dans toute sa nudité ; il l'avait trouvée délicieuse.

— Ta peau est surtout marquée à l'endroit où tu as reçu

la balle, sous l'épaule, dit-il. Ailleurs, on ne voit presque plus rien.

— Pour en revenir à notre sujet, demain je peux aller aux bureaux du FBI, insista Emily. Ou à Aspen.

Ou nulle part, songea Connor. Il ferait tout pour la convaincre de rester chez elle. C'était l'endroit où elle était le plus en sécurité. Mais avant qu'il ait eu le temps de lui répondre, Beverly entra dans la chambre.

— Ça va être difficile de retrouver le propriétaire du pick-up, annonça-t-elle. Le numéro de série et tous les identifiants ont été retirés.

— Ce n'est pas surprenant, observa Connor. Quoi d'autre ?

Beverly pinça les lèvres.

— Il y avait quelqu'un à l'intérieur. Une femme. Le corps est trop dégradé pour pouvoir l'identifier tout de suite.

— Kate Sylvester, murmura Emily. Quelle façon horrible de mourir… Elle ne méritait pas ça.

Connor n'en était pas si sûr. Kate avait reconnu son implication dans les attentats contre Emily, et il était fort probable qu'elle ait administré à Jamison le poison qui l'avait tué. Elle méritait tout de même une forme de punition. Il se rappelait l'avoir vue au bras de son ami lors de cocktails et autres événements mondains ; ils formaient un couple éblouissant. Aujourd'hui, ils étaient morts tous les deux… L'argent illégal placé sur le compte offshore, quel qu'en soit le montant, n'en valait pas la peine.

Le lendemain, Emily se sentait mieux malgré les événements de la veille. Avec l'accord de l'infirmière, elle avait réduit sa dose d'antidouleurs et se contentait à présent d'aspirine. Moralement, elle était en pleine forme, surtout après la nuit qu'elle avait passée avec Connor. Il avait réussi à trouver trois préservatifs — qu'ils avaient tous utilisés. À l'avenir, se disait-elle, ils feraient peut-être bien de les acheter en gros…

Pour la première fois depuis plusieurs jours, elle avait les idées claires. Et elle se rendait compte qu'elle s'empêchait elle-même de contrôler sa vie. Connor ne voulait pas qu'elle quitte la protection de sa maison ? Soit. Au bout du compte, la décision ne lui appartenait pas. Elle lui revenait à elle seule.

Assise à la table de la salle à manger, sous le lustre à pampilles qui projetait des éclats de lumière sur les murs, Emily admirait cet homme qui avait longtemps été son ami et qui était devenu… plus que cela. La veille, Connor s'était rasé avant de la rejoindre au lit. Même si la barbe était à la mode, elle le préférait sans. Elle aimait voir la ligne de sa mâchoire carrée et de son menton volontaire.

— J'ai décidé de ne pas signer les papiers de Wellborn, déclara-t-elle après avoir bu une gorgée de café. Si vous ne m'emmenez pas, je ne donne pas au FBI l'autorisation de fouiller la maison d'Aspen.

— Très bien.

Emily fut surprise. Elle s'attendait à plus de résistance.

— Je suis sérieuse, précisa-t-elle.

Imperturbable, Connor continua de dévorer l'omelette au fromage qu'il leur avait servie un peu plus tôt.

— Tu pourras en informer Wellborn directement, répondit-il. Il devrait arriver dans quelques instants. Je pars avec lui à bord d'un hélico de la police.

— Vous allez quand même à Aspen alors que vous ne pourrez pas entrer dans la maison ?

— Je suis avocat, il est agent du FBI, rétorqua Connor en haussant les épaules. On trouvera une solution.

Emily planta sa fourchette dans l'omelette. Son moyen de pression venait de s'envoler. Ils allaient se débrouiller sans elle !

— Bien joué, lâcha-t-elle amèrement.

— Quoi que tu penses, je n'essaie pas de te manipuler, lui assura-t-il. Je m'inquiète pour ta sécurité.

— C'est à moi de choisir si j'ai envie de faire du crochet ou de nager avec des requins, répliqua-t-elle.

Il posa une main sur la sienne.

— Je tiens à toi, Emily, comme plein d'autres gens. Après l'explosion d'hier soir, ton téléphone n'a pas arrêté de sonner.

Elle fronça les sourcils.

— Comment le sais-tu ? Mon portable a été perdu dans l'accident.

— Je te parle de ton téléphone fixe. Tes amis y ont laissé des dizaines de messages. Hier soir, Beverly avait peur qu'un groupe de mariachis au complet se présente à la porte. Du coup, elle a parlé avec une de tes employées, Julia.

— Julia Espinoza… Elle est géniale.

— Elle a accepté de transmettre aux autres le message que tu allais bien. Et elle a suggéré que tu reprennes très vite un portable.

Emily était touchée par ces marques d'attention.

— Les mariachis voulaient vraiment venir ici ?

— Oui, mais aussi des artistes, les membres de ton club de lecture, et tout un tas d'autres gens.

Il imprima une pression sur ses doigts.

— Toutes ces personnes tiennent à toi, Emily. Et moi aussi. Cela veut dire que tu as une responsabilité envers nous. On ne veut pas te perdre.

Il savait se montrer persuasif… Emily en venait presque à penser qu'elle devrait suivre son conseil. L'inquiétude de Connor semblait sincère.

Wellborn arriva peu de temps après, toujours aussi calme et posé. Après avoir demandé à Beverly de se joindre à eux, il s'assit en bout de table.

— J'ai du nouveau, annonça-t-il. On connaît la marque, le modèle et l'année de fabrication du pick-up. Aucun des suspects ne possède un véhicule correspondant à cette description. L'adjoint Sandoval pense qu'il a peut-être été volé, même si le bureau du shérif n'a reçu aucune plainte.

— Les familles qui ne vivent pas à l'année dans les montagnes peuvent avoir ce genre de véhicule sur place, observa Emily. Dans ce cas, les propriétaires ne se sont peut-être pas encore rendu compte du vol.

— C'est possible, concéda Wellborn. Par ailleurs, nous pensons que le corps retrouvé à l'intérieur du pick-up était celui de Kate Sylvester. Nous attendons les analyses ADN pour en avoir la confirmation, mais elle avait sur elle son passeport enfermé dans une boîte en argent qui a résisté à l'explosion.

Emily chassa de son esprit l'image d'un corps à ce point calciné qu'il en était devenu méconnaissable. Elle avait parlé à Kate seulement quelques heures plus tôt.

— Notre suspect numéro un semble être Phillip, avança Connor. A-t-il un alibi pour hier soir ?

— Il prétend qu'il rentrait à Aspen avec sa sœur.

Emily avait une confiance très limitée dans la parole de ces deux personnages. Elle savait que Phillip et Patricia n'hésiteraient pas à mentir pour se couvrir l'un l'autre.

— Et le fiancé de Patricia ? s'enquit-elle. Le Dr Thorson ?

— Je n'ai toujours pas réussi à le joindre.

Wellborn posa son attaché-case sur la table et en sortit un dossier.

— Si vous voulez bien signer ces papiers, Emily, nous pourrons partir à Aspen.

— J'aimerais être là quand vous ouvrirez la maison, tenta-t-elle une dernière fois.

Wellborn échangea un regard avec Connor, qui secoua la tête. Ce geste irrita Emily encore plus que les discours qu'il lui avait tenus pour tenter de la convaincre. Elle n'aimait pas du tout la façon dont ces deux hommes se permettaient de décider de ce qui était bon pour elle. Le moment était venu de reprendre les choses en main : elle avait un plan, et ils n'en faisaient pas partie. Sans un mot, elle prit le stylo que Wellborn lui tendait et signa le document.

L'avocat et l'agent spécial voulaient faire cavaliers seuls ? Très bien. En attendant, elle ne resterait pas les bras ballants.

Après leur départ, Emily s'enferma dans sa chambre avec le téléphone. Moins d'une heure plus tard, elle avait réservé un vol en hélicoptère pour Aspen auprès d'une compagnie privée qu'elle avait eu l'occasion d'utiliser avec Jamison. Le plus dur fut de convaincre Beverly ; celle-ci finit par accepter, à condition de l'accompagner.

En s'aidant de sa béquille, Emily grimpa à bord du camping-car d'un ami artiste qui, légèrement paranoïaque, avait transformé sa maison roulante en forteresse. Beverly sembla apprécier les fenêtres à triple vitrage, les cloisons renforcées et les quatre pistolets cachés en divers endroits. Emily crut même déceler dans son regard une certaine admiration pour l'artiste lui-même, qui mesurait deux mètres et était bâti comme un bûcheron. Il les conduisit jusqu'à un petit aérodrome privé au sud de la ville, où un hélicoptère rouge et blanc les attendait.

Alors qu'Emily descendait du camping-car et commençait à s'avancer vers l'engin, un grand type blond portant des lunettes de soleil et une veste matelassée sans manches la rejoignit à grands pas. Il la serra dans ses bras, bien trop familièrement à son goût — et un peu trop fort aussi.

— Content de vous revoir, lança-t-il.

— On se connaît ?

— Je suis l'homme qui vous a sauvé la vie.

Emily sentit un objet dur s'enfoncer dans ses côtes blessées.

— C'est moi, Eric. Le Dr Thorson. Vous vous souvenez de moi, n'est-ce pas ?

18

En réalité, Emily n'avait jamais vu le Dr Thorson, ayant été dans le coma pendant tout le temps où il l'avait soignée.

— Lâchez-moi, souffla-t-elle en tentant de se dégager de son étreinte.

— N'essayez pas de résister. Vous venez avec moi.

Tout en continuant à la tenir d'une main, il se tourna vers Beverly et leur chauffeur en ouvrant sa veste. Celle-ci était tapissée d'explosifs.

— Sergent T.J. Beverly, étant donné votre expérience militaire, je pense que vous savez ce qu'est une ceinture explosive.

Encore une bombe, songea Emily, le cœur dans la gorge. Même si elle l'avait voulu, elle aurait été incapable de crier. Incapable de s'enfuir, aussi, avec son entorse à la cheville. Elle s'était tendu un piège à elle-même.

— Personne n'a besoin d'être blessé, lança Beverly.

— C'est exactement ce que je pense, répondit Thorson. Dans ma main gauche, je tiens le détonateur. Tant que le bouton reste enfoncé, tout va bien. Mais si je le relâche parce que vous m'avez tiré dessus, par exemple, on saute tous. Comme le pick-up hier soir.

— Je ne vous laisserai pas faire du mal à Emily, prévint Beverly.

— Ce n'est pas mon intention. J'ai juste besoin d'une information. Dès qu'elle me l'aura donnée, elle pourra partir. C'est aussi simple que ça.

Puisant en elle un courage qu'elle ne se soupçonnait pas, Emily redressa les épaules.

— C'est bon, Beverly. Je pars avec lui.

— Sage décision, commenta Thorson.

Sans lâcher le détonateur, il passa son bras droit autour de la taille d'Emily et l'obligea à reculer jusqu'à l'hélicoptère.

— Ne bougez pas, ordonna-t-il à Beverly, qui commençait à les suivre.

Il poussa Emily vers l'arrière de l'engin, puis pointa son pistolet sur le pilote, menotté à une barre de métal. Ce dernier, un homme aux cheveux gris, s'appelait Steve ; Emily se rappelait avoir voyagé avec lui quelques années plus tôt.

— Je suis désolée, lui dit-elle. Je ne m'attendais pas du tout à ça.

— C'est ma faute, grommela le pilote. J'ai laissé ce connard me tomber dessus.

— On n'est pas obligés de s'insulter, intervint Thorson, tout en jetant un trousseau de clés à Emily. Tenez, retirez-lui les menottes. Il faut qu'on décolle.

Emily s'exécuta, et Steve s'installa aux commandes. Thorson prit la place du copilote et ordonna à la jeune femme de s'asseoir derrière Steve pour pouvoir les surveiller tous les deux.

À travers la vitre de l'hélicoptère, Emily voyait Beverly parler au téléphone en faisant de grands gestes. Qui pouvait-elle appeler ? Qui avait le pouvoir de changer le cours des choses ?

— Allons-y, lâcha Thorson. Partons d'ici.

Le pilote démarra le moteur, qui se mit à vrombir tandis que l'hélice tournait de plus en plus vite. Le bruit était assourdissant, mais Emily voulait des réponses.

— Comment avez-vous su que j'allais être là ? cria-t-elle.

— Vous pouvez remercier Kate pour ça ! répondit-il. Quand elle est venue vous voir à l'hôpital, elle a fixé un micro sur vous. Depuis deux jours, j'entends tout ce que vous dites.

— C'est impossible.

Emily s'était changée plusieurs fois. Elle s'était même lavé les cheveux.

— Où a-t-elle caché ce micro ? s'enquit-elle.

Thorson tapota le plâtre de la jeune femme avec son pistolet.

— Elle l'a glissé là. Il est minuscule, je parie que vous ne l'avez même pas senti.

Emily avait bien eu quelques démangeaisons, mais ce n'était rien en comparaison du malaise qu'elle éprouva lorsqu'elle comprit que Thorson avait écouté ses conversations intimes avec Connor. L'idée l'écœurait au-delà des mots. Bouillonnant d'une fureur impuissante, elle glissa l'index à l'intérieur de son plâtre et tâtonna jusqu'à ce qu'elle tombe sur le petit micro que Kate y avait introduit. Elle le sortit et l'écrasa rageusement sous son talon.

Comme ils s'envolaient vers les montagnes à l'ouest de la ville, Emily s'efforça de réprimer sa colère. Cela ne servirait à rien d'exploser. Plus que jamais, elle devait faire preuve de finesse.

— Où m'emmenez-vous ? cria-t-elle.

— Cela ne vous regarde pas, répondit Thorson. Tout va bien se passer, ne vous inquiétez pas. J'ai expliqué au pilote comment fonctionnait le détonateur. Il ne tentera pas de contacter les aérodromes. Nous sommes tranquilles.

Emily était certaine que Beverly avait déjà prévenu les autorités. La police devait savoir où ils se trouvaient à cet instant. Thorson se méprenait sérieusement s'il pensait s'en tirer.

Il manipula le mécanisme de son détonateur pour pouvoir le poser sans déclencher d'explosion. Puis il tendit à Emily un casque antibruit muni d'un micro et s'équipa de la même façon. Tout en la maintenant en joue, il lui remit deux autres objets : son ordinateur portable et son téléphone.

— Vous les avez récupérés sur le lieu de l'accident ? demanda-t-elle, stupéfaite.

— Ce n'était pas censé se finir comme ça. J'ai à peine touché votre pare-chocs. Si vous étiez meilleure conductrice, vous n'auriez pas quitté la route, vous vous seriez simplement arrêtée. Avec Kate, on vous aurait posé quelques questions, et rien de tout cela ne serait arrivé. Je n'avais pas l'intention de vous faire du mal.

Emily serra les mâchoires. Elle ne le croyait pas une seconde. En toute logique, Kate et lui l'auraient tuée après avoir obtenu ce qu'ils désiraient. Mais elle jugea plus prudent de ne pas contredire un psychopathe.

— Ouvrez votre ordinateur et regardez vos dossiers, lui ordonna-t-il.

— Je n'arrive pas à croire qu'il fonctionne encore.

— Eh bien si… Et il se connecte très bien à Internet. Trouvez-moi le nom de la banque et le mot de passe.

Thorson n'avait pas besoin du numéro de compte : Kate l'avait déjà récupéré dans la chambre d'Emily, derrière la photo de l'iguane.

— Docteur Thorson…

Emily lui donnait volontairement du « docteur » pour lui rappeler qu'il n'était pas qu'un vulgaire criminel. Il était médecin urgentiste et virologue.

— Vous devez savoir que les informaticiens du FBI ont déjà piraté mon ordinateur et qu'ils n'ont trouvé aucune liste de mots de passe.

— Ils ne connaissaient pas Jamison aussi bien que vous, répliqua Thorson. Kate était persuadée que vous étiez au courant de quelque chose.

— Et voilà où cela l'a menée.

Emily observa sa réaction. Thorson avait reconnu qu'il avait fait sauter le pick-up : il savait forcément que Kate se trouvait à l'intérieur. Mais ses yeux bleu ardoise n'exprimaient aucune émotion. Elle ne put déterminer s'il était triste, en colère ou simplement perdu. Quelle était donc la nature de sa relation avec Kate ?

— Elle va me manquer, confia-t-il.

— Je comprends. Vous éprouvez des regrets.

— Fermez-la.

« On ne provoque pas un ours. » C'est ce que sa mère lui avait dit il y a bien longtemps, alors qu'Emily se montrait insolente avec un de ses jules. Quand il avait levé sa grosse main pour la frapper, sa mère avait ricané en disant qu'elle l'avait bien cherché. C'était pareil aujourd'hui : Emily aurait dû rester chez elle.

Par la vitre de l'hélicoptère, elle constata qu'ils avaient laissé derrière eux la ville de Denver et ses maisons collées les unes aux autres. Le pilote semblait suivre une autoroute qui se faufilait entre les collines.

Le trajet jusqu'à Aspen prendrait sans doute un peu plus d'une heure. Mais était-ce vraiment leur destination ? Si Thorson avait l'intention de rejoindre la propriété de Jamison, Connor et Wellborn seraient déjà sur place à leur arrivée. Emily gardait espoir.

— Kate, je l'aimais, murmura le médecin. Elle était intelligente et très belle. En récupérant l'argent du compte offshore, on aurait été suffisamment riches pour disparaître et vivre comme des princes jusqu'à notre mort.

— Mais vous étiez fiancé à Patricia, non ?

— C'était fini. Elle m'avait surpris avec Kate. En pleine action, si vous voyez ce que je veux dire.

Emily avait vécu une scène similaire. C'était à se demander si Kate ne faisait pas exprès de provoquer ce genre de situations… Elle aimait la compétition. Voler leurs hommes aux autres femmes devait lui donner le frisson.

— Elle voulait se rendre à la police, expliqua Thorson. Je lui ai dit qu'elle était folle, qu'on finirait en prison, mais elle n'a pas voulu m'écouter. On s'est disputés. J'étais tellement furax que je suis parti en claquant la porte. C'est la dernière fois que je l'ai vue vivante.

Emily nota qu'il n'avait toujours pas avoué le meurtre de Kate.

— Que s'est-il passé ensuite ? l'encouragea-t-elle.

— Je n'en dirai pas plus. Mettez-vous à vos recherches.

— Et si je ne trouve rien ?

— On passera au plan B : je vous emmènerai aux îles Caïmans et on retirera l'argent du compte grâce à vos empreintes digitales.

Emily sentit son estomac se soulever. Hors de question de partir avec lui. Thorson la dégoûtait.

— Je vais me débrouiller pour trouver, marmonna-t-elle.

L'ordinateur calé sur les genoux, elle releva l'écran et attendit que les icônes familières s'affichent sur le fond bleu. L'une d'elles n'avait cessé de lui revenir à l'esprit depuis qu'elle avait été invitée à la lecture du testament de Jamison. Avant leur séparation, celui-ci avait créé un dossier regroupant des photographies de toutes les œuvres d'art qu'ils avaient achetées au fil du temps.

Emily cliqua sur l'icône. La première photo était celle d'une superbe peinture abstraite de Kandinsky. Elle passa aux suivantes, sans savoir exactement ce qu'elle cherchait, mais certaine d'être sur la bonne piste. Un tableau d'un artiste inconnu retint son attention. Peint à la manière d'Edward Hopper, il détonnait parmi les autres œuvres essentiellement modernes et postmodernes. Il n'avait rien d'exceptionnel, mais Emily se souvenait d'avoir été séduite par l'impression de solitude qui se dégageait de la scène — une jeune femme écrivant à son bureau, devant une fenêtre, les mains éclairées par une lumière grisâtre. Il s'intitulait *La Preneuse de notes*.

Kate ne lui avait-elle pas dit que, selon Jamison, elle notait toujours tout, « à l'ancienne » ? Jamison lui-même l'avait maintes fois taquinée sur sa manie de tout inscrire dans son petit carnet…

— Je crois que j'ai trouvé, annonça-t-elle. Il faut qu'on aille à Aspen.

— Je peux savoir pourquoi ? s'enquit Thorson.

Elle lui parla du tableau.

— Vous vous souvenez que Jamison avait écrit le numéro du compte en banque derrière une photo, dans ma chambre ? Eh bien, je pense qu'il a fait la même chose avec cette peinture qui se trouve à Aspen. Elle s'appelle *La Preneuse de notes*.

Comme elle lui montrait la photo sur l'écran de son ordinateur, Thorson éclata de rire.

— Je suis passé un million de fois devant ce tableau. Votre ex-mari était un petit malin… Vous avez raison, allons à Aspen.

Pendant qu'il donnait ses instructions au pilote, Emily en profita pour allumer son téléphone. La batterie était presque entièrement déchargée… D'une main, elle écrivit un rapide message à Connor :

Maison de J. à Aspen, dans 1 heure.

Elle n'était pas sûre qu'il puisse faire grand-chose, mais elle lui faisait confiance. La force de cette révélation la frappa de plein fouet. *Confiance ?* Cela avait toujours été un problème pour elle, or elle avait une foi absolue en Connor. Même dans les premières années de leur mariage, elle n'avait rien ressenti de tel vis-à-vis de Jamison. Quant à sa mère, Emily s'en était toujours méfiée comme de la peste. Connor était différent : il la protégeait. Il avait veillé sur elle à l'hôpital, il avait engagé des gardes du corps pour assurer sa sécurité. Et il lui avait conseillé de rester chez elle aujourd'hui… Elle aurait dû l'écouter.

D'accord, elle s'était trompée. Cela ne voulait pas dire qu'elle allait se laisser faire. Il fallait qu'elle trouve un moyen de neutraliser la ceinture explosive de Thorson. Mais était-il fou au point d'actionner le détonateur et de tuer tout le monde autour de lui, y compris sa propre personne ? Certes, il ne voulait pas aller en prison, mais la mort était tout de même une solution radicale.

Une chose était certaine : Emily pouvait oublier l'idée de le maîtriser physiquement. Thorson était un type costaud, athlétique, capable de l'envoyer d'une seule main à travers la vitre de l'hélicoptère. Peut-être devrait-elle tenter d'attraper le détonateur et de le jeter par la fenêtre ? Non. C'était trop dangereux.

Emily n'avait plus qu'à essayer de le convaincre de les relâcher, elle et le pilote.

— Où avez-vous appris à confectionner des explosifs ? demanda-t-elle pour engager le dialogue.

— J'ai fait un stage en Afrique de l'Ouest, où des militants luttaient contre le pouvoir en place. Un des rebelles s'est pris d'affection pour moi. Je n'ai jamais combattu à leurs côtés, mais j'ai appris à me servir de plusieurs armes et à manier des explosifs.

— C'est là que vous avez étudié la virologie ?

— J'aimerais ne jamais avoir eu connaissance de ces poisons et de ces maladies.

— Excusez-moi, interrompit le pilote, mais si j'ai bien

compris le docteur, nous allons là où je vous conduisais à Aspen, Jamison et vous ?

— Oui, répondit Emily. Quelle était la destination de départ ?

— Il n'en sait rien, répondit Thorson. J'ai une planque près de Glenwood. J'avais prévu d'aller là-bas pour transférer les fonds du compte offshore sur un autre compte secret que Kate a ouvert pour moi.

Emily avait le sentiment que Kate Sylvester avait été le cerveau de l'opération.

— Et que pensiez-vous faire de nous ? s'enquit-elle.

— Moi, je me serais enfui loin d'ici, et je vous aurais laissés partir.

Il la regarda dans les yeux.

— Croyez-moi, Emily : je vous l'ai déjà dit, je ne suis pas un meurtrier.

— Et la poche à perfusion que vous avez remplacée quand j'étais dans le coma ? répliqua-t-elle. Et la toxine que Kate m'a inoculée à mon arrivée à l'hôpital ? Et la fusillade devant ma galerie ?

— Les médicaments et la toxine ne vous ont pas tuée. Quant à la fusillade, je ne suis pas au courant.

— Et la mort de Kate ?

— Jamais je ne lui aurais fait du mal ! se défendit-il. Après notre dispute, je suis parti, et quand je suis rentré elle était morte. Elle avait reçu une balle en plein cœur.

— Pourquoi l'avez-vous installée dans le pick-up ?

— On avait déjà décidé de brûler le véhicule pour effacer les traces. J'ai pensé que cela lui ferait un beau bûcher funéraire, comme pour une princesse guerrière. Ça me semblait approprié. Elle méritait des adieux grandioses.

Bizarrement, Emily le croyait. Peut-être parce qu'elle avait désespérément envie de penser que Thorson leur laisserait la vie sauve…

— Si vous n'avez tué personne, vous devriez suivre le conseil de Kate et vous rendre à la police, observa-t-elle. Le FBI vous proposera peut-être un deal en échange d'informations sur le compte de Jamison.

— Ils ont suffisamment d'éléments pour m'inculper. Si je n'ai pas tué Jamison, c'est moi qui ai fourni à Kate le poison qu'elle lui a administré pendant plusieurs mois. Je pensais qu'il survivrait… Je me trompais. Cela fait de moi un complice de meurtre — un criminel, en somme. Et puis, si je me rends, je serai fauché. On m'interdira sûrement de pratiquer la médecine.

Emily devait reconnaître que l'avenir de Thorson ne se présentait pas sous les meilleurs auspices. Face à cela, ses arguments ne pesaient pas bien lourd.

Soudain, son téléphone se mit à sonner. C'était Connor. Elle montra l'écran à Thorson puis décrocha sans attendre son autorisation.

— Connor, c'est Emily, dit-elle. Tu es sur haut-parleur, tout le monde peut t'entendre.

— Écoutez-moi, Thorson, demanda aussitôt l'avocat. Si vous avez l'intention de venir à Aspen, il faut qu'on se mette d'accord sur la façon dont ça va se passer, pour éviter que quelqu'un vous tire dessus accidentellement ou fasse sauter l'hélicoptère.

— Je veux parler à l'agent du FBI, répondit le médecin.

— Ça peut se négocier.

— Je n'ai pas envie de provoquer une autre explosion, ajouta Thorson avec un sourire glacial. Mais si je n'obtiens pas ce que je veux, c'est sûr, quelqu'un mourra.

Emily frissonna. Cette menace semblait plus sincère que tout ce que Thorson avait pu dire auparavant. Même s'il n'avait jamais commis de meurtre jusque-là, elle sentait qu'il n'hésiterait pas à sauter le pas s'il le jugeait nécessaire.

19

L'hélicoptère rouge et blanc survolait l'immense domaine dont Emily avait hérité. Le cadre était spectaculaire : une grande prairie entourée de forêts avec, au loin, les sommets enneigés. Emily avait apprécié les moments passés ici avec Jamison — les longues randonnées, les couchers de soleil sur les Rocheuses, le murmure du ruisseau qui traversait la propriété… Le seul inconvénient avait été la proximité des Riggs.

— Vous avez gagné le gros lot, marmonna Thorson.

La maison était magnifique, en effet. Mais Emily ne supporterait pas d'y vivre, sachant que Jamison l'avait payée avec l'argent volé à ses clients.

Tandis que l'hélicoptère amorçait sa descente vers un terrain plat situé au sud de la propriété, Emily fut surprise de ne voir aucun véhicule de police alentour. Un peu plus tôt, Thorson avait pris le téléphone pour discuter en privé avec Connor ; elle ne savait pas exactement ce dont ils avaient convenu.

— Où sont-ils, tous ? s'enquit-elle.

— J'ai dit à Gallagher que je ne voulais voir aucun flic.

— Je croyais que vous deviez vous rendre.

— Je ne me suis pas encore décidé. Mais je n'avais pas envie de prendre le risque de me faire descendre par un cow-boy à la gâchette facile.

Emily approuvait sa décision. S'il se faisait tirer dessus, il relâcherait le détonateur et tout le monde mourrait. À moins que…

— Vous avez l'intention de porter la ceinture d'explosifs ? demanda-t-elle.

— Gallagher ne voulait pas que je la mette, mais c'est ma seule garantie.

L'hélicoptère se posa dans un tourbillon de poussière et de feuilles mortes. En regardant par la vitre, Emily vit Connor approcher. Il était seul et marchait d'un pas décidé, sans montrer le moindre signe d'appréhension. Elle connaissait peu de gens qui auraient été prêts à prendre de tels risques. En tant qu'avocat, Connor n'était pas formé pour se mesurer à des psychopathes ; il ne savait même pas se servir d'une arme. Et pourtant, il affrontait le danger sans hésiter.

Elle était fière de son homme.

Savait-il seulement à quel point elle tenait à lui ? À quel point la passion qu'ils avaient partagée la veille avait renforcé leur relation ? Elle ne lui avait pas dit qu'elle l'aimait. À la place, elle avait voulu lui montrer qu'elle pouvait se débrouiller seule… Son désir d'autonomie n'était pas un défaut, elle ne s'en excuserait pas. Mais elle faisait confiance à Connor et il fallait qu'il le sache.

Lorsque les pales du rotor s'immobilisèrent, Thorson tenait de nouveau le détonateur dans sa main gauche. De la droite, il pointait son pistolet sur Emily.

— Ouvrez la porte.

Connor sauta dans l'appareil.

— Ça va ? demanda-t-il aussitôt à Emily.

Elle acquiesça.

— Je t'aime, chuchota-t-elle pour que lui seul l'entende.

Une petite flamme s'alluma dans les yeux sombres de Connor. Le message était passé.

— Voilà comment on va faire, déclara Thorson. On entre dans la maison ensemble. Je récupère le mot de passe et je transfère les fonds du compte offshore. Une fois le versement effectué, on repart en hélicoptère.

— Vous n'avez pas besoin d'emmener Emily, souligna Connor. Je peux prendre sa place.

Thorson laissa échapper un rire sardonique.

— Je rêve ou vous essayez de négocier ? Vous ne

comprenez pas que je pourrais tuer tout le monde juste en bougeant le pouce ?

— Vous n'avez pas envie de mourir, rétorqua Connor. Vous êtes à deux doigts de toucher le pactole.

— Si vous voulez venir avec nous, très bien.

— J'irai seule, intervint Emily avant que Connor ait eu le temps de protester.

— C'est bien. Elle, au moins, elle comprend vite, commenta Thorson. Passez devant moi, je vous suis.

En descendant de l'hélicoptère, Emily sentit un tiraillement dans sa cheville. Toute cette activité n'était pas très indiquée pour son entorse, mais elle réussit malgré tout à marcher sans trop boiter. Tandis qu'ils avançaient vers la maison, elle perçut un éclair de lumière parmi les pins, sur la colline. Peut-être le soleil qui se reflétait sur la lunette d'un fusil ? Il y avait sans doute plusieurs policiers cachés dans la forêt — voire dans la maison.

La porte d'entrée s'ouvrit brusquement et Patricia Riggs apparut, les poings sur les hanches.

— Espèce de salaud ! cria-t-elle à son ex-fiancé. Comment as-tu pu commettre des actes aussi horribles ?

— J'aurais préféré me retrouver face à une équipe du SWAT, marmonna Thorson.

— Écarte-toi, Patricia, lança Connor. Nous voulons entrer.

Dans le vestibule, Phillip les attendait, accoudé contre la rampe en chêne sculpté de l'escalier, dans la parfaite attitude du châtelain… *Pauvre type*, songea Emily.

Voilà plus de deux ans qu'elle n'avait mis les pieds dans cette maison, et sa première impression fut que Phillip n'avait presque rien modifié. La décoration était la même, tout comme la disposition des meubles. Il avait laissé le petit Renoir joliment encadré sur le mur qui faisait face à la porte d'entrée — un pastel tacheté de lumière représentant une fillette dans un jardin. Durant les belles années de son mariage avec Jamison, Emily avait aimé se dire que cette petite fille était la leur. Aujourd'hui, elle ne trouvait plus le même charme au tableau. L'atmosphère avait changé dans la maison.

— Bon, vous savez ce que je veux, lui dit Thorson, impatient.

— Et ce que je veux, moi, tu t'en préoccupes ? cracha Patricia.

— Cet homme porte un gilet explosif, intervint Connor. S'il lâche le bouton du détonateur, nous sommes tous morts. Je te conseille de reculer et de te taire.

Emily traversa le salon aussi vite que sa cheville le lui permettait, contourna le piano et s'arrêta devant un petit bureau. Juste au-dessus se trouvait *La Preneuse de notes*.

— Connor, tu veux bien me décrocher ce tableau, s'il te plaît ?

— Hé ! s'interposa Phillip. Pour qui vous vous prenez ?

— On t'a demandé de te taire, le coupa Connor. Personne n'a envie d'être blessé.

Il apporta le tableau jusqu'à une table basse en verre. Emily sentit les battements de son cœur s'accélérer. Et si elle s'était trompée ? Thorson avait déclaré qu'il ne les laisserait repartir que quand il aurait viré l'argent sur son compte secret. Et si elle échouait à trouver le mot de passe ?

— Retourne-le, demanda-t-elle à Connor. J'ai besoin de voir l'arrière de la toile.

Un soupir de soulagement s'échappa de ses lèvres lorsqu'elle reconnut l'écriture peu soignée de Jamison au dos du tableau. Le nom de la banque et le mot de passe pour accéder au compte étaient bien là.

— Beau travail, lâcha Thorson en la bousculant pour s'asseoir sur le canapé près de la table basse. Maintenant, tout le monde recule. Et ne tentez rien de stupide. Je vais poser mon pistolet, mais j'ai toujours le détonateur en main.

Pendant qu'il pianotait sur son téléphone, Emily vit Patricia et Phillip se concerter. Le frère et la sœur manigançaient quelque chose, mais elle ne voulait pas savoir quoi. Dès qu'elle aurait vendu la maison, la famille Riggs disparaîtrait à jamais de sa vie. Le luxe ne lui manquerait pas. Les œuvres d'art, en revanche…

Elle s'approcha de la cheminée pour admirer les mustangs de Remington qui galopaient à travers les grandes plaines.

D'habitude, quand elle regardait ce tableau, elle avait l'impression d'entendre le martèlement des sabots et le hennissement des chevaux. Bizarrement, cela ne fonctionnait pas aujourd'hui. Les couleurs semblaient atténuées, et les proportions du sujet central n'étaient pas respectées. L'artiste n'aurait jamais commis une erreur pareille.

Thorson se laissa aller en arrière sur le canapé.

— Ça y est, j'ai envoyé le message. Maintenant, il faut attendre la confirmation.

— Je peux contacter Wellborn, alors, répondit Connor.

— Pas encore.

Thorson lui montra le détonateur, comme pour lui rappeler qu'il était maître du jeu.

Mais le danger ne venait pas seulement de là où Connor l'imaginait. Emily avait compris ce qui n'allait pas dans la maison, ce qui avait changé. C'était de Patricia et de Phillip qu'il fallait avoir peur. Elle baissa les yeux, craignant de se trahir.

Moins de dix minutes plus tard, le téléphone de Thorson sonna. Tout le monde retint son souffle pendant qu'il répondait. Puis il raccrocha, un sourire satisfait aux lèvres.

— Vous avez devant vous un homme riche.

— Vous pouvez désactiver le détonateur, lui dit aussitôt Connor.

— Avec plaisir.

Thorson désamorça le mécanisme et relâcha doucement le bouton. Il n'y eut pas d'explosion.

— Je peux le réactiver en quelques secondes, prévint-il. Mais, pour l'instant, j'ai hâte de quitter ce gilet. Il me tient beaucoup trop chaud.

Il posa la ceinture explosive à côté de lui sur le canapé.

À l'instant où il se levait, Phillip brandit une arme et tira. Thorson n'eut pas le temps de voir le sang se répandre sur son torse musclé. La balle lui avait traversé le cœur, et il était déjà mort lorsqu'il s'effondra sur le sol.

Phillip se tourna vers Emily.

— Tu as deviné, n'est-ce pas ?

— Le Remington, au-dessus de la cheminée : c'est une

copie, dit-elle d'une voix tremblante. J'imagine que tu as vendu l'original.

— Bien vu. Tu comprends pourquoi je ne pouvais pas te laisser entrer ici. Personne ne s'est rendu compte de rien, mais toi, tu es une experte.

— Combien en as-tu vendus ?

— Suffisamment pour me permettre de vivre dignement. Jamison était encore là quand j'ai commencé à procéder aux substitutions. Il n'a jamais apprécié l'art à sa juste valeur.

— Et toi, oui ?

— J'apprécie ce que l'art peut m'apporter.

Phillip traversa la pièce d'un pas presque nonchalant.

— Tout se passe exactement comme je le voulais, se réjouit-il. Thorson est mort, maintenant je vais pouvoir m'occuper de vous deux — en utilisant l'arme du docteur, bien sûr. Patricia confirmera ma version des faits, à savoir que Thorson vous a tués tous les deux et que je l'ai abattu en légitime défense.

— Vous vous êtes déjà fourni des alibis, Patricia et toi, fit remarquer Emily. Quand tu as tué Kate.

— Cette conne l'avait bien cherché, cracha Phillip. Elle voulait tout raconter aux flics.

Ainsi, Thorson n'avait pas menti. Il avait davantage été pigeon que meurtrier.

— Et tu m'as tiré dessus devant ma galerie, ajouta la jeune femme.

— Ça n'a pas été facile de viser depuis le véhicule en mouvement, mais après deux essais, j'ai réussi à t'atteindre en pleine poitrine. Quand tu t'es écroulée, j'ai pensé que tout était enfin terminé. Bon sang, Emily ! Pourquoi tu n'as pas voulu mourir ?

Il se pencha pour saisir l'arme de Thorson, mais Connor, plus rapide, s'en empara et la pointa sur lui.

Phillip parut déstabilisé. Il répugnait sans doute à les tuer avec son propre pistolet, car alors son scénario ne tiendrait plus debout. Emily profita de son hésitation pour attraper un gros vase sur la cheminée et l'envoyer dans sa direction. Sans être assommé, Phillip fut suffisamment distrait pour laisser Connor se jeter sur lui. Ce dernier lui assena un puissant crochet au menton, suivi de trois coups de poing dans le ventre. Phillip tomba inanimé.

Pendant ce temps, Patricia, en état de choc, s'était assise sur le canapé. Ses plans venaient de s'écrouler sous ses yeux.

Connor délesta Phillip de son arme, qu'il tendit à Emily.

— Tiens, tu vises mieux que moi, lui dit-il.

— Qu'est-ce que tu en sais ? répliqua-t-elle. Tu ne m'as jamais vue au stand de tir.

— Tu as une âme de flingueuse. Garde un œil sur Patricia, je vais prévenir Wellborn.

Ce ne fut pas nécessaire : en entendant le coup de feu tiré par Phillip, Wellborn et tous les policiers postés autour de la propriété avaient convergé vers la maison. Ils firent irruption par la porte d'entrée et par celle de derrière et se précipitèrent dans le salon. Pendant qu'ils arrêtaient les Riggs et s'activaient autour du corps de Thorson, Emily laissa Connor l'entraîner dans une autre pièce.

— Tu m'as dit quelque chose d'important tout à l'heure, dans l'hélicoptère, murmura-t-il en l'attirant dans ses bras.

Elle sentit une douce chaleur l'envahir.

— Oui, souffla-t-elle.

— Je n'ai pas eu le temps de te répondre. Moi aussi, je t'aime.

Emily sourit intérieurement tandis que Connor l'embrassait. Elle avait le sentiment que tout irait bien à présent. D'abord parce que les gens arrêteraient enfin de vouloir la tuer. Ensuite, parce qu'elle avait les meilleures raisons du monde de rester en vie.

JACQUELINE DIAMOND

Cet enfant à protéger

Traduction française de
HERVÉ PERNETTE

BLACK ROSE

HARLEQUIN

Titre original :
CAPTURED BY A SHEIKH

Prologue

Octobre
Bahrim City, Alqedar, Moyen-Orient

La mère porteuse avait disparu quelques semaines avant l'accouchement.

Rendu furieux par cette nouvelle, le cheikh Sharif Al-Khalil serra les poings.

— Et la police californienne ne nous aidera pas ?

Zahad Adran, son cousin et son chef de la sécurité, leva les mains en signe d'impuissance.

— Ils n'ont découvert aucune trace d'effraction à son domicile, ils n'ont donc aucune raison d'ouvrir une enquête.

Sharif considéra les papiers empilés sur son bureau, ces fameux contrats qui devaient leur permettre de bâtir les hôpitaux et les écoles dont le peuple d'Alqedar avait tant besoin, puis releva la tête.

— Je vais m'envoler sans tarder pour les États-Unis. Je dois retrouver la femme qui mettra mon fils au monde.

Zahad lui retourna un regard calme et compréhensif.

— Cousin, laisse-moi m'en occuper. Notre peuple a besoin de toi, aujourd'hui plus que jamais. Si tu me donnes ton accord, je partirai dès demain pour la Californie. Noreen Wheaton, la directrice de la maternité, a promis de faire de son mieux pour nous aider. Il faut toutefois garder à l'esprit qu'en Amérique une mère porteuse a des droits…

De colère, Sharif se leva et marcha jusqu'à la fenêtre.

Neuf ans auparavant, alors qu'il se battait pour libérer

son pays du joug d'un dictateur, Yona, son épouse, était morte en couches. Il avait toujours refusé de se remarier et de risquer de mettre de nouveau en péril la vie d'une femme qu'il aurait aimée. Cependant, il n'avait pas perdu de vue la nécessité d'avoir un héritier.

Il contempla la ville qui s'étendait à ses pieds. Bahrim City était la seconde plus grande ville d'Alquedar. Son peuple dépendait de lui. Et lui, apparemment, il s'en était remis à la mauvaise femme.

— Son intention est peut-être d'obtenir davantage d'argent.

— Si nous devons remettre la main à la poche, ce sera un moindre mal, répliqua Zahad. Je crains surtout qu'elle ne demande la garde de l'enfant.

Sharif se retourna brusquement pour faire face à son cousin. Il avait étudié le droit à New York et s'il savait que des cas comme celui-ci se produisaient, jamais il n'aurait pensé y être confronté lui-même. Il le vivait comme une trahison.

— Elle a signé un contrat et accepté de toucher cent cinquante mille dollars !

— Pour le moment, la clinique n'a reçu que la moitié de la somme, le reste doit être versé après la naissance du bébé, lui rappela Zahad. Quoi qu'il en soit, nous ne pouvons pas agir impulsivement. Encore une fois, je te demande de me laisser m'en charger.

Sharif céda à contrecœur.

— Très bien. Dès que tu l'auras retrouvée, préviens-moi. Si elle fait des difficultés, je viendrai te rejoindre.

— Bien sûr.

Zahad lui fit une révérence respectueuse, même si, entre eux, observer un tel protocole était inutile, et s'en fut.

C'était quelqu'un de compétent, songea Sharif. C'était d'ailleurs lui qui avait trouvé la clinique de Crestline View.

La Californie était un des rares endroits au monde où il y avait à la fois des établissements médicaux de haute qualité, une législation souple sur le sujet des mères porteuses et des jeunes femmes aux mœurs suffisamment libres. Il avait quand même fallu du temps à Mme Wheaton, la directrice de la clinique, pour lui proposer une mère porteuse qui réponde à ses exigences.

Du tiroir de son bureau, il sortit une photo de la femme qu'il connaissait sous le nom de H. J. Rivers.

Elle avait un beau visage très fin, de superbes yeux noisette. Ses cheveux roux et son sourire lui rappelaient Yona.

Il ne savait que très peu de choses d'elle : elle avait vingt-cinq ans, n'avait jamais été mariée, vivait avec sa sœur aînée et travaillait comme manucure dans un salon de beauté. Il lui arrivait également de chanter dans des clubs de Los Angeles.

« Elle veut bien vous aider à assurer l'avenir de votre peuple et compte utiliser l'argent pour enregistrer un disque qui lui permettra de lancer sa carrière dans la chanson », lui avait affirmé Mme Wheaton.

Cette dernière avait mis en avant le fait que sa protégée n'avait encore jamais eu d'enfant. Mais Sharif s'était laissé convaincre avant tout parce que la jeune femme semblait mener une vie saine et équilibrée.

Désormais, il se demandait s'il l'avait mal jugée ou si on l'avait induit en erreur. Pourquoi avait-elle disparu ?

Il sortit un second document, la copie d'une échographie reçue quatre mois auparavant. Cette forme grise, c'était son futur fils.

Cette image l'avait bouleversé. Elle lui avait fait prendre conscience qu'il allait vraiment être père et, à son grand étonnement, il avait éprouvé un élan spontané, un désir d'offrir le meilleur à ce bébé. Or voilà que tout était remis en question.

Il alla ouvrir la fenêtre pour laisser entrer un peu d'air. Le marché battait son plein, des effluves de café et d'épices montaient jusqu'à lui. Bahrim City était une ville pauvre, mais riche en traditions et pleine de vitalité.

L'ensemble de la petite nation arabe d'Alqedar devait faire face à des difficultés économiques, mais c'était en priorité des cinquante mille habitants de Bahrim City et de ses environs que Sharif se souciait, car ils dépendaient de lui et de sa famille. De plus, pour la première fois, la prospérité semblait à portée de main.

Récemment, en effet, des chercheurs avaient trouvé le moyen de tisser une fibre d'une douceur et d'une résistance exceptionnelles à partir d'une essence d'arbre qui ne poussait que dans cette région.

Sharif et Harry Haroun, un chimiste qui était aussi le mari de sa cousine Amy, détenaient le brevet de fabrication. Quand cette matière révolutionnaire serait produite et commercialisée à grande échelle, la petite province verrait ses revenus augmenter considérablement, et cette manne financerait les infrastructures dont la population avait tant besoin. Alors, plus personne à Bahrim ne mourrait, comme Yona, faute d'un hôpital digne de ce nom.

Mais tout était encore en suspens. Le projet attisait les convoitises des autres leaders régionaux et Sharif avait reçu de nombreuses menaces de mort pour avoir contribué à faire tomber Maimun, l'ancien tyran.

L'avenir de Bahrim ne pouvait pas peser sur ses seules épaules. Il lui fallait un héritier.

Le grincement de la porte le sortit de ses pensées. D'instinct, il fit volte-face et chercha son arme.

— Toujours aussi nerveux qu'un chat, à ce que je vois, dit Selima, sa tante, en entrant dans la pièce avec un grand sourire.

Elle avoisinait les soixante-dix ans, mais l'âge paraissait n'avoir aucune prise sur ses traits et son énergie.

— Zahad t'a-t-il appris la nouvelle ? lui demanda-t-il en sortant la main de la poche de sa veste.

— Oui, mais nous ne devons pas perdre espoir et prier pour que tout finisse bien.

Elle écarta des piles de papiers du bureau pour faire de la place.

— Tu m'as demandé de t'enseigner quelques rudiments essentiels, alors me voilà.

— Ce n'est vraiment pas le moment, ma tante !

Sans se préoccuper de sa mine contrariée, Selima déroula un linge sur le bureau avant d'extraire de son sac un poupon en plastique.

— Eh bien ? fit-elle en levant les yeux vers lui. Tu ne

risques pas d'apprendre grand-chose si tu restes planté là comme un piquet.

Il était inutile de lutter. Avec un sourire contrit, Sharif s'approcha du bureau pour prendre sa toute première leçon de changement de couches pour bébé.

1

Trois mois plus tard
Harbor View, Californie

Ce regard intense, hypnotique, ce si petit bébé le tenait-il de son père ?

Ben battit des paupières, écarta les bras, bâilla. Holly sourit.

Dès le premier instant où elle avait tenu ce bébé, elle avait complètement craqué pour lui.

Mais pour un bébé de trois mois, il pesait son poids ! Elle commençait à avoir les membres engourdis mais n'osait pas le serrer contre elle de peur de tacher sa robe de mariée.

Elle espérait qu'Alice Frey, sa demoiselle d'honneur mais aussi sa patronne au Sunshine Lane Salon, ne tarderait pas à revenir avec les fleurs. Elle l'aiderait à donner à manger à Ben avant la cérémonie, prévue à 16 heures. Il ne restait plus qu'une demi-heure.

— Hé, je peux entrer ? lança une voix depuis la porte entrouverte de la sacristie.

Sans attendre de réponse, Trevor Samuelson entra dans la pièce.

Trevor était l'homme qu'elle allait épouser. Elle allait se marier avec lui parce que, depuis de très nombreuses années, pour ainsi dire depuis toujours, il avait été là pour elle, et parce qu'il leur offrait un foyer et la sécurité, au petit Ben et à elle.

Son smoking noir et blanc lui allait à merveille.

— Tu es superbe, dit-elle en lui souriant.

— Tant mieux, parce que je ne peux pas dire que je me sente à l'aise, répondit-il en tirant sur son nœud papillon.

Avocat renommé, Trevor avait quarante-huit ans, soit dix-huit ans de plus qu'elle. Elle le connaissait quasiment depuis sa naissance, car c'était un vieil ami de ses défunts parents. Jusqu'à récemment, elle l'avait toujours considéré comme un oncle.

Au cours de l'année précédente, ses manières amicales avaient progressivement laissé place à des tentatives de séduction. Elle l'avait d'abord tenu à distance, sans se brouiller avec lui.

Mais quand Jasmine, sa sœur, avait disparu alors qu'elle était enceinte, Trevor avait fait preuve d'un soutien sans failles, dédiant son temps et son énergie à l'aider dans ses recherches. Avoir quelqu'un avec qui partager cette épreuve lui avait fait un bien fou.

Peu avant Noël, Griffin Goodbar, un des amis musiciens de Jasmine, s'était présenté chez elle avec le petit Ben. Il lui avait affirmé que sa sœur reviendrait quelques jours plus tard et, dans l'intervalle, lui demandait de prendre soin de son bébé. Holly avait été tellement abasourdie de se retrouver avec un nouveau-né dans les bras et soulagée d'avoir de bonnes nouvelles de Jasmine qu'elle n'avait pas demandé beaucoup plus de précisions à Griff, qui n'était en outre pas très loquace.

Jasmine n'était pas réapparue. Holly, folle d'inquiétude, avait passé des fêtes de fin d'année terribles, espérant à tout moment que sa sœur frapperait à la porte. Finalement, la mort dans l'âme, elle avait commencé à envisager que sa sœur ne reviendrait jamais.

C'est à ce moment-là que Trevor l'avait demandée en mariage, lui assurant qu'il l'aimait de tout son cœur et que si Jasmine ne revenait pas, il s'occuperait du petit Ben comme de son propre fils. Elle avait accepté sa proposition. Certes, ses baisers ne lui faisaient pas voir des étoiles, mais elle avait besoin de lui et elle lui était reconnaissante de son dévouement.

Par ailleurs, sur un plan émotionnel comme sur un plan

financier, elle n'était pas capable d'élever seule un enfant. Enfin, avec Trevor, elle se sentait aimée, en confiance, et à l'abri du dénuement.

Il avait été tellement heureux qu'elle accepte de l'épouser qu'il avait insisté pour que la cérémonie ait lieu sans délai. Par chance, elle avait encore la robe de mariage de sa mère, qui pourrait servir une seconde fois.

— T'ai-je dit à quel point tu es belle ? lui dit Trevor d'une voix émue en écartant doucement une mèche rousse de son visage. Ma chérie, si tu savais comme je suis fier !

Son compliment la fit rougir.

— Les invités sont-ils tous arrivés ?

Les parents de Holly étaient décédés et elle n'avait pas d'autre proche famille, pas plus que Trevor, qui avait divorcé de sa première femme cinq ans auparavant et n'avait pas d'enfants.

L'assemblée se composerait donc principalement d'amis et de collègues de travail, et encore, beaucoup n'avaient pu se libérer, la cérémonie ayant lieu un lundi après-midi, seul jour où l'église était libre et jour de fermeture du salon de beauté où travaillait Holly.

— Oui, je crois que tout le monde est là maintenant, ou presque. Je suis nerveux, tu sais. Je suis déjà passé par là, et pourtant, c'est comme si c'était la première fois.

Holly sourit et Trevor lui passa un bras autour des épaules, lui donna un petit baiser et caressa affectueusement la tête du petit Ben.

— Vous ne savez pas que ça porte malheur au marié de venir voir sa belle avant la cérémonie ? Allez, ouste, dehors ! s'exclama alors une voix derrière un immense bouquet de fleurs qui passait la porte de justesse.

— Oui madame, répliqua Trevor à Alice Frey, la patronne de Holly, en prenant une moue penaude.

Il poussa un petit soupir et s'en alla.

— Comment va notre petit chéri ? s'enquit Alice en posant son bouquet sur la table.

— Il a dit qu'il était nerveux.

— Je parlais du bébé, pas de Trevor ! se récria Alice en

se penchant sur Ben. Mon Dieu, parfois, j'ai l'impression d'être sa grand-mère ! J'aimerais que mon fils se marie, mais plus le temps passe, plus je me résigne à ce que ça n'arrive jamais. Je n'aurai peut-être pas de véritables petits-enfants, et ça m'attristerait beaucoup de ne plus voir Ben parce que tu te maries…

— Ne t'inquiète pas, Alice, pour moi, sa grand-mère, c'est toi, répondit Holly avec sincérité.

Tout comme elle, Alice avait craqué pour Ben au premier regard.

Quand elle s'était retrouvée dans une mauvaise passe après avoir dépensé beaucoup d'argent pour faire rechercher sa sœur, Alice lui avait même proposé de venir s'installer chez elle avec l'enfant. Grâce à Trevor, elle n'avait pas eu à en arriver là.

— Tu sais que j'apprécie ta sœur, reprit Alice, qui avait toujours accepté que Jasmine, qui travaillait comme manucure dans son salon de beauté, s'absente certains jours pour aller donner des concerts, mais, si elle a disparu du jour au lendemain parce qu'elle ne voulait pas s'occuper de son bébé, alors c'est une imbécile.

— Si seulement elle avait bien voulu me dire qui est le père de Ben ! dit Holly dans un soupir. Peut-être que lui sait où elle se trouve.

— Peut-être… Bien. Aujourd'hui, c'est le jour de ton mariage, Holly, alors assez parlé de Jasmine.

Alice prit quelques fleurs du bouquet et les plaça avec goût dans les cheveux de Holly. Puis elle considéra le tombé de sa robe.

— Surtout, tiens bien les pans relevés pour ne pas marcher dessus quand tu remonteras l'allée fatale.

— À t'entendre, on croirait que je cours à ma perte !

Holly confia son neveu à Alice et prit son bouquet de mariée ; les lis sentaient bon, leur parfum était réconfortant.

— Oh ! j'aime bien Trevor, repartit Alice, mais je trouve qu'il est trop vieux pour toi et que tu le connais trop bien. C'est un peu comme si tu enfilais une paire de pantoufles.

Où est ton esprit romantique ? Tu n'as pas envie de vivre le grand frisson ?

— Apparemment, ma sœur a rencontré quelqu'un qui a complètement chamboulé son quotidien, et vois le bien que ça lui a fait…

Holly soupira.

— Elle me manque tellement. Et s'il lui était arrivé malheur, elle qui est tellement passionnée, tellement…

— … peu digne de confiance, termina Alice. Je te parie qu'un de ces jours elle va revenir comme si de rien n'était.

— Je l'espère.

Alice prépara le biberon de Ben et s'assit pour le faire manger.

— Pourquoi ne vas-tu pas prendre l'air cinq minutes pour te détendre ? Assure-toi simplement que Trevor ne rôde pas dans les environs pour voir sa promise avant l'heure.

— Eh bien, s'il le faisait, moi, je trouverais ça romantique, tu vois, rétorqua Holly. Il m'aime sincèrement, Alice. Certes, c'est un vieil ami, mais il a toutes les qualités pour être un mari idéal.

— Riche, bien fait de sa personne et ennuyeux, énuméra Alice.

Holly avait effectivement besoin de prendre l'air. De toute façon, son amie adorait être seule avec le bébé.

— Je reviens tout de suite.

Quittant la sacristie qui lui servait de vestiaire, elle sortit dans la cour qui séparait celle-ci de l'église. L'air de cette journée de janvier était vif, les éclaircies rares. La cour était fermée d'un côté par un haut mur qui cachait la rue.

De l'autre, une ruelle séparait l'église d'un terrain vague envahi de mauvaises herbes. Il avait plu la veille et une odeur de terre mouillée imprégnait l'atmosphère.

Comme chaque fois qu'elle se retrouvait seule, Holly se mit à penser à sa sœur. Les gens avaient coutume de dire qu'elles se ressemblaient beaucoup, mais Jasmine était plus grande de quelques centimètres, ses cheveux étaient d'un roux plus flamboyant et, surtout, elle était plus expansive, plus extravertie…

Soudain, Holly prit conscience que quelqu'un l'observait. Surprise, elle fixa l'homme qui se tenait à l'entrée de la cour. D'où venait-il ? Elle ne l'avait ni entendu ni vu approcher.

Immobile, il la regardait. Grand, le teint mat, les épaules larges, il portait à l'envers une casquette de base-ball ; mais ce qui la frappa le plus fut l'intensité de son regard. Il avait des yeux noirs perçants et leur expression semblait hostile.

Gênée, elle détourna la tête. L'homme resta impassible. Troublée, elle s'empressa de retourner à l'intérieur. Pourquoi le regard de cet homme lui avait-il paru vaguement familier ?

— Tu es sûr que c'est elle ? demanda Zahad à Sharif.

Assis à l'avant d'un coupé de location garé au fond du parking d'un petit centre commercial, les deux hommes braquaient leurs jumelles sur l'église depuis plus d'une heure.

— Quand elle m'a vu, elle a détourné les yeux, mais j'ai eu le temps de voir son visage, répondit Sharif. Elle correspond à la photo.

Bien qu'il ait suivi les conseils de Zahad et se soit habillé à la mode américaine, quelque chose dans son allure avait troublé la jeune femme. Sans doute n'aurait-il pas dû la fixer avec tant d'insistance.

Elle lui avait paru innocente et ravissante dans sa robe ivoire qui contrastait avec ses beaux cheveux roux. Pourtant, il savait à quoi s'en tenir. Elle avait pris son argent, et maintenant elle voulait garder son enfant.

— Ce sont tous des serpents, marmonna-t-il. Les gens de la clinique tout autant qu'elle.

Zahad acquiesça.

— Je suis vraiment désolé de t'avoir recommandé cet établissement. Cette clinique semblait donner tous les gages de sérieux et Mme Wheaton me paraissait tout à fait digne de confiance. Mais elle nous a trompés. Encore heureux que nous n'ayons versé qu'une partie de la somme.

Un mois auparavant, la clinique de Crestline View avait cessé de répondre aux appels de Zahad. Quand, enfin, à force de ruses, il avait réussi à parler à Noreen Wheaton, elle lui avait dit d'une voix embarrassée que des complications non prévues étaient survenues mais qu'il ne fallait rien précipiter, sous peine d'avoir des difficultés avec la justice.

Il avait alors décidé d'enquêter de son côté sur H.J. Rivers. Et c'est ainsi qu'il avait découvert que Holly Jeannette Rivers devait prochainement épouser Trevor Samuelson, un avocat.

Amy Haroun, la cousine de Sharif, en avait déduit que Holly Rivers avait bel et bien décidé de garder l'enfant. Seule, une manucure aux revenus limités n'aurait pas eu les moyens de s'engager dans une bataille judiciaire. Mariée à un avocat, en revanche, elle se retrouverait en position de force. L'avocat en question s'était certainement laissé embobiner par cette jeune femme séduisante et manipulatrice.

Zahad s'était empressé de prendre des dispositions : il avait loué un chalet isolé en dehors de la ville et deux voitures par l'intermédiaire d'une société écran — la seconde était cachée quelque part, en cas de besoin. Sharif l'avait rejoint la veille.

Le cheikh avait insisté pour qu'ils ne soient pas armés. Il refusait de courir le risque de se faire arrêter en possession d'arme.

Leur but, c'était de s'emparer du bébé et de le ramener le plus vite possible à Alqedar. Pour cela, ils avaient acheté plusieurs billets d'avion auprès de différentes compagnies aériennes, afin de ne pas emprunter un itinéraire direct et d'éviter qu'on retrouve trop facilement leur trace. Quand ils seraient rentrés, Holly Rivers serait impuissante ; la législation américaine en matière de garde d'enfants ne s'appliquait pas à Alqedar.

Le problème, c'est que Holly Rivers était rarement seule avec le bébé. Quand elle n'était pas avec son fiancé, une petite femme dont ils ignoraient l'identité semblait être en permanence avec elle.

Mais ils ne devaient plus tarder à agir. Holly Rivers l'avait repéré. Et, même si elle ne savait pas qui il était, elle finirait fatalement par s'inquiéter, si elle le revoyait.

Des fourmillements parcouraient Sharif des pieds à la

tête. Le moment était grave mais il avait toujours été un homme d'action.

— Allons prendre position, fit Zahad.

Il opina, ferma puis rouvrit plusieurs fois les mains pour se détendre. Il n'avait que trop attendu cet instant, il était grand temps de passer à l'offensive.

Quand Holly revint dans le vestiaire, Alice frottait une tache de lait sur sa robe bleue.

— J'avais posé une serviette sur mes genoux mais elle a glissé au moment où je lui essuyais le menton. Beau résultat !

— Je vais le prendre, dit Holly en tendant les bras. Va laver ta robe avec du savon.

— Ce que je suis maladroite ! marmonna son amie en se levant.

Le petit Ben bâilla. Il semblait prêt pour une sieste. Holly décida de partir à la recherche de Marta Vasquez, l'autre manucure du salon de beauté, qui s'était portée volontaire pour veiller sur le bébé pendant la cérémonie.

Lorsqu'elle sortit, un coup de vent fit virevolter son voile. Mais, avec le bébé sur un bras, son bouquet sur l'autre, elle ne pouvait pas le remettre en place.

Un bruit de pas lui fit lever la tête. L'homme ténébreux au regard insistant qu'elle avait aperçu un peu plus tôt se tenait à quelques centimètres d'elle, le visage fermé.

— Que… Que voulez-vous ? lui demanda-t-elle d'une voix incertaine.

Alors, un second homme jaillit de nulle part et lui arracha le petit Ben des bras. Elle fut tellement surprise, tellement choquée, qu'elle mit quelques secondes avant de comprendre ce qui se passait. Quand elle sortit de sa torpeur, les deux hommes s'enfuyaient déjà avec le bébé. D'instinct, elle partit à leur poursuite.

2

Sharif pensait que le plus dur serait de trouver le bon moment pour intervenir ; jamais il n'aurait imaginé que la jeune femme aurait le cran de se jeter par la portière arrière encore entrouverte de la voiture en marche.

— Pousse-la ! s'écria Zahad, qui avait posé le bébé dans un panier au pied du siège passager, en enfonçant la pédale d'accélérateur. Ferme la portière !

La jeune femme se cramponnait de toutes ses forces au bras de Sharif.

— Rendez-moi mon bébé ! Rendez-le moi !

— Nous ne lui ferons aucun mal !

N'avait-elle pas compris à qui elle avait affaire ?

— Zahad, arrête-toi, que je puisse la faire descendre.

— Non ! protesta la jeune femme, je ne le laisserai pas !

— Ferme la portière, insista Zahad. Nous commençons à attirer l'attention et je ne peux pas conduire normalement.

S'il avait été aux prises avec un de ses ennemis, Sharif n'aurait pas hésité à le frapper pour le faire lâcher prise. Mais il se voyait mal faire tomber une femme d'une voiture en marche.

Il la tira donc complètement à l'intérieur puis se pencha sur elle pour claquer la portière. Zahad donna un brusque coup de volant pour s'engager dans une petite rue à droite puis tourna de nouveau à l'intersection suivante.

La jeune femme se redressa et Sharif put mieux distinguer son visage. L'effroi agrandissait ses yeux couleur d'ambre et ses cheveux roux tombaient en désordre sur ses épaules.

Elle était d'une beauté saisissante.

Peut-être avait-il été injuste ? Aveuglé par sa colère, il ne s'était pas interrogé un seul instant sur la profondeur du lien qu'une mère porteuse pouvait tisser avec l'enfant qu'elle mettait au monde. Pourtant, ce qu'elle venait de faire était un authentique geste d'amour maternel. Un geste qu'en d'autres circonstances il aurait jugé admirable.

— Nous n'avons aucune intention de vous faire du mal, répéta-t-il. Si vous le désirez, nous pouvons vous laisser descendre ici.

La jeune femme ignora sa proposition et demanda d'une voix tremblante :

— Que voulez-vous ? Une rançon ? Je n'ai pas d'argent, mais mon fiancé en a.

— Vous nous prenez pour des ravisseurs ? Vous rendez-vous compte que vous nous insultez ?

— Il faut bien avouer que, d'une certaine manière, nous nous comportons *comme* des ravisseurs, intervint Zahad, qui était toujours pointilleux.

— Tu exagères !

— C'est un fait, repartit Zahad en donnant un nouveau brusque coup de volant qui fit basculer la jeune femme tout contre Sharif.

Il y avait bien longtemps qu'il n'avait pas tenu une femme dans ses bras, et ses formes généreuses comme son parfum lui firent un effet, comment dire, certain. Mais c'était la femme qui l'avait trahi et qui voulait l'empêcher de voir son fils grandir à ses côtés.

— Lâchez-moi !

— Mais je ne vous retiens pas, répliqua-t-il.

Elle se tortilla pour s'écarter de lui.

— Bien sûr que si puisque vous retenez mon bébé en otage !

— En otage ? fit-il en haussant les sourcils. Vous ne devriez pourtant pas être étonnée que j'attende simplement de vous que vous respectiez votre part du marché.

— Quel marché ?

Elle vint se coller contre la portière, le plus loin possible de lui.

— Vous n'avez aucun droit de venir m'agresser le jour

de mon mariage et de vous emparer de mon bébé ! Où est-il, d'abord ?

— Il est dans un panier à côté de moi, répondit Zahad. Il a l'air ravi. Ce petit aimera la vitesse, quand il sera grand.

— Il devrait être dans un siège pour bébé. C'est la loi !

Sharif eut un petit rire. Elle avait un sacré culot.

— Et vous pensez que vous pouvez nous imposer votre loi ?

Elle serra les poings et Sharif ne douta pas que, si elle en avait eu les moyens, elle lui aurait enseigné le respect. Elle avait vraiment du tempérament.

Ils approchaient d'un carrefour. Zahad grilla le feu rouge, tourna à droite et accéléra juste à temps pour éviter qu'un bus les percute.

— Vous allez nous tuer ! s'exclama Holly, effrayée. Même si vous vous moquez de la loi, vous pouvez au moins comprendre qu'il faut s'arrêter aux feux rouges.

— Contrairement à ce que vous croyez, nous respectons la loi, répliqua Sharif. Nous croyons également au respect des termes d'un contrat. Ce qui n'est hélas pas votre cas.

— Un contrat ? fit Holly en battant des paupières. Attendez… Jasmine vous doit de l'argent, c'est ça ?

— Qui est Jasmine ?

— Ma sœur.

— Je ne connais pas votre sœur.

Holly déglutit.

— Vraiment ? Vous ne lui avez pas fait de mal ?

La conversation prenait un tour absurde. Qui était sa sœur, d'abord ? La femme qu'ils avaient vue en sa compagnie ? Elle n'était même pas sortie quand ils étaient intervenus, alors comment auraient-ils pu lui faire du mal ?

— Bien sûr que non.

— Alors… vous n'avez rien fait de répréhensible. Je vous en prie, laissez-moi partir avec le bébé. Je vous jure de ne pas porter plainte, dit-elle, les yeux brillants.

Son expression était poignante et elle semblait sincère, mais il n'allait pas abandonner son fils à cause d'une jolie femme attendrissante !

— Vous perdez votre temps.

— Baissez-vous ! cria alors Zahad.

Il fit une embardée. Sans chercher à comprendre, Sharif prit Holly par les épaules, la plaqua contre la banquette et la protégea de son corps.

La vitre arrière gauche explosa. Des éclats de verre lui tombèrent dessus.

— Comment va le bébé ?

— Il va bien, répondit son cousin.

— On nous tire dessus ? dit Holly d'une voix paniquée.

La police n'aurait pas tiré sur une voiture avec une femme et un enfant à bord, songea Sharif, ce n'était donc pas elle.

— Peut-être est-ce la façon qu'a votre fiancé de voler à votre secours.

— Jamais Trevor n'agirait ainsi.

— En effet, ce n'est pas lui, dit Zahad qui se faufilait dans la circulation. L'avocat conduit une Cadillac, et là, c'est un coupé aux vitres teintées qui nous poursuit.

— Il semblerait que mes ennemis nous aient traqués jusqu'ici, marmonna Sharif.

— Quels ennemis ? demanda Holly qui tremblait de tous ses membres. Et qui êtes-vous ?

C'était une question étrange de la part d'une femme qui avait accepté de son plein gré de porter son enfant.

— Nous en reparlerons plus tard. D'ici là, je pense que vous aurez découvert la réponse toute seule.

La voiture zigzagua, gravit une pente, puis il y eut une brusque accélération. Ils venaient d'entrer sur la voie rapide.

Zahad jeta un coup d'œil dans son rétroviseur.

— Nos poursuivants abandonnent. Il y a une voiture de police sur la route, mais elle n'est pas là pour nous.

Prudemment, Sharif se redressa et aida Holly à en faire de même.

— Le bébé va bien ?

— Oui, oui, ne t'inquiète pas, répondit Zahad.

L'espace d'un instant, il n'avait pas prêté attention à la jeune femme à côté de lui. Grave erreur. Elle se pencha par la vitre brisée et lança à pleins poumons :

— À l'aide ! J'ai été enlevée !

Le vent emporta ses paroles. Sharif sortit de sa poche le mouchoir imbibé de chloroforme que lui avait donné Zahad en cas de besoin, saisit Holly par les épaules et le lui appliqua sur le nez. Elle se débattit mais, très vite, elle s'affaissa.

Quand il fut certain qu'elle était endormie, il retira son mouchoir. Selon Zahad, la dose n'était pas dangereuse ; il vérifia néanmoins qu'elle respirait normalement. La voiture de police avait changé de file et s'éloignait sans se soucier d'eux.

— Je vais prendre la prochaine sortie, dit Zahad. Nous devons la laisser.

— Inconsciente au bord de la route ? Hors de question. Cherchons un hôpital.

— Et tu comptes entrer dans le hall et dire : « Excusez-moi, pouvez-vous vous occuper de cette femme, merci et au revoir » ? Non, non, nous avons des ennuis et ce n'est pas le moment d'en rajouter.

— Nos ennuis seront terminés une fois que nous serons dans l'avion qui nous ramènera chez nous.

Zahad doubla un poids lourd.

— Réfléchis, Sharif. Les partisans de Maimun ne sont pas des idiots. S'ils nous ont retrouvés à l'église, ils peuvent nous retrouver de nouveau.

À contrecœur, Sharif dut reconnaître que son cousin disait vrai.

— Et s'ils savent qui est Holly Rivers, ils connaissent l'existence de mon fils…

— On a certainement surveillé nos allées et venues. Je ne serais pas étonné que ce soit quelqu'un qui travaille à l'aéroport d'Alqedar.

— Si tes soupçons sont exacts, ils savent quelles dispositions nous avons prises pour le retour.

Sharif secoua la tête, agacé par ces complications.

— Nous pourrions changer d'itinéraire. Prendre un vol de Los Angeles à Londres, par exemple, puis ensuite un autre pour Riyad et…

Zahad fit la grimace.

— À mon avis, il faut se donner un peu de temps. Nous ignorons à combien d'hommes nous avons affaire et de quelles complicités ils bénéficient. Avant de réapparaître en public, nous devons en apprendre davantage.

Sharif voulut protester mais, encore une fois, son cousin avait raison. Pour le moment, ils étaient coincés aux États-Unis.

Une pensée le traversa.

— Dans ce cas, nous devons garder Mlle Rivers avec nous jusqu'à notre départ. Sinon, elle parlera à la police et leur en dira beaucoup trop.

— C'est exact, hélas, dit Zahad en tendant le bras pour allumer la radio. Je suis curieux de savoir si on parle déjà de nous aux infos.

Un commentateur égrena les derniers résultats sportifs. Holly était tout contre l'épaule de Sharif. Elle dégageait un parfum de fleurs et ses cheveux roux encadrant son visage délicat et détendu la faisaient ressembler à une nymphe.

Les propos du speaker le firent soudain sortir de ses pensées.

— Selon la police d'Harbor View, une future mariée a été enlevée quelques minutes avant le début de la cérémonie. La scène a eu lieu devant l'église d'Harbor View il y a à peine plus d'un quart d'heure.

— Ils ne perdent pas de temps, observa Zahad.

— La police compte sur les gens pour nous rechercher et leur donner des informations. C'est comme ça, ici, dit Sharif.

— La victime, dont l'identité ne nous a pour le moment pas été communiquée, a des cheveux roux mi-longs et porte une robe de mariée couleur ivoire. Selon un témoin direct, on l'a forcée à monter dans une voiture marron dans laquelle se trouvaient deux hommes aux cheveux noirs. Nous vous donnerons d'autres précisions dès que possible.

De colère, Zahad tapa du plat de la main sur le volant.

— Quel témoin ? Je n'ai vu personne. Les Américains sont trop curieux.

— Moi, je ne suis pas étonné qu'on nous ait vus. Nous nous sommes donné en spectacle. Dès que nous serons de retour au chalet, il faudra que nous changions d'apparence.

— Entendu.

Pendant plusieurs minutes, Zahad conduisit en silence.

Sharif parviendrait-il à raisonner Holly à son réveil, et à lui faire admettre que ses efforts pour récupérer son fils étaient légitimes ? Il l'espérait. Peut-être même accepterait-elle, en échange de sa libération, de les aider à plaider leur bonne foi auprès de la police.

Ensuite, il pourrait se concentrer sur les assassins qui étaient à leurs trousses et s'efforcerait d'oublier cette jolie femme aux cheveux roux qui sentait si bon.

À la radio, le commentateur interrompit la chanson qui passait.

— Voici les derniers développements de l'affaire de l'enlèvement d'Harbor View. Il semblerait que le neveu de la victime, un bébé de trois mois, ait lui aussi été enlevé. La police a déclaré qu'elle enquêtait déjà depuis plusieurs mois sur la disparition de la mère de l'enfant.

Sharif en fut abasourdi. Holly Jeannette Rivers n'était pas la mère de son fils ? Ils avaient enlevé la mauvaise femme ?

Holly avait la tête lourde, ses poignets étaient attachés. Allongée sur un matelas, elle sentait ses ressorts lui rentrer dans le dos.

Elle tâcha de reconstituer le fil des événements. Alice était arrivée avec les fleurs, Trevor était sorti en lui souriant. Elle était allée prendre l'air, avait remarqué un homme au regard intense qui la fixait. Puis elle s'était retrouvée dans une voiture lancée dans une course folle, l'homme la tenant contre lui. La vigueur de son corps s'était inscrite dans sa mémoire. Au-delà de la peur, elle avait ressenti une émotion qu'elle n'aurait su décrire précisément — mais c'était une chose qu'elle n'avait jamais éprouvée avec Trevor.

Son dernier souvenir était d'avoir été tirée à l'intérieur de la voiture. Que s'était-il passé ensuite ? S'était-elle cogné la tête ? Inquiète, elle voulut ouvrir les yeux, mais ses paupières étaient trop lourdes.

Des vagues de chaleur lui caressaient le visage. Un feu de bois crépitait. Une voix murmurait dans une langue qu'elle ne connaissait pas.

Puis elle identifia un autre son : le babillage de Ben.

Elle tenta de se redresser mais s'avisa que ses chevilles aussi étaient liées. Elle ouvrit les yeux avec difficulté et battit des paupières pour s'éclaircir la vision.

Elle était dans un chalet, étendue sur un clic-clac déplié, dans une pièce mansardée aux stores baissés. Outre le feu, une lampe de bureau distillait un peu de lumière.

Quand elle tourna la tête, elle distingua, devant une grande cheminée, le petit Ben allongé sur une table recouverte d'une couverture. Il battait des bras.

Un homme était penché sur lui et, à sa vue, elle tressaillit.

Il s'était rasé mais elle aurait reconnu son regard entre mille. C'était l'homme qui l'avait attaquée devant l'église. Il avait troqué son jean et sa casquette contre une longue tunique blanche et un keffieh.

Qui était-il ? Que faisait-il vêtu ainsi ? Elle n'en croyait pas ses yeux.

Il n'avait pas remarqué qu'elle s'était réveillée. Elle devait à tout prix trouver un moyen de détacher ses liens et de secourir son neveu.

Elle ne mit pas longtemps à découvrir que ce ne serait pas simple. Quand elle bougea les poignets, la corde lui mordit la peau et elle dut retenir un cri de douleur.

Son ravisseur ne faisait toujours pas attention à elle mais, quand elle entendit le petit Ben gémir, elle prit peur.

— Ne lui faites pas de mal ! s'exclama-t-elle instinctivement.

L'homme tourna la tête et elle s'aperçut qu'il tenait quelque chose de blanc dans sa main. Une couche ! Mince, il essayait de changer Ben.

Si elle n'avait pas été aussi effrayée, elle aurait ri de son expression confuse. Il paraissait aussi désemparé que Trevor le jour où elle lui avait posé le bébé dans les bras pour la première fois afin d'aller répondre au téléphone.

— Vous êtes donc réveillée, dit l'homme. Je suis désolé d'avoir dû vous endormir. Comment vous sentez-vous ?

— Je suis seulement… engourdie, répondit-elle, hésitante. Quelle heure est-il ?

— Un peu plus de 19 heures.

Holly grogna. Son mariage était à l'eau. Et que devaient penser Trevor et Alice ?

— Je n'ai aucune intention de faire du mal à quiconque, je vous l'assure, reprit son ravisseur. Plus vite je pourrai vous rendre à votre fiancé, mieux ce sera. Toutefois, en attendant, nous étions obligés de prendre quelques précautions, ajouta-t-il en désignant ses liens.

Sans sa barbe de trois jours, il avait un visage beaucoup plus avenant. Il était même séduisant et son expression n'était pas hostile. Mais pourquoi était-il habillé d'une façon aussi étrange ?

— Pourquoi portez-vous une tunique ? lui demanda-t-elle.

— Oh ! ça ne me viendrait pas à l'idée de déambuler comme ça dans la rue, en tout cas pas ici, répondit-il. Mais je voulais que mon fils me voie tel que je suis.

— Votre…

Elle ne termina pas sa phrase. Désormais, elle comprenait pourquoi ses yeux l'avaient tant frappée.

Ben avait le même regard.

— Vous êtes son père, murmura-t-elle. Oh ! mon Dieu.

Elle avait donc retrouvé l'amant secret de Jasmine. Ou plutôt, ils les avaient retrouvés, Ben et elle.

— Où est ma sœur ?

— Je n'en sais rien. En fait, je vous ai prise pour elle.

— Quoi ?

La surprise l'avait fait se redresser brusquement. De nouveau, la corde lui fit mal.

— Qu'est-ce que vous racontez ?

— Je ne l'ai jamais vue en vrai, je ne la connais qu'en photo. C'est la maternité qui s'est chargée de tout. Elle ne vous en a pas parlé ?

Il reporta son attention sur Ben et tenta maladroitement de lui glisser la couche sous les fesses.

Holly n'arrivait pas à croire que cet homme lui disait la vérité.

— C'est insensé. Vous insinuez que ma sœur aurait accepté d'être mère porteuse ? Pourquoi aurait-elle fait cela ?

— Afin de lancer sa carrière dans la chanson en enregistrant un disque, m'a-t-on dit.

Ben, mécontent, se mit à se tortiller.

— Vous vous y prenez mal !

— On dirait, oui. Mes compétences d'ingénieur ne comprennent pas la pose de couches-culottes, hélas.

— Vous êtes ingénieur ?

— Entre autres choses. En revanche, je n'ai jamais fait de mal à une femme. Si vous acceptez de vous occuper de mon fils, je vous détacherai. Vous avez remarqué comme moi que je ne suis pas très habile.

Il s'exprimait avec un léger accent du Moyen-Orient.

— D'où venez-vous ?

— Votre sœur ne vous a donc rien appris sur moi ? dit-il en enveloppant le bébé dans la couverture pour le lui porter.

— Rien du tout. Et pourtant, croyez-moi, j'ai tenté de savoir qui était le père de son enfant.

Sans réfléchir, elle tendit les bras pour prendre Ben, oubliant une fois encore qu'elle avait les poignets attachés. Elle eut un petit gémissement de douleur.

L'homme posa le bébé à côté d'elle.

— Mon cousin Zahad a trop serré vos liens. Il faut dire qu'il était pressé.

Il était tout près d'elle et embaumait le shampooing ; les cheveux qui dépassaient de son keffieh étaient encore humides. Il avait dû se doucher dès leur arrivée.

Soudain, il sortit un couteau de sa tunique. Elle n'eut pas le temps d'avoir peur car, en un éclair, il sectionna ses liens. Il rangea son couteau aussi vite qu'il l'avait sorti.

Des picotements lui parcoururent les mains et les pieds.

— Votre cousin, c'était le conducteur de la voiture, je présume. Il est ici ?

— Non, selon lui c'est plus prudent de s'installer ailleurs.

Il s'assit auprès d'elle et la dévisagea. Elle eut des frissons.

— Ce chalet est à l'écart de la ville mais si lui et moi étions vus ensemble, cela pourrait éveiller les soupçons.

— Les soupçons de la police ?

Son ravisseur s'exprimait avec calme, sans agressivité. Elle ne devait cependant pas oublier ce qui s'était passé à l'église.

— Oui, entre autres, répondit-il.

Avant qu'elle puisse poser une autre question, il ajouta :

— Il ne fait pas encore très chaud ici et je ne veux pas que le bébé prenne froid. Pouvez-vous changer sa couche ?

— Oui, bien sûr, mais j'ai encore besoin de quelques instants pour recouvrer l'usage de mes mains — à cause de votre précautionneux cousin.

— Il ne laisse jamais rien au hasard. Il s'en vante, d'ailleurs.

— Eh bien, ce serait mieux s'il se vantait de la considération qu'il porte aux autres, rétorqua-t-elle.

Son ravisseur sourit.

— Vous parlez comme ma cousine Amy. Elle non plus n'apprécie pas toujours les méthodes de Zahad.

Elle bougea les doigts pour les détendre complètement. Puis elle souleva doucement les jambes de Ben et mit la couche en place. Le bébé eut un petit rire et lui tendit les bras.

— Impressionnant, fit l'homme. Vous faites cela avec une telle dextérité. De plus, le petit est clairement attaché à vous.

— Il sait que je l'aime, dit Holly en prenant Ben dans ses bras.

L'homme les contempla, l'air indéchiffrable.

— Moi aussi, je l'aime.

— Comment pouvez-vous l'aimer alors que vous ne le connaissez même pas ?

— Et vous, vous pensez le connaître ?

Il se leva et se mit à faire les cent pas.

— Que savez-vous exactement de cet enfant ? Des circonstances de sa venue au monde, de son héritage et de son avenir ? Pour vous, ce n'est qu'un bébé mais, un jour, il sera appelé à de hautes fonctions !

— Il sera ce qu'il veut. Vous ne pouvez pas forcer un enfant à devenir ce que *vous* souhaitez.

Elle serra Ben contre elle. Elle n'avait que faire qu'il bave sur sa robe ; celle-ci était déjà dans un triste état.

— Selon la directrice de la clinique, votre sœur, elle,

comprenait l'importance que revêtait pour moi le fait d'avoir un enfant.

— Encore cette histoire de clinique… Vraiment, ça ne ressemble pas à Jasmine.

— Jasmine ?

— Ma sœur. Son prénom complet est Hannah Jasmine, mais tout le monde l'appelle Jasmine depuis l'enfance. Elle déteste les médecins et les hôpitaux.

Tout à coup, un bruit sourd retentit à l'extérieur, près de la fenêtre. Elle sursauta.

D'un geste vif, son ravisseur éteignit la lampe. Les reflets des flammes dans l'âtre se mirent à danser sur les murs.

— Baissez-vous, chuchota l'homme en s'approchant de la fenêtre.

Elle obéit, le bébé contre elle. Les avait-on retrouvés ? Étaient-ce les hommes qui avaient tiré sur la voiture ? La police ?

Il y eut un nouveau bruit près de la fenêtre puis un autre sur le toit. L'homme jeta un regard dehors en soulevant lentement deux lames du store.

Après quelques secondes, il revint près du lit et ralluma la lampe.

— C'est juste une branche d'arbre qui est tombée sur le toit. Il pleut et le vent s'est levé. La tempête va sans doute faire rage, cette nuit.

Holly ravala sa déception. Elle avait espéré que c'était la police, venue les délivrer. D'un autre côté, au moins, ce n'étaient pas des hommes armés.

— Qui nous a tiré dessus quand nous étions en voiture ? Et qui êtes-vous exactement ? Je ne sais même pas votre nom.

L'homme lui fit face avec fierté.

— Je suis le cheikh Sharif Al-Khalil, d'Alqedar. Au cas où vous l'ignoreriez, c'est un petit pays du sud-est de l'Arabie. Donc, même si mon fils est né en Amérique, j'ai le droit de le ramener chez moi.

Sa tirade lui parut tout droit sortie d'un conte des *Mille et Une Nuits*.

— Qui êtes-vous réellement ? insista-t-elle, incrédule.

Il haussa les sourcils et éclata de rire.

— Vous ne me croyez pas ? Ça ne m'étonne pas. Pourtant, je vous ai dit la vérité.

Holly décida de prendre le problème autrement.

— Ben est né aux États-Unis, cela fait donc de lui un citoyen américain. Si sa mère s'y oppose, vous ne pouvez pas vous emparer de lui ainsi.

Le cheikh haussa les épaules.

— Il semblerait que sa mère ait d'autres préoccupations.

— Après ma sœur, je suis sa plus proche famille !

— Et vous étiez prête à épouser un avocat pour mieux faire valoir vos prétendus droits, répliqua-t-il avec sarcasme. C'est tellement américain !

Le sous-entendu la mit dans une colère noire, mais elle refusait de se justifier.

— Ce qu'il y a entre Trevor et moi ne vous regarde pas. Par ailleurs, même si vous êtes réellement cheikh et que Ben est bien votre fils, cela ne vous donne pas le droit de me retenir prisonnière.

— C'est vous qui avez sauté dans la voiture, nous ne vous avons pas enlevée. Cela dit, à mon grand regret, je ne peux pas encore vous laisser repartir, mademoiselle Rivers, même si, ce soir, ç'aurait dû être votre nuit de noces. Mais peut-être puis-je vous offrir quelques compensations.

Holly prit peur et resta silencieuse.

Il l'observa avec une lueur d'amusement dans le regard.

— Je ne parlais pas au premier degré, mais nous pouvons faire ce que vous désirez.

S'il dirigeait bien un pays étranger, il bénéficiait sans doute de l'immunité diplomatique, songea Holly. Ce qui signifiait qu'il pourrait faire à peu près tout ce qu'il voudrait sans risquer d'être inquiété.

3

Sharif ne comprenait pas pourquoi, après tant d'années, il était à ce point animé par le désir de faire l'amour. Pourquoi à ce moment précis, alors qu'il avait besoin de rester vigilant, et pourquoi avec cette femme-là ?

Dès qu'il l'avait tenue contre lui dans la voiture, il avait eu envie d'elle. Il n'avait plus éprouvé cela depuis sa rencontre avec Yona.

Il était curieux de savoir si cette attirance était réciproque. S'il posait ses mains sur elle et l'embrassait, comment réagirait-elle ?

Les yeux de Holly s'agrandirent. De peur ? De désir ? Un peu des deux ?

— Non, pitié, murmura-t-elle.

Sharif se rappela qu'elle était promise à un autre homme. Et qu'elle était déterminée à l'empêcher de ramener son fils à Alqedar.

— Vous n'avez rien à craindre. Je vous l'ai déjà dit, jamais je ne ferais de mal à une femme.

— Et vous ne savez vraiment pas où est ma sœur ?

Elle avait peur pour elle-même et, pourtant, elle pensait à sa sœur. Cette preuve d'altruisme l'impressionna.

— Non et je le regrette, répondit-il en se penchant pour caresser la joue du petit Ben. Si elle était là, ce serait plus simple de démêler ce sac de nœuds. Sauf si, comme je le redoute, son intention est d'obtenir la garde de mon fils.

— J'ignore quelles sont ses intentions, répondit la jeune femme en écartant une mèche de cheveux de son visage.

Ça fait plus de trois mois que je ne l'ai pas vue. Quand elle a disparu, le bébé n'était pas encore né.

— Mais alors comment est-il arrivé jusqu'à vous ?

— C'est Griff Goodbar, un ami musicien de ma sœur qui, un jour, s'est présenté chez moi avec le bébé. Il m'a dit venir de la part de Jasmine et m'a affirmé qu'elle réapparaîtrait quelques jours plus tard. C'était il y a plus d'un mois.

À peu près à la même période, Zahad avait commencé à avoir des difficultés à joindre la directrice de la clinique. Difficile de croire à une simple coïncidence.

— Connaissez-vous Noreen Wheaton ?

— Non, pourquoi ?

— C'est la directrice de l'établissement qui a recruté votre sœur. Si vous avez activement recherché Jasmine, à un moment ou un autre, vous avez bien dû apprendre qu'elle avait accepté d'être mère porteuse.

Holly eut une expression troublée.

— Je vous jure que non. J'ai fouillé sa chambre mais je n'ai jamais trouvé le moindre document faisant mention d'une telle chose.

Le bébé se fit entendre.

— Je crois qu'il a faim.

— Je vais chercher de quoi préparer un biberon, repartit Sharif en se levant pour se mettre en quête du sac que sa tante Selima avait préparé pour lui.

Il se demandait bien pourquoi Noreen Wheaton avait soudainement tout fait pour éviter de parler à Zahad. La clinique avait-elle été l'objet de menaces et, dans ce cas, de la part de qui ? Comme il était recherché par la police, il n'était guère en position de contacter la directrice pour lui poser directement la question.

Mais peut-être faisait-il fausse route. Après tout, rien ne lui garantissait que Jasmine n'avait pas, elle aussi, des ennemis. Sa disparition n'avait pas forcément un rapport avec lui.

En revenant vers le canapé, il alluma la télévision sur une chaîne d'information continue. Il était question d'un problème de politique locale.

— Ma tante m'a fourni des provisions pour le bébé, dit-il

en déposant le sac à côté de Holly. Ma cousine Amy et elle m'aideront à élever Ben.

— Vous n'êtes pas marié ?

— Mon épouse est décédée il y a plusieurs années.

Pour éviter d'avoir à répondre à d'autres questions, il s'empressa de changer de sujet.

— Faut-il faire chauffer le lait ?

— Non, pas forcément. Avez-vous un biberon propre ?

— Évidemment ! rétorqua-t-il en le sortant du sac. Combien de biberons peut-on faire avec cette dose de lait ?

— Deux au maximum. C'est tout ce que vous avez ?

— J'en ai deux autres boîtes. Zahad en rachètera.

Après avoir rempli le biberon, Holly installa le petit Ben sur ses genoux avec des gestes précis et tendres. Il en fut touché.

— Avez-vous un téléphone ? lui demanda-t-elle.

Il tapota sa tunique.

— Je me demandais si je pourrais appeler mon fiancé. À l'heure qu'il est, Trevor doit être mort d'inquiétude.

Trevor. Ah, oui, ce devait être le grand blond qu'ils avaient vu traverser la cour de l'église en smoking dans l'après-midi. Il ne croyait plus que Holly était une manipulatrice ayant séduit un avocat par pur intérêt ; néanmoins, elle parlait de son fiancé sans véritable chaleur.

— Je suis désolé de vous causer des ennuis à tous les deux, dit-il. Mais la police a sans doute mis le téléphone de votre fiancé sur écoute, et nous pourrions être localisés.

— Même avec un portable ?

— Oui, c'est tout à fait possible.

Soudain, une journaliste prononça le mot « enlèvement ». Sharif se retourna vers l'écran. L'image, prise de haut, montrait Holly disparaissant dans leur voiture. Zahad et lui-même étaient partiellement visibles.

— La caméra de surveillance d'un magasin d'Harbor View a filmé cette scène cet après-midi au moment de l'enlèvement d'une future mariée et d'un bébé. La victime s'appelle Holly Rivers, elle travaille comme coiffeuse dans un salon de beauté d'Harbor View. Jasmine Rivers, sa sœur, la mère du bébé qui a été enlevé, a par ailleurs disparu depuis trois mois.

Une caméra de surveillance ! Sharif jura silencieusement. Ni Zahad ni lui n'avaient songé qu'ils risquaient d'être filmés.

L'image changea. On avait zoomé sur leurs visages, à Zahad et lui, pour les identifier. Ils étaient restés plus d'une heure en faction devant l'église. Ils étaient sans doute passés plusieurs fois dans le champ de la caméra.

— Selon la police, les deux hommes seraient le cheikh Sharif Al-Khalil et son cousin et chef de la sécurité, Zahad Adran, tous deux originaires de la petite nation d'Alqedar.

Comment avait-on pu les identifier ? Sharif devina alors que la caméra avait dû également filmer la plaque d'immatriculation de la voiture qu'ils avaient louée via une société de Bahrim. Il n'avait sans doute pas fallu longtemps aux autorités pour mettre un nom sur leurs visages.

— Le porte-parole du département d'État a précisé que le cheikh Al-Khalil n'était pas aux États-Unis en voyage officiel et ne bénéficiait donc pas de l'immunité diplomatique, reprit la commentatrice. Pour le moment, on ignore la nature de son lien avec la famille Rivers.

Quatre ans plus tôt, en démissionnant du gouvernement central de son pays pour se consacrer exclusivement à la population de sa province, il avait été conscient de prendre un risque. Il n'aurait cependant jamais imaginé se retrouver dans une telle situation.

Le cheikh Abdul Dourad, le président d'Alqedar, était un de ses vieux amis ; il avait combattu à ses côtés pour libérer le pays de la dictature. Mais il ne pouvait lui être d'aucun secours : accorder rétroactivement l'immunité diplomatique était impossible.

Sur l'écran, un homme en costume apparut à la droite de la présentatrice.

— Trevor Samuelson, le fiancé de Holly Rivers, la victime de l'enlèvement, est avec nous, déclara la journaliste. M. Samuelson a une déclaration à faire aux ravisseurs.

— Ne faites pas de mal à Holly ni à Ben, je vous en conjure, martela l'avocat en fixant la caméra. Quelles que soient vos motivations, je suis certain que nous pouvons trouver un terrain d'entente. S'il vous plaît, faites-nous savoir vos revendications.

L'homme avait une expression solennelle, mais sans ostentation, remarqua Sharif. Stoïque comme un soldat se préparant pour la bataille.

— Merci, monsieur Samuelson. Dans le reste de l'actualité, la tempête qui…

Sharif observa Holly. Elle continuait de donner le biberon à Ben ; la vue de l'homme censé devenir son mari n'avait pas paru la bouleverser. Que pensait-elle exactement ?

Il avait envie de mieux la connaître. L'amour qu'elle portait à son fils créait un lien entre eux. Souvent, un homme et une femme qui s'occupaient ensemble d'un enfant avec la même affection devenaient intimes. Mais Holly n'était pas la mère de son fils, et elle n'était pas non plus et ne serait jamais sa femme.

Son téléphone sonna. Il coupa le son de la télévision avant de répondre. C'était Zahad. Il parla en arabe.

— Tu as vu les infos ? Oui ? Je m'en veux terriblement. J'aurais dû repérer cette caméra.

— Nous pouvons encore nous en sortir. La sœur de Holly ayant disparu, nous n'aurons peut-être pas à faire face à une procédure judiciaire concernant la garde du bébé.

— Oui, c'est ça, nous serons *seulement* inculpés pour enlèvement !

Holly tenait Ben contre elle et lui caressait le dos en gestes circulaires. Elle ne semblait lui prêter aucune attention et, de toute façon, elle ne pouvait pas comprendre ce qu'il disait.

— J'espère persuader Holly de ne pas porter plainte contre nous. Elle a compris que j'étais bien le père du bébé et c'est elle qui a sauté dans la voiture, nous ne l'avons pas emmenée de force.

— Je doute fort que les autorités et elle voient les choses sous cet angle. Je ne pense pas que ce soit sage de lui faire confiance.

Zahad était de nature méfiante et cela faisait de lui un

excellent chef de la sécurité. Mais Sharif avait appris que, parfois, il fallait savoir se montrer magnanime.

— Le plus important, c'est de ramener au plus vite mon fils au pays. Je vais tenter de la convaincre de nous aider.

— Elle va te mentir, l'avertit son cousin.

— Possible. Ce sera donc à moi de faire preuve de discernement.

— Je préférerais que tu fasses preuve de bon sens même si, après le fiasco de cet après-midi, je peux comprendre que tu ne souhaites pas suivre mes conseils.

— J'ai toujours confiance en toi, Zahad. Tu es mon double.

— Merci. Je te rappellerai dès que j'aurai eu du nouveau de mes informateurs à Alqedar. Pour le moment, aucune rumeur de complot n'a été découverte.

Le cheikh remercia son cousin puis raccrocha. Pendant la dictature, ils avaient vécu en exil dans différents endroits. Mais, ensuite, ils s'étaient battus ensemble pour libérer leur pays et avaient connu de nombreuses péripéties. Il n'y avait personne en qui il ait davantage confiance qu'en Zahad.

Peut-être son cousin avait-il raison au sujet de Holly. Elle pouvait lui mentir pour obtenir sa libération et le trahir ensuite. Néanmoins, pour le bien de son fils, il devait s'efforcer de la rallier à sa cause.

Holly regrettait de ne pas comprendre l'arabe. Si seulement elle savait ce que les deux hommes s'étaient dit au téléphone !

Le journal télévisé, cependant, avait confirmé les dires de Sharif. Il était bien cheikh et lui avait donné son véritable nom.

Cela signifiait-il qu'elle devait également le croire quand il disait ne pas avoir fait de mal à Jasmine et que sa sœur avait accepté de devenir mère porteuse afin de financer son premier disque ?

Jasmine avait toujours été impulsive et imprévisible. Holly avait quand même du mal à croire que Sharif n'en sache pas davantage que ce qu'il voulait bien lui dire.

Elle se mordit la lèvre inférieure. Elle avait toujours mené une vie calme et rangée. Rien ne l'avait préparée à affronter une telle situation.

Les effets du chloroforme s'étaient complètement dissipés. Elle était fatiguée, un peu courbatue, mais elle avait l'esprit clair.

— Vous devez avoir faim, lui dit alors Sharif.

— Assez, oui, répondit-elle en évitant de penser à Trevor, qui avait prévu un repas de mariage dans son restaurant favori.

Sharif s'agenouilla devant le réfrigérateur de la petite cuisine. Ses larges épaules lui en cachèrent le contenu.

Après quelques instants, il se retourna.

— Nous avons pas mal de provisions. J'espère que vous aimez la nourriture orientale ?

— Oui, ça sera très bien. Vous savez cuisiner ?

— Seulement sur un feu de camp, dit-il en sortant un plateau. Fort heureusement, ce plat peut se réchauffer au micro-ondes.

Holly s'apprêtait à dîner en compagnie d'un cheikh arabe vêtu d'un cafetan et d'un keffieh… Il lui semblait être en plein rêve.

Tandis qu'il se déplaçait dans la cuisine, sa tunique vint se plaquer contre son corps et épousa sa silhouette musclée. Il était vraiment bien fait de sa personne et très séduisant. Et, à en juger par les regards qu'il lui lançait parfois à la dérobée, elle ne lui était pas complètement indifférente non plus.

Un bref instant, elle songea que, ne serait-ce que pour une nuit, elle aurait bien aimé être une autre femme que la sage Holly Rivers et céder à l'attirance qu'elle éprouvait pour cet homme sans en comprendre l'origine.

Mais non, ce n'était pas à cela qu'elle devait penser. Elle devait réfléchir à un moyen de s'échapper.

Selon Sharif, le chalet était situé à l'écart de la ville. Il y avait encore, dans le comté d'Orange, des zones désertiques peuplées de coyotes. Oserait-elle fuir avec un bébé dans un tel environnement ?

Elle regarda le petit Ben. Il s'était assoupi et dormait paisiblement.

La sonnerie du micro-ondes retentit. Le dîner était prêt.

Perdue dans ses réflexions, elle se leva, et tout autour d'elle se mit à tourner. Elle tendit le bras pour garder l'équilibre.

En quelques enjambées, Sharif fut à côté d'elle et lui prit le bras. Elle était trop faible et dut s'appuyer contre lui.

— Le chloroforme doit affecter votre équilibre, dit-il. Manger vous fera du bien.

— Je pensais pourtant que les effets s'étaient dissipés.

Elle leva la tête. Il était tout près d'elle, le regard inquiet. Elle aurait dû avoir peur, et pourtant elle se sentait en confiance.

— Restez assise, je vais vous apporter votre assiette.

— Non, non, ça va aller.

Elle ne voulait pas risquer de se rendormir. Elle devait discuter avec lui. Plus elle en apprendrait, plus elle aurait de chances de le raisonner et de s'en sortir.

— Je veux manger à table, insista-t-elle.

— Attendez, je vais vous aider.

Il passa une main autour de sa taille et ils traversèrent la pièce. Holly sentit qu'il portait des vêtements sous sa tunique. Cela lui fit prendre conscience qu'elle ne savait pratiquement rien du pays d'où il venait ni de sa culture.

— Comment vivez-vous à Alqedar ? Dans un palais ? Une tente ? Je ne sais rien sur votre contrée, ni sur les cheikhs, d'ailleurs.

Elle le vit retenir un sourire. Bien, sans doute passait-elle pour une idiote, mais tant pis.

— Je vis dans un palais avec tout le confort moderne.

Sans la lâcher, il lui tira une chaise et la fit asseoir.

— En fait, la majorité des dirigeants d'Alqedar ont étudié dans des pays occidentaux. Notre rôle, c'est de parvenir à faire le lien entre nos traditions et les exigences de la mondialisation et des pays industrialisés.

— Vous parlez un anglais impeccable. Où avez-vous fait vos études ?

— À l'université de Columbia, à New York, répondit-il en s'asseyant face à elle. Je connais bien votre pays.

— New York, ce n'est pas les États-Unis.

— J'ai voyagé dans la plupart des États. Les paysages de l'Utah et de l'Arizona sont ce que j'ai vu de plus beau.

Sa réplique mortifia Holly. Cet homme qui n'était pourtant pas Américain avait davantage voyagé qu'elle dans son propre pays.

Sharif remplit son assiette. Le fumet la fit saliver.

Pendant plusieurs minutes, ils mangèrent en silence. Sous la table, Holly sentit les jambes de Sharif frotter contre les siennes. Troublée, elle s'empressa de rabattre ses jambes sous sa chaise.

— Expliquez-moi pourquoi vous avez enlevé Ben. Vous redoutiez d'être confronté à une bataille judiciaire pour sa garde ?

— Exactement. Les lois américaines en la matière ne sont pas du tout les mêmes que dans mon pays. Pour tout dire, nous espérions repartir le plus vite possible.

— Mais maintenant que votre plan a échoué…

— Il n'a pas échoué. Nous subissons seulement un contretemps. Nous avons été filmés et on nous a tiré dessus. Ici, c'est ce que vous appelez avoir la poisse.

— Vous ne m'avez toujours pas dit qui avait tiré sur la voiture. Le savez-vous ?

— Nous avons des soupçons, pas de certitudes. En luttant pour la liberté de mon pays, je me suis fait des ennemis. Mais votre sœur a pu s'en faire elle aussi.

— Jasmine fréquente des gens un peu à part mais, autant que je sache, ils sont pacifiques.

— Qu'entendez-vous par « un peu à part » ?

— Des musiciens vivant plus ou moins en communauté. Mais on les trouve excentriques seulement ici, en Californie, parce que leur but premier est d'exercer leur art, pas de faire un maximum d'argent.

— Cependant, votre sœur souhaitait justement toucher de l'argent pour pouvoir exercer son art, lui rappela Sharif.

— Je regrette qu'elle ne m'ait pas parlé de ce projet. Je lui aurais prêté cet argent, ou bien Trevor m'aurait aidée. C'est lui qui gérait les biens de mes parents. Ils n'ont jamais été très riches mais il a toujours été de bon conseil et leur a permis de faire des placements intéressants. Combien l'avez-vous payée ?

— Cent cinquante mille dollars.

Holly manqua s'étouffer et but une gorgée d'eau pour ne pas avaler de travers.

— Cent cinquante… Jasmine a touché cette somme ?

— Non, seule la moitié a été versée comme acompte, et, bien sûr, la clinique a pris une commission. Au final, je présume qu'elle a perçu entre trente et quarante mille dollars.

— À sa disparition, il n'y avait que onze mille dollars sur son compte. Une partie de cet argent a dû servir à payer des dépenses courantes et des vêtements de bébé. Elle a certainement emporté le reste en liquide.

— Et vous ne savez vraiment pas pourquoi elle est partie subitement ?

Holly secoua la tête.

— Je ne sais pas non plus pourquoi elle a fait en sorte qu'on me confie Ben.

— Cet ami musicien qui est venu chez vous avec le bébé a peut-être un rapport avec cette affaire. Dix ou vingt mille dollars, ça doit déjà représenter beaucoup d'argent pour lui.

Holly pensa à Griff, qu'elle connaissait depuis plusieurs années, sans l'avoir jamais vraiment fréquenté. C'était un type sympa qui jouait de la batterie dans un groupe de rock alternatif avec lequel Jasmine chantait.

Quelques années auparavant, il avait écopé d'une petite condamnation pour détention de stupéfiants et, depuis la disparition de Jasmine, il avait fait son possible pour éviter d'être interrogé par la police. Toutefois, elle avait du mal à imaginer qu'il ait pu faire du mal à sa sœur.

— S'il avait eu quelque chose à cacher, il ne se serait pas présenté chez moi avec Ben, dit-elle.

Sharif termina sa bouchée.

— Je ne sais pas, c'est possible. En tout cas, je suis heureux qu'il ait remis mon fils entre de bonnes mains.

Holly rougit à ce compliment.

— Je pense que Jasmine est partie de sa propre volonté mais que quelque chose ou quelqu'un l'a empêchée de revenir chercher Ben. Je m'inquiète tellement pour elle.

— Je suis d'accord avec vous, un événement quelconque

est survenu, et moi aussi ça m'inquiète. Noreen Wheaton, la directrice de la clinique, doit avoir peur de quelqu'un. Ou alors, elle nous mène en bateau.

Sharif se leva et traversa la pièce pour aller prendre des papiers dans la poche d'une veste en cuir accrochée au portemanteau.

— Voici une copie du contrat que nous avons passé avec la clinique. Je l'ai apportée pour prouver que le bébé est bien de moi. Jetez-y un coup d'œil, peut-être qu'un détail qui m'a échappé attirera votre attention.

Le document portait l'en-tête de la clinique de Crestline View. C'était à première vue un contrat classique, déclinant les habituelles clauses concernant le respect de la vie privée et les responsabilités de chaque partie.

Quatre signatures étaient apposées au bas du contrat : Sharif Al-Khalil, Zahad Adran en qualité de témoin de moralité, Noreen Wheaton et Manuel Estrellas, en qualité de témoin de la directrice.

— Qui est Manuel Estrellas ?

— Un employé de la clinique, je suppose, répondit Sharif en s'asseyant à côté d'elle.

Elle parcourut de nouveau le contrat.

— Pourquoi le nom de Jasmine ne figure-t-il nulle part ?

— Parce que nous, nous avons passé un contrat avec la clinique. De son côté, votre sœur a elle aussi passé un contrat avec cette clinique, mais les deux sont distincts.

— Mais on lui avait bien parlé de vous ? s'enquit Holly en lui rendant le document. Elle savait qu'elle porterait votre enfant et que vous l'élèveriez avec votre tante ?

— À vous entendre, on dirait que vous critiquez les dispositions que j'ai prises.

Holly ne se fit pas prier pour livrer le fond de sa pensée.

— Je ne crois pas que Ben sera heureux s'il grandit sans maman.

Le cheikh prit un air contrarié et elle craignit de l'avoir mis en colère.

— Si je n'étais pas certain de pouvoir lui offrir un foyer

et un entourage sains pour son épanouissement, je n'aurais pas fait en sorte d'avoir un enfant.

Holly sentit des larmes lui piquer les yeux.

— La vérité, c'est que je n'ai pas envie de le perdre.

À cet aveu, l'expression de Sharif s'adoucit aussitôt.

— Et avez-vous songé à ce qui se serait passé si votre sœur était revenue ? Vous avez vous-même admis qu'elle est imprévisible et peu digne de confiance. Pourtant, vous n'auriez pas pu l'empêcher de reprendre Ben. Quel genre de vie aurait-il mené, alors ?

— J'ai fait mon possible pour ne pas y penser, murmura-t-elle, les yeux baissés.

Lorsqu'elle aurait épousé Trevor, rien ne les empêcherait d'avoir des enfants à eux. Mais elle s'était énormément attachée à Ben et un enfant ne remplaçait pas un autre comme un objet.

Sharif tendit la main et essuya la larme qui avait coulé sur sa joue.

— Ne plus voir cet enfant vous coûterait beaucoup.

Elle ne put qu'acquiescer d'un petit signe de tête.

— Vous vivez pour les autres. Et que souhaitez-vous pour vous ?

— Je n'ai besoin de rien, répondit-elle, étonnée d'avoir à expliquer son attitude. Que peut-on souhaiter de plus que le bonheur de ses proches ?

Avec délicatesse, il lui fit relever la tête.

— Tentons de trouver un arrangement qui soit le meilleur pour tout le monde, mademoiselle Rivers.

— Un arrangement ? répéta-t-elle en croisant son regard.

— Je propose que, demain, nous nous rendions ensemble à la police, dit-il solennellement.

— Vous voulez dire que vous souhaitez vous rendre ?

— Oui, dès que j'aurai trouvé un avocat. Me promettez-vous qu'alors, vous expliquerez que vous avez sauté dans la voiture de votre propre chef, que nous ne vous avons pas emmenée de force ?

Elle opina.

— Bien sûr, puisque c'est la vérité.

— Je montrerai le contrat aux autorités pour qu'ils comprennent que je n'ai fait que reprendre mon fils, comme il était prévu. C'est un coup de dés mais j'ai bon espoir qu'ils n'engagent pas de poursuites. En tout cas, je ne vois pas d'autre moyen de régler cette question plus rapidement. Et, pour mon cousin et moi, de pouvoir fuir au plus vite ceux qui tentent de nous éliminer.

— Et Ben dans tout cela ? demanda-t-elle, de nouveau au bord des larmes, car elle connaissait déjà la réponse.

— Admettez qu'il sera mieux avec moi qu'avec votre sœur. À ce propos, en guise de dédommagement, je vous promets d'engager un détective privé et de payer ses honoraires pour la faire rechercher.

Un bref instant, elle fut tentée de lui proposer de partir avec lui pour Alqedar afin de s'occuper de Ben. Elle aimait tellement ce bébé, elle avait tellement envie d'être sa mère !

Mais comment parviendrait-elle à trouver sa place dans un pays qu'elle n'aurait même pas su situer sur une carte ?

Elle fut soudain assaillie par le doute. Sharif tentait-il de la manipuler ? Qu'est-ce qui lui prouvait qu'il n'avait pas falsifié la copie du contrat qu'il lui avait mis sous les yeux ? Elle ne pouvait être sûre de rien.

Si Trevor avait été là…

Elle ne pouvait s'en remettre qu'à elle-même, et son instinct lui disait que jamais Sharif ne ferait de mal à Ben.

— D'accord, dit-elle enfin. Si tout ce que vous m'avez dit est vrai, je vous promets de ne pas demander la garde de Ben.

La pluie crépitait toujours sur le toit du chalet. La journée avait été longue et éprouvante, et Holly dut porter la main à sa bouche pour dissimuler un bâillement.

— Vous avez besoin de repos, dit Sharif en lui tendant la main pour l'aider à se lever.

Ben dormait toujours à poings fermés. Elle s'allongea doucement à côté de lui et ferma les yeux. Tout juste eut-elle conscience que Sharif avait tiré une couverture sur elle avant de s'assoupir à son tour.

*
* *

Le bruit de la pluie qui redoublait la réveilla. La pièce était plongée dans une semi-obscurité et la télévision était toujours allumée, avec le son très bas.

Sharif était assis à la table de la cuisine, la tête posée sur sa main, les yeux clos. Sans doute s'était-il endormi à son insu.

Sans bruit, elle se leva pour aller éteindre le poste. Au moment de prendre la télécommande, les propos du commentateur retinrent son attention. Elle s'immobilisa et prêta l'oreille.

— Le corps d'une femme a été retrouvé dans le désert par deux motards. La victime, qui devait avoir entre vingt-cinq et trente ans, n'a pas encore été identifiée.

À l'image apparut un groupe de policiers et d'ambulanciers réunis autour d'une civière. Une couverture dérobait à la vue le corps qui y était étendu. Deux hommes la soulevèrent et la caméra zooma sur la main de la victime, qui dépassait de la couverture. Cette main portait un petit tatouage de fleur que Holly identifia immédiatement. C'était une fleur de jasmin.

4

Un soir, en rentrant du lycée, Jasmine avait exhibé la fleur que son petit ami de l'époque l'avait incitée à se faire tatouer sur le revers de la main. Une fleur de jasmin, puisque c'était presque son homonyme.

— … semblent indiquer que la mort remonte à plusieurs semaines, disait le commentateur.

Plusieurs semaines. Holly avait la tête qui tournait. Selon Griff, un mois plus tôt, Jasmine était vivante et comptait revenir chercher Ben.

Sa sœur avait dû trouver la mort juste après la visite de Griff. Depuis ce jour-là, Holly se précipitait à la porte chaque fois que la sonnette retentissait, dans l'espoir que ce soit Jasmine. Mais elle était déjà morte.

Que s'était-il passé ? Qui avait fait cela ? Un rôdeur ? Griff ?

Il y avait également une autre possibilité qu'elle ne pouvait pas écarter : que Jasmine lui ait fait remettre son fils précisément parce qu'elle s'apprêtait à rencontrer l'homme qui pouvait le lui enlever.

Sharif Al-Khalil.

Le chagrin s'emparait d'elle à mesure qu'elle prenait conscience que sa sœur n'était plus de ce monde. Sa peur s'accroissait également. Sharif avait-il pu réellement faire cela ?

Il dormait toujours, ce qui lui donnait un air inoffensif. Mais c'était un homme déterminé qu'il ne fallait pas sous-estimer.

Cependant comment croire que cet homme, qui regardait Ben avec tant de tendresse, qui s'était comporté avec elle en parfait gentleman, ait pu commettre un tel acte ?

Quand il avait dit vouloir parler à un avocat puis se rendre aux autorités le lendemain, elle l'avait cru sincère.

Mais elle ne le connaissait pas assez pour être certaine que, derrière cette façade calme et posée, il ne dissimulait pas un caractère beaucoup plus dangereux.

L'image du corps inerte de Jasmine allongé sur cette civière se mit à tourner en boucle dans son esprit. On l'avait abandonnée quelque part dans le désert, comme un animal.

Une seule pensée l'empêcha de s'effondrer : sa vie était peut-être également en danger. Ce qui signifiait qu'elle devait s'enfuir sans tarder.

Soudain, un coup de tonnerre retentit. Elle retint sa respiration. Sharif allait-il se réveiller ?

Il marmonna, changea de position mais n'ouvrit pas les yeux.

Lentement, elle retourna vers le lit, prit le bébé dans ses bras et l'enroula dans la couverture.

Elle s'en voulait de faire sortir le petit Ben sous la pluie mais elle ne pouvait pas le laisser là. Si Sharif avait des penchants violents, le bébé aussi était en danger.

À pas de loup, elle se dirigea vers la porte. Une latte du parquet craqua sous ses pieds et elle se figea.

Sharif ne bougea pas. Elle reprit sa marche et atteignit la porte. Elle tendit la main, tourna la poignée et tira. En vain. Elle avait tellement peur qu'elle avait oublié de défaire le verrou. Elle le débloqua tout doucement puis tenta de nouveau d'ouvrir la porte. À peine l'eut-elle entrouverte qu'une bourrasque de vent froid lui fouetta le visage. Le bébé se mit à gigoter malgré la couverture.

Elle se faufila par l'entrebâillement et referma derrière elle. Il pleuvait très fort et, en quelques secondes, l'eau lui dégoulina dans les cheveux.

Devant elle, mis à part les silhouettes de grands arbres qui se balançaient dans le vent, elle ne distinguait rien. Elle avait la sensation d'être sur une île déserte au milieu d'un océan déchaîné. Un éclair zébra le ciel et lui permit d'apercevoir un sentier entre les arbres. Elle ignorait à quelle distance elle était de la route et de la civilisation mais, au moins, elle savait dans quelle direction partir. Elle prit une grande inspiration et se mit en marche.

Un courant d'air froid réveilla Sharif en sursaut.

Il comprit instantanément que la porte s'était ouverte puis refermée.

Il se maudit de s'être endormi, se leva et regarda de tous côtés, à l'affût, au cas où quelqu'un se serait introduit dans le chalet. Rien ne bougeait, excepté les effets de lumière sur le mur de la télévision. Il était seul.

Holly s'était enfuie avec son fils.

Il lui avait promis de la délivrer et de se rendre aux autorités. En retour, elle lui avait donné sa parole de dire la vérité. Elle l'avait donc trahi.

Il tapota sa tunique. Son téléphone était toujours dans sa poche. Elle n'avait pas pu appeler à l'aide et elle était à pied. Elle ne pouvait pas être loin. Mais si elle se perdait dans les bois, par ce temps et cette température, les conséquences pour son bébé pouvaient être terribles.

Il ne voulait pas faire de mal à Holly et, malgré sa colère, il ne pouvait pas complètement la blâmer d'avoir pris la fuite. Mais il devait retrouver son fils à tout prix.

Il ouvrit grand la porte et se précipita dehors. En dépit de l'obscurité, il distingua une silhouette qui s'éloignait. Elle n'avait effectivement pas eu le temps d'aller bien loin. Il partit à sa poursuite et la rattrapa rapidement. Quand il tendit les bras pour la retenir, il jugea mal la distance et entra en collision avec elle. Tous deux chutèrent mais il parvint à la protéger de son corps pour éviter que le bébé et elle ne heurtent brutalement le sol.

Il eut le souffle coupé mais ne prit pas le temps de récupérer. Se saisissant de Ben, il roula de côté, se redressa sur un genou et surveilla Holly. Si jamais elle s'était emparée d'un couteau avant de s'enfuir…

Or, lorsqu'elle se redressa, elle semblait terrorisée.

— Qu'est-ce que vous fichiez ? Je vous avais promis de vous laisser partir demain !

— Vous l'avez tuée ? jeta-t-elle entre deux sanglots.

— Qui ?

— Ma sœur !

— Je vous ai déjà dit que je ne l'ai jamais rencontrée, répondit-il en se levant.

Il réajusta la couverture autour du bébé, car il pleuvait toujours très fort.

— De plus, je vous rappelle que nous ne savons toujours pas où elle est. Peut-être est-elle en ce moment même en train de prendre tranquillement un verre dans un bar.

— Non ! Comment pouvez-vous…

Elle se releva avec difficulté et ne termina pas sa phrase. Elle était secouée de sanglots.

— Mais enfin, que se passe-t-il ?

— Elle est morte, dit-elle d'une voix blanche. Ils en ont parlé à la télévision.

— On a retrouvé votre sœur ?

Holly acquiesça.

— Dans le désert. Elle est morte depuis… plusieurs semaines.

La pluie lui plaquait les cheveux, elle tremblait de tous ses membres.

— Venez, rentrons, sinon vous allez tomber malade.

— Laissez-moi partir. Laissez-nous partir, Ben et moi !

— Je n'ai pas de voiture, lui fit-il remarquer. Même si je le désirais, je ne pourrais pas vous conduire où que ce soit. Et il est hors de question que vous partiez à pied.

Sans attendre de réponse, il tourna les talons pour ramener son fils à l'intérieur. Elle le suivit mais s'arrêta sur le pas de la porte.

Sharif comprit qu'elle était tellement malheureuse qu'elle ne parvenait plus à raisonner logiquement. Il n'en était pas moins déterminé à lui prouver son innocence. Du regard, il l'incita à entrer, et, tête basse, elle finit par obtempérer.

Il s'assit sur le lit, enroula Ben dans une couverture sèche et le berça sur ses genoux.

— Etes-vous certaine que c'est bien votre sœur qu'on a retrouvée ? s'enquit-il doucement. La police l'a identifiée ?

— Non, mais j'ai reconnu le tatouage sur sa main, répondit-elle en claquant des dents. Il est impossible que deux femmes aient disparu au même moment et portent le même tatouage au même endroit.

Il n'y avait donc plus d'espoir. La femme qui avait donné naissance à son fils était morte. Cette pensée lui donna la nausée.

— Je suis désolé. Mais pourquoi avez-vous cru que c'était moi qui l'avais tuée ?

Holly serra les bras autour de son buste.

— Vous aviez un mobile et vous m'avez déjà prouvé que braver la loi ne vous fait pas peur.

Son orgueil en prit un coup mais elle n'avait pas tort.

— Les lois concernant le droit de garde d'un enfant ne sont pas les mêmes partout, mais c'est un problème culturel. Tuer une innocente, en revanche, est un crime odieux ici comme ailleurs.

— Pourquoi devrais-je vous croire ?

Holly était en état de choc. Elle n'avait pas été préparée à perdre sa sœur dans de telles circonstances, et encore moins à l'apprendre quelques heures après le « kidnapping » de Ben. C'était trop dans un court laps de temps.

— Vous hésitez à me croire parce que vous ne me connaissez pas.

— Pourquoi ma sœur est-elle morte ? insista Holly. Elle avait toute la vie devant elle, une voix magnifique, elle rayonnait d'énergie. Pourquoi lui a-t-on fait cela ?

Elle éclata en sanglots. Il ne parviendrait certainement pas à la convaincre de son innocence par de simples paroles. Elle avait besoin de preuves tangibles. Il sortit son passeport de la poche de la veste qu'il portait sous sa tunique.

— Tenez, dit-il en le lui lançant.

Holly l'attrapa par réflexe.

— Que voulez-vous que j'en fasse ?

— Regardez les tampons de la douane. Je suis entré aux États-Unis il y a deux jours, et mon précédent séjour dans votre pays remonte à plusieurs années.

Avec des gestes hésitants, elle ouvrit le passeport et tourna les pages. Après quelques instants, elle le lui rendit.

— Bien, d'accord, mais rien ne me prouve que vous n'êtes pas entré aux États-Unis sous une fausse identité il y a un mois. À moins que vous n'ayez chargé Zahad de cette sale besogne.

— J'aurais pu, c'est vrai, mais je vous jure que je n'en ai rien fait. Si mon cousin avait localisé votre sœur, il m'aurait prévenu avant de prendre la moindre initiative. Maintenant, voulez-vous bien m'aider à changer Ben et à lui donner à manger ?

Elle ne répondit pas et resta immobile à grelotter.

Son chagrin bouleversa Sharif. Elle avait perdu sa sœur. Il aurait voulu la prendre dans ses bras pour la réconforter.

Mais pour cela, il aurait fallu qu'elle n'ait pas peur de lui. Il devait absolument la convaincre de son innocence.

— La découverte du corps de votre sœur n'arrange pas mes affaires, vous savez, dit-il sans réfléchir. La police va forcément me suspecter et, pour moi, ça va être encore plus difficile de quitter le pays.

La fureur embrasa le regard de Holly. Il sut aussitôt qu'il avait été d'une maladresse insigne…

Alors comme ça, la mort de sa sœur le contrariait seulement parce qu'elle lui compliquait la tâche ? Si elle n'avait pas eu aussi peur de sa réaction, elle l'aurait giflé.

— Et savoir qui a pu la tuer, ça vous est égal ? s'exclama-t-elle. C'est quand même la mère de votre fils ! Et même si ce n'est pas vous qui l'avez tuée, ce sont peut-être vos ennemis qui l'ont fait. Alors oseriez-vous dire que, de près ou de loin, vous n'êtes pour rien dans ce qui lui est arrivé ?

Sharif resta silencieux un long moment, comme s'il encaissait le coup qu'elle venait de lui porter.

— Je n'ai jamais voulu faire de mal à Jasmine, dit-il enfin d'une voix triste. Et vous avez raison, je lui dois beaucoup.

Malgré sa colère et sa peine, au fond d'elle-même, Holly le croyait sincèrement affecté ; elle n'arrivait pas à se convaincre qu'elle était peut-être face à l'assassin de sa sœur. Mais elle ne pouvait pas se fier à son seul instinct.

— Jasmine a toujours été impulsive, je l'ai déjà dit, il est donc possible qu'elle se soit mise toute seule dans les ennuis. Mais que vous nous enleviez, Ben et moi, quelques semaines après sa disparition, je trouve que c'est étrange.

— Je suis bien conscient que je ne peux pas formellement vous prouver mon innocence. Mais je vous demande de me faire confiance. Je vous en conjure, travaillons ensemble pour découvrir la vérité.

— Que comptez-vous faire demain ? Vous êtes toujours décidé à aller voir les autorités ?

— Non, la donne a changé. J'ai besoin de temps avant de prendre une décision.

— Parce que vous pensez que la police vous soupçonnera du meurtre de Jasmine ?

Il acquiesça.

— M'innocenter sera beaucoup plus long et complexe qu'expliquer mon comportement d'hier.

— Raison de plus pour vous rendre si vous êtes vraiment innocent !

Il fit non de la tête.

— Je n'abandonnerai pas mon fils. Et je refuse de moisir dans une cellule où je ne pourrai rien faire qu'attendre. D'autant plus que mes ennemis seraient tout à fait capables de corrompre un prisonnier pour m'éliminer.

Cette fois, elle ne trouva rien à répliquer. Elle avait pu constater, en effet, que des hommes voulaient sa mort.

Mais devait-elle rester avec lui ? Lui qui avait à cœur de lui prouver qu'il ne lui voulait aucun mal, la retiendrait-il contre son gré ? Mais partir impliquerait de laisser Ben, alors qu'il avait plus que jamais besoin d'elle.

Comme s'il avait deviné ses pensées, le bébé se mit à s'agiter et à crier.

Peut-être Sharif finirait-il par le lui confier, le temps de régler ses problèmes. Si jamais il était arrêté, il se pourrait même qu'il lui demande de l'élever.

Elle contempla Ben puis Sharif. Tous deux la regardaient avec des yeux implorants.

Elle ne pouvait pas rester là sans rien faire. De toute façon, elle avait le cœur trop lourd et elle était trop épuisée pour prendre une décision radicale.

— Je vais changer sa couche et ensuite je lui donnerai le biberon, déclara-t-elle.

— Parfait. Mais ne restez pas ainsi à grelotter. Vous pouvez emprunter une de mes chemises dans le placard. Ce n'est pas votre taille mais au moins vous serez au sec.

— Merci.

Elle alla dépendre une chemise puis se dirigea vers la salle de bains.

Après sa tentative d'évasion, elle en savait tout de même un peu plus sur le caractère de Sharif. Même s'il s'était senti trahi, il n'était pas entré dans une colère noire et ne s'était à aucun moment montré violent.

La porte refermée, elle enleva sa robe détrempée et pendit la chemise de Sharif. Le tissu léger lui rappela sa présence. Elle aurait aimé se serrer contre lui pour oublier sa peine et sa peur.

Pourquoi était-elle autant attirée par cet homme, pourquoi éveillait-il de tels désirs chez elle, elle qui n'avait jamais compris comment une femme pouvait se laisser envahir par la passion, au point de ne plus penser à rien d'autre ?

Elle devait se reprendre. S'il n'avait pas tué Jasmine, Sharif restait une énigme.

Elle ne devait pas non plus oublier Trevor. Certes, elle ne brûlait pas de désir pour lui, mais il l'aimait et il méritait sa loyauté.

L'esprit en ébullition, elle se doucha rapidement puis se sécha.

La chemise lui tombait juste au-dessus des genoux. Elle était agréable et de très belle qualité.

Elle considéra son reflet dans le miroir au dos de la porte, inquiète de son allure après cette éprouvante journée. Elle avait une petite éraflure sur le cou et des cernes autour des yeux, mais la chemise lui allait bien au teint.

Cette nuit aurait dû être sa nuit de noces avec Trevor. Comment pouvait-elle imaginer, ne serait-ce qu'un instant, ce que lui feraient éprouver les caresses d'un autre homme ? Elle soupira et sortit de la salle de bains.

— Voilà, vous pouvez y aller.

Il avait enlevé sa tunique, son keffieh et ses chaussures. En jean et sweat-shirt, jambes croisées sur le lit, il donnait son biberon à Ben.

Ses cheveux lui tombaient dans le cou, ébouriffés, comme s'il avait passé les mains dedans.

— Laissez-moi faire, dit-elle.

Il leva lentement la tête. Son regard s'illumina, et ses jambes nues sous la chemise cintrée y étaient pour quelque chose.

— Hé, attention ! Vous faites couler du lait sur Ben !

— Oh ! mince.

Il lui adressa un sourire contrit et légèrement amusé. Tous deux savaient ce qui l'avait distrait.

Elle s'empressa de prendre l'enfant et de s'installer sur une chaise pour mettre un peu de distance entre eux.

— Pourquoi veut-on votre mort ? ne put-elle alors s'empêcher de lui demander.

Sharif se leva pour aller prendre une couverture dans un placard.

— Il y a encore quelques années, Alqedar était sous la coupe d'un dictateur nommé Maimun Gozen. J'ai participé à la rébellion et j'ai mené personnellement l'assaut final contre son palais, dans lequel il a trouvé la mort. Ses plus fidèles collaborateurs se sont enfuis et ont juré de le venger.

— Et que se passe-t-il alors, selon vous ? Croyez-vous qu'ils veuillent tuer Ben pour vous punir et qu'ils ont éliminé Jasmine parce qu'elle refusait de leur dire où il était ?

— C'est une possibilité, répondit Sharif en venant passer la couverture sur ses épaules. Mais j'ai du mal à y croire car, dans mon pays, s'en prendre lâchement aux femmes et aux enfants est un tabou très ancré.

La couverture autour de ses épaules la réconfortait et Holly commença à se détendre.

— Je suppose que ma sœur avait beaucoup d'argent liquide sur elle. Il y a des gens qui sont prêts à tuer pour cela.

— Si seulement nous en étions sûrs, Ben et vous ne seriez plus en danger, ce qui serait malgré tout un soulagement. Moi, de toute façon, j'ai l'habitude d'être sur mes gardes et de devoir prendre des précautions.

Holly avait les paupières lourdes et cela n'échappa pas à Sharif. Il s'approcha d'elle et tendit les bras.

— Allez vous coucher, je prends le relais.

Elle ne protesta pas. Elle serra la couverture autour d'elle et gagna le lit.

Elle ne fut pas longue à s'endormir. Quand elle rouvrit les yeux, il faisait jour et une odeur de café embaumait le chalet.

Sharif était en train de beurrer du pain grillé. Il était toujours vêtu d'un jean étroit et d'un sweat-shirt qui épousait ses larges épaules et son torse musclé. Il aurait eu besoin d'une bonne coupe de cheveux.

Un instant, elle se prit à espérer qu'ils puissent prendre leur temps, déjeuner tranquillement puis…

Mais alors, la réalité lui revint brusquement, comme une onde de choc. Jasmine était morte, elle ne la reverrait jamais. À cette pensée, son cœur se serra.

Et pourtant, elle ne se sentait plus en danger. Même si Sharif n'était pas en mesure de lui prouver catégoriquement qu'il n'avait rien à voir avec la mort de sa sœur, elle avait fini, presque à son insu, par le croire innocent.

De la cuisine, il la vit s'étirer.

— Ah, vous êtes réveillée. Bonjour, Holly.

Sa voix était chaleureuse et tendre.

— Bonjour.

Elle se redressa et passa la main sur sa chemise.

— Quelle est cette matière ? C'est incroyablement doux.

— De la toile de Jubah.

— De la toile de Jubah ? C'est très cher, il me semble. Et j'ignorais qu'on pouvait la tisser industriellement.

— Le procédé n'a pas encore été commercialisé. Vous prenez du sucre ?

Elle acquiesça, et bientôt une gorgée de café brûlant à l'arôme riche et corsé l'aida à s'éclaircir les idées.

— Je suis étonnée que vous m'ayez laissée dormir dans une chemise d'une aussi belle qualité.

— En fait, dans ma province de Bahrim, nous commençons tout juste à produire ce tissu en série. Nous espérons que cette nouvelle matière apportera la prospérité à notre peuple.

— Je vous le souhaite.

— Cette chemise va très bien avec votre peau claire, dit Sharif d'une voix caressante.

— Ma peau claire et mes cheveux roux, c'est mon héritage irlandais. Mais c'était Jasmine la beauté de la famille.

— Elle n'est pas la seule, murmura-t-il en réponse.

Holly se sentit rougir et changea de sujet de conversation.

— La toile de Jubah industrielle… qui en détient le brevet de fabrication ?

— Moi. Moi et Harry Haroun, le chimiste qui a inventé le procédé. Harry est le mari de ma cousine Amy. Elle est diplômée en commerce international et c'est elle qui s'occupe de négocier les droits de distribution à l'étranger.

— Est-ce la sœur de Zahad ? Ou bien sa cousine ?

— Ni l'une ni l'autre. C'est la fille du frère de mon père. Quant à Zahad, sa mère était la sœur de ma mère.

— J'ai un peu de mal à suivre, là, dit Holly en soupirant.

— Je ne vous en tiens pas rigueur. J'ai parfois du mal à m'y retrouver moi-même.

— J'imagine que vous n'avez pas changé d'avis et que vous ne souhaitez toujours pas vous rendre à la police ?

— Je crains que non.

— Écoutez, Sharif, je ne veux pas abandonner Ben. Mais plus j'y pense et plus je me dis que ce n'est pas une bonne idée pour moi de rester ici. Ne pourriez-vous pas me le confier le temps que vous régliez vos problèmes ?

Sharif réfléchit quelques secondes.

— Si mon fils est bien la cible de celui ou de ceux qui ont tué votre sœur et que je vous le confie, vous vous retrouverez en première ligne. Et cette idée ne me plaît pas du tout.

— Vous croyez sincèrement qu'il est plus en sécurité avec vous ?

— Pour le moment, oui. Sauf si je le laisse tomber en changeant sa couche, ajouta-t-il en lui souriant. Mais c'est pour cela qu'hier soir, après que vous vous êtes endormie, j'ai appelé ma cousine Amy.

— C'est elle qui doit vous aider à l'élever, c'est bien ça ? demanda-t-elle avec appréhension.

— Oui, c'est ça. Elle est à Boston pour négocier un contrat. Dès qu'elle pourra venir ici, je m'arrangerai pour qu'elle puisse repartir à Alqedar avec Ben. Là-bas, elle s'occupera de lui, et ma garde personnelle veillera sur eux.

Holly regarda le bébé avec le cœur gros. Il s'était réveillé et levait ses grands yeux vers elle. Cela faisait à peine plus d'un mois qu'on le lui avait confié, et pourtant elle connaissait déjà par cœur ses petites mimiques.

Ce bébé était le seul être qui la rattachait encore à sa sœur et elle l'adorait. Comment supporterait-elle de le voir partir avec une autre femme ?

— Dès que tout sera terminé, vous allez vous marier, lui rappela Sharif, comme s'il avait lu ses pensées. Vous aurez des enfants à vous. Mais pas moi.

— Pourquoi ?

Il ignora sa question et prit son téléphone portable.

— Je dois appeler Zahad. Nous avons des dispositions à prendre.

— Sharif…

Holly posa le pied au sol avant de se raviser. Elle n'était même pas habillée et, de toute façon, que pourrait-elle dire ? Elle n'allait pas partir du jour au lendemain jouer les nounous au Moyen-Orient. En outre, Sharif avait raison, elle était censée épouser Trevor. Quant à Ben, même si elle l'aimait de tout son cœur, il n'avait jamais été à elle.

Sharif composa un numéro et attendit. Après plusieurs secondes, le visage inquiet, il reposa son téléphone.

— Il ne répond pas.

Zahad avait la voiture, ils avaient donc besoin de lui pour les ravitailler et se déplacer.

— Son téléphone sonne mais il ne répond pas, reprit-il. C'est étrange.

— Peut-être est-il sorti, suggéra-t-elle.

— Mon cousin ne se sépare jamais de son portable.

Sharif se posta près de la fenêtre et écarta les lames du store pour regarder au-dehors.

— Si par malheur quelqu'un l'a intercepté, nous sommes dans de sérieux ennuis.

Holly n'avait aucune sympathie pour l'homme qui avait aidé Sharif à enlever Ben. Mais, sans lui, Sharif aurait bien du mal à échapper à ses ennemis et, par conséquent, Ben serait lui aussi en grand danger.

Elle espéra donc de tout cœur que Zahad redonne signe de vie. Et vite.

5

Il ne fallut pas plus d'une minute à Zahad pour ouvrir la porte arrière de la clinique de Crestline View et désactiver le système d'alarme.

Il y était déjà venu trois fois : la première pour visiter les installations avant de recommander l'établissement à son cousin, la seconde pour apporter les échantillons essentiels à la conception du bébé. Deux mois plus tôt, enfin, il y était venu pour tenter de savoir où était la mère porteuse.

À cette occasion, il s'était posté devant la porte arrière avant l'heure d'ouverture, attendant l'arrivée de la directrice afin d'être certain qu'elle n'évite pas de le recevoir. Il l'avait prise par surprise et, machinalement, elle avait composé le code d'entrée devant lui. Par habitude, il l'avait mémorisé et, aujourd'hui, il avait eu la bonne fortune de constater que, depuis, il n'avait pas été modifié.

Avoir pu s'introduire dans la clinique sans effraction était un bon point. Il n'avait pas encore digéré sa négligence, la veille — cette caméra de surveillance qui les avait filmés près de l'église. Cette erreur impardonnable risquait de leur coûter cher.

Une odeur d'antiseptique l'accueillit. Sans bruit, il traversa le couloir, passant devant un laboratoire et deux salles d'examens, en direction du bureau de Noreen Wheaton. Si ce qu'il cherchait existait, il le trouverait là.

Une heure plus tôt, alors qu'il faisait des courses dans une supérette ouverte non-stop, il avait entendu à la radio que le cadavre retrouvé dans le désert avait été identifié et qu'il s'agissait de Jasmine Rivers.

Il était 6 h 30 et, normalement, personne n'arriverait avant 8 h 30. La clinique ouvrait à 9 heures.

Noreen Wheaton avait commencé à ignorer ses appels un mois plus tôt, soit plus ou moins au moment où Holly Rivers s'était vu confier Ben. Il devait établir le lien entre ces deux événements. Si la directrice avait été forcée de garder le silence, peut-être découvrirait-il un indice sur celui qui l'avait menacée.

Pour le moment, il préférait ne pas la contacter. Elle risquait d'être sous surveillance, aussi bien de la police que de l'assassin de Jasmine Rivers. À moins qu'elle ne soit personnellement impliquée.

Tant qu'il ignorait qui était derrière ces événements, il n'osait pas prendre de dispositions pour les faire quitter les États-Unis. À qui faire confiance ? Dans leur entourage, il y avait peut-être une taupe.

À l'aide de deux petites tiges métalliques, il crocheta la serrure du bureau. Une fois à l'intérieur, il alluma sa lampe de poche. C'était une petite pièce sobrement meublée d'un bureau en pin et d'une armoire à dossiers.

Au mur, quelques cadres trop petits pour dissimuler un coffre-fort. Zahad espérait que, comme beaucoup de gens fréquemment sollicités, Noreen Wheaton avait l'habitude de noter dans un coin l'identité des gens qui la contactaient et le motif de leur appel.

Les tiroirs du bureau n'étaient pas verrouillés. Les deux premiers contenaient des documents légaux et des reçus.

Dans le troisième, il découvrit un grand nombre de bloc-notes usagés. Il les parcourut le plus vite possible, mais les gants qu'il portait pour ne pas laisser d'empreintes le gênaient et l'écriture de Noreen Wheaton était parfois difficile à déchiffrer.

Soudain, une phrase retint son attention : « Jasmine est au courant. » Puis, après s'y être repris à plusieurs fois, il lut : « Il faut gagner du temps avec eux. »

Qu'avait découvert Jasmine ? Avec qui Noreen Wheaton devait-elle gagner du temps ? Il avait une idée de la réponse à la seconde question. Il arracha la page du bloc, la plia et la rangea dans la poche de son blouson, puis passa à la page suivante. Il avait besoin d'en savoir plus. Qui avait appelé Noreen ? Qu'avait bien pu apprendre Jasmine qui nécessite qu'on l'élimine ?

Des phares éclairèrent brièvement la fenêtre, dans un bruit de moteur. Il leva la tête vers l'horloge au mur : 6 h 58. Quelqu'un pouvait-il venir travailler aussi tôt ?

Il prêta l'oreille. Le moteur s'arrêta, des portières claquèrent. Sa lampe de poche éteinte, il s'approcha de la fenêtre et regarda entre les lattes des rideaux. Il ne pouvait pas voir les personnes qui étaient descendues du véhicule mais, d'où il était, il reconnut la carrosserie blanc et bleu des voitures de la police d'Harbor View.

Il s'empressa de refermer le tiroir et sortit du bureau. Par quelle entrée passeraient-ils ? Sans doute par l'arrière, tout comme lui, mais, s'il se trompait, il était bon pour se retrouver nez à nez avec eux.

Dans sa poche, son portable vibra. Impossible de répondre. De l'autre côté de la porte arrière, une voix féminine s'éleva :

— Sa voiture est toujours sur sa place de parking. Je me demande bien ce qui a pu se passer. Vous avez vu comme moi dans quel état était son appartement.

— Vous êtes certaine que Mme Wheaton vit seule ? demanda une voix d'homme.

— Oui.

Il y eut un bruit de clés.

— A-t-elle pour habitude d'héberger quelqu'un chez elle pour la nuit ?

— Sincèrement, je ne pense pas. Je passe la chercher tous les mardis pour aller prendre le petit déjeuner ensemble et… Mon Dieu, la porte est ouverte !

Sans hésiter, Zahad partit à grands pas dans la direction opposée. Les policiers avaient certainement déjà compris que quelqu'un s'était introduit à l'intérieur, il était donc inutile de chercher à filer discrètement.

Il ôta la barre de sécurité, ouvrit la porte et sortit, redoutant de se retrouver face à d'autres policiers. Il n'y avait personne. Il s'efforça de refermer la porte calmement, ôta ses gants et partit d'un bon pas, mais sans courir, afin de ne pas attirer l'attention. À cette heure-là, il n'y avait pas beaucoup de circulation. Il remonta le col de son blouson et traversa la rue.

Il s'était garé derrière un petit coffee-shop. Il y entra et fit mine de lire les titres des quotidiens à disposition sur le comptoir. L'employé versait du café à un homme en bleu de travail et ne fit pas attention à lui.

Une voiture de police passa devant le bar et entra sur le parking de la clinique.

Un enlèvement, la découverte du corps d'une concitoyenne portée disparue, tout cela en un peu plus de vingt-quatre heures, et maintenant… Pas étonnant que la police locale soit sur les dents.

S'il avait bien compris les propos qu'il avait surpris, l'appartement de Noreen Wheaton avait été mis à sac, et on n'avait pas de nouvelles d'elle. Avait-elle mis en scène sa disparition ? Avait-elle été enlevée ? Assassinée ?

Finalement, il n'était pas beaucoup plus avancé qu'une heure auparavant. Et maintenant, trois policiers inspectaient les abords de la clinique… L'un d'entre eux se dirigeait vers le coffee-shop. À travers la vitre, il croisa son regard.

— Épargne-toi la peine de me raconter ce qui s'est passé ! Même ici, à Boston, on a parlé de vous aux infos du soir. Enlever une future mariée et un bébé. Vous n'avez pas honte ?

Sharif avait oublié à quel point sa cousine pouvait se montrer virulente.

— Amy, j'ai besoin de toi.

— Non, ce n'est pas de moi mais d'un avocat que tu as besoin.

— Écoute-moi.

Tout bas, il lui parla de la découverte du corps de Jasmine. Il était posté à la fenêtre, espérant à tout moment voir arriver Zahad.

Il était plus de 8 h 30. Il avait tenté de le rappeler plusieurs fois, en vain.

Holly avait donné son bain à Ben et, maintenant, elle était assise avec lui près du feu.

Elle lui chantait une berceuse et l'enfant battait des bras, comme s'il voulait marquer la mesure.

Elle était très attachée au bébé et sa présence apaisait le bambin. Devoir les séparer lui coûtait, mais il devait mettre son fils en sécurité au plus vite.

— Donc, en gros, Zahad a disparu dans la nature et toi, tu es coincé dans un chalet isolé avec une future mariée, résuma Amy avec sarcasme. Et tu veux que je vienne à ton secours ?

— Non, moi je m'en sortirai seul. Ce que je veux, c'est que tu emmènes le bébé.

— Étant donné le pétrin dans lequel tu t'es fourré, je te trouve présomptueux d'affirmer pouvoir te débrouiller tout seul.

— Quoi qu'il en soit, il faut que tu viennes. Tu es une des rares personnes sur cette terre en qui j'ai entièrement confiance.

— Bien. Alors voilà ce que je vais faire.

Même quand elle parlait arabe, elle s'exprimait avec un léger accent anglais. Tout comme Zahad, elle avait étudié à Londres, où elle avait rencontré Harry, son mari.

— Je vais prendre l'avion pour Los Angeles dès que possible et me mettre en quête d'un bon avocat. Ensuite, je repartirai avec le bébé.

— Merci.

— Quand tu auras des nouvelles de Zahad, tiens-moi au courant, d'accord ? Qui sait, peut-être est-il allé kidnapper une autre mariée rien que pour lui !

— Je ne pense pas, dit Sharif que l'humour absurde de sa cousine fit sourire, elle qui reprochait toujours à Zahad de ne pas chercher à se marier. À bientôt, Amy. J'ai hâte que tu sois là.

Sur ce, il essaya encore de rappeler Zahad. Cette fois, à la troisième sonnerie, quelqu'un décrocha.

— Zahad ? C'est toi ?

Il y eut un grésillement, puis plus rien.

Sharif était de plus en plus inquiet. Qu'est-ce que cela signifiait ?

Il n'osa pas rappeler, craignant que le portable de son cousin soit tombé entre de mauvaises mains et qu'on tente de le localiser.

— Nous devons partir sans tarder, dit-il à Holly. Il a dû arriver quelque chose à Zahad. Jamais il ne révélerait de son plein gré où nous sommes mais nous ne pouvons pas courir le risque de rester sans rien faire.

Holly ne le bombarda pas de questions. Elle en posa une seule :

— Mais où irons-nous sans voiture ?

Il avait oublié ce détail. Pourquoi avait-il permis à Zahad de le laisser là, sans moyen de transport à disposition ? Il avait été tellement obsédé par l'idée de retrouver son fils que tout avait été fait dans la précipitation.

— Il pleut moins fort qu'hier, commença-t-il avant de se rendre compte que ses propos étaient stupides.

Ils étaient à plusieurs kilomètres de la ville et, même s'ils y allaient à pied, que feraient-ils ensuite ? Sous la pluie et avec un bébé, ils ne passeraient pas inaperçus.

— Nous pourrions appeler un taxi. Non, mauvaise idée, notre signalement aura été transmis en priorité aux chauffeurs de taxi.

— Je pourrais demander à un ami de venir nous chercher, proposa Holly.

C'était la solution la plus évidente. Trop, peut-être ? Essayait-elle de se jouer de lui ? Après tout, quelques heures plus tôt, elle avait tenté de s'enfuir.

Il la dévisagea. Elle soutint son regard sans ciller, avec franchise. Les événements de ces dernières vingt-quatre heures les avaient rapprochés, il avait appris à l'apprécier.

De toute façon, il n'avait pas d'autre choix que lui faire confiance. Non seulement il avait besoin d'elle pour quitter le chalet, mais il aurait également besoin qu'elle témoigne en sa faveur afin qu'on ne l'inculpe pas pour enlèvement.

Il lui tendit son téléphone et, en échange, prit Ben dans ses bras.

— Qui comptez-vous appeler ? s'enquit-il.

Le premier nom qui lui vint en tête fut celui de Trevor. Depuis l'adolescence, elle avait toujours pu compter sur son soutien et ses conseils.

Mais la police avait sans doute placé son téléphone sur écoute. Et puis c'était un peu bizarre de demander à son fiancé d'aider l'homme qui avait gâché leur mariage…

Étrangement, cette dernière idée ne l'ennuyait pas tant que cela. Elle aurait dû être attristée de ne pas avoir pu se marier et impatiente de pouvoir le faire le plus tôt possible, et pourtant ce chalet était devenu son refuge. Avec Sharif, elle éprouvait des sensations inédites et, avec le bébé, elle avait presque l'impression qu'ils formaient une famille.

Quoi qu'il en soit, elle ne pouvait pas appeler Trevor. Il était avocat et Sharif n'était pas son client. Il n'aurait donc pas de clause de confidentialité à faire valoir et serait tenu d'avertir les autorités de son appel.

— Je vais appeler Alice, dit-elle finalement.

— Qui ça ?

— Ma patronne. Elle était censée être mon témoin.

— Je crois l'avoir vue quand nous surveillions l'église. Et vous êtes sûre de pouvoir lui faire confiance ?

— Elle adore Ben comme si c'était son petit-fils. Elle ferait n'importe quoi pour lui. Tout comme moi.

Elle fit de son mieux pour ne pas penser aux conséquences de ce qu'elle allait entreprendre. Car aider Sharif, c'était aussi l'aider à envoyer Ben loin d'elle. Elle ne le reverrait peut-être jamais.

Sharif réfléchit quelques instants.

— Je ne serais pas étonné que la police l'ait aussi placée sur écoute. Pouvez-vous la joindre par un moyen détourné ?

Holly réfléchit à son tour. Le salon ouvrirait dans une vingtaine de minutes. Alice et le reste de l'équipe étaient certainement déjà sur place, à préparer le matériel.

— Je peux essayer d'appeler Marta, l'autre manucure du salon.

Celle-ci répondit à la troisième sonnerie.

— Marta, c'est Holly. Est-ce que je peux parler à Alice ? demanda-t-elle sans préambule.

— Holly ? répéta Marta, dont la voix monta d'une octave sous l'effet de la surprise.

— Oui, c'est moi. Ne dis rien à personne, s'il te plaît. Alice est là ?

— Oui, bien sûr, je te la passe.

Holly entendit quelques éclats de voix puis Alice fut en ligne.

— Holly, c'est toi ? Comment vas-tu ? Et Ben ?

— Ben va bien et moi aussi. Écoute…

— Où es-tu ?

— Alice, je t'en prie, écoute-moi.

Mais sa patronne était trop agitée.

— Tu es au courant pour Jasmine ? C'est affreux !

— Oui, je sais, dit Holly en fermant les yeux pour ne pas se laisser submerger par la tristesse.

— Et l'homme qui t'a enlevée, t'a-t-il fait du mal ? Tu t'es enfuie ?

— Non, écoute, c'est plus compliqué que tu ne le penses.

Si son amie n'avait pas une idée à peu près claire de la situation, elle n'obtiendrait pas sa coopération. Elle alla donc droit au but.

— Le cheikh Al-Khalil est le père de Ben.

— Quoi ?

Alice devait être abasourdie car elle n'ajouta rien de plus.

— Les assassins de Jasmine cherchent à nous tuer. Hier, on nous a tiré dessus. Je ne peux pas tout t'expliquer en détail, mais nous avons besoin de ton aide.

— Trevor est-il au courant ? Et la police ?

— Non, la police ne sait rien et ne doit rien savoir. Pour le moment, nous devons rester cachés.

De la fenêtre, Sharif lui fit brusquement de grands signes.

— Raccrochez ! Quelqu'un vient !

— Alice, nous avons une urgence. Je te rappelle dès que

possible. D'ici là, il ne faut surtout pas que Marta ou toi disiez à qui que ce soit que je vous ai appelées. C'est crucial.

Alice ne répondit pas immédiatement et Holly devina que son amie se demandait quoi faire.

— Holly, si tu ne m'as pas rappelée dans une demi-heure, je préviens la police, dit-elle finalement.

— Dépêchez-vous ! la pressa Sharif.

— À bientôt, Alice.

Elle mit fin à la communication et, suivant les ordres de Sharif, se plaqua contre le mur.

— Qui est-ce ?

— Je ne sais pas, j'ai seulement vu un pick-up approcher.

Un instant plus tard, il poussa un soupir de soulagement.

— C'est Zahad.

Un nouveau coup d'œil prudent à travers les lames du store, puis il ajouta :

— Il semble seul. Par précaution, néanmoins, cachez-vous avec Ben dans la salle de bains.

Elle comprenait sa volonté de ne pas prendre de risques, mais elle ne voulait pas le laisser seul.

— Non. Si vous restez là, je reste aussi.

Elle avait demandé à Alice de ne pas alerter la police. En faisant cela, elle avait lié son destin à celui de Sharif. Elle comptait donc bien l'aider du mieux possible et se comporter comme son égal.

— Restez près de Ben, murmura-t-il.

Par la fenêtre, elle vit un homme aux cheveux noirs approcher en regardant autour de lui. Il s'était rasé la barbe et, si Sharif ne lui avait pas dit que c'était Zahad, elle ne l'aurait sans doute pas reconnu.

Sharif gratta à la fenêtre plusieurs fois. Sans doute un code entre eux. Puis il gagna la porte. Quand son cousin entra, il chercha aussitôt Holly du regard et demanda :

— Pourquoi l'as-tu détachée ?

— J'avais besoin qu'elle m'aide avec le bébé.

Sharif paraissait sur la défensive, comme si ça l'ennuyait d'admettre que c'était un peu plus que cela et qu'ils avaient commencé à nouer une amitié.

— Et tu as également été obligé de la déshabiller ?

D'instinct, elle tira sur les pans de la chemise. Jusque-là, elle ne s'était pas soucié de ses jambes nues, mais le regard désapprobateur de Zahad la gênait.

— Ma robe était sale, se justifia-t-elle sans développer, ne voulant pas avouer qu'elle avait tenté de fuir sous la pluie. Ce n'est pas facile de s'occuper d'un bébé, vous savez.

— C'est ce que me disent les femmes du palais, repartit Zahad avec un bref sourire. J'avais pensé que vous pourriez avoir besoin de nouveaux vêtements, vous allez donc pouvoir vous changer.

— Pourquoi ne répondais-tu pas au téléphone ? intervint Sharif.

— Je ne pouvais pas, c'était trop risqué.

Zahad posa le sac qu'il portait à l'épaule et en sortit du lait maternel, des boîtes de coloration capillaire et des vêtements.

— Je suis allé à la clinique. Noreen Wheaton a disparu, la police la recherche.

— Elle a disparu ? répéta Holly.

Zahad opina.

— Son appartement aurait été fouillé. Et, dans son bureau, j'ai trouvé ça.

Il tendit un papier à Sharif qui le déplia et lut tout haut :

— « Jasmine est au courant. » « Il faut gagner du temps avec eux. » Qu'est-ce que ça signifie ?

— À mon avis, elle a reçu un appel qui l'a prévenue qu'il y avait du changement. Ça a dû se passer grosso modo au moment où Ben est réapparu.

— J'imagine mal les partisans de Maimun liés à ces agissements, commenta Sharif.

— Non, en effet, mais ça rend notre situation encore plus précaire, rétorqua Zahad. Qui sait de quoi on risque de nous suspecter, à présent ? Comment aurait-on pu imaginer que venir récupérer un bébé prendrait une telle tournure !

— Moi, je suis étonnée que vous ayez pu vous introduire dans la clinique et en ressortir sans vous faire prendre, dit Holly.

— C'est pour cela que Zahad est mon chef de la sécurité. Il ne cesse jamais de m'étonner.

Zahad baissa la tête, embarrassé par le compliment.

— En sortant de la clinique, je me suis réfugié dans un bar. Un policier y est entré, mais seulement pour m'interroger en tant que témoin potentiel. Par chance, le serveur m'a confondu avec un autre client entré dix minutes plus tôt. J'ai donc pu m'en aller sans qu'on fasse le lien entre moi et le ravisseur dont le portrait a été diffusé à la télévision.

Zahad avait d'autres provisions dans sa voiture et il alla les chercher. Il revint avec plusieurs sacs et deux revolvers. Sharif parut considérer les armes avec dégoût mais ne protesta pas.

— Je me suis également procuré une moto, dit Zahad. Elle est à l'arrière du pick-up — que je vais te laisser, Sharif. Même si ce n'est pas le moment de te montrer.

— Tu penses que c'est trop risqué de quitter le pays ?

— Oh ! ça oui. Et nous ne serions pas en sécurité chez nous non plus. Tant que nous ne saurons pas exactement qui nous a tiré dessus l'autre jour, nous devons penser que nos ennemis ont des complices partout, y compris au palais. Ou alors, il y a une conspiration contre toi à Alqedar.

— Amy est en route. Quand elle sera repartie avec Ben, j'aurai une plus grande liberté de mouvement et je pourrai prendre davantage de risques.

Holly en eut des frissons.

— Qu'est-ce qui vous fait croire qu'Amy pourra repartir sans être inquiétée ? Et si elle était elle aussi prise pour cible ? Vous devriez un peu plus vous en remettre à moi. Après tout, Jasmine était ma sœur, je peux donc vous aider à découvrir ce qui lui est arrivé.

— Vous ne saviez même pas qu'elle avait accepté d'être mère porteuse, lui rappela Sharif.

— D'accord, mais je sais qui étaient ses amis. Je connais Griff, notamment. Celui qui m'a confié Ben de sa part.

— La police l'a déjà interrogé, c'est évident, fit Zahad.

— Encore faudrait-il qu'ils l'aient retrouvé.

Elle n'avait jamais été proche de Griff, mais elle le connaissait depuis longtemps.

— Il y a quelques années, il a écopé d'une petite condamnation dans une affaire de stupéfiants. Il a toujours affirmé qu'il était innocent et que la police l'avait piégé. Il ne fait donc pas confiance aux flics.

— Et vous, vous pensez pouvoir le localiser ?

— Alice a peut-être son numéro. L'année dernière, elle voulait engager un groupe pour animer une soirée et Jasmine lui avait donné le numéro de plusieurs de ses amis musiciens.

— Très bien, dit Sharif, ça vaut le coup d'essayer, d'autant que, pour le moment, nous n'avons pas d'autre piste.

— Je ne suis pas d'accord, dit Zahad. Mener une enquête, c'est un travail de professionnels.

— Parce que vous pensez peut-être que Griff acceptera de vous parler ? rétorqua vivement Holly. Permettez-moi d'en douter.

— Elle a un sacré caractère, dit Zahad à l'intention de Sharif. Elle me fait penser à Amy.

Il se tourna vers elle et ajouta :

— Ce n'est pas un compliment.

Holly s'adressa à son tour à Sharif.

— J'adore votre famille.

Devant son expression confuse, elle précisa :

— Je parlais de votre cousine Amy, bien sûr.

Zahad éclata de rire.

— Quand une femme décide de passer à l'action, autant essayer d'arrêter un char d'assaut à mains nues. C'est bon, passez votre coup de fil. Servez-vous de mon téléphone, la fréquence est cryptée. Et soyez brève.

Holly prit le téléphone qu'il lui tendait.

— Je vais décharger la moto, reprit Zahad.

— Je vais t'aider, répondit Sharif.

Zahad s'arrêta net.

— Attends, tu comptes la laisser téléphoner seule ? C'est de la folie !

— J'ai confiance en elle.

Zahad continua de protester, mais Sharif n'en démordit pas et finit par avoir le dernier mot. Tous deux sortirent.

Holly resta quelques secondes à regarder le téléphone sans rien faire. Zahad avait raison, elle pouvait en profiter pour appeler n'importe qui. Soit elle tenait sa promesse d'aider Sharif, soit elle alertait la police.

6

Une image traversa l'esprit de Holly : celle du corps de sa sœur allongé sur une civière, de sa main tatouée dépassant du drap.

Pendant plus d'un mois, elle avait cherché Jasmine. Elle avait signalé sa disparition à la police, parlé plusieurs fois à un enquêteur qui lui avait assuré qu'il faisait son possible pour savoir ce qu'elle était devenue. Mais, quand on l'avait retrouvée, il était trop tard.

Même si les policiers faisaient honnêtement leur travail, elle savait que, s'ils arrêtaient Sharif, ils s'empresseraient de l'inculper et lui mettraient la pression pour le faire parler.

Pendant ce temps-là, le véritable meurtrier serait toujours dans la nature et risquait de récidiver.

Elle n'était pas sûre que Zahad et Sharif progresseraient plus vite que la police, mais elle avait confiance en Sharif et elle éprouvait également pour lui un sentiment qu'elle avait du mal ou qu'elle ne voulait pas définir.

Elle regarda sa montre. Elle avait appelé Alice vingt-cinq minutes auparavant. Elle ne devait pas tarder à la rappeler.

Alice répondit à la première sonnerie.

— Holly ? C'est bien toi ?

— Oui, c'est moi. Tu n'as rien dit à personne, j'espère.

— N'aie crainte, Marta et moi avons juré de garder le silence, mais je souhaite de tout cœur ne pas avoir à le regretter. Alors qu'est-ce que c'est que cette histoire comme quoi ce cheikh serait le père de Ben ?

Holly prit une longue inspiration et se lança.

— Jasmine était mère porteuse. La clinique de Crestline

View l'avait recrutée pour qu'elle porte l'enfant du cheikh Al-Khalil.

— Quoi ? Je n'y crois pas, il t'a raconté des bobards.

— Il m'a montré le contrat qu'il avait passé avec la clinique. Et Ben et lui ont exactement le même regard.

— J'ai entendu dire qu'il arrivait aux victimes d'enlèvement de se prendre d'affection pour leurs ravisseurs, rétorqua Alice, d'évidence toujours pas convaincue. Ces gens-là sont souvent des manipulateurs.

— Ce n'est pas mon ravisseur. Il s'est emparé de Ben, pas de moi. Je me suis lancée à sa poursuite et j'ai sauté dans la voiture. Plus tard, on nous a tiré dessus. Cette affaire est beaucoup plus complexe que la police ne le soupçonne, et ils perdent leur temps en se focalisant sur Sharif. Alice, si je t'appelle, c'est parce que j'ai besoin de contacter Griff. Sais-tu comment le joindre ?

— Tu ne vas quand même pas mener l'enquête toi-même !

— Nous n'avons pas le choix. Je t'en prie, comprends-moi.

Elle entendit son amie soupirer.

— Écoute, j'ai le numéro direct de Griff, et j'ai dû le transmettre à la police quand ils m'ont interrogée. À l'heure qu'il est, ils lui ont certainement déjà parlé.

— S'ils ont pu le joindre et le localiser, lui fit remarquer Holly. Tu sais comment il est. Il va jouer un peu partout et il est plus souvent hébergé chez des amis que chez lui. S'il te plaît, donne-moi son numéro.

— D'accord, mais pourquoi ne me retrouves-tu pas quelque part pour me confier Ben ? Je prendrai soin de lui le temps que tu… en aies terminé avec cette histoire insensée.

— Non, tu risquerais à ton tour de te retrouver en danger. Par ailleurs, Sharif ne sera jamais d'accord pour se séparer de son fils. Je suis désolée, Alice.

Il y eut un long silence, qu'Alice finit par rompre.

— Bien… Alors voilà le numéro de Griff.

Holly le nota.

— Holly ? ajouta Alice.

— Oui ?

— Je n'évoquerai pas de mon propre chef cette conversation mais, si la police m'interroge, je ne mentirai pas.

— Je comprends, tu en as déjà fait plus que je ne peux en exiger de toi.

— Prends soin de toi. Et si tu as besoin que je m'occupe de Ben, n'hésite pas à m'appeler à n'importe quel moment.

— Je n'y manquerai pas. Merci encore.

Holly raccrocha. Par la fenêtre, elle voyait Sharif et Zahad en grande conversation à côté du pick-up.

Avant d'appeler Griff, elle devait s'entretenir avec Sharif, ne serait-ce que pour savoir quel numéro donner pour qu'il puisse la rappeler si elle ne parvenait pas à lui parler de vive voix.

Un calme trompeur régnait à l'intérieur du chalet. Ben dormait, recroquevillé comme un chaton. À la télévision, le bulletin météo annonçait l'arrivée prochaine d'une nouvelle dépression qui apporterait vents violents et fortes pluies.

Certes, désormais, avec le pick-up, ils n'étaient plus bloqués ici. Savoir qu'une nouvelle tempête arrivait la rendit cependant nerveuse.

Zahad fit démarrer sa moto puis s'éloigna. Sharif le regarda partir puis tourna les talons pour revenir vers l'entrée.

Il se déplaçait avec la grâce d'un félin. Chacun de ses mouvements dégageait une indéniable virilité.

Il lui avait dit être veuf. Quel genre de vie menait-il, chez lui ? Y avait-il une femme qui partageait ses nuits ?

Elle imagina un grand lit à baldaquin, une femme avec de longs cheveux noirs et un regard mystérieux qui éprouvait, tout comme elle, une attirance primitive teintée d'une légère peur pour cet homme qui…

— Nous en savons plus sur l'affaire de l'enlèvement d'Harbor View.

Elle s'approcha du poste pour monter le son.

— Comme nous vous l'avions déjà annoncé, Jasmine Rivers, dont le corps a été récemment retrouvé dans le désert, était la mère du bébé qui a été enlevé en même temps que sa tante hier devant l'église d'Harbor View.

Le présentateur fixait intensément la caméra, comme

s'il était sur le point de dévoiler une information d'une importance capitale.

— Nous venons d'apprendre que Jasmine Rivers avait été recrutée pour être mère porteuse par la clinique de Crestline View et que, selon un employé de l'établissement, le père de son enfant n'est autre que l'un des deux ravisseurs supposés, le cheikh Sharif Al-Khalil.

Sharif, qui était entré dans la pièce, se posta devant l'écran avec une expression irritée et fataliste.

— Il faut reconnaître que ces journalistes font bien leur travail, même si c'est pour colporter des ragots. Ma tante Selima apprécierait.

— La police a refusé de confirmer ces allégations mais a toutefois reconnu que Noreen Wheaton, la directrice de la maternité de Crestline View, avait également disparu et que son domicile et son bureau avaient été visités.

Il y avait tant de rebondissements, songea Holly. Mais quel était le lien entre tous ?

Le journaliste à l'antenne, lui, semblait avoir sa propre théorie.

— Avons-nous affaire à une vengeance ? Jasmine Rivers a-t-elle été assassinée parce qu'elle refusait de rendre l'enfant qu'elle portait ? Noreen Wheaton est-elle en danger pour n'être pas parvenue à convaincre Jasmine Rivers de rester fidèle à l'accord initial ? L'inquiétude est de plus en plus vive pour Holly Rivers, la victime de l'enlèvement d'hier. Restez avec nous, le temps d'une courte page de...

Holly coupa le son.

— Si on vous arrêtait, on vous enverrait droit devant un tribunal pour vous condamner ! s'exclama-t-elle, scandalisée.

— Je me demande bien qui leur a appris que j'étais le père du bébé, dit Sharif qui réfléchissait tout haut. Normalement, ce type d'information est confidentiel.

— Ils ont parlé d'un employé. Sur le contrat que vous m'avez montré, Noreen Wheaton était assistée d'un certain Manuel Estrellas. En dehors de lui, qui d'autre à la clinique aurait pu être au courant ?

— En effet, il est probable qu'il soit à l'origine de la fuite, et il en sait certainement plus que nous. Mais nous devons d'abord retrouver la dernière personne à avoir vu votre sœur vivante. Avez-vous réussi à obtenir le numéro de Griff ?

— Oui, Alice l'avait. Dois-je l'appeler ?

— Non, je vais lui envoyer un message.

Sharif prit le téléphone et s'activa sur les touches.

— On ne peut pas appeler ce téléphone crypté, je dois donc lui demander de me rappeler sur mon portable — en espérant qu'il le fera.

Ben se réveilla alors en poussant un petit cri plaintif. Sharif fut le plus prompt à réagir. Il traversa la pièce et prit le bébé sur ses genoux.

— Vous voulez bien préparer un biberon ?

— Bien sûr.

Si Alice voyait avec quelle tendresse Sharif regardait son fils dans des moments comme celui-ci, elle ne douterait plus de lui, songea Holly.

— Où est parti Zahad ?

— Il ne tient jamais en place, répondit Sharif, évasif.

Elle comprit que ce n'était pas la peine d'insister.

Une fois que Sharif et Ben furent bien installés, elle alla jeter un coup d'œil sur les vêtements que Zahad avait apportés. Il y avait un jean, un sweat-shirt à col en V et une paire de chaussures de sport.

— Je suis bluffée, tout est exactement à ma taille.

— Mon cousin se montre parfois brutal mais il est très observateur…

Sharif reporta son attention sur son fils et lui sourit. Ben avait posé sa petite main sur son poignet pour téter.

— Bien, alors je vais me changer, dit Holly, attendrie, en se dirigeant vers la salle de bains.

— Prenez le téléphone avec vous au cas où. S'il entend une voix masculine lui répondre, Griff risque de raccrocher.

— Où est-il ?

— Dans ma poche, répondit Sharif en désignant du menton son sweat-shirt. Désolé, je n'ai pas les mains libres.

Son sourire à la fois contrit et amusé troubla Holly, qui posa les vêtements qu'elle avait dans les bras. Pour prendre le téléphone, elle allait devoir glisser la main dans sa poche de poitrine. Cette perspective lui fit perdre ses moyens.

— Je… euh… Je peux attendre que vous ayez fini de donner le biberon.

— Est-ce moi qui vous rends nerveuse ? lui demanda-t-il en haussant un sourcil. Je promets de ne pas vous attaquer.

— Ne soyez pas ridicule, rétorqua-t-elle, mortifiée par sa propre maladresse.

Elle ne pouvait pourtant pas lui avouer que l'idée de le toucher, ne serait-ce que brièvement, la mettait dans tous ses états.

— Je ne veux pas déranger Ben, c'est tout.

— Ne vous inquiétez pas pour lui, il est concentré sur son biberon. Allez-y sans crainte, ajouta-t-il avec une expression de fausse innocence.

C'était comme s'il lui lançait un défi. Elle s'approcha, tendit la main et suspendit son geste. Il lui suffisait d'être tout près de lui pour sentir le désir s'éveiller en elle. Comment pouvait-il dégager un tel magnétisme ?

— Un souci ? lui demanda-t-il.

— Pas du tout.

Elle glissa la main dans sa poche et sentit ses muscles vigoureux sous le fin tissu. Il baissa légèrement les yeux pour suivre son geste, et son regard était semblable à celui d'un faucon épiant sa proie.

— Où est le téléphone ?

— Dans l'autre poche.

— Vous auriez pu me prévenir ! le tança-t-elle en s'empressant de retirer sa main.

— Je ne voulais pas gâcher votre plaisir, rétorqua-t-il avec un sourire séducteur.

— Ça vous amuse, pas vrai ?

— Oui, mais j'espère que vous n'êtes pas du genre à abandonner aussi facilement.

— Certainement pas, dit-elle en plongeant résolument la main dans l'autre poche.

Leurs visages étaient à quelques centimètres l'un de

l'autre. Au moment où elle allait retirer sa main, il lui saisit le poignet et l'attira contre lui.

— Hé ! protesta-t-elle, je croyais que vous n'aviez pas les mains libres.

— J'ai menti, répondit-il tranquillement. Ça vous ennuie ?

Elle aurait dû lui rétorquer que oui. Ou que non… Elle ne savait plus où elle en était.

— Bien, puisque nous sommes là…

Il l'embrassa. À peine sentit-elle ses lèvres sur les siennes que toute velléité de résistance l'abandonna.

Comme sa langue effleurait la sienne, un frisson de plaisir lui parcourut l'échine. Il lui posa la main sur la nuque et la fit descendre lentement le long de son dos. Cette légère caresse la subjugua et elle eut envie de passer les mains dans ses cheveux, de se serrer contre lui.

Elle éprouvait un désir d'une intensité inédite, elle avait la sensation de basculer dans une autre dimension.

Soudain, un visage vint flotter devant ses yeux. Un visage familier, qui la regardait avec admiration.

Trevor.

Un sentiment de honte l'envahit. Comment pouvait-elle trahir l'homme qu'elle avait été la veille même sur le point d'épouser ? Gauchement, elle recula pour interrompre leur baiser.

— Non, dit-elle d'une voix faible.

Sharif resserra son étreinte sur sa nuque. Sur ses genoux, Ben se mit à battre des bras, comme pour lui dire de rester près de lui.

Tel père, tel fils, songea-t-elle.

— Je ne peux pas. Je dois épouser Trevor.

Sharif ôta sa main en soupirant.

— Je m'excuse. C'est vrai, vous êtes promise à un autre homme, je n'ai pas le droit de m'immiscer entre vous.

— C'est ma faute autant que la vôtre, dit-elle platement.

Sharif parut se fermer.

— Allez vous changer.

Elle se releva, traversa la pièce et prit les vêtements au passage avant de se rappeler qu'elle avait également besoin de shampooing. Elle inspecta le reste des courses apportées par Zahad. Une paire de ciseaux accompagnait les boîtes de coloration capillaire.

— Je ferais bien de me servir de ça, au cas où nous devrions sortir, dit-elle en lui montrant une boîte de couleur.

Sharif acquiesça.

— Quand vous aurez terminé, peut-être pourrez-vous m'aider à changer également d'apparence. Étant donné votre métier, ce ne devrait pas être trop compliqué pour vous.

— Eh bien, je manque un peu de matériel, mais je peux essayer.

Au moins, cela lui donnerait une tâche sur laquelle se concentrer et lui éviterait de penser au reste. Elle détailla le choix de colorations et opta pour un noir intense.

Sharif avait du mal à se remettre des émotions qui l'avaient traversé en embrassant Holly. Ce baiser n'avait fait qu'attiser le désir terrible qu'il avait d'elle, d'autant qu'à sa réaction, il avait compris que ce désir était réciproque.

Un bref instant, il s'était mis à fantasmer, à imaginer Holly allongée auprès de lui dans son lit, lui souriant et lui tendant les bras.

Mais il devait accepter la réalité. Holly ne pouvait pas être à lui. Elle était promise à un autre homme et appartenait à un monde différent.

Et même si elle avait été libre, il ne rentrait pas tranquillement chez lui le soir après le travail. Il avait dû combattre pour la liberté de son pays, qui n'était toujours pas complètement stabilisé. Il n'avait pas le droit de bâtir une relation avec Holly pour, finalement, être forcé de la laisser tomber, ou bien la perdre, comme il avait perdu Yona.

Une fois déjà, il avait tenu le bonheur au creux de ses mains, et il avait volé en éclats. Il ne s'en était pas remis.

Neuf ans auparavant, sa femme aurait pu partir pour l'Europe afin de bénéficier d'un suivi médical approprié, mais elle s'était accrochée à lui et avait insisté pour donner naissance à leur enfant dans leur pays. Et lui, égoïstement, il avait cédé.

Après la libération de leur province, il aurait pu rester auprès d'elle et envoyer Zahad le représenter lors de la prise de la capitale. Mais la victoire l'avait grisé et, gagné par l'ivresse, il était parti, laissant à son cousin le soin de veiller sur son épouse.

Il n'avait pas été là quand Yona était morte. Il n'avait pas pu la voir une dernière fois, lui dire son amour, lui tenir la main. Il célébrait la libération d'Alqedar.

Aujourd'hui encore, le remords le rongeait. Il avait l'impression d'avoir trahi Yona.

Soudain, dans ses bras, Ben se mit à s'agiter. Sans doute avait-il besoin qu'on change sa couche. Il se leva et posa le bébé sur la table, près du feu.

Cette fois, il se montra plus habile. En outre, le bébé était plutôt conciliant. Il espéra qu'en grandissant, il garderait le même caractère. Alqedar aurait besoin de diplomates, pas de guerriers. C'était du moins son souhait le plus cher.

À la télévision, le présentateur météo disait que la tempête qui approchait de la Californie serait certainement la plus violente de l'année. Décidément, les éléments paraissaient déterminés à les tenir à l'écart de la civilisation.

Une fois qu'il eut changé Ben, il le reprit dans ses bras et le tint contre son épaule. Le bébé tourna la tête et le fixa de ses grands yeux brillants.

L'émotion l'étreignit. Il pouvait à la rigueur se blinder contre l'attirance qu'il éprouvait pour une femme, pas contre l'amour que lui inspirait ce petit être innocent.

Au départ, c'était le sens du devoir qui l'avait poussé à chercher à avoir un héritier, pensant qu'ensuite il confierait l'éducation de l'enfant à Amy et à sa tante Selima.

Mais, dès qu'il avait réellement compris qu'il allait être père, ses sentiments avaient commencé à évoluer. Depuis qu'il tenait Ben dans ses bras et devait tout faire pour le protéger, il était déterminé à ne jamais l'abandonner.

La porte de la salle de bains s'ouvrit. Il entendit Holly

passer derrière lui et poser la chemise qu'elle lui avait emprunté sur le lit.

— Si vous avez de la lessive liquide, je peux la laver à la main.

— Nous avons d'autres priorités que…

Il s'était à demi tourné vers elle et sa nouvelle tête lui cloua le bec.

Elle n'était plus rousse mais brune. Elle n'avait pas touché à la longueur des cheveux, seulement rectifié sa frange.

Toutefois, ces changements modifiaient les proportions de son visage. Ses joues et ses lèvres semblaient plus pleines, le contraste entre la teinture et sa peau claire faisait ressortir sa fragilité.

— Eh bien ? C'est si laid que ça ?

Tellement laid qu'il eut immédiatement envie de reprendre là où ils s'étaient arrêtés. De l'embrasser, encore et encore — de lui faire éprouver un plaisir comme elle n'en avait jamais connu.

— On ne vous reconnaîtra pas au premier coup d'œil, dit-il le plus naturellement possible. Pouvez-vous parvenir à un tel résultat avec moi ?

Elle s'approcha de la table et prit l'une des boîtes de couleur.

— Votre cousin a du bon sens, il n'attend pas de moi que je vous transforme en surfeur californien.

— Je doute que ce soit possible, en effet. À votre avis, quelle couleur me conviendrait le mieux ?

— Châtain foncé, dit-elle en portant une chaise près de l'évier de la cuisine. Et une bonne coupe ne vous fera pas de mal. Qui vous coupe les cheveux d'habitude ?

— Le barbier du palais.

— Vous êtes sûr que ce n'est pas le boucher du palais ?

Sharif partit d'un petit rire.

— Vous trouvez ma coupe si désastreuse ? Je vous assure que ce n'est pas la faute du barbier, il doit toujours s'occuper de moi en coup de vent.

En vérité, il se faisait fort de ne pas devenir quelqu'un de vaniteux, obsédé par son apparence, ce qui était trop souvent l'apanage du pouvoir. À présent, il se demandait s'il n'était quand même pas allé un peu loin. Il n'y avait rien de mal à avoir une coupe de cheveux décente.

— Il faudrait quelque chose pour vous protéger afin de ne pas en mettre partout, reprit Holly en ouvrant les tiroirs.

Elle trouva une nappe en toile cirée qu'elle déplia et étendit sur les épaules de Sharif quand il fut assis.

— Allez, voyons ce que nous pouvons faire pour que vous puissiez vous fondre dans la foule.

Sharif était un peu inquiet à la perspective de changer d'apparence, néanmoins il se laissa faire.

Rapidement, elle lui fit un shampooing et lui rinça les cheveux, puis commença à les démêler avant de les couper. Bercé par la sensation de ses mains sur son crâne et le bruit des ciseaux, il se détendit.

Dès qu'elle eut terminé la coupe, elle appliqua la coloration et l'odeur âcre du produit lui chatouilla les narines.

Avec soin, elle essuya quelques gouttes tombées sur son front.

— Voilà, maintenant, il faut patienter un moment pour que la coloration se fixe.

— Pourtant, vous, vous n'avez pas mis longtemps pour teindre vos cheveux, lui fit-il remarquer.

— Oui, mais ça va plus vite pour une teinte plus foncée que l'inverse. Vous avez de très beaux cheveux, vous savez.

— Pardon ?

— Ils sont épais et ont une texture très agréable. On peut en faire à peu près ce qu'on veut. En plus, ils frisent naturellement. Vous avez vraiment de la chance.

— C'est pour mieux tromper les ennemis, dit-il aussi sérieusement qu'il put. Ils sont subjugués par mes cheveux et j'en profite pour les éliminer.

Elle éclata de rire.

— Mais c'est que vous avez le sens de l'humour !

Il prit un air faussement offensé.

— Vous en doutiez ?

— Pas le moins du monde.

Elle souriait et l'amusement faisait briller son regard d'un éclat nouveau. Elle était tellement belle qu'une fois encore, il dut se retenir de la prendre dans ses bras.

Soudain, elle tourna vivement la tête et s'exclama :

— Oh ! mon Dieu !

Il suivit son regard. Une fois encore, c'était cette satanée télévision. Il commençait à en avoir assez de cette boîte à mauvaises nouvelles.

Trevor Samuelson était à l'écran. Il plaidait pour qu'on lui rende sa fiancée. Sharif avait l'impression d'avoir face à lui un rival qu'il ne pouvait pas affronter — qu'il n'avait pas le droit d'affronter. C'était un étrange sentiment.

Holly monta le son.

— ... et je demande à cet homme de la libérer. Elle est innocente, elle ne vous a rien fait. Je vous en prie, laissez-la partir.

— Nous avons entendu dire que vous offriez une récompense ? demanda alors le présentateur.

— Oui, j'offre dix mille dollars à toute personne qui fournira à la police un renseignement menant à sa libération.

Samuelson avait les traits tirés, il paraissait manquer de sommeil.

— Je suis persuadé que quelqu'un les a vus et sait quelque chose, peut-être sans s'en rendre compte.

— Voici le numéro de la police à appeler si un de nos téléspectateurs pense pouvoir les aider, reprit le présentateur comme un numéro s'affichait à l'écran, suivi d'un second. Et voici le numéro du bureau de M. Samuelson si vous préférez le joindre directement.

Holly sembla affectée et serra les bras autour d'elle.

— Sharif, je devrais l'appeler, dit-elle.

Alors qu'il cherchait des arguments pour l'en dissuader, son téléphone sonna. Holly se retourna vivement et le dévisagea. De la tête, il lui fit signe de répondre.

— Allô ?... Griff, c'est moi ! Holly !

Ils avaient atteint leur but. Ne restait plus qu'à espérer que cet homme pourrait les aider. Et qu'ils n'allaient pas, au contraire, foncer droit dans la gueule du loup.

7

Il fallut près d'une minute à Holly pour rassurer Griff et le convaincre qu'elle n'était pas retenue contre sa volonté. Il lui fit expliquer en détail les circonstances de son enlèvement.

— Rencontrons-nous quelque part, conclut-il, comme ça, je pourrai constater par moi-même que tu vas bien.

— As-tu parlé à la police ? lui demanda-t-elle.

— Certainement pas. Ils ont cherché à me joindre mais quand j'ai rappelé et que j'ai compris à qui j'avais affaire, je me suis empressé de raccrocher.

— Et maintenant tu te caches ?

— Je n'ai pas le choix. Si les flics comprennent que ton cheikh est innocent, je deviendrai leur principal suspect, et je n'ai aucune envie qu'ils me piègent encore une fois, je connais trop bien leurs méthodes.

— Où es-tu ?

— Dans une cabine. Je ne peux pas me permettre de me servir de mon téléphone personnel.

— Griff, as-tu la moindre idée de qui a tué ma sœur ?

— Je te jure que j'aimerais bien le savoir.

— Pourquoi a-t-elle disparu avant même la naissance de Ben ? Pourquoi t'a-t-elle chargé de me le confier ? Tu es la seule personne qui sait ce qui se passait dans sa tête.

En fond, elle percevait le bruit de la circulation.

— Écoute, je suis dans cette cabine depuis trop longtemps. Donnons-nous rendez-vous pour discuter de tout ça.

Il lui donna l'adresse d'un restaurant mexicain à une dizaine de kilomètres d'Harbor View.

— Je… Oui, attends une minute.

Elle se tourna vers Sharif.

— Il veut nous rencontrer.

Sharif donna son accord d'un signe de tête.

— Viens toute seule, reprit Griff.

— Je ne peux pas. Ce pourrait être dangereux pour moi, j'ai besoin de Sharif pour me protéger.

— Pour te protéger ? Tu en es sûre ?

— C'est un homme honnête, et il est dans la même galère que toi. Lui non plus ne peut pas parler à la police. C'est pourquoi nous avons décidé d'enquêter de notre côté.

— Ouais. D'accord, il peut venir aussi, à une seule condition.

— Laquelle ?

— Venez avec Ben. Le petit me manque, je l'aime bien.

— Oui, bien sûr.

De toute façon, ils n'avaient personne à qui confier l'enfant.

— À tout à l'heure, alors, dit Griff avant de raccrocher.

Sharif l'interrogea du regard et elle lui résuma la discussion.

— Rien ne vous a semblé suspect dans sa façon de s'exprimer ? Vous êtes sûre que nous pouvons y aller sans crainte ?

— Il m'a semblé normal, répondit-elle, même si, pour être honnête, j'ignore comment il se comporterait s'il avait une idée derrière la tête.

Griff lui avait avant tout paru méfiant, mais, chez lui, dès qu'il était question de la police, c'était une seconde nature.

— Très bien, nous irons au rendez-vous. Je vais avertir Zahad.

— Que comptait-il faire quand il est parti ce matin ?

— Des recherches sur le Net. Je vais lui envoyer un mail.

Il ouvrit son ordinateur portable et l'alluma. Pendant ce temps, Holly regardait dehors. Le ciel s'obscurcissait et les branches des arbres se balançaient dans le vent. Elle espéra qu'ils rentreraient de leur rendez-vous avant que la tempête se déclenche pour de bon.

Quand Sharif eut écrit à Zahad, elle nettoya les excès de coloration, rinça ses cheveux, les sécha puis les coiffa.

Il n'avait plus grand-chose à voir avec l'homme qu'elle

avait vu pour la première fois la veille près de l'église. Rasé de près, les cheveux plus clairs et la nuque nette, il avait tout à fait l'allure d'un homme d'affaires local.

À condition de ne pas le regarder de trop près. Quelqu'un qui l'observerait minutieusement ne tarderait pas à remarquer son regard intense, son allure déterminée et fière, et à deviner qu'il n'était pas ce qu'il paraissait être de prime abord.

— C'est terminé ? Parfait, allons-y, dit-il en ôtant la toile cirée qu'il avait encore sur les épaules.

— Vous ne voulez pas voir à quoi vous ressemblez ? lui demanda-t-elle en lui tendant un petit miroir.

Il le prit et regarda son reflet moins de deux secondes.

— Mes cheveux repousseront… et la coloration partira à l'eau, n'est-ce pas ?

Elle croisa les bras.

— Ne vous croyez surtout pas obligé de me remercier.

— Je préfère garder mes remerciements pour plus tard, quand nous aurons obtenu des réponses à nos questions. En route !

Sharif fit deux fois le tour du quartier, à l'affût. Le restaurant était situé sur une rue bordée de magasins de seconde main principalement fréquentés par des femmes hispaniques accompagnées de leurs enfants.

— Quel genre de voiture Griff conduit-il ? s'enquit-il.

— Je ne me rappelle pas la marque, répondit Holly, mais c'est une vieille voiture rouillée. Ce qui ne nous aide guère étant donné qu'il y en a pas mal par ici.

— Et vous savez s'il a pour habitude d'être armé ?

— Il a déjà écopé d'une condamnation. S'il se faisait prendre en possession d'une arme, il irait directement en prison.

Sharif repéra une place libre le long du trottoir et entama une manœuvre pour se garer.

— Et dans cette affaire de stupéfiants, vous croyez qu'il était effectivement innocent ?

— Lui, sans doute, mais parmi les types qui ont été

condamnés en même temps que lui, il est clair que certains avaient déjà consommé et revendu de la drogue.

— Donc, en gros, on l'a condamné pour mauvaises fréquentations. Je comprends son amertume.

Sharif coupa le moteur.

— Attendez que je vienne vous ouvrir. Sortez Ben de son siège et tenez-vous prête à fuir si nécessaire.

Holly opina. Malgré les épreuves successives qu'elle traversait, elle restait remarquablement calme.

Il descendit de voiture, sur ses gardes, fit quelques pas vers le restaurant puis, ne voyant personne, contourna le véhicule et ouvrit la portière de Holly. Elle sortit à son tour et ils se mirent en chemin, côte à côte.

Quand Sharif aperçut son reflet dans la devanture du restaurant, il eut du mal à se reconnaître. Avec un peu de chance, personne ne verrait en lui le type dont le portrait avait été diffusé à la télévision.

Un parfum d'épices et de poivrons grillés les accueillit. Une radio diffusait un groupe de mariachis. Les clients ne manquaient pas mais aucun d'eux ne correspondait à la description que Holly lui avait faite de Griff.

— Bonjour, fit une serveuse en s'avançant vers eux, des menus à la main.

Holly cala Ben contre son épaule.

— Nous avons rendez-vous avec l'un de vos clients, dit-elle. Il est blond, barbu et de taille moyenne, ça vous dit quelque chose ?

— Par ici, dit la serveuse qui les conduisit dans le fond de la salle, aménagé en petits espaces privatifs.

Un homme se leva d'une banquette.

— Bonjour, Griff, lança Holly. Comment vas-tu ?

— Pas trop mal, merci. Hé, sympa ton nouveau look, je t'aime bien en brune.

Il scruta Sharif quelques secondes puis sourit à Ben.

— Comment ça va, petit homme ? Je peux le prendre ? Je crois qu'il est content de me voir.

Sharif constata qu'en effet, son fils souriait et tendait ses petits bras vers Griff. Il se retint donc de protester, s'installa auprès de Holly et laissa l'étranger prendre Ben par-dessus la table.

Griff se rassit et installa le bébé sur ses genoux.

— Vous avez faim ?

— Oui, assez, répondit Holly.

Il y avait tout juste la place pour deux personnes sur la banquette et Sharif sentit la cuisse de Holly frotter contre la sienne.

— Vous avez de quoi payer ? reprit Griff.

— Oui, ne vous inquiétez pas, dit Sharif.

Il gardait son attention fixée sur le musicien mais il n'était pas insensible à la proximité de Holly. Il ne lui avait pas échappé non plus qu'elle paraissait se détendre. Considérait-elle ce restaurant comme un endroit sûr, contrairement à lui ? Il n'appréciait guère de se retrouver dans un petit espace confiné duquel il serait difficile de fuir.

— Apportez-nous un assortiment de tacos et de *relleños* avec trois assiettes, s'il vous plaît, dit Griff à la serveuse.

— *Si, señor*, répondit-elle avant de s'éloigner.

Griff reporta son regard sur Sharif.

— Alors vous êtes vraiment cheikh ? Pour être honnête, vous ressemblez plus à un agent immobilier friqué.

— Désolé de vous décevoir.

— Vous n'êtes pas un flic sous couverture, pas vrai ?

— Si c'était le cas, je n'aurais pas laissé Holly vous donner Ben, dont vous pourriez vous servir comme otage.

Griff haussa les épaules.

— Ouais, un point pour vous. Désolé, je suis un peu parano.

— Parano ou pas, tu pourrais te montrer plus poli, intervint Holly sur un ton irrité. Bon, tu veux bien répondre à nos questions ?

— Vas-y, je t'écoute.

Elle se pencha en avant pour pouvoir parler à voix basse.

— Savais-tu que Jasmine était mère porteuse ?

— Je l'ai appris seulement quand elle s'est présentée chez moi en me demandant de l'héberger quelques semaines.

Elle venait de découvrir qu'on lui avait menti et elle avait du mal à le digérer.

— On lui avait menti ? répéta Sharif.

— Ouais, fit Griff en lui retournant un regard sombre. À propos de vous.

Holly était désorientée. Pour la première fois depuis son enlèvement, elle se retrouvait en public, et elle devait faire en sorte qu'on ne la reconnaisse pas.

Heureusement, la présence de Sharif la rassurait. Il dégageait une telle énergie qu'il lui semblait que rien ne pouvait lui arriver.

— Mais qui lui a menti à propos de moi ? La clinique ? demanda Sharif à Griff.

— Elle m'a dit qu'elle avait reçu un coup de fil d'un dénommé Manuel, qui avait demandé à la rencontrer.

— Manuel Estrellas ?

— Oui, ça doit être ça. Ce type lui a parlé de vous. Quand il lui a dit que vous étiez cheikh, elle a d'abord cru que c'était une blague.

— Vous insinuez que la clinique ne lui avait pas révélé mon identité dès le départ ?

— Ouais, elle était à quelques semaines d'accoucher et elle ignorait tout de vous. Apparemment, ce Manuel a considéré que ce n'était pas réglo.

De sa poche, Sharif sortit le papier retrouvé par Zahad dans le bureau de Noreen Wheaton.

— « Jasmine est au courant », lut-il. Il semblerait que cette phrase fasse allusion à la révélation d'Estrellas. Mais qui a prévenu Noreen Wheaton que Jasmine savait tout ?

Ils s'interrompirent. La serveuse revenait avec leur commande.

— Qu'est-ce que c'est ? demanda Sharif en désignant l'un des mets posés au milieu de la table.

— Des *relleños*, des poivrons farcis, répondit Griff.

— Farcis avec quoi ?

— Goûtez et ne vous inquiétez pas, on ne va pas vous empoisonner.

Sharif prit un poivron.

— Excusez-moi. Bien, dites-nous ce que vous savez.

— Je sais que Jasmine pensait porter un bébé pour un jeune couple marié, dit Griff avant d'avaler une bouchée.

— T'a-t-elle expliqué pourquoi Estrellas avait décidé de lui avouer la vérité ? s'enquit Holly.

— Non, je ne crois pas, répondit Griff en se resservant.

Ils continuèrent à le questionner et Griff leur révéla que Jasmine avait accouché dans une clinique privée garantissant la confidentialité. Il était parti en tournée avec son groupe quelques jours après qu'elle en était sortie. Elle avait alors passé ses journées à s'occuper du bébé et, pendant son absence, à sa connaissance, elle n'avait pas reçu de visites.

— Mais pourquoi me confier Ben, dans ce cas ?

Griff avala sa bouchée et but une gorgée d'eau.

— Un jour, elle m'a annoncé qu'elle devait rencontrer quelqu'un pour tirer les choses au clair. Ce sont ses mots à elle, et elle n'a pas voulu m'en dire davantage.

— Elle n'a pas mentionné le nom de cette personne ? Ce n'était pas Noreen Wheaton ? intervint Sharif.

— Non, je ne sais même pas s'il s'agissait d'un homme ou d'une femme. En revanche, elle a dit que…

Il hésita, visiblement mal à l'aise.

— Elle a dit qu'elle espérait bien se retrouver à la tête d'une jolie somme.

Jasmine avait-elle tenté de faire chanter Noreen Wheaton ? se demanda Holly. Pourtant, un tel comportement ne ressemblait pas à sa sœur.

— Je n'arrive pas à croire qu'elle se soit lancée dans une entreprise malhonnête, dit-elle.

— En tout cas, elle ne voulait pas que Ben soit dans les parages quand elle rencontrerait cette personne, fit observer Sharif.

Griff acquiesça.

— C'est clair. Elle m'a demandé de prendre soin de lui et de le confier à Holly en attendant son retour deux jours plus tard. Elle comptait réellement réapparaître, j'en suis sûr.

— Dans quel état était-elle à son départ ? Semblait-elle nerveuse, effrayée ? voulut savoir Holly.

— Non, pas particulièrement. Elle semblait plutôt en colère, et déterminée. Mais je n'en sais pas plus.

Sharif fureta autour de lui, comme il l'avait déjà fait plusieurs fois au cours de la discussion.

— Y a-t-il autre chose que vous pourriez nous apprendre ?

— Non, je ne vois pas.

— Dans ce cas, nous devons vous laisser. Nous ne pouvons pas nous permettre de rester trop longtemps dehors.

Sharif régla l'addition tandis que Holly reprenait Ben.

— Je vous souhaite sincèrement de coincer le type qui a fait ça, dit Griff. J'aimais beaucoup Jasmine.

— Je sais, dit Holly, et je te remercie de l'avoir autant aidée. Et de nous avoir aidé également.

Elle pressa amicalement son bras puis suivit Sharif.

Ils retournèrent sans encombre à la voiture. Tandis qu'elle s'occupait d'attacher Ben dans son siège enfant, Sharif fit le tour de la voiture et se pencha pour regarder en dessous.

— Que cherchiez-vous ? lui demanda-t-elle quand il fut de retour au volant.

— Je voulais m'assurer que personne n'avait touché à la voiture en notre absence.

Devant son air inquiet, il s'empressa d'ajouter :

— Étant donné l'affluence dans cette rue, il n'y avait pas grand risque, c'était une simple précaution.

Cela la rassura un peu. Il démarra et sortit de la place de stationnement.

— Et maintenant, que faisons-nous ? s'enquit-elle.

Il s'arrêta à un feu rouge.

— Il faut que nous trouvions Manuel Estrellas. Il connaissait Jasmine et il connaît également Noreen Wheaton.

— La police l'a sans doute déjà…

— Baissez-vous !

Holly s'exécuta sans comprendre ce qui avait motivé l'exclamation de Sharif, et ce dernier redémarra brusquement pour donner un coup de volant à gauche. Il y eut alors un bruit sec et une balle fusa tout près de la voiture.

8

— Accrochez-vous !

La voiture vira sèchement à droite. Si Holly n'avait pas attaché sa ceinture, elle serait tombée sur Sharif.

— Etes-vous blessée ?

— Non, ça va.

Mais que s'était-il passé ? Avaient-ils été piégés ? Elle n'en croyait pas Griff capable…

Deux déflagrations retentirent et la firent crier de terreur.

— Ils ont touché le capot, lança Sharif en prenant un nouveau virage. Ne vous redressez surtout pas, Holly.

— On nous tire encore dessus ? Mais pourquoi personne n'appelle la police ?

— Je doute qu'une intervention de la police soit ce qui puisse nous arriver de mieux dans notre situation.

Il avait raison. Dans sa panique, elle avait oublié que, pour le moment, ils ne pouvaient compter que sur eux-mêmes.

Sharif tourna une nouvelle fois puis enfonça la pédale d'accélérateur. Holly serra les dents, s'attendant à d'autres coups de feu, mais il n'y en eut pas. Apparemment, leurs poursuivants avaient du mal à les garder dans leur viseur.

— Les vitres de la voiture qui nous poursuit sont teintées, comme hier, dit Sharif après un bref regard dans le rétroviseur. Elle nous rattrape, accrochez-vous !

Holly agrippa le dossier de son siège. Derrière eux, des pneus crissèrent et un bus klaxonna.

Ils avaient escaladé la rampe d'une bretelle d'accès à une voie rapide et elle mit quelques secondes à se rendre compte qu'ils roulaient de nouveau à une allure normale.

— Que s'est-il passé ? demanda-t-elle.

— Eh bien, disons qu'un bus s'est interposé juste au bon moment. Nous les avons semés.

Elle se redressa prudemment et se rassit. Elle avait les mains moites et elle s'était mordu si fort la lèvre inférieure qu'elle saignait légèrement.

Ils étaient noyés dans la circulation, au milieu de camions, caravanes et autres voitures de sport ; Holly était encore sous le choc et, pour elle, tous ces véhicules représentaient une menace potentielle. Chaque fois qu'une voiture changeait de voie ou venait à leur hauteur, son pouls s'emballait.

Ses nerfs ne tiendraient plus longtemps si elle ne retrouvait pas rapidement une vie rangée.

— J'ai l'impression de vivre dans un pays en guerre, dit-elle.

— Je comprends ce sentiment, répondit Sharif en lui adressant un regard compatissant. Mais vous vous en sortez très bien. Parfois, il m'arrive d'oublier que vous n'étiez pas préparée à vivre de tels événements.

— Je veux appeler Trevor.

La mâchoire de Sharif se contracta, mais elle insista tout de même.

— Sharif, je vous en supplie, laissez-moi rentrer chez moi avec Ben.

— Ne vous imaginez pas que Ben et vous pourriez être en sécurité quelque part, rétorqua-t-il. Pour le moment, c'est une illusion, et même une protection policière ne vous mettrait pas à l'abri.

— Ce que vous dites est peut-être valable pour Alqedar, mais ici c'est différent. De plus, Trevor veillerait sur moi.

— Et il pourrait repousser les balles ?

— Ne dites pas de bêtises. Il…

— Vous aviez pour habitude de vous sentir en sécurité avec lui et, après ce que vous avez vécu, vous avez envie de retrouver cet état. C'est tout à fait normal mais, encore une fois, c'est une illusion. Et votre fiancé n'est pas un surhomme.

— D'accord, mais il saurait quelles mesures prendre pour nous protéger. Sans compter que sa maison est équipée d'un système d'alarme ultra-sophistiqué. Et que vos ennemis ignorent où il habite.

— Allons, vous savez pertinemment qu'il ne leur faudrait pas longtemps pour vous localiser. Objectivement, c'était bien plus difficile de nous retrouver dans ce restaurant, et pourtant…

Holly frissonna. Pour elle, Trevor avait toujours été un repère rassurant, un point d'ancrage dans sa vie. Elle n'arrivait pas à se convaincre que cela aussi avait changé.

Ben, qui, étrangement, ne s'était pas manifesté pendant la poursuite, se mit à pleurer. Comment le consoler, quand elle en avait elle-même gros sur le cœur ?

Mais, lorsqu'elle se retourna et vit ses grands yeux fixés sur elle, l'attendrissement la gagna et elle en oublia son accablement.

Le bébé hoqueta et eut une expression tellement surprise qu'elle ne put s'empêcher de sourire.

— Vous croyez qu'il est déçu que la poursuite soit déjà finie ?

— Franchement, j'espère qu'il sera calme et réfléchi, et non pas accro à l'adrénaline. Mais j'ai peur de lui avoir transmis mon goût pour l'action.

Holly chantonna. Sa voix tremblait et elle avait bien du mal à chanter juste, mais Ben finit par se calmer.

Rassurer le bébé lui fit du bien. Elle devait avant tout penser au présent. Ils avaient semé leurs poursuivants donc, pour l'heure, ils ne craignaient plus rien.

Elle contempla Sharif, qui restait d'un calme olympien en toutes circonstances, et puisa de la force en lui. Il était tout à fait en mesure de la protéger, sans doute autant que Trevor, mais c'était bien leur seul point commun.

Trevor était avocat et n'enfreignait jamais la loi. Sharif n'hésitait pas à la braver pour faire valoir ses droits. Il était apparu dans sa vie brusquement et y avait pris une place importante en l'espace de deux jours, alors qu'elle connaissait Trevor depuis l'enfance. Et Trevor serait sans doute toujours là pour elle alors que Sharif repartirait dès qu'il le pourrait.

Pourtant, avec lui, elle avait la sensation d'être une

femme à part entière, pas une gamine qu'on prenait sous son aile. Il aimait à la provoquer, à l'exciter. Il lui faisait un peu peur aussi.

Elle n'avait pas envie de tomber amoureuse de cet homme qui n'avait pas l'intention de faire de vieux os aux États-Unis et qui, en plus, emmènerait Ben avec lui. Cependant, elle avait de plus en plus l'impression de nier ses sentiments.

— Quelqu'un savait où nous chercher, dit Sharif, comme s'il réfléchissait tout haut. Le problème est de comprendre comment.

Il paraissait attendre qu'elle fasse un commentaire, mais elle était démunie.

— Nous aurions pu nous retrouver piégés au fond du restaurant, dit-elle enfin. Et nous n'aurions rien pu faire.

— Il doit y avoir une raison à ce qu'ils ne soient pas entrés.

— Parce qu'ils redoutaient de se faire prendre ?

— Des hommes prêts à tout auraient risqué leur vie. En revanche, s'il s'agit d'un homme seul, il est logique qu'il cherche le moment le plus propice pour atteindre son but.

— Si c'est Griff qui les a avertis de notre présence, peut-être avaient-ils un accord.

Ça lui faisait mal d'envisager ce cas de figure, mais elle ne pouvait pas totalement l'écarter.

— Non, je ne crois pas que Griff soit impliqué. À aucun moment il n'a montré de signes de nervosité. En fait, je me demande si nous ne faisons pas fausse route. Mais si nous n'avons pas affaire à mes ennemis, à qui alors ?

Holly n'avait pas de réponse à lui proposer, mais elle avait une nouvelle inquiétude.

— Croyez-vous que Griff soit en danger et qu'on risque de s'en prendre à lui parce qu'il était avec nous ? Nous devrions peut-être le prévenir, non ?

Sharif réfléchit un instant puis lui tendit son téléphone.

— Faites attention à ce que vous lui direz. Si je me suis trompé et qu'il est le complice des hommes qui nous ont tiré dessus, il va tenter d'apprendre où nous sommes ou nous fixer un nouveau rendez-vous.

— Je vous promets d'être prudente.

Elle tomba sur le répondeur, comme elle s'y attendait. Elle laissa un bref message. Le reste du trajet, elle se chargea de distraire Ben. Elle avait espéré que Griff rappellerait dans la minute, mais le téléphone demeura silencieux.

Quand ils arrivèrent au chalet, le vent avait forci et le ciel était très noir. Sharif s'arrêta à quelques dizaines de mètres du bâtiment et observa les environs.

— Pas de traces de pneus récentes, dit-il.

Holly se demanda comment il pouvait en être certain tant le chemin était boueux, mais elle s'en remettait à son jugement.

— Tout va bien, alors.

— On peut venir jusqu'ici autrement qu'en voiture. Je vais vérifier que tout est en ordre. Laissez le moteur tourner. S'il m'arrive quoi que ce soit, filez.

— Pour vous abandonner ici ? Pas question !

— Ne discutez pas mes ordres, Holly Rivers.

— Vous n'êtes pas mon patron !

— Hum… Vous avez raison, je ne peux pas vous forcer à m'obéir. Mais si je tombe dans une embuscade, c'est Ben que vous devez sauver, pas moi. D'accord ?

Elle ne pouvait pas aller contre cette logique.

— D'accord, dit-elle dans un soupir.

Elle le regarda descendre de voiture avec appréhension. Aurait-elle assez de sang-froid pour réagir avec efficacité s'il le fallait ? Elle souhaita de tout cœur ne pas avoir à le découvrir.

Sharif contourna la voiture en regardant à droite et à gauche puis se dirigea vers le chalet. Elle retint son souffle, anticipant le claquement d'un coup de feu.

Le courage de Sharif l'impressionnait. Elle le vit ouvrir la porte et disparaître à l'intérieur. Sur la route au bout du chemin, une voiture passa. Quand elle fut loin, elle respira. Mais alors, elle perçut un autre bruit. Une moto approchait.

Elle n'avait pas le temps de détacher Ben de son siège et de rejoindre Sharif. Tout ce qu'elle pouvait faire était prendre Ben contre elle et se recroqueviller avec lui sur le plancher du véhicule pour se cacher.

Devait-elle se tenir prête à prendre le volant ?

Elle se rappela soudain que c'était peut-être Zahad, qui leur ayant laissé la voiture se déplaçait maintenant en moto.

Le moteur de la moto s'arrêta alors, et elle entendit la voix de Sharif qui, depuis le chalet, saluait son cousin.

Embarrassée, elle se releva doucement. Le regard des deux hommes braqués sur elle ajouta à sa confusion.

— Bravo, vous avez eu la bonne réaction, lui lança Zahad.

— Vraiment ?

— Oui, je ne me suis même pas rendu compte que le bébé et vous étiez dans la voiture.

Bientôt, ils furent tous dans le chalet. Sharif fit à son cousin un compte rendu de leur entrevue avec Griff et de ce qui s'était passé ensuite.

— Nous avons péché par impatience. Si tu nous avais accompagnés, tu aurais pu monter la garde à l'extérieur du restaurant.

— Je suis désolé de ne pas avoir répondu à ton mail sur-le-champ. Quand je l'ai reçu, j'étais au téléphone. J'ai reçu des nouvelles inquiétantes d'Alqedar.

— Nous allons voir ça.

Zahad rangea les provisions qu'il avait apportées pendant que Sharif se chargeait de préparer du café. Holly donna à manger à Ben en observant les deux hommes. Ils avaient beau être issus de la même famille, elle ne risquait pas de prendre l'un pour l'autre.

Zahad était plus petit et plus trapu que Sharif, ses pommettes plus pleines et ses gestes beaucoup moins gracieux. Dans sa combinaison bleue, il aurait parfaitement pu passer pour un ouvrier du bâtiment. C'était décidément un homme à multiples facettes.

Il tira une chaise pour s'asseoir à la table de cuisine et raconta à Sharif ce qu'il avait appris.

— Les conseillers du président Dourad le pressent de nationaliser la production de la toile de Jubah. Ils savent que ni toi ni moi ne sommes en mesure de défendre les intérêts de la province de Bahrim.

— Es-tu sûr de la fiabilité de tes sources ?

— Oui, je suis formel.

Sharif se tourna vers Holly pour lui expliquer ce qu'impliquait cette nouvelle.

— Si le président suit cette recommandation, l'argent généré par notre province ira directement dans les coffres du gouvernement et la population de Bahrim n'en bénéficiera que très peu.

Zahad renifla de dédain.

— Les coffres du gouvernement, tu parles ! Notre argent servira à construire de beaux bureaux confortables, à payer grassement des hauts fonctionnaires et j'en passe !

— La population de notre province a besoin d'hôpitaux, d'écoles, d'infrastructures de communication, ajouta Sharif.

— Et votre président n'en tient pas compte ? s'enquit Holly.

— Au moment de renverser la dictature, il s'en préoccupait, répartit Zahad avec amertume. À présent, il est trop occupé à faire de la politique.

Sharif servit trois tasses de café.

— Moi, je ne crois pas qu'Abdul Dourad soit corrompu, mais il est obligé de composer avec d'autres leaders régionaux qui veulent profiter de notre richesse.

— Ils feraient mieux de chercher à innover et à produire que de tenter de voler nos biens, rétorqua Zahad qui remercia pour le café avec un petit signe de tête.

Sharif avait servi son cousin, qui était aussi son chef de la sécurité, et pas l'inverse. Holly songea que c'était une preuve de plus qu'il n'était pas attaché à tout prix au protocole et que c'était au contraire quelqu'un d'ouvert.

— Et il n'y a personne à Bahrim qui peut faire valoir vos intérêts ? leur demanda-t-elle.

— En ce moment, notre seul allié sur place, c'est Harry Haroun, le mari d'Amy, répondit Sharif en s'asseyant à la table. Mais c'est un scientifique, pas un homme d'État, et de plus sa famille et lui ne sont pas originaires d'Alqedar, donc je doute que sa parole ait un véritable poids.

— Et vous pensez que certains de ces leaders régionaux peuvent être à l'origine des attaques contre vous ?

— Si c'est le cas, la stabilité de notre pays a de nouveau du plomb dans l'aile.

— En même temps, ça expliquerait beaucoup de choses, reprit Zahad. Contrairement aux partisans de Maimun, les leaders régionaux auraient un vrai mobile pour tenter d'éliminer ton héritier et chercher à couvrir leurs traces.

Il se tourna vers Holly et ajouta :

— Quant à votre sœur et à Noreen Wheaton, peut-être en savaient-elles tout simplement trop.

À l'évocation de Jasmine, Holly sentit son chagrin revenir. Elle détourna la tête pour cacher les larmes qui lui piquaient les yeux.

— Il y a un employé de la clinique qui pourrait nous être utile, intervint Sharif, qui parla à son cousin de ce que Griff leur avait appris sur Manuel Estrellas. À moins qu'il ait lui aussi disparu, conclut-il, la police l'a certainement interrogé, mais ils ne lui ont pas nécessairement posé les bonnes questions.

— À en croire Griff, Manuel Estrellas considérait que ma sœur avait le droit de connaître la vérité, dit Holly, alors peut-être voudra-t-il bien nous parler à nous aussi.

— Oui, renchérit Sharif, et des détails qui auraient pu paraître insignifiants à la police ne le seront peut-être pas pour nous.

À ce moment-là, son téléphone sonna. C'était justement Griff.

— Nous voulions vous avertir qu'on nous a tiré dessus à notre sortie du restaurant, déclara Sharif. Oui ? D'accord, bonne idée.

Zahad écoutait la conversation sans trahir aucune émotion. Impossible de savoir ce qu'il pensait. Si Sharif ne l'avait pas connu aussi bien qu'elle connaissait Trevor, Holly se serait demandé s'il était sage de faire autant confiance à un tel homme.

Sharif raccrocha.

— Il a entendu des sirènes peu après notre départ. Il m'a suggéré de regarder aux infos si la police avait interpellé quelqu'un. Quant à lui, il compte rester caché encore quelque temps.

— Il n'a pas cherché à savoir où nous étions ni demandé à nous rencontrer de nouveau ? s'enquit Holly.

Sharif fit non de la tête, au grand soulagement de Holly.

— Il a raison, regardons les infos. Il est possible qu'on en apprenne plus.

Zahad se leva pour allumer le poste. Pendant plusieurs minutes, différents reportages qui ne les concernaient pas se succédèrent. Enfin, une présentatrice apparut à l'écran.

— Selon la police de Placentia, des coups de feu ont été tirés depuis une voiture en direction d'un autre véhicule qui a pris la fuite. Pour le moment, il n'y a eu aucune arrestation, et les autorités ignorent s'il s'agissait d'un règlement de comptes entre gangs rivaux.

— C'est formidable de tout savoir en aussi peu de temps, commenta Zahad, sarcastique. Je parie que les criminels sont les premiers à apprécier. Et d'abord, pourquoi laissent-ils cette blonde divulguer de telles informations ? Ce serait plus approprié s'il s'agissait de la rubrique mode.

Holly eut l'intuition qu'il faisait exprès de lancer des remarques machistes pour la provoquer.

— Si, pour vous, le QI d'une personne est fonction de sa couleur de cheveux, je dois avoir gagné au moins vingt points d'intelligence depuis ce matin, non ?

Elle réussit à lui arracher un sourire.

— Elle commence à me plaire, dit Zahad à Sharif. Elle a de l'esprit et en plus elle ne s'emporte pas. Amy pourrait en prendre de la graine.

Sharif eut un petit rire. Il caressa la joue de Ben, et son bras vint effleurer celui de Holly. Elle eut la sensation qu'il la caressait également.

— Zahad et Amy adorent se chamailler, dit-il.

— C'est parfois plus que de la chamaillerie, marmonna Zahad. Amy a la langue trempée dans l'acide.

— Ça doit faire mal, dit Holly en faisant la grimace.

— Écoutez ! intervint alors Sharif en fixant l'écran. Je crois que cette fois on parle de nous.

Un présentateur interviewait un homme grisonnant au visage rond :

— Docteur Lowrie, vous collaborez avec la clinique de Crestline View et c'est vous qui avez suivi Jasmine Rivers pendant sa grossesse. Pensez-vous qu'il y a un rapport entre sa mort et la disparition de Noreen Wheaton, la directrice de la clinique ?

— Ça me paraît peu probable, et j'espère de tout cœur que Noreen Wheaton est en bonne santé.

— Selon un employé de la clinique, Mlle Rivers ignorait porter l'enfant du cheikh Al-Khalil. L'a-t-on trompée ?

Le médecin se passa nerveusement la main dans les cheveux.

— Pas que je sache. Je vous rappelle que je ne travaille qu'occasionnellement avec la clinique de Cresline View, je ne suis donc pas au fait de leur fonctionnement interne.

— Comment les mères porteuses sont-elles recrutées ?

— Ça, c'est la partie de Noreen Wheaton, mais je pense que la plupart des candidates se présentent spontanément.

— Et vérifie-t-on au préalable leur stabilité émotionnelle ?

— Évidemment ! Elles font l'objet d'un examen médical et psychologique complet !

— Merci beaucoup de votre intervention, docteur Lowrie. Revenons maintenant à…

— Le nom de ce médecin ne m'est pas inconnu, déclara Holly.

— Vraiment ?

— Oui, en fait Alice me l'avait recommandé la dernière fois où j'ai eu besoin de consulter. Finalement je ne suis pas allée le voir car ses honoraires étaient trop élevés.

— Alice ? fit Zahad. Ah oui, vous parlez de votre patronne, Alice Frey. Nous l'avons vue à l'église.

Décidément, Zahad était très bien renseigné, songea Holly, déconcertée.

— Et donc, Alice est une patiente du Dr Lowrie ? Voilà une drôle de coïncidence.

— Pas tant que ça, répondit Holly. C'est un praticien

très réputé. Une de mes voisines m'avait également parlé de lui, il me semble.

— Possible qu'Alice ait conseillé à Jasmine d'aller le voir et qu'ensuite le Dr Lowrie ait parlé de la clinique de Crestline View à votre sœur.

— C'est une piste à étudier, ajouta Sharif. Vous croyez qu'Alice s'en souviendrait, si elle avait parlé du Dr Lowrie à votre sœur ?

— Très certainement. Je devrais la rappeler.

— Non, l'appeler fréquemment est trop risqué, intervint Zahad. Je vais noter votre adresse mail et trouver un moyen d'entrer en contact avec elle pour qu'elle vous écrive.

— Vous voulez lui parler ?

— Je ne sais pas encore comment je vais procéder mais, de toute façon, j'avais l'intention d'aller observer les allées et venues dans le salon de beauté. Qui sait ce que je pourrais découvrir ?

Holly ne répondit rien et Zahad soutint son regard sans ciller. Elle n'aimait pas trop l'idée qu'il tourne autour de son amie, mais Sharif ne protesta pas. S'il lui faisait confiance, elle devait se plier à son jugement.

— Je vais aussi me renseigner sur Estrellas, reprit Zahad.

— Ne l'approche pas directement, le prévint Sharif.

— Je n'en avais pas l'intention, rassure-toi, répliqua Zahad avec un demi-sourire. De toute façon, je pense qu'il sera plus enclin à parler à Mlle Rivers qu'à l'un de nous deux.

— Nous ferions mieux de nous répartir les tâches pour gagner du temps. Je peux laisser Holly seule ici avec Ben pendant quelques heures.

— Non ! se récria Zahad.

Sharif se contenta de hausser les sourcils.

— Tu me donnes des ordres, maintenant ?

— Bien sûr que non, dit Zahad en accompagnant ses paroles d'un geste conciliant. Mais nous ne pouvons pas laisser ton fils sans protection. De plus, d'ici, tu peux suivre l'évolution de la situation à Alqedar via internet. J'ai découvert ce qui se trame dans les grandes lignes mais toi, tu es plus à même de comprendre les subtilités.

Holly vit la mâchoire de Sharif se contracter. Sous l'effet de la frustration, devina-t-elle.

— Très bien, dit-il à contrecœur. Je te laisse te charger du travail de terrain mais, si tu as besoin d'aide, n'hésite pas à m'appeler.

— Je n'y manquerai pas, dit Zahad en serrant la main de son cousin.

Il ajouta quelques mots en arabe qui parurent émouvoir Sharif, puis il tourna les talons et s'en alla.

— Que vous a-t-il dit ? osa demander Holly tandis qu'ils regardaient Zahad s'éloigner par la fenêtre.

— Que nous sommes plus proches que deux frères. Ce qui est vrai.

Ce n'était que le milieu de l'après-midi, mais la pénombre avait déjà envahi les lieux. Sharif alluma le lustre et une lumière dorée baigna la pièce.

— Je vais suivre son conseil et explorer le cyberespace. Vous vous joignez à moi ?

— À vous entendre, on dirait que nous partons pour une grande aventure.

— Ce pourrait l'être. Ou alors ce sera une complète perte de temps.

Il sourit, ouvrit son ordinateur portable et installa deux chaises devant la table.

Holly se sentit gagnée par le trac à l'idée de s'asseoir juste à côté de lui sans personne d'autre dans la pièce en dehors de Ben, qui s'était assoupi sur le lit. Elle hésita.

— Vous ai-je offensée ? s'enquit Sharif en la dévisageant intensément.

— Pourquoi cette question ?

— Je ne sais pas, j'ai l'impression que ma compagnie vous déplaît, dit-il d'une voix grave et chaude.

— Non, ce n'est pas ça, mais je…

Le regard fixé sur les deux chaises, elle ne sut comment continuer.

— Vous aussi, vous êtes troublée quand nous sommes tout près l'un de l'autre ? avança-t-il, sans craindre de se livrer.

— Écoutez, ça ne nous mènera nulle part…

— Je ne suis pas un séducteur impénitent, vous savez.

Elle aurait dû se sentir rassurée, mais il ajouta alors :

— Cependant, avec vous, je ne suis plus moi-même.

— Que voulez-vous dire ?

— J'aimerais bien le savoir, répondit-il en soupirant. Mais le fait est que vous m'intimidez plus que tout autre femme auparavant.

— J'ai du mal à croire que je puisse vous intimider. Vous dégagez une telle force.

Il tapota le clavier de son ordinateur.

— Vous savez, moi aussi je comprends que ce n'est pas sage pour nous de devenir trop proches. Mais je n'ai pas envie que nous restions des heures à nous tenir à deux mètres l'un de l'autre. Alors je vous en prie, venez vous asseoir.

Elle se sentit ridicule. Pourquoi faire autant d'histoires alors qu'il s'agissait seulement de s'asseoir auprès de lui ?

Qu'est-ce que cela pouvait bien faire s'il l'attirait ? En l'espace de deux jours seulement, et malgré des circonstances plus que particulières, ils étaient devenus amis, ce qui était exceptionnel. Il aurait été stupide de tout gâcher.

Elle s'installa à côté de lui et il lança les recherches. Ils épluchèrent les pages de nombreux sites traitant de la situation à Alqedar, aux propos souvent contradictoires.

À un moment, la main de Sharif frôla la sienne. Elle s'immobilisa. Elle avait à la fois peur et envie qu'il la touche de nouveau. Mais, comme il l'avait promis, il n'eut aucun geste équivoque. C'était un homme de parole.

Paradoxalement, elle en vint presque à le regretter.

9

Depuis la cabine téléphonique d'une station-service, Zahad appela la clinique de Crestline View. Son but était de déterminer si Manuel Estrellas était sous surveillance policière et donc hors de leur portée.

— Crestline View, lui répondit une voix féminine.

— Bonjour, j'aimerais parler à Manuel Estrellas, s'il vous plaît.

— Il ne travaille plus ici.

— Ah. Pourriez-vous me dire comment le joindre ?

Il se demanda si la police était déjà en train de localiser son appel.

— Non, désolée, je ne suis pas habilitée à vous donner son adresse ou son numéro de téléphone.

Il aurait dû raccrocher, mais il n'avait jamais été de nature prudente.

— A-t-il une adresse mail, par hasard ?

Il y eut un blanc. Sa correspondante alertait-elle quelqu'un ?

— Puis-je vous demander le motif de votre appel ?

Évidemment, il avait une histoire en réserve.

— Je m'appelle Mitchell Kahn, je suis agent d'assurances. J'avais rencontré M. Estrellas et j'étais censé le rappeler à propos d'une assurance-vie.

— Une assurance-vie. C'est étonnant, autant que je sache, M. Estrellas n'est pas marié et n'a pas d'enfants. Excusez-moi, puis-je vous mettre en attente quelques secondes ?

— Non, merci, répondit-il avant de raccrocher.

La police était peut-être déjà en route et il n'avait pas l'intention d'attendre leur arrivée.

Manuel Estrellas n'étant pas dans l'annuaire, le seul autre recours pour le retrouver était le Dr Lowrie, mais le médecin serait certainement encore plus réticent que la standardiste de la clinique.

Alice Frey pourrait également lui être utile, mais il fallait d'abord éclaircir la nature de ses liens avec le Dr Lowrie. Il préférait s'occuper d'elle en personne et la tenir à l'écart de Sharif et de Holly.

Il prit la direction du salon de beauté de Sunshine Lane. Plus tôt dans la journée, il était passé devant pour reconnaître les lieux et avait remarqué qu'il y avait des travaux de voirie dans la rue. Il avait décidé de se faire passer pour un ouvrier pour surveiller le salon.

En chemin, il s'arrêta pour acheter un sandwich. Un ouvrier mangeant un sandwich pendant sa pause n'attirerait pas l'attention.

C'était une rue bordée de petits commerces au terme de laquelle se trouvaient une supérette et un petit parc équipé de tables à pique-nique. De là, il pouvait voir qui entrait et sortait du salon.

Il voulait savoir qui rendait visite à Alice et si on la surveillait. Si rien n'éveillait ses soupons, il envisagerait de l'approcher.

Le ciel était très noir et il ne tarderait sans doute pas à pleuvoir. L'avantage, c'était qu'il n'y avait personne d'autre que lui dans le parc.

Il consulta sa montre : 13 h 37.

Le sandwich était de piètre qualité, mais cela faisait bien longtemps qu'il s'était habitué à ingurgiter n'importe quoi à n'importe quelle heure. C'était un aléa de sa fonction.

Devant le salon, un camion utilitaire se gara. Un homme jeune en descendit, une sacoche noire à la main, et pénétra dans le salon. Sans doute un livreur. Il pourrait se faire passer pour l'un d'eux pour y pénétrer à son tour…

Dix minutes plus tard, l'homme ressortit, suivi d'une femme d'une quarantaine d'années qui venait visiblement de se faire coiffer.

Elle monta en voiture et s'en alla. Peu de temps après, une

Lexus se gara à sa place et une femme en sortit, qui tenait une tête de mannequin coiffée d'une perruque.

Zahad termina son sandwich. De l'autre côté de la rue, les ouvriers rassemblaient leurs plots orange de délimitation.

Quand ils s'en iraient, il devrait partir également.

Une autre femme sortit du salon de beauté. Elle était petite, avec des cheveux blonds. Alice.

Il la surveilla du coin de l'œil. Si elle montait en voiture, il la suivrait.

Mais elle vint à pied dans sa direction.

Où allait-elle ? À la supérette ? Rencontrer quelqu'un ?

Une voiture de police tourna alors dans la rue. Lentement, il se rassit sur le banc et baissa la tête.

La voiture s'arrêta le long du trottoir à la hauteur d'Alice Frey et le conducteur, qui était seul, se pencha pour ouvrir la vitre côté passager.

— Madame Frey ?

Elle s'immobilisa.

— Oh ! Bonjour, agent Williams.

— Je venais justement vous voir. Tout va bien ?

— Oui, oui, je fais juste un saut à la supérette pour acheter à manger. En fin de matinée, c'est le coup de feu et nous n'avons pas encore eu le temps de déjeuner.

Zahad écoutait la conversation sans oser lever la tête. La voix d'Alice lui parut fatiguée.

— Il ne s'est rien passé de particulier ? Pas de coups de fil étranges, pas de visites ?

— Non, tout est normal.

Plusieurs voitures passèrent, rendant inaudible la fin de la conversation. Finalement, Alice salua le policier et reprit son chemin.

Le temps que la voiture de police s'insère dans la circulation, Alice était déjà passée devant le parc. S'il voulait l'intercepter, il devrait le faire à son retour.

Au moins, il avait appris que le salon n'était pas sous surveillance en permanence. De plus, Alice ne semblait pas avoir révélé l'appel de Holly, sans quoi, le policier se serait sans doute montré plus pressant.

Les ouvriers avaient rangé leur matériel et s'apprêtaient à partir. Il ne pourrait pas s'attarder. Mais, de toute façon, Alice réapparaîtrait certainement bientôt.

Il froissa le papier de son sandwich entre ses mains et le porta à la poubelle.

— Zahad Adran. Ai-je bien prononcé votre nom ?

Cette interpellation le prit complètement au dépourvu. Il interrompit son geste et fit volte-face.

Alice Frey se tenait à une dizaine de mètres de lui. Au lieu de se rendre au supermarché, elle avait dû contourner le parc et emprunter l'entrée opposée.

Il fit mine de ne pas comprendre.

— Pardon ? C'est à moi que vous parlez ?

— J'ai vu votre photo et je suis physionomiste. Je vous ai reconnu au premier coup d'œil.

Derrière elle, la voiture de police fit demi-tour.

Discrètement, il entrouvrit la fermeture Éclair de sa combinaison. Cette fois, il était armé.

Sharif regarda Holly s'étirer sur sa chaise. Il prenait toujours le même plaisir à la contempler et, après les nouvelles inquiétantes qu'il avait apprises sur internet, ça lui faisait du bien.

Dans deux jours, un projet de loi visant à la nationalisation des industries régionales serait présenté au parlement d'Alqedar. Ce ne pouvait être une coïncidence. Même si le projet était dans les cartons, quelqu'un tirait parti de son absence pour accélérer la ratification.

Il devait rentrer au plus vite, mais c'était risqué. D'autant que, après avoir passé une heure auprès de Holly, il se sentait bien là où il était.

Il aimait sentir le parfum léger de ses cheveux, observer la petite fossette qui se formait au coin de sa bouche quand elle souriait. Il était irrésistiblement attiré par elle.

Elle se leva et se frotta les bras.

— Avez-vous froid ?

Au regard surpris qu'elle lui retourna, il devina que rester auprès de lui ne la laissait pas insensible non plus.

— Il fait un peu frais, oui, répondit-elle sans conviction.

— Je vais faire du feu.

— Non, ne vous donnez pas cette peine.

— Je vous assure que ça ne me dérange pas.

Il avait besoin de bouger et de s'occuper pour se sortir Holly de la tête. Il se dirigea vers la cheminée, sélectionna quelques bûches et les disposa dans l'âtre.

Holly vint se poster derrière lui.

— Essayez-vous d'éviter mon contact ?

— Qu'est-ce qui vous fait dire ça ? repartit-il sans tourner la tête. Nous venons de passer une heure côte à côte.

— Nous venons de passer une heure à éviter de nous regarder trop franchement et nous avons eu du mal, corrigea-t-elle. Et là, au moment où je me lève, vous sautez sur le premier prétexte pour fuir à l'autre bout de la pièce.

— Je ne fuis pas, répliqua-t-il, vexé.

— Vous biaisez.

— Peut-être ai-je eu tort d'insister pour que vous vous asseyiez à côté de moi. Dans mon pays, un homme ne doit pas passer trop de temps en compagnie d'une femme qui n'est pas mariée. Et encore moins avec une femme qui porte des vêtements aussi sexy.

— Qu'y a-t-il de sexy dans ma tenue ? Il n'y a rien de plus banal.

— Sauf que toutes les femmes n'ont pas des seins aussi bien dessinés que les vôtres, qu'un simple T-shirt souligne à la perfection, ni des hanches si étroites que votre jean descend et laisse apparaître votre nombril.

Tout en s'exprimant, il s'était relevé pour lui faire face et ne put résister à l'envie de poser les mains sur sa taille. Elle tressaillit mais ne s'écarta pas.

Au contraire, elle soutint son regard et se rapprocha même légèrement, comme si elle était prête à recevoir son baiser.

Devait-il céder ? S'il l'embrassait et qu'ensuite il lui faisait l'amour, il assouvirait son désir, qui semblait d'ailleurs réciproque, et tous deux seraient certainement apaisés. Ils étaient seuls, à l'écart de tout, alors qu'est-ce que cela pouvait bien faire qu'elle se marie prochainement avec un autre homme ?

Mais serait-il capable de partager un moment intime avec elle et d'en sortir indemne ? Il en doutait. Il était même convaincu qu'en faisant l'amour avec elle, il lui donnerait une part de lui-même. Lorsqu'elle retournerait auprès de l'homme qui l'attendait, il éprouverait un terrible sentiment de perte.

Il devait admettre qu'il ne se connaissait pas aussi bien qu'il le pensait. Sa rencontre avec Holly, les moments passés avec elle avaient mis en lumière sa vulnérabilité. Mais il ne pouvait pas faire défaut à son peuple et à son devoir. Et il ne voulait pas non plus la faire souffrir.

— Ce n'est pas sage de continuer à flirter de la sorte.

Il se retourna pour terminer de mettre les bûches en place avant d'allumer le feu.

— Pourquoi ? lui demanda Holly. Vous me touchez comme si vous ne pouviez pas vous en empêcher et, la seconde d'après, vous me repoussez.

— Vous êtes très attirante.

— Pas au point de ne pouvoir me résister, on dirait, répliqua-t-elle d'un ton blessé.

Il avait trop d'orgueil pour évoquer ses incertitudes. Il rétorqua avec agressivité :

— J'ai déjà aimé une femme plus que tout. Une fois dans une vie, ça suffit.

Elle ne répondit pas et baissa les yeux. Était-elle en colère, ou songeait-elle à ce qu'elle éprouvait pour Trevor ?

— Votre femme devait être quelqu'un d'exceptionnel, dit-elle finalement. Comment vous êtes-vous rencontrés ?

Il craqua une allumette et la jeta dans l'âtre.

— Notre mariage a été arrangé.

— Arrangé ? répéta-t-elle, l'air incrédule. Et combien de temps avant votre mariage vous êtes-vous vus pour la première fois ?

— Trois jours.

— Trois… jours ?

— J'avais vingt-deux ans et je venais d'achever mes études. Mon oncle, le père d'Amy, a choisi mon épouse.

Après la mort de mes parents, c'était devenu mon second père et c'était aussi le chef de notre ethnie même si, sous la dictature, il n'avait pas de véritables pouvoirs.

— Est-il toujours en vie ?

— Non, hélas, il est mort pendant la révolution. Cependant il m'a fait l'honneur de me choisir la meilleure épouse possible.

— Et vous l'avez laissé faire sans protester ? Votre épouse non plus ?

— Bien sûr que non, car nous poursuivions le même but, à savoir libérer notre pays. Mais, Yona et moi, nous n'avons pas mis longtemps à comprendre que nous serions heureux ensemble.

— Et si elle ne vous avait pas plu ?

— Je l'aurais épousée quand même, répondit-il sans hésiter. Agir autrement aurait jeté l'opprobre sur ma famille et la sienne.

— Moi, il me serait impossible d'agir ainsi !

L'allumette s'étouffa sans que le feu prenne. Il en craqua une seconde et, cette foi, au lieu de la jeter, il la posa entre les bûches et retira sa main au dernier moment, alors que les premières flammes montaient déjà.

— N'y a-t-il donc aucune considération pratique de votre part dans le fait que vous souhaitiez vous marier avec Trevor ? lui demanda-t-il. Il me semble qu'il est plus âgé que vous et dispose d'une position sociale bien établie. J'ai du mal à croire que seuls vos sentiments entrent en ligne de compte.

— Sauf que Trevor est tout sauf un étranger pour moi, lui fit-elle remarquer. C'est un ami de longue date à qui je sais pouvoir faire confiance. Depuis notre enfance, il a toujours été là pour Jasmine et moi.

— J'ignorais que vous le connaissiez depuis si longtemps.

— Trevor et mon père étaient de grands amis. Ils se sont rencontrés pendant leur service militaire.

Le feu commençait à crépiter et Holly s'approcha pour se réchauffer.

— Donc, pour vous, c'est un peu un membre de la famille ?

Il n'aurait pas cru que Trevor et Holly avaient des liens aussi étroits. Certes, leur union n'était pas forcément romantique mais, s'ils y avaient bien réfléchi, leur mariage pourrait effectivement être satisfaisant.

— C'est même plus que cela. Mon père s'est tué dans un accident de la route et ma mère est décédée trois ans plus tard des suites d'une longue maladie. Trevor nous a énormément aidées à surmonter ces épreuves. Sans lui, je ne sais pas ce que nous serions devenues.

— Votre sœur devait être très jeune à l'époque. Qui l'a élevée ?

— Moi, avec l'aide de Trevor. Trevor était l'exécuteur testamentaire de mes parents, même si leurs biens n'ont jamais été importants.

— Vos parents n'avaient pas d'assurance-vie ? demanda Sharif qui, à mesure qu'il en apprenait plus sur Holly, sentait grandir son respect et son admiration pour elle.

Elle haussa les épaules.

— Non, et les maigres économies de ma mère ont servi à payer son traitement. Mes parents n'étaient même pas propriétaires de leur maison ; leur seul bien était un terrain à une trentaine de kilomètres d'ici, au milieu de nulle part. Mon père en avait hérité de ses propres parents. Trevor le louait à des gens qui changeaient fréquemment d'État pour chercher du travail et qui y installaient leurs mobil-homes.

— Et de quoi viviez-vous ?

— En partie des aides sociales et, pendant mes études d'esthéticienne, de mon travail à temps partiel. Trevor et sa femme nous aidaient également, et je suis sûre que l'argent sortait directement de leur poche.

— Sa femme ? Trevor a déjà été marié ?

— Oui, son épouse s'appelait Karen, dit Holly en tendant les mains vers les flammes. Ils ont divorcé il y a cinq ans. Trevor n'aime pas en parler. En général, il se contente de dire qu'ils ont pris des chemins différents.

— Et cette Karen ne voit pas d'un mauvais œil que vous épousiez son ex-mari ?

Ce genre de scénario était fréquent à Bahrim, où les liens entre les familles étaient souvent complexes, mais en Amérique…

— Karen s'est remariée et a déménagé il y a quelques années. Nous avons perdu contact.

La sonnerie du téléphone les interrompit. Même s'il était contrarié d'être dérangé au milieu de cette conversation avec Holly, Sharif n'était pas fâché d'avoir des nouvelles de Zahad. Or quand il décrocha, c'est la voix d'Amy qui lui répondit :

— Je suis coincée à Chicago à cause de cette maudite météo, dit-elle sans préambule. Aucun avion ne décollera ce soir et je ne serai pas à Los Angeles avant demain.

— Fais très attention quand tu seras arrivée. Des hommes armés sont à ma poursuite.

Il eut presque envie de lui dire de ne pas venir du tout, mais alors, qui s'occuperait de Ben ?

— Je serai sur mes gardes, comme d'habitude, répondit sa cousine qui, en effet, était rompue aux mesures de sécurité. Il faudra que nous nous occupions rapidement de te dégotter un avocat afin que tu n'aies plus à te cacher. Au fait, es-tu au courant de la loi qui doit être discutée prochainement au Parlement ?

— Oui, on veut nous spolier de notre savoir-faire. D'une manière ou d'une autre, il faut trouver un moyen d'arrêter ça. C'est une trahison envers l'esprit de la révolution.

— Tu l'as dit, sans compter que ceux qui mènent l'offensive ne sont pas seulement avides, mais incompétents. En moins d'un an, la corruption aura envahi tous les étages du pouvoir. J'ai encouragé Harry à délaisser son laboratoire et à se faire entendre, mais saura-t-il s'y prendre…

Harry ne quittait jamais sa blouse blanche. Il était difficile, en effet, de l'imaginer débattre avec des politiciens rompus à la langue de bois.

— Essaie de prendre le premier vol, reprit Sharif. Peu importent les honoraires que demandera un bon avocat, tout ce que je veux, c'est qu'il parvienne à me faire rentrer au pays le plus vite possible.

Au bout du fil, il entendit une annonce dans un haut-parleur dont il ne saisit pas le sens. Amy attendit la fin du message pour répondre :

— Ne t'inquiète pas, j'ai une liste de cabinets d'avocats

ayant plaidé dans des affaires très complexes. Ils sauront comment procéder.

— Ouais, ils vont surtout s'empresser de multiplier les conférences de presse pour se faire de la publicité ! rétorqua Sharif qui n'avait jamais apprécié les dérives de la justice spectacle à l'américaine.

— Tu as une meilleure solution ? contra Amy. Écoute, il faut que j'aille me renseigner sur l'évolution de la situation. Je te rappelle dès que j'en sais plus, d'accord ?

— Oui, d'accord. Merci, Amy et, encore une fois, fais attention à toi.

Il raccrocha et scruta le ciel à travers le store. Il était sombre et l'avenir de Bahrim le serait aussi s'il ne parvenait pas à s'opposer à ce qui se tramait.

Son désir ardent pour Holly, la culpabilité qu'il éprouvait pour la mort de Jasmine, tout cela était bien présent. Mais il était encore plus important pour lui de parvenir à rentrer chez lui sans délai avec Ben, quels que soient les risques. Il devait donc agir sans tarder, car qui savait combien de temps Amy resterait bloquée à Chicago ?

— J'ai besoin d'un avocat spécialisé dans les affaires criminelles, dit-il à Holly. Avez-vous quelqu'un à me recommander ?

— Eh bien, ce n'est pas du tout la partie de Trevor, mais lui connaît évidemment beaucoup de monde dans le milieu des avocats et aurait un nom à suggérer, dit-elle en se relevant.

— Un avocat assez fort pour m'obtenir le droit d'aller et venir à ma guise en échange d'une caution ?

— Je peux toujours lui poser la question. Voulez-vous que je l'appelle ?

— Y voyez-vous une objection ?

— Non, mais son téléphone ne risque-t-il pas d'être sur écoute ?

— Sans doute que si. Vous avez son numéro de portable, je suppose.

— Oui. Enfin, non, corrigea-t-elle, confuse. Je devrais, mais il en a changé le mois dernier et je ne le connais pas par cœur.

Sharif songea à se reporter à la rubrique des avocats dans l'annuaire et d'appeler au hasard. Mais non, il lui fallait le meilleur. Et, après ce qu'elle avait vécu, Holly méritait bien qu'il la laisse appeler Trevor pour le rassurer.

— Écoutez, voilà ce que nous allons faire. Vous allez l'appeler, mais pas d'ici. Prenez la voiture et roulez jusqu'à une cabine située à dix kilomètres au minimum. Moi, je reste ici avec Ben.

Elle le fixa d'un regard incrédule.

— Vous voulez que j'y aille seule ?

Il y avait peu de chances que quelqu'un repère le pick-up et, pour le bien de son pays, il ne pouvait pas risquer de se faire arrêter maintenant.

— Seule, vous attirerez moins l'attention que si Ben et moi vous accompagnons, vous ne croyez pas ?

— Si, sans doute. J'irai seule, si c'est ce que vous voulez vraiment.

— Oui. C'est important.

La voiture de police s'arrêta de nouveau le long du trottoir. La main toujours glissée dans la poche intérieure de sa combinaison, Zahad se demanda un bref instant s'il ne ferait pas mieux de prendre ses jambes à son cou, d'enfourcher sa moto et de filer.

Il entendit alors le policier lancer :

— Tout va bien, madame Frey ?

— Oui oui, ça va. Il y a un problème, agent Williams ?

— Non… en fait, j'ai oublié de vous demander quelque chose… Ça n'a rien à voir avec notre affaire. C'est pour l'anniversaire de ma femme. J'aimerais lui offrir un bon pour des soins de beauté complets et je me demandais si vous faisiez ce genre de prestation.

— Oui, bien sûr, répondit-elle naturellement, sans trahir de nervosité. Passez-moi un coup de fil et nous nous arrangerons.

— Super, merci, fit l'agent qui, sur un signe de la main, redémarra.

Zahad ne se détendit que lorsque la voiture fut loin. Alice, bras croisés, le regardait droit dans les yeux.

— Alors, monsieur Adran, qu'avez-vous fait de mon bébé ?

— *Votre* bébé ?

— Pour moi, Ben est comme mon petit-fils. Où est-il ? Et où est Holly ?

Alice faisait la moitié de sa taille, et pourtant elle n'avait pas peur.

— Tous deux sont en sécurité et ils vont bien.

La pluie se mit à tomber à grosses gouttes.

— Pouvons-nous continuer à discuter à l'abri ?

— D'accord. Mais je vous préviens, je ne vous lâcherai pas facilement.

Elle se dirigea vivement vers une petite cabane de jeux, et il dut presser le pas pour rester à sa hauteur. Une fois au sec, elle fit volte-face.

— Ici, ça vous convient ? Bien, maintenant, expliquez-moi pourquoi vous surveilliez mon salon.

Il lui tendit un papier sur lequel il avait noté l'adresse mail de Holly.

— Elle veut que vous la contactiez mais, par téléphone, ça devient trop risqué.

Alice continua de le fixer de ses yeux clairs, sans ciller.

— Et pourquoi est-ce vous qui me transmettez ce message ? Que lui avez-vous fait ?

— Écoutez, je sais que les apparences sont contre nous, mais je vous assure que nous ne sommes pas des criminels. Tout ce que le cheikh Al-Khalil désirait, c'était récupérer son fils, comme c'est son droit.

— Ben est américain. Ici, il est chez lui.

— Si vous voulez discuter de questions de garde et de droit du sol, allez voir un avocat, rétorqua Zahad, agacé. Griff Goodbar prétend qu'on a menti à Jasmine sur l'identité du père de l'enfant qu'elle portait. Pour nous en assurer, nous avons besoin de poser la question à Manuel Estrellas, un employé de la clinique de Crestline View. Le connaissez-vous ?

— Qu'est-ce qui vous fait croire que je pourrais le connaître ?

— C'est vous qui avez recommandé le Dr Lowrie à Jasmine Rivers.

Pour être franc, il ignorait si c'était la vérité, mais il avait de bonnes raisons de le penser.

D'instinct, Alice recula d'un pas. C'était la première fois qu'elle paraissait déstabilisée.

— Écoutez, tout ce que je veux, c'est que Ben reste aux États-Unis. Je n'ai rien à voir avec cette histoire autour de la maternité.

— Vous avez envoyé Jasmine chez le Dr Lowrie.

— Autant que je sache, elle n'est même pas allée le consulter ! Et puis, recommander un médecin à une amie, c'est courant, n'importe qui le fait. Je ne suis pas responsable de conséquences que je ne pouvais pas prévoir.

— Comme un meurtre, par exemple ?

— Je ne vous permets pas de faire de tels sous-entendus ! rétorqua Alice, blessée.

Zahad prit conscience qu'il était allé trop loin. Il ne voulait pas se mettre Alice à dos.

— Je vous prie de m'excuser. Nous avons besoin de votre aide. S'il vous plaît.

Elle le regarda de nouveau droit dans les yeux.

— Moi aussi je veux savoir qui a tué Jasmine, et c'est pour cette unique raison que je vais vous aider, monsieur Adran. Une assistante du Dr Lowrie est une de mes clientes. Je peux essayer de lui soutirer quelques confidences.

— Merci.

— Et quand tout sera fini, je vous offrirai une coupe de cheveux gratuite, ajouta-t-elle. Ça ne vous fera pas de mal.

Il ne put retenir un sourire. Cette femme de tempérament était attachante. Après tout, elle voulait seulement protéger un enfant innocent pour lequel elle s'était sincèrement prise d'affection.

— Je suis désolé que Ben ne puisse pas rester auprès de vous, dit-il. Mais c'est votre propre fils qui devrait vous donner un petit-fils, pas le cheikh Al-Khalil.

— Oh ! mon fils souffre de ce qu'on appelle la peur de s'engager, répondit-elle en soupirant.

— À Alqedar, les aînés s'occupent d'arranger un mariage pour les hommes comme lui.

— Je ne suis pas certaine qu'il serait d'accord. Et vous ? Vous êtes marié ?

— Eh bien, non.

— Pourquoi ne s'est-on pas chargé de vous passer la corde au cou ?

Zahad s'était pris au piège tout seul et ne pouvait s'esquiver.

— Mon père vit en Allemagne avec ma belle-mère. Elle avait déjà un fils et mon père l'a reconnu comme son héritier légitime. Personne ne se soucie que je me marie ou pas.

— Vous êtes plutôt bien fait de votre personne, rien ne devrait donc vous empêcher de rencontrer quelqu'un, sans que ce soit arrangé. À condition d'avoir une coupe de cheveux digne de ce nom, toutefois.

— Tous les renseignements que vous pourrez glaner sur Manuel Estrellas nous seront utiles, conclut-il, n'ayant aucune envie de poursuivre sur ce terrain.

Il lui adressa un petit salut de la tête et s'en alla. Il avait à faire et il n'avait pas le temps de bavarder de petits-enfants et de coupes de cheveux.

À peine le pick-up eut-il disparu au bout du chemin que Sharif s'en voulut d'avoir laissé partir Holly. C'était dangereux et il avait peur pour elle.

Mais il était trop tard. Si elle avait pris le téléphone crypté pour appeler en cas d'urgence, lui ne pouvait pas la contacter.

Sur le lit, Ben dormait toujours. Chaque fois qu'il le regardait, il se sentait ému.

Les minutes passèrent. Dans quelle direction Holly était-elle partie ? Comment pouvait-il être certain que les hommes à sa poursuite ne la repéreraient pas, alors qu'il ignorait par quel moyen ils étaient parvenus à retrouver sa trace ?

Agité, assailli par un sentiment d'impuissance, il s'empara de la télécommande du téléviseur et passa frénétiquement de chaîne en chaîne. Il en avait assez de voir les mêmes images passer en boucle.

Là ! Quand, sur CNN, il vit le mari d'Amy, il monta le volume.

— Partout dans le monde, on commence à se rendre compte des qualités exceptionnelles de la toile de Jubah, disait-il.

Il était vêtu d'un costume gris et d'une cravate, tenue peu habituelle pour lui et dans laquelle il ne paraissait d'ailleurs pas très à l'aise.

— Une fois traitée, la matière garde les mêmes caractéristiques, ce qui est un atout supplémentaire.

— Monsieur Haroun, lui demanda un journaliste, pensez-vous que la volonté affichée de nationaliser l'industrie textile précisément maintenant soit liée à la situation du cheikh Al-Khalil qui, pour le moment, est considéré comme un fugitif ?

— Dans mon esprit, ça ne fait aucun doute, mais nous sommes déterminés à tout faire pour que notre peuple ne soit pas floué.

— Mais avez-vous réellement les moyens d'empêcher le processus d'aller à son terme ?

— Nous souhaitons avant tout rappeler au président Dourad que, s'il ne veut pas que sa coalition gouvernementale éclate, il a besoin du soutien de la province de Bahrim. Et nous le lui rappellerons avec force.

Sharif fut satisfait d'entendre autant d'assurance dans le ton de son cousin par alliance.

— Bien parlé ! s'exclama-t-il.

Très vite, le crépitement de la pluie sur le toit du chalet le ramena à la réalité : Holly était dehors, en route pour téléphoner à l'homme qu'elle comptait épouser.

Il était 15 h 20. Elle devrait être de retour avant 16 heures. Il appellerait alors un avocat. Si, du moins, tout se passait comme prévu.

10

La secrétaire de Trevor le mit immédiatement en ligne avec Holly.

— Dieu merci tu vas bien, dit-il. Où es-tu ?

Entendre sa voix fit une drôle d'impression à Holly. Elle n'avait parcouru qu'une dizaine de kilomètres pour atteindre la cabine téléphonique d'un coffee-shop, et pourtant il lui semblait être passée d'un monde à un autre.

Mais auquel appartenait-elle ?

— Je ne peux pas te dire où je suis, répondit-elle.

— Bien sûr que si. Je viens te chercher immédiatement, répliqua-t-il comme si elle n'avait pas à discuter.

Cependant, elle ne se laissa pas faire.

— Non, tu ne viens pas me chercher. Je dois rester où je suis pour m'occuper de Ben.

— Tu… quoi ? Cet homme te manipule, Holly !

— Sharif est innocent ! protesta-t-elle. Il n'a pas fait de mal à Jasmine.

— Tu es sous son emprise, insista-t-il.

Elle l'imagina assis dans son fauteuil de bureau, à se passer nerveusement la main dans les cheveux.

— Je me suis renseigné sur le type qui te retient, c'est quelqu'un de très retors. Tu ne peux pas lui faire confiance.

Elle refusait de laisser la conversation glisser sur un autre sujet que celui pour lequel elle l'appelait.

— Cet appel est-il enregistré ?

— J'espère bien que non, car cette ligne me sert à recevoir les appels confidentiels de mes clients. Ce que ce fameux cheikh devait savoir quand il t'a dit de m'appeler à mon bureau.

— Écoute, Trevor, personne ne me braque un revolver sur la tempe, je suis toute seule.

— D'accord, d'accord, fit-il d'un ton apaisant. Dis-moi ce que je dois faire pour que tu reviennes le plus vite possible auprès de moi.

— J'ai besoin que tu me donnes le nom d'un avocat spécialisé dans les affaires criminelles. Le meilleur que tu connaisses.

— Pour… lui ?

Demander à son fiancé d'aider l'homme qui l'avait enlevée était surréaliste, elle en avait conscience.

— Quand il aura un avocat, il pourra cesser de se cacher et moi aussi.

— Donc, il te retient bien prisonnière !

— Trevor, arrête d'essayer de me faire dire ce que tu voudrais que je dise !

Lui cacher des choses la rendait coupable et ne pas parvenir à se faire entendre l'irritait.

— Tout ce que je te demande, c'est de m'aider sans poser de questions. Je t'en supplie.

— Bien, laisse-moi un peu de temps pour réfléchir.

Pendant de longues secondes, elle ne perçut plus que le bruit de pages qu'on tournait à l'autre bout du fil et celui de la pluie qui crépitait sur les vitres de la cabine. Cela prenait beaucoup de temps à Trevor. Beaucoup trop. Elle comprit alors que, contrairement à ce qu'il lui avait affirmé, l'appel était bien enregistré et qu'il cherchait à laisser à la police le temps de la localiser.

— Trevor, tu me fais attendre exprès ! Je raccroche !

— Holly, je suis désolé, je n'avais pas le choix. Appelle Edward Hoolihan !

Elle eut tout juste le temps d'entendre le nom.

Elle était vraiment naïve d'avoir cru pouvoir appeler Trevor sans que les autorités le sachent. À présent, elle devait filer et vite.

Le cœur battant, elle fureta au-dehors. Pas de gyrophares, pas de sirènes. Du moins pas encore.

Elle sortit de la cabine tête basse et rejoignit la voiture au pas de course.

Elle mit le contact et démarra en serrant fort le volant. Les voitures roulaient lentement à cause de la forte pluie et elle dut attendre avant de pouvoir sortir du parking et s'insérer dans la circulation. À chaque seconde, l'anxiété faisait battre son cœur plus fort. Enfin, elle eut une opportunité entre deux voitures et démarra brutalement, faisant crisser les pneus sur la chaussée mouillée. Elle roulait depuis moins de cinq minutes quand elle croisa une voiture de police, gyrophare allumé.

Elle ne s'était pas trompée.

Dans trois minutes, il serait 16 heures. Sharif n'avait plus besoin de regarder sa montre, il comptait les secondes dans sa tête.

Il avait donné à manger à Ben, changé ses couches, et l'avait bercé sur ses genoux jusqu'à ce qu'il se rendorme.

Doucement, il le reposa sur le lit et ajusta les couvertures autour de lui. Le bébé qui dormait, le feu qui crépitait dans l'âtre alors que la pluie tombait au-dehors, tout cela créait une atmosphère chaleureuse, et pourtant…

Pourquoi Holly n'était-elle pas encore revenue ?

Il sentait son parfum flotter dans la pièce ; où qu'il regarde, il la voyait bouger, se déplacer, lui sourire. Elle le hantait.

Dans le placard entrouvert, sa robe de mariée suspendue lui rappelait que, quand il avait fait irruption dans sa vie, elle était sur le point de s'unir à un autre homme. L'homme qu'elle était partie appeler.

Si, finalement, elle avait décidé de profiter de l'occasion pour s'enfuir et retourner auprès de lui, il n'aurait pas le droit de lui en vouloir. Il ne pouvait rien exiger d'elle, rien du tout.

Et néanmoins, songer qu'elle l'avait peut-être abandonné lui était insupportable. Comment avait-il pu en arriver là ?

Par la fenêtre, il voyait les branches des arbres ployer sous le vent et les trombes d'eau.

Soudain, des phares brillèrent au loin. Quelqu'un s'approchait du chalet. Mais qui ?

Holly avait les yeux irrités tant elle devait se concentrer pour distinguer la route.

Depuis qu'elle avait quitté le parking du coffee-shop, elle avait croisé trois voitures de police en sens inverse.

Elle avait réussi à garder une allure normale et à ne pas paniquer car Sharif était tellement présent dans son esprit et dans son cœur que c'était comme s'il avait été avec elle. Et rien ni personne n'avait autant d'importance.

Y compris Trevor.

Elle ne pouvait pas en vouloir à son fiancé. Il avait fait ce qu'il pensait être le mieux pour elle. D'autant qu'il n'avait aucune raison d'imaginer que ses sentiments pour lui avaient changé. Or, à l'instant, ce n'était pas lui qu'elle avait ardemment envie de retrouver.

Elle bifurqua sur le chemin qui menait au chalet et, quelques secondes plus tard, vit ce dernier apparaître devant elle. Elle était rentrée.

Son soulagement était tel que, une fois le moteur coupé, elle resta immobile. Alors, comme pour l'inviter à sortir, la pluie se fit moins forte. Elle profita de cette brève accalmie pour descendre de voiture et courir se mettre à l'abri.

Avant même qu'elle ait atteint la porte, celle-ci s'ouvrit en grand et Sharif apparut. D'instinct, elle se blottit contre lui, et il l'enveloppa de ses bras. Elle eut alors le sentiment d'être exactement où elle souhaitait se trouver.

— La police a failli m'intercepter. Trevor a fait placer son téléphone sur écoute.

— Mais tout va bien ?

— Oui, maintenant que je suis là avec vous, ça va.

Elle leva les yeux. Sa bouche était à quelques centimètres de la sienne et, sans hésiter, elle l'embrassa. Il lui rendit son baiser et elle fit descendre ses mains le long de ses bras musclés. Sa force était tellement rassurante !

Sharif posa les mains sur sa taille puis les laissa remonter sur son ventre et ses seins. Un gémissement lui échappa, comme si le désir avait eu raison de lui.

C'était exactement ce qu'elle éprouvait. Un désir ardent, trop fort pour qu'elle le canalise.

— Venez.

Sharif l'entraîna vers l'alcôve. Elle n'était pas certaine d'être prête pour ce qui allait se passer entre eux, et pourtant elle n'avait plus la volonté de s'y opposer.

— C'est trop fort, il faut que vous soyez à moi au moins une fois, dit-il d'une voix étranglée par l'émotion tout en entreprenant de lui ôter ses vêtements.

Elle ne put qu'acquiescer. S'il ne lui faisait pas l'amour, elle en perdrait la raison.

Ils s'allongèrent sur le lit et elle se laissa aller à ses sensations, les yeux fermés, tandis qu'il faisait descendre ses lèvres le long de son cou, de ses épaules, de ses seins.

Elle était ailleurs. La réalité n'avait plus d'importance. Sharif se redressa et lui enleva ses vêtements sans la quitter des yeux, avec un regard d'une infinie tendresse. Puis il se déshabilla à son tour.

Quand rien ne dissimula plus son corps bronzé, il s'étendit sur elle et l'embrassa doucement. Elle lui rendit son baiser, donnant un coup de reins pour sentir son érection frotter contre son intimité. Elle était totalement offerte et, soudain, d'un mouvement à la fois puissant et délicat, il la pénétra.

Une onde de plaisir fit vibrer l'ensemble de son corps et lui fit pousser un long gémissement. Il se mit à bouger en elle en murmurant des mots qu'elle ne comprit pas, mais elle sut qu'il vivait un moment d'une intensité comparable à la sienne.

Brusquement, sans rien dire, il cessa d'aller et venir.

— Sharif ? parvint-elle à articuler.

— Regardez-moi.

Ses yeux presque noirs étincelaient.

— Je veux que vous sachiez avec qui vous faites l'amour. Il ne doit y avoir personne d'autre que moi dans votre esprit.

— Personne d'autre, répéta-t-elle solennellement.

Il n'avait pas à s'inquiéter car, désormais, elle comprenait pourquoi elle ne s'était pas sentie prête à faire l'amour avec Trevor. Parce qu'elle avait attendu d'éprouver ce désir violent, irrépressible…

— Sharif…

— On ne dit plus rien, maintenant, la coupa-t-il alors qu'il se mettait de nouveau à aller et venir en elle.

Très vite, le plaisir fut si fort qu'ils se mirent à crier à l'unisson. Ils atteignirent l'orgasme ensemble. Serrés l'un contre l'autre, enveloppés d'une douce chaleur, ils tombèrent dans les bras de Morphée.

À son réveil, Sharif leva légèrement la tête et regarda autour de lui. Une lumière grise filtrait à travers les stores, le feu dans l'âtre était presque éteint. À l'autre bout de la pièce, Ben dormait toujours paisiblement.

Il lui semblait ne plus être le même intérieurement. Son corps était apaisé et plus en phase avec son esprit.

Il n'aurait pas su exprimer ce qu'il éprouvait mais, il en était sûr, ce changement intérieur était essentiel.

Holly lui avait fait un cadeau merveilleux. Mais, encore une fois, à quel point avait-il changé ?

Il contempla Holly et savoura chaque détail. La petite mèche rebelle qui venait chatouiller sa joue le fit sourire, la délicatesse de sa peau claire le subjuguait.

Lentement, elle entrouvrit les yeux et le considéra d'un regard encore endormi. Il se pencha pour lui déposer un petit baiser sur le bout du nez.

— Sharif ? dit-elle en tirant machinalement le drap sur elle. Quelle heure est-il ? C'est le matin ?

— Oui, et la tempête est terminée.

Elle lui sourit malicieusement.

— Est-ce une métaphore ?

— Oh ! cette tempête-là, je crois qu'il y en a déjà une

autre qui se prépare. Après tout ce temps, je crains que nous ne devions rester reclus ici encore de longues semaines.

Elle lui caressa la joue.

— Il y avait vraiment si longtemps ? Ne me dites pas qu'il n'y a pas de femmes, à Alquedar, qui cherchent à gagner vos faveurs.

— Sincèrement, j'ignore ce que certaines ont pu avoir en tête, mais le fait est que je n'avais plus partagé l'intimité d'une femme depuis la mort de mon épouse.

— Depuis neuf ans ? s'étonna-t-elle, reprenant son sérieux. Vous deviez vraiment l'aimer très fort.

Jamais il n'avait parlé de Yona, gardant son immense chagrin pour lui. Mais il avait envie de se confier à Holly.

— Je croyais l'aimer de tout mon cœur, mais je ne l'aimais pas assez pour laisser de côté mon égoïsme. C'est à cause de moi si elle est morte seule.

— Que s'est-il passé ?

— Elle est morte en couches. Elle et l'enfant qu'elle portait.

Holly digéra la chose en silence.

— C'est terrible, dit-elle enfin, incapable de trouver mieux.

— C'était pendant la révolution. Les forces démocratiques venaient de conquérir Bahrim et il ne nous restait plus qu'à prendre la capitale. Yona avait souffert de complications pendant sa grossesse, mais elle n'avait pas voulu partir pour l'Europe, où on aurait pu la prendre en charge dans un hôpital moderne.

— Elle voulait être auprès de vous.

— J'aurais dû insister pour qu'elle parte mais, en même temps, moi aussi j'avais envie que notre enfant naisse dans notre pays au moment où il allait sortir de la dictature.

— Je comprends.

— Et vous comprenez aussi que je ne sois pas resté à Bahrim avec elle ? Que j'aie voulu prendre part à la libération de notre capitale pour m'arroger une part de gloire ?

— Vous êtes le leader de votre peuple, répondit-elle, il était donc important que vous soyez à la tête de vos troupes dans un tel moment, il me semble.

— J'aurais pu envoyer Zahad me représenter. Au lieu de

cela, je lui ai demandé de rester au palais. Il m'a alerté dès que Yona a commencé à souffrir de graves hémorragies, mais, le temps que je revienne… Je n'ai même pas pu lui dire au revoir.

S'il avait pu tenir une dernière fois la main de Yona, il ne serait peut-être pas aussi hanté par le souvenir. Il lui arrivait fréquemment de se réveiller en pleine nuit et d'entendre la voix de Yona l'appeler… Mais il était trop tard. Cela faisait neuf ans qu'il était trop tard.

— Moi non plus je n'ai pas pu dire au revoir à ma sœur, dit Holly. Le jour où elle est partie, je me suis montrée dure avec elle. Si j'avais été plus patiente, elle aurait peut-être fini par se confier à moi. Mais nous ne pouvons pas changer le passé, seulement essayer d'apprendre de nos erreurs pour ne pas les reproduire.

Sharif lui caressa les cheveux.

— C'est bien le problème. Hier soir, je me suis laissé emporter par mon désir, sans penser à l'avenir. À votre avenir.

Elle roula de côté et le regarda, le visage appuyé sur sa main.

— Je savais ce que je faisais.

— Je n'ai pas pensé non plus à votre fiancé.

— Oh ! Sharif. Songer à l'avenir est si difficile, vu les circonstances… comment pourrais-je vous en vouloir ?

« Parce que je suis un leader et qu'en tant que tel, je me dois d'être un modèle. Je n'ai pas le même droit à l'erreur que les autres », eut-il envie de répondre.

Et chaque jour qu'il passait loin de Bahrim mettait un peu plus l'avenir de son peuple en péril…

Cette réflexion lui rappela la raison pour laquelle Holly avait quitté le chalet la veille.

— Je ne veux pas vous donner l'impression de revenir à des sujets pratiques mais, hier, avez-vous obtenu le nom d'un avocat ?

— Edward Hoolihan. Trevor me l'a donné juste avant que je raccroche.

— Vous le connaissez ?

— De réputation seulement. C'est certainement quelqu'un de compétent.

Sharif réfléchit. Devait-il appeler cet avocat sans tarder ou attendre l'arrivée d'Amy ?

Perdu dans ses pensées, il se leva et s'habilla.

Holly ne voulait pas se torturer avec de fausses illusions. Si elle avait passé un moment merveilleux avec Sharif, ce n'était certainement pas le début d'une véritable histoire entre eux.

Dès qu'il quitterait les États-Unis, il l'oublierait. Mais encore fallait-il qu'ils échappent aux tueurs à leurs trousses et que Sharif puisse établir son innocence. Ils n'en étaient pas encore là. Elle termina de s'habiller et sortit de la salle de bains. Sharif était au téléphone.

— Ce serait parfait, maître Hoolihan… Oui, nous verrons cela… Je comprends.

Elle s'éloigna pour ne pas donner l'impression d'épier la conversation et décida de vérifier si Alice lui avait envoyé un mail. Elle se connecta, ouvrit sa boîte et découvrit le message suivant :

> Salut, Holly, j'ai obtenu grâce à l'assistante du Dr Lowrie le numéro de Manuel Estrellas : 555-4259. Hier, Trevor m'a appelée et expliqué ce qui s'était passé. Il est désolé. Il voulait seulement te porter secours. Peut-être pourrais-tu lui faire savoir que tu ne lui en veux pas ?
> Reviens vite, je t'embrasse,
> Alice.

Elle nota le numéro de Manuel Estrellas et répondit par un bref message de remerciement. Elle songea à écrire à Trevor, mais que lui dirait-elle ? Qu'elle lui pardonnait et qu'elle espérait que lui aussi la pardonnerait ?

Elle le connaissait depuis si longtemps qu'elle avait du mal à imaginer la vie sans lui. Ce qu'elle éprouvait pour lui, cependant, était sans commune mesure avec les sentiments qu'elle avait pour Sharif.

Voulait-elle toujours épouser Trevor ?

Quoi qu'elle décide, elle ne regretterait pas sa nuit d'amour avec Sharif. Au contraire, elle chérirait ce souvenir jusqu'à la fin de ses jours.

Sharif avait fini avec l'avocat et s'approcha d'elle.

— Hoolihan est d'accord pour assurer ma défense. Il insiste néanmoins pour que Zahad et moi nous rendions à la police.

— Est-il conscient qu'on essaie de vous tuer ?

— Il m'a assuré qu'il en aviserait les autorités, répondit-il en se passant la main dans les cheveux. Mais encore faut-il que la police nous croie.

— Il y a forcément des gens qui ont entendu les coups de feu l'autre jour à Placentia. Leurs témoignages donneront de la crédibilité à vos affirmations.

— Oui, il faudra que j'en parle à Hoolihan. Il était en chemin pour le palais de justice et ne sera pas disponible avant cet après-midi.

— Ce qui nous laisse le temps d'appeler Manuel Estrellas, dit-elle en lui montrant le numéro qu'elle avait noté. Viendrez-vous avec moi, s'il accepte de nous rencontrer ?

— Évidemment. En doutiez-vous ?

— Non, mais je comprendrais que la situation de votre pays soit votre priorité. Moi, je veux seulement savoir qui a tué ma sœur. Je le lui dois bien.

Elle ne chercha pas à dissimuler les larmes qui coulaient sur ses joues. Sharif les essuya doucement du revers de la main et l'embrassa.

— Nous le découvrirons ensemble. C'est grâce à Jasmine que j'ai un fils. Et même si ce n'était pas le cas, je le ferais pour vous, Holly.

Elle avait envie de recevoir énormément de lui. Mais ce qu'il lui offrait était déjà beaucoup.

*
* *

S'il ne pleuvait plus, de gros nuages noirs obscurcissaient encore le ciel de cette fin d'après-midi. D'où il s'était garé, Sharif ne bénéficiait que d'une vue partielle sur la chambre de motel où Manuel Estrellas avait accepté de rencontrer Holly.

— Je vous accompagne, dit-il à Holly, c'est trop risqué.

— Non, je dois y aller seule. Manuel Estrellas a peur de vous, soit parce qu'il est méfiant, soit parce qu'il n'est pas convaincu que vous n'êtes pas le meurtrier de Jasmine. S'il vous voit, il prendra peur et fuira. Et nous ne saurons jamais ce qu'il sait.

Estrellas souhaitait que justice soit rendue à Jasmine et c'était pourquoi il avait accepté de parler à Holly. La police l'avait déjà entendu deux fois mais, à leurs questions, il avait eu le sentiment qu'ils n'étaient pas sur la bonne piste.

Situé au milieu d'une vaste zone commerciale, le motel était sans doute préférable à un lieu isolé ; néanmoins Sharif n'aimait pas trop l'idée de laisser Holly seule avec un homme dont ils ignoraient tout. Or il n'avait pas le temps de tergiverser.

— D'accord, vous irez seule. Mais je veux entendre ce qui se passe, dit-il en désignant le téléphone crypté qu'il lui avait donné. Allez-y, appelez-moi.

Holly acquiesça et composa son numéro. Quand son appareil vibra, Sharif décrocha et le porta à son oreille.

— Vous m'entendez dans le téléphone ?

— Oui, je vous entends, répondit-elle avant de glisser l'appareil dans sa poche de veste.

Le téléphone resterait ouvert. Sharif ne pourrait sans doute pas suivre l'ensemble de la conversation mais, si elle criait, il l'entendrait.

Malgré ces précautions, il était tendu. Une fois déjà dans le passé, il était arrivé trop tard pour la femme qu'il aimait.

Dans la petite chambre de motel, Holly accepta la seule chaise disponible que lui indiqua Manuel Estrellas, un homme enveloppé au visage rond et avenant.

— Vous avez les cheveux plus foncés que votre sœur, remarqua-t-il.

— Ce n'est pas ma couleur naturelle, je les ai teints. Merci d'avoir bien voulu de me rencontrer, en tout cas, ajouta-t-elle, désireuse d'en venir rapidement à l'essentiel.

— Quelqu'un doit découvrir ce qui s'est passé et peut-être y parviendrez-vous.

— Quel poste occupiez-vous exactement à la maternité de Crestline View ?

— J'étais assistant administratif.

— Avez-vous dit tout ce que vous saviez à la police ?

— J'en avais bien l'intention mais ils n'ont pas cessé de me poser des questions sur la disparition de Noreen Wheaton, comme si j'en étais responsable. Ils ont également tenté de me piéger en cherchant à me faire dire des choses sur Jasmine que seul le tueur aurait pu savoir. Ce qu'ils veulent, c'est un coupable. Ils pataugent.

— Connaissiez-vous bien ma sœur ?

— Non, je l'ai seulement vue quelques fois, à la clinique. Elle était très belle. C'est injuste qu'on lui ait menti, mais ce n'était pas la première fois que Mme Wheaton le faisait. La plupart du temps, elle mentait aux futurs parents en effaçant certaines données des dossiers des mères porteuses. Selon elle, les gens étaient trop exigeants.

Manuel Estrellas gigotait sans cesse sur sa chaise. Holly avait du mal à ne pas se laisser gagner par sa nervosité et à continuer à lui poser ses questions méthodiquement, sans se presser.

— Savez-vous comment Jasmine a été recrutée ?

— Quelqu'un a dû la recommander. Quelqu'un que Mme Wheaton connaissait. Mais j'ignore de qui il s'agit.

— Et vous, de qui avez-vous peur ?

— Écoutez, je sais que ça peut paraître fou, mais…

Il soupira.

— Après la disparition de Jasmine, Noreen Wheaton a vraiment paniqué. Elle a reçu des coups de téléphone, des menaces, j'imagine. C'est alors que j'ai démissionné. Je n'avais aucune envie d'être encore dans les parages quand on découvrirait que c'était moi qui avais révélé la vérité à votre sœur.

— Mais qui était derrière ces menaces ? En avez-vous la moindre idée ?

— Je sais qu'elle a reçu plusieurs appels du type dont le portrait a été diffusé à la télé. Celui qu'on voit avec le cheikh.

— Zahad ?

— Oui, c'est ça. En revanche, j'ignore si c'est lui qui l'a menacée.

Il finit par se lever de sa chaise et vint écarter deux lames du store à la fenêtre pour regarder dehors. Holly chercha d'autres questions à lui poser.

— Et le Dr Lowrie ? Aurait-il pu la menacer ?

— Je pense qu'il serait venu lui parler en personne, il ne l'aurait pas menacée au téléphone. En plus, c'est un chic type. Hé ! s'exclama-t-il soudain, vous êtes venue seule, comme je vous l'avais demandé ? Je crois que quelqu'un tourne autour de ma voiture !

Incapable de lui mentir mais souhaitant l'apaiser, Holly répondit :

— Le cheikh Al-Khalil m'attend sur le parking mais il est innocent, Manuel. Il n'a pas tué ma sœur.

Estrellas remit le store en place.

— Vous auriez dû venir seule ! Je n'aime pas ça…

— Tout va bien. Tout ce que voulons, ce sont des informations.

Manuel Estrellas regarda de tous côtés, tel un animal traqué. Puis il fonça droit sur elle.

11

Sharif jura à voix basse. Le bébé s'était mis à pleurer très fort et il avait dû couper son téléphone.

Avant cela, les quelques bribes de conversation qu'il avait comprises lui avaient appris que la police suspectait également Manuel Estrellas. Ce n'était pas forcément rassurant mais, au moins, il savait maintenant que les enquêteurs n'étaient pas convaincus de sa culpabilité.

Des voitures ne cessaient d'entrer et de sortir du parking. Depuis qu'il avait commencé à pleurer, Ben ne s'était pas calmé et, à l'instant, il poussait même des cris de plus en plus stridents.

Il lui avait donné à manger avant de partir, le problème n'était donc pas là. Et il ne pouvait pas prendre le risque de lui changer sa couche alors qu'ils devraient peut-être partir sur les chapeaux de roues. Il alluma la radio, qui jouait des airs de country. Habituellement, Ben aimait la musique et, cette fois encore, elle contribua à le calmer. Sharif consulta sa montre, impatient de voir Holly revenir saine et sauve.

À la radio, un flash d'informations interrompit alors le programme musical.

— Le corps de Noreen Wheaton, la directrice de la clinique de Crestline View, dont personne n'avait de nouvelles depuis plusieurs jours, a été retrouvé dans un entrepôt désaffecté de Los Angeles.

Interloqué, Sharif monta le volume.

— La police n'a pour le moment pas divulgué la cause de la mort et n'a pas voulu dire non plus si son décès pouvait être lié au meurtre de Jasmine Rivers.

Le reporter fit ensuite un résumé de l'affaire, sans donner de nouveaux détails.

De rage, Sharif tapa du plat de la main sur le volant. Une victime supplémentaire. Et, indirectement, cette femme était peut-être morte à cause de lui.

Jusque-là, il s'était accroché à l'éventualité que la mort de Jasmine n'avait peut-être pas de rapport avec le fait qu'elle avait été mère porteuse. Désormais, il n'y avait plus de doute possible. Ces deux morts étaient liées.

Cependant, il y voyait de moins en moins clair.

On avait tenté de l'éliminer deux fois, et il en avait déduit que les partisans de Maimun, ses ennemis, étaient derrière ces tentatives. En revanche, il avait eu du mal à croire que c'étaient également eux qui avaient tué Jasmine. Et il était convaincu qu'ils ne seraient pas allés jusqu'à assassiner Noreen Wheaton. Il y avait donc forcément un autre responsable, mais qui ? Manuel Estrellas ?

Au moment où il se faisait cette réflexion, une porte du motel s'ouvrit à la volée sur un type rondouillard qui partit en courant.

Mais où était Holly ?

Aussitôt, Sharif démarra et roula en direction du motel ; il vit Manuel Estrellas monter en voiture et démarrer.

Alors qu'il allait descendre de voiture pour se ruer dans la chambre de laquelle Holly n'était pas sortie, une déflagration retentit. Des gens hurlèrent tandis que la voiture d'Estrellas s'enflammait. Une femme porta les mains à son visage et recula d'effroi.

Quelqu'un avait trafiqué la voiture d'Estrellas pour la faire exploser au démarrage.

Il y avait d'abord eu Jasmine. Puis Noreen. Maintenant, Manuel. Quels secrets dissimulait cette satanée clinique ?

Holly parut enfin. Au même moment, un homme au visage dissimulé par des lunettes de ski jaillit de nulle part et s'empara d'elle.

Elle se débattit mais la surprise jouait contre elle. Dans le chaos ambiant, personne excepté Sharif ne fit attention à la scène.

Il ouvrit grand sa portière, s'exclamant :

— Lâchez-la !

Des sirènes de police en approche firent hésiter l'homme. Sharif s'était lancé à sa poursuite et, sentant qu'il le rattrapait, l'inconnu se retourna et poussa brutalement Holly contre lui. Sharif n'eut que le temps de tendre les bras pour amortir le choc et tous deux vacillèrent. L'homme masqué en profita pour prendre la fuite.

Les sirènes se rapprochaient et Sharif dut renoncer à l'idée de donner la chasse à l'assaillant de Holly.

— Vous pouvez marcher ? lui demanda-t-il en l'aidant à se redresser.

— Je... je vais essayer.

Il lui passa un bras autour des épaules.

— Que s'est-il passé ? reprit-elle d'une voix incertaine. J'ai entendu une explosion.

— Quelqu'un a fait sauter la voiture d'Estrellas. Ne restons pas ici, nous discuterons plus tard.

Il aida Holly à monter en voiture. Elle jeta un regard à Ben pour s'assurer qu'il allait bien puis se laissa tomber sur son siège. Elle resta silencieuse, ce qui était aussi bien, car il devait se concentrer pour les faire quitter le périmètre que la police commençait déjà à boucler.

L'homme masqué n'était plus là. Évidemment, il avait dû ôter son masque, mais personne ne lui rappelait cet individu.

À leur arrivée, avant d'entrer sur le parking du motel, il en avait fait le tour pour déterminer par où ils pourraient fuir en cas de force majeure. Il connaissait donc suffisamment les lieux pour éviter les deux sorties principales et s'engagea dans une ruelle.

Quelques secondes plus tard, ils débouchèrent sur un boulevard et s'éloignèrent.

— Dites-moi ce qui s'est passé, murmura Holly.

— J'ai vu Manuel sortir à toute vitesse de la chambre. Quand il a fait démarrer son véhicule, il y a eu une petite explosion et la voiture s'est embrasée. J'ai eu peur qu'il vous ait fait du mal.

— Non. Par la fenêtre, il a vu quelqu'un tourner autour

de sa voiture. Je lui ai avoué que vous m'attendiez sur le parking et il a pris peur. Dans sa panique, il m'a bousculée en fuyant.

— Pourquoi avez-vous mis aussi longtemps à sortir ?

— J'ai décidé d'inspecter la chambre, au cas où il aurait oublié quelque chose.

Ces quelques minutes supplémentaires passées dans la chambre avaient failli lui coûter très cher, songea Sharif, qui fut traversé par une autre pensée : Holly avait certainement laissé ses empreintes un peu partout dans la chambre louée par Estrellas. Cela compliquerait encore leur situation.

La police faisait de lui son principal suspect et, à présent, on risquait de soupçonner Holly d'être sa complice.

Il fallait qu'ils en terminent au plus vite avec cette histoire pour qu'elle puisse rentrer chez elle avant que les flics lui donnent la chasse à elle aussi pour la jeter en prison.

Holly pouvait se mouvoir, parler, mais il lui semblait tout faire de manière mécanique. Elle était encore sous le choc. Qui était cet homme au visage caché par des lunettes de ski ? Qu'avait-il l'intention de faire d'elle ?

Elle n'avait même pas eu le temps de remarquer un détail qui lui aurait permis de l'identifier.

À la radio, un nouveau bulletin d'informations revint sur la découverte du corps de Noreen Wheaton. S'était-on emparé d'elle de la même façon ? se demanda-t-elle.

Quelques minutes auparavant, Manuel Estrellas lui parlait. Désormais, lui aussi était mort. Pourquoi ? Il avait déjà raconté ce qu'il savait à la police. Le meurtrier avait-il craint qu'il lui en révèle davantage ?

Et d'abord, comment les avait-on localisés ? Le meurtrier avait-il filé Manuel ?

Le mieux à faire était de passer en revue ce que lui avait appris Manuel. Sharif y verrait peut-être plus clair qu'elle.

— Manuel m'a dit… que Mme Wheaton effaçait souvent des détails négatifs des dossiers de ses mères porteuses.

— Mentir à votre sœur n'a donc pas dû lui être difficile, répondit Sharif sans quitter la route des yeux.

— Il pense… enfin, il pensait… que c'est quelqu'un que Noreen Wheaton connaissait qui lui a parlé de Jasmine.

Cette information ne leur était pas d'une grande utilité car ils ignoraient dans quels cercles évoluait la directrice de la clinique. Mais avec un peu de chance, l'assistante du Dr Lowrie en saurait plus.

— Alice pourrait tenter de découvrir pour nous qui…

— Non. C'est par son intermédiaire que nous sommes entrés en contact avec Estrellas et, maintenant, il est mort. Nous ne devons donc plus rien lui demander. D'ailleurs, si elle révélait à la police ce qui s'est passé ces derniers jours, je le comprendrais très bien.

Holly ne pouvait aller contre cette logique, mais ça lui faisait mal de songer qu'elle allait devoir se couper d'Alice, sur qui elle avait toujours pu compter.

Les événements les isolaient de plus en plus et ce n'était pas rassurant.

— J'ai peur, Sharif.

— Je vous promets de vous sortir de cette histoire, répondit-il d'un air sombre. C'est moi qui vous y ai entraînée et il est grand temps que je vous laisse retourner à votre vie.

Malgré tout ce qui s'était passé, elle n'avait pas envie de le quitter.

— Je me suis jetée dans votre voiture et je vous ai aidé de mon plein gré, lui rappela-t-elle. Donc, je reste.

Pendant plusieurs minutes, ils roulèrent en silence. Quand le chalet fut en vue, Sharif déclara :

— Je ne sais pas encore comment faire pour que vous puissiez rentrer chez vous en toute sécurité, mais je refuse de vous exposer de nouveau au danger. Nous devons mettre fin à notre enquête.

À son expression, Holly sut qu'il était inutile de discuter.

De toute façon, à quoi bon songer à l'avenir ? Leur situation était tellement précaire que c'était vain. Elle vivrait par conséquent dans le présent, sans penser au lendemain.

*
* *

Sharif gardait ses distances avec Holly, non par hostilité mais parce qu'il voulait la laisser digérer les événements de l'après-midi.

Après dîner, ils couchèrent Ben, qui ne tarda pas à s'endormir et, pendant que Holly prenait un bain, il fit des recherches sur internet. Il pensait qu'une fois sortie de la salle de bains, elle irait se coucher directement mais, quand il leva les yeux de l'ordinateur, il la découvrit devant lui, enroulée dans une serviette.

— Peut-être n'avons-nous pas d'avenir ensemble, pour de multiples raisons, dit-elle, mais, pour le moment, vous êtes là et moi aussi.

— Vous avez passé une journée éprouvante, repartit Sharif, qui n'osait pas la toucher tant il se sentait coupable.

— Alors aidez-moi à l'oublier, répliqua-t-elle en laissant tomber sa serviette.

Il n'en fallait pas plus pour que le désir qu'il refoulait ait raison de lui. Il avait envie d'elle, mais il n'y avait pas que cela. Holly lui avait réappris à aimer.

Il se leva et, hypnotisé, la laissa l'entraîner jusqu'au lit.

Il posa les mains sur ses hanches, embrassa ses seins, descendit le long de son ventre et atteignit son intimité. Ses gémissements de plaisir le remplirent de joie et de fierté. Cela faisait neuf ans qu'il n'avait rien éprouvé de semblable.

Plus tard, elle s'endormit blottie contre lui, qui était bien éveillé. Il était amoureux d'elle, il ne pouvait plus le nier. Et cette fois, il n'avait pas le droit à l'erreur — il n'avait pas le droit d'échouer à la protéger. Or, pour qu'elle ne risque plus rien, il n'y avait qu'une solution.

La renvoyer à sa vie d'avant sans tarder.

Le lendemain, à l'heure du petit déjeuner, le journal télévisé revint sur l'explosion de la voiture de Manuel.

Il n'y avait pas eu de blessés ni de dégâts matériels et il

ne fut pas fait mention de l'homme qui avait tenté d'enlever Holly. Apparemment, personne ne l'avait remarqué.

Sharif fit la vaisselle puis alluma son ordinateur et le posa devant Holly.

— Tu devrais regarder si tu as des mails.

— Alice ne va plus chercher à me joindre, désormais…

— Elle non, mais ce n'est pas impossible que la police le fasse. Alice leur a certainement transmis ton adresse et il se pourrait qu'ils te proposent une solution pour que tu puisses t'en aller.

— Ils perdraient leur temps, répliqua-t-elle en le regardant droit dans les yeux.

— J'ai parlé à Amy, lui apprit-il.

Cette nouvelle la prit de court. Même si elle savait que son temps avec Sharif et Ben était compté, elle n'avait pas envie d'en voir la fin.

— C'est à elle que tu parlais au téléphone tout à l'heure ? J'ai cru que c'était Zahad.

— Elle arrive à Los Angeles ce matin. Elle était contrariée que j'aie contacté un avocat avant son arrivée, mais elle se plie à ma décision. Elle repartira avec Ben dès que possible.

Il avait les traits tirés et s'exprimait d'un ton ferme et distant. Elle avait espéré que ce qui s'était passé la nuit précédente les rapprocherait encore, mais c'était l'inverse qui se produisait.

— Il faut que quelqu'un lui parle de ce que Ben aime, de la façon dont il apprécie être tenu. J'aimerais la rencontrer pour être sûre que…

— Elle a deux enfants, la coupa-t-il. Vérifie tes messages, Holly.

Elle s'exécuta à contrecœur.

Elle avait reçu un message de Trevor.

Alice m'a dit que selon toi le cheikh Al-Khalil ne te ferait pas de mal, mais tu n'en es pas moins en danger et, pour moi, c'est tout ce qui compte. Je ne veux pas te perdre comme nous avons déjà perdu Jasmine. Je me suis arrangé pour être au bureau d'Edward Hoolihan cet après-midi à 14 heures. C'est un endroit neutre. Tu peux venir seule ou accompagnée du cheikh et de son bras droit s'ils veulent lui parler. La police ne sera pas avertie. En tant qu'avocat, Edward pourra faire valoir la clause de confidentialité avec ses clients. Holly, je t'en supplie, reviens. Plus que jamais, je veux me marier avec toi. Personne ne t'aime davantage que moi.

Holly avait les larmes aux yeux. Les mots se brouillaient. Derrière elle, Sharif termina la lecture du message.

— Tu as choisi un homme bien, dit-il.

— Ce n'est plus avec lui que je désire être.

— Tu dois rester fidèle à ta promesse et retourner auprès de lui.

— Non !

Sharif lui posa la main sur l'épaule.

— Écoute, Holly, crois-tu sincèrement que nous pourrions vivre ensemble ? Non, c'est irréaliste.

— Tu te trompes ! rétorqua-t-elle en se levant pour lui faire face. Hier soir…

— Tu es magnifique, Holly. Après neuf ans d'abstinence, comment aurais-je pu te résister ?

— Entre nous, il n'y a pas que de l'attirance physique, tu le sais très bien.

— J'avoue que j'ai beaucoup d'admiration pour toi. Tu es très courageuse. Yona t'aurait appréciée. Mais nous venons de deux cultures différentes, et nous n'y pouvons rien.

Le cœur de Holly se serra.

— Nous ne sommes plus au XIXe siècle. Nous trouverons un moyen de…

— Non, Holly. Je t'ai promis d'élucider la mort de ta sœur, et j'ai échoué. Dès qu'Amy sera repartie avec Ben, Zahad et moi chercherons un moyen de quitter le pays à notre tour.

— Alors je te rejoindrai.

Elle n'avait pas prévu de dire cela. C'était un cri du cœur. Sharif eut du mal à cacher son émotion.

— Je ne te demande pas de me rejoindre, Holly. Ne comprends-tu pas ? Je t'en prie, ne me force pas à être cruel.

— Tu ne veux pas que je te rejoigne ? Ce qui s'est passé entre nous ne compte pas ?

— C'étaient des moments merveilleux, Holly, mais il faut en rester là. Continuer notre relation ne serait pas approprié.

Approprié ? C'est tout ce qu'il avait trouvé ?

Ses paroles la déchirèrent, et ce qu'elle lut dans son regard était encore plus terrible.

C'était de la pitié.

12

Holly avait le cœur tellement gros que, pendant quelques secondes, elle n'écouta pas ce que disait Sharif, qui employait toute son éloquence à la convaincre qu'elle serait plus en sécurité loin de lui.

— Quand tu seras de retour auprès de tes proches, tu n'auras plus à te cacher de la police ni à craindre qu'on te tire dessus.

— Mais si je ne suis pas une cible, comment expliques-tu que cet homme ait tenté de s'emparer de moi, hier ?

— Parce que tu as rencontré Manuel Estrellas. Mener cette enquête nous-mêmes a été une erreur. Nous n'avons fait que mettre notre vie et celle d'autres gens en danger.

Tandis qu'il parlait, il n'osait plus la regarder. S'il tentait de dissimuler ses émotions, ce n'était qu'une maigre consolation.

Elle allait perdre l'enfant auquel elle s'était tant attachée ainsi que l'homme qui, en l'espace de quelques jours, avait conquis son cœur. Elle était accablée.

Seul son orgueil lui permit de ne pas craquer et d'affronter la situation avec dignité. Elle devait mettre de côté ses sentiments et se montrer purement pratique.

— Je veux confier Ben à ta cousine en personne. Ce bébé est tout ce qu'il reste de ma sœur. Tu ne m'empêcheras quand même pas de rencontrer celle qui va t'aider à l'élever ?

Il lui jeta un regard méfiant.

— Seulement si nous parvenons à arranger un rendez-vous avant 14 heures.

— Je comprends. Tu penses qu'Amy serait d'accord pour nous retrouver au bureau d'Edward Hoolihan ?

— Je vais demander son avis à Zahad. De toute façon, je dois le tenir au courant des derniers événements, dit-il en s'asseyant devant son ordinateur.

— Comme tu veux.

Elle tourna les talons et alla voir le bébé. Elle devait le préparer pour leur dernière journée ensemble.

Finalement, ça ne s'était pas trop mal passé, songea Sharif. Holly avait accepté de mettre fin à leur relation sans fondre en larmes.

Cependant, lui parler fermement et la voir lutter pour cacher sa peine avait été une véritable épreuve.

Dans son mail, il fit part à son cousin de l'offre de Trevor et de son projet de laisser partir Holly. Zahad ne mit pas longtemps à répondre :

Ne propose surtout pas à Amy de te rencontrer au bureau de cet avocat ! Si c'est un piège, ton fils et elle ne pourront plus partir.

Zahad avait raison. Sharif ne pensait pas que Trevor ait l'intention de leur tendre un piège, mais il n'était pas impossible qu'il prenne peur et décide d'alerter la police. Il envoya un nouveau message :

Nous retrouverons Amy ailleurs avant 14 heures. Ce serait bien que tu te charges de faire un tour du côté de l'immeuble qui abrite les bureaux de Hoolihan afin de vérifier qu'il n'est pas sous surveillance.

De nouveau, Zahad répondit très vite :

Évidemment, je le ferai. Mais, si tu veux le fond de ma pensée, je doute que Holly laisse Amy partir avec Ben sans s'y opposer.

Sharif jeta un regard vers Holly, assise dans un fauteuil avec l'enfant dans les bras. Ce serait difficile, bien sûr, mais Holly était forte. Il répondit :

J'ai toute confiance en elle.

Zahad n'insista pas et changea de sujet :

Si tu le souhaites, nous pouvons quitter le pays dès ce soir. Je sais comment procéder.

Devaient-ils se rendre aux autorités, comme l'avait suggéré l'avocat ? Non, la situation à Alqedar était trop grave. Ils devaient rentrer chez eux au plus vite.

Très bien, je te laisse carte blanche.

Quitter les États-Unis serait certainement périlleux, mais ils devaient à leur peuple de courir ce risque. Leurs soucis avec les autorités américaines pouvaient attendre.

Holly habillait Ben à présent. Il lui expliqua qu'ils ne rencontreraient pas Amy au bureau de Hoolihan.

— Dans ce cas, suggéra-t-elle, nous devrions lui donner rendez-vous dans un centre commercial. Plus il y aura de monde, mieux ce sera.

— Je ne suis pas certain que se retrouver au milieu d'une foule dissuade le tueur. Nous en avons eu la preuve hier.

— Oui, mais il faudra d'abord qu'il nous localise. Il a pu piéger la voiture de Manuel parce qu'elle était garée sur un parking mais, nous, nous resterons en mouvement.

Il n'avait pas de meilleure solution à proposer.

— Tu penses à un endroit en particulier ?

Holly lui décrivit un centre commercial situé à quelques kilomètres du bureau d'Edward Hoolihan.

— Tu crois que le tueur pourrait être au courant de l'arrivée d'Amy et la suivre ? ajouta-t-elle.

— Je n'ai plus de certitudes mais ma cousine a certainement pris le soin de faire plusieurs réservations dans différents aéroports afin de brouiller les pistes.

— À t'entendre, Amy est une sacrée fine mouche. J'aimerais vraiment avoir le temps de mieux la connaître.

Amy et Holly s'apprécieraient sans doute. Et il aurait

vraiment été heureux d'avoir en permanence à ses côtés une femme comme Holly…

Il se prit à espérer qu'un jour, quand la situation à Alqedar aurait été stabilisée et qu'il serait parvenu à prouver son innocence, il pourrait revenir pour elle. Mais comment pouvait-il nourrir un tel espoir ? Quand Holly aurait retrouvé l'homme auquel il l'avait arrachée, elle reprendrait une vie normale. Une vie qu'il n'aurait pas le droit de venir bousculer une seconde fois. Non, même si ça le déchirait, il devait se préparer à lui dire adieu pour de bon.

Tandis qu'ils pénétraient sur le parking du centre commercial, Holly regardait partout. Amy était-elle déjà là ?

— Comment est ta cousine ?

— Elle est un peu plus petite que toi. Elle a des cheveux noirs, mi-longs.

— Et comment s'habille-t-elle ?

— Généralement, en voyage, elle porte un tailleur strict. Ici, ça ne devrait pas être trop difficile de la repérer.

La plupart des gens qui entraient et sortaient du centre commercial, en effet, étaient majoritairement vêtus de manière décontractée.

La pendule de la voiture indiquait qu'il n'était pas tout à fait 13 heures. Amy était censée prendre un taxi à l'aéroport pour se rendre directement à leur point de rendez-vous.

À moins d'un contretemps, elle avait atterri peu après 11 heures et, à cette heure-là, la route de l'aéroport n'était d'ordinaire pas très encombrée. Alors où était-elle ? Holly continuait à fureter de tous côtés.

À vitesse réduite, Sharif faisait méthodiquement le tour du parking, allée par allée. Jusque-là, ils n'avaient pas croisé de véhicule de sécurité.

— Elle a peut-être eu du mal à trouver un taxi, dit Sharif qui, s'il était nerveux, le dissimulait extrêmement bien.

— Ou alors elle a décidé de faire quelques courses, plaisanta Holly pour détendre l'atmosphère.

— Après tout, elle ne serait pas la seule. Il y a vraiment

du monde pour un jour de semaine. Peut-être devrions-nous construire un endroit comme celui-ci à Alqedar…

— Un centre commercial ? Pourquoi ?

— Eh bien, les gens fortunés de notre pays dépensent leur argent à l'étranger, alors… Un projet de centre commercial a été à l'étude dans notre capitale, mais les petits commerçants se sont ligués pour s'y opposer, de crainte de perdre leurs clients.

— Il y a du pour et du contre. Les grandes enseignes attirent les gens mais, à l'intérieur, il y a aussi des boutiques indépendantes.

— Nous devrions y réfléchir.

Ils passaient pour la seconde fois devant l'entrée et il n'y avait toujours aucune trace d'Amy.

Il était presque 13 h 15 et Holly n'avait plus la patience de bavarder pour passer le temps.

— Combien de temps allons-nous continuer à tourner en rond ? Peut-être nous attend-elle au mauvais endroit.

— Contournons le centre commercial au cas où elle nous attendrait devant une porte latérale.

L'appréhension gagnait Holly. Et s'il était arrivé malheur à Amy ?

— La voilà ! s'écria alors Sharif avec soulagement.

Une femme de taille moyenne aux cheveux noirs, vêtue d'un long manteau en laine, faisait en effet les cent pas le long du trottoir, à l'angle du bâtiment.

Quand elle les repéra, elle leur fit signe de la main. Sharif se gara sur la place la plus proche.

— Ne bouge pas, dit-il en sortant de voiture tandis que sa cousine s'avançait vers eux d'un pas impatient.

— Où étiez-vous ? lança Amy. Je suis là depuis près d'un quart d'heure. Embrasse-moi, espèce de renégat. C'est comme cela que la presse t'appelle. Quand ce n'est pas pire.

Sharif eut un petit rire.

— Ça fait du bien de te voir, Amy.

Cette dernière se mit sur la pointe des pieds pour le serrer contre elle.

— Et où est mon neveu ? demanda-t-elle. J'ai du mal à croire qu'il ait pu survivre à tes soins !

Sharif se retourna vers Holly pour lui faire signe qu'il n'y avait pas de danger. Elle détacha les sangles du siège de Ben, mais ses mains tremblaient tant qu'elle dut s'y reprendre à deux fois. Enfin, elle prit le bébé dans ses bras et ouvrit sa portière.

— Alors c'est vous, la tante de ce petit ange... Comment avez-vous réussi à supporter mon affreux cousin ?

— Eh bien, ça... ça n'a pas été facile, répondit Holly qui s'efforça d'avoir le ton le plus léger possible, afin d'être au diapason d'Amy.

— Laissez-moi prendre ce petit trésor dans mes bras, vous voulez bien ? Oh ! je suis tellement, tellement émue... J'adorerais avoir un autre enfant à moi mais mon mari n'est pas d'accord. Harry dit que nous devons nous consacrer au développement de Bahrim. Finalement, le temps où nous, les femmes, étions cantonnées aux tâches domestiques avait peut-être du bon.

Son ton laissait deviner qu'en vérité, elle n'en pensait rien. Holly trouva Amy immédiatement sympathique et la laissa prendre Ben sans hésiter.

— Je sais que ce n'est pas facile de faire confiance à quelqu'un qu'on ne connaît pas, surtout quand il s'agit d'un enfant, mais je vous promets qu'il ne manquera jamais de rien. Et surtout pas d'amour.

Malgré ces paroles bienveillantes, Holly éprouva une sensation de vide. Quand Ben serait grand, il n'aurait aucun souvenir des quelques semaines passées en sa compagnie. Mais elle, elle ne l'oublierait jamais.

— Où est ton taxi ? demanda Sharif à Amy. As-tu demandé au chauffeur de t'attendre ?

— Oui, mais à une autre porte. Je ne voulais pas risquer d'attirer l'attention.

Il acquiesça.

— Nous allons te raccompagner pour...

— Sharif, regarde ! le coupa Amy, qui fixait des yeux le parking.

Holly se retourna. Un coupé aux vitres teintées fonçait dans leur direction.

— Baissez-vous ! cria Sharif.

Holly se jeta dans la voiture. Une seconde après, une balle siffla tout près de la portière.

À quatre pattes, Sharif entra dans la voiture par l'arrière et crapahuta pour rejoindre le siège conducteur. D'autres balles furent tirées.

— Où sont Amy et Ben ? fit Holly, le souffle court.

— Amy s'est faufilée entre deux voitures. Il faut que nous attirions les tireurs pour qu'elle puisse aller se mettre à l'abri dans le centre commercial.

Tête baissée, Sharif mit le contact et démarra brusquement en marche arrière, faisant crisser les pneus. Il repassa en marche avant et accéléra. Recroquevillée sur son siège, Holly agrippa le dossier à deux mains pour ne pas être ballottée dans tous les sens. Elle releva la tête et vit un engin qui tirait des Caddies venir couper l'allée.

— Attention ! s'exclama Sharif qui, sans ralentir, fit une embardée pour éviter les files de Caddies imbriqués.

Il s'en fallut de quelques centimètres. Leurs poursuivants n'eurent pas la même chance. Derrière eux retentit un fracas métallique. Sharif regarda dans son rétroviseur.

— La voiture est toujours derrière nous ? s'enquit Holly.

— Non, elle est coincée. Le conducteur est en train de s'enfuir à pied.

— Et Amy ? Faisons demi-tour et allons la chercher.

— Non, elle va couper par le centre commercial pour aller rejoindre son taxi et l'homme qui est sorti de la voiture a pris la fuite. Elle ne risque plus rien, Holly.

Elle faillit insister, dire qu'ils devaient aller chercher Ben, mais c'était inutile.

— Et le tireur était seul ? Qui était-ce ?

— Je n'en sais rien, je ne l'ai pas bien vu, et je n'ai aucune envie de te mettre en danger en me lançant à sa poursuite. Nous devons filer avant que la police ne…

Il ne termina pas sa phrase et fixa la route devant eux, l'air incrédule. Holly suivit son regard. Une moto doubla deux voitures puis tourna à droite. Zahad la conduisait, ça ne faisait aucun doute. Et, derrière lui, une main serrée autour de sa taille et pressant de l'autre un bébé contre elle, c'était Amy.

Avaient-ils perdu la tête pour prendre le risque de rouler à moto avec Ben ? Et qu'est-ce que Zahad faisait là, d'abord ? Elle avait entendu Sharif lui demander de surveiller les bureaux de Hoolihan.

— Tu savais que…

— Je ne lui ai même pas dit où nous devions rencontrer Amy.

Sharif prit la moto en chasse.

— Tu ne penses tout de même pas que ce tireur, Zahad et Amy sont…

— Je n'ai rien vu venir, comme un imbécile. Nous devons les rattraper. Je parie que, dès le début, leur but était de me voler mon fils.

La moto ne roulait pas très vite mais elle zigzaguait entre les voitures et Sharif ne pouvait pas faire de même. La poursuite était vaine. De dépit, il tapa sur le volant. Holly regarda la moto s'éloigner, abasourdie.

— Où crois-tu qu'ils emmènent Ben ?

— Je n'en ai aucune idée. Zahad m'a trompé, je me suis fait avoir.

— Peut-être nous trompons-nous totalement, dit Holly qui s'accrochait encore à l'espoir qu'elle n'avait pas remis Ben entre les mains de quelqu'un qui lui voulait du mal. Pourquoi leur complice nous aurait-il tiré dessus l'autre jour alors que Zahad était en voiture avec nous ?

— Pour brouiller les pistes, peut-être. Si c'est le cas, ça a marché.

Holly repensa aux moments où Zahad était venu au chalet. Jamais ils ne s'étaient méfié de lui et, s'il l'avait voulu, il aurait pu les éliminer. Avait-il craint de ternir sa réputation à Alqedar en ayant du sang sur les mains ?

Quoi qu'il en soit, elle n'oublierait jamais le moment où elle les avait vus, Amy et lui, s'éloigner à moto avec le bébé.

— Pourquoi font-ils cela ? murmura-t-elle.

— N'importe qui peut se laisser dévorer par l'ambition.

Sharif était devenu une statue de glace.

— Ils veulent prendre le pouvoir à Bahrim ? Ne m'as-tu pas dit qu'ils n'étaient pas issus de la même branche de ta famille ?

— Oui, ils ont toujours entretenu une sorte de rivalité...

Il déglutit.

— Tout porte à croire qu'ils ont décidé d'unir leurs forces. J'imagine qu'Amy y a vu un moyen de propulser son mari sur le devant de la scène.

— Et Zahad ?

— C'est le fils aîné d'un cheikh et, normalement, il aurait dû devenir le chef de sa tribu, mais son père a choisi de faire de son demi-frère son héritier.

— Donc, il s'est senti rejeté.

— Certainement pas par moi. Le pouvoir et l'argent ne m'intéressent pas. À mes yeux, seuls comptent mon fils et le bien-être de mon peuple.

— Pourquoi ai-je donné Ben à Amy ? Nous devons les retrouver avant qu'ils puissent lui faire du mal.

— *Je* dois les retrouver. Et j'y arriverai.

Sharif ralentit pour se garer le long du trottoir et Holly s'avisa qu'ils étaient devant l'immeuble d'Edward Hoolihan.

— Je ne peux pas te laisser maintenant.

— Il le faut.

Il se pencha pour ouvrir sa portière.

— Descends !

— Tu as besoin de moi. Tu ne connais pas la région et moi si !

— Non, j'ai besoin d'être libre de mes mouvements et, de toute façon, je n'aurais pas dû autant m'en remettre à d'autres. Par ailleurs, tu dois dire à la police que Ben a été enlevé.

— Mais ils vont me demander où nous nous cachions...

— Dis-leur tout.

Plus ils restaient là à discuter, plus ils risquaient de se faire remarquer. Et Holly savait qu'elle ne pourrait pas le faire changer d'avis. Il était déterminé.

— Très bien. Mais, quand tout sera terminé...

— C'est d'ores et déjà terminé pour toi. Épouse Trevor, laisse-le prendre soin de toi. Il s'y prendra certainement mieux que moi.

Son esprit chevaleresque, paradoxalement, lui était insupportable.

— Sharif, je t'en conjure, ne…

— À partir de maintenant, il n'y a plus rien entre nous.

Il la regarda droit dans les yeux, sans ciller.

— Tu dois l'accepter, à moins que tu ne souhaites être malheureuse le restant de tes jours.

Elle avait envie de le frapper, de le supplier de ne pas l'abandonner. Mais elle était impuissante. Elle n'avait que ses mots et l'élan de son cœur.

— Je ne peux pas t'obliger à tenir à moi. Mais moi, je t'aime, et tu n'y peux rien.

Sur cet aveu, elle descendit de voiture et se rua dans l'immeuble.

13

Sharif devait s'éclaircir les idées pour pouvoir réfléchir et élaborer une stratégie, sinon il allait exploser.

Il ne pouvait pas continuer à ressasser le fait qu'il avait dit à la femme qu'il aimait d'épouser un autre homme. Il devait se dire qu'au moins, elle serait en sécurité, que plus personne n'aurait d'intérêt à lui faire du mal.

Désormais, il lui fallait réfléchir à la félonie de ses cousins et en comprendre les mécanismes.

Qui avait été l'instigateur, Amy ou Zahad ? Ou bien Harry, qui paraissait pourtant toujours mesuré et discret ?

Il avait encore du mal à se convaincre de ce qui était en train de se passer. Il croyait connaître ces trois personnes aussi bien qu'il se connaissait lui-même… Comment avaient-ils pu le trahir ? Et où comptaient-ils emmener son fils ?

Quelqu'un, à Bahrim, pourrait-il le mettre sur une piste ?

Il pensa à sa tante Selima.

Bien sûr, c'était également la tante d'Amy, mais après avoir vu son frère mourir de la main d'un tyran et avoir vécu sous le joug de la dictature, elle n'aurait certainement aucune envie de cautionner une trahison.

Il repéra une cabine téléphonique sur le parking d'un centre médical et s'engagea sur ce dernier. Avant qu'il ait le temps de descendre de voiture, son portable sonna. Espérant que ce n'était pas Holly et que tout s'était bien passé pour elle, il décrocha sans même consulter l'écran de l'appareil.

— Oui ?

— Je sais ce que tu dois penser, mais ce n'est pas ce que tu crois.

C'était Zahad. Pris de court, Sharif resta silencieux.

— Amy m'a appelé et m'a parlé de ton projet de la rencontrer devant ce centre commercial. Tu le sais, je craignais que Holly ne soit pas d'accord pour lui remettre Ben, et j'étais donc sur place pour monter la garde.

— C'est toi qui as dit à Amy de ne pas nous attendre devant l'entrée principale, comme convenu ?

— Oui. Si ce rendez-vous avait été un piège, il fallait faire en sorte qu'il ne se déroule pas comme prévu.

— Mais *c'était* un piège, répliqua Sharif sur un ton glacial. Excepté nous deux, Amy et Holly, personne n'était au courant de ce rendez-vous. Et pourtant, un tireur était bel et bien là.

Zahad eut un soupir exaspéré.

— Oui, les apparences sont contre nous. J'ignore comment ce type nous a localisés. Amy n'en est pas certaine, mais, à l'aéroport, elle a eu l'impression d'être observée.

L'histoire de Zahad paraissait plausible, mais, cette fois, Sharif ne voulait pas se faire avoir.

En fond, il entendit les pleurs de Ben. Il ne pouvait pas abandonner son fils, même s'il redoutait de tomber dans un nouveau piège.

— Qu'est-ce que tu veux ?

— La même chose que toi. Si tu as toujours confiance en moi, retrouvons-nous et quittons le pays selon les dispositions que j'ai prises, sinon, repars de ton côté. Tout ce que je désire, c'est te prouver ma loyauté.

Sharif hésita un instant.

— Bien, retrouvons-nous à 16 h 30.

Cela lui laissait deux heures pour trouver un lieu approprié.

— Où ?

Il se souvint des panneaux routiers devant lesquels ils étaient passés en allant à Placentia rencontrer Griff, et cela lui donna une idée. Mais il ne voulait pas trop en dire pour le moment.

— Prends la voie rapide 57 et sors à Fullerton. Peu après 16 heures, je te rappellerai.

— Très bien.

Zahad ne faisait pas d'histoires, ce qui était plutôt bon signe. S'il avait eu une idée derrière la tête, il n'aurait peut-être pas apprécié de ne pas savoir où il devait se rendre.

D'un autre côté, peut-être avait-il de nombreux complices à sa disposition, à même de prendre rapidement position. En outre, il devait bien être conscient qu'une hésitation de sa part aurait paru suspecte.

Jouer à un jeu de stratégie avec un homme qui y était rompu n'était pas chose aisée.

Ayant raccroché, Sharif se rappela avoir eu l'intention d'appeler sa tante Selima.

Il composa son numéro.

Holly contempla le panneau dans le hall de l'immeuble. Les bureaux d'Edward Hoolihan étaient au second étage.

Elle se dirigea vers l'ascenseur. Des images lui passèrent devant les yeux : les visages de Sharif, de Ben, d'Amy, de Zahad.

Qu'avaient-ils fait à son bébé ?

La porte de l'ascenseur s'ouvrit brusquement et le bruit la fit sursauter.

Elle entra dans la cabine et agrippa la rampe pour ne pas flancher. Toute la tension accumulée et la brutalité de sa séparation avec Sharif s'abattaient sur elle.

Quand la porte se rouvrit, elle rassembla ses forces, lâcha la rampe et sortit. Elle ne voulait pas que Trevor la voie dans cet état. Il avait lui aussi subi assez de stress.

Elle avança du pas le plus décidé possible et poussa la porte devant elle.

Trevor était assis sur le canapé de la salle d'attente. Il se leva immédiatement.

— Dieu merci ! dit-il avec une expression d'immense soulagement.

Il s'avança et la prit dans ses bras. Elle ne put se retenir de fondre en larmes.

— Ils sont partis, dit-elle, incapable d'être plus explicite.

— T'ont-ils fait du mal ?

— Non, je… je vais bien.

— Je te jure que je vais retrouver ces types et le leur faire payer.

— Non, non ! Ce… ce n'est pas la faute de Sharif.

Trevor n'insista pas, mais il semblait considérer qu'elle n'était pas en état de raisonner de manière lucide.

— Mademoiselle Rivers, je suis Edward Hoolihan, déclara alors un homme qui s'était approché d'eux.

Il avait les tempes grisonnantes et une expression grave.

— Je ne peux pas vous représenter moi-même puisque j'ai accepté de défendre le cheikh Al-Khalil, mais je peux vous conseiller un de mes collègues. Vous aurez besoin d'être assistée lorsque la police vous interrogera.

— Merci, fit Trevor, mais ce n'est pas le moment. Regarde-la. Elle n'est pas en état d'être interrogée.

— Non, ça va, protesta Holly. Je veux leur parler… Je veux qu'ils sachent que…

Elle ne parvint pas à terminer sa phrase.

— Tu vois que j'ai raison, reprit Trevor à l'intention de son collègue. Je sais que c'est important de retrouver le meurtrier de Jasmine, mais il faut laisser un peu de temps à Holly.

— Très bien, dit Hoolihan, mais ne tarde pas à contacter la police pour les avertir de son retour.

— Promis, je n'y manquerai pas. Merci d'avoir donné ton accord pour que nous nous retrouvions ici. En ce moment, les flics ont la mauvaise habitude de faire irruption dans mon bureau sans prévenir.

Trevor la poussa doucement vers la sortie.

— Allons-y, ma chérie. Tu es sûre que tu ne veux pas voir un médecin ?

— Non, j'ai seulement besoin de me reposer et de manger un peu, peut-être.

— Bien sûr. Nous nous restaurerons à la maison.

Ils quittèrent l'immeuble. Comme Trevor lui ouvrait sa portière, Holly songea que par « à la maison », il voulait dire chez lui. Inconsciemment, elle s'était préparée à rentrer chez elle. Or, en acceptant d'épouser Trevor, elle s'était engagée à partager sa vaste maison. Du moins du point de vue de Trevor.

Mais elle n'était plus la même Holly Rivers que quelques jours auparavant. Ses projets de mariage lui paraissaient à des années-lumière. Comment parviendrait-elle à reprendre le cours de son ancienne vie après ce qu'elle avait vécu ?

— Tiens, Alice m'a donné cela pour toi, dit Trevor en sortant une petite enveloppe pliée de sa poche. Elle m'a dit que ça te ferait du bien.

Holly ouvrit l'enveloppe. Elle contenait deux gélules jaunes.

— Qu'est-ce que c'est ?

— Un sédatif léger, répondit Trevor en prenant une petite bouteille d'eau posée sur la banquette arrière. Ça permet de se détendre quand on a vécu des moments difficiles.

Holly hésita ; elle n'avait aucune envie d'avoir l'esprit embrumé. Cependant le contrecoup des derniers jours était terrible et si elle n'arrivait pas à se reposer et à se détendre, elle serait incapable de répondre aux questions de la police.

— Combien de temps les effets mettront-ils à se dissiper ?

— Moins de deux heures, toujours selon Alice, dit Trevor en lui tendant la bouteille d'eau. Quand nous aurons dîné et que tu te sentiras mieux, nous appellerons la police.

Alice n'était pas du genre à abuser des médicaments. Si elle avait suggéré à Trevor de lui donner ces sédatifs, c'était donc qu'ils étaient inoffensifs. Elle prit la bouteille d'eau et avala les deux gélules. Voilà, c'était fait.

Trevor mit le moteur en marche. À peine avaient-ils parcouru quelques mètres qu'elle se sentit déjà plus apaisée. Quelques minutes plus tard, elle eut la sensation de flotter et elle ferma les yeux. Le sommeil la gagnait.

Selima ne décrocha qu'à la dixième sonnerie. Dans la précipitation, Sharif avait oublié qu'avec le décalage horaire, c'était le milieu de la nuit à Bahrim.

Elle eut un grognement endormi avant de comprendre à qui elle parlait. Elle sortit alors aussitôt de sa torpeur :

— Dis-moi que tu es sur le point de rentrer avec ton fils !

— Si seulement…

Il lui résuma les événements de la journée.

— Oh ! non, ce n'est pas possible ! Il y a forcément un malentendu. Pas Zahad et Amy !

— Tu n'as surpris aucune rumeur à leur sujet, tu en es sûre ?

Sa tante avait toujours une oreille qui traînait.

— Non, rien du tout. En revanche, le président Dourad cherche à te joindre. Je ne lui ai pas donné ton numéro confidentiel quand tu te déplaces à l'étranger, comme c'est la règle, mais je ne sais pas si j'ai bien fait.

— Oui, tu as bien fait, répondit Sharif qui, dans le même temps, se demandait bien pourquoi le président d'Alqedar voulait le joindre discrètement dans de telles circonstances.

Il remercia sa tante pour l'information et chercha à la rassurer.

— Amy et Zahad ne feront pas de mal à cet enfant, déclara Selima. S'ils le faisaient, je les étranglerais de mes mains.

Sharif raccrocha puis composa le numéro du président Dourad, espérant qu'il ne serait pas contrarié d'être réveillé au beau milieu de la nuit.

Le cheikh Abdul Dourad ne tarda pas à prendre l'appel.

— De toute façon, je n'arrivais pas à dormir. J'espérais que vous me contacteriez, mon ami. J'ai des nouvelles importantes pour vous.

— Que se passe-t-il ?

— Hier, les services secrets ont arrêté un partisan de Maimun. Il travaillait comme steward chez Air Alqedar.

C'était la compagnie que Zahad et lui avaient empruntée pour venir aux États-Unis et certainement celle qu'Amy avait utilisée également.

— Alors on n'ignorait rien de nos faits et gestes.

— Absolument. Au départ, l'homme que nous avons arrêté ne s'est pas montré très bavard, mais quand il a appris que si, par malheur, quelqu'un mourait suite aux informations qu'il a transmises, il serait accusé de meurtre au premier degré, il a fini par se mettre à table et nous a révélé qu'il espionnait pour le compte de Yusuf Gozen, le frère de Maimun, qui a juré de vous faire payer sa mort.

Sharif réfléchit. Gozen n'avait rien en commun avec Zahad et Amy. Seule pouvait les rapprocher la volonté de le voir disparaître. Une alliance entre eux trois n'était donc pas totalement impossible.

— Savez-vous si Gozen bénéficie de la complicité de personnalités importantes de Bahrim ? s'enquit-il.

— Je n'ai rien entendu de tel, pourquoi ?

Sharif décida de se confier au président Dourad. Ils avaient combattu ensemble pour libérer Alqedar et c'était un homme d'honneur.

Il lui relata les événements du centre commercial.

— Je ne sais rien d'une éventuelle conspiration menée par Zahad Adran et Amy Haroun, dit le président Dourad quand il eut terminé ; cependant, nous savons tous deux qu'un homme dépossédé de ce qui lui revient de droit, comme Zahad, peut être tenté de récupérer par d'autres moyens ce dont on l'a privé.

— Personnellement, c'est avant tout le sort de mon fils qui me préoccupe, repartit Sharif. J'ai donc accepté de rencontrer mes cousins.

Du coin de l'œil, il vit une voiture de patrouille de la police locale approcher du parking sur lequel il était garé.

— Soyez très prudent mon ami, nous avons besoin de votre loyauté et de votre sagesse ici à Alqedar. D'autant qu'en ce moment nous sommes assis sur un baril de poudre.

Sharif repensa à ce qui s'était passé la veille. Le président n'aurait pas pu mieux choisir son image.

— Ne vous inquiétez pas, je n'ai aucune intention de me jeter inconsidérément dans la gueule du loup.

Tandis qu'ils échangeaient encore quelques paroles, Sharif suivait des yeux la voiture de police. Le policier sur le siège passager le dévisagea comme il passait à sa hauteur puis fit de grands signes au conducteur.

Il venait d'être reconnu.

*
**

Holly ouvrit les yeux avec difficulté. Désorientée, elle regarda autour d'elle. Que faisaient-ils garés le long d'un trottoir, au milieu des gratte-ciel ?

— Tu es réveillée ? lui dit alors Trevor.

— Où sommes-nous ?

— Eh bien, en route, j'ai réfléchi, répondit-il en se tournant pour prendre sa mallette sur la banquette arrière. Devine ce que j'ai là, ajouta-t-il.

Elle n'en avait aucune idée.

— Tu te souviens du contrat de mariage que nous avions fait rédiger ? reprit-il en sortant le document de la mallette. Eh bien, je veux que tu sois ma femme sans attendre. Ça m'a fait trop mal de te voir disparaître l'autre jour.

Si Holly n'avait pas l'esprit très clair, elle se souvenait des derniers mots de Sharif : en épousant Trevor, elle serait en sécurité, il prendrait soin d'elle. Mais elle ne voulait plus se marier avec lui. Elle n'était pas amoureuse de lui.

Trevor rangea les papiers dans sa poche de veste avant de sortir de voiture et de faire le tour pour lui ouvrir sa portière.

— Tu peux marcher ? Tu m'as l'air encore endormie.

— Je… je n'en suis pas certaine…

Trevor passa un bras autour de sa taille et l'aida à se mettre debout. Quand il referma la portière et l'incita à avancer, elle voulut protester mais n'en trouva pas la force. Elle devait faire tellement d'efforts pour ne pas chanceler qu'elle n'avait plus d'énergie pour le reste, au point qu'elle ne savait même plus ce qu'elle voulait lui dire.

— J'ai conscience d'agir comme un égoïste, déclara Trevor, mais ces derniers jours ont été tellement éprouvants que je ne veux plus revivre une telle expérience.

— Je suis désolée, répondit-elle faiblement.

C'était le fond de culpabilité qu'elle éprouvait qui s'exprimait. Car elle aurait pu revenir plus tôt.

— Nous avons encore un peu de temps avant la fermeture des bureaux de l'état civil. Après tout, nous ignorons quand l'église sera de nouveau disponible, et puisque tu n'as plus ta robe de mariée… Nous organiserons une réception à la maison avec nos amis dans quelques jours et ce sera aussi bien.

— Tu… tu veux te marier maintenant ?

— Ce qui s'est passé ces derniers jours n'a rien changé à ce que j'éprouve pour toi. Au contraire. Plus que jamais, tu vas avoir besoin de soutien, et je veux être là pour toi, comme je l'ai toujours fait.

C'était la vérité. Elle avait toujours pu compter sur son soutien, et elle lui était redevable.

Cependant, au fond d'elle, elle voulait toujours dire non. Sans être capable de le formuler clairement.

14

Sharif vit la voiture de police ralentir, entrer sur le parking et venir vers lui. Il fit mine de chercher dans la boîte à gants, comme s'il n'avait pas vu les policiers, et, quand la voiture fut presque à sa hauteur, il se redressa vivement, serra le volant et enfonça la pédale d'accélérateur. Il laissa de la gomme sur l'asphalte mais démarra au quart de tour. Surpris, le policier au volant fit une maladroite marche arrière et, quand sa voiture se retrouva dans le bons sens, s'engagea sur la route sans prêter attention à la circulation. Un Klaxon retentit en même temps qu'un crissement de pneus, suivi d'un bruit de tôle froissée. Dans son rétroviseur, Sharif vit que la voiture de police avait coupé la route à une camionnette qui n'avait pas pu s'arrêter à temps. La collision n'avait pas été violente, mais les deux véhicules n'étaient plus en état de rouler.

Une fois de plus, il s'en était sorti. Certes, les policiers avaient sans doute déjà donné l'alerte et transmis sa plaque d'immatriculation par radio, mais il avait l'intention de se débarrasser de sa voiture au plus vite.

— Il va nous tuer, dit Amy. C'est de la folie de l'avoir appelé. Nous aurions dû repartir pour Alqedar sans tarder.

— Je dois le voir, rétorqua Zahad. Je ne supporte pas qu'un travail ne soit fait qu'à moitié.

Sans qu'on leur demande de papiers d'identité ou un quelconque document prouvant que la moto était bien à eux, ils avaient troqué cette dernière contre un vieille auto, chez un vendeur d'occasions. Il n'y avait guère qu'aux États-Unis qu'on pouvait faire aussi rapidement pareille transaction.

— Ce n'est pas un problème de travail à moitié fait. Rien ne nous empêche de lever les malentendus plus tard, quand tout le monde aura recouvré son sang-froid.

Zahad n'eut pas le temps de répondre car son téléphone sonna.

— Oui ?

— Sais-tu comment rejoindre le campus de l'université de Californie ? demanda Sharif de but en blanc.

— Il me semble que nous n'en sommes pas très loin. Nous sommes sur Chapman Avenue, à Fullerton.

— Prends en direction du nord sur College Boulevard, puis tourne à droite sur Dorothy Lane et ensuite à gauche. Gare-toi devant le gymnase et rappelle-moi quand tu y seras, dit Sharif d'un ton froid et autoritaire.

— Entendu.

— Eh bien ? fit Amy quand il eut raccroché.

— Nous partons en balade, répondit Zahad en démarrant.

Sharif laissa sa voiture sur le parking visiteurs, à quelques centaines de mètres du gymnase. À cette heure-là, il n'y avait pas grand-monde dans cette partie du campus, même s'il entendait, étouffé, le bruit caractéristique d'un échange de tennis, en provenance des courts situés de l'autre côté du parking. Une grande esplanade le séparait du gymnase où il avait donné rendez-vous à Zahad. Il avait déniché un endroit d'où il disposait d'un bon point de vue sans être à découvert.

Il avait déjà fait deux fois le tour du campus pour s'assurer qu'il n'était pas suivi, puis il avait cherché une zone calme et isolée. Si par malheur il y avait un échange de coups de feu, il ne fallait surtout pas que des passants soient touchés.

Il sortit son portable et attendit l'appel de Zahad. Une petite brise se leva, chargée d'un parfum de fleurs. Un parfum qui le fit penser à celui de Holly.

Il avait été à la fois bouleversé et impressionné quand elle l'avait fixé de son regard malheureux tout en lui déclarant son amour avant de sortir de voiture, alors qu'il venait de lui tenir des propos très durs.

Il mourait d'envie de la rappeler et de lui avouer que tout ce qu'il lui avait dit était un tissu de mensonges.

Jamais il n'oublierait le sentiment d'accomplissement qu'il avait éprouvé quand il l'avait tenue dans ses bras. À son insu, le vide qu'il ressentait depuis la mort de Yona avait été comblé par un sentiment nouveau et extrêmement fort.

Soudain, une voiture blanche s'arrêta devant le gymnase. Quelques secondes après, son téléphone vibra. Il prit l'appel.

— Tu es devant le gymnase ?

— Affirmatif, répondit Zahad.

— Ben et Amy sont avec toi ?

— Oui.

Sharif sentit son pouls s'emballer. De son comportement dans les prochaines minutes risquait de dépendre sa survie, mais surtout celle de son fils.

— Sortez tous trois de voiture. Vous allez marcher un peu.

Amy mettait un temps fou pour préparer Ben et Zahad bouillait d'impatience.

— Dépêche-toi, sinon Sharif va croire que nous nous préparons à lui tendre un piège !

Amy avait raison sur au moins un point. S'il pensait que cela pouvait sauver la vie de son fils, Sharif n'hésiterait pas à les tuer.

Leur position était très délicate : Sharif savait où ils étaient, mais eux ignoraient où il se trouvait exactement.

Ils avaient pour instruction de prendre à gauche et de faire le tour du gymnase. Ils se retrouveraient sur une grande esplanade et seraient totalement à découvert. Où Sharif les attendait-il ? Quel était son état d'esprit ?

Enfin, Amy prit le bébé dans ses bras, descendit de voiture et avança sans se presser. Elle avait vraiment le don de l'exaspérer.

Toutefois, s'ils voulaient en réchapper, ils avaient plutôt

intérêt à s'entendre. Il reprit donc son calme. Où pouvait bien se cacher Sharif ?

— Nous devons traverser l'esplanade, dit-il. J'espère que tu as mis ton gilet pare-balles, ajouta-t-il par dérision.

— Tu ne crois pas si bien dire, répondit Amy. Je porte bel et bien un gilet pare-balles.

— Tu plaisantes ? fit Zahad, incrédule.

— Pas du tout. Je l'ai passé dans les toilettes de l'aéroport. Il est lourd et il me tient chaud. Tu as de la chance qu'on ne soit pas en plein été sinon je t'aurais déjà étranglé.

— Tu as une arme aussi ?

Là encore, il blaguait.

— Oui, j'en ai une. J'ai eu chaud en passant au détecteur de métaux… Ne me demande pas de détails.

De toute évidence, Zahad avait sous-estimé Amy. Il espéra qu'il n'allait pas le regretter.

Ils mettaient beaucoup trop longtemps. Sharif hésita à sortir de sa cachette pour s'assurer que Zahad et Amy ne s'étaient pas séparés pour le prendre par surprise. Mais, s'il quittait l'abri du transformateur derrière lequel il s'était réfugié, il ferait une cible facile.

Il s'efforça de rester calme.

Un bruit de pas qui se rapprochaient résonna alors. Il y avait deux personnes, dont une portait des chaussures à talons. Il assura sa prise sur son revolver.

— Est-ce là que nous sommes censés attendre ? entendit-il Amy demander.

— Il ne me l'a pas précisé. Je crois qu'il veut que nous continuions à marcher.

— Tu aurais dû insister. Au cas où ça t'aurait échappé, je ne suis pas chaussée pour faire de la randonnée !

Le ton de sa cousine rappela tellement à Sharif la jeune fille avec laquelle il avait grandi qu'il manqua sortir à découvert pour l'accueillir.

Il aimait Amy et il aimait Zahad. Il aurait donné sa vie

pour eux. Il souhaita de tout cœur obtenir la certitude qu'ils étaient innocents.

— Arrête de jacasser, je n'entends rien du tout ! râla Zahad. Si ça se trouve, en ce moment même, Sharif a une arme braquée sur nous.

— Ne dis pas n'importe quoi. Pour nous viser, il faudrait qu'il soit à découvert, rétorqua Amy tout en contournant le transformateur. Il est là, lança-t-elle à Zahad. Tu n'avais pas vu le bout de sa chaussure dépasser ? Vous les hommes, vous êtes tellement sûrs de vous que vous négligez les détails les plus élémentaires !

Sharif fut tellement décontenancé par l'apparition de sa cousine avec Ben dans ses bras qu'il resta un moment interdit.

— Comment va-t-il ? demanda-t-il enfin en désignant le bébé du regard.

— Oh ! il est en pleine forme, puisque Amy veillait sur lui, intervint Zahad. Elle a passé dix minutes à l'enrouler dans ses vêtements pour qu'il ne prenne pas froid. Si elle avait pu, elle lui aurait même changé sa couche. C'est pour ça que nous avons été aussi longs !

Sharif ne put réprimer un sourire. Si ces deux-là étaient des traîtres, c'étaient également des acteurs remarquables.

Peut-être était-il stupide, mais son instinct lui dit qu'il n'avait rien à craindre d'eux. En soupirant, il abaissa son arme.

C'est alors qu'il s'avisa qu'une camionnette de livraison venait vers eux. Il flaira immédiatement le danger et tira Amy et Ben à couvert. La camionnette accéléra et des tirs retentirent. Les balles ricochèrent sur le transformateur.

Sharif brandit de nouveau son revolver, fou de rage. Ses cousins l'avaient-ils bel et bien piégé ?

— Reste à couvert ! s'exclama Zahad en se précipitant devant lui.

Une balle frappa Zahad à l'épaule. S'il ne s'était pas jeté devant lui, Sharif aurait été touché. Il se pencha et répliqua aux coups de feu. La camionnette fit demi-tour.

— Reviens ! cria Amy qui avait déposé Ben au sol à l'abri des coups de feu et tenait une arme.

— Non, je refuse de le laisser filer ! dit Sharif alors que la camionnette redémarrait.

— D'accord, alors je vais l'arrêter, répliqua Amy qui ajusta son arme et qui, en deux tirs d'une précision redoutable, fit éclater les pneus de la camionnette.

Le véhicule parcourut quelques mètres puis s'immobilisa avec une secousse.

Sharif fit feu plusieurs fois. Le conducteur ouvrit sa portière, roula au sol et lâcha son arme.

Sharif n'avait jamais vu Yusuf Gozen en personne, mais il savait à quoi il ressemblait et il l'identifia sur-le-champ.

Gozen avait été touché, mais il n'était pas mort.

Sharif ignora l'avertissement de Zahad, avança vers Gozen et écarta son revolver d'un coup de pied. D'une voix faible, Yusuf l'insulta. Même s'il vivait ses derniers instants, sa haine pour lui était toujours aussi grande.

— Pourquoi ? lui demanda Sharif en se penchant sur lui. Pourquoi avoir tué Jasmine Rivers, Noreen Wheaton et Manuel Estrellas ? Pourquoi avoir tenté d'enlever Holly ?

Gozen eut une quinte de toux.

— Je ne connais pas ces gens.

Sharif ne le crut pas.

— Tu voulais tuer mon fils.

— Un bébé ? Je m'en fiche, répondit-il avec mépris avant d'être pris d'un nouveau spasme.

Yusuf n'en avait plus pour longtemps, mais Sharif ne pouvait pas se permettre d'éprouver de la pitié pour lui. Zahad était blessé et il avait besoin d'éléments tangibles pour prouver son innocence.

— Comment m'as-tu retrouvé ?

— Avec un peu de chance et grâce à un peu de technologie, dit Yusuf avec un rictus. Demandez à Mme Haroun de regarder dans son sac.

Il voulut prendre une inspiration mais n'en eut pas la force.

— Yusuf ?

Sharif lui posa deux doigts sur le cou, à la recherche d'un pouls. Mais il avait rendu l'âme.

Il se retourna. Zahad était assis par terre et Amy tenait une compresse de fortune contre son épaule blessée.

— Il est mort ? s'enquit Zahad.

— Oui. Comment te sens-tu ?

— Ça va, ne t'en fais. C'était qui, ce type ?

— Yusuf Gozen, le frère de Maimun.

Amy laissa Sharif appliquer la compresse contre l'épaule de Zahad pour inspecter son sac. Elle tâta le fond et détacha un petit disque métallique de la doublure.

— Un mouchard, dit-elle. Comment a-t-on pu le glisser dans mon sac ?

— Gozen avait un complice qui travaillait comme steward chez Air Alqedar. Il a été arrêté hier.

Zahad interrogea Sharif du regard.

— Le président Dourad nous soutient. C'est lui qui m'a informé en personne.

— Formidable, dit Amy sur un ton ironique. Je suis certaine que vous aimeriez rester là à discuter de vos amis haut placés, mais je serais étonnée que personne n'ait entendu les coups de feu et la police risque d'arriver d'une minute à l'autre.

— Mais pourquoi fuir ? À présent que ce type est mort…

— Si Yusuf n'a effectivement pas tué les gens dont tu lui as parlé, un assassin dont nous ignorons les motivations court toujours. Et tu m'as dit que, l'autre jour, quelqu'un avait essayé d'enlever Holly, ajouta Amy en regardant Sharif droit dans les yeux.

— Holly est entre de bonnes mains, répondit-il. Elle est avec son fiancé et, à l'heure qu'il est, ils sont peut-être dans les locaux de la police.

— Sauf que la police ne connaît toujours pas l'identité du tueur et qu'il est déjà passé trois fois à l'acte.

Les paroles d'Amy le glacèrent.

— Mais, mon devoir, c'est…

— … de veiller sur ton peuple, qui est aussi le nôtre. Nous fais-tu suffisamment confiance pour prendre soin encore quelques heures de ton fils ?

Ses cousins avaient risqué leur vie pour lui. Il ne doutait plus de leur loyauté.

— Bien sûr. Mais il y a un autre problème.

— Qui est ?

— La police a identifié la voiture que je conduisais.

Amy fouilla dans la poche de Zahad et en sortit une clé.

— Prends la nôtre. Elle est garée devant le gymnase.

— Tu comptes vraiment voler au secours de cette femme ? intervint Zahad. Ce n'est pas ton combat, cousin. Laisse ses proches s'en charger.

— Zahad, comprends-moi. J'ai laissé Yona mourir seule. Je refuse de commettre la même erreur avec Holly.

— Sharif, insista Zahad, j'étais avec Selima au chevet de Yona dans ses derniers instants. Elle s'est endormie puis elle a sombré dans l'inconscience. Elle est partie en paix, je te l'ai dit cent fois, cesse de te torturer.

Sharif resta silencieux un instant. Puis il se leva.

— Merci à vous deux, dit-il avant de s'éloigner au pas de course, sans attendre de réponse.

Les mots de Zahad l'avaient touché, mais il ne pouvait pas avouer à son cousin tout ce que représentait Holly pour lui, même s'il avait été prêt à renoncer à elle. Et il ne partirait pas en sachant que quelqu'un qui pouvait lui vouloir du mal était encore en liberté. Il devait donc la retrouver et la sauver d'un ennemi dont il ignorait le nom.

15

Ce ne fut qu'une fois qu'il eut quitté le campus et qu'il fut au milieu du trafic en direction du centre-ville que Sharif, qui ne redoutait plus de se faire intercepter par la police, réfléchit à l'identité de l'homme qui avait tué trois personnes et avait également tenté de s'en prendre à Holly, et à ses raisons.

Les tentatives de Yusuf pour l'éliminer avaient brouillé les cartes. Désormais, il devait tout reconsidérer sous un autre angle.

Et surtout, il devait essayer de comprendre ce qui animait le tueur.

Les faits étaient ceux-ci : ayant remis Ben entre les mains de Holly, Jasmine s'était fait assassiner. Peu après la découverte de son corps, quelqu'un avait enlevé Noreen Wheaton et l'avait également éliminée. Pendant que Manuel Estrellas rencontrait Holly, on avait piégé sa voiture. Puis, un homme masqué avait essayé d'enlever Holly.

Quel pouvait être le lien entre ces faits ? La volonté d'éliminer des témoins gênants, détenteurs d'informations compromettantes au sujet de la clinique ?

Cette hypothèse faisait du Dr Lowrie le principal suspect. S'il avait détourné de l'argent à son profit, truqué ses rapports, alors il aurait eu un mobile pour éliminer Noreen et Manuel, ainsi que Jasmine s'il croyait qu'elle aussi avait découvert la vérité.

Sauf que le Dr Lowrie avait plus de soixante ans et présentait un embonpoint marqué. Il n'avait pas du tout la morphologie de l'homme qui avait tenté de s'emparer de

Holly au motel. Évidemment, il pouvait avoir eu recours à un homme de main.

Sharif jugeait cependant peu probable que le Dr Lowrie ait engagé un homme pour éliminer trois personnes et, chaque fois, dans des circonstances différentes. En outre, si Manuel avait découvert des malversations de sa part, il en aurait certainement parlé à la police.

Peut-être le tueur avait-il assassiné Jasmine et, dans un second temps, décidé de se débarrasser également de Noreen et Manuel de peur qu'ils devinent son identité. Toutefois, après la découverte du corps de Jasmine, il aurait été plus sage de faire profil bas que de prendre le risque de piéger une voiture et d'enlever Holly en plein jour.

Couvrir un premier forfait ne semblait pas être un mobile assez fort. Mais alors quel était le fin mot de l'histoire ?

Quoi qu'il en soit, il devait avertir Holly que le tueur était toujours en liberté et qu'elle risquait d'être sa prochaine cible. Elle devait demander à la police de la placer sous une constante surveillance.

Le trafic était très dense et il progressait très lentement. Et il ne savait même pas où se trouvait Holly.

Trevor l'avait certainement conduite à la police, qui aurait souhaité éclaircir son rôle exact dans les événements des jours précédents. Mais, comme elle avait elle-même été victime d'enlèvement, elle avait sans doute pu repartir libre, d'autant qu'en qualité d'avocat Trevor avait dû la conseiller.

Était-elle chez son fiancé ? Holly lui avait dit que sa maison était équipée d'un système d'alarme sophistiqué, mais serait-ce suffisant pour éviter toute intrusion ?

Une décharge d'adrénaline le parcourut. Il devait la retrouver, l'avertir, lui parler.

Toutes ces années, il avait tenu à distance son désir d'avoir une épouse et une famille à ses côtés. Holly avait fait voler en éclats les barrières qu'il avait érigées autour de ses émotions et de ses sentiments. Il était tombé sous le charme de son courage et de son intelligence autant que de sa sensualité. Il l'aimait et, même si elle était censée se marier avec Trevor, cela n'atténuait pas son besoin de la protéger, de la savoir en sécurité.

Comment la localiser ? Elle n'avait pas de portable sur elle, le numéro de Trevor était sur liste rouge. Peut-être pouvait-il contacter Edward Hoolihan, qui se chargerait de prévenir Trevor et Holly qu'ils étaient en danger.

Quand la circulation ralentit de nouveau et qu'il fut à l'arrêt complet, il appela Hoolihan. Après quatre sonneries, un message enregistré s'enclencha.

— Le bureau d'Edward Hoolihan est à présent fermé. En cas d'urgence, vous pouvez laisser un message à maître Hoolihan au…

Il composa le second numéro et laissa un message sur la boîte vocale demandant qu'on le rappelle au plus vite. Il demanda ensuite aux renseignements le numéro du bureau de Trevor Samuelson. Après l'avoir composé, il tomba, comme il s'y attendait, sur un autre répondeur, et laissa le même message qu'à Hoolihan.

Il garda son téléphone posé sur le tableau de bord, mais personne ne le rappela. Qui d'autre pouvait savoir où était Holly ?

Alice Frey. C'était sa patronne, mais avant tout son amie. Elle saurait comment la joindre. De plus, contrairement à un cabinet d'avocat, un salon de beauté ne fermait pas à 17 heures. Il avait une chance de lui parler directement.

Même si c'était risqué, il choisit de se rendre au salon d'Alice.

Tandis que Trevor et elle arrivaient chez lui, Holly avait du mal à croire que tout ce qu'elle vivait était bien réel.

— Je te prendrais bien dans mes bras pour franchir le seuil, ma chérie, déclara Trevor, mais il faut d'abord que je désactive l'alarme.

Elle ne répondit pas. Le sédatif lui faisait mal à l'estomac et Sharif lui manquait terriblement. Trevor et elle étaient-ils réellement mariés ? Elle avait signé les documents qu'on lui avait tendus dans le bureau de l'état civil sans véritablement comprendre ce qu'elle faisait, tant elle avait du mal à garder les yeux ouverts. Quelle valeur pouvait-elle accorder à ce mariage alors que son cœur appartenait à un homme qu'elle ne reverrait sans doute jamais ?

Trevor, lui, se comportait comme si rien n'avait eu lieu. Comment aurait-il pu deviner à quel point, en l'espace de quelques jours, ses sentiments avaient changé ?

Elle n'avait pas envie d'être sa femme. Mais elle n'avait pas été capable de le lui avouer.

Dans le bureau, elle avait lutté pour ne pas tomber de sa chaise et, par conséquent, chaque fois que Trevor lui avait demandé de dire quelque chose ou d'apposer sa signature en bas d'un document, elle s'était exécutée mécaniquement.

Luttant pour recouvrer ses esprits, elle entra dans la maison et partit d'un pas incertain vers la chambre.

— Ça va ? lui demanda Trevor. Tu n'as pas l'air en grande forme.

— J'aimerais m'allonger un moment.

— Ça irait peut-être mieux si tu commençais par manger un morceau.

— Oui, d'accord.

Elle tourna les talons et se dirigea vers la salle de bains pour se passer de l'eau sur le visage.

En fait, elle avait envie de se doucher et de dormir — elle ne savait pas très bien dans quel ordre. Elle ne voulait pas rester là. La maison de Trevor n'était pas la sienne, elle ne souhaitait pas y vivre. De nouveau, elle pensa à Sharif. Était-il en sécurité ? Le saurait-elle jamais ? Elle s'en voulut de ne pas être restée avec lui mais, quand il lui avait ordonné de s'en aller d'un ton ferme et implacable, elle avait eu tellement de chagrin… Un petit coup frappé à la porte l'arracha à ses pensées.

— Oui ?

— Ma chérie, si nous nous détendions dans le Jacuzzi après dîner ? Ça nous fera du bien à tous les deux.

Effectivement, un bain à remous l'aiderait à sortir de sa torpeur.

— Oui, d'accord.

— Très bien, alors mets ton maillot de bain, il est dans l'armoire.

— Nous ne mangeons pas avant ?

— Il y a une loi qui interdit de dîner en maillot de bain ?

— Non… bien sûr que non.

Évidemment, ce ne serait pas la première fois que Trevor la verrait en maillot de bain mais, ce soir, elle était réticente à paraître devant lui en tenue légère.

Pourtant, maintenant, c'était son mari.

Elle n'arrivait décidément pas à se faire à cette idée.

Elle se retourna laborieusement et chercha dans l'armoire. Elle y trouva son Bikini et un maillot de bain une pièce. Elle opta pour ce dernier sans hésiter.

Elle se déshabilla, le passa, enfila une paire de claquettes et prit également une grande serviette.

Quand elle ressortit, elle ne put s'empêcher de faire un détour par la chambre qu'ils avaient préparée pour Ben. La vue du berceau vide lui serra le cœur.

Elle resta de longues secondes appuyée contre le chambranle de la porte, au bord des larmes. Elle avait tout fait pour ne pas penser à lui, pour ne pas s'inquiéter, mais c'était trop dur.

Elle ne parviendrait pas à dîner et à se comporter comme si tout allait bien et qu'elle était une jeune mariée heureuse.

— Ma chérie, dit Trevor qui vint se poster derrière elle, tu es encore sous le choc, à ce que je vois. Viens, je vais t'aider.

Elle se laissa faire. Tôt ou tard, elle devrait lui parler franchement, mais ce qu'elle avait à lui dire ressemblait par trop à ce que Sharif lui avait dit, à elle, et infliger à Trevor ce dont elle souffrait elle-même la révulsait.

Sharif passa devant le Sunshine Lane Salon, qui était encore éclairé, à l'affût d'une présence policière.

Il ne remarqua rien mais décida de rester quelques minutes en faction afin d'en avoir le cœur net. Il se gara et attendit, le regard fixé sur l'entrée du salon. C'était là que Jasmine et

Holly travaillaient. Il essaya de se les représenter arrivant ensemble pour commencer leur journée de travail.

S'il n'avait pas surgi dans leur vie, Jasmine serait-elle encore vivante et Holly serait-elle en sécurité ? Si ce n'était pas Yusuf Gozen qui avait assassiné Jasmine, la clinique était-elle la clé du mystère ?

Deux femmes sortirent du salon, interrompant ses réflexions. Il pouvait voir, à travers la porte vitrée, qu'il ne restait plus qu'une personne à l'intérieur. Quelques minutes plus tard, toutes les lumières s'éteignirent et une petite femme blonde sortit à son tour. C'était Alice. Il ne l'avait vue qu'une seule fois, brièvement, mais il la reconnaissait. Elle ferma la porte à clé puis partit vers sa voiture.

S'il s'approchait d'elle, il risquait de lui faire peur. Il baissa donc sa vitre et appela :

— Alice !

Elle se retourna vivement.

— Qui est-ce ?

— Holly a besoin de vous. Elle est en danger.

— C'est vous, Zahad ?

Il fut un instant déstabilisé qu'elle utilise le nom de son cousin avant de se rappeler que lui aussi avait pris contact avec elle.

— Non, je suis Sharif, son cousin.

Elle resta immobile, serrant son sac entre ses mains.

— Je croyais que Holly était avec vous, lança-t-elle d'un ton méfiant.

— Plus maintenant, elle a rejoint son fiancé cet après-midi.

— Et le bébé ? Il est avec elle ?

Il fut surpris de percevoir une telle préoccupation dans sa voix. Elle s'était vraiment attachée à l'enfant.

— Non, il est avec Zahad et ma cousine Amy.

— Et où sont-ils ? Ne risquent-ils pas de se faire arrêter par la police ? Qu'adviendrait-il de Ben, alors ?

— N'ayez crainte, ma cousine Amy est au-dessus de tout soupçon. Quant à Zahad, désormais, il est en mesure de prouver son innocence. En revanche, nous devons alerter au plus vite Holly que l'assassin de sa sœur n'est pas celui que nous pensions et qu'il court toujours.

Alice battit des paupières, visiblement effrayée.

— Mais n'avez-vous pas dit qu'elle était avec Trevor ?

— Si, mais Trevor ignore que Holly est en danger. Avez-vous son adresse ou son numéro de téléphone ?

— Je dois avoir cela dans mon sac, répondit Alice en ouvrant la fermeture Éclair.

Le moment où il allait pouvoir alerter Holly se rapprochait et, pourtant, étrangement, il était de plus en plus inquiet.

Holly entra dans la cuisine. Trevor avait dressé la table et servi deux flûtes de champagne. Il lui en tendit une.

— Je propose que nous portions un toast.

— Un toast ?

— Oh ! ma chérie, je t'en prie, essaie de montrer un peu plus d'enthousiasme.

— Pardon.

Elle baissa les yeux, gênée par la proximité de Trevor qui était lui aussi en maillot de bain. C'était un ami de longue date, et c'était aussi un bel homme. Mais ce n'était pas Sharif.

— À nous, fit-il. Et à notre avenir.

Elle lui adressa un petit sourire crispé et but une gorgée, ce qui parut le satisfaire.

— Tiens, au fait, regarde ce que j'ai gardé, reprit-il en ouvrant la porte du réfrigérateur, duquel il sortit un gros gâteau. C'est notre gâteau de mariage. Il n'est sans doute plus aussi frais que l'autre jour, mais je pense qu'il est encore bon.

Elle avait déjà mal au ventre et la vue de la pâtisserie n'arrangea rien.

— Excuse-moi une minute, je reviens, dit-elle.

— Je n'aurais pas dû te donner ce sédatif, déclara Trevor avec un air ennuyé. Je pensais que ses effets se dissiperaient beaucoup plus vite et qu'il ne te rendrait pas malade.

— Je… Je me sens déjà mieux que tout à l'heure, ne t'inquiète pas, dit-elle avant de poser son verre pour repartir vers la salle de bains.

Elle resta enfermée quelques minutes, se passa de nouveau de l'eau sur le visage, respira à fond plusieurs fois puis prit son courage à deux mains pour ressortir.

En retournant dans la cuisine, elle passa devant le bureau de Trevor. Une enveloppe posée dessus attira son attention : elle portait le cachet rouge facilement reconnaissable de l'administration fiscale. Généralement, un courrier frappé de ce cachet était une injonction de payer une facture en retard. Elle en fut étonnée car Trevor avait toujours été un homme rigoureux dans la gestion de ses finances personnelles. Elle l'entendit alors s'affairer dans la cuisine.

— Ça va mieux, tu es sûre ? lui demanda-t-il quand elle l'eut rejoint.

— Un peu mieux, oui, dit-elle en tirant ses cheveux en arrière.

— Je toucherai quand même un mot à Alice sur ce qu'elle appelle un sédatif léger. Je ne trouve pas le terme très approprié.

— Je n'aurais pas dû boire cette gorgée de champagne. Ça irait mieux si je m'allongeais.

— Allons nous détendre dans le Jacuzzi.

Il s'approcha d'elle, lui passa un bras autour des épaules et la guida vers l'autre bout de la maison. Le bain bouillonnant et chaud lui parut extrêmement attirant et elle entra sans hésiter dans l'eau.

16

Alice sortit un petit carnet d'adresses de son sac à main et en tourna nerveusement les pages.

— Mince… J'ai son adresse mais pas son nouveau numéro. Il en a changé il y a quelque temps et je ne l'ai pas noté.

Sharif était de plus en plus impatient. À chaque minute qui passait, il lui semblait qu'une menace invisible se rapprochait de Holly.

— Je dois la voir. Je me fais peut-être du souci pour rien mais…

— Pourquoi pensez-vous que le tueur pourrait s'en prendre à elle ? s'enquit Alice.

— Parce que juste après l'explosion qui a coûté la vie à Manuel Estrellas, un homme masqué a tenté de s'emparer d'elle. Elle doit savoir quelque chose que cet homme ne veut pas qu'elle révèle.

— Je me sens terriblement coupable pour Manuel, dit Alice en rangeant son carnet.

— Vous ne le connaissiez pas vraiment, si ?

— Non, mais c'est moi qui vous ai dit comment le joindre. Je me sens donc en partie responsable de sa mort.

Sharif réfléchit.

— Avez-vous révélé à quelqu'un d'autre ce que vous saviez sur Manuel ? Le tueur a dû le suivre jusqu'au motel où nous l'avons rencontré, et nous ignorons comment il a retrouvé sa trace.

Alice resta silencieuse un long moment. Enfin, avec une expression inquiète, elle répondit :

— Non, je… je ne l'ai dit qu'à Trevor…

Le sous-entendu était terrible, mais Sharif ne voulait pas tirer de conclusions hâtives.

— Pourquoi Trevor vous a-t-il demandé des renseignements sur Manuel ?

— Il m'a dit qu'il voulait s'assurer qu'il n'était pas dangereux, qu'il devait lui aussi enquêter de son côté pour comprendre dans quelle histoire s'était embarquée Holly.

— De toute façon, je vois mal un avocat piéger une voiture, dit Sharif qui réfléchissait tout haut. Il faut s'y connaître un minimum en explosifs pour ça.

Alice blêmit.

— Les forces spéciales. Il a effectué son service militaire dans les forces spéciales. C'est à cette époque qu'il a rencontré le père de Holly.

L'inquiétude de Sharif ne fut pas loin de se muer en panique. Tout comme Holly, Jasmine faisait confiance à Trevor. Il n'aurait donc eu aucun mal à l'éliminer. Pour quelle raison, cela restait un mystère, mais l'important, c'est qu'il avait poussé Holly droit dans les bras de l'homme qui représentait peut-être la plus grande menace pour elle.

— Montez, dit-il à Alice en ouvrant la portière côté passager.

— Moi ?

— Vous avez dit que vous connaissiez son adresse. J'ai besoin que vous me guidiez.

— Mais la police…

— Si nous allons à la police, nous perdrons un temps précieux. Ils préféreront me cuisiner pendant des heures plutôt que d'aller déranger à son domicile un avocat respectable.

Alice hésita. Enfin, elle opina du chef et monta dans la voiture.

À peine Holly s'était-elle allongée dans l'eau que tout se mit à tourner autour d'elle. Pourtant, les effets du sédatif s'estompaient, alors que lui arrivait-il ? Était-ce à cause du champagne ? Elle n'en avait bu qu'une gorgée.

— Trevor ? appela-t-elle faiblement.

— Qu'est-ce qu'il y a, ma chérie ?

— Je ne sais pas. J'ai peur, Trevor.

Il vint se placer tout près d'elle et la fixa de ses yeux bleus.

— N'aie crainte, je suis là.

— Je sais, mais…

Elle battit des paupières pour rester consciente. Elle sentit sa main caresser son visage.

— Tu sais, petite, je regrette que…

Il ne termina pas sa phrase et, soudain, son expression se fit dure. Il tendit la main et ouvrit les robinets, qui produisirent un bruit assourdissant.

— Trevor, arrête ce vacarme, s'il te plaît…

— Moi, j'aime bien ce bruit. Pas toi ?

Tout comme ses traits, sa voix s'était faite dure et sévère.

— En revanche, je n'aime pas du tout ta nouvelle couleur de cheveux. J'ai peur que notre mariage ne puisse pas fonctionner.

Mais que racontait-il ? Avant qu'elle puisse répliquer, la main de Trevor se plaqua sur sa tête.

— Trevor !

— Ferme-la !

Il lui enfonça la tête sous l'eau. Elle fut tellement prise de court qu'elle ne réagit pas immédiatement, d'autant qu'elle était toujours aussi léthargique.

Mais, quand elle sentit sa pression se renforcer, elle comprit que ce n'était pas une plaisanterie. Paniquée, elle parvint à lui saisir le bras et, avec l'énergie du désespoir, lui enfonça les ongles dans la peau.

Il dut la lâcher et elle put remonter à la surface prendre une grande goulée d'air. Elle voulut crier mais partit d'une quinte de toux et cracha de l'eau.

Le visage déformé par la colère, il l'injuria. Mais qui était cet homme ? Qu'était-il arrivé au Trevor qu'elle connaissait ?

Elle fut une fois de plus repoussée sous l'eau et elle eut beau se débattre, il avait le dessus. C'est alors qu'elle perçut, amplifiés par l'eau, des coups sourds puis un craquement, comme si quelqu'un enfonçait une porte.

Enfin, Trevor la lâcha. Elle retrouva l'air libre et prit

une grande inspiration. Les yeux la piquaient et elle mit quelques secondes à identifier la silhouette qui se dressait devant le Jacuzzi.

C'était Sharif, et il était armé.

Alors qu'il intimait à Trevor de ne plus bouger, celui-ci fit un grand geste du bras pour envoyer de l'eau sur lui. Sharif, d'instinct, fit un mouvement de côté. Trevor profita de sa distraction pour sortir de l'eau et se jeter sur lui. Son arme tomba et tous deux luttèrent pour la récupérer.

Elle voulut quitter l'eau pour aider Sharif, mais elle n'en eut pas la force. Une voix d'homme retentit alors :

— Police ! Les mains en l'air, tous les deux !

Deux policiers avaient fait irruption. Derrière eux, Holly reconnut Alice.

Lentement, Sharif et Trevor se relevèrent. Sharif croisa son regard.

— Ça va ?

Elle allait acquiescer quand Trevor lança :

— Messieurs, cet homme nous a attaqués, ma femme et moi. C'est lui l'assassin que vous recherchez !

Les deux policiers gardèrent leurs armes braquées sur eux.

— Nous verrons cela au poste, dit l'un d'eux.

— Il… il a essayé de… tenta d'intervenir Holly qui fut prise d'une quinte de toux et ne put terminer sa phrase.

— Ma femme a besoin d'une ambulance, reprit Trevor. Menottez cet homme et appelez les secours !

— Ne l'écoutez pas, dit alors Alice. C'est Trevor Samuelson le meurtrier que vous recherchez, agent Williams. Nous sommes venus, le cheikh Al-Khalil et moi, pour sauver Holly, et je crois que nous sommes arrivés juste à temps.

— Nous avons appris cet après-midi que Mlle Rivers était réapparue et nous nous sommes étonnés que vous ne nous l'ayez pas signalé, monsieur Samuelson, dit l'agent Williams en fixant Trevor.

— C'est un malentendu total, répliqua ce dernier dans un soupir.

Soudain, il plongea en avant pour attraper l'arme restée au sol et fit volte-face pour tirer sur Sharif.

Celui-ci s'était déjà jeté sur Holly pour la protéger. Elle ne vit rien mais entendit d'autres coups de feu.

— Sharif ? cria-t-elle.

Il la serra plus fort contre lui.

— Ne bouge pas, ne regarde pas.

— Qu'est-ce que…

— C'est fini, Trevor ne te fera plus jamais de mal.

— Monsieur Al-Khalil ? Lâchez cette femme et levez les mains en l'air.

— Oui monsieur l'agent, répondit Sharif qui s'exécuta sur-le-champ.

Holly sombra dans l'inconscience.

Holly se réveilla dans une chambre d'hôpital. Le second lit auprès d'elle était vide. Elle tourna la tête de l'autre côté. Un homme en costume se tenait près de la porte.

— Quel jour sommes-nous ? lui demanda-t-elle.

— Vendredi. Vous avez dormi toute la nuit.

Il s'approcha du lit et elle l'identifia. Il s'agissait d'Edward Hoolihan, l'avocat.

— Trevor vous a fait prendre une forte dose de sédatifs. S'il vous en avait donné davantage, ça aurait pu suffire à vous tuer.

— Il a prétendu que c'était mon amie Alice qui les lui avait donnés pour moi.

— Un mensonge de plus, dit l'avocat en secouant la tête.

— Comment va Sharif ? s'enquit-elle alors que des bribes de la scène de la veille dans le Jacuzzi lui revenaient.

— Il va bien. Tout comme votre neveu. Un bien beau bébé, d'ailleurs, ajouta Hoolihan avec un sourire.

— Où sont-ils ?

— Sharif doit encore répondre aux questions de la police mais ils ne devraient pas tarder à le libérer. Zahad Adran est blessé à l'épaule — rien de grave. Le président d'Alqedar lui a transmis, ainsi qu'à Amy Haroun, le nom d'un avocat de Los Angeles qui les représente. Ils se sont rendus d'eux-mêmes à la police pour s'expliquer. Quant à moi, puisque je n'ai plus à m'occuper d'eux, je serais très heureux de vous assister quand la police vous interrogera à votre tour. Gratuitement, bien sûr.

— Pourquoi cette faveur ?

— Je n'aurais pas dû laisser Trevor partir de mon bureau avec vous sans avoir au préalable prévenu la police de votre retour. J'ai commis une erreur et je désire la réparer. Vous sentez-vous assez en forme pour répondre à quelques questions ? Un officier attend dans le hall.

— Oui, faites-le entrer, dit-elle, désireuse de s'expliquer au plus vite, même si tout n'était pas très clair dans son esprit.

Le policier entra et déclara être le lieutenant Chavez, de la brigade criminelle. Petit à petit, il lui fit reconstituer le film des jours précédents.

Enfin, elle raconta comment Trevor avait tenté de la noyer dans le Jacuzzi.

— Pourquoi a-t-il voulu me tuer ? demanda-t-elle quand elle eut terminé son récit.

— Eh bien, répondit le lieutenant Chavez, quand nous menons une enquête pour homicide, en l'occurrence celle que nous menions sur le meurtre de votre sœur, nous nous renseignons toujours sur le profil des gens qui connaissaient de près la victime. C'est ce qui nous a permis d'apprendre que M. Samuelson était couvert de dettes. Apparemment, il jouait depuis de nombreuses années.

— Mais jamais il n'a montré le moindre signe qui pouvait laisser soupçonner qu'il avait des difficultés financières !

— En fait, il louait les terrains qu'il gérait pour le compte de votre famille beaucoup plus cher que vous ne le pensiez, et l'argent des loyers servait à rembourser ses dettes.

— Vous voulez dire qu'il détournait de l'argent qui aurait dû nous revenir, à ma sœur et moi ? Mais… et Mme Wheaton ? Est-ce lui aussi qui l'a tuée ? Quels rapports avait-il avec elle ?

— En épluchant les dossiers de la clinique, nous avons découvert qu'il avait rédigé des contrats pour l'établissement. Nous pensons également que c'est par son biais que votre sœur a pris contact avec la clinique.

— Pourquoi ?

— Eh bien, Mme Wheaton avait besoin d'une jeune femme qui réponde aux exigences du cheikh Al-Khalil, et elle était prête à payer cher celui ou celle qui lui fournirait la candidate idéale.

Holly frissonna. Songer que, toutes ces années, sa sœur et elle avaient eu une confiance aveugle en un tel manipulateur l'abasourdissait.

À ce moment-là, de petits coups furent frappés à la porte, qui s'entrouvrit. Alice passa la tête.

— Puis-je voir Holly ?

— Oui, bien sûr, fit le lieutenant Chavez. Mademoiselle Rivers, voulez-vous que je vous laisse seules quelques instants et que nous reprenions plus tard ?

— Non, je veux d'abord savoir pourquoi Trevor voulait à tout prix m'épouser. Quel but poursuivait-il ?

Tandis qu'Alice venait discrètement s'asseoir au bord du lit, le policier reprit :

— Nous avons parlé à l'agent immobilier qui avait en charge la location de vos terrains. Selon lui, un promoteur désirait les racheter afin d'y faire construire un immense complexe commercial. Il était prêt à payer plusieurs millions.

— Et en devenant mon mari, Trevor serait devenu le propriétaire de ces terrains, déduisit-elle avec consternation.

— L'agent immobilier nous a également dit que votre sœur était venue lui rendre visite et lui avait posé de nombreuses questions. Je pense qu'après avoir appris que Trevor Samuelson lui avait menti sur l'identité du père du bébé qu'elle portait, elle a commencé à nourrir des soupçons sur lui et a mené son enquête.

— Et ensuite elle est allée le voir et lui a demandé de s'expliquer sur tous ses mensonges, reprit Holly. Et il l'a tuée.

— Nous pouvons effectivement supposer que ça s'est passé ainsi.

Alors, Trevor avait sans doute paniqué et décidé d'éliminer Noreen et Manuel afin que personne ne puisse plus faire le lien entre Jasmine et lui.

Il restait encore une question que Holly devait poser, même si c'était celle qui lui coûtait le plus.

— Pourquoi a-t-il voulu me tuer après m'avoir épousée ?

De son porte-documents, Chavez sortit la photocopie d'un testament.

— C'est bien votre signature, mademoiselle Rivers ?

Elle regarda avec dépit le document, qui faisait de Trevor le légataire de tous ses biens. La signature qui le paraphait paraissait hésitante, mais c'était bien la sienne.

— Il m'a donné plusieurs papiers à signer pendant que j'étais encore sous l'effet des sédatifs. Je suppose que…

Elle ne put pas terminer sa phrase.

— Merci, dit le lieutenant. Je suis désolé d'avoir dû vous faire toutes ces pénibles révélations. Nous aurons certainement d'autres questions à vous poser, mais nous vous recontacterons ultérieurement.

Hoolihan le raccompagna à la porte. Holly ferma les yeux et repensa à tout ce qu'elle venait d'apprendre.

Si Sharif ne l'avait pas enlevée par erreur, elle ne serait sans doute plus de ce monde, à l'heure qu'il était. Et la veille, s'il n'était pas accouru à son secours, la police serait arrivée quelques minutes trop tard. Même s'il avait agi par sens du devoir, elle lui serait éternellement reconnaissante, elle l'aimerait toujours.

Elle entendit alors la porte de sa chambre s'ouvrir et des pas s'approcher de son lit. Elle rouvrit les yeux et découvrit Sharif qui l'observait avec inquiétude.

— Je suis heureux que tu sois réveillée.

Elle ne put s'empêcher de sourire, bien qu'elle fût persuadée qu'il était venu lui dire adieu avant de partir.

— Et moi je suis heureuse de te voir. La police t'a donc relâché ?

— Oui, après m'avoir interrogé des heures durant. Mais à présent, je suis libre, et je vais bientôt repartir pour Alqedar avec Ben.

— Vous nous manquerez terriblement, dit Holly, la gorge serrée.

— Nous *vous* manquerons ? répéta-t-il.

— Je suis là, intervint Alice. Le petit Ben me manquera à *moi*, et *vous* lui manquerez à elle.

— Merci, Sharif, ajouta Holly. Sans toi, je ne serais pas là.

Il la contempla en silence pendant quelques secondes.

— Le médecin m'a dit que tu pourrais très rapidement sortir à condition que quelqu'un veille sur toi.

— Elle va venir chez moi quelque temps, déclara Alice.

— À moins qu'elle décide de venir avec moi ? repartit alors Sharif. Le président d'Alqedar a mis un jet privé tout confort à ma disposition et j'ai entendu dire que l'amour était le meilleur des remèdes.

— Mais…, commença Holly, complètement interloquée.

— Pardonne-moi de t'avoir menti sur ce que j'éprouvais pour toi. Je voulais seulement te protéger. Mais je t'aime, Holly, je veux que tu deviennes ma femme et pouvoir te prouver chaque jour combien tu comptes pour moi.

— Tu… Tu m'aimes ? répéta Holly, au bord des larmes.

— Oh, que oui. Et toi ?

— À ton avis ? fit-elle en se jetant à son cou pour le serrer contre elle.

— Je prends cela pour un signe encourageant, dit-il avec un sourire.

Ne manquez pas dès le mois prochain

dans votre collection BLACK ROSE

Le premier tome
de la nouvelle série
Les clans de la discorde

Quand l'amour est plus fort
que les conflits de famille…

Un roman inédit chaque mois,
d'août à octobre 2019

Retrouvez en août 2019,
dans votre collection

BLACK ROSE

Les disparues du Wyoming, de Rachel Lee - N°548

Par une nuit d'hiver glaciale, trois lycéennes disparaissent en pleine tempête de neige. Persuadée que les jeunes filles ont été enlevées par un prédateur solitaire Kelly, adjointe du shérif, organise une battue pour les retrouver. Mais les conditions climatiques freinent les recherches, l'enquête piétine. Kelly décide alors de faire appel à Allan Carstairs, un ancien marine, solitaire et taciturne, devenu dresseu d'animaux. Avec l'aide de ses chiens, ils se lancent alors dans une traque complexe et dangereuse...

On a enlevé Aubrey, de Barb Han

On a enlevé Aubrey ! Tandis qu'il inspecte le parc où la petite fille a disparu Wyatt se demande par quelle ironie du sort sa vie a basculé ainsi en quelques jours : d'abord il apprend que son père biologique vient de mourir en lu léguant une fortune considérable. Puis c'est Meg qui l'appelle au secours Meg dont il s'est séparé un an plus tôt et dont le bébé - *leur* bébé - vient d'être enlevé à cause de lui…

Sous étroite surveillance, de Paula Graves - N°549

Alicia est furieuse : Gabe Cooper va emménager chez elle. Bien sûr, elle adme avoir peur depuis que le tueur en série dont elle étudie le modus operandi lui envoyé des menaces laissant à penser qu'elle serait la prochaine victime. Et elle admet aussi que bénéficier de la protection de la police la rassure. Mais pourquo a-t-il fallu que ce soit Gabe, le seul homme qui l'ait troublée depuis des années, qu'o ait chargé de la surveiller ? Alicia s'en fait le serment : pour garder son cœur intact elle mettra le plus de distance possible entre elle et Gabe..

Pour protéger mon fils, de Cindy Dees

Désorienté, Nick ouvre les yeux avec difficulté. Que fait-il dans une chambre d'hôpital ? Et qui est cette femme assise à son chevet ? Elle s'appelle Laura lui révèle-t-elle. Et, cinq ans plus tôt, ils ont vécu ensemble une véritable passion. C'était avant que Nick ne disparaisse du jour au lendemain. Ce dernier est sous le choc. Où était-il pendant toutes ces années ? Il n'en a au cun souvenir… Pourtant, il est urgent qu'il recouvre la mémoire. Car Laura lui dit qu'il a sûrement été séquestré par des criminels qui ont décidé de s'en prendre à Adam. Leur fils de quatre ans…

HARLEQUIN BLACK ROSE

OFFRE DÉCOUVERTE !

Vous souhaitez découvrir nos collections ? Recevez **votre 1er colis gratuit* avec 2 cadeaux surprises !** Une fois votre colis de bienvenue reçu, si vous souhaitez continuer à recevoir nos livres, cela se fera automatiquement. Vous recevrez alors vos livres inédits** en avant-première.

Vous n'avez aucune obligation d'achat et cette offre est sans engagement de durée !

*1 livre offert + 2 cadeaux / 2 livres offerts pour la collection Azur + 2 cadeaux.
**Les livres Ispahan, Sagas, Hors-Série, Allegria et Best Féminins sont des réédités.

☛ COCHEZ la collection choisie et renvoyez cette page au
Service Lectrices Harlequin – CS 20008 – 59718 Lille Cedex 9 – France

Collections	Références	Prix colis France* / Belgique*
❑ **AZUR**	Z9ZFA6/Z9ZF6B	6 livres par mois 28,49€ / 30,49€
❑ **BLANCHE**	B9ZFA3/B9ZF3B	3 livres par mois 23,35€ / 25,35€
❑ **LES HISTORIQUES**	H9ZFA2/H9ZF2B	2 livres par mois 16,49€ / 18,49€
❑ **ISPAHAN**	Y9ZFA3/Y9ZF3B	3 livres tous les deux mois 23,20€ / 25,20€
❑ **HORS-SÉRIE**	C9ZFA4/C9ZF4B	4 livres tous les deux mois 31,65€ / 33,65€
❑ **PASSIONS**	R9ZFA3/R9ZF3B	3 livres par mois 24,79€ / 26,79€
❑ **SAGAS**	N9ZFA4/N9ZF4B	4 livres tous les deux mois 35,35€ / 37,35€
❑ **BLACK ROSE**	I9ZFA3/I9ZF3B	3 livres par mois 24,79€ / 26,79€
❑ **VICTORIA**	V9ZFA3/V9ZF3B	3 livres tous les deux mois 25,69€ / 27,69€
❑ **ALLEGRIA**	A9ZFA2/A9ZF2B	2 livres tous les mois 16,49€ / 18,49€
❑ **BEST FÉMININS**	E9ZFA2/E9ZF2B	2 livres tous les mois 18,55€ / 20,55€
❑ **MAGNETIC**	K9ZFA4/K9ZF4B	4 livres tous les 2 mois 29,39€ / 31,39€

N° d'abonnée Harlequin (si vous en avez un) ____________

Mme ❑ Mlle ❑ Nom : ____________

Prénom : ____________ Adresse : ____________

____

Code Postal : ______ Ville : ____________

Pays : ____________ Tél. : ____________

E-mail : ____________

Date de naissance : ____________

❑ Oui, je souhaite recevoir par e-mail les offres promotionnelles des éditions Harlequin.
❑ Oui, je souhaite recevoir par e-mail les offres promotionnelles des partenaires des éditions Harlequin.

Date limite : 31 décembre 2019. Vous recevrez votre colis environ 20 jours après réception de ce bon. Offre soumise à acceptation et réservée aux personnes majeures, résidant en France métropolitaine et Belgique, dans la limite des stocks disponibles. Prix susceptibles de modification en cours d'année. Vous pouvez demander à accéder à vos données personnelles, à les rectifier ou à les effacer. Il vous suffit de nous écrire en nous indiquant vos nom, prénom et adresse à : Service Lectrices Harlequin CS 20008 59718 LILLE Cedex 9. Service Lectrices disponible du lundi au vendredi de 8h à 18h : 01 45 82 47 47 ou 33 1 45 82 47 47 pour la Belgique.

Composé et édité par HarperCollins France.

Achevé d'imprimer en juin 2019.

CPI
BLACK PRINT

Barcelone

Dépôt légal : juillet 2019.

MIXTE
Papier issu de sources responsables
FSC® C108412

Pour limiter l'empreinte environnementale de ses livres, HarperCollins France s'engage à n'utiliser que du papier fabriqué à partir de bois provenant de forêts gérées durablement et de manière responsable.

Imprimé en Espagne.